가버릴 것들을
향한

사랑

가버릴 것들을
향한

사랑

정홍수
평론집

문학동네

책머리에

　세번째 평론집을 묶게 되리라곤 생각하지 못했다. 원고 청탁이 있으면 어떻게든 써보려고 했고, 글들이 모였다. 의도했던 건 아닌데 1부의 글들에는 문학을 향한 내 처음 마음자리가 있는 것 같다. 김윤식, 서정인, 윤흥길, 김종철, 황석영. 이름들은 그리움을 불러일으킨다. 이들의 생각과 언어가 내게는 문학이었다. 필립 로스를 읽으며, 내가 문학에서 찾고 있던 게 삶의 구체성이라는 걸 새삼 깨달았다. 이상하게도 현실의 삶에서는 그것들이 만져지지도, 잘 보이지도 않았다.

　최정례 시인의 시집 『레바논 감정』을 읽다가 "지금 스쳐지나는 것들을 향한 내 사무침이 내 속에서 그치지 않기를, 가버린 것들을 향한 이 무모한 집착도 가버릴 것들을 향한 사랑으로 잇대어지기를"이라는 언어와 만났다. 가버릴 것들을 향한 사랑이라니. '가버린 것들'만이 아니라 '가버릴 것들'이 있는 시간. 그 사이를 잇대는 사랑이라는 말. 과거의 틈입에도 열려 있지만 가버릴 시간, 아직 오지 않은 미래에도 개방되어 있는 현재를 시의 몸으로 살아간다는 것. 처음의 굴

절과 상실, 가지 못한 길의 회한, 현재의 누추와 불안, 기다림과 약속의 실패, 그래서는 이미 도래한 것들의 좌절 속에서 미래를 감싸는, 그 모든 시간의 성실한 누적과 포갬으로만 가능한 어떤 세계. 그런 시간의 연대 안에서라면 시인의 말대로 "모두가 다시 일어나 새로운 시작의 힘이 되기를 기다"리는 일이 일어날 수도 있을까. 스스로도 잘 알지 못한 채로 그런 시작의 힘을 기다렸다는 생각이 들었고, 문학을 읽고 문학에 대해 쓰는 시간이 그런 사랑으로 잇대어지기를 소망해보았다. 어쭙잖은 책에 시인의 언어를 빌려 제목을 붙인 소이다. 지금 이곳에 안 계신 시인이 허락해주시리라 믿으면서. 생각을 잇댈 수 있게 언어의 몸을 빌려준 많은 작가들에게도 감사를 드린다.

문학동네는 내가 삼십대의 한 시절을 보낸 곳이다. 두번째 평론집에 이어 이번에도 아량과 후의로 시세와 무관한 책을 묶어주었다. 깊이 감사드린다. 세심하게 책을 만들어준 김봉곤씨, 꼼꼼하게 교정을 봐준 이민희씨에게도 고마움을 전한다. 허술한 책에 귀한 언어를 보태준 평론가 신수정씨의 우정에도 고개를 숙인다. 이 책이 잠시라도 가족들의 마음을 데워주었으면 좋겠다.

2023년 봄
정홍수

차례

책머리에 _004

1부

위기의 비평, 위기의 문학사—김윤식 _011

삶, 말, 글의 섞임 그리고 전체를 향하여—서정인 _047

'다르게 말하기'의 세계—윤흥길 _069

순진성의 경이, 그리고 사랑—김종철 _086

개인, 시대 그리고 문학의 증언—황석영 _105

그렇게 구체적으로 말해줘 고마워요—필립 로스 _123

2부

단절과 침묵 그리고 '이어짐'의 상상력—'문학의 정치'를 생각하며 _147

이중의 시대착오와 사적 기억의 시간—정지돈과 심윤경 _168

다가오는 것들, 그리고 '광장'이라는 신기루—황정은과 김혜진 _188

전체로서의 현실을 열기 위해—편혜영과 윤대녕 _203

고통의 공동체—권여선과 은희경 _218

현실, 역사와의 대면—지난 십 년 한국 소설의 흐름 _234

역사의 귀환과 '이름 없는 가능성들'의 발굴

—후쿠시마 료타와 성석제 _249

한국문학은 무엇이 되고자, 혹은 무엇이 아니고자 했는가?

—그 격렬한 예로서의 1980년대 _267

3부

다성으로 모아낸 시대의 풍경—이서수의 「미조의 시대」 _289

무서운 의식의 드라마가 숨기고 있는 것—최윤의 「소유의 문법」 _306

권여선 소설에 대한 세 편의 글 _320

빛과 어둠의 원무 너머—정지아의 『자본주의의 적』 _336

울음, 그리고 나와 너에게로 가는 길—김이정의 『네 눈물을 믿지 마』 _351

역사로부터의 소외와 맞서는 문학의 자리

—이혜경의 『기억의 습지』 _364

진하지 않은, 얇디얇은 맛—심아진의 『신의 한 수』 _375

잘못 울린 종소리, 새의 말을 듣는 시간

—한수영의 『바질 정원에서』 _393

모호함을 껴안는 시간—이승주의 『리스너』 _410

마음의 접속면을 따라가는 소설의 시선—김금희의 『경애의 마음』 _425

파르마코스, 속죄양/구원자의 발명—이승우의 『독』 _440

지하실의 어둠, 혹은 기계체조 인형과 함께 남은 시간

—고영범의 『서교동에서 죽다』 _453

'세상에서 가장 비싼 소설'을 기다리며—김민정의 『홍보용 소설』 _466

여성적 살림의 세계와 기다림의 강물—김홍정의 『금강』 _480

타자의 자리를 묻다—오수연의 『부엌』 _493

4부

'바다'와 '아이'가 동행하는 '형이상학적 서정'의 깊이

―장석의 『해변에 엎드려 있는 아이에게』 _ 501

서성임, 가버릴 것들을 향한 사랑―최정례 _ 518

화엄을 잃고 사랑의 길에서―박철의 『없는 영원에도 끝은 있으니』 _ 532

먼 곳에서부터 먼 곳으로―황규관의 『리얼리스트 김수영』 _ 545

반딧불이를 따라가는 네오 샤먼

―임우기의 『네오 샤먼으로서의 작가』 _ 554

한국문학 비평의 '재장전'―강경석의 『리얼리티 재장전』 _ 563

1부

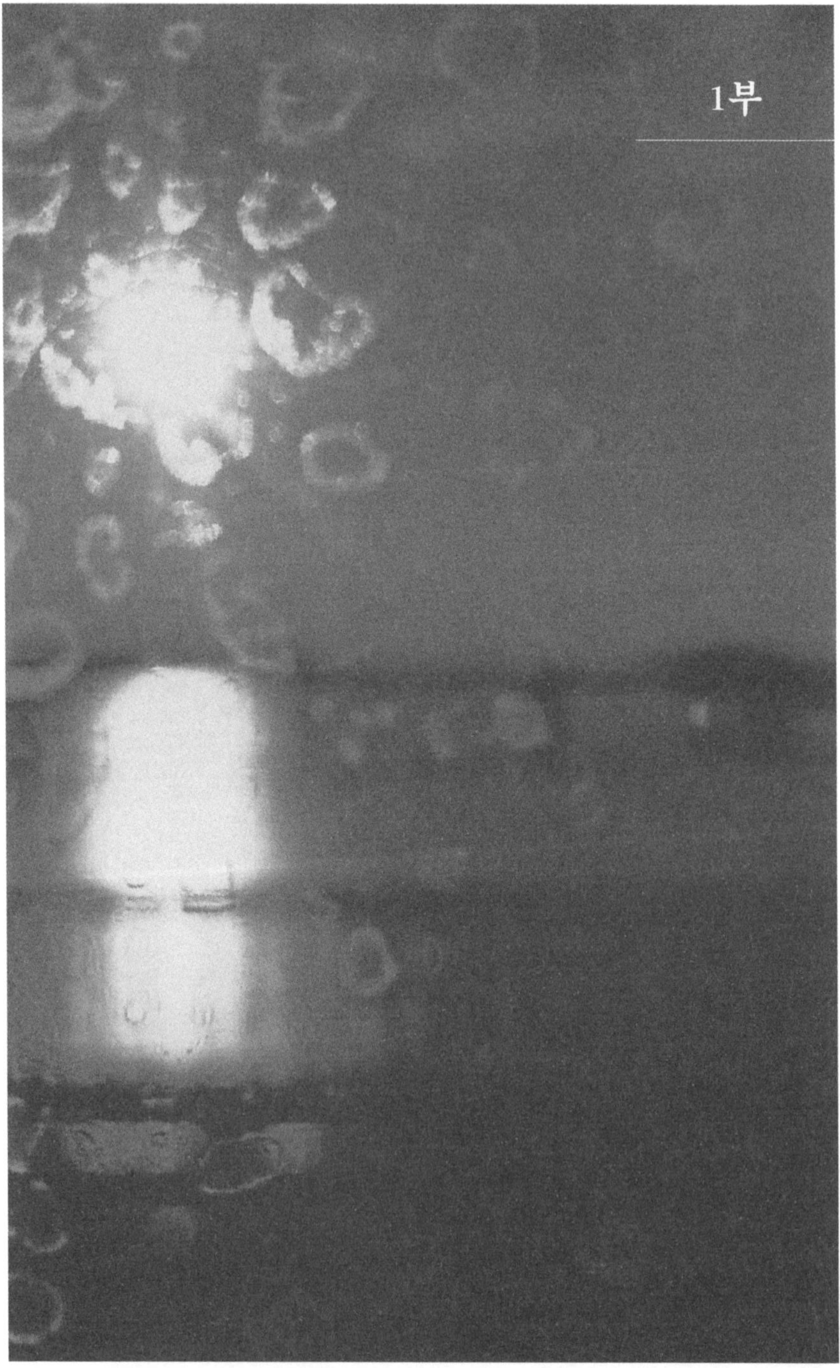

위기의 비평, 위기의 문학사
─김윤식

1. 위기의식으로서의 비평

비평이 위기의 소산이라고 할 때, 위기라는 말은 어떻게 해석되어야 할까. 자신의 시대를 위기로 파악하는 의식이 있을 수 있겠다. 이 경우 상황 인식의 첨예성, 철저함이 문제가 되리라. 누구나 자신의 시대를 위기로 의식한다거나 위기가 아닌 시대는 없다는 식의 일반론을 넘어서는 자리여야 하기 때문이다. 비평가의 진정한 임무는 '아직 도래하지 않았다'고 하는 테리 이글턴의 말은 이런 맥락에서 음미될 수 있다. "매 순간 순간이 언제라도 메시아가 들어올 수 있는 좁은 문이라는 벤야민의 말이 문자 그대로 옳은 건 아닙니다. 그러나 진정 불시에 우리를 덮치는 것이야말로 미래가 곧잘 하는 일이지요."[1] 그렇게 침입하는 미래 앞에서 무력해지지 않도록 스스로를 몰아세우는 의식이 없다면 위기 또한 있을 수 없다. 동시에 위기는 무엇보다 비평

---

1) 테리 이글턴 · 매슈 보몬트, 『비평가의 임무―테리 이글턴과의 대화』, 문강형준 옮김, 민음사, 2015, 503쪽.

주체의 위기가 아니면 안 되리라. 상황과 존재에 내속된 비평 혹은 글쓰기의 위기의식이 그것일 텐데, 역사적이고 실존적인 윤리와 성실성의 질문이 계속 간여하는 의식의 지뢰밭을 떠난다면 위기란 결국 객관적이고 일반적인 차원에 머물고 말 것이기 때문이다. "노력하는 자, 방황한다"(괴테, 『파우스트』)는 말이 재차 음미될 수 있는 지점도 이곳이리라. 가령 다음과 같은 고백이 놓인 자리.

이를[1970년 하버드 옌칭 장학금을 받고 동경대에서 외국인 연구원으로 일 년간 머문 것—인용자] 방향성이라 할 수 있을까. 없다. (……) 정직히 말해 나는 경계인이 아니라 체제 내에서도 가장 안전한 장소에 머물고 있었다. 자기 열쇠로 자기 사무실 문을 열고 일하고 또 그 열쇠로 사무실을 닫곤 하는, 실로 기묘한 직장에 들어앉아 그것에 겨워 백일몽(상아탑)에 빠져 있었다. 이 백일몽이 빚어낸 최대의 환각이 인류사였다. 백일몽 그것처럼 인류사라는 환각이 막연한 것이지만, 이런 것이라도 실체처럼 가장하고 매달리지 않으면 도무지 살아갈 의미를 알 수 없었다. 루카치의 『소설의 이론』을 방향성으로 받아들인 것은 이런 심리적 곡절에서 왔다.[2]

김윤식(1936~2018)은 평생 가혹할 정도로 스스로를 위기의식의 벼랑 끝으로 내몬 비평가였다. 한 편 한 편의 연구와 글은 정확히 매 순간의 위기 앞에서 감행한 필사적인 도전이었다. 그리고 끝내 '수심水深을 알지 못했던' 그 탐구의 도정이 하나의 고유명으로서 '한국

---

2) 김윤식, 『내가 읽고 만난 일본—원로 국문학자 김윤식의 지적 여정』, 그린비, 2012, 48쪽. 이하 인용은 『만난』으로 약칭하고 쪽수만 밝힌다.

근대문학사'였다는 사실을 새삼 확인하게 된다. 그런데 왜 이렇게 막막하고 아득한지 모르겠다. 이 글은 그 아득함 안에서 쓰인다.

2. 카프와 근대성—『한국근대문예비평사연구』가 놓인 자리

김윤식이 '한국 근대문학에 미친 일본 문학의 영향'이라는 연구 주제를 걸고 도일한 것은 1970년 11월 21일이었다. 그의 박사학위 논문이자 한국 근대문학 연구에 기념비적 저술로 남게 될 3,500매(674쪽) 분량의 『한국근대문예비평사연구』(1973)는 출판사를 찾지 못한 상태였다(한얼문고에서 출간되기까지 오 년이 걸렸다). 그 원고는 1960년대 몇 권의 개략적 통사 외에는 별다른 분류사도 존재하지 않던 한국 근대문학사 연구의 박토에서 문예비평의 형태로 발표된 자료 더미 전체와의 싸움이었다. 비평이 작품을 전제로 하는 만큼, 비평 자료 읽기란 사실상 한국 근대문학사의 문학적 집적물 전체를 다시 읽고 정리하는 일이 아닐 수 없었다. 흔히들 김윤식의 문학사 연구를 '실증주의 정신'의 산물로 이야기하거니와, 이때의 실증주의가 방법적이기보다는 그 자체 절대적 요청 사항이자 성실성이기도 했다는 사실을 놓친다면 제한적인 이해에 그칠 수밖에 없으리라. 그것은 정확히 전후 세대 김윤식이 1950년대 말 1960년대 초 황량한 대학 캠퍼스에서 맞닥뜨린 한국문학 연구의 상황이자 조건이었다. 동시에 그 '실증주의'가 강렬한 이념 지향성을 간접화하고 내면화하는 가운데 도입된 것이라는 점은 강조될 필요가 있다.

문제는 그 자신 기회 있을 때마다 밝힌 대로 연구 대상이 '한국문학'이 아니라 '한국 근대문학'이어야 했던 사정에 놓여 있다. 이때 "한국문학이라면, 국문학 연구 제1세대인 『국문학사』(1949)의 저자

도남 조윤제(1904~1976)에 의해 규정되고 체계화되고 거의 완결되었다고 믿고 있었다"(『만난』, 24쪽)는 훗날의 술회는 부차적인 이유인 것으로 보인다. 물론 우리는 '국문학은 국어로 한민족의 생활을 표현한 문학이다'라고 규정하는 가운데 국권 상실의 일제강점기 국어의 존재라는 문제적 조건을 전근대의 고전문학 연구로 돌파해나간 도남의 곤경을 섬세하게 헤아리고, 경성제대의 이념 안에서 정신과학(해석학)의 도입을 통해 근대적 학문으로서 국문학의 방법론과 체계를 세운 도남의 선구적 업적을 해명한 김윤식의 작업(『한국 근대문학 사상연구 1—도남과 최재서』, 일지사, 1984)에 '문학 사상사' 구축에 대한 일관된 관심과는 별도로 이루 말할 수 없는 안타까움과 연구자 자신의 운명적 표정이 겹쳐 있는 것을 놓쳐서는 안 된다. 그렇다 하더라도 김윤식이 '한국'문학이 아니라 한국 '근대'문학으로 그의 연구 방향을 설정한 것은 선행 연구의 조건을 넘어서는 전면적이고 실존적인 위기의식의 산물이 아니라면 그 열정을 설명하기 힘들다.

제 전공은 '한국문학'과는 별개인 '한국 근대문학'입니다. 대학원까지 기산한다면 39년간 밤낮으로 저는 이를 제 전공으로 해왔지요. 듣는 것, 보는 것, 읽는 것 모두를 향해 '한국 근대문학이 되라!'고 속삭이며 살아왔다고나 할까요. 왜 그랬는지 그 까닭을 저도 잘 설명할 수 없으나, 좌우간 그렇게 살아버렸습니다.[3]

저 삼십구 년은 이제 반세기로 수정되어야 하겠지만 '근대'라는 것

---

3) 김윤식, 「체험으로서의, 발견으로서의, 입문으로서의 한국 근대문학사론」, 『김윤식 선집 7—문학사와 비평』, 솔출판사, 2005, 508쪽.

이 해명되지 않는다면 단 한 걸음도 나아갈 수 없는 자리에 선다는 것은, 김윤식의 질문이 철저히 '현실' 혹은 '세계' 전체를 문제삼는 지점으로 스스로를 밀어붙였다는 의미가 된다. 그리고 이 질문이 카프KAPF 문학의 발견과 동시에 이루어졌다는 사실이야말로 운명적인 것이라고 하지 않을 수 없다. 카프란 무엇인가. 1925년 8월에 결성된 조선 프롤레타리아예술가동맹의 약칭으로 프롤레타리아문학, 즉 계급문학을 전면에 내건 예술 운동 단체이다. 『한국근대문예비평사연구』는 바로 이 프롤레타리아문학에 대한 서술로 방대한 탐구의 여정을 시작한다.

> 프롤레타리아문학은 1917년 러시아혁명의 성공과 1차 대전 전후의 불안으로 인해 현대사의 전면으로 대두한 계급 사상에 거점을 둔 문학운동이라 할 수 있으므로, 국제적인 광범한 사상 문제와 결부되어 있음을 알 수 있다.[4]

계급 사상, 곧 마르크시즘이 문제의 핵심임이 드러난다. 마르크시즘은 유물변증법과 사적 유물론을 철학적 이론적 기반으로 하여 자본제 사회의 내적 모순을 해명하면서 프롤레타리아 혁명운동을 통해 자본제 사회의 사적 소유를 철폐하고 계급 없는 사회로 이행하자는 사상, 이념이다. 마르크시즘의 강점이 근대 자본주의 체제에 대한 근본적이고 철저한 질문 방식과 변혁적 실천력에 있다는 것은 잘 알려진 사실이다. 마르크시즘의 '과학'으로서의 위상은 현실 정치적 힘의

---

4) 김윤식, 『한국근대문예비평사연구』(개정신판), 일지사, 1976, 12쪽.

구축이나 인간 욕망의 실질적 파악에서 부분적이고 억압적인 이데올로기로 스스로를 폭로하는 가운데 무너져내렸고, 20세기 말 현실 사회주의의 실패와 함께 그 이념적 영향력마저 많이 잃어버리게 되지만 근대에 대한 사회경제사적 분석의 실질이나 전체를 문제삼는 철학적 전망에서 인류가 도달한 가장 높은 수준의 사상임은 부인하기 어렵다. 거기에는 근대 자본주의 세계에 대한 총체적인 비판과 대안의 공간이 열려 있는 것처럼 보였다. 그런 만큼 일제강점기 일군의 한국 문인들 앞에 러시아혁명의 성공 뒤 제국주의 일본을 경유해 도착한 마르크시즘의 광휘는 실로 가슴 설레고 눈부신 것이었을 테다. 그것은 식민지 상황과 반半봉건적이고 전근대적인 현실을 일거에 인간 해방의 전망 쪽으로 돌려세울 수 있는 '숨은 신'처럼 다가오지 않았을까. 프롤레타리아 문학 운동이 일종의 조급성에 휩싸인 가운데 "창작보다는 비평이 승勝한 입장에 있었고, 그 혁명성의 이데올로기를 근간으로 한 정론성政論性을 띤"[5] 사정이 여기에 있다.

그런데 마르크시즘의 보편적 기획은 식민지이자 반봉건 상태에 있던 조선의 상황에서는 보다 복잡한 맥락에서 작동할 수밖에 없었다. 가령 프롤레타리아 국제주의라는 이상과는 달리 실제 계급운동 안에서조차 제국주의 일본의 무산자 계급과 식민지 조선의 무산자 계급 사이에는 엄연한 차별이 존재하고 있었다.[6] 근대를 규정하는 또

---

5) 같은 책, 14쪽.

6) 김윤식은 일본 프롤레타리아 예술동맹(NAPF)의 대표적 시인 나카노 시게하루(中野重治)가 「비 날이는 品川驛」(『카이조(改造)』, 1929. 2; 『무산자』, 1929, 3권 1호 번역 게재)라는 시에서 귀국하는 조선 노동자들을 향해 "일본 푸로레타리아트의 압짭이요 뒷군"이라 표현한 대목을 분석해 보임으로써 이 문제의 섬세한 측면을 드러낸 바 있다. 김윤식, 「현해탄의 사상과 品川驛의 사상」, 『한국근대문학사상사』, 한길사,

하나의 축인 국민국가nation-state의 존재 방식은 제국주의의 이면이면서 동시에 마르크시즘의 '과학'을 균열 내는 강력한 현실성이기도 했던 것이다. 1920년대에 반봉건적인 중국 사회의 혁명을 둘러싼 국제 공산주의 운동의 과제가 아시아적 생산양식 논쟁으로 번지고, 1960년대에 아프리카 독립 투쟁을 둘러싸고 다시 한번 비슷한 논쟁이 일어난 상황이 말해주듯 마르크스주의가 자랑하는 '보편성'은 제3세계의 특수성 안에서 유럽 중심주의의 태생적 한계를 노정한다. 김윤식은 자신의 근대 이해가 처음 부딪친 곤경이 바로 이 같은 특수성으로서의 식민지 조선의 반봉건적 상황이었음을 누차 강조한 바 있거니와, 기실 이것만이었다면 카프에 착목한 그의 근대문학 이해가 특별히 문제적이었다고 말할 수는 없을 것이다. 이에는 제국주의 식민사관이 내놓은 타율성·정체성停滯性 이론을 극복하는 방향에서 한국사의 전개를 해명해내는 방향이 상정될 수 있는데, 내재적 발전론의 구축이 그것이다. 해방 후 새로운 민족국가 건설이 지상 과제로 주어졌을 때 젊은 인문사회학도들을 사로잡은 소명감이 이로부터 비롯되었는데, 김윤식 자신의 술회대로 "제2의 독립운동에 준하는 것"(『만난』, 693쪽)이었을 테다. 타율성·정체성 이론이 여전히 유효하다면 새로 건설한 나라 역시 적어도 이론적인 차원에서라면 조만간 또다시 식민지 상태로 전락할 수밖에 없지 않겠는가. 1960년대 한국사 전공자들의 맹렬한 탐구가 여기 집중되었고, 김용섭이 『조선후기농업사연구』(1·2권, 일조각, 1970/1971)에서 토지대장 분석을 통해 18세기 후반 조선에 경영형 부농이 형성되었다는 사실을 실증적으로 밝혀낸 것은

1984, 329~337쪽.

그 대표적 성과였다. 김윤식이 김현과 공저로 낸 『한국문학사』(민음사, 1973)는 이 같은 성과들을 토대로 한국 근대문학의 기점을 18세기 후반 영정조 시대로 설정하면서 문학사 안에서 '자생적 근대'의 가능성을 열어 보였다.[7]

그러나 김윤식이 의식하고 있던 카프의 중요성은 좀더 문제적인 맥락을 품고 있었던 것으로 보이는데, 마르크시즘 혹은 프롤레타리아 문학 운동의 지향성이야말로 해결을 기다리는 또하나의 '근대성'이었던 까닭이다. 현실의 근대에 맞선 또하나의 근대성은 표면적으로는 마르크시즘의 이념적 휘장 아래 있었으나, 이는 인간 해방이라는 인류사의 오랜 유토피아적 '전망'이자 '환각'에 연결되는 것이기

---

7) 『한국문학사』는 사회경제사적 변인에 따른 '근대 의식의 성장'을 '가족제도의 혼란' '서민계급의 대두' 등과 연결 짓는 가운데 서양적 장르의 틀에서 벗어나 일기, 서간, 기행문 등을 한국문학의 장으로 과감히 흡수하여 근대적 언어 의식의 발생과 표현을 추적한다. 김윤식은 이 책의 1장 '방법론 비판'에서 2절 '한국문학의 인식과 방법'을 집필하는데, 그가 내건 두 개의 명제는 "1. 한국문학은 개별 문학이다"와 "2. 한국문학은 문학이면서 동시에 철학이다"이다. 그런데 한국문학의 주변성을 극복하겠다는 강렬한 의지 못지않게 지금 새삼 눈에 들어오는 것은 2절의 다음과 같은 대목이다. "그럼에도 불구하고 우리가 구태여 방법론 비판을 서장으로 내세운 이유는 우리 자신이 확고부동한 신념을 한국 역사 전체를 향해 지니고 있지 못하다는 점에 있는 것이다. 이 회의 과정이야말로 우리의 역사를 대하는 존재이유(raison d'être)인 것이고, 이 의식의 미로는 우리가 문학사를 기술해나가는 순간마다 우리를 향해 도전해 올 것이다. 그렇지 않다면 우리는 구태여 문학사를 기술할 필요가 없으리라. 그러니까 우리는 마침내 패배할 것이고, 그 패배가 철저하게 될 수만 있다면 우리의 임무는 한 당대의 것으로 끝나는 것이다. 이 말은 그다음 세대는 자기 당대의 요청 사항으로서의 문학사를 갖게 된다는 의미를 내포한다."(22쪽) 이 진술에 나오는 '회의'와 '패배'는 문자 그대로 받아들일 필요가 있는 것이, 한국 근대문학에 대한 김윤식의 평생에 걸친 도전은 정확하게 말해 그 '회의'와 '패배'의 끝없는 반복과 심화였고 그는 끝내 '방법론 입문' 앞에서 멈춰야 했기 때문이다. 김윤식을 끝없이 문학사 연구와 비평적 글쓰기로 내몬 위기의식이자 '존재이유'가 이 어름에 있는 것 같다.

도 했다. 바로 이 점, 카프를 이데올로기적 문학 운동이면서 그것을 넘어서는 인류사적 과제로 파악한 것이야말로 김윤식의 고유한 시선 이자 '위기의식'이었다. 이른바 도스토옙스키가 『악령』에서 스타브로 긴의 고백을 통해 토로하는 '황금시대의 꿈'.[8] 이때 김윤식이 주목한 것은 스타브로긴이 아르카디아의 황홀경에 맞서 인간 영혼의 악마적 성격을 '환각' 형식의 사상으로 실험했다는 점이다.

어떤 대가를 치러야만 우리는 또다른 황금시대의 황홀경을 체험할 수 있는 것일까. 12살의 소녀를 능욕하고[『악령』에서 스타브로긴은 하 층민의 딸 마뜨로샤를 교묘한 방법으로 능욕한다 — 인용자], 고립무 원에 빠진 소녀가 '신을 죽여버렸다'고 하며 목매다는 과정을 지켜보는 실험 없이는 도달되지 못하는 환각이 황홀경의 본질이라면, 대체 그 실험이란 어떤 의의가 있고, 그 유토피아란 우리에게 무엇이어야 하는 것일까.[9]

---

8) 『악령』의 스타브로긴이 방랑 생활 중 독일의 시골 역에서 꾼 꿈으로, 언젠가 드레스 덴에서 본 클로드 로랭의 「아시스와 갈라테아」가 꿈에 나타난 것. 왜인지 모르나 그는 이 그림을 늘 '황금시대'라 불러왔다. "이것은 인류의 멋진 꿈이며 위대한 망집(妄執) 이다. 황금시대, 이것이야말로 원래 이 지상에 존재한 공상 중에서 가장 황당무계한 것이지만 전 인류는 그 때문에 평생 온 정력을 바쳐왔고, 그 때문에 모든 희생을 해왔 다. 그 때문에 예언자로 십자가 위에서 죽거나 죽임을 당하거나 했다. 모든 민족은 이 것이 없으면 산다는 일을 원치 않을뿐더러 죽는 일조차 불가능할 정도다."(『악령』, 채 대치 옮김, 동서문화사, 1976) 황금시대의 이야기는 작가의 다른 작품 『미성년』에서 도 비슷하게 반복된다. 실제 도스토옙스키는 1871년 드레스덴미술관에서 이 그림을 보았다고 한다. 김윤식, 『황홀경의 사상』, 홍성사, 1984, 48~49쪽 참조.
9) 김윤식, 『황홀경의 사상』, 56쪽.

『카라마조프가의 형제들』의 유명한 '대심문관'편에서 좀더 심화된 형태로 계속되는 이 아포리아는 지상의 빵과 천상의 빵을 둘러싼 인류사의 오랜 질문인 '자유'로 이어진다. 자유를 원하나 정작 자유가 주어지면 자유를 반납하고자 하는 인간의 모순은 과연 후진국 러시아에 국한된 현상이었을까(1974년 이청준의 『당신들의 천국』이 발표되자, 김윤식은 이 작품에 드러난 사랑과 자유의 변증법, 자생적 운명, 유토피아의 정치학에 대해 여러 차례 글을 쓴다). 김윤식은 도스토옙스키에 이르러 마르크시즘을 위시한 근대 유토피아 사상이 가장 깊고 본질적인 검토와 비판에 직면한 것으로 보았던 것이다. 이 경우 현실 너머로 폭주하는 사상을 '환각'의 형식으로 처리한 것이야말로 문학의 몫이었고, 도스토옙스키의 독창성이었다. '자유'의 환각은 꿈이기에 그만큼 과격하고 또 절대적일 수 있었다.

김윤식 스스로 여러 차례 밝힌 대로 이와 같은 맥락의 도스토옙스키 이해는 1970년 1차 체일 때 운명처럼 만난 루카치의 『소설의 이론』으로부터 촉발된 것인 만큼(루카치는 『소설의 이론』이 도스토옙스키론의 서론 격이라고 밝힌 바 있다. 도스토옙스키는 그동안 아무런 소설도 쓰지 않았으며, 그는 이미 새로운 세계에 속한다는 말로 루카치는 책을 맺고 있다) 『한국근대문예비평사연구』의 처음 구상 단계에서 뚜렷하게 자각적인 그림으로 존재하지는 않았을 테지만, 바로 그래서도 더더욱 문제의식을 심화하는 계기로 작동한 듯하다.[10]

---

10) 『한국근대문예비평사연구』는 1965~1967년에 집필했고, 1970~1971년 1차 체일 때 일본 쪽 자료를 읽고 수정 보완했다고 밝힌 바 있다(『한국근대문예비평사연구』). 흥미로운 것은 김윤식의 등단 평론인 「문학사 방법론 서설」('머리말', 『현대문학』 1962년 1월호)의 결론 부분에 "별을 보고 길을 찾을 수 있던 시절은 행복하다(G. 루카치). 더구나 별이 스스로 빗자루가 되어 우리들의 도정(道程)을 말끔히 쓸어주던

카프문학 그것은 두 근대가 마주치는 격렬한 현장이었음을 내가 알아차린 것은 거기에서 새어나오는 '자유'에의 환각이었다. 설사 환각이지만 이 '자유'야말로 인간다움에 속한다고 믿었던 까닭이다. 더구나 한국은, 제국주의라는 이름의 국민국가의 지배하에서 몸부림치고 있지 않았던가.(『만난』, 696쪽)

"현실의 근대가 황금시대의 근대(자유)를 몰아치고 있는"(『만난』, 695쪽) 곳이 카프문학의 현장이었다. 그리고 여기가 『한국근대문예비평사연구』의 숨은(어떤 면에서는 '사후적'인) 출발점이었다. 중요한 것은 1960~1970년대 김윤식이 서 있던 냉전 체제 속 분단 한국의 현실과 좌표가 이 출발점을 만들어낸 또다른 근거이자 위기의식의 실체였다는 사실이다. 반공법이 시퍼렇게 살아 있는 시절이었다. 김윤식은 1970년 루카치의 『소설의 이론』을 도쿄대 앞 서점에서 발견한 뒤 독어 사전과 하라다 요시토의 일역판을 번갈아 넘기며 번역에 들어갔고, 번역을 마쳤을 때 전체 분량은 법문사의 연붉은 원고지로 808매였다. 누구에게도 보일 수 없었던 이 원고를 김윤식은 밤이면 혼자 쓰다듬어보곤 했다고 여러 차례 술회한 바 있다. "반공을 국시로 하는 나라의 교육공무원인 나로서는 금서에 손대는 일 자체가 일종의 범죄에 다름 아닌 까닭이다."(『만난』, 59쪽) 그 '죄의식'은 '공

시절은 얼마나 행복한 것인가" 하는 『소설의 이론』의 서두가 인용되어 있다는 사실이다. 어색한 번역문의 표현으로 미루어보건대 김윤식은 대학원 시절 도서관 서가에서 다른 글 속에 인용된 방식으로 이 문장을 처음 접한 것이 아닌가 짐작된다(『만난』, 557~558쪽 참조). 그렇다면 『소설의 이론』은 아주 일찍부터 김윤식에게 모종의 희미한 방향성처럼 존재했을 수도 있겠다.

포'이기도 했지만, 하나의 긴장력으로서 연구와 글쓰기의 동력원이기도 했으리라. 서슬 퍼런 시절 카프에 관련된 자료를 찾고 뒤지는 어려움은 또 어떠했을까.

3. 잿빛 이론과 역사 사이에서—사상사로서의 한국 근대문학사

그런데 카프를 중심에 둔 『한국근대문예비평사연구』는 단순히 황혼녘 미네르바의 잿빛 이론과 학문의 지대로만 존재하지 않았다. 실제 두 번의 사건이 있기도 했다. 1974년 1월 7일 명동에서 열린 '유신헌법 개헌을 위한 문학인 61인 선언'에 서명한 일로 남산 중앙정보부에 연행된 게 첫번째였다. 이문구, 김병걸, 방영웅 등과 같이 검은색 지프차에 실려갔고, 하루종일 독방에 앉아 반성문을 써야 했다. 김윤식은 같은 해 여름 다시 상계동 교양과정부 연구실로 들이닥친 검은 지프차로 남산 아래 H호텔로 연행되는데 이번에는 혼자였고 보안사 쪽이었다. 1970~1971년의 일본 체류가 문제였다. 조총련과의 접촉 여부를 넘겨짚는 심문이 계속되다가 수사관이 내어놓은 것이 조총련계 재일교포 비평가 안우식이 『한국근대문예비평사연구』에 대해 일본 잡지에 쓴 글(「カップの成立と解體おめぐって―『韓國近代文藝批評史研究』のこと」, 『月刊百科』129號, 1973. 6)이었다. 결국 『한국근대문예비평사연구』가 문제였고, 카프가 문제의 핵심이었다. 근대성의 중핵으로서 카프, 곧 프롤레타리아문학을 중심에 놓고 그 대타 의식으로서 구축된 민족주의 문학론 및 여타 한국 근대 비평의 흐름을 '사상의 등가성'이라는 방법론 아래 실증적으로 분류하고 체계화하고자 한 학문적 기획이 현저히 현실 관여적이라는 사실이 드러난 사건이었다. 첫번째 사건이 어느 정도 공개적인 수준에서 여러 문인들

과 함께 겪은 일이라면 두번째 사건은 전혀 성질이 달랐다. 김윤식은 2005년 고희를 맞아 출간한 자전적 에세이 『내가 살아온 20세기 문학과 사상』에서 이 일을 고백하기까지[11] 어떤 지면에서도 이에 대해 밝힌 바가 없다. 넘겨짚기식 수사여서 당일 저녁 풀려나기는 했지만 "연행 사실을 누구에게도 발설해서는 안 된다는 것, 일주일 후 12시 정각에 조선호텔 옆 모 다방에 나와 있으라는"(『만난』, 691쪽) 두 가지 조건에 떨리는 손으로 서명을 해야만 했다. "이 순간처럼 외로웠던 적은 내 일생에서 그리 많지 않았다"(『만난』, 같은 쪽)고 김윤식은 쓰고 있거니와, 연행 때처럼 눈을 가리고 있다 내려준 시청 앞에서 낙원동 집으로 간다는 것이 자기도 모르게 무심코 어딘가로 들어가고 말았다. 극장 단성사였다.

지금이나 그때나, 거기서 무슨 활동사진이 돌아가고 있었는지 기억엔 전혀 없었다. 무조건 들어갔을 뿐인데 아마도 열린 공공장소였기 때문이었을 터이다. 나는 지금도 그때의 '고립무원'을 잘 설명할 수 없다. 다만 극장 안의 어둠 속에서 화면의 그 환각을 백치 모양 멍청히 보고 있었다.(『만난』, 같은 쪽)

김윤식은 '고립무원'의 가능성, 혹은 자신의 연구가 품고 있는 '정치성'을 전혀 감지하지 못하고 있었을까. 카프가 아무리 근대성의 격렬한 전장이라 하더라도 학문의 울타리 안이라면 안전하리라고 생각

---

11) 김윤식, 『내가 살아온 20세기 문학과 사상―갈 수 있고, 가야 할 길, 가버린 길』, 문학사상사, 2005, 584~586쪽(이하 인용은 『20세기』로 약칭하고 쪽수만 밝힌다). 조금 더 자세한 이야기는 『만난』, 687~691쪽.

했던 것일까. 여기에는 일종의 자기기만, 자신도 잘 의식하지 못했던 모순이 잠복하고 있었던 것 같다. 그는 자신이 쓰려고 하는 근대 문예비평사가 체계, 곧 방법론이 작동하는 '간접화'의 세계임을 믿어 의심치 않았다. 그런데 왜 '근대문학사'가 아니라 '근대 문예비평사'여야 했을까. 작품과 비평 사이에 놓인 '역사'가 문제였다.

> 문학작품과 문예비평의 관계항으로써는 해결하기 어려운 것이 그 속에 있었는데 바로 '역사'가 주인이라는 사실. 작품과 비평 사이에 놓인 역사란 실로 아이러니한 존재여서 어떤 때는 작품 쪽에 서기도 하여 비평을 조롱했고, 또 그 반대현상도 서슴지 않았다. 이 괴물의 양가성을 제압하는 방도는 무엇인가. 작품에서 괴물을 접근하지 못하도록 차단시키는 방도라고 나는 믿었다. 비평만을 따로 떼내어 독자적 영역 확보에 나아가기, 이를 비평사의 독립선언이라 부를 수도 있었다.(『만난』, 698쪽)

김윤식의 석사 논문 「시의 구조적 특성The Structural Properties of Poetry」(1962)이 '역사'와의 대결 의식에 기반한 뉴크리티시즘에 기대고 있고, 같은 해의 『현대문학』 등단 평론(「문학사 방법론 서설」, 1962년 1월호;「역사와 비평」, 1962년 9월호) 또한 뉴크리티시즘의 문제의식을 원용하여 '역사'의 제약을 통한 비평의 활성화를 주장하고 있었다는 점을 생각해본다면 위의 선회는 놀라운 것이라 할 만하다. 그것은 김윤식이 도서관 서가의 『예일 리뷰』『파르티잔 리뷰』『캐년 리뷰』 등에서 만난 뉴크리티시즘이 '학문'으로서의 문학을 발견하게는 해주었지만 '물들인 군복'을 입고 전후 황량한 서울 거리를 헤매

던 그 자신의 실존적 위기의식을 타개하는 데는 미치지 못했다는 의미가 될 텐데, 기실 뉴크리티시즘과 결별할 수밖에 없었던 중요한 반성의 계기 또한 달리 있었던 것 같다. 영미 주지주의 시론을 소개하며 1930년대 평단을 주도하다 내선일체의 구호 속으로 치달은 비평가 최재서에 대한 공부가 그것이었는바, 김윤식은 최재서 사상의 뿌리에 T. E. 흄의 비평 사상인 '불연속적 세계관'이 놓여 있다는 점을 확인하게 된다. 낭만주의, 휴머니즘을 비판하며 나온 흄의 사상은 엘리트주의, 선민의식에 닿아 있으며 인간의 질서화, 도구화로서 파시즘으로 이어질 계기를 품고 있거니와, 작품으로부터 역사, 작가를 배제하고자 한 뉴크리티시즘의 사상적 뿌리가 바로 여기였던 것이다 (김윤식이 나중에 '문학 사상사'를 도남과 최재서를 다룬 『한국 근대문학 사상 연구 1』로부터 시작하지 않을 수 없었던 것도 같은 맥락에서 이해할 수 있다). 뉴크리티시즘이 '대낮의 논리'였다면(뉴크리티시즘이 세련된 미국의 계간지 속에 들어 있었다는 점을 잊지 말자. 그것은 부럽기 그지없는 강대국 미국의 더없이 찬란한 인문학의 얼굴로 다가왔을 것이다), 그로부터 배제되었던 '역사'의 울림은 밤이면 돌아와 이명처럼 귓가를 맴돌았다. 그것은 울림이었는데, 그가 딛고 선 시대로부터, 물들인 군복과 청계천의 헌책들 사이에서 흘러나왔다. 누구도 자신의 시대를 선택할 수는 없으며, 다만 수락함으로써 타개해나가는 길이 있을 뿐이다. 그 운명의 얼굴이 곧 '역사'였다. 그가 나고 살았던 한반도의 20세기는 이 역사로부터 한 발도 벗어날 수 없는 것이었다. 그러니까 역사의 수락, 곧 운명의 수락이 『한국근대문예비평사 연구』였다.

앞서의 인용문으로 돌아가자. 그렇게 해서, 역사의 '괴물스러움'

을 작품보다는 비평 쪽에 무게중심을 두고 다룬다는 의미는 문학 사상思想, 이념의 문제를 우위에 둔다는 이야기가 되며, 이는 카프를 한국문학 근대성의 중핵으로 보는 김윤식의 문학사 이해 구도와 겹친다. 실제 『한국근대문예비평사연구』 이후 김윤식의 연구가 집중된 곳이 '한국 근대문학 사상사'였다는 것은 잘 알려진 사실이다. '비평사'는 '문학 사상사'의 예비 단계였던 것이다. 그리고 그것은 사실상 '한국문학'에 대한 '재정의'의 과정이기도 했다.

> 한 사상이 그 자체로 갖추고 있는 체계라든가 수미일관성을 논의하기엔, 우리의 문학 연구 수준은 퍽 미달된 형편에 있다. 이런 레벨에서 보면 문학 사상이란 저절로 문학 속의 사상에 앞서서 있는, '문학에 관한 사상'을 뜻하게 된다. 문학에 관한 사상으로서의 문학 사상이 가장 강렬히 발현될 수 있는 역사적·사회적 조건과 거기에 부수되는 요소들, 그리고 그로 인해 드러나는 사상을 밝히는 일이 문학사적 과제에 우선한다는 관점에서 한국 근대문학 사상사의 실마리를 찾을 수 없을까.[12] (강조는 인용자)

'문학에 관한 사상'은 문학이 무엇인지 묻는 일이며, 이는 문학의 정치성이 근본적인 수준에서 문제로 떠올랐던 1920~1930년대의 상황적 조건이기도 했다.

문제적 상황에 대한 해답의 철저성이 문학사의 울타리를 넘어서는

---

12) 김윤식, '머리말', 『한국근대문학사상사』, 한길사, 1984.

그 구체적 양상은, 1920년대 중반에서 30년대에 걸쳐 전개된 문학운동에서 매우 선명히 드러난다고 판단되었다. 그것은 정치와 문학의 관계를 생각하는 정도가 아니라, 정치가 곧 문학이라고 하는, 이른바 등질성의 수준에서의 논의를 가능케 하고 있다.(같은 쪽)

비합법적인 정치운동의 이데올로기가 내면화되며 밀도를 얻는 과정이 문학의 본래적 존재 방식과 일치한 것이 곧 일제강점기인 1920~1930년대의 한국문학의 상황이었다는 판단인 셈이다.

1930년대에 접어들면 정치운동과 예술운동의 대응관계가 민족문학운동과 리얼리즘론·전향론으로 대응관계를 이루게 되는데, 이 사실은 주목에 값한다. 즉, 이번에는 민족문학운동도 비합법적인 것으로 규정되기에 이르렀으며 (……) 그 내면화된 문학 사상이 논리의 측면에서는 리얼리즘론으로, 모럴의 측면에서는 전향문학으로 전개되었거니와, 저자가 문학 사상사의 문제가 문학사의 과제를 일층 넘어서고 있다고 한 것은 이런 문맥에서이다.(같은 쪽)

그런데 이러한 문학 사상사적 과제가 김윤식이 위의 글을 쓰고 있던 1980년대 초중반의 시점, 그러니까 분단시대 한국의 '현재'에서 여전히 문제적인 상황으로 존속되고 있었다는 사실이야말로 한국 근현대 문학의 특수성이자 역사성이라고 할 수 있을 것이다. 1970년대에 이르러 분단과 민주화, 산업화 등의 문제를 가운데 둔 리얼리즘론이 한층 본격화되고, 그 대표격인 백낙청의 민족문학론(민중문학론을 포함한)은 1980년대에 오면 노동문학, 노동해방문학 등으로 분화(혹

은 비판)되면서 급진화되고 있는 형편이었다. 그러니까 카프를 통한 근대성의 포착과 이를 통한 한국 근대문학의 체계화는 잿빛 학문이자 동시에 어떻게 해도 그 타오르는 불씨를 숨길 수 없는 뜨거운 화염 지대로의 진입이었던 것이다. 그것은 애초부터 '운동' 혹은 정치와의 관계항 속에서 존재하는 문학적 실천이었고, 이론과 실천의 관계가 끊임없이 문제될 수밖에 없는 영역이었다. 더불어, 학문적 체계화를 위해 도입한 사상의 등가성(물론 이때의 사상은 시대적 제약 안에서 문제 해결의 최고 수준에 육박한 것을 말한다)이라는 김윤식의 방법론이 "사상사는 결국 객관적으로 존재하는 것이기보다는 연구자의 인생 실천과 불가분의 관련하에서 비로소 풍요로운 영역을 열 수 있다고 믿기 때문"(같은 글)이라는 섬세한 자의식 안에서 작동하고 있었다는 점도 기억해둘 만하다. 이어지는 대목에서 술회하는 대로 도남과 최재서가 얼마간 김윤식 자신의 투영이자 거울이라는 지점을 떠나면 사상사 연구는 공허한 것일 수밖에 없었던 것이다.

이 책에서 다룬 두 사상가에 있어서는 식민지적 상황에서 근대적 학문을 배우고 그것으로 말미암아 훼손된 스스로의 모습을 비추어 보는 거울의 구실을 하는 것이 그들의 업적(사상)일 터이다. 그러므로 그 거울은 벌써 운명적 표정을 짓고 있을 것이다. 거기에다 연구자 자신의 모습을 비추어 보는 일에서 진정한 우리 근대 사상사의 실마리가 풀릴 것이며, 따라서 그 거울에 이르려는 연구자의 노력과 거울 사이의 거리 측정이 일층 절실한 문학 사상사의 과제일 것이다.(같은 쪽)

그러나 이러한 노력과 거리 측정이 아무리 섬세하게 이루어진다

하더라도 책으로 둘러싸인 연구실과 강단, 원고지의 세계가 김윤식의 전부였기에 저 단성사 극장 체험은 무척이나 곤혹스러운 것이 아닐 수 없었겠다. 역사는 '밤의 울림'으로만 존재하는 것이 아니라 무엇보다 대낮의 세계를 지배하는 현실의 운동이기 때문이다. "우리가 갈 수 있고 가야 할 길을 하늘의 별이 지도 몫을 하며 그 빛이 우리의 갈 길을 훤히 비추어주던 시대는 복되도다"라는 『소설의 이론』의 첫 문장을 원편에 놓고 밀고 나간 그의 한국 근대문학 연구는 이 경계에서 위태로운 곡예를 하고 있었다. 다음의 고백은 아프다.

독자적 체계 우선이 미네르바의 부엉이라고 여겼지만 몇 년을 두고 현실에 부딪쳐보니, 대낮의 사상임을 동감하지 않으면 안 되었다. 만일 이 대낮의 사상을 그대로 살리고자 하면 응당 나는 5월의 광주에 끼어들었어야 했다.(『만난』, 698쪽)

4. '80년대', 그리고 문학과 사상의 접점으로서의 '전향론'

1986년 5월 21일 서울대 국문과 4학년 박혜정이 한강에 몸을 던져 목숨을 끊는다. 유서에는 "아파하면서 살아갈 용기 없는 자, 부끄럽게 죽을 것. 살아감의 아픔을 함께할 자신 없는 자, 부끄러운 삶일 뿐 아니라 죄지음이다"라고 적혀 있었다. 지도교수였던 김윤식은 이 년 뒤 대학신문에 「삶으로는 견디지 못했던 어떤 기록─박혜정 군 2주기에 부쳐」(1988. 5. 23)를 싣는다.

그날[장례식 다음주─인용자]도 나는 출석을 불러나갔다. '박혜

정!' 하고 나도 모르게 기계적으로 출석부대로 이름을 불렀다. 대답이 없다. 다시 '박혜정!' 하고 불렀다. 역시 아무 대답이 없다. 출석부에 있는 박혜정은 단 한 번도 결석이 없었다. 나는 그 빈칸에 결석 표시를 그었다. 그 순간 교실 이곳저곳에서 흐느낌이 들려왔다. (……) 이 세상엔 생명보다 소중한 것은 없다. 그러나 젊은이들은 그렇게 생각하지 않는다. 그들은 젊었다.

학생들이 도서관 난간에서 사복형사의 급습을 피하다 떨어져 죽고, 학생회관 꼭대기에서 몸을 던지던 시절이었다. 김윤식의 연구실 유리창은 바로 그곳으로 향해 있었고, 그는 그곳을 등지고 책상 쪽으로 돌아앉아 강의 준비를 하고, 책을 읽고, 글을 썼다.[13] 1980년대의 그 학생들이 근대문학에서 사상이 곧 문학이고, 분단 한국의 상황이 여전히 그 명제의 유효성을 보증한다는 선생에게 질문을 던져왔다. 그렇다면 문학은 어디에 있는 거냐고. 사상사가 문학사의 울타리를 넘어간다면 문학은 사상의 표현 수단에 불과하지 않냐고. 운동으로서의 문학이 들불처럼 타오르던 시절에 학생들의 이러한 반발은 아이러니한 것이었지만, 그것은 교실에서 그들 책상에 놓여 있는 것이 『한국근대문학사상사』의 4장 '사상 전향과 전향 사상'과 함께 한설

---

13) 다음 글은 그 시절 김윤식의 강의실에 존재하던 설명하기 어려운 위안과 긴장을 전해준다. "선생님의 강의는 우리로 하여금 그 야만의 시간을 견딜 수 있게 만드는 유일한 보호구였다. 때로 최루탄에 맞서 돌을 던지기도 하고 옥상에 올라 유인물을 뿌리기도 했지만, 그것만으로는 해결되지 않는 깊은 절망과 외로움에 속수무책이었던 우리는 선생님 강의를 통해 잠시나마 바깥 소음을 잊고 성스러운 시간 속으로 진입할 수 있었던 것 같다."(신수정, 「문학과 삶이 하나임을 몸소 보이신 큰 스승」, 동아일보, 2018. 10. 27.)

야의 「이녕」(1939), 최명익의 「심문」(1939), 이기영의 「설」(1938)과 같은 개개의 '소설 작품'이기도 하다는 사실을 김윤식에게 새삼 일깨웠다.

학생들이 대하고 있었던 것은 「이녕」이고 「시골집」이고 「심문」이었는데, 이것은 제1차적으로는 소설이 아닐 수 없다는 사실. 사상의 과제로 하면 그러니까 전향 문제가 아닐 수 없다. 이 경우 그것은 통속적으로 말하는 '주제'와는 별개의 것이 아니면 안 되었다. 말을 바꾸면, 사상/문학의 접합점으로 뚫린 틈이 바로 전향론이었다. 전향문제란 더도 덜도 아닌 사상과 문학을 갈라 내는 분기점이라는 사실. 전광석화처럼 내가 깨친 것은 바로 이 사실이었다. 이른바 전향론의 양가성이 거기 있었다. 사상에서 문학에로 건너는 다리, 문학과 사상을 잇는 다리로서의 전향론이기에 그것은 사상론이자 동시에 전향문학이 아니면 안 된다는 것. 이 굉장한 사실을 교실의 학생들이 내게 가르쳤다. 나는 한동안 숨도 크게 쉴 수 없었다. 스승과 제자, 교수와 학생의 역전관계가 거기 있었다.(『만난』, 647~648쪽)

이 깨침이 왜 이렇게 김윤식을 흥분시키고 놀라게 한 것일까. 사상 문제의 가장 예민한 국면이 전향론이고, 그것의 가장 섬세한 표현이 전향 '소설'에서 가능하다는 사실이 왜 콜럼버스의 달걀과 같은 발견이어야 했을까. 잠시만 우회해보자. 김윤식은 『한국근대문학사상사』의 4장 2절 '전향소설의 한국적 양상'에서 해방 공간에 발표된 지하련의 문제작 「도정道程」(1946)을 다룬 뒤 다음과 같이 끝을 맺고 있다.

전향소설은 이 대목에 와서 일단 종말을 고한다. 전향자의 대부분이 자기 및 가족이나 자기 계층 의식을 돌보지 않고, 빌려온 서양 사상을 단지 관념적으로만 수용했던 셈이어서 그것이 현실의 견고함에 부딪치자 여지없이 공중분해되지 않을 수 없었다. 전향자 대부분이 기실 '소시민'에 불과하고, 따라서 소시민 의식에 젖어 있음에도 불구하고, 이 엄연한 사실을 고의적으로 혹은 저도 모르게 깨닫지 못한 곳에 전향자의 비극이 있다. 감옥에 갔다 온 것에 일종의 자부심을 갖는 「이녕」과 「설」의 주인공이나 철저한 자굴감自屈感을 기름으로써 자책감에 빠진 「심문」 속의 현혁이나 함께 일종의 소시민 의식에서 벗어나지 못했음은 불을 보듯 환한 사실이다. 자부심이나 자굴감이 함께 윤리적 문제라는 점, 그것이 소시민 의식에서 빚어진 모럴 감각이라는 점이 소설 속에서 세밀히 검토되지 못하고 이르렀다는 사실은 우리 소설사의 넓이와 깊이를 크게 제약한 것이라는 관점에서 비판받을 수도 있을 것이다.(『한국근대문학사상사』, 306쪽)

김윤식이 전향문학에 특별한 관심을 기울인 계기가 2차 체일 때 우연히 접한 리처드 H. 미첼의 *Thought Control in Prewar Japan* (1976)임은 잘 알려져 있거니와, 그는 귀국 후 이 책을 직접 번역했고(『일제의 사상통제―사상전향과 그 법체계』, 일지사, 1982) 여기서 촉발된 문제의식을 가지고 『한국근대문학사상사』의 저술로 나아간 바 있다("선행 『한국근대문예비평사연구』가 지닌 실증주의적 측면에서 벗어나 바야흐로 사상사적 방면으로 열린 지평 위에 섰음", 『만난』, 645쪽). 그리고 『한국근대문학사상사』의 핵심은 단연 '전향론'이었다. 앞서 이 책의 머리말을 인용하면서 보인 "사상을 밝히는 일이 문학사적

과제보다 우선한다는 관점"이 곧 이 전향론에 연결되어 있음은 물론이다. 그러니까 문제는 사상이자 실천 이론으로서의 계급 이론, 곧 마르크시즘이었던 것이다. 그런데 구소련의 라프RAPF에서 일본의 나프NAPF를 거쳐 식민지 조선의 카프로 이어지는 이론적 실천적 이념으로서의 마르크스주의가 정치·사회운동의 차원에서 한국문학을 20세기의 세계사적 과제와 연결시키는 가운데 근대성을 정초해나간 과정을 그 대타항으로서 민족주의 문학론과의 관련 아래 실증적으로 탐구한 것이 『한국근대문예비평사연구』였다면, 이때 그 사상의 실제는 수입된 이론의 앙상한 문예비평적 차원을 넘어서기 어려운 것이었다. 사상이 인간의 깊은 곳과 연결되어 전개되는 섬세한 차원을 문학작품 안에서 찾지 못한다면 이는 결국 '문학'이 부재하는 문학사가 될 수밖에 없지 않겠는가. 일제가 카프 구성원 23명을 일 년 반에 걸쳐 기소하여 카프 해산을 불러온 전주 사건(1935~1936)이 전향론, 전향문학의 차원에서 중요하게 부각된 계기가 여기 있었다. 카프는 나프와 동계였던 만큼 치안유지법과 사상범 보호관찰법을 핵심으로 하는 제국 일본의 사상 통제 방식이 그대로 작동했다. 그러나 『일제의 사상통제』가 보여주는 것처럼 고쿠타이國體로서 천황제에 대한 투항의 길이 열려 있었던 일본과(실제 일본에서 치안유지법으로 사형에 처해진 경우는 단 한 건도 없었다) 돌아갈 '국가'가 없는 식민지 조선의 경우는 그 전향 양상이 다를 수밖에 없었다. 이와 함께 사상 통제를 하나의 통치술로 제도화한 권력의 관점을 검토한다는 것은 현실 지배 세력과 관념(이데올로기)의 대결 형태를 "가냘픈 그러나 끈질긴 인간다운 모습"(『만난』, 578쪽)에서 바라볼 수 있게 된다는 의미이기도 했다. 그 '인간다운 모습'의 드러남이 곧 '전향론'이었고, 실제 전

향의 문제가 작가를 중심으로 전개되면서 '전향문학'이 그 중심에 놓이게 된 것이다. 김윤식이 자신의 첫 저술 『한국근대문예비평사연구』의 한계를 스스로 토로하고 『한국근대문학사상사』의 집필로 나아간 경위가 여기에 있다 하겠다.

그런데 이렇게 말하고 만다면 우리는 사태의 전모에 이르지 못할 가능성이 높다. 『한국근대문학사상사』의 구상과 집필 시기는 2차 체일을 포함하는 1980~1984년인데, 이때 한국의 상황은 어떠했던가. 좀더 정확히는 김윤식의 연구실을 둘러싼 풍경은 어땠는가. 앞서 박혜정의 죽음과 그에 얽힌 지도교수 김윤식의 일화를 소개했거니와, 1980년대 대학 교정은 5월 광주로부터 촉발된 민주화의 요구가 내연하는 가운데 '변혁'의 시대로 치닫고 있었다. 에두를 것 없이 그 변혁의 이념은 마르크스주의였다. 학생들은 일어로 된 레닌의 「무엇을 할 것인가」를 읽고 공장으로 들어갔고, 박노해의 시집 『노동의 새벽』(1984)은 인간 해방의 노동자 문학으로 문학과 꿈, 감각을 재정의했다. 선린상고 야간부 출신의 노동자 시인 박노해(본명 박기평)는 이로부터 사 년 뒤인 1988년 '남한사회주의노동자동맹'의 결성에 주도적으로 참여한다. 학생운동 출신과 혁명적 의식을 가진 노동자들이 결합한 '사노맹'은 한국전쟁 이후 남한에서 자생적으로 성장한 최대의 비합법 사회주의 혁명 조직이었다. 권력의 탄압 또한 필사적이었다. 『한국근대문예비평사연구』가 『한국근대문학사상사』로 보완되어야 했고, 그 핵심에 '전향론'이 문학과 사상을 잇는 다리로서 존재하고 발견되어야 했던 필연성은 1980년대의 시대적 공기를 떠나 설명하기 어렵다. 김현과 공저한 『한국문학사』에서 김윤식이 쓴 첫 문장, "모든 역사는 현재의 역사[크로체]라고 했을 때, 그 발상의 하류에는 비

전 발견의 생산성 혹은 창조성까지 놓여 있지만 이 진술의 직접적 의미관련은 현재의 상황과 이를 극복해야 하는 當爲로서의 실천적 요구이다"[14]는 그 자신에게 언제나 위기의식으로 돌아오는 명제였을 것이다. 김윤식은 마르크스의 『자본론』을, 루카치의 『역사와 계급의식』을 다시 읽어야 했다. 그것은 동시에 당대 최고 수준에 이른 이론, 사상을 다시 검토하는 시간이기도 했을 것이다. '전향론'의 핵심이 결국 인간 주체성의 문제에 가닿는다면, 그 주체성의 문제를 가장 강렬한 이론적·실천적 밀도 안에서 질문하게 만든 사상이 마르크시즘이기도 했다. 마르크시즘은 한편에 하부구조 우위의 경제결정론을, 다른 한편에 프롤레타리아의 계급의식을 내세운 역설의 체계를 가지고 있다. 이 모순의 정치적 타개 방식 중 하나가 전위의 지도를 내세운 볼셰비즘, 즉 레닌주의였을 테지만 현대 서구 철학에서 마르크시즘의 '주체성' 문제는 사르트르, 알튀세르 등을 통해 끊임없이 수정되고 정교화되어야 했던 난제 중의 난제였다. 루카치의 『역사와 계급의식』 또한 노동자 의식의 주체성을 정립하기 위한 이론적 시도였음은 잘 알려진 사실이다. 1920~1930년대 카프의 경우에도 그러했지만, 1980년대의 변혁 운동 역시 학생과 지식인 중심이었고 '역사적 당위'의 압력과 사회적 실천 사이의 딜레마는 많은 사람들의 내면을 고통스럽게 짓눌렀다. 특별히 열성적인 운동권도 아니었던 박혜정의 비극적인 죽음이 놓여 있던 좌표가 이 어름이었다. 이 같은 고통에 대한 감응이 문학일진대, '근대성'의 잿빛 이론 속으로 도망쳐본들 그 비명들을 차단하기는 어려웠을 것이다. 1980년대가 스스로에게 갖는

---

14) 김윤식·김현, 『한국문학사』, 22쪽.

의미를 지나가듯 언급하는 다음 글에는 의도적 강변強辯 너머로 숨기지 못한 고뇌의 울림이 있다.

> 남들이 감옥에 가고, 불꽃처럼 몸을 태우며 역사의 속도를 앞당기는 계절 속에서 자기 손톱 밑 가시만을 생각하는 저능아의 논의도 가능할 것인가. 이런 목소리에 나는 익숙하지 않다. 나는 우둔한 탓에 반성 같은 것은 하지 않는다. 신기료장수가 공산당이 되었다고 해서 달라질 것 없다는 피카소의 말을 자주 떠올렸다. 저마다의 직업이 있고 그 윤리가 있듯 내가 하는 일은 그제나 저제나 우리 근대문학일 뿐. 나는 이것을 한갓 직업이라 강조했는데, 이에 자의식, 곧 근대성에 대한 자의식을 날카롭게 하도록 만든 것이 80년대의 의미가 아닐 것인가.[15]

그러나 그의 현실은 언제나 책 속의, 문학 속의 그것이었다는 어쩔 수 없는 확인 또한 여기에 있다. "카프문학 연구란, 그러니까 그것이 내겐 일종의 앙가주망이었던 셈. 관념(환각)과 현실, 회색과 녹색을 잇는 통로의 일종이었던 셈"(『20세기』, 587쪽)이다. 그렇다면 그 1980년대의 한복판에서 『자본론』과 루카치를 다시 읽으며 그가 찾아낸 결론 또한 사실은 얼마간 예견 가능한 것은 아니었을까. 『자본론』의 공식 출판이 가능하지 않았던 시절(1988년 12월 2일 해금)에 그가 가지고 있던 국역판은 최영철·전석담·허동 공역의 전7권(해설서 1권 포함, 서울출판사, 1947~1948)이었다. 화폐의 본질을 기독교

---

15) 김윤식, 「이광수에서 임화까지」, 『우리 소설을 위한 변명』, 고려원, 1990, 343쪽.

의 삼위일체론으로 설명하는 대목("가치는 본원적 가치로서는 잉여가
치로서의 자기 자신으로부터 구별되고 父神으로서는 子神으로부터 구별
되는 것이나 父子는 다같이 同甲이고 또한 실은 일개의 인격에 지나지 않
는다."—제2편 4장 1절, 135~136쪽)에서 크게 당황하지 않을 수 없
었다는 것. 그러나 이론과 실천의 모순이 마르크스 철학 안에서도 여
전한 딜레마라는 사실의 확인과 함께, 『자본론』이 유대인이자 기독
교 세례를 받은 한 인물의 열정과 혼이 밴 개인적 저작(고전)이라는
사실은 그를 당혹게 하면서도 위로했던 것으로 보인다. "천하 없이
중요한 경제문제나 그 학문적 연구도 이 인간적인 경험을 비켜갈 수
없는 법. 『자본론』에서 끝내 내가 배운 바는 바로 이 점이었다."(『만
난』, 667쪽) 좀더 결정적인 것은 『소설의 이론』으로부터의 거리감 확
보였다. 루카치가 『소설의 이론』의 '희랍적 황금시대'라는 환각에서
벗어나 『역사와 계급의식』으로 나아간 때를 원점이라고 한다면, 그
는 단 한 번도 이 원점을 떠나지 않았다는 사실이 그것. 그는 평생 헝
가리 공산당원으로 살아남기 위해 애썼기에 전향의 문제가 끼어들
틈이 없었다. 『역사와 계급의식』이 주체성, 자유의 문제에 닿아 있다
면 루카치의 철학과 사상, 혹은 비평은 '전향'의 문제를 이미 포함하
고 있었던 것이다. 근대성을 문제삼는 작업이 사상과 주체성, 곧 사상
과 인간의 실존적·역사적 관련 양상에 마주칠 수밖에 없다는 사실
을 김윤식이 짐작 못했을 리는 없다. "그 때문에 많은 지식인들은 감
옥행이거나 또는 회의하면서 죽어갔다. 그 고민의 총량을 재고 또 다
스리는 원천이 『자본론』에 있다고 많은 사람들이 믿어 의심치 않았
다."(『만난』, 671쪽) 그러나 정작 부딪쳐보니 어땠던가. 5월 광주 안
으로는 들어갈 수 없었다. 그가 붙잡고 있던 루카치는 이미 저멀리 도

망가고 없었다. 『소설의 이론』은 서양 근대의 자부심 안에서만 가능한 동화적 환각이었다. 『자본론』은 현대 서양, 기독교 문명의 고전이었고, 결국 그조차도 역사 현실 안에서 풍화될 운명일 뿐이었다. 실제 한국의 1980년대를 뜨겁게 달구었던 이념으로서의 마르크시즘은 바로 같은 시기에 구소련과 동구권의 붕괴라는 현실 사회주의의 실패를 향해 마지막 숨을 몰아쉬고 있었다. 말하자면 '근대'와 한국문학을 연결 짓고자 한 『한국근대문예비평사연구』의 체계와 실증은 『한국근대문학사상사』의 '전향론'에서 사상과 문학을 함께 살필 길을 찾는 듯했으나, 길이 시작되자 여행이 끝난 형국이었다. 역부족이었던 것이다.

5. '이광수들'과 김윤식

그러나 사실 역부족은 그의 것만이 아니었다. 선배들이 있었는데 바로 현해탄을 건넜던 많은 '이광수들'이 그들이다. 그러니까 "아무도 그에게 수심水深을 일러준 일이 없기에/흰 나비는 도무지 바다가 무섭지 않다"(김기림, 「바다와 나비」, 1939)에 잠긴 많은 이야기들.

앞에서 말한 대로 1970년 김윤식의 첫번째 도일의 연구 주제는 '한국 근대문학에 끼친 일본 문학의 영향'. 최남선, 이광수, 김동인, 염상섭, 이상 등 식민지 문인들의 일본 근대 체험을 밝혀야 했다. 이광수가 그 연구의 중심에 있었고, 이광수의 와세다 고등전문부 성적표와 메이지학원 동창회보에 실린 첫 소설 「愛か(사랑인가)」(일본어 창작)를 찾아냈지만 더 많은 시간을 카프와 관련된 나프 문헌 찾기에 보낼 수밖에 없었다. 『한국근대문예비평사연구』가 아직 미완이었던 것이다. 그러나 김윤식이 길을 잃을 수밖에 없었던 더 결정적 이유는 바로

그 자신이 어느 수준에서는 '이광수'였기 때문이다. 도쿄올림픽 이후 고도성장의 한가운데 놓인 일본의 1970년대란 거의 '천국'처럼 보였다고 그는 고백하고 있거니와, 도쿄대 앞 서점에서 루카치의 『소설의 이론』을 만난 게 그런 문화 충격의 와중이었던 것이다. 그리고 비평가 고바야시 히데오小林秀雄, 에토 준江藤淳의 발견이 이어졌다. 일본 비평계의 고봉을 만난 설렘이 젊은 비평가로서 스스로에 대한 초조함으로 번져가는 마음의 흐름을 김윤식은 『내가 읽고 만난 일본』에서 정직하게 기술해놓고 있지만, '평범한 인간의 약함'에 주목하는 문학적 윤리 감각의 섬세함이야말로 이들에게 배운 것이었다.(『만난』, 398쪽 참고) "자료조사도 역부족이었지만 일본 비평 엿보기란 한층 절망적이어서 제1차 체일에서 (……) 잃은 것은 내 젊은 오기였고, 얻은 것은 문예비평에 대한 공포증이었다. 문예비평, 그것은 블랙홀과 같아서 한번 빠지면 헤어날 방도가 없는 것이었다."(『만난』, 409쪽)

1980년 9월 1일 김윤식은 우신사판 『이광수 전집』 열 권을 가방에 넣고 두번째로 현해탄을 건넌다. 그러나 이번에는 중년의 자의식이 그를 뒤흔들었다. "이광수 이전에 나를 찾아야 했다."(『만난』, 431쪽) 그 흔들림 속에서 발견한 것이 데카르트 연구차 떠났던 프랑스 파리에서 노트르담의 돌멩이에 취해 주저앉은 일본인 모리 아리마사森有正였다. 모리의 울림 가득한 에세이 밑바닥엔 '인간 기피증' 혹은 '인간 공포증'이 어른거리고 있지 않았던가. 고백체의 수사학 속에 이중으로 감춘 모리의 외로움과 내면을 들여다보는 일이 왜 중년의 김윤식에게 필요했던 것일까. 1980년 5월 광주의 참상을 뒤로하고 다시 떠나온 도쿄였다. 이는 일차 체일 때 만나 '겁도 없이' 번역했던 『국화와 칼』(오인석 공역, 을유문화사, 1974)의 인류학적 관심 뒤에 아이를

낳지 못했던 저자 루스 베네딕트의 무의식적 그리움이 잠복해 있음을 뒤늦게 깨닫게 된 사정과 견줄 수 있을지 모르겠다. "이 책은, 저자의 처지에서 보면 '자기소외'의 일종이지 그 이상도 그 이하도 아니었다. 다만 그 소외의 강도가 그리움悲이었음에서 한층 애처로웠던 것이다."(『만난』, 549쪽) 이어지는 고백은 조금 특별해 보인다.

> 이 자리에서 나는 또 고백하지 않을 수 없다. 아기가 없어 강아지를 키우며 자기소외를 극복한 에토 준江藤淳, 아이가 없음에도 조금도 자기소외 없이 밀고 간 다나베 하지메田辺元를 늘 염두에 두었음이다. 자살한 에토와 루스 베네딕트에겐 애처로움이 물결처럼 나를 에워싸는 것이었다. 이 애처로움의 물결, 그것이 나의 것일 수도 있는 것일까.(『만난』, 549~550쪽)

요컨대 '인간의 약함'에서 비롯된 이야기들. 그 이야기의 가장 섬세한 표현이 문학이 아니었던가. 모리의 '노트르담'이 선험적인 것이었다면, 이광수의 '민족' 또한 그러한 것으로 보였는데 열한 살에 고아가 된 이광수의 끝내 실패한 '아비 찾기'야말로 그리움悲의 형식이기도 했다. 번져나오는 자의식의 틈을 막기 위해서도 자료 찾기에 골몰해야 했다. 김윤식은 이광수들이 일본에서 마주쳤던 시대감각을 알기 위해 1900년대 전후의 신문, 잡지를 모조리 살펴보았고, 그들이 밟았던 길을 걷고 또 걸었다.

> 일부러 도카이혼센東海本線을 타고 비와코琵琶湖를 지나고, 후지산을 끼고 도는 산속의 작은 역에 내려 플랫폼 나무의자에 걸터앉아 어둠

속을 지켜보곤 했다. 나고야 교외 산중턱에 있는 메이지무라明治村에서 러일전쟁의 표정과 메이지시대의 풍물을 보면서 춘원과 육당의 감각을 얻고자 서성거리기도 하였다. 김동인이 그토록 열심히 다녔다는 아사쿠사淺草 극장가를 헤매고 시나가와品川의 조선 노동자들이 살던 동네의 축제를 보았고, 도시 구석구석에 살아 있는 낯선 신들을 모신 사당들을 보았다.(『만난』, 748쪽)

그리고 도서관에 파묻히는 길밖에 없었다. '작은 기적'이 일어났다. 이광수가 『카이조改造』 1936년 8월호에 일어로 발표한 「만영감의 죽음」을 발견한 것이다. 일본에서 일어로 소설을 배운 이광수가 일본 소설의 주류라 할 수 있는 사소설 형식으로 승부를 건 작품이었고, 언론계를 떠나 홍지동 산장으로 물러나 있던 당시 이광수의 심경이 고스란히 담긴 작품이었다. 한국어로 쓴 소설 「육장기」(1939, 홍지동 집을 판 이야기)에 그대로 이어지는 것이기도 했다. 1970년 도일 때부터 치자면 십 년의 세월이었는데, 마침내 『이광수와 그의 시대』를 쓸 수 있는 지평이 저만치 보이기 시작했다. 김윤식은 1980년 12월 29일 서둘러 귀국했고 1981년 정초부터 『이광수와 그의 시대』의 집필에 들어갔다. 탈고한 것은 같은 해 8월 15일, 원고지 4,600매 분량이었다(『문학사상』 연재를 거쳐 전3권으로 완간된 것은 1986년). 이광수의 고아 의식이 시대의 고아 의식이기도 하다는 점에서 김윤식에게 이광수 연구는 『한국근대문예비평사연구』에 맞먹는 무게를 가지고 있었다. 두 번의 도일과 십수 년의 시간이 그것을 말해준다. 카프가 한국문학의 '근대성'의 한 축이었다면, '일본'은 '근대성'의 또 다른 한 축이었다. 사실은 카프조차 일본의 영향 아래에서 전개된 것

이었다. 그의 첫번째 도일 주제가 '한국 근대문학에 미친 일본 문학의 영향'으로 되어 있거니와, '영향'은 사실 압도적인 수준에서 존재했다. 한국 근대문학의 개척자로 꼽히는 이광수의 첫 소설이 일본어로 쓰였다는 사실은 이러한 사정을 상징적으로 보여준다. 제목이 '이광수와 그의 시대'일 수밖에 없었던 이유이기도 하다.[16] 그러나 이광수의 아비 찾기가 결국 일본이라는 '가짜 아비' 앞에서 주저앉았듯 그 시대적 관련 양상은 한없이 안타까운 것이었다. 이인직, 이광수, 김동인, 염상섭, 이상, 이효석, 유진오 등은 식민지 종주국 일본의 수도 도쿄를 '문명개화'의 본고장이라 생각했고, 그러기에 일본의 문학을 근대적이고 첨단의 것이라 믿으며 필사적으로 배워 익혔다. "사력을 다해 그들은 이를 공부했고, 그 때문에 신경증에 위경련에 또 광인에 가까운 대가를 지불치 않으면 안 되었다. 한국근대소설사는 그 결과물이었다."(『만난』, 372쪽) 그러나 일본 문명 또한 서양 근대의 모방이었고, 일본 문학은 또다른 의미의 '식민지' 문학이 아니었나.[17] 현재의 관점에서는 자명하게 드러나는 이런 구도가 당대의 '이광수들'에게는 보이지 않았으며, 따라서 그 맹목의 실감을 찾아내는 일이야말로 '그의 시대'로 가는 출입구였다. 문학과 시대, 인간과 시대의 관계 개념이 중심에 놓여야 했다. 고아이자 망국인으로서 이광수가 매달렸던 역사의 신은 준비론적 민족주의, 곧 동우회(흥사단) 사상이었다. 그

---

16) 에토 준의 『소세키와 그의 시대(漱石とその時代)』(1~5부, 1부는 1970년; 5부는 1999(미완), 신조사)도 중요한 참조점이 되었던 것으로 보인다(『만난』, 3장).

17) 서유럽 근대를 역사 이해의 특권적인 중심축으로 설정하고, 그에 따른 단선적 단계적 발전 양상을 이야기하는 구도에 대해서는 많은 비판이 존재한다. 거대 서사로서의 '근대성' 개념을 해체하려는 대안적 논의도 많다. 그러나 이러한 측면은 이 글의 범위를 벗어난다. 이 글은 김윤식의 역사 감각을 최대한 따라가는 방식으로 쓰였다.

이념 및 운동 형태가 한 인간의 삶으로 어떻게 구조화되어 나타났는지를 밝힌 것은 『이광수와 그의 시대』의 성과이자 김윤식의 사상사적 문제의식이 얼마나 강렬하고 절실한 것이었는지 잘 보여준다. 그러나 이 책의 진짜 숨은 승부처는 이광수의 삼종제三從弟 운허당 이학수의 발견이었을 테다. 화려한 대낮의 활동가 이광수를 보이지 않는 손으로 뒷받침해준 이가 봉선사 승려이자 해방 후 광동중학교를 설립하고 교장에 오른 이학수였다. 1934년 춘원이 절망에 빠졌을 때 홍지동 산장으로 『법화경』 한 질을 몸소 가져다준 사람이 그였고, 해방 후 민족반역자로 쫓길 적에 봉선사에 피신처를 마련해준 것도 그였다.

> 춘원을 위해 운허는 봉선사 절담 옆에 방 하나를 마련해주었다. 벽을 헐고 남향창을 내어서 볕이 잘 들었다. 벽장과 선반을 만들어서 선비의 살림을 할 만한 서재였다. 문미에는 추사체로 쓴 현판 다경향茶經香이 걸려 있었다.[18]

그러니까 "아무도 혼자서 햇빛 아래 눈부실 수는 없는 법"(『만난』, 752쪽)이라는 인간적 진실의 확인. 실제 『이광수와 그의 시대』는 작가 평전을 넘어 하나의 '작품'으로 읽히는데, 자료 조사부터 완간까지 걸린 긴 시간 이상으로 역사 앞에서 무너져간 나약한 개인에 대한 안타까움이 김윤식 고유의 시야와 숨결, 직관과 통찰 안에서 깊이 펼쳐지기 때문이다. 그러나 동시에 『이광수와 그의 시대』는 이광수의 개별 작품 연구로 더 심화되지 못한 채 멈추어야 했는데, 계몽을 내세

---

18) 김윤식, 『이광수와 그의 시대 3』, 한길사, 1986, 1048쪽.

운 작품들의 얕음이 그 길을 가로막고 있었던 것이다. '이광수들'에 대한 이 문학적 갈증이 그를 『염상섭 연구』(서울대출판부, 1987), 『김동인연구』(민음사, 1987), 『이상연구』(문학사상사, 1987) 등으로 다급하게 내몰았지만, 작품 내부의 깊은 층위와 충분히 공명할 수 있었던 것은 일어로 쓴 유고의 분석까지 나아간 「오감도」의 작가 이상의 경우였다고 술회하고 있다.[19] 한편 이 시기 평전 성격의 작가 연구에서 일본을 매개로 한 근대적 문학 제도의 수용과 '근대성'의 가치중립적 차원에 강조점이 두어졌다는 것도 짚어둘 만한 점인 듯하다. 제도로서의 근대의 부각은 결국 또다른 근대에 대한 지향을 품었으나 역사에 안착하지 못한 사상의 급진성을 되비추는 거울이었을 수 있다. 그리고 그 비대칭성이야말로 20세기의 사상적 과제였다.

6. '역사의 종언'과 끝없는 메타노이아의 글쓰기

『한국근대문예비평사연구』와 『이광수와 그의 시대』가 그렇게 서로를 마주보면서 김윤식의 한국 근대문학사를 지탱하고 있을 때, '역사의 종언' 담론이 외부의 충격으로 주어지고 근대문학 연구의 지향성도 '리얼리즘'에서 '모더니즘'으로 일제히 넘어가고 있었다. 이른바 1980년대가 급격하게 끝나가고 있었다. 카프 비평에 대한 천착 이

---

19) 『만난』, 384~385쪽 참고. 이어서 『이상 소설 연구』(문학과비평사, 1988), 『이상 문학 텍스트 연구』(서울대출판부, 1998), 『기하학을 위해 죽은 이상의 글쓰기론』(역락, 2010)으로 나아간 연구의 궤적이 이를 말해준다. "카프문학에서 출발한 내 성좌는 이 '환각의 인'〔이상, 「동해(童骸)」─인용자〕의 성좌 앞에 알몸으로 노출된 형국이었다. 내 반생이 '역사의 진보'의 자장 속에 있었다면 그다음의 반생은 '역사의 종언'의 자장 속에 빨려들어가고 있었다. 이 두 자장이 분기되는 지점에 놓인 것이 이상 문학이었고, '환각의 인'이었다."(『20세기』, 480쪽) '환각의 인(人)'은 이상이 포착한 근대인의 메타포다.

래 역사와 이념의 축을 떠난 적이 없던 김윤식에게 어쩌면 가장 큰 위기의 순간이 닥쳐온 것인지도 모른다. 그러나 그 종언이 하나의 담론이자 외부적 계기에 불과했다는 점에서 '물들인 군복'을 입고 황량한 청계천 변을 헤매던 때로부터 지속된 실존의 허기, 자기 탐구의 갈증을 허물기는 역부족이 아니었을까. 고향 동네 제비꽃과 마산 앞바다의 쪽빛 관념 사이에서 그를 위기에 빠뜨리며 끊임없이 내연해온 문학이라는 자기의식을 타격하기는 또한 역부족이 아니었을까. 역사라는 괴물에 맞서는 그 '환각'으로서의 문학은 끊임없는 자기 회의를 수반하는 위기의식의 연속이 아니면 안 되었다. 중단과 포기, 전향을 포함하는 끝없는 메타노이아metanoia[20]로서의 글쓰기. 그의 문학사는 그 위기의식으로서의 '문학'이라는 관념을 떠나서는 성립될 수 없는 것이었다. 김윤식이 정년퇴임을 앞둔 1999년에 낸 연구서가 『한국근대문학연구방법입문』인 게 그 증거이리라.[21] 물론 '입문'의 주어는 그 자신이다. 그가 마지막 순간까지 동시대 한국 소설을 읽고, '이중어 글쓰기론'과 '학병 세대의 글쓰기론'을 거듭 가다듬으며 폐기 처분 직전의 한국 근대문학사에 긴장력을 불어넣으려 한 사실이 또한 그 증거이리라. 동시에 그는 정직했다. 그 자신의 지적 여정을 마지막으로 정리한 책이 『내가 읽고 만난 일본』(2012)이다. 루카치, 고

---

20) 통상 회개 혹은 회심으로 번역되는데, 단어의 참뜻은 근본적인 전향(轉向), 사고와 의식의 근본적인 변화에 있다(보리스 그로이스, 『코뮤니스트 후기』, 김수환 옮김, 문학과지성사, 2017, 132쪽 역주 참고).

21) 1990년대 들어 김윤식은 연구자 자신의 내면에서 움트는 문학적 과제를 '발견으로서의 방법'이라 칭하며 한국 근현대 문학사 다시 읽기에 들어간다. 그것은 동시대 소설 읽기와 함께 이른바 '역사 이후'를 살아가는 그 자신의 현장성 찾기였으며, '표현자'와 '연구자'의 일치라는 평생의 과제에 대한 도전이기도 했다.

바야시 히데오, 에토 준, 모리 아리마사, 루스 베네딕트, 리처드 미첼이 각기 하나의 장章을 이루고 있거니와 그가 그이들을 만난 곳이 일본이었다. 다시 한번 말하거니와 그 자신이 얼마간 '이광수들'이었던 것이다. 그 실존적, 지적, 세대적, 역사적 한계가 그의 문학사였고, 그의 글쓰기였다. 그는 다만 그 한계에 충실하고 정직했을 뿐이었다. 나는 다음 대목을 어떤 떨림 없이 읽을 수 없다. 저 문체는 그 자신의 시대로부터 울려오는 목소리이기도 하리라.

> 글쓰기란 그 누구도 '인간'에 이르는 길이라는 것. 인간만큼 '약한 존재'가 없고, 그것을 탐구하는 것이 문학이라는 것. 그러기에 이런 문학만큼 강한 것이 없고 또 약한 것이 없다는 것.(『만난』, 356쪽)

(2019)

삶, 말, 글의 섞임 그리고 전체를 향하여
—서정인

1. 형식과의 싸움 — '낙하산'의 운명

소설은 세계를 전체에서 사유하고 상상하는 가운데 서사를 구성하고 세상과 인간 심리를 묘사한다. 이때 이 모든 일이 언어의 역능과 위상 안에서 짜이고 전개된다는 사실은 자주 강조될 필요가 있다. 소설은 자연이 아니며, 세계-현실 그 자체도 아니다. 그것은 언어의 특별한 사용, 조직과 관계된 사유와 상상의 방식이며, 세계-현실을 정의하고 설명하는 길이다. 인간의 사유와 상상에서 언어가 갖는 근본적인 역량과 지위 때문에 소설의 서사와 묘사는 종종 현실과 한몸으로 여겨지거나 자연화될 뿐이다. 소설의 화자 장치, 언문일치의 환상, 반영성, 장르적 관습 등이 종종 소설 자신에 의해 자동화 상태로부터 일깨워지고 전경화되는 것이 소설의 역사를 이루게 되는 것도 그 때문일 테다. 게다가 소설의 관습적 자질, 발생적 기원에 대한 자각은 형식에 대한 관심을 넘어 사실/진실의 존재적 위상에 대한 질문으로 이어진다는 점에서도 그 자체로 소설의 중요한 주제이자 과업

이 될 수 있다. 소설이 서사문학의 역사 속에 있는 특별한 담론적 구조라는 사실과 소설이 바로 그 서사의 형식으로 현실과 맺는 관련 사이에는 늘 균형이나 강조점의 문제가 있어왔다. 그러나 어느 쪽이든 일면에 대한 과도한 물신적 강조는 소설에 대한 이해를 제한하고, 소설의 능력을 실제와 다르게 과장하거나 왜소화할 뿐이다. 소설 작품 한 편 한 편은 질문 없이는 쓰일 수 없고, 그 질문에는 언제나 소설에 대한 물음이 포함될 테다.

그렇다고 하더라도 서정인의 장편 『달궁』[1]은 한국 근현대 문학사에서 소설의 형식적 자질에 대한 질문을 예각적으로, 총체적으로 내장하면서 그 질문을 세계에 대한 소설의 전체적 사유의 문제와 연결시킨 드물고도 특별한 경우라 할 수 있다. 우리는 『달궁』으로부터 소설의 언어, 화법, 담론적 장치에 대한 거의 모든 질문을 건네받게 되며, 그것이 세계의 전체성, 언어의 전체성을 사유하려는 소설의 역능과 긴밀히 결합되어 있다는 사실을 놀라운 실감 속에서 확인하게 된다. 기실 서정인 소설의 개성적인 문체와 화법이 초기부터 소설 그 자체의 물질성에 대한 질문을 강렬하게 동반하고 있었다는 점은 얼마간 간파되기도 했다.[2] 그리고 이 같은 서정인 소설의 좌표는 당대 한

---

1) 1985년 9월 『한국문학』에 처음 발표된 이래 1990년 『세계의문학』 여름호의 「달궁 33」까지 이어진 「달궁」 연작은 민음사에서 『달궁』(1987), 『달궁 둘』(1988), 『달궁 셋』(1990)으로 출간된다. 이후 2017년 세 권을 함께 묶은 개정 합본판 『달궁—박달막 이야기』(최측의농간)이 나왔다. 이 글에서 『달궁』의 인용은 개정 합본판에 따르고 쪽수만 밝힌다.

2) 특히 서정인의 첫 소설집 『강』(문학과지성사, 1976)에 대한 김현의 해설 「세계 인식의 변모와 의미」. 김현은 서정인의 소설이 문학 언어와 일상 언어의 차이를 극단적으로 보여주려는 의도 위에 구축되고 있다고 보는데, 화법에 대한 작가의 특별하고 섬세한 관심은 그것의 표현이다. 소설에서 삼인칭이 갖는 담론적(현실 그 자체가 아니

국 소설의 지형에서는 물론이고 지금 한국 소설의 양상에서 보아도 분명 전위적이고 실험적인 영토를 개척한 것이었다. 다만 겉으로 서정인 소설의 실험이 두드러지지 않게 보였다면, 그 실험이 일상의 꼼꼼한 리얼리즘에 기반한 비극적이고 냉소적인 세계 인식의 철저성이나 작가 특유의 강렬한 문체의 문제로 쉽게 환치되었기 때문인지도 모른다. 그러나 소설의 형식적·담론적 구조에 대한 예민한 자각과 성찰을 바탕으로 세계의 전체성을 소설 언어의 전체성 안에서 사유하고 표현하려 한 서정인 소설의 도정은 처음부터 근대 유럽에서 발생한 '소설' 장르 전체에 대한 도전 의식을 품고 있었던 것 같다. 형식과의 싸움, 부단한 문학의 실험과 관련해서는 『달궁』 연작을 발표할 무렵 작가 자신의 인상적인 발언이 있다.

외부 세상의 몰이해와 악의와 협박에 대해서도 신념이 있어야 할 것입니다만, 형식과의 싸움에도 그것은 필요합니다. 형식과의 싸움은 끊임없는 실험으로 나타나지만, 실험이라는 말이 암시하듯이, 이것저

라) 위상을 고려하면, 소설의 인물은 작가의 밖에 있으면서 동시에 인물 자신 안에 있다. 이 사실을 소설의 관습으로 자동화하지 않고 서정인은 자신의 문장으로 전경화한다. "그러니까 서정인의 문장 속에는 작가와 인물이 다 같이 숨어 있다. 그런 서정인의 문장을 자유 간접 문체라고 부를 수 있을지 모르겠다."(313쪽, 재판) 유럽 근대소설의 발전에서 중대한 계기가 되어준 '자유 간접 문체(화법)'를 자각적으로 활용하고 전경화한 점에서 서정인 소설은 한국 소설사의 드문 사례이다. 김현은 그 같은 서정인의 문장이 "때때로 독자들의 웃음을 유발시킨다"(같은 쪽)고 지적하고 있는데, 하나의 문장 안에 작가의 언어와 인물의 언어가 동시에 깃들 때 발생하는 의미의 격차는 소설의 아이러니가 생겨나는 진원지이기도 하다. 그러나 웃음이나 아이러니의 측면보다 여기서 우리가 주목하는 것은 작가의 '자유 간접 문체' 활용이 소설의 특수한 담론적 성격을 돋을새김한다는 점이다.

것 다 해본다든가, 하나를 해본다든가 비위에 안 맞으면 딴 것을 해본다든가 하는 뜻이 아닙니다. 이때 실험이라는 말은 처음 해본다는 뜻이고, 그 처음이 마지막입니다. 즉, 연습이 아닙니다. 나의 문체는 좋으면 좋고, 나빠도 할 수 없습니다. 그것은, 낙하산이 반드시 펴져야 하는 것처럼, 반드시 작동해야 합니다.(「형식과 신념」, 1987)[3]

몇 가지 생각이 뚜렷하다. 형식과의 싸움은 부단한 실험으로 나타나는데, 이때의 실험은 한 편의 작품을 성립시키는 절대적 요구 사항이다. 따라서 그것은 처음이자 마지막이다. 그리고 그 형식과의 싸움, 실험은 문체로 표현된다. 그 성과의 어떠함에 대해서는 말하기 어렵지만, 실험은 (문체의 수준에서) 반드시 이루어져야 한다. 낙하산이 펴지지 않으면 어떻게 되겠는가. 주지하는 대로 리얼리즘의 외피나 '요설적' 화법에 얼마간 가려져 있던 서정인의 부단한 소설적 실험은 중편 「철쭉제」(1983)에서 하나의 형식을 얻은 뒤 『달궁』에서 거의 총체적 수준으로 폭발하지만, 이것은 끝이 아니었다. 『봄꽃 가을열매』(현대소설사, 1991), 『베네치아에서 만난 사람』(작가정신, 1999), 『용병대장』(문학과지성사, 2000), 『모구실』(현대문학, 2004)로 이어진 이후의 작업은 각각이 다 하나의 필사적인 '낙하산'이었다.

2. 세계의 전체성, 언어의 전체성―역설의 담론

"왜 저 사람들은 여기서 안 내릴까?"

---

3) 서정인, 『달궁가는 길―서정인의 문학세계』, 이해인 엮음, 서해문집, 2003, 368쪽. 김경수, 「『달궁』의 언어에 이르는 길」, 『작가세계』 1994년 여름호에서 재인용.

"여기에 볼일이 없는 모양이지."

"그게 아니고 다음 정거장에 볼일이 있는 모양이지."

"그렇겠군. 우리가 율평인가 밤평인가에 볼일이 없었던 것처럼."(『강』4), 132쪽)

서정인의 초기작 「강」(1968)에 나오는 짧은 대화다. 물은 이나 대답한 이나 말장난처럼 시작한 것이기 쉬운데, 버스 승객은 목적지 정류장에서 내린다는 당연한 명제를 뒤집자 뜻밖에도 관습적인 말들에 가려진 사실의 이면이 신선하게 드러난다. "김씨는 나머지 두 사람의 지혜에 감탄한다. 조금 전까진 내리는 사람들이 낯설어 보였는데 이젠 내리지 않는 사람들이 이상해 보인다. 아마도 이씨와 박씨와 추리가 옳을 것이다."5) 이어지는 소설의 서술은 대화를 듣고 있던 다른 인물의 생각으로 들어가 우리의 판단을 보증해준다(그런데 '김'씨의 생각을 기술하는 작가의 언어는 묘하게 낯설어서 거듭 읽기를 요청한다. 여기에는 김씨의 언어와 작가의 언어가 섞여 있다). 그다지 복잡한 것은 아니지만 우리는 인용한 소설의 대화가 일종의 논리의 경합 위에 구축되어 있다는 사실을 알게 된다. 어떤 진술이 논리적으로 명료할 때 그 진술은 힘을 지닌다(김씨가 두 사람의 '지혜'에 감탄하는 것은 그 대화가 통상의 진술이 지닌 공백을 간파하면서 그 나름의 명징한 논리를 발견했기 때문일 테다). 그런데 내적으로나 외적으로 모순이 없는, 논리적으로 명료한 진술은 가능한 것일까. 논리의 일관성에 기반한 형식논리학에서 가장 중요한 사유의 법칙은 배중률과 모순율이다. 그

---

4) 서정인, 『강』, 문학과지성사, 1996(재판).

5) 같은 쪽.

러나 수학의 명제나 공리를 제한다면(이 경우에도 괴델의 불완전성정리가 그 일관성을 반박한 바 있지만) 인간과 세계에 대해 이러한 법칙이 관철되는 모순 없는 언어적 진술이 쉽지 않다는 것은 누구나 아는 대로다. 오히려 사정은 정반대인 듯하다. 인간 진실에 관한 한 모순 없는, 논리적으로 명료한 일관된 진술은 거의 불가능하다. 소크라테스가 겉으로 매끈하고 투명한 논리를 구사하는 소피스트의 내적 모순을 짚어내는 방식으로 자신의 철학을 전개할 때, 그가 보여주는 것은 "역설이 말 자체의 피할 수 없는 속성이라는 사실"[6]이다. "진정한 사유의 관점에서 볼 때 모든 담론의 논리적 구성은 자기모순, 곧 역설 이외의 그 무엇으로도 묘사될 수 없다. 로고스logos는 곧 역설이다. 단지 수사적인 외피만이 모순이 없다는 인상을 줄 수 있을 뿐이다."[7]

역설paradox은 배중률의 세계를 가로지르는 수사학이다.[8] 세계의 전체성을 사유한다는 것은 언어의 전체성을 사유하는 것이다. 언어의 전체성을 사유할 때 역설은 제거될 수 없는 언어의 중핵이다. "소피스트의 발화가 일관된 것처럼 보이는 유일한 이유는 그것이 일면적이라는 것, 다시 말해 전체로부터 떨어져나와 언어 전체와 맺는 역설적 관계를 숨기고 있다는 점에 있다."[9] 서정인의 소설이 저 「강」의 부분적인 역설의 세계로부터 점차 객관 묘사를 줄이고 인물의 대화에 집중하는 가운데 거의 전면적이고 강력한 역설의 대화적 담론

6) 보리스 그로이스, 『코뮤니스트 후기』, 김수환 옮김, 문학과지성사, 2017, 24쪽. '역설'과 '언어의 전체성'에 대한 논의는 이 책 1장 「사회의 언어화」에 기댔다.

7) 같은 책, 24~25쪽.

8) 철학적 사유의 강력한 형식인 변증법이 모순과 대립의 통일 속에서 개념의 운동을 파악하려 한다는 사실도 역설의 수사학을 지지한다.

9) 같은 책, 30쪽.

을 구축하는 방향으로 나아갔다는 것을 우리는 안다. 「철쭉제」와 『달궁』은 그 변곡점에 있는 작품이며, 그중에서도 『달궁』은 역설의 집중적인 전개만으로도 특별한 자리에 놓인다. 그리고 그것이 '말장난'의 외양을 띠고 있다는 점도 하나의 역설일 테다.

색시는 선생이 수수께끼를 좋아한다고 생각했다. 그렇다. 세상이 수수께끼였다. 색시는 선생이 말장난을 좋아한다고 생각했다. 그렇다. 세상이 말장난이었다. 그렇다면, 제자도 말장난을 한번 했으면 좋겠다. 나는 같이 살았는데도 떠나 살았으니, 이제 떠나 살았는데도 같이 살아야겠다. 선생은 그 말을 옳다고 생각했다. 같이 살았는데도 떠나 살았으니, 떠나 살았는데도 같이 살아야겠다! 참으로 옳은 말이었다. 같이 살기는 마찬가지이지만, 같이 살았기 때문에 같이 살게 되는 것보다 떠나 살았는데 같이 살게 되는 것이 더 소중했다. 그것은 떠나 살기는 마찬가지인데, 떠나 있었기 때문에 떠나 살게 되는 것보다 같이 살았는데도 떠나 살게 되는 것이 더 비통스러운 것과 같았다.(『달궁』, 84쪽)

1944년생 '박달막(임인실)'은 한국전쟁이 발발하던 해 남도의 피난지에서 부모와 헤어진 뒤 우연히 임씨네 싸전집 앞에서 거두어져 양딸로 자란다. 『달궁』은 그렇게 마흔몇 해를 살다 이 땅을 떠난 인실의 기구한 인생사[10]를 아주 특별한 방식으로 들려주는 소설이다. 그

---

10) 『달궁』의 어법을 좇으면, 더 기구한 인생도 없으며 덜 기구한 인생도 없다. 인생은 각자의 방식으로 기구할 뿐이다. 그러나 인실의 다음과 같은 발언은 전쟁 미아가 된 뒤로 그녀를 따라다닌 파란과 굴곡의 시간을 역설의 어법으로 넘침 없이 전한다. "물이 이미 잔에 찼는데, 한 방울이 더 있으면 어떻고 덜 있으면 어떠냐? 그는 내가 미치지 않은 것이 이상했다. 아마 내가 살아온 지난날들을 더 잘 알면 별로 이상하지 않을

리고 그 '특별함'은 작가 서정인이 『달궁』에서 '처음이자 마지막으로' 수행하고 있는 소설적 실험이기도 하다. 『달궁』은 새벽안개가 부옇게 낀 안면도 인근 사거리에서 한 여인이 덤프트럭에 치여 죽는 장면에서 시작한다. 그이가 인실인데, 전날 인실의 식당(인실이 네번째 남편 '백열'과 함께 운영)에서 식사를 한 인연으로 사고 현장 근처에 인실을 내려준 '장검사'는 나중에 그녀의 남편으로부터 인실이 생전에 자신이 살아온 이야기를 써놓은 원고 뭉치를 넘겨받게 된다. 『달궁』은 그 원고 뭉치가 재기술되고 재구성된 소설인 셈인데, 그 작가의 손이 '보이는 방식/보이지 않는 방식' 양쪽에서 개입해 들어가는 경로가 『달궁』의 소설적 실험의 실질을 이룬다. 그것은 결국 『달궁』이 그 자체로 보여주는 소설론이기도 할 테다. 비슷한 맥락에서 자신의 생을 글로 정리하려 한 인실의 특별한 행동, 이야기 전체에서 드러나는 인실의 만만치 않은 지성과 사유의 힘은 인실 자신의 것이기도 하면서(출중했던 학교 성적이나 '문학 전집' 독서) 작가의 손으로 재구축된 것이기도 하다. 『달궁』은 인실의 원고를 소설의 서두에 등장시키면서 이 구축의 경계를 숨기거나 지울 생각이 없음을 보여준다.

인용 대목은 인실이 스무 살 무렵 십삼 년 만에 고향 집으로 친부모를 찾아가기 위해 양부의 집을 몰래 나왔다가 역 대합실에서 어떤 사내(거지 영감)를 만나게 되면서 벌어지는 이야기다. 그녀는 고등학교 1학년 때 양부의 동생, 그러니까 육군 소령이 되어 돌아온 삼촌에게 성적으로 유린당하고 아이를 임신한다. 어린 소녀의 군인에 대한 동경, 존경심을 이용한 성폭력이었다. 이 일로 그녀는 학교를 그만두고

것이다. 내가 미치지 않은 것은 하나도 이상한 일이 아니었다."(828쪽)

(낙태를 위해서도 불가피했다) 집에서 문학 전집을 읽으며 지내게 되는데, 점점 양부모로부터 탈출을 꿈꾼다. 그런 와중에 인실은 양부의 아들인 갓 대학생이 된 오빠('임병덕')로부터 구혼을 받게 된다. 두 사람은 집안의 반대에 맞서 임병덕의 주도로 출분의 방식을 택한다. 지금 양부의 집을 나와 역에 도착한 인실의 선택은 고향집일 수도 있고, 남편 병덕이 기다리고 있는 도시의 대학 동네일 수도 있다. 허름한 차림새 탓에 인실의 마음속에서 '거지 영감'으로 명명된 사내는 전직 중학교 역사 선생으로, 1948년 여순 사건 때 좌익 쪽에 섰던 죄로 옥고를 치른 인물인데, 첫 만남 이후 인실의 고단한 삶에 작은 나침반이자 언덕이 되어준다. 인실은 '황영감'을 아버지처럼 의지하고 좋아한다. 인실이 보기에 그의 가난과 무능은 그 자체로 탐욕의 세상에 대한 비판이 된다. '스승'이라는 소제목을 달고 있는 인용 장章[11]에서 황영감은 인실에게 "고향에 가는 것은 고향을 떠나기 위해서"(83쪽)라고 말한다. 이것은 역설이다. 당연히 인실은 납득하기 어렵다. 그러나 '스승'의 역설은 그 역설을 통하지 않고는 '함께 있음과 떠남'이 모순과 균열의 인간 현실을 이루는 사태에 접근할 수 없다는 것을 보여준다. 그런데 '스승'의 말이 일종의 '말장난'처럼, '수수께끼'처럼 전개된다

---

11) 『달궁』은 각기 소제목을 달고 있는 271개의 짧은 장으로 분절되어 있는데, 소제목을 포함한 이 분절의 구성은 인실이 남긴 원고 뭉치(물론 이것도 하나의 허구적 사물이지만)와 그것의 재구성인 소설 『달궁』을 구분 짓는 표지이기도 하다. 동시에 삽화적이고 파편적인 분절의 구성은 서사의 순차적이고 선조적인 진행을 거스르면서 끊임없이 이야기를 재구성하고 연결 지을 창조적 독서를 요구한다. 같은 인물이나 사건이 다른 맥락과 관점에서 서술되는 가운데 그 차이와 반복의 의미를 곱씹게 되는 것도 분절 구성의 효과이며, 그런 가운데 장과 장 사이에 단절과 연속의 시적 리듬이 생겨난다. 그러나 무엇보다 분절을 통한 삽화적 파편적 구성에는 바로 그러한 인간 현실의 실재를 정돈된 질서의 인위적 서사로 뒤바꾸는 일에 대한 거부감이 담겨 있는 듯하다.

는 점에 주목하자. '스승'이 진실을 안다면 그는 왜 단번에(그러니까 말장난의 요설과 수수께끼의 미로를 거치지 않고) 그것을 일관되고 명료하게 발화하지 않는가. 달리 말해 진실을 파지하는 '언어의 총체성'에 곧장 도달하지 못하는가. 보리스 그로이스에 따르면, 역설은 "언어의 이콘"으로 "언어의 총체성을 향한 관점을 제공"할 뿐, 그것의 미메시스적 이미지가 되지는 못한다.[12] 여기서 '이콘'은 '원형 없는 이미지'를 가리키는데, 기독교에서 신을 보는 것이 불가능하다는 바로 그 맥락에서다. 이것은 불가지론과는 다른 이야기다. 역설이 제거될 수 없는 언어의 중핵인 한, '언어의 총체성'을 통해 '세계의 총체성'을 사유할 때 반드시 부딪칠 수밖에 없는 상황일 뿐이다. 대개 인간 진실은 명제 A와 그 부정명제 ~A를 동시에 긍정할 수밖에 없는 방식으로 존재하기에 언어는 역설을 통해 그 진실을 향한 경로를 가리키거나 거기에 접근할 수 있을 뿐, 진실 그 자체를 원본으로 표현할 방법이 없다. 달리 말해 언어의 총체성 안에는 그 원본이 존재하지 않는다고도 할 수 있다.

그는 십삼 년이나 떨어져 있었기 때문에 또 떨어지게 되리라고 말했다. 그렇다면 십삼 년이나 같이 살았다면 앞으로도 더 같이 살게 될 것이란 말인가? (……) 십삼 년이나 같이 산 사람들이 앞으로도 더 같이 살게 되면, 그것은 십삼 년이나 같이 살았기 때문이고, 십삼 년이나 같이 살아온 사람들이 떠나 살게 되면, 그것은 십삼 년이나 같이 살았기 때문이 아니고, 딴 이유들 때문이라고 그가 말했다.(83쪽)

---

12) 보리스 그로이스, 같은 책, 34쪽.

'스승'인 노인의 지혜가 얼핏 '말장난'과 '수수께끼'의 '요설'처럼 전개될 수밖에 없는 이유가 여기에 있다. '요설'은 인실에게도 감염되어(그녀는 '스승'의 수수께끼 같은 말이 인실 자신을 포함해 타의나 세상의 폭력에 의해 가족과 헤어지고 자신의 땅에서 뿌리 뽑힌 사람들의 이야기, 이산과 유랑의 삶이라는 잘 설명되지 않는 부조리를 건드리고 있다는 것을 감지한다), "나는 같이 살았는데도 떠나 살았으니, 이제 떠나 살았는데도 같이 살아야겠다"고 말한다. '스승'은 이 말도 긍정한다. 그러나 그 긍정의 논리도 에움길을 걸어야 한다. "같이 살기는 마찬가지이지만, 같이 살았기 때문에 같이 살게 되는 것보다 떠나 살았는데 같이 살게 되는 것이 더 소중했다. 그것은 떠나 살기는 마찬가지인데, 떠나 있었기 때문에 떠나 살게 되는 것보다 같이 살았는데도 떠나 살게 되는 것이 더 비통스러운 것과 같았다."(83쪽) 이 역설을 내장한 복잡한 우회의 말을 '떠나 살던 사람이 같이 살게 되는 게 늘 같이 사는 사람들이 같이 사는 것보다 더 소중하다'고 통상의 평범한 진술로 바꾸면 '떠나 살던 사람이 같이 살게 되기'까지의 비통, 간절한 그리움을 그 전체에 가깝게 담아내기 어렵다. 더 중요한 것은 '같이 살기'가 당연해지면서 일어나는 행복의 망각, 관성적 일상과 관련된 인간 진실의 이야기가 그 진술에서는 누락되기 쉽다는 사실이다.

인실의 사십 평생은 '같이 살기/떠나 살기'의 끊임없는 요동이었고, 전체적으로는 '떠나 살기'의 비통으로 훨씬 많이 점철되었다. 이 비통의 진실을 총체적으로 언어화하려는 노력이 소설 『달궁』이라고 할 때, 일차적으로 인실 자신의 언어가 필요했다. 그것이 인실의 원고

뭉치다. 인실의 남다른 지력이나 성장기 독서를 감안하더라도[13] 우리는 그 언어의 대개를 구어를 중심에 둔 글쓰기로 상상하게 된다. 그러나 여항의 구어가 종종 생생하게 담아내는 직관의 역설은 보다 지적이고 조직적인 문학적 장치에 매개될 때 언어의 전체성을 향해 나아갈 수 있다.[14] 『달궁』은 작가의 개입과 통제의 표현인 화자 장치를 전경화하는데, 그것이 앞서도 말한 자유 간접 문체(화법)의 적극적인 도입이다. 『달궁』은 자유 간접 문체를 거의 전면화하면서 인물의 언어와 작가의 언어를 뒤섞는다. 지금 이야기하고 있는 '스승' 장도 마찬가지다. 인용 대목 뒤에는 다음과 같은 진술이 있다. "이 세상에는 같이 살았는데도 떠나 살게 되는 사람들은 많고, 떠나 살았는데도 같이 살게 되는 사람들은 드물었다. 이것은 세상이 병들었다는 증

---

13) 첫 남편 가족(그러니까 양부모)에 의해 강제로 들어가게 된 실로암 기도원에서의 집중적인 책 읽기도 있다. "나는 공부 시간은 물론, 명상 시간, 안정 시간, 자유 시간을 모두 책 읽는 데 썼다."(125쪽) "책은 내 생각을 밝혀주었고, 내 생각을 만들어주었다."(126쪽) 인실이 나중에 자신의 삶을 글로 정리하고자 한 것은 얼마간 자연스러운 일로 보인다.

14) "도둑놈을 옆구리에 찌고 살았는 갑다. 평생 공갈만 당하게. 나라고 공갈을 안 당했을까만, 나는 당한 줄도 모르고 살았다. 공갈을 당하고도 당한 줄 모르면, 안 당한 거나 같은 것 아니냐. 내 말이 장히 옳았다. 모르면 약이었다. (……) 공갈치는 세상에서 공갈 안 치고 살자니 사는 것이 폭폭했다. 별 꼽꼽정을 다 당하면서도 그들은 땅바닥에 주저앉아 살아갔다. 누가 꼽꼽정을 주요? 없는 살림에 세상 사는 것이 꼽꼽정이었다. 자식새끼들 못 멕이고, 못 입히고, 못 가르치는 것이 꼽꼽정이었고, 묵고 싶은 것 못 묵고, 쉬고 싶은 것 못 쉬고, 가고 싶은 데 못 가는 것이 꼽꼽정이었다."(225~227쪽) 인실의 발화는 생생한 남도의 구어로 표현되어 있는데(때로는 판소리 4·4조의 운율에 실려), 서술하는 문장에서도 직접 발화의 흔적은 '자유 간접 문체'를 통해 남도의 구어로 보존된다("나는 공장을 그만둔 다음에도 일자리를 <u>구혈</u> 때까지라는 명목으로 신애의 합숙소를 당분간 떠나지 않았다.", 392쪽, 밑줄은 인용자). 인실이 너무도 차지게 구사하는 역설의 언어들은 그녀의 삶에서 솟아난 것이면서, 동시에 『달궁』의 소설화 과정에서 정교하게 재구성된 것으로 보아야 한다.

거였다."(84쪽) 이것은 황 노인의 생각을 전하는 형식으로 되어 있지만(바로 다음 문장이 "색시의 말은 병든 세상을 고치겠다는 말과 같았다"(84~85쪽)로, '색시'라는 지칭이 '자유 간접 문체' 안에서 이 발화의 주체가 황 노인임을 알려준다), "네 악들이 판을 치고, 네 선들은 찾아볼래야 찾아볼 수가 없었다"(85쪽)는 문장에 이르면 이것을 황 노인의 언어라고 생각하기 어렵다. '네 악'이나 '네 선'은 작가의 언어이기 쉽기 때문이다. 정확히 말한다면 '네 악'이라는 표현은 황 노인의 언어인 '사대악' 혹은 '네 가지 악'을 인용으로 품은 뒤 그 인용 부호를 제거하고 작가의 언어로 옮겨진 '자유 간접 문체'의 경로 안에 있다. 또한 황 노인의 말 뒤에 이어지며 '스승' 장을 마감하는 다음 대목을 보자.

나의 말은 비뚤어진 역사의 흐름을 바로잡겠다는 말과 같았다. 나는 노인의 제자였다. 거지 영감이 선생이 되었는데, 색시가 제자 못 되겠느냐. 역사? 역사라니! 그게 무슨 자락치마냐, 비뚤어진 주름을 바로잡고 말고 하게!(85쪽)

여기서 '나는 노인의 제자였다'는 "나는 이제부터 당신의 제자가 될래요"라는 실제로 발화되었을 인실의 말을 인용으로 품고 있는 자유 간접 문체로 보아야 하며, 그래야만 이어지는 말들이 황 노인의 대화 속 언어로 자연스러워진다. 물론 이는 "이 책에는 비록 대화라 하더라도 따옴표가 없다. (……) 전부 그 여자를 통해서 전해졌다. 그 여자에게는 남의 말을 말한 대로 따올 재간이 없다. 그 여자는 그 여자가 남이 말했으리라고 생각한 것을 적었을 뿐이다. 이것은 그 여자

자신의 말일 경우에도 마찬가지다"('저자 후기', 『달궁 둘』)라는 작가의 생각을 관철하는 과정에서 태어난 스타일일 테다. 그러나 『달궁』이 언어의 전체성, 세계의 전체성을 사유하는 방식으로 전면화하고 있는 역설의 담론은 자유 간접 문체를 통한 작가/화자의 적극적 참여를 불가피한 형식으로 요청하고 있는 것으로도 보인다(역설은 혼자의 생각, 혼자의 말이 갖는 결여를 가로지른다. 역설은 생각/말의 복수화複數化를 요청한다). 그러면서 그것은 『달궁』이 문장 단위에서 구현해내는 소설의 다성성多聲性을 이루는데, 이를 통해 소설은 스스로를 소설로 의식하는 가운데 작가/화자와 인물 사이의 대화와 긴장을 언어의 전체성에 대한 사유로 되돌린다. 그렇게 발화의 특권적 전유를 가로지르는 『달궁』의 문장은 때로는 웃음과 함께, 때로는 더없이 낯설게 우리의 의식을 타격한다. 우리는 계속 일면적 사고 너머를 의식하게 된다.

3. 역설의 형식, 소설의 다성성으로서 자유 간접 문체

그 다성성의 효과 가운데 『달궁』에서 가장 낯설게 느껴지는 것은 대화 속 인칭을 서술 장치를 생략하고('자유') 화자의 서술 속에 매개해버릴 때('간접') 생겨난다.[15] "인실이 나는 나의 지난날을 정확히 이

---

15) 김태환은 인실의 세번째 남편 윤창렬이 "그는 그동안 흙 파먹고 살란 말이냐"라고 하는 말을 예로 드는 가운데 "여기서는 윤씨 자신의 말이(`나는 그동안 흙 파먹고 살란 말이냐'―인용자) 그를 삼인칭으로 지칭하는 화자의 서술문 속으로 뒤섞여 들어가 이 같은 혼성적 문장이 생겨난다"고 지적하면서, 이를 제임스 조이스의 『율리시스』에 나오는 "How did she do?"("How do you do?"를 자유 간접 문체로 변형한 것)와 비교하고 있다. 「부서진 액자」, 서정인 연작소설 『용병대장』 해설, 문학과지성사, 2000, 288~289쪽.

야기할 수 있을 것 같으냐? 더구나 지금쯤 나의 부모가 돌아가셨을지도 모르지 않느냐?"(145쪽) 기도원에서 알게 된 권사가 인실과 대화를 주고받는 상황인데, 소설은 그 대화가 인실에 의해 전해지고 있다는 사실을 드러내기 위해 '권사'의 말 속의 '너'를 (인실인) '나'로 표현한다. 이는 이 말이 실제 말의 '직접 인용'이 아니라는 점을 분명히 하는 표지로, 소설의 말들이 인실의 시점에서 재구성되었다는 것을 드러낸다. 대화의 말, 생각의 말, 서술의 말 사이를 명확하게 구분 짓지 않게 된 것은 이제 현대소설의 한 관행이 되었다고 할 수도 있겠지만(『달궁』은 그 구분을 전면적으로 허문다), 통상의 '직접 인용'에 해당하는 대화의 말에서 인칭을 화자의 매개를 드러내는 방식으로 이같이 낯설게 전면적으로 전경화하는 것은 『달궁』의 소설적 실험에서 가장 파격적인 것이라 할 만하다. 그렇게 해서 작가-화자-인물의 언어와 시점은 시종 그 각각의 자리가 의식되는 가운데 소설이라는 담론의 특질을 드러내고, 그것들 사이의 긴장과 아이러니는 최대한 보존되면서 언어의 전체성을 향한 길을 모색한다. 이는 또한 이야기의 전승과 변형에 대한 심상한 통찰과도 이어지면서 서사문학으로서의 소설의 발생적 기원, 재생산에 대한 자기 언급을 낳기도 한다. 기실 『달궁』은 그 전체가 소설로 쓴 소설론이기도 하다. "사실 그가 한 이야기는 누구의 이야기가 되었건, 남의 이야기가 아니라 그의 이야기였다. 그리고 물론 들은 다음에는 그의 이야기가 아니라 그것을 들은 사람의 이야기였다."(520쪽) 세번째 남편인 '홍형태'가 목공소 일을 마치고 집에 돌아와 인실에게 바깥 이야기를 전하는 대목에 관한 서술인데, 『달궁』이 인실이 겪은 세상과 사람들의 이야기로서 인실이 발화하고 진술하는 이야기로 옮겨질 때 그것은 인실의 이야기가 된다.

『달궁』은 말/이야기의 소유권 이전을 자유 간접 문체로 정확히 드러내는 가운데[16] 인실의 말/이야기를 듣고 읽는 독자 역시 이제 또하나의 생산적 이야기꾼이 되기를 요청한다. 이때『달궁』은 읽는 이에 따르는 여러 판본(관점)의 이야기로 변형된다. 소설의 '다성성'은 이 과정에서도 실현된다.

전면적인 역설의 말이든, 자유 간접 문체의 극단적 부각을 통한 다성성과 말/이야기의 변용 과정에 대한 드러냄이든 서정인의『달궁』은 일어난 일이 일어난 일 그대로 말해지기를 바라는 것 같다.『달궁』을 읽는 어려움은『달궁』의 이야기가 우리가 그것을 읽고 이해하기 편하게 조직되어 전해지는 게 아니라, 삽화적 전개를 포함하여 이야기가 가급적 일어난 그대로(정확히는 인실이 파악하고 생각하는 대로) 쓰여 있다는 데서 온다. 그리고 이때 인실이 작가의 강력한 조력을 받는 엄정한 사실의 척도이자 심문관으로 존재한다는 것은『달궁』이 스스로 설정해놓고 있는 한계이지만, 그 인실의 소설적 주관성은 인실의 삶과 인실의 말들이 보여주는 실질 안에서 읽는 이의 평가를 기다리고 있다고도 할 수 있다. 인실은 상대가 '너'라고 부른 말을 화자인 자신의 시점에서 '나'라고 쓰는 방식으로 자신만의 사실을 드러내는데, 사람들의 이름(호칭)을 적을 때도 자신이 그 이름을 처음 접한 맥락과 사실을 보존하는 방식으로 그렇게 한다. 실로암 기도원에서 처음 만났을 때 '황장로'로 불리던 기도원 이사장은, 나중에 김사장(김철복)으로 불린다. 독자는 한동안 혼동을 겪게 되지만, 이명으로 세상

---

16) 서정인은 연작소설『용병대장』에서 액자소설처럼 전개되는 이야기의 인용을 앞뒤로 다른 인물에 걸리게 하는 파격적인 방식으로 말/이야기의 전달 과정에서 일어나는 화자의 이전, 이야기의 변용을 의식하게 만든다.

을 속여온 것은 황장로/김사장이지 인실이 아니다. 독자는 인실이 그 사실을 알게 되는 시점을 기다려야 하지만, 그러고도 인실이 그것을 알려주기까지 기다려야 한다. 등장하는 거의 모든 인물의 정보가 그 러해서, 독자는 이야기의 전모를 인실이 그것을 겪어나가는 과정을 따라간 뒤에야 겨우 전해 받게 된다. 모르기는 인실도 마찬가지였던 것이다. 인실은 화자의 특권적 지위를 누리지 않는다. 우리는 인실이 한 치 앞을 알지 못한 채 세상을 겪어나갔던 그대로 인실의 세상과 만 난다. 아마도 이것은 실제 세상사가 진행되는 방식이기도 할 테다. 소 제목을 단 작은 이야기 조각들이 꼬리에 꼬리를 물고 이어지면서 소 설은 진행되는데, 대개는 바로 앞의 이야기를 받아 나가지만 이야기 가 생뚱맞게 전환되는 경우도 많다. 이때 전환의 공백 속에는 말해지 지 '않은/못한' 인실의 삶이 있다는 것을 우리는 조금은 늦게 알게 된 다. 함축적인 소제목은 서사의 리듬을 요약하면서 서사적 결합의 마 디를 표현하는데, 작은 이야기 조각과 조각 사이에서 발생하는 시적 효과를 생각하게 만든다. 아마도 인실이 남긴 원고 뭉치는 하염없이 쏟아져나오는 말의 바다이기 쉬웠을 것이다. 그러나 사실 『달궁』은 존재하지 않는 인실의 원고 뭉치와 '함께', 그것과 '동시에' 쓰인 소설 이다. 분절과 소제목을 가능하게 한 것도 그 존재하지 않는 상상의 인 실의 원고라고 할 때, 우리는 이제 『달궁』의 소설적 성취에서 가장 중 요한 지점을 언급해야 한다.

4. '말'과 '글' 사이, 열린 전체를 향하여

인실의 마지막 오 년을 함께한 백열은 장검사에게 원고 뭉치를 보 내며 쓴 편지의 추신에서 그녀를 "활화산처럼 타오를 수 있는 불꽃을

안고 있는 바보"(54쪽)라고 말한다. "그녀는 백치였다."(같은 쪽) 불꽃은 '광기'였는데 그것은 '터뜨리지 못하고 분출되지 못한 것'이었다. 그러니 그 '뜨거운 용암을 안고 견디는 것이 그녀의 광기였다'고 전한다. 인실의 광기는 '역설'이 아니고는 말해질 수 없는 "상태"(55쪽)였다. "그녀는 그런 몸부림, 그런 포효는커녕, 작은 몸짓 한 번 못 해보고, 작은 쩍 소리 한 번 못 질러보고 갔다."(같은 쪽) 그렇다면 인실의 원고에 '몸부림' 혹은 '쩍 소리'가 들어 있는 것일까. 그럴지도 모르나 우리로서는 그걸 확인할 길이 없다. 우리가 읽을 수 있는 것은 원고의 재구성인 『달궁』뿐이다. 그리고 그럴 때 우리가 놀라는 것은 『달궁』이 소설이자 한 사람의 이야기로서 시종 유지하고 있는 '평정不靜' 혹은 균형의 상태다. 인실의 삶은 미치지 않은 것이 이상할 정도로 역사와 세월, 좀더 정확히는 남자들로부터의 끊임없는 착취와 폭력의 대상이었다. 망가진 세상과 망가진 인간들이 인실을 망가뜨렸다. 그러나 정말 놀랍게도 인실은 망가지지 않는다. 인실은 망가진 채로 망가지지 않는 역설을 그이의 삶으로 보여준다. 인실은 말한다. "나는 사랑하는 사람과 살아본 적이 없었다. 그러나 살면서 사랑하지 않은 사람도 없었다."(291쪽) 두번째 남편 '윤선생'과의 만남을 말하는 대목이다. 인실은 세상의 타락에 누구보다 상처 입은 사람이지만 그 자신 역시 예외가 아니라는 것을 안다. "왜 옛날에는 그렇게도 신기했던 장면들이 이미 낯설지 않게 되었을까. 내가 타락했기 때문이었다. 나는 그들 중 한 사람이 되어버렸다."(762쪽) 인실은 그런 과정에서 자신이 생각하는 세상만큼이나 세상이 생각하는 세상이 있다는 사실을 받아들인다. 인실의 언어는 그 자신의 언어이기도 하지만 그가 겪은 세상의 언어이기도 하다. 인실이 네 번의 결혼에서(말고도 학

원 이사장 '김일웅'과의 기이한 계약 동거, 가정교사로 있던 황장로/김 사장과의 관계 등이 있다) 그나마 조촐하게 혼례라도 올린 것은 세번째 남편인 홍형태뿐이다. 둘 사이에는 두 아이도 태어난다. 그러나 대학을 중퇴하고 목공일을 하던 홍형태는 동백림 사건으로 구속되는데 (이 와중에 인실은 도움을 구하기 위해 만난 남편의 친구 '우종규'로부터 강간을 당하기도 한다. 인실은 그를 죽이려고 마음먹는다), 홍형태와 독서 모임을 같이한 이들 중 숙부가 운영하는 외과 병원에서 조수로 일하던 인물이 있다. 독어교육과를 나온 그이는 숙부인 원장의 돈 심부름을 하면서 교단과 멀어지고 타락에 깊이 몸을 담근다. 그이의 이야기는 형태를 통해 인실에게 전해졌을 텐데, 그 자신도 가해 쪽에 포함된 간호사에 대한 인권 유린을 두고 이렇게 말한다. "그는 가해자들의 앞잡이임이 분명했지만, 피해자가 아니라고 할 수 없었고, 간호사들은 염가로 혹사를 당하고 있는 것이 분명했지만, 단순한 피해자들만은 아니었다. 누가 가해자고 누가 피해자냐? 어디까지가 가해고 어디서부터 피해냐?"(535쪽) 이런 말을 일반화할 수는 없고, 오히려 『달궁』은 어떤 말이 발화될 때의 이해利害와 정황, 주어를 분명히 하는 방향으로 그 말이 품고 있는(혹은 가리고 있는) 역설과 모순을 드러내고 있다고 해야 할 테다. 위의 말은 당장 반박될 수 있고, 그 반박 가능성 안에서만 그의 진실을 유지한다고 말할 수도 있다. 말하자면 『달궁』은 그 모든 말의 청자의 자리에 인실을 놓은 뒤 인실을 세상의 언어와 뒤섞고 그 역설을 응시하는 방식으로 말들이 제각기 주장하는 진릿값의 경계를 묻는 소설이다. 그 말들의 처음과 끝, 이야기의 처음과 끝을 확정할 수 없는 것도 그 때문이다. 그 말들의 뒤섞음 속에 작가 혹은 화자의 자리를 끊임없이 전경화하고 있는 것은 『달궁』

이 소설의 내용/형식 모두에서 스스로를 밀어붙인 뚜렷한 표지다. 인실의 말은 남의 말과 자신의 말을 뒤섞는 가운데 태어난다. 그 뒤섞음의 주재자는 인실이기도 하고(이때는 인실의 삶이라고 해야 할까), 작가이기도 하다. 독자가 병원 조수의 말이든 김일웅 이사장의 말이든 (그는 한국어 문장의 오용과 타락, 따옴표의 오용을 질타한다) 그로부터 작가의 목소리를 듣는 것은 『달궁』에서라면 하등 이상한 일이 아니다. 『달궁』은 인실의 언어에 작가의 언어가 뒤섞이는 것을 숨길 생각이 없으며, 그것을 가리고 자연화하는 일이 소설의 오래된 관습/거짓이라고 알려주는 소설이다. 그러나 이 또한 하나의 방편(실험)일 뿐이다. 『달궁』에는 길게 이어지는 말이 많이 나온다. 인실의 말도, 인실이 전하는 사람들의 말도 실제 그렇게 말해지지는 않는다. 실제의 말은 논리에도 역설에도 못 미치며 툭툭 끊어지는 파편이거나 무질서이기 쉽다. 그러나 그 파편과 무질서 안에 그들이 온전히 전하지 못한 채로 감각하고 살아가는 세상이 있을 것이다. 그것을 드러내고 보여주기 위해서, 작가는 인실의 말들과 인실이 전하는 말들에 담론의 힘과 질서를 부여하여 그 힘과 질서 안에서 그 말들이 자신들의 잠재성을 일으켜세우고 살아가도록 돕는다. 그 '도움'이 이른바 『달궁』이 성취한 문학적 스타일로서의 전체이며, 우리는 그 스타일의 핵심에 '역설'과 '자유 간접 문체'의 내적 연대가 있다는 것을 말해보려 했을 뿐이다. 그리고 그때 소설 『달궁』은 그 말들의 대화에서 독자의 참여와 도움을 아주 적극적으로 요청하고 있다. 독자는 그 조직되고 구성된 말들의 뿌리와 꽃, 열매를 소설과 함께 상상하는 자리에 있다. 서정인은 『달궁』의 스타일 실험을 이어받고 계속 밀어붙인 장편 『봄꽃가을열매』의 '작가 후기'에서 말한다. "긴 말, 한도 끝도 없이 이어지

는 긴 말은 편법이다. 삶의 상투성에서 벗어나되 아직 삶 속에 있고 싶은 욕심이다. 글보다는 말이 삶에 뿌리내렸다. 글은 삶에 가까워지려고 애를 써도 삶에서 멀고, 말은 삶에서 달아나도 삶에 가깝다." 그 것은 그의 말대로 '사실'에 이르기 위해 '사실주의'를 부수는 일이었다. '사실'은 '말'과 '글' 사이에, 혹은 그것들과 '함께' 있을 테다. 서정인의 『달궁』은 '말/글'과 함께하는 그 사실의 존재 방식에 대한 질문 속으로 우리를 데려가면서 그 자체로 세상에 대한 값진 논평과, 가령 "만약 인간이 행복하면서 동시에 침울할 수 있다면 행복하다고 할 수도 있을"(알베르 카뮈, 『페스트』, 유호식 옮김, 문학동네, 53쪽) 인간 존재의 모순에 대한 깊은 탐구를 이룬다. 그리고 거기에 반드시 착잡함과 비관이 앞서는 것도 아니다. 서울로 올라온 인실이 영등포의 피혁 공장에 다니다 '노동자 모임' 때문에 경찰에 불려가고 공장을 떠나게 되었을 때, 자신들이 꾸렸던 상조회를 두고 동료 '진순'이 하는 말이 있다. "큰일을 어떻게 한꺼번에 다 해? 우리들이 물건을 못 만들더라도, 우리들 다음 사람들이 주물러서 물건을 만들어도 만들고, 물건을 못 만들면 또 그다음 사람들이 만들도록 반죽을 해도 할 것이 아닌가. 주먹을 한 열 번쯤 쥐었다 폈다 하면, 설마 언젠가는 비둘기나 꽃송이가 묻혀 나올 때가 있겠지."(399쪽) 인실을 지나가고, 인실에게 머문 말들에도 분명 '비둘기'나 '꽃송이'의 시간이 있었을 테다.

『달궁』의 마지막은 국립마산병원에 입원해 있던 인실이 병원의 요청으로 자살한 젊은 환자 '윤재'(인실은 결핵 치료차 광주로 내려가는 기차 안에서 윤재를 만나게 되고, 그의 소개로 마산으로 가게 된다)의 가족을 찾아 홍성으로 가는 이야기다. 그 윤재의 사연은 『달궁』에 나오는 다른 어떤 이야기만큼이나 가슴 아프지만, 인실로서도 어쩔 수

가 없다. 모든 이야기는 제각기 아프고 중요할 뿐이다.[17] "윤재가 젊은 나이에 죽어도, 세상에 아무 차이가 없단 말인가? 늙고 젊고 간에, 누구 하나 눈 조께 감았다고 세상에 뭐가 조금이라도 달라질 줄 알았냐? 늙은 윤재의 모친이 눈에 밟혔다. 나는 아마 그날 아침 그녀와 헤어진 뒤 줄곧 조양문 옆의 그녀를 생각했다."(857~858쪽) 병원으로 돌아간 인실은 편지 한 통을 받고 나서 퇴원해 다시 서울로 올라온다. 소설은 여기서 끝난다. 인실은 여기까지 써놓고 사고를 당한 것일까. 알 수 없다. 안면도 인근 새벽 사거리에서 인실의 죽음으로 시작된 소설은 이렇게 중동무이, 열린 채 끝난다. 그러나 그것은 소설의 페이지가 닫힌 것일 뿐, 시작도 끝도 없는 세상 사는 이야기는 계속된다. "나는 거기에 적힌 주소로, 팔판동의 변호사 사무실을 찾아갔다."(마지막 문장, 858쪽) 어쨌든 이것이 인실의 말들을 통해 『달궁』이 전해주는 세상의 이야기 전부다. 그것은 열린 채로 인실의 삶 전체를 향하며, 바로 그렇게 세상 전체를 향한다.

(2020)

---

17) "세상 살아가는 데에 중요하지 않은 것이 어디 있으며, 아무리 중요하다고 딴 것보다 더 중요한 것이 어디 있으랴."('저자 후기', 『달궁 둘』, 865쪽)

'다르게 말하기'의 세계
─윤흥길

1. 아이러니와 '다르게 말하기'

워낙 개시부터가 기대했던 바와는 달리 어긋져나갔다. 많이 무리를
해서 성남에다 집채를 장만한 후 다소나마 그 무리를 봉창해볼 작정
으로 셋방을 내놓기로 결정했을 때, 우리 내외는 세상에서 그 쌔고 쌘
집주인네 가운데서도 우리가 가장 질이 좋은 부류에 속할 것으로 자
부하는 한편, 우리집에 세 들게 되는 사람은 틀림없이 용꿈을 꾸었을
것으로 단정해버렸고, 이와 같은 이유로 문간방 사람들도 최소한 우리
만큼은 질이 좋기를 당연히 요구했던 것이다. 그런데 우리의 기대는 어
쩐지 처음부터 자꾸만 빗나가는 느낌이었다. 특히 사복 차림으로 학
교까지 찾아온 이순경이 주민등록부에 우리의 동거인으로 기재되어
있는 안동 권씨에 관해 얘기를 꺼냈을 때 느낀 배반감은 절정에 달했
다.(「아홉 켤레의 구두로 남은 사내」[1], 257쪽)

하오의 운동장 안에서 우리말고 또 움직이는 것이라곤 아무것도 없었다. 우리 역시 좋아서 하는 노릇은 결코 아니었다. 우리들 수강생 일동은 구령에 맞추어 마지못해 수족을 놀리고 있었다.

낡은 헝겊 쪼가리처럼 풀기 없이 늘어진 넓은 잎들을 주체스럽게 매단 채 플라타너스의 긴 행렬이 운동장가에서 마냥 힘겨워하고 있었다. 축구장 골문 근처를 휘덮은 바랭이 잎과 수작하는 실바람 한 점 느낄 수 없는 날씨였다. 오직 누리에 무성한 것은 햇빛 그리고 또 햇빛일 뿐……

"오伍와 열列! 오와 열!"

특히 그것은 우리를 담당한 체육과 주임 강교수가 쓰고 있는 하얀 운동모의 비닐 챙 위에서 한껏 위세를 떨치고 있었다. 구령에 장단을 넣기 위해 그가 고개를 꺼떡거릴 적마다 파란색의 그 비닐 챙은 위로부터 쏟아지는 무더기 햇빛을 덥석 받아 곧바로 우리들 시야 속에 홱 뿌리고 또 홱 뿌리는 그 노릇을 쉼 없이 반복하는 것이었다.(「제식훈련 변천약사」, 200~201쪽)

인용한 대목은 두 작품 모두 서두이다. 길지 않은 도입부에서 소설의 목소리와 서사의 실마리를 형성하고 드러내는 방식에 새삼 눈길이 간다. 소설을 읽어나가면서 확인하게 되지만, '워낙 개시부터가' '성남에다 집채를 장만한 후' '무리를 봉창해볼 작정으로' '질이 좋은 부류' '우리의 동거인'과 같은 일인칭 화자의 언어들은('우리 내외'라는 복수의 울타리를 포함해서) 「아홉 켤레의 구두로 남은 사내」(이하 「아홉 켤레」)의 소설적 공기를 만들어내는 것이면서 바로 그 공기로

---

1) 윤흥길, 『꿈꾸는 자의 나성』, 2021, 문학동네. 이하 인용은 작품명과 쪽수만 밝힌다.

부터 나온 것이기도 하다. 이제부터 흐름을 하나하나 쌓아간다는 시작의 느낌보다는 이미 사태의 중심에서 익을 대로 익은 언어가 쓱 중동무이한 채로 들어서고 있다는 느낌을 주는 것도 같은 맥락이다.

「제식훈련 변천약사」의 경우에도 비슷한 이야기가 가능하지 싶다. 여기서도 일단 '우리'라는 대명사가 먼저 등장하는데, 두 작품 모두 '나'는 개인이면서 '가족'이나 (정교사 연수를 받는) '교사 무리'의 울타리에 단단히 결속되어 있기 때문이다. '하오의 운동장' '수강생 일동' '수족을 놀리고' '운동모의 비닐 챙' '위세를' 등 화자의 언어가 이 소설 고유의 시공간을 '벌써' 떠받치는 느낌인데, 하나의 세계는 이미 도착해 있다. 다만 여기서는 인물 내면의 심리에 대응하는 객관적 상관물로 플라타너스, 바랭이 잎, 비닐 챙 위의 햇빛 등을 묘사하는 고도의 정밀한 언어가 화자를 감싸고 있는 또다른 층위로서 작가 윤흥길의 존재를('내포 작가'로 좁힐 수도 있겠다) 좀더 부각시키고 있다. 바람 한 점 없는 운동장, 기세등등한 '햇빛'의 위세를 늘어진 플라타너스 잎과 바랭이 잎으로 보여주고 그로부터 무력한 강습생들인 '우리' 위에 군림하는 강교수의 삼엄한 권력을 대비하는 뛰어난 묘사의 힘은 인물의 것이라기보다는 작가의 것에 더 가깝기 때문이다. 특히 강교수 운동모의 비닐 챙이 쏟아지는 햇빛을 '우리들'의 시야 속으로 "홱 뿌리고 또 홱 뿌리는" 대목의 묘사는 윤흥길 소설에서 종종 확인하는 위트와 해학의 시선을 범례적으로 담지하고 있다. 일찍이 천이두가 윤흥길 소설에서 '아이러니'가 갖는 중요성을 자세히 언급한 바 있지만,[2] 기실 아이러니를 정의하는 '두 겹의 발화/시선'은 윤흥

---

2) 천이두, 「묘사와 실험」, 윤흥길, 『장마』 해설, 민음사, 1980.

길 소설의 중핵적 구성 원리라 할 만하다. 구성 원리로서의 아이러니는 윤흥길 소설이 현실 비판의 방법으로 자주 차용한 알레고리의 기법에서부터 인물의 대립적(혹은 평행적) 배치, 주제의 복합적 열림 등 다양한 부면에서 작동하고 있는데, 위의 인용문은 묘사의 차원에서 아이러니의 간극이 소설에 부여하는 복합적인 울림을 잘 보여준다.

　그러면서 두 소설의 서두에서 새삼 확인하게 되는 것은 윤흥길 소설의 '미메시스'가 현실의 모방과 재현의 차원보다 그 현실의 복잡성과 미묘함을 환기하는 언어적 질서의 재구축 쪽에 좀더 방점이 있다는 사실이다. 윤흥길에게 소설은 '다르게 말하기'('알레고리'의 뜻이기도 하다)의 공간이다. 이 경우 '다르게 말하기'의 공간은 현실의 직접적 표현보다는 현실과의 불가피한 거리를 인정하는 자리에서 이루어지는 언어적 대응물의 자리를 가리킨다. 이 '거리'의 승인이 윤흥길 소설의 '아이러니'를 방법적인 것이 아니라 '필연적인' 것으로 만드는 근본 요인이겠지만, 그의 소설을 좁은 의미의 사실주의와 구분 짓게 한다. 가령 「아홉 켤레」에서 "우리의 동거인으로 기재되어 있는 안동 권씨"로 소개되는 인물은 이미 '안동 권씨'라는 호칭 속에서 현실과는 다른 소설적 공간의 좌표를 드러내고 있는데, 이는 실제 그 인물의 속성의 일부이면서 동시에 현실을 상상적으로 재구조화하고 배열하는 소설 담론의 기호 능력을 강하게 암시한다. 소설이 진행되면서 우리는 이 '안동 권씨'가 "이래뵈도 나 안동 권씨요!"(286쪽) "이래뵈도 나 대학까지 나온 사람이오"(313쪽)의 계열 안에서 갖는 의미를 그가 이상한 방식으로 집착하는 '구두들'과 함께 충분히 음미하게 된다. 그의 인간적 '선함/무능'과 등을 맞대는 가운데 두드러지는 '자존감'의 슬픈 대비는 '안동 권씨' '대학' '구두'의 소설적 호명이 만들어낸 효

과이며, 이 점이 바로 권씨의 시점에서 이야기되는 1971년 8월 10일 광주대단지 사건이라는 강렬한 사회적 현실을 포함하면서도 이 소설을 다층적이고 복합적인 인간에 대한 성찰의 자리로 열어놓은 결정적인 요인이 된다. 그 성찰의 자리는 광주대단지 사건 안에 계기로서 들어 있는 것이기는 하되, 단선적이고 직접적인 재현의 언어로는 포착되기 힘든 것이라는 데에 윤흥길식 '다르게 말하기'의 중요성이 있다. 권씨라는 인물이 현실 속의 인물이면서 실제로는 현실에서 쉽게 관찰되거나 드러나기 힘든 인물이라는 사실도 비슷한 맥락에서 살필 수 있다. 권씨는 그 자신이 술회하는 대로 '비 오는 화요일(광주대단지 사건의 날)' 자신도 잘 의식하지 못하는 가운데 삶의 변곡점을 통과하게 되고 이후 전과자, 경찰의 사찰을 받는 인물로 힘겹게 가족을 이끌게 된다. 이 경우 당대의 부당하고 억압적인 정치·사회 현실이 파괴되는 한 인간을 통해 대비적으로 부각되는 과정이 1970년대 한국 소설의 주도적인 한 양상이라면, 윤흥길 소설은 바로 그러한 통상적 대비의 구도를 지우고 뒤틀린 자존감이라는 심리적 현실 안팎에서 현실을 재구성하는 낯선 길을 보여준다. 권씨의 '기인됨'을 현실의 모방이 아니라 현실의 창조 쪽에서 이해해야 하는 이유이기도 하다. 이 창조의 어려움은 집주인인 '오선생'의 일인칭 시점에서 일정한 거리를 두고 권씨를 이야기하는 「아홉 켤레」와 권씨가 일인칭 화자로 직접 나서는 후속 연작 「직선과 곡선」을 비교해볼 때 드러난다. 권씨의 내면을 충실히 따라가며 보여줄 필요와는 별개로, 후자에서 술집 작부와의 동반 자살 시도나 교통사고를 계기로 한 이상한 취업과 같은 서사의 전개가 다소 부자연스럽게 느껴지는 게 사실이라고 한다면(「아홉 켤레」에서 권씨의 어설픈 강도 행각이 준 신선한 충격을

생각해보자). 그것은 심리적 현실로부터 적절한 매개 없이(이 경우는 화자 장치를 포함해서) 상응하는 소설적 리얼리티를 구축하는 게 얼마나 어려운 일인지를 방증한다고 볼 수도 있다. 그러나 전체적으로 윤흥길 문학은 그 어려움을 무릅쓰는 쪽에서 소설적 모험의 길을 열어왔고, 발견과 발굴로서의 현실의 창조적 제시에 값하는 뛰어난 소설적 성취를 새겨왔다.

2. 비판적 거리, 상상력의 최대치

윤흥길의 대표작을 꼽을 때 그 첫머리에 오는 것이 「장마」다. '6·25 유년기 체험 세대'의 소설사적 출현에서도 중요한 의미를 갖는 이 작품은 이데올로기의 극단적 대립과 함께 진행된 전쟁의 비극과 폭력을 모성적 살림의 원리로 이겨내고 치유할 수 있는 가능성을 제시한다. 작품에서 모성적 살림의 원리를 대표하는 두 인물은 사돈 간인 집안의 두 할머니다. 전근대적 '샤머니즘' 혹은 '민화적 세계'에 깊이 몸 담그고 있는 두 사람의 심성은 현실의 폭력과 비극을 전혀 다른 차원에서 해석하고 받아들이는데 이로부터 예상치 못한 갈등 해결의 국면이 도래한다. 그것은 말 그대로 속깊은 화해의 순간으로, 일차적으로는 두 할머니 사이의 해소되기 힘든 불화와 갈등을 풀어내지만 소설 전체로는 상호 살상을 동반한 극단적 이념 대립의 세상을 중단시킨 듯한 효과를 불러일으킨다.

"자네 오면 줄라고 노친께서 여러 날 들여 장만헌 것일세. 먹지는 못헐망정 눈요구라도 허고 가소. 다아 자네 노친 정성 아닌가. 내가 자네를 쫓을라고 이러는 건 아니네. 그것만은 자네도 알아야 되네. 남새

가 나드라도 너무 섭섭타 생각 말고, 집안일일랑 아모 걱정 말고 머언 걸음 부데 펜안히 가소."(「장마」, 91쪽)

　지금 화자인 소년의 외할머니는 집마당으로 들어온 뒤 감나무를 친친 감고 올라가 버티고 있는 구렁이 한 마리를(사실은 장맛비를 피해 우연히 들어왔다가 사람들에 놀라 나무 위로 올라간 것일 테지만) 사돈 할머니가 몽매에 기다리던 아들의 현신으로 대접하며 정성껏 갈 길을 안내하고 있다. 점쟁이로부터 빨치산이 된 아들이 돌아올 날을 점지받은 뒤 약속된 당일을 맞아 가족들을 진두지휘하며 기다리고 있던 사돈 할머니는 구렁이의 출현에 놀라 의식을 잃은 상태다. 정성껏 차린 음식을 바치고 사돈 할머니의 머리카락을 태우자 놀라운 일이 벌어진다. 꿈쩍도 않던 구렁이가 나무에서 툭 떨어진 뒤 외할머니 앞으로 다가오기 시작한 것이다. 몰려와 있던 동네 사람들이 연신 탄성을 지르는 가운데 외할머니는 길을 터주며 구렁이의 길을 안내한다. 구렁이가 뒤란을 지나 대밭으로 들어가자 외할머니는 "고맙네, 이 사람! (……) 이 사람아"(92쪽) 하고 마지막 배웅의 인사를 한다. 의식을 되찾은 할머니가 자신이 까무러친 후에 일어났던 일에 대해 들은 뒤, 사랑채의 외할머니를 모셔오게 해 고맙다는 말을 전한다. "내가 당혀야 헐 일을 사분이 대신 맡었구랴. 그 험헌 일을 다 치르니라고 얼마나 수고시렀으꼬."(93쪽) 국군 장교로 전선에 나간 아들의 전사 소식을 들은 뒤 "더 쏟아져라! 어서 한번 더 쏟아져서 바웃새에 숨은 뿔갱이 마자 다 씰어가그라!"(27쪽)라고 대놓고 저주를 퍼붓고, 마침내는 "이런 뿔갱이 집"(30쪽)에서는 나가겠다며 외할머니가 집안의 금기어를 발설해버린 뒤 돌이키기 힘든 사이가 된 두 할머니 사

이에 화해의 순간이 찾아드는 것이다. 물론 「장마」의 이 같은 화해는 김윤식이 한국 소설의 '샤머니즘적 체질'이라고 부른 전근대적 심성의 세계(다르게는 김동리의 「무녀도」(1939), 황순원의 「필묵 장수」(1955)로 대표되는 '문협정통파'의 소설사적 압력)에 이어져 있는 만큼, 그 한계 또한 뚜렷하다고 할 수 있다.

> 이러한 근대적, 원근법의 시각에서 보면 두 할머니의 화해는 이데올로기와 전혀 무관한 일에 지나지 않는다. 따라서 이데올로기의 극복이 아니라, 그것의 잠정적인 화 '없앰'이거나, 혹은 아무런 해결도 화해도 아닌 일시적인 눈가림이라 할 수 있다.[3]

「장마」의 두 할머니는 아들을 각기 국군과 인민군으로 내보내야 했고, 두 아들 모두 살아서 돌아오지 못한다. 이 처참한 비극의 원인은 전쟁을 둘러싼 냉혹한 국제정치의 역학에 있고, 그 속에는 이성을 앞세운 근대의 이데올로기가 적대적 쌍생아의 형태로 대립하며 작동하고 있다. 그 정치와 이데올로기는 생명의 차원에서 구렁이와 사람을 등치시키는 샤머니즘적, 민화적 세계를 망각하고 배제시키는 가운데 성립된 것이기도 하다. 「장마」에서 동네 사람들이 아들의 귀환을 확신하는 할머니에 대해 내심 품고 있는 생각대로 그것은 '미신迷信'의 영역일 뿐이다. 구렁이는 어떻게 해도 사지로 간 아들의 현신일 수 없다. 그럼에도 「장마」는 구렁이를 사돈의 아들로 대접하는 외할머니의 연극적 제의를 통해 근대적 원근법이 사라진 시간을 불러내

---

3) 김윤식, 「우리 문학의 샤머니즘적 체질 비판—세 가지 도식과 관련하여」, 『운명과 형식』, 솔, 1992, 208쪽.

는데 그것의 효과가 소설 전체를 크게 감싸고 있다는 점에서, 그리고 두 할머니의 화해를 이끌어내고 있다는 점에서 이 소설적 해결의 방식은 비판적 점검의 대상이 될 수 있다. 동시에 「장마」가 초등학교 삼학년인 소년 '동만'의 시점을 취함으로써 현실의 총체적 이성적 파악으로부터 비켜나 있는 점도(실제로 회상 시점은 어른이 된 동만의 것으로, 사건 당시 소년 시점의 순진무구함을 소설적 아이러니로 활용하고 있는 것이긴 하나) 지적될 수 있다.

그러나 우리는 앞서 김윤식의 비판이 「장마」의 소설적 완성도나 소설적 감동을 향하고 있지 않다는 사실을 확인해둘 필요가 있다. 그 글은 김동리로 대표되는 문협정통파의 샤머니즘적 체질이 한국 소설의 무의식에 얼마나 완강히 뿌리내리고 있는가 하는 데 대한 검토이며, 그 소설사적 압력이 텍스트의 차원에서 일으키는 영향의 차원을 해명하려는 시도였다. 그리고 그를 통해 전체적으로 한국 소설의 '근대성' 미달 혹은 결핍을 충격하려 한 것이다. 바로 이 점을 승인한 후라면, 우리는 윤흥길의 「장마」가 바로 그 '샤머니즘'을 소설 안에 어떻게 들여놓고 있는가 하는 데로 시선을 돌릴 필요도 있어 보인다. 실제 「장마」는 샤머니즘의 늪에 빠졌다기보다는 샤머니즘을 아주 명민하고 적절하게 활용한 작품으로 보이기 때문이다. 그렇다면 「장마」 안에 샤머니즘의 시간 혹은 세계는 어떻게 소설적으로 구조화되어 있는지, 그리고 그 결과 샤머니즘으로부터 어느 정도 비판적 거리가 확보되고 있는지 살필 필요가 있는 것이다.

이와 관련해서는 우선 소년 동만의 시점이 실제로는 소설의 현실 파악에 그다지 제한적으로 기능하고 있지 않다는 점을 지적할 수 있다. "밭에서 완두를 거두어들이고 난 바로 그 이튿날부터 시작된 비

가 며칠이고 계속해서 내렸다. 비는 분말처럼 몽근 알갱이가 되고, 때로는 금방 보꾹이라도 뚫고 쏟아져내릴 듯한 두려움의 결정체들이 되어"(7쪽)로 시작되는 소설의 서두부터가 동만의 언어가 아니라 동만의 시점(정확히는 성인이 된 후 회상하는 동만의 시점)을 빌린 내포 작가의 언어이며, 이후 소설 전체적으로 내포 작가와 동만의 시점/언어는 계속 동행한다. 그때그때 필요에 따라 한쪽이 전면화되기도 하지만 그 경우에도 내포 작가의 통제를 벗어나 있는 것은 아니다. 실제로도 「장마」에서 동만의 시점 때문에 사태의 진상이 드러나지 않는 일은 없다. 삼촌이 집에 온 문제의 밤 "정작 눈을 떴어야 될 중요한 시간엔 이미 나는 깊은 잠에 빠져 있었다"(38쪽)고 하지만 방바닥에 부딪는 둔중한 소리에 잠을 깬 뒤 동만이 몰래 듣는 이야기에는 사람을 죽였다는 삼촌의 고백부터 어렵게 자수에 동의하는 순간까지 결정적인 대목이 모두 들어 있다. 오히려 방 바깥의 인기척에 놀라 삼촌이 황급히 집을 탈출하는 장면에서 발소리의 주인공을 정확히 알아챈 이는 동만뿐이다. 그리고 외할머니나 어머니의 이야기를 통해, 그리고 동만 자신의 어릴 적 기억을 빌려 드러나는 외삼촌의 존재는 중학부터 대학까지 축구 선수로 이름을 날린 것과 함께 해방 직후 좌우 대립에서 우익 쪽에 섰던 대학생의 모습으로 재현되고 있는데("나중에 어머니한테 들은 얘기지만, 그때 그들은 한참 쫓고 쫓기는 중이었다. 좌익 학생들과의 오랜 싸움 끝에 뭔가 일을 저지르고 잠시 쉬러 내려왔다는 거다." 62~63쪽), 이는 좌파 학생이나 좌파 지식인이 상대적으로 더 많이 조명된 한국 소설의 경향을 생각해보면 조금 이례적이라 할 만하다. 게다가 단편적이기는 하나 이데올로기적 대립의 상황을 자연스럽게 해방 공간까지 끌어올리고 있다는 점에서도 의미가 적지

않다(삼촌의 경우, 그 밤의 대화에서 할머니의 걱정에 대한 응대를 통해 빨치산 생활을 구체적으로 알려주기도 한다). 요컨대 화자 동만의 자리는 소년의 순진성을 적절히 활용하는 가운데 오히려 서사의 자유와 아이러니의 효과를 얻는 데 기여하고 있다고 해야 옳다. 회상의 시점과 소설 내적 시간 사이에 거리가 존재한다는 점도 당연히 사태의 종합적 파악에 기여하고 있음은 물론이다.

그러면서 소설이 두 사돈 할머니로 대표되는 샤머니즘의 세계를 보여주는 방법도 그리 단선적인 것은 아니다. 외할머니는 이빨이 뽑히는 꿈을 꾼 뒤 전선에 소대장으로 나가 있는 아들의 신변에 무슨 일이 일어났다고 믿는데, 아닌 게 아니라 그 직후 아들의 전사 통보가 날아든다. 외할머니는 자신의 선견지명을 몰라준 가족들을 한껏 질책한다.

우스꽝스러울 정도로 의기양양해하고 있는 그 표정을 오래 보고 있자니까 주술에 가까운 어떤 강렬한 기운이 가슴속에 뜨겁게 전달되어와서 외할머니란 사람이 내게는 별안간 무섭게 느껴지기 시작했다.(같은 글, 19쪽)

그러나 동만은 완두를 까는 외할머니의 손놀림에 변화가 생겼음도 정확히 알아챈다.

우리가 밖에 나갔다 온 뒤부터 줄곧 외할머니는 강마른 두 팔을 가늘게 떨고 있었다. 그리고 일껏 까낸 연둣빛 싱싱한 자실을 빈 깍지가 수북이 담긴 치마폭 속에 아무렇지도 않게 떨어뜨리는 것이었다.(17쪽)

「장마」의 샤머니즘은 이 균형감 속에 포착되어 있다. 사실은 전란의 와중인데도 시골까지 전사 통지서가 제대로 전달된다는 점도 중요하다(소설은 동만의 시선을 빌려 쏟아지는 장맛비 속에서 '구장 어른과 방수포를 뒤집어쓴 두 사내'가 아버지를 만나는 모습을 전해준다). 점술에 의지하여 아들의 귀환일을 확신하는 할머니의 행동에 대한 동네 사람들의 속내 또한 동만에 의해 다음과 같이 포착되는데, 할머니를 따르고 있는 가족의 마음도 정확히 드러난다.

> 그들이 가장 궁금해하는 것은, 우리 식구들이 어느 정도로 미신을 믿고 있는가였다. 물론 그들은 미신이란 말은 입 밖에 비치지도 않았다. (……) 이야기 끝에 그들은, 가족들 정성에 끌려서라도 삼촌이 틀림없이 돌아올 거라는 격려의 말을 잊지 않았다. 아버지는 그저 웃고만 있었다. 그런 말을 하는 몇 사람의 태도에서 아버지는 그들이 우리 일을 가지고 자기네 나름으로 한창 즐기고 있다는 사실을 충분히 눈치챘을 것이다.(같은 글, 84쪽)

말하자면 「장마」 속 샤머니즘의 세계가 전란의 현실에 무력하다는 것은 소설에 충분히 표현되어 있다. 그것은 두 할머니가 더 정확히 아는 대로 소망의 영역일 뿐이다. 「장마」는 그 대비를 강조하는 방식으로 6·25의 비극과 폭력성을 드러낸다. 두 사돈 할머니가 한집에 기거하게 된 것은 피난이 일상화된 당시의 상황을 반영하면서 좌우 갈등의 극적 공간 또한 제공한다. 그 할머니 세대의 심성에 깊이 남아 있었으리라 짐작되는 샤머니즘적 믿음은 전근대 한국인의 삶을 오랫

동안 감싸온 정신의 원리다. 근대적 합리성의 자리에서 보면 부정될 수밖에 없는 영역이지만 여기에는 근대성이 망각하고 억압해버린 중요한 삶의 원리가 있다. 그것은 생명의 존중에 바탕한 살림의 '모성적' 지혜라 할 만한데, 이성적 분별/셈법이 가닿지 못하는 세계를 포괄하려 한다는 점에서 근대성의 일방향성을 반성하게 할 측면을 포함하고 있다. 앞서 김윤식의 비판은 한국 소설의 주류적 흐름에 드리워진 샤머니즘적 체질을 향하면서 「장마」가 그 압력에서 자유롭지 못하다는 점을 지적한 것일 텐데, 큰 틀에서 그 비판을 수긍한다 하더라도 작품의 정당한 평가를 위해서는 세심한 차이 또한 놓쳐서는 안 되리라. 그때 새삼 돋보이는 「장마」의 소설적 성숙함은 소년 동만의 시선이 가진 아이러니의 공간을 최대한 활용하는 가운데 현실의 엄혹한 질서를 외면하지 않았다는 점이다. 「장마」가 발표된 시점으로부터 다시 반세기가 흐른 지금, 분단 체제는 많은 변화에도 불구하고 여전히 완강하게 지속되고 있다. 서구적 근대성 개념에 대한 반성도 충분히 제기된 상태다. 「장마」의 하늘을 뒤덮은 지긋지긋한 비와 구름은 아마도 정확히 전란을 겪은 당시 사람들이 세상에 대해 가졌던 느낌의 실체일 수 있다. 그 비와 구름에 사실은 누구나 다 무력했다면, 두 할머니의 소망과 제의祭儀의 행동은 바로 그 한국 땅에서 일어날 수 있는 상상력의 최대치 중 하나였다고 할 수도 있다. 그것은 모사나 반영의 차원을 넘어 현실을 '다르게' 말하는 방법을 찾아내려는 윤흥길 소설의 특별한 모색이자 뚜렷한 성취였다.

3. 징후와 예언의 언어

「장마」의 두 할머니의 세계가 윤흥길 소설 속에서 차지하는 좌표

는 「아홉 켤레」의 권씨로 대표되는 '기인' '괴짜'의 계보에서 살필 수도 있을 것 같다. 이 계보로는 「내일의 경이」(1976)의 '문명남', 「무제」(1978)의 '봉무제', 「꿈꾸는 자의 나성」(1982)의 '이상택'이 우선 같이 꼽히지만, 「빙청과 심홍」(1977)의 '신하사', 「비늘」(1981)의 '김대장', 「산불」(2000)의 '김기식'도 넓은 범주에서는 포함될 수 있을 것 같다. '현실 일탈자' '몽상가' 정도로 이야기해볼 수 있는 그 인물들은 자신들의 실패와 좌절을 통해 현실의 지배적 질서를 선명하게 드러낸다. 그때 그들의 낙오와 일탈, 몽상을 배제하는 현실의 질서는 은폐하고 있던 왜상歪像을 드러내며 일그러진다. 가령 「빙청과 심홍」에서 '우하사'의 사고를 영웅적 희생으로 조작하는 부대 전체의 공모에 맞서 그에게 인간적인 죽음을 돌려주려는 신하사의 양심적 결의는 살인까지 감수하려 한다는 데서 통상적으로는 이해하기 힘든 일이다. 그런데 신하사의 돌출 행동은 여기서 더 나아간다. 우하사가 자연사함으로써 그의 '선의'의 살인은 미수에 그치는데, 그럼에도 그는 범죄 수사대에 출두하여 자신의 살인 의도를 밝힌다.

"살인미수를 자백함으로써 끝까지 제가 옳았다는 걸 증명해 보일 작정입니다. 가능하다면 그렇게 함으로써 저를 비웃던 사람들을 잠시라도 부끄럽게 만들고 싶습니다."(「빙청과 심홍」, 255쪽)

윤흥길 소설 전체와 관련지어 이야기한다면, 여기서 핵심어는 '부끄럽게'와 함께 '잠시라도'일 것 같다. 아마 신하사의 충격적인 행동에도 불구하고 공모의 구조는 흔들림 없이 남을 것이다. 그가 불러일으킬 부끄러움도 '잠시'를 벗어나기는 힘들 것이다. 그러나 바로

이 미약함이야말로 지배적인 질서의 완강함을 거스르는 소설의 거의 유일한 역능이라는 사실을 윤흥길의 소설은 철저히 자각하고 있었던 것 같다. 「아홉 켤레」에는 권씨가 겁 많은 평범한 소시민이자 이름만 올린 투쟁위원에서 자신도 모르게 격렬한 투사로 바뀌게 된 계기를 화자인 오선생에게 설명하는 대목이 있다. 빗속에서 경찰과 군중이 대치하고 있는 가운데 길을 잘못 든 삼륜차 한 대가 뒤집어지면서 참외를 길바닥에 쏟아놓자 시위 군중들이 일제히 달려들어 한 차분의 참외를 동내어버린다. 권씨는 말한다. "내가 맑은 정신으로 나를 의식할 수 있었던 것은 거기까지가 전부였습니다."(298쪽) 부끄러움과 분노가 서로 몸을 바꿀 만큼 맞닿아 있다는 것을 이렇게 적실하고 생생하게 보여주기는 쉽지 않을 것이다. 그러나 이 경우에도 권씨를 기다리고 있는 것은 공권력의 구속이었고, 바닥을 모르는 실업과 가난의 세월이었다. 여기서 권씨의 마지막 저항은 우리가 다 아는 대로 '안동 권씨' '대학' 그리고 '열 켤레의 구두'라는 자존심이었다. 사실 그 자존심은 허울뿐인 것으로, 마침내 권씨는 오선생의 집에 어설픈 강도로 나타남으로써 돈키호테적 행각의 정점을 찍는다. 권씨가 식칼을 들고 왔던 자신의 본분을 망각하고 엉겁결에 문간방으로 들어가려 할 때, 오선생이 대문의 위치를 가르쳐주는 장면은 잔인한 느낌마저 준다(그래선지 화자인 오선생은 미리 변명을 해둔다. "그의 실수를 지적하는 일은 훗날을 위해 나로서는 부득이한 조처였다."(313쪽)). 권씨의 응답은 터무니없이 부조리하다. "이래봬도 나 대학까지 나온 사람이오."(같은 쪽) 물론 이때 그 부조리의 몫을 가장 많이 받아안는 것은 권씨의 느닷없는 발언에 노출되는 세상 자신일 테다. 이 대목이 한없이 슬프고 아이러니한 느낌을 주는 것은 그 때문이다.

생각해보면 여기서 작가는 자신의 소설 안에서 미장아빔mise en abyme처럼 작동하는 구도를 치밀하게 반복하고 있다. 무력한 개인은 부끄러움, 분노, 자존심의 궤적을 따라 계속 미끄러진다. 그것은 실패가 예비된 행로이지만 현실의 타락과 폭력, 부조리에 그 미약한 정동情動의 울림과 얼룩을 남긴다. 「장마」의 할머니들을 이 구도 안에서 다시 읽을 수 있다면, 그때 구렁이라는 현신은 아마도 그이들의 '부끄러움' '분노' '자존심'이었을 것이다.

윤흥길 소설은 아마도 근현대 한국문학에서 가장 높은 수준의 어휘와 문장이 구사된 한국어의 보고寶庫라는 점만으로도 바래지 않는 성가를 지닐 테다. 「묘지 근처」가 잘 보여주는 대로 그 한국어는 지방어의 생생한 입말에서부터 심리적 현실이나 세상의 이치를 포착하는 지성의 언어에 이르기까지 언제나 풍성하고 정확하다. 풍자와 위트, 알레고리와 상징을 넘나드는 작가의 적실한 레토릭은 그 언어들을 소설이라는 또다른 공간으로 옮기면서 현실을 비추는 또다른 세계를 직조한다. 종종 문제적 인물은 짝패로 증식되면서 복합적이고 중층적인 구도를 형성하고 화자의 시선이라는 제3의 균형점을 통해 반추된다. 윤흥길 문학은 그렇게 소설의 미학적 구도에서도 전범적 사례를 이룬다. 그 상상력과 미학이 금기와 재갈, 검열의 시대에 대한 도덕적 실존적 대응이기도 했다는 점은 우리를 숙연케 한다. 그러면서 그의 소설이 시대 현실에 대한 직접적 재현을 넘어 징후적 보고報告, 예언적 언어의 힘으로 울리고 있다는 사실은 특별히 기억해둘 만한 일이다. 어느 모로 보나 윤흥길 소설은 전쟁과 분단, 산업화, 정치적 억압의 시대를 통과해온 한국인의 행동과 심성에 대한 대체할 수 없는 탐사의 장이다.

「꿈꾸는 자의 나성」에서 떠나지 못할 엘에이행 비행기표를 연신 알아보는 이상택씨는 아내의 병 때문에 내핍생활을 하느라 회사에서 오해받고 외톨이가 되는 '손과장'의 짝패다. 두 사람 사이에서 이상한 부채 의식에 시달리는 소설 화자 '나'까지 세 사람이 이루는 삼각형은 내가 사랑하는 윤흥길 소설의 원형적 구도다. 그 '나'는 결국 작가 자신의 자리이자 우리 독자의 자리일 테다. 소설에서 '나'는 오래 여투어두었던 한마디를 끝내 꺼내지 못한다. "이 세상에서 낙원이란 것이 어디 따로 있을라구요."(489쪽) '나성'의 꿈을 접고 고향인 서울로 '내려가기'로 한 이상택씨의 후일담이 궁금한 사람이 나뿐만은 아닐 것이다. 그리고 그 궁금증이 여전히 지속되고 있다는 사실이야말로 윤흥길 소설의 생생한 현재성을 증거하는 것이리라.

(2021)

순진성의 경이, 그리고 사랑
─김종철

1

이 글은 김종철이 생전에 마지막으로 펴낸 『근대문명에서 생태문명으로─에콜로지와 민주주의에 관한 에세이』(녹색평론사, 2019)와 『대지의 상상력─삶-생명의 옹호자들에 관한 에세이』(녹색평론사, 2019)을 다시 읽는 것을 목표로 한다. 나는 지금 선생의 이름에 붙일 적당한 직분적 호명 앞에서 망설이고 있는데, 1980년대에 문학 공부를 시작한 나의 세대에게 김종철은 무엇보다 뛰어난 문학평론가였다. 내가 그의 글을 처음 접한 것은 창비에서 나온 『한국문학의 현단계』(1982)였던 것으로 기억하는데, 계간지 『창작과비평』이 신군부에 의해 강압적으로 폐간되면서 그에 대한 대응으로 나왔던 평론 모음 시리즈였다(네 권까지 나왔다). 엄정한 비평적 논리 못지않게 한국어의 활달하고 개방적인 사용, 그 자체로 읽는 즐거움을 주는 섬세한 문체의 힘이 인상적이었지 싶다. 그리고 막연한 대로 그것이 문학적 사유의 윤기와 풍성함에서 배어나는 섬세함이라는 것을 느낄 정도는

되었던 것 같다. 좀더 상투적으로 말하자면 시대의 분위기와는 달리 '문학적 향기'가 보존되어 있는 비평 문체에 매료되었다고 할까. 한두 편 더 그의 글을 읽었던 것 같지만, 평론집을 찾아 읽는다든지 하는 식으로 본격적인 공부로는 이어지지 못했다. 그리고 지금 돌아보면 그 1980년대 중후반은 그가 서서히 한국문학의 현장으로부터 떠나고 있던 시절이기도 했다.

부끄럽게도 나는 『녹색평론』의 열성적인 독자가 아니었다. 그러기는커녕 이상한 부채 의식만 여툰 채 『녹색평론』이 제기하는 근본적인 질문들을 피해왔다는 게 사실에 맞을 거다. 나의 생활은 그 질문들에 포함된 도덕적 열정으로부터 너무도 멀리 있었다. 선생의 글도 간혹 붙잡은 『녹색평론』보다는 신문 칼럼에서 더 많이 읽은 듯하다. 그 세월 동안 내게 선생의 이미지도 문학평론가에서 근본주의적인 생태 사상가 정도로 바뀌었을 테다. 그러다 이태 전 선생의 청탁 전화를 받고 『녹색평론』에 두 편의 글을 쓰게 되고, 그 인연으로 선생이 직접 서명해 보내준 『대지의 상상력』을 받아 읽게 되면서 나는 마치 피하고 미뤄두기만 했던 오랜 과제 앞에 돌아온 듯한 느낌을 받았다. 그러나 그런 마음도 돌연한 선생의 떠남이 아니었다면, 잠시 그렇게 일었다 사라질 성격의 것이었는지도 모른다.

2

김종철의 대학 은사이기도 한 백낙청은 『녹색평론』 2020년 9/10월호에 실은 추모의 글에서 김종철의 문학적 사상적 뿌리에 있는 '윌리엄 블레이크론'에 얽힌 사연을 회고하는 가운데 「예언자적 지성의 한계」는 "김종철이 평생을 두고 고민한, 불의한 세상과 맞선 '예언자적

지성'과 '시인의 마음' 사이의 결코 간단찮은 관계를 일찌감치 제기한 것이었다"[1]고 쓰고 있다. '예언자적 지성'과 '시인의 마음'의 관계는 윌리엄 블레이크의 세계에서 김종철이 감동적으로 발견한 것이기도 하지만, 동시에 의식하든 그렇지 않든 김종철의 평생의 화두가 되었으리라는 판단은 충분히 동의할 수 있는 일이다. 당자로는 그런 부담스러운 영예를 서둘러 고사했을 가능성이 높지만, 김종철의 문학적 실천과 『녹색평론』을 통한 공적 활동이 상당한 정도로 '예언자적 지성'에 값한다는 것은 전혀 과한 평가는 아닐 것이다. 나 자신, 『대지의 상상력』에 실린 '윌리엄 블레이크론'(「블레이크의 급진적 상상력과 민중문화」)을 읽으며 비슷한 생각을 했고, 추모를 겸한 짧은 글을 쓴 적이 있다. 그 글의 일부를 여기 옮기면서 이야기를 시작해보고 싶다.

꽤 긴 분량의 '책머리에'에서 선생은 영문학자·문학평론가로 활동하던 시절의 소산인 이 책이 『녹색평론』 탄생의 정신적 전사로 읽히기를 소망한다는 뜻을 특유의 정연하고 담백한 문체로 이야기하고 있다. 윌리엄 블레이크, 리처드 라이트, 프란츠 파농 등, 책에서 다루고 있는 여덟 작가는 선생에 따르면 "근대의 어둠에 맞서 '삶-생명'을 근원적으로 옹호하는 일에 일생을 바친 사람"인데, 내게 특히 인상 깊게 다가온 것은 흔히 난해하다고 알려진 영국 시인 윌리엄 블레이크 편이었다. 선생은 '책머리에'에서 대학 때 우연히 집어든 블레이크의 시집 한권이 가져다준 놀라운 충격과 이후 그이의 문학에 빠져들면서 한국사람이 영문학을 한다는 자괴로부터 얼마간 빠져나오게 된 경위를 술

---

1) 백낙청, 「고(故) 김종철과 나」, 『녹색평론』 2020년 9/10월호.

회하고 있지만, 그 오랜 공부와 감동의 온축을 보여주듯 민중적 세계관과 상상력에 단단히 뿌리박은 윌리엄 블레이크의 해방적이고 혁명적인 시세계에 대한 전체적인 조망이 깊이를 덜어내는 바 없이 너무도 명료하고 풍부하게 전개되고 있었다. 나 같은 문외한에게는 접근조차 힘들 것 같던 윌리엄 블레이크로 들어가는 문 하나가 그냥 쉽게 열려버린 기분이었다.

그러나 블레이크 편이 더 인상적이었던 것은, 블레이크의 시적 도정을 서술하는 선생의 글이 자신이 감동받은 시인에게서 삶과 사유의 실천적 이정표와 지향을 얻겠다는 마음을 글의 행간에 차곡차곡 채워놓고 있었기 때문이었던 것도 같다. 시인을 '시대의 예언자'로 부르는 오래된 수사학은 상당히 낡은 느낌을 주는 것도 사실이지만, 블레이크에게는 아주 온당한 호칭이었던 듯하다. 블레이크에게 '예언자'는 "있는 그대로 정직하게 말하는 사람"이다. 이어서 선생은 쓴다. "있는 그대로 이야기한다는 것은 누구에게나 가능한 일이 아니다. '예언'은 자신이나 남들에게 속임수를 쓸 것이 없는 사람들의 눈에 비친 삶과 역사의 진실을 말하는 것이기 때문이다. 그러므로 민중적 삶의 진실에 확고한 뿌리를 내리고 있는 인간에게만 그 예언은 가능하다고 할 수 있다." 우리는 1991년 『녹색평론』을 창간하면서 근대 산업문명에 대한 근원적 비판과 함께 삶의 전면적인 위기를 선언한 선생의 외로운 외침과 이후의 묵묵한 실행이 '예언'에 값하는 것이었음을 안다.[2]

김종철은 블레이크의 말을 빌려 '예언자'를 '있는 그대로 정직하게

---

2) 정홍수, 「[정홍수 칼럼] 있는 그대로 이야기한다는 것」, 한겨레, 2020. 7. 1.

말하는 사람'이라고 풀고 있는데, 민중적 삶의 진실과 확고하게 이어져 있는 그 '있는 그대로의 정직'은 또한 김종철이 생각하고 거기 머물려고 하는 '시인의 마음'이기도 한 듯하다. 김종철의 첫 평론집 『시와 역사적 상상력』[3]의 표제 평문은 박두진과 고은의 시세계를 검토한 것이다. 글의 서두에서 김종철은 '시인'에 대한 자신의 생각을 밝히고 있다.

> 시인을 정의하는 갖가지의 방식 가운데서 제일 너그러운 것은 아마 시인이란 가장 꿈을 많이 꾸는 사람이라는 것일 것이다. 어려운 시대에 있어서 시인이 하는 가장 중요한 일의 하나는 누구보다도 나중까지 그가 꿈을 계속 꿈으로써 사람의 일이 결코 헛되지 않다는 것을 다른 사람들의 인간성에 호소하는 일일 것이다. 설령 이러한 호소의 통로가 막혀 있다 하더라도 시인이 다만 거기 있다는 사실만으로도 역사의 진화에 대한 근원적인 신뢰는 존재하는 것이고, 그런 의미에서 창조적인 삶의 선택을 위한 사람의 자기 초월의 가능성은 열려 있는 셈이라고 할 수 있다.(「시와 역사적 상상력」, 126쪽)

'너그러운' 정의 쪽에서 이야기를 시작하고 있는 만큼, '꿈을 꾸는 사람'이라는 비교적 일반적인 시인관을 언급하고 있긴 하지만, '누구보다 나중까지'나 '사람의 일이 헛되지 않다는 것을 다른 사람들의 인간성에 호소하는 일'과 같은 대목에서 특별한 강조점을 확인할 수 있다. 그리고 다음 문장에서 그 호소의 통로가 막혀 있다고 하더라도

---

3) 김종철, 『시와 역사적 상상력』, 문학과지성사, 1978. 이하 인용은 글 제목과 쪽수만 밝힌다.

'시인이 거기 있다는 사실만'으로 '근원적인 신뢰'가 존재한다고 말하는 데 이르면, 반세기 가까운 사십이 년 전의 글에서 이상한 기시감을 느끼게 되는 것은 지금 나만의 감상은 아닐 테다. 이제는 누구도 그 호소력을 낮추어 보지 않게 되었지만, 삼십 년 전 『녹색평론』의 창간 즈음의 상황을 돌아보면 '삶-생명'을 옹호하며 근대 문명에서 생태 문명으로의 전환을 꿈꾸었던 김종철의 '꿈'은 그 외로움과 '근원적인 신뢰'에서 언급한 '시인'의 존재론과 존재 가치를 충분히 겹쳐 생각하게 만든다. '창조적인 삶의 선택을 위한 사람의 자기 초월의 가능성'을 언급하는 대목 역시 어휘 선택이 보다 온건하고 추상적인 느낌을 줄망정 전환의 사상이 '시인의 꿈'에 대한 믿음과 한 뿌리에 있음을 확인시켜준다. 이 우연한 '자기 언급'은 암시였을까, 다짐이었을까. 아니면 '예언'이었을까. 그러거나 김종철의 글은 시인의 꿈과 언어 역시, 바로 그 세상의 타락과 오염에서 면제되어 있지 않다는 예리한 통찰로 이어진다. 그러면 그때 시인은, 시는 어떠해야 하는가.

시인은 성자가 아니고, 타락되고 오염된 세상 가운데서 타락의 힘에 의지하여 진실에 이르려는 사람이기 때문이다. 중요한 것은, 스스로 왜곡을 인정하고 왜곡의 정체 앞에 용기 있게 맞서는 것이다. 개인이나 시대를 막론하고, 정직함이 바로 위대함일 것이다.(같은 글, 126쪽)

'용기 있는 맞섬'이고 '정직함'인데, 우리는 여기서 다시 블레이크의 예언자론, '있는 그대로 말하는 사람'과 만난다.

'시인의 마음'은 그렇게 불가피한 오염과 타락을 통과하고 감내하면서도 맑고 아름다운 세상에 거의 무조건적으로 열려 있고 감응하

는 인간의 '선량함' '순진성'을 용기 있게 발견하고 증언하는 능력이기도 할 것이다. 그런 의미에서 '순진성'의 문제가 김종철 초기 비평의 중요한 테마로 등장하고 있는 것도 예사롭지 않다. 내가 읽은 최고의 서정인론이라 할 만한 평문 「순진성으로서의 인간」(『시와 역사적 상상력』)에서 김종철은 서정인 소설[4]의 인물들이 지닌, "사회적 한계를 초월하는 '인간적 요소'"를 '순진성'으로 개념화하면서 "순진성이란 인간이 그 자신과 자기의 이웃과 그리고 세계와의 사이에 궁극적인 근원에 있어서 공감의 유대를 유지하고 있을 때 있을 수 있는 인간성의 표현"(155쪽)이라고 말하고 있다. 그러면서 그가 서정인의 단편소설 「벌판」의 '경철'이나 「후송」의 '성중위'에게서 '순진성'을 읽어내는 대목도 인상적이지만, 「나주댁」의 유명한 '애국을 전문으로 하는 교장'으로부터 순진성의 마음을 보아내는 지점은 앞서 인용한 타락한 시대의 '시인론'에 이어지는 가운데 사려 깊고 섬세한 비평적 안목으로 빛난다. 「나주댁」의 독자라면 누구나 알 수 있는 대로, '애국 전문' 교장은 심하게 희화화되어 있고 풍자의 대상이 되어 있다. 그러나 서정인의 소설은 이상하게도 그를 미워하기 힘든 존재로 느끼게 만든다. 그 묘한 양가감정을 작품 안으로 들어가 소상히 독해한 뒤, 김종철은 덧붙인다. "우리가 정말 문제삼아야 할 것은 교장의 근본적인 순진성이 이렇게 타락된 형태로서만 외면화될 수밖에 없는 현실일 것이다."(157쪽) 서정인의 소설에서 '순진성'이 분리된 채 '독립적인' 형태로 나타나지 않고 잡답의 현실과 뒤얽혀 함축적으로 표현되고 있다는 점을 강조하는 지점에서 우리는 김종철 비평의 '순진

---

4) 서정인, 『강』, 문학과지성사, 1976.

성' 테마가 갖는 현실 긴장력, 혹은 현실 비판적 측면을 각별히 챙기게도 된다. 이어 서정인 소설에서 여성 인물들이 차지하는 비중을 언급한 뒤, 김종철은 그 여성적 너그러움이 서정인 소설에 불어넣는 특별한 온기 속에서 '순진성'의 한 정점을 본다. 서정인의 명편 「강」에서 나이 어린 술집 작부가 늙은 대학생이 잠든 방으로 건너가는 그 유명한 장면이다. 옷도 벗지 않고 쓰러져 자는 대학생을 보자 여자는 측은해서 어쩔 줄을 모른다. "여자는 화가 난다. 그의 팔다리를 요 밑에서 빼어내고 그를 안아서 간신히 요 위에 눕힌다. 그리고 이불을 끌어다가 덮어준다. 베개를 바로 베주고 그대로 엎드려서 그 얼굴을 들여다본다. 대학생!"(「강」, 144~145쪽) 이 장면의 아름다움을 읽는 김종철의 비평을 보자.

가난하고 무지하며 단순한 이 여자로서는 대학생을 동경하는 것이 아주 자연스럽다. 대학생이라는 이름과 그것의 실질적 의미 사이에 괴리가 있음을 알기에는 이 여자는 극히 천진하다. 위의 인용 대목에 풍자가 있다면, 엄밀히 말해서 그 풍자의 대상은 이 여자가 아니라, 대학생의 이름과 실질 사이에 괴리를 있게 하는 세계일 것이다. 그러한 세계는 가령, 대학생이 있는 방으로 건너오기 전에 바깥으로 나왔을 때 어느새 하얗게 눈이 내려 쌓여 있음을 보고 놀라면서, 눈송이들을 향해 입을 떡 벌리고 눈이 내리는 마당을 신발을 끌며 빙빙 도는 이 여자의 순진무구한 천진성에 견주어 볼 때 너무나 왜소하게 느껴지는 것이다.(「순진성으로서의 인간」, 162쪽)

'순진성' '천진성'은 삶과 세상의 맑음, 아름다움과 풍부한 가능성

을 향해 거의 무조건적으로/즉각적으로 열려 있는 마음이라고 할 수 있을 텐데, 그 자체로 그것을 제약하고 왜곡하고 부정하는 힘을 생각하게 만든다. 김종철이 서정인 소설에 기대어 현실 비판의 차원을 보다 함축적이고 복합적인 곳으로 이동시키고 있는 대목이라 할 만하다. 그리고 여기가 근원적인 비판의 자리가 되는 이유는 억압되고 이지러진 인간성으로부터 벗어나는 길이 바로 그 인간성 안에서 마련되고 있기 때문이다. 앞서 김종철이 시인을 정의하는 가운데 말한 '창조적인 삶의 선택을 위한 사람의 자기 초월의 가능성'이란 이를 일컫는 것이 아닐까. 이런 의미에서 김종철 초기 비평에서 발견되는 '순진성'의 테마는 그 자신의 비평이 근거하고 있는 '시인의 마음'을 증거하는지도 모른다. 물론 우리는 김종철 비평의 '순진성' 테마를 '인간다움'의 추상적 촉구나 소박한 '휴머니즘'에의 호소와 등치하는 우를 범해서는 안 된다. 「강」에 대한 그의 글에 잘 나타나 있듯이, 김종철의 비평적 강조점은 무엇보다 일종의 '아이러니' 상태로 드러나는 '순진성'의 비애적 국면에 있으며, 그때 그의 비판이 보다 무겁게 향하고 있는 곳은 타락한 현실 그 자체이기 때문이다. 그리고 그럴 때도 비판의 품이 너르고 두텁다는 것을 잊지 말아야 한다. 김종철은 "서정인의 인물들이 지닌 순진성은 가난하고 살벌한 삶의 가운데에서도 그들이 내면적 풍부성을 상실하지 않고 살아갈 수 있게 한 자원"(162쪽)이라고 짚은 뒤, 그 순진성이 "궁극적으로 서정인의 여성들에게서 보는 바와 같은 너그러운 사랑에 뿌리를 박고 있"(같은 쪽)다고 말한다. 그러면서 예상되는 반박을 의식한 듯, 다음과 같이 부연한다.

어떻게 보면, 이러한 사랑은 부조리한 사회의 모습을 바로잡는 일이거나 선악의 구분을 명백히 세우는 일과는 일단 무관할지 모른다. 그러나 어떻게 정의에 대한 강한 요구만이 인간 존재의 전면적 사실을 이루겠는가? 사람은 사회적 존재임에 틀림없으나 또 사회적 연관의 한계를 훨씬 초월해 있는 존재이기도 한 것이다. (……) 사랑의 너그러움은 인간 존재를 그 가장 근원적인 깊이에서 풍부하게 하는 원천이라고 할 수 있으며, 만일 이러한 요소가 인생에서 결핍된다고 가정하면 이 세계는 인간이 살기에 마땅한 거소居所가 되지 못할 것임이 분명하다.(같은 글, 162쪽)

'정의에 대한 강한 요구만이'나 '사회적 한계를 훨씬 초월해 있는' 등의 대목에서 시종 이데올로기적 프레임에 거리를 두고 전개된 김종철 비평의 바탕을 확인하게 되는 순간이기도 하다. 더욱이 우리는 '인간이 살기에 마땅한 거소가 되지 못한' 세계와의 구체적이고 실천적인 싸움을 김종철이 어떤 식으로 전개했는지 잘 알거니와, '순진성'이나 '사랑'은 섬세한 비평적 논리에서도 전혀 당면한 싸움의 회피와 유보의 자리가 아니었던 것이다. 더구나 김종철은 '순진성'의 터전을 추상적이고 보편적인 '인간성'에서 구하고 있는 것도 아니다. 그것은 김종철의 비평에서 처음부터 '민중성'과 분리될 수 없는 것이기도 했다.

그런 의미에서 『대지의 상상력』에 수록되어 있는 「디킨스의 민중성과 그 한계」는 '순진성' 테마의 심화된 비평적 질문이라 할 만하다. 김종철은 디킨스의 장편 『어려운 시절』을 집중적으로 검토하면서 이 작품의 성취와 한계를 '민중성'의 문제와 깊이 있게 관련 짓는

데, 그 '민중성'의 문학적 매개항으로 제시되는 것이 디킨스가 이 소설의 인물들을 통해 보여주는 '순진성'의 세계다. 김종철은 묻는다. "디킨스가 말하는 인간다움, 혹은 어린애 같은 순진성은 어디에서 오는가?"(129쪽) 디킨스 당대의 전체적인 삶의 조건이 그런 순진성의 실현을 어렵게 하는 것이 사실이라고 할 때, 이는 다분히 작가의 주관적인 소망이 소설에 투영된 것은 아닌가, 하는 질문이다. 김종철은 이에 대한 답을 구하는 과정에서 비평가 F. R. 리비스와 레이먼드 윌리엄스의 디킨스론을 참고하는데, 리비스의 평가는 "'거역할 수 없는' 삶의 풍부성을 향해 디킨스가 열려 있었기 때문에 삶의 근본적인 긍정이 가능했다"(같은 쪽)는 것이다. 김종철은 이런 비평적 평가에 수긍하면서도 '삶'이라는 개념(리비스의 비평에서 '삶'이라는 개념은 간단치 않고, 상당히 문제적인 것으로 알려져 있다)이 다소 추상적이지 않은가 하고 반문한다. "물론 리비스 자신은 이 용어를 가지고 디킨스 문학의 근본 주제를 그 나름으로 훌륭하게 해명해주는 것으로 보인다. 하지만 리비스가 삶이라는 개념을 사용할 때, 그 삶은 누구의 어떤 삶을 뜻하는지 조금 더 구체적으로 규정될 필요가 있지 않았을까?"(129~130쪽) 김종철이 보기에 리비스의 '삶'이라는 개념은 디킨스 소설에 담긴 '민중성'을 통해서 구체화될 필요가 있었던 것이다. 비슷한 아쉬움은 레이먼드 윌리엄스의 디킨스론에 대해서도 토로된다. 그런데 김종철이 인용하는 윌리엄스의 견해는 '순진성'의 테마와 관련해서 실로 예리한 통찰을 담고 있으며, 김종철 자신 이 점을 충분히 높이 평가하고 있는 것으로 보인다.

(……) 디킨스가 그토록 많이 거기에 의존하고, 또 별생각 없이 센

티멘털리즘으로 처리돼버리는, 저 파괴할 수 없는 순진성, 기적적으로 개입해 들어오는 저 설명할 수 없는 선량함이라는 자질은, 그것이 설명할 수 없는 것이기 때문에 진정한 것이다. 설명될 수 있는 것은 결국 의식적으로 혹은 무의식적으로 만들어져온 체제이다. 하나의 인간 정신이 존재한다는 것, 이 체제보다도 궁극적으로 더 강력한 인간정신이 존재한다는 것을 믿는다는 것은 믿음의 행위, 우리 자신에 대한 믿음의 행위이다. 디킨스에게 이것이 점점 더 어려워졌다는 것은 놀라운 일이 아니다. 그러나 마지막에 이르기까지 점증하는 압력 밑에서도 그는 이것을 말했고, 또 일어나게 했다.(「디킨스의 민중성과 그 한계」, 130~131쪽)

김종철은 이를 "더할 나위 없이 근원적인 해명"(131쪽)이라고 말하면서도, 이와 같은 설명이 디킨스에게만 적용되어야 할 이유가 없다는 점에서 리비스의 경우와 마찬가지로 문제의 초점을 디킨스의 '민중성'으로 이동시킬 것을 촉구한다. "디킨스의 작가로서의 출발점이자 생애 전체를 통한 작가정신의 뿌리였다고 할 수 있는 '민중적 상상력'이야말로 저 '설명할 수 없는 자질'의 보다 구체적인 원천으로 지목되어야 하지 않을까?"(같은 쪽) 김종철은 소설에서 '순진하고 밝은 삶'의 살아 있는 예로 등장하는 '곡마단' 이야기 말고도 산업혁명기 또다른 규율 권력으로 군림한 웨슬리의 감리교회에 대한 노동자들의 무시와 일탈을 그려나가는 대목에서 디킨스가 공감하고 공유했던 민중적인 '감정의 구조'를 세심하게 보아낸다. 전체적으로 디킨스가 근원적인 감수성에서는 민중 혹은 민중문화의 상상력에 친근했으나, '역사적 변혁의 실질적 주체로서의 민중의 존재'를 발견하는

데까지는 나아가지 못했다는 게 김종철의 평가라고 할 수 있다. 우리는 1982년에 발표된 이 글에서 '민중' '역사적 변혁의 주체'와 같은 표현으로부터 좀더 실천적이고 진보적인 문학론에 몸을 담그고 있는 김종철 비평의 모습을 새삼 확인할 수 있지만, 사실 '순진성'의 테마를 포함해서 이러한 생각의 맹아들을 그의 초기 비평에서 확인하는 일은 전혀 어렵지 않다. 김종철은 이미 "시가 삶의 핵심에 뿌리박기 위해서는 현실에 존재하는 경험들의 살아 있는 관계를 포착하지 않으면 안 될 것이다"(「생활과 연대 의식」, 140쪽)라고 말해놓고 있다.

그런데 김종철의 디킨스론에서 이후 김종철의 사상적 궤적과 실천과 관련하여 '민중성'의 문제보다 우리의 눈길을 더 머물게 하는 것은 앞서 인용했던 레이먼드 윌리엄스의 글이다. 이 대목에 대해 김종철은 앞서도 말했듯 '근원적인 해명'이라는 논평과 함께, 좀더 구체적으로 '민중적 상상력'이라는 디킨스 문학의 원천을 짚었어야 한다는 유보의 의견을 덧붙인 바 있다. 그러나 윌리엄스의 발언은 문학에서, 그리고 인간사에서 '순진성'의 자리를 실로 근본적으로(동시에 급진적으로) 의미화하고 있는데, 이 점에 대해서는 김종철 역시 전적으로 수긍하고 있는 듯하다. 그렇다면 윌리엄스가 '순진성'을 근본적으로 의미화하고 있는 지점이란 무엇인가. 윌리엄스는 '순진성'이 "설명할 수 없는 것이기 때문에 진정한 것"이라고 말한다. 우리는 윌리엄스가 '순진성'을 형용할 때 사용한 '저 파괴할 수 없는' '기적적으로 개입해 들어오는'이라는 언어에 주목할 필요가 있다. 이는 '순진성'이 기성 체제의 '외부'에 있다는 말이다. "설명될 수 있는 것은 결국 의식적으로 혹은 무의식적으로 만들어져온 체제"이기 때문이다.

여기서 잠시 기존의 지식들로는 사고될 수 없는 진리 과정의 '사

건'에 대한 알랭 바디우의 논의를 떠올려보자. 바디우는 '이미 주어진 것' 속의 일상적인 기입으로는 환원될 수 없는 무언가가 일어나는 것, 그 '잉여적 부가물'을 진리와 관계하는 '사건'으로 부른 바 있다.[5] 이때 진리의 과정은 '사건적인 잉여적 부가물의 관점'에서 상황에 관계하려는 결정으로부터 유래하며 이에 충실하고자 한다면 사건이 발생한 고유한 질서 속에서의 실질적인 단절이 불가피하다. 정확히는 '내재적 단절'인데, 진리는 결코 다른 어떤 곳이 아니라 바로 그 '상황속'에서 전개되기 때문이며, 진리의 과정을 가능케 하는 사건은 기존의 지식들로는 사고될 수 없는 것이기 때문이다. 다시 말해 사건들이란 환원 불가능한 개별성들이며, 상황들의 '법에 대한 외재성'이다. 진리에 충실한 과정들은 매번 완전히 새롭게 발명되는 내재적 단절들이다. 바디우는 이 충실성의 담지자, 즉 진리 과정의 담지자를 '주체'라고 부르는바, 주체는 이 과정에 앞서 존재하는 것이 아니라 진리의 과정이 주체를 도출시키는 것이다. 바디우는 이러한 사건들의 예를 혁명적 정치, 사랑, 과학, 예술의 영역에서 각각 구하고 있다.

윌리엄스가 말하고 있는 것 역시 '순진성'이 불러일으키는 사건으로서의 '내재적 단절'이며, 그는 이 '내재적 단절'과 '(기존) 법에 대한 외재성'—'파괴할 수 없음' 혹은 '기적적 개입'—을 믿음의 차원으로 옮긴다. "하나의 인간정신이 존재한다는 것, 이 체제보다도 궁극적으로 더 강력한 인간정신이 존재한다는 것을 믿는다는 것은 믿음의 행위, 우리 자신에 대한 믿음의 행위이다." 바디우가 말하는 '충실성'이 곧 이 '믿음'이 아니고 무엇일까(나는 지금 두 사람의 논의에

---

5) 알랭 바디우, 『윤리학』, 이종영 옮김, 동문선, 2001.

서 보이는 어떤 우연한 겹침을 이야기하려는 것이 아니라, '순진성'과 '진리 사건'의 해명에 작동하고 있는 '보편적 직관 혹은 통찰'을 생각하고 있는 것이며, 이는 윌리엄스의 인용을 경유해서 드러나는 '순진성'에 대한 김종철의 이해에도 그대로 적용될 수 있다고 믿는다). 윌리엄스의 맥락을 온건하게 이해하더라도 '순진성'이 그것의 출현에 있어서도, 그것의 발견과 감응에 있어서도 '우리 자신에 대한 믿음의 행위'라는 것은 '주관적 정신주의'와는 무관하게 '역사에 대한 신뢰'와 그것을 뒷받침하는 '인간성에 대한 신뢰'를 말하는 것일 테다. 그리고 '순진성'이 '체제'의 바깥에서 출현한다는 점에서 '민중성'과의 연결은 어느 면 이미 전제되어 있는 것인지도 모른다. 김종철이 인용하고 있는 마지막 두 문장은 또한, '순진성'과 그 믿음이 그것을 억압하는 힘과의 부단한 싸움을 통해서만 지켜지고 생겨날 수 있다는 것을 말해주고 있다.

3

『녹색평론』과 함께한 김종철 사유의 여정은 '근대 문명'에 대한 근본적인 문제제기에서 출발한다.

근대적 삶이란 근본적으로 재앙이며, 끔찍하고 잔인한 덫이다. (······) 이러한 근원적인 의미의 폭력성은 혹은 야만성은 근대가 본질적으로 자연—인간본성도 포함한—을 거스르는 것을 원리적으로 강제하는 문명이기 때문이다. 그러나 무엇보다도, 에콜로지의 관점에서 볼 때, 자본주의 근대문명의 근본 문제는 그것이 순환의 법칙에 의해 돌아가는 세계 속에서 끊임없이 직선적인 '진보'를 추구하도록 강요하

는 메커니즘에 종속된 시스템이라는 것이다. 이 근본적인 모순이 해소되지 않는 한, 조만간 자본주의의 종언은 필연적이라고 할 수 있다. 아니, 이대로 가면 자본주의의 종언보다 먼저 세상의 종말이 닥칠 가능성이 더 크다고 할 수 있다.[6]

김종철은 이러한 판단을 기초로 주류 환경론자들이 이야기하는 '지속 가능한 발전'을 포함해서 '경제적 성장'을 전제로 한 어떠한 '개량적' 논의와도 단호히 선을 긋는다. 지금 정말 필요한 것은, "성장논리와는 무관한 질적으로 전혀 다른 삶, 즉 '비근대적' 방식으로 방향 전환하려는 급진적인 노력이다."(「민주주의, 성장논리, 농적農的 순환사회」, 27쪽) 우정과 환대, 공생공락의 가난을 나누는 상호부조와 자치의 공동체로서 소농공동체로의 근본적인 전환은 유일한 대안이자 한시도 미룰 수 없는 긴급한 과제가 된다. 그 전환의 길을 향해 김종철이 민중 자치의 실현을 핵심으로 하는 참다운 민주주의의 성립(방법론으로서 추첨제와 숙의민주주의의 결합), 기본소득제의 시행, 금융시스템의 공공화와 같은 구체적인 의제를 제기하고 토론하는 실천적인 공간을 계속 열어온 것은 두루 아는 대로다. 물론 김종철의 사유와 담론은 '근본적'이고 '급진적'인 만큼, 비판의 여지 또한 존재하는 것이 사실이다. 백낙청의 「근대 한국의 이중과제와 녹색담론」[7]은 김종철의 '녹색담론'의 기본 전제에 상당한 정도로 공감과 이해를 표

---

6) 김종철, 「민주주의, 성장논리, 농적(農的) 순환사회」, 『근대문명에서 생태문명으로』, 27~28쪽. 이하 인용은 『근대』로 약칭하고 글 제목과 쪽수만 밝힌다.

7)『창작과비평』 2008년 여름호. 『창작과비평』 같은 해 봄호에 발표된 김종철의 「민주주의, 성장논리, 농적 순환사회」에 대한 반론 성격의 글이다. 『이중과제론』(이남주 엮음, 창비, 2009)에 수록하면서 '덧글'이 추가되었다.

하면서도 세부적인 논리와 실행/이행 방안의 구체에 대해서는 이견을 표명하고 정치한 비판을 가한 대표적인 글인데, 김종철이 이에 대해 재반론을 하지 않은 것은 시사하는 바가 있는 듯하다. 백낙청의 이중과제론이 근대에 대한 비판과 극복이라는 점에서는 김종철의 '녹색담론'과 목표를 같이하나, 매개항으로서의 '분단체제론'이 보여주듯 그 현실적인 '이행'의 문제까지 점검하고 궁구하는 보다 체계적인 '담론'을 지향하고 있다면, 김종철의 경우 이행의 현실성을 포함하는 담론적 정합성이나 체계가 상대적으로 덜 중요한 사유와 실천의 장에서 출발하고 있었다고 보아야 하지 않을까. 말하자면 '체계적인 담론' 혹은 '담론의 체계성'은 근대 문명의 파탄을 선언하고 생태 문명으로의 전환을 촉구하는 김종철의 사유에서 처음부터 문제시되지 않았거나, 겨냥점이 아니었다고 해야 할 것이다. 담론 대 담론의 논쟁 구도가 성립할 수 없었던 이유의 하나가 여기에 있는 듯하다. 지난 삼십 년 『녹색평론』의 역사가 알려주듯, 김종철은 자신의 선언과 주장을 뒷받침하기 위해 그때그때 필요한 실행 방안을 모색하고 의제화하면서, 사람들을 모으고 토론 공간을 마련하는 데 부단히 힘써왔다. 그런 가운데 『녹색평론』 자체가 일종의 '녹색담론'을 형성하고 진전시키는 터전이 되어왔다. 그러나 그것은 체계적인 것도 아니었고, 체계적인 것일 수도 없었다. 군이 체계의 자리에서 말하자면, 성김과 비약은 불가피한 것이었다. 그때그때 근대 문명의 파탄을 증거하는 사실을 수집하고, 경고등을 켜고, 대안을 모색하고, 즉각적인 실행의 사례들을 보고하는 가운데 전환의 비전은 담론의 형식이 아니라 '통찰'과 '지혜', '용기'와 '직관'의 형식으로 집적되고 있었다. 그리고 그것은 무엇보다 '호소'의 형식이기도 했다. 김종철이 일찍이 '시인'을 정

의하면서 말했던 그 '호소'의 형식. 다시 한번 인용하기로 한다.

시인을 정의하는 갖가지의 방식 가운데서 제일 너그러운 것은 아마 시인이란 가장 꿈을 많이 꾸는 사람이라는 것일 것이다. 어려운 시대에 있어서 시인이 하는 가장 중요한 일의 하나는 누구보다도 나중까지 그가 꿈을 계속 꿈으로써 사람의 일이 결코 헛되지 않다는 것을 다른 사람들의 인간성에 호소하는 일일 것이다. 설령 이러한 호소의 통로가 막혀 있다 하더라도 시인이 다만 거기 있다는 사실만으로도 역사의 진화에 대한 근원적인 신뢰는 존재하는 것이고, 그런 의미에서 창조적인 삶의 선택을 위한 사람의 자기 초월의 가능성은 열려 있는 셈이라고 할 수 있다.

그리고 그때 꿈은, 희망은 '예측 불가능한 것'이다.

희망이란 '자연의 선량함'에 대한 근원적인 믿음에서 우러나옵니다. 반면에 기대는 인위적으로 계획하고, 통제한 것에 따른 결과에 대한 의존을 말합니다. (……) 그런데 희망은 예측 불가능한 거예요. 자연의 선량함이라고 했을 때 그 자연에는 당연히 인간도 포함되어 있거든요. 자연세계 혹은 그 일부인 인간에게 어떤 일이 벌어질지, 한 시간 후에 무슨 일이 발생할지 사실 아무도 모릅니다.(「일리치의 혹」, 『근대』, 108~109쪽)

희망에 늘 "놀람, 경이로움이라는 체험"이 따르는 것도 그 때문이다. "그 놀랍고 경이로운 일이 결국 인간을 들어올립니다."(같은 글,

109쪽)

자연과 인간의 선량함에 대한 근원적인 믿음, 예측 불가능성, 경이, '들어올림'이 일어나는 마음의 자리를 '순진성'이라고 불러볼 수 있을까. 나는 그럴 수 있다고 생각한다. '순진성의 경이'는 김종철이 매 순간 꿈꾸고 희망한 것이기도 하지만, 돌아보면 김종철의 삶과 사유가 바로 '순진성의 경이'였다. 그리고 그것은 언제나 '사랑'과 함께였다.

서정인이 그려 보여주는 삶의 현실이 행복감은커녕 사람들에게 진정하게 살고 있다는 절실감도 허락하지 않는 터전이면서도 그럼에도 불구하고 이곳이 영영 절망적인 세계만은 아니라 그래도 여전히 보다 나은 삶을 위해 경력을 기울일 가치가 있으며 또 그것을 대상으로 하여 소설도 쓸 만한 그러한 세계라는 것은 비록 타락된 형태로서이긴 하지만 거기에 사랑과 순진성이 깃들여 있기 때문일 것이다.(「순진성으로서의 인간」, 162~163쪽)

(2020)

개인, 시대 그리고 문학의 증언
─황석영

1

고등학교 때 삼중당문고로 황석영 소설을 처음 접했던 것 같다. 『삼포 가는 길』(1975)이었을 거다. 누렇게 바랜 채 바스러지던 그 문고본 책은 끝내 버리지 못한 내 책 짐 가운데 하나였는데 지금은 보이지 않는다. 그 시절, 갑자기 돌아갈 곳을 잃은 떠돌이 노동자 '정씨'와 '영달'의 헛헛한 처지가 왜 그리도 가슴이 아팠던 것일까. 당시 방영된 〈TV 문학관〉(1981)의 영향도 컸지 싶다. '백화' 역의 차화연을 비롯해 문오장과 안병경이 만들어낸 겨울 눈길의 영상은 그 아슴아슴한 지명, 삼포의 이미지를 오랫동안 실제의 이야기로 환치해놓기도 했다. 아무튼 그 무렵 황석영 소설을 읽는 일은 입시생의 얄팍한 시간을 벗어나 세상의 거친 표면과 부대끼는 느낌을 주었고 성장의 허세 같은 것을 품게 만들었다. 나중에 루카치가 소설을 일컬어 '남성적 성숙의 형식'이라는 말을 한 것을 알게 되었을 때, 그 진의야 모호한 대로 내가 처음 떠올린 것은 황석영 소설이었을 거다. 그리고 그것은

흑백사진 속의 짧게 깎은 머리, 검게 그을고 각진 남성적 용모가 불러일으킨 황석영이라는 작가 개인의 완강한 이미지이기도 했다. 노동이나 혁명 같은 말이 절로 떠오르는 근육의 형상 같은 것. 그러니까 그것은 그전까지 내가 통상적으로 소설가에 대해 품어온 어떤 이미지와 결을 달리하는 것이었다.

1980년대 초반 광주의 진실을 두고 전두환 독재 정권과의 전면적 싸움이 벌어지고 있을 때 내가 가장 듣고 싶었던 목소리 중의 하나가 작가 황석영의 그것이었던 것도 그러고 보면 이상한 일은 아니었을 테다. 불이 붙은 남포를 입에 문 채 "꼭 내일이 아니라도 좋다"고 "텅 비어버린 듯한 마음"(『객지』, 창비, 2000, 275쪽)으로 다짐하던 「객지」(1971)의 건설 노동자 '동혁'을 어떻게 잊을 수 있겠는가. 전태일이 점화한 1970년대 노동운동과 민주화 투쟁의 새로운 국면에서 황석영이 「객지」 「한씨연대기」(1972) 「삼포 가는 길」(1973) 「돼지꿈」(1972) 등 일련의 작품으로 그려내고 포착한 민중 현실의 생생한 모습과 포괄적 인간 진실의 힘은 문학의 울타리를 넘어 저항과 변혁의 은밀한 심지가 되고 있었다고 해도 과언이 아니다. 그렇다면 1980년대 초 그 급박한 시절에 그는 어디에 있었는가. 황석영의 자전 『수인』[1]은 내게는 꼭 그 질문에 대한 응답처럼도 보인다. 『수인』은 1989년의 방북 이후 오랜 해외 망명생활을 거쳐 1993년 4월 귀국과 함께 공항에서 체포되어 안기부의 심문을 받는 장면에서 시작된다. 그리고 칠 년 형기를 얼마 남기지 않고 1998년 3월 특별사면 형식으로 석방되는 장면에서 끝난다.

---

1) 황석영, 『수인』 전2권, 문학동네, 2017. 이하 인용은 권수와 쪽수만 밝힌다.

—자아, 여기서부터 속세입니다. 나가서 잘 사세요.

　　나는 목례를 하고 문을 나섰다. (……) 나는 기다리고 있던 기자들에게 '1980년 광주항쟁 이후 떠났던 긴 여행을 끝낸 느낌'이라고 말했다.(2권, 435쪽)

　　1976년 해남으로 내려가 소설을 쓰는 한편으로 '사랑방 농민학교'를 열어 현장 문화 운동에도 힘을 쏟던 황석영은 두 해 뒤 문화패 '광대'와 '민중문화연구소'를 설립하며 광주로 이주한다. 1980년 5월 '광대'의 소극장 창립 공연으로 「한씨연대기」를 준비하던 중 5월 16일 잠시 상경한 작가는 서울에서 비상계엄의 전국 확대와 광주의 대규모 시위 소식을 접하게 된다. 작가는 서울에서 은신하며 광주의 투쟁과 참상을 알리려 애쓰고, 항쟁 이후 제주 체류를 거쳐 다시 광주에서 항쟁의 진실을 알리는 다양한 활동을 조직한다. 그러나 광주항쟁 당시 공교롭게 현장에 없었다는 부채 의식은 계속 남아 있었고, 1984년 말 『죽음을 넘어 시대의 어둠을 넘어』로 세상에 모습을 드러내게 될 항쟁 기록물의 출판에 공식 저자로 이름을 올리고 예상되는 권력의 탄압을 감수하는 방식으로 작가의 소임을 다하기로 한다. 1985년 4월 중순 그가 기록물 원고를 챙겨 들고 서울로 향하는 대목은 당시 그 자신의 뜻과 계획이 어떠했든, 이후 역사의 파란과 맞물리며 방북과 망명으로 이어지는 긴 여정의 출발점이 된 것으로 보인다.

　　나는 그런 그녀를 위로하고 든든한 버팀목이 되어주기보다는 부담스러워했는데, 광주에 대한 부채의식과 중요한 순간에 가족들 곁을 지

키지 못했다는 가책에서 벗어나고 싶었기 때문이었다. 어쨌든 이런저런 이유로 나는 늘 떠나는 데 익숙해 있었다.

서울행 밤기차가 광주를 벗어나 어둠 속을 달리기 시작했다. 돌아오지 못할 기약 없는 긴 여정이 나를 기다리고 있었다.(2권, 402쪽)

『수인』에서 작가는 시종 '사회봉사에 대한 열망'이라는 표현으로 그 무게를 덜어내려 하고 있지만, 월남전 제대 직후 신춘문예에 단편 「탑」이 당선되며 문학의 길로 복귀한 뒤 보여준 왕성한 창작활동 못지않게 역사와 세상에 대한 그의 쉼없는 참여의 몸짓은 정말 놀라운 바가 있다. 이번 자전을 읽어보면 중·고등학교 시절 예비 문사로 이름을 떨칠 때부터 홀어머니의 근심을 산 그의 출분과 방랑, 일탈은 일종의 본능적 기질이 아니었나 생각될 정도인데, 그 자신의 술회대로 이것이 "나중에 세상 밖으로 뛰쳐나가면서 글쓰기와 사는 일이 일치되었으면 하는 열망으로 발전했"(2권, 10쪽)던 것은 한국문학에 축복이었을 것이다.

그는 먼저 세상 속으로 뛰어들어가서 살고, 그리고 그 살아낸 시간으로 썼다. 청년기의 자폐와 방황, 월남전 참전까지의 긴 시간이 일종의 잠복기를 이룬 뒤 1970년대 한국 현실과의 맹렬한 부대낌 속에서 폭발적이고 경이로운 작품 산출로 이어졌다면, 1980년대는 광주에 대한 부채 의식과 함께 또 한번 문학을 밀쳐두고 세상 속으로 뛰어들어야 할 시간으로 그를 뒤흔든 것 같다. 그것이 그의 '일치'의 방식이었을까. 방북과 망명, 투옥의 긴 문학적 공백기 이후, 『오래된 정원』(창비, 2000) 『손님』(창비, 2001) 『바리데기』(창비, 2007) 『여울물 소리』(자음과모음, 2012) 등이 다시 한번 화산처럼 터져나왔음을 우리

는 안다. 그러긴 해도 이런 과정이 순탄하거나 원만했을 리가 없고, 작가 개인과 주변에 숱한 회한과 상처로 남았음은 『수인』의 곳곳에서 확인할 수 있다.

2

자전 『수인』은 무엇보다 탁월한 증언의 문학이다. 방북중 이층 창문으로 모란봉 언덕이 바라보이던 어린 시절 옛집 동네를 찾은 대목에서 작가의 기억은 믿을 수 없이 생생하게 아버지와 함께 다리쉬임을 하던 작은 바위를 찾아낸다.

칠성문을 지나 굽어진 돌계단을 오르면 바로 을밀대 밑이 되는데 을밀대의 계단으로 올라가는 모퉁이에 작은 반석이 하나 있었다. 내가 아버지와 함께 그곳에 이르면 잠시 다리쉬임을 하던 곳이다. 아! 그 바위가 바로 그 자리에 아직도 있었다. 나는 거기서 아버지와 함께 사진을 찍은 적도 있어서 그 장소를 한눈에 알아보았다.(1권, 224~225쪽)

1943년 부친의 생활 터전이던 만주 신경(현재 중국의 장춘)에서 태어난 작가는 1945년 해방이 되면서 가족과 함께 모친의 고향인 평양으로 들어온다. 작가의 가족이 월남한 것이 1947년 5월이니 평양 생활은 이 년 남짓, 세 살에서 다섯 살까지다. 우리는 『수인』 전체에서 작가의 놀라운 기억력과 기억을 풀어내는 언어의 마술에 탄복하게 된다. 그것은 그저 소설가 황석영의 천부적 자질인 것일까. 그렇지만은 않은 것 같다. 그보다는, 소설 문학이라는 기억의 입체적 상연을 위해 부심해온 작가의 혼신의 고투를 읽어내는 것이 온당한 일일 테

다. 소설은 결국 기억의 예술이리라. 그런데 유년기 평양 시절의 기억
은 평생 평양 여성의 자부심 속에 탈향과 실향의 아픔을 이야기로 달
래야 했던 어머니의 절절한 말과 풍경의 지원 없이는 또한 가능하지
않았으리라. 작가에 따르면 어머니는 탁월한 이야기꾼이기도 하셨던
모양이다. 해방된 평양에서 모란봉 아래 전차 종점 부근에 얻어 든 적
산가옥 이층 셋집은 어머니에게 고향땅 마지막 장소였고, 월남 이후
그곳은 끊임없이 이야기로 재생되었을 테다. 네댓 살 희미할 수밖에
없는 유년의 기억의 심지에는 이러한 조력들이 등잔의 기름이나 산
소처럼 흘러들어가 환하게 기억을 불을 밝힌다. 어쩌면 개인적 기억
의 물리적 한계를 넘어서게 만드는 이 순간, 문학예술에서 말하는 기
억의 창조성이 작동하는지도 모르겠다. 황석영의 '자전적 증언'은 기
억의 창조성, 기억의 예술에 대한 특별한 사례집이다.

　네댓 살 무렵 아버지와 함께한 을밀대 산봇길에 잠시 걸음을 쉬던
바위를 다시 발견하고 만나는 '기적'은 그렇게 찾아왔으리라. 생각해
보면 1989년 작가의 대담한 방북이 정치적·법적 차원을 넘어 한국
의 분단 체제에 일으킨 보다 근본적인 균열은 이 창조적 기억의 힘으
로 되찾은 분단과 이산의 구체적이고 개인적인 현실이었으며, 을밀
대의 '바위'는 내게 그 대표적 증거처럼 보인다. 기적 같은 발견 뒤에
다음과 같은 가슴 저린 진술이 가능한 것도 그 때문이리라.

　실로 사십여 년 만에 어렴풋한 기억 속에 남아 있던 꼭 그 자리에
앉아서 아버지보다도 더 나이 먹은 중년 사내로 돌아와 이번에는 나
혼자서 사진 한 장을 찍었다. 나는 잠시 돌아앉아서 눈물을 흘렸다.
기쁨도 서러움도 아닌, 이런 식의 사람살이가 야속했다고나 할까.(1권,

225쪽)

『수인』을 여는 최초의 기억은 작가가 다섯 살 때 어머니의 등에 업혀 삼팔선을 넘던 일이다. 이목을 피하기 위해 '소풍 가는 시늉'을 하며 나섰다고 하는 그 길의 기억 속 풍경은 너무 아름다워 마치 새벽녘의 꿈 같다.

> 문득 푸른 보리가 바람에 물결치고 있는 들판이 눈앞에 펼쳐진다. 밭 사이로 구불대며 이어진 길 양옆으로 키 작은 민들레 자운영이 들풀 속에서 한들거리고, 장다리며 냉이 같은 키 큰 들꽃들은 보리와 더불어 휘청대며 바람에 누웠다가 일어나곤 한다. 저 앞에 제법 멀찍이 앞서간 아버지는 테가 둥근 헝겊모자를 쓰고 륙색을 메었고 두 누나들은 무늬가 같은 원피스를 입었다. (······) 나는 엄마의 등에 업혀 그 뒤를 따라갔다.(1권, 22~23쪽)

이것은 누구의 기억인가. 작가는 이어서 이렇게 쓰고 있다. "내 걸음으로 따라가는 게 아니라서 갑갑했을 것이다"(1권, 23쪽)라고. 여기서 방점은 '것이다'에 있으며, 그렇게 기억의 진실은 두터워진다. 작가는 나중에 어머니에게 이 '소풍길'에 대해 여러 차례 들었고, 누나들도 이야기해주었다. '너는 기억하지 못할 거'라면서. 한들거리는 들풀이나 꽃들은 선명하게 남았을 수도 있다. 어머니와 누나의 이야기가 포개지고, 어느 날 찾아온 새벽의 꿈이 여기에 덧붙기도 했으리라. 그리고 분단의 땅에서 글을 쓰며 살아온 작가 황석영의 시간이 있다. 기억은 그렇게 결합되고 종합되는 가운데 다시 민들레와 자운영

의 세부를 되찾지 않았을까. 『수인』의 자전적 기억이 진실의 울림을 주는 이유가 여기에 있으며, 『수인』의 증언이 끝내 '문학'일 수밖에 없는 이유 또한 여기에 있다고 나는 생각한다. 그렇게 해서 "이제 막 분단이 시작된 산하를 몰래 넘던 기억"(같은 쪽)은 작가 개인의 고유한 것이면서 전쟁과 분단 세대의 이야기로 확장된다.

> 당시에 많은 이들이 그러했듯이 나의 부모님은 전쟁이 끝나면 곧 돌아가게 될 거라고 믿었으나 두 분 다 끝내 고향땅을 다시 밟지 못하고 그리워만 하다가 돌아가셨다.(1권, 24쪽)

작가는 프롤로그를 이 한 줄의 문장으로 맺고 있는데 '광주에 대한 부채 의식'이 방북, 망명, 투옥으로 이어진 긴 출행의 한 출발점이었다면, 유년기 '삼팔선의 기억'은 좀더 근원적인 자리에서 일종의 원체험으로 인간 황석영, 작가 황석영의 긴 운명과 행로에 결부되어 있는 것으로 보인다.

월남 이후 효창동 적산가옥을 거쳐 영등포 '가죽나무 집'으로 이어진 작가 가족의 정착 과정은 좀더 선명하고 의식적인 작가의 기억과 함께 한국전쟁 시기를 포함해서 유례없이 풍성하고 흥미로운 생활사, 풍속사의 증언을 이룬다. 덕분에 피난길, 얼마간의 돈을 치르고 하룻밤 신세를 지게 된 오류동 어간의 농가에서 작가의 가족이 먹은 한끼의 저녁밥에 대해서도 우리는 알게 된다. "삿자리를 깐 방에서 온 식구가 둘러앉아 저녁을 먹었는데 석유 남폿불이 제법 훤했다. 작은 알감자를 껍질째로 넣고 끓인 고추장찌개가 아주 맛이 있었다."(1권, 411쪽) 어린 눈으로 죽음을 직접 목도하고, 전투기의 기총소사 소리

에 익숙해지고, 남북 어느 쪽인지 알 수 없는 정찰대의 수색 앞에서 피아를 가르는 긴박한 심문에 처해지기도 하지만("그래도 아직은 개전 초기여서 남과 북의 살기등등한 병사들도 양민은 건드리지는 않았던 것이다"(1권, 413쪽)와 같은 증언은 인상적이다) 작가의 가족은 큰 피해 없이 전란을 넘겼던 것 같다. 인민군 점령기에 지금의 광명시에 해당하는 '광메이' 농가에 임시 거처를 마련하여 영등포의 집을 오가며 양쪽 모두에서 어중간한 열외의 처지를 마련한 부친의 생존 전략도 한몫했으리라. 어쩌면 이런 어리숙한 틈새도 있었다는 게 당시의 사정에 더 부합하지 않나 싶지만, 전쟁기를 다룬 소설이며 여타 기록물 등에 의해 강하게 형성된 처절하고 살벌하기만 한 풍경과는 다른 지점에서, 제한적이나마 『수인』의 6·25 증언이 갖는 의미를 챙겨 보게도 된다. 물론 피난길에 기차를 놓치거나 해서 가족과 생이별한 경우도 많다. 작가의 동갑내기 친구도 그런 경우인데, 1·4 후퇴 때의 텅 빈 서울에서 어린 나이에 홀로 병든 할머니와 함께 생존을 도모해야 했던 모양이다. 친구의 할머니는 그해 겨울을 넘기지 못했고 친구는 남아 있는 동네 아이들을 불러모아 마당 한쪽에 할머니를 묻어야 했다. 이 삽화를 들려주며 작가는 물리적 참화 말고도 한 인간의 일생에 깊은 정신적 상처를 남긴 전란의 후유증을 돌아본다. 전쟁과 분단의 상처가 현재 진행형이라는 말은 어떻게 해도 상투어일 수가 없겠다.

어른들에게는 가혹한 세월이라지만 아이들은 겉보기에 별로 무서워하거나 슬퍼하지 않는 것처럼 보인다. 아니 오히려 저희 패거리와 함께 있는 전쟁터 아이들은 희희낙락하며 즐거워 보이기까지 한다. (……) 배고프거나 아플 때, 슬플 때 잠깐 울고 나면 그뿐이다. 얼룩

진 눈시울을 쓱 닦고 돌아서면 생존 그 자체가 활기인 것이다. 그런데 정말 그뿐일까. 마치 모르는 사이에 동상에 걸리는 것처럼 성장해가면서 지난 상처들이 문득문득 못 견디게 가려워지기 시작하면 그야말로 헤어나올 수 없는 고통에 허우적대는 것을 나는 종종 보아왔다. 내 친구 역시 그랬다. 지금은 이미 고인이 되었지만 그는 평생 가족과 오순도순 사는 일에 서툴렀고 사회에도 적응하지 못했다.(1권, 430쪽)

아마도 이런 기억의 시간들이 작가 황석영을 만들었을 테다. 소설가를 꿈꾸는 아들을 말리며 어머니는 "그건 자기 팔자를 남에게 내주는 일이란다"라고 말씀하셨다는데(『수인』의 헌사에도 나오고, 장편 『개밥바라기별』(문학동네, 2008)에도 나온다), 소설가의 운명을 이처럼 정확하게 짚은 말이 또 어디 있으랴. 그렇게 내어준다는 것은 남의 팔자 역시 자기의 것으로 산다는 이야기일 텐데, 유년기를 거쳐 성장기까지 이어지는 『수인』의 숱한 이야기들을 듣다보면 세상과 사람에 대한 그 유다른 관심과 관찰, 기억과 사려의 자질에서 작가로 살아갈 운명은 얼마간 불가피했다는 생각도 든다. 저 이름이 드러나지 않은 전란기 동갑내기 친구의 아픈 상처는 작가가 자신의 팔자를 내어주며 만든 이야기의 공간을 통해 결국은 황석영 문학 속으로 흘러들 것이었다.

그러니까 『수인』은 작가 자신의 이야기이면서 동시에 '남들', 사람들의 이야기다. 1950년 이른 봄날 등교 첫날의 교실에서 겪은 것은 바로 '나 아닌 것들'의 낯섦이었다고 작가는 고백한다. 모르는 애들이 너무 많아 학교에 가기 싫다고 하자 어머니는 말씀하신다. "앞으로 모두 친구가 될 거다. 학교는 공부만 하는 게 아니라 친구를 사귀

는 곳이야."(1권, 409쪽) 그러고 보면 끊임없이 어머니의 뜻을 거슬러 해찰과 일탈, 출분을 일삼고 끝내는 소설가의 길로 나서게 되는 것이지만, 어머니의 이 말씀만은 너무도 충실하게 지켰던 게 아닌가 싶다. 4·19 때 함께 시위 대열을 이룬 가까운 고교 친구는 시청 앞에서 피를 쏟으며 쓰러진다. 작가는 쓴다. "그날 서울시청 앞에서의 종길이의 죽음과 시민들의 시위는 내 일생에 큰 영향을 주었다."(2권, 25~26쪽) 명문고에 들어갔지만 이른바 엘리트 코스의 '궤도'로부터 이탈하면서(유급과 자퇴로 이어진 그 궤도 이탈에 대해 작가는 『개밥바라기별』에서도 고백한 바 있다. "어쨌든 내가 그때의 그 모퉁이에서 삐끗, 했던 것은 지금에 와서 보면 필연이었다. (……) 그러나 벗어났을 때의 공포는 당시에는 견디기 힘들었다.", 186쪽) 작가의 친구와 '사람들'은 일찌감치 학교의 경계를 넘어서게 된다. 1964년 한일협상 반대 시위 때 노량진경찰서 유치장에서 만난 삼십대 초반의 공사판 일용 노동자 장씨 같은 이가 그러하다. 이 만남으로 작가는 '대위'라는 별명을 갖고 있던 장씨를 따라 신탄진 공사장, 부안 간척 공사장 등 지방의 노동판을 떠돌게 되는데 이때의 경험이 작가의 대표작으로 꼽히는 「삼포 가는 길」과 「객지」 속으로 녹아들어가게 된다.

대위와 나는 강을 따라서 밤길을 걷기 시작했다. 사방에서 개구리와 맹꽁이 우는 소리가 요란하더니 빗방울이 떨어지기 시작했다. 여기서부터 미호천을 따라 청주까지 가던 길은 훨씬 나중인 1970년대에 발표한 단편소설 「삼포 가는 길」의 배경이 되었다. 이것은 근대화 바람에 내몰린 사람들이 꿈꾸었던 추억과 상상의 공동체란 이제는 지상의 아무데도 없음을 확인시켜주는 황량한 이야기다. 여기서 부랑 노동자

영달, 감옥에서 나와 공사장을 전전하는 정씨, 그리고 빚더미만 남은 작부생활을 청산하고 고향을 향하여 달아나는 '본명이 이점례'라는 백화 세 사람은 그들이 찾아가 안식할 곳은 더이상 존재하지 않는다는 사실을 깨닫기 전까지 '아주 잠깐' 따뜻한 연대감을 확인한다. 마지막에 그들의 꿈이 환멸로 변하면서 이제는 사라져버린 '그곳'으로 각자 불확실한 어둠을 향하여 떠나간다.(2권, 85쪽)

우선 경험과 창작 사이의 시간적 거리가 눈에 띈다. 갓 스물이던 1962년 단편 「입석부근」으로 『사상계』 신인상을 받고 등단한 뒤, 방랑과 허무로의 침잠, 그리고 월남전 참전으로 이어진 격렬한 젊음의 1960년대를 보내고 다시 1970년 조선일보 신춘문예에 단편 「탑」이 당선되며 글쓰기를 재개하기까지의 긴 시간이 여기에 걸쳐져 있다. "훨씬 나중인 1970년대[정확히는 1973년—인용자]에 발표한"이라는 구절은 이러한 사정과 무관하지 않은 한편으로, '기억과 경험의 숙성'이라는 문학예술의 기본에 대해 생각하게 만든다. 인용문에 이어 작가는 미호천을 따라 걷던 그날의 여로에 대해 조금 더 들려주는데, 점심 요기를 하러 들른 청주의 선술집에서 만난 '작부' 이야기다.

[속옷 차림으로 토악질을 한 뒤—인용자] 다시 되돌아 방으로 들어가면서 작부가 우리를 곁눈으로 힐끗 보았지만 별 볼 일 없다는 무심한 태도였다. 한눈에 떠돌이 노동자임을 알아본 것일까. 이런 기억과 잔상들이 나중에 포항의 부대 근처 마을과 어우러져 「삼포 가는 길」의 '백화'를 만들어낸다.(2권, 88쪽)

지금 우리는 현실의 인물이 소설 속 인물로, 현실의 공간이 소설의 공간으로 변용되는 소설 창작 과정의 비밀에 대해 듣고 있다. 기실 이 대목 말고도 작가는 자신의 지난 시절을 돌아보는 가운데 그때그때의 경험이 자신의 작품 창작과 어떻게 연결되는지 자상하게 알려주고 있거니와, 『수인』의 자전적 증언은 자연스럽게 문학 연구의 흥미로운 보고寶庫가 된다. 피난지 대구에서 우연히 만난 큰외삼촌의 기구하고 불운한 삶이 어머니의 회상의 도움을 입어 분단과 이산의 아픔을 다룬 중편 「한씨연대기」로 탄생하는 과정, 방북중 황해도 신천을 방문하면서 알게 된 '신천 학살' 사건이 망명과 투옥 기간의 오랜 구상과 숙고를 거쳐 『손님』이라는 한 판의 해원굿 형식으로 결실을 맺는 과정 등은 그 예의 작은 일부다. 그리고 앞서 「삼포 가는 길」이야기에도 나왔지만, 작품에 대한 작가 자신의 언급과 논평은 기존의 비평이 놓쳤을 수도 있는 핵심을 황석영 특유의 어법으로 간취해놓고 있기도 하다. 가령 『손님』의 형식과 소설적 구성 방식을 설명한 뒤 덧붙이는 다음과 같은 진술은 마치 그 대상이 남의 작품인 듯한 객관적 거리감과 예리함으로 우리를 놀라게 한다.

기억의 잔여물은 그것이 만들어진 과정을 망각하려 할수록 더 견고해지기 마련이라면, 산 자든 죽은 자든 과거의 망령에서 결코 자유로울 수 없을 것이다. 그런데 그 망령은 그냥 헛것이 아니라 전쟁의 참극이 오늘의 우리에게 풀어야 할 카르마로 물려준 역사의 짐이라는 점에서 지금도 생생한 현실이기도 하다. 죽은 자의 넋이 신격神格의 저승사자를 따돌리고 산 사람과 해후하는 굿의 형식은, 그 신격의 절대적 권위를 참칭하며 숱한 인간을 희생시킨 역사의 맹목적 필연을 해체하여

인간의 시간으로 되돌려주려는 소설의 본령과 맞닿아 있다.(1권, 249쪽)

하나의 예만 더 들자. 작가가 이십팔 년 만에 발표한 단편 「만각 스님」(『창작과비평』 2016년 봄호)은 광주민주화운동 후 이태 남짓이 지난 1983년 담양의 작은 암자 '호국사'가 이야기의 배경이다. 소설 집필을 위해 암자를 찾은 화자는 그곳에서 고용 주지로 있는 예순 어름의 스님을 만나는데, 그이가 마흔에 늦깎이로 출가한 '만각'이다. 영광 불광산 공비 토벌로 훈장까지 받은 전직 경찰인 만각의 자기 참회의 이야기는 그가 사형수한테 맡아서 키우게 된 아이를 함부로 대하는 대목에서 이상하게 균열된다. 곡절 많은 가족사도 그렇지만 그의 삶은 온통 회한투성이다. 비록 '땡중'이지만 새벽 예불만은 하루도 빼먹지 않는 그이를 지켜보는 화자의 착잡한 시선에도 회한이 어려 있기는 마찬가지다. 소설에서 화자는 말한다. "그러고 보면 하루도 빠짐없이 날마다 새벽 예불을 올리는 일이 별것 아닌 것 같지만 누구나 할 수 있는 일은 아니다. 누구에게나 일상을 견디는 일이 쉽고도 가장 어려운 것처럼."(같은 글, 220쪽) 이 소설은 분명 만각의 이야기다. 그러나 어느 대목에서 슬그머니 만각을 바라보는 화자의 시선이 묵묵하게 느껴진다. 거기 담긴 말 못할 회한이. 그 감흥과 감동의 여진이 생생한 터에 『수인』에서 작가는 감옥에서 만난 두 사형수 이야기를 들려준다. 그중 한 명이 사십대 중반의 '허씨'인데 팔 년째 형 집행 대기중이었다. 독방의 독거수인 작가와 허씨는 일주일에 한 번 목욕을 같이하며 친해진다. 형 집행이 많다는 새봄을 맞아 침울해진 허씨는 정작 걱정하는 것은 자신의 죽음이 아니라 감옥에 들어올 때 절에 맡기고 온 딸이라고 어눌하게 말한다. 그러니까 소설에서 만각 스

님이 맡아 기른 딸이 사형수 허씨의 딸이었던 걸까. 허씨는 아침마다 기상하면 불경을 외웠고 목욕을 하면서도 염불을 외우곤 했다고 한다. 작가는 이들 사형수의 형이 집행된다는 사실을 전날 우연히 알게 된다. 형 집행장으로 가는 길, 허씨는 작가의 독방 시찰구 앞에 선다.

황선생 나 먼저 갑니다. 훗날에 저승에서 만납시다. 허씨가 사라지고 이어서 최군이 시찰구 앞에 섰다. 저…… 이거 가지세요. 울 어머니한테 편지나 한 장 써주세요. 그가 내민 것은 보리수 열매로 만든 염주였다. 나는 그 염주를 버리지 않고 지금껏 가지고 있다.(1권, 127쪽)

그러니까 황석영에게 소설, 문학은 저 편지 한 장이고 염주며, 딸을 두고 가는 아비에 대한 그 나름의 최선의 응답이었던 셈이다. 그 응답은 더디게 우회하며 소설이자 이야기라는 허구의 변용을 거쳐 돌아온다. 그것은 일견 자유로운 형식에의 의탁인 것처럼 보인다. 그러나 정말 그러할까. 만각의 회환에 화자의 회한이 겹치던 것을 우리는 잊을 수 없다. 우리는 다시 한번 어머니의 예언 앞에 선다. "그건 자기 팔자를 남에게 내주는 일이란다." 그렇다면 그때 '자기 팔자'는 어디로 가는 것일까. 『수인』은 그 질문에 대한 온몸의 대답이기도 한 것 같다.

3

『수인』에서 우리는 시종 작가의 육성을 있는 그대로 듣는 느낌에 사로잡힌다. 사람을 앞에 두고 말하듯 자연스럽게 이야기를 풀어내는 작가의 특별한 화법 덕분일 것이다. 그러나 『수인』은 분명 쓰인

글이다. 근대소설의 언문일치는 결국 문어의 역능을 증대하고 세련화하는 방향에서 이루어졌다고 할 수 있다. 그 과정에서 한국 소설은 심리적 묘사체 우위의 스타일을 발전시키게 되고, 그 스타일 자체가 일정한 미학적 심급을 구성하게 된다. 섬세하게 살필 문제겠지만, 가령 이문구, 박상륭, 서정인 등은 이러한 흐름에 맞서면서 구어체의 복원, 다성성을 구현하는 소설 문체의 가능성을 다각도로 보여준 바 있다. 황석영은『손님』의 '작가의 말'에서 "과거의 리얼리즘 형식은 보다 과감하게 보다 풍부하게 해체하여 재구성해야 한다. (……) 삶이 산문에 의하여 그대로 재현되는 것이 아니라면, 삶의 흐름에 가깝게 산문을 회복할 수는 없을까 하는 것이 나의 형식에 관한 고민이다"(260~261쪽)라며 방북, 망명, 투옥으로 이어진 긴 '침묵'의 시간 동안 쟁여온 문학적 화두를 내밀었다.『수인』은 자전적 회고담 형식의 산문인 만큼 소설의 형식을 두고 제기한 작가의 간단치 않은 화두와 직접 연결시킬 문제는 아니겠으나, 적어도『수인』에 구현된 '말하듯 풀어놓은 이야기체'의 특별함과 자연스러움만큼은 '삶의 흐름'에 좀더 가까이 다가간 성취가 아닌가 싶다. 예컨대 마치 녹음기를 틀어놓은 것처럼 재현되어 있는 김일성의 육성이라든지(역사적 증언의 차원에서도 특별하게 평가될 대목이겠다), 여러 개성적 인물의 삽화나 지난 이야기를 들려주는 대목에서 보여주는 입체성과 생생함은 단순히 기억의 재생술을 넘는 차원을 포함하고 있는 것 같다.『수인』의 각별함은 이런 지점에서도 더 살필 게 있지 않을까.

그 이야기체의 자연스러움을 타고 작가가 만난 숱한 사람들의 이야기가 '자전'의 개인사를 사회사로, 생활사로, 민중사로 엮고 쌓아간다. 4·19 때 죽은 동급생 친구를 포함해 그 만남은 또한 많은 죽음

의 기억을 포함하고 있는바, 『수인』을 살아남은 자의 회한으로 채우고 있기도 하다. 그러면서 '자전'의 시간들은 결국 '황석영 문학'이라는 거대한 궤적으로 수렴된다. 이것은 '삶과 문학의 일치'라는 열망과 집념이 이룬 진정 경이로운 한 걸음 한 걸음이다.

황석영은 떠나고 또 떠난다. 어머니로부터, 가족으로부터, 문학으로부터. 늘 그가 서 있고 도달한 곳으로부터. 그의 집요한 역사 참여조차 역사로부터 떠나고 역사의 짐을 벗기 위한 몸짓으로 보일 정도다. 그러나 그 자신 술회하는 대로 그가 갈망했던 자유는 그가 나고 자란 분단된 한반도의 시간과 역사 안에서 "얼마나 위태로운 것"이었나. 어머니는, 가족은, 문학은 또 어땠을까. 월남전 파병을 앞둔 포항 특교대 훈련장으로 면회 온 어머니를 훈련 나가는 트럭 위에서 우연히 상봉한 이야기를 들려준 뒤, 작가는 말한다.

눈시울이 화끈했다. 어머니에게는 이 변변찮은 아들이 결혼을 해서 가정을 이룰 때까지, 이를테면 내가 당신의 연인이었던 셈이다. 그녀는 고해와 같은 세상 속으로 내던져진 나를 찾아서 곳곳을 헤매고 다녔다. 아무런 힘도 남아 있지 않은 것 같은 때도 그녀는 언제나 어느 곳에나 나를 찾아서 먼길을 오곤 했다. 나날이 늙어가는 어머니의 좁은 어깨를 보면서 나는 돌아서서 혼잣말로 중얼거리며 자신을 욕하곤 했다. 에라 이 몹쓸 놈아.(2권, 185쪽)

그러니 도대체 문학은, 역사는 무엇이란 말인가. 황석영의 자전 『수인』은 무엇보다 깊은 개인적 회한의 기록이며, 그런 한에서야 문학과 역사를 향해 뛰어들 수 있었던 어떤 세대, 어떤 개인의 착잡하고

슬픈 시간의 기록일 것이다. 문학과 행동으로 한국 현대사의 한복판을 가로지른 담대한 열정. 그 거대한 걸음에 대한 감동과 경의를 잠시 눅여두고 싶은 것도 그 때문이리라.

(2017)

그렇게 구체적으로 말해줘 고마워요
—필립 로스

1. 상상이라는 일, 일꾼의 상상력

2012년 필립 로스Philip Roth[1]는 소설을 그만 쓰겠다고 말한다. 1933년생이니 79세 때이다. 첫 소설집『굿바이, 콜럼버스』를 낸 게 1959년(첫 단편 발표는 1954년)으로 반세기가 넘는 작가 생활인데, 마지막 소

[1] 필립 로스의 한국어 번역서는 2018년 기준 총 13종이 문학동네에서 출간되었다. 『굿바이, 콜럼버스』(*Goodbye, Columbus and Five Short Stories*, 1959: 정영목 옮김, 2014), 『포트노이의 불평』(*Portnoy's Complaint*, 1969: 정영목 옮김, 2014), 『사실들—한 소설가의 자서전』(*The Facts: A Novelist's Autobiography*, 1988; 민승남 옮김, 2018), 『아버지의 유산』(*Patrimony: A True Story*, 1991; 정영목 옮김, 2017), 『미국의 목가』(*American Pastoral*, 1997; 정영목 옮김, 전2권, 2014), 『나는 공산주의자와 결혼했다』(*I Married a Communist*, 1998: 김한영 옮김, 2013), 『휴먼 스테인』(*The Human Stain*, 2000: 박범수 옮김, 전2권, 2009), 『죽어가는 짐승』(*The Dying Animal*, 2001: 정영목 옮김, 2015), 『에브리맨』(*Everyman*, 2006: 정영목 옮김, 2009), 『유령 퇴장』(*Exit Ghost*, 2007: 박범수 옮김, 2014), 『울분』(*Indignation*, 2008: 정영목 옮김, 2011), 『전락』(*The Humbling*, 2009: 박범수 옮김, 2014), 『네메시스』(*Nemesis*, 2010: 정영목 옮김, 2015). 이하 인용은 도서명과 쪽수만 밝힌다.

설로 남게 된 『네메시스』까지 모두 스물아홉 권의 소설을 써낸 터였다. 당시 여러 인터뷰에서 밝힌 소회가 인상적이었다. "나는 내 평생을 소설에 바쳤고, 소설을 공부하고, 가르치고, 읽고, 쓰기까지 했어요. 글쓰기를 위한 몸부림은 이제 더이상 견디기가 힘들군요. 글을 쓴다는 것은 매일매일의 절망과 굴욕을 의미합니다." 작가의 만년 대표작 『에브리맨』의 유명한 대목이 생각난다. "영감을 찾는 사람은 아마추어이고, 우리는 그냥 일어나서 일을 하러 간다."(86쪽) 『에브리맨』이 '보통 사람everyman'의 죽음 이야기를 소설로 쓴 것이라면, 『아버지의 유산』은 작가가 실제 자신의 아버지가 죽어가는 시간을 지켜보며 쓴 에세이이자 기록인데, 여기에도 '일'이라는 표현이 나온다. "죽는 것은 일이었고 아버지는 일꾼이었다. 죽는 것은 무시무시했고 아버지는 죽고 있었다."(278쪽)

  『아버지의 유산』에 따르면 필립 로스의 할아버지 센더 로스Sender Roth는 1897년 폴란드령 갈리치아에서 랍비 공부를 하다 홀로 미국으로 건너왔고, 아내와 세 아들을 데려오려고 모자 공장에 취직한 뒤 그곳에서 인생 대부분을 보냈다. 아버지 허먼 로스Herman Roth는 1901년 그렇게 유대인 이민자의 아들로 태어났고, 8학년의 최종 학력으로 온갖 장애물과 싸우며 미국 땅에 뿌리를 내렸다. 그는 하급 보험설계사에서 시작해 유대인 차별을 뚫고 지점의 관리 책임자로 은퇴했다. 작가의 출세작으로 알려진 『포트노이의 불평』에는 매일 아침 변비에 시달리며 보험을 팔러 단정하게 양복을 차려입고 거리로 나서는 불굴의 아버지 캐릭터가 나온다. 그 외에도 미국 동부 뉴어크의 유대인 동네를 무대로 한 이민자 가족들의 강인한 생존의 이야기는 로스 소설 곳곳에서 확인할 수 있지만, 그 일터가 모자 공장이든 보험을 팔기 위

해 두드리는 거리의 열리지 않는 문이든 핵심은 일이고 노동인 것으로 보인다. 말 그대로 '그냥 일어나서 일을 하러' 가는 삶. 어머니들은 어땠을까. 로스는 자신의 어머니가 "미국의 가사를 위대한 예술의 경지로 끌어올린 그 헌신적인 유대인 이민자의 딸들 가운데 하나"라고 적으면서 특유의 유머를 입혀 부연하는 걸 잊지 않는다. "우리 가족 누구에게도 집안 청소 이야기는 하지도 마라—우리는 집안 청소의 최전성기를 본 사람들이다."(『아버지의 유산』, 39쪽) 여기서 일과 가족은 유대인 이민자들의 세계를 떠받치고 지탱하는 상호 결속된 강력한 두 축이라 할 만한데, 살아가는 이유와 살아야 할 이유가 모두 거기서 흘러나오는 것처럼 보인다.

『미국의 목가』에서 뉴어크의 유대인 레보브 가문이 2대에 걸쳐 꾸려가는 장갑 공장의 역사, 장갑 한 켤레가 만들어지기까지의 낱낱의 공정에 대한 철저한 묘사를 대표적으로 꼽을 수 있겠지만, 『울분』의 정육점, 『에브리맨』의 보석상 등이 그렇게 생생하고 정확한 기억과 언어의 창조적 재현을 통해 로스 소설의 중요한 밑그림이 될 수밖에 없었던 이유는 그 세계가 곧 소설의 인물들뿐 아니라 작가 자신의 인간 이해가 형성된 지점이기 때문일 것이다. 한마디로 그 세계에 이르면 인물들은 물론이고 거리와 집까지 펄펄 살아 있다는 느낌을 준다. 물론 그렇다는 것은 통상적으로 사람들이 일과 노동, 가족에 부여하는 가치 이상의 무언가가 이들의 세계에 있다는 말이며, 이는 좁게 잡아도 동유럽에서 미국으로 건너온 유대인 이민자들의 특별한 역사, 정체성과 분리되기 어려운 문제일 것이다.

전반적으로 차갑기 그지없는 로스의 세계에서 이들 인물에 대한 애정어린 시선만은 각별히 예외적이다 싶지만 그렇다고 해서 이들이

마냥 긍정적으로만 그려지는 것은 아니다. 작가는 차별과 배제, 험한 이산의 역사 속에서 더 공고해졌을 수도 있는 유대인 세계 내부의 억압의 내면화, 금기와 배타성의 강화, 강박적 가족주의 등을 예리하게 해부하기도 한다. 신경증자의 과장되고 뒤틀린 자기 항변을 통해 유대인 사회의 온갖 성적·관습적 억압을 기발하게 폭로하고 풍자하는 『포트노이의 불평』은 그 대표적인 예일 테다. 유대인 사회 내의 계층적 차이, 내부에서 희생자를 찾는 배제와 추방의 공포, 유대인의 자기기만과 종교적 맹목의 양상 등이 미묘하게 포착되어 있는 첫 소설집 『굿바이, 콜럼버스』는 미국의 유대인 사회 일각으로부터 '자기혐오'에 빠졌다는 비판을 받기도 한 모양이다. 이민 3세대라 할 수 있는 로스 세대의 경우, 미국으로의 동화, 미국인의 정체성 구축이 더 긴요하고 자연스러운 일로 다가오기도 했으리라. 로스가 깊은 환멸 속에서 그려내게 될 '미국의 꿈'은 그 자신의 것일 수 있었다. 그의 성장기이기도 한 전후의 미국이 일종의 '황금시대'로 그려지고 있는 것도 비슷한 맥락인지 모르겠다.

어쨌든 로스의 소설을 읽고 있으면 폴란드계 유대인 이민자 자손으로 자라나는 가운데 형성되었을 것으로 짐작되는 세상에 대한 특정한 태도와 관점이 소설의 목소리에 강하게 섞여 들려온다는 느낌을 받게 된다. 그 태도와 관점을 단순하게 실체화할 수는 없겠지만, 적어도 거기에 완강한 현실주의가 자리잡고 있다는 사실만은 분명한 것 같다. 현실주의에도 여러 갈래가 있겠지만 일차적으로는 말 그대로 환상 없는 실질의 세계에 대한 공고한 믿음 같은 것 말이다. 인간의 노력으로 다가갈 수 있고, 인간의 사고와 언어로 파악될 수 있는 세계와 상대하기. 세속주의와 현세주의의 단호한 결합. "딱 한 번만

우리가 우리의 것으로서 알게 되는 삶"(『아버지의 유산』, 277쪽)에 대한 철저하고 강박적인 집착. 당연히 소설을 쓰는 것도 그림을 그리는 것도 하나의 일일 수밖에 없다. 죽음에 맞선 숨 한 번도 일이다. 그러니 언제든 그냥 일어나서 일을 하러 가는 세상.

『에브리맨』의 주인공이 이혼한 부인과 화해하기를 바라는 딸에게 먼저 해주고, 나중에 장례식에서 딸이 죽음 저편의 아버지에게 되돌려주는 말이 있다. "현실을 다시 만들 수는 없어요. (……) 그냥 오는 대로 받아들이세요. 버티고 서서 오는 대로 받아들이세요."(13쪽) 여기서 '현실'은 일단 이미 일어나버린 것으로 아주 좁게 제한적으로 파악되고 있다. 그런 다음 『유령 퇴장』에 나오는 조지프 콘래드의 트리플렛triplet처럼 '세 개 한 세트'로 되어 있는 율동하듯 이어지는 문장에서 받아들이라는 요청은 두 번 반복된다. 그 반복을 통해 '그냥 오는 대로'와 '버티고 서서'의 숨은 대립이 이 트리플렛의 핵심으로 드러난다. 흡사 권투에서 가드를 내리고 일방적으로 퍼부어지는 상대의 공격 앞에 서 있는 모습이지만, '버티고 서서'는 이것이 전투의 포기가 아님을 말해준다. 여기에는 어떤 식으로든 '부정성'이 포함되어 있다. 그렇게 치러지는 전투가 있는 한, 현실을 다시 만들 수는 없되, 적어도 일어난 현실은 겪어내는 자의 자리에서 좀더 선명하게 파악될 수 있다. 아마도 이 어름에 로스에게 문학이 하나의 현실적인 '일'로 성립하는 또다른 계기가 있는 것도 같다. 인간 경험을 최대한 앎의 성찰적 대상으로 삼는 것. 조금 단순화하자면 로스의 소설은 '인간 경험'이라는 개별적 혼돈의 무지를 앎의 상태로 전환시키려는 안간힘처럼 보이는데, 소설쓰기는 그 과정의 노동이자 일인 셈이다. 그리고 로스는 그것이 세상의 다른 일처럼 적절한 공정과 시간이 투여

된 인간 노동의 일환이라는 사실을 소설 안에서 끊임없이 환기한다.

가령 '네이선 주커먼Nathan Zuckerman'이라는 소설가 화자를 등장시킨 일련의 작품들[2]에서는 소설의 단초가 될 인물을 만나고 그 인물의 이야기를 듣고 그것을 소설로 재구성하며 써나가는 과정을 좀더 분명하게 노출하지만, 그렇지 않은 경우에도 소설이 전지적 시점이나 외부의 보이지 않는 관찰자의 자리에서 제시되는 경우는 많지 않은 것 같다. 이야기의 발생과 전달 과정은 대개 소설 내부의 청자-화자의 자리를 통해 환기되고 드러난다. 이야기가 제한된 시점의 인물에 의해 '만남-듣기-상상하기' 등 오랜 시간의 공정을 거쳐 구성된 것으로 스스로를 객관화하는 것이다. 이야기의 진실이 최종적인 지위를 주장하지 않는 것도 그 효과라고 할 수 있겠다.

『네메시스』를 예로 들어보자. 이 소설은 "그해 여름 첫 폴리오는 6월 초, 메모리얼 데이 직후, 우리가 살던 곳에서 시내를 가로지르면 나오는 가난한 이탈리아인 동네에서 발병했다"(9쪽)로 시작되는데, 그뒤로도 소설 도입부에 몇 차례 나오는 '우리'라는 화자를 의식하며 읽기는 쉽지 않다. '우리'에 따라나와야 할 일인칭 화자가 바로 등장하지 않고 소설은 '버키 캔터'라는 놀이터 선생의 이야기로 빠르게 넘어가 그를 초점 인물로 해서 진행되기 때문이다. 그러다가 상황이 최악으로 치닫기 시작하는 소설의 삼분의 일쯤에 와서야 폴리오에 감염된 놀이터 남자아이 세 명 중에서 '아널드 메스니코프'라

---

2) 주커먼은 작가의 분신으로 『유령 작가』(*The Ghost Writer*, 1974)에 처음 등장한 이래 미국 3부작으로 일컬어지는 『미국의 목가』 『나는 공산주의자와 결혼했다』 『휴먼 스테인』 등을 거쳐 『유령 퇴장』에서 '퇴장'하기까지 모두 아홉 편의 작품에 나온다. 묶어서 '주커먼 시리즈'로 불린다. 작가의 자서전 『사실들』은 '자전'을 가운데 둔 주커먼과의 서신 대화 형식을 취하고 있기도 하다.

는 이름의 '나'가 등장하는데, '우리'라는 화자의 괄호가 풀리는 순간
이다. '나'는 캔터 선생의 감독을 받던 그 놀이터의 아이였던 것이다.
그리고 소설의 마지막에 이르러 많은 아이들이 희생되었던 1944년
그해 여름으로부터 이십칠 년 뒤 두 사제 간의 우연한 만남에서 소설
의 이야기가 시작되었다는 사실이 드러난다. 그 자신 당시로는 원인
과 감염 경로를 알 수 없었던 폴리오의 희생자이면서도 아이들에게
병을 감염시켰다는 과도한 죄책감에 사로잡혀 인생을 자기 처벌의
시간 속에 유폐해버린 캔터 선생의 비극은, 같은 비극의 무대에 있었
으나 인생의 다른 가능성을 찾아낸 '나'라는 인물을 청자-화자로 하
는 형식 속에서 전체적으로 다시 조망될 기회를 얻게 된 것이다. 더
불어 캔터 선생의 고백, '나'를 화자로 하는 전달 과정이 투명해지면
서 소설의 이야기에 스며 있는 '나'라는 화자의 시선을 음미해볼 기
회가 생겨난다. 이야기의 발생적 구조 속에 포함되어 있는 소설의 질
문, 작가의 시선 또한 문제가 된다. 그리고 그것이 반드시 중립적인
자리에 있지 않다는 것은 『네메시스』를 비롯해서 로스의 많은 소설
들에 복합적 울림을 가져오는 듯하다.

　사실, 이야기와 소설이 만들어지고 구성되는 과정을 자기 지시적
으로 드러내려는 생각은 흔히 알려져 있듯이 모더니즘의 독점적 문
제의식일 수는 없는 일이다. 이는 화자의 설정을 포함하는 독자와의
계약을 어느 선에서 유지할 것인가 하는 선택의 문제라 할 수 있으
며, 그 선택은 소설의 주제, 이야기를 드러내고 형성하는 방식, 스타
일에 대한 고민 등과 함께할 수밖에 없는 것일 테다. 필립 로스의 경
우는 소설 내부의 화자로부터 이야기가 시작되고 형성되는 지점을
가시화해주면서 무엇보다 진행되고 있는 이야기의 지위가 특권화되

는 걸 경계하는 듯하다. 이는 결국 그 화자조차 작가의 몫이라는 점에서 진리 담론으로서 소설의 특권화를 경계하는 일이 될 수도 있겠다. 아이러니한 것은 로스의 소설을 읽다보면 문장 하나하나에 일관되게 구현된 단호함이나 전개되는 사태의 철저한 장악에서 작가의 존재, 작가의 목소리를 좀더 강렬하게 의식하지 않을 수 없는데, 이처럼 제한적인 화자의 자리가 전경화되는 지점에서 어떤 완충의 안도감 같은 것도 느끼게 된다는 사실이다.

생각해보면 모든 소설은 결국 일인칭에서 출발한다. 그렇다면 삶에서는 좀처럼 좁혀지거나 극복되지 않는 타자와의 간격을 소설이 허구와 상상력의 이름으로 전유하는 것은 작가 입장에서는 처음부터 일종의 윤리적 책임을 걸머지는 일이 될 수도 있다. 시점이나 화자는 그 일인칭의 시선을 객관화하면서 타자 속으로 들어가기 위한 장치이기도 할 텐데, 최종적으로는 일인칭이라는 허구까지 포함해서 소설의 물리적 한계를 의식하는 일이 된다. 상상력이 말 그대로 제약 없는 정신 활동일 수 없는 이유일 테다. 로스의 소설은 독자로 하여금 그 상상력의 제약과 활동 과정을 좀더 분명히 의식하게 하면서 상상력을 상상하게 만든다. 그의 소설에서 상상력은 타자의 이해라는(그 오작동 가능성에서 언제든 '오해'일 수 있는) 인간 노동으로 스스로를 구성하는 과정을 서사 안에 포함한다. 『휴먼 스테인』에서 주커먼이 '콜먼 실크'와 '포니아 팔리'라는 알 수 없는 인물의 관계 속으로 들어가보려 할 때, 그는 그가 가지고 있는 유일한 능력에 기댄다. "난 상상한다. 난 상상하지 않을 수 없는 상황이 되었다. 공교롭게도 그것은 내가 살아가기 위해 하는 일이 되어버렸다. 내 일이 된 것이다. 이제 그것은 내가 하고 있는 일의 전부가 되었다."(2권, 26쪽)

2. 단독성의 우주에서

로스의 세계에서 상상력이 일이라는 것은 그 말의 낭만주의적 함의를 멀리하면서 지성의 힘을 상상력의 무게중심에 둔다는 의미로도 이해될 수 있을 것 같다. 지성의 대두는 상상력의 측면에서만 그런 것도 아니다. 필립 로스 소설의 생생하고 구체적인 묘사는 서정적 기억의 압력이 클 수밖에 없는 지점에서도 냉철한 지성으로 통제되고 있다는 느낌을 준다. 감탄스러울 정도로 맞춤하고 적확한 비유다 싶은 대목도 찬찬히 다시 보면 대개 아이러니한 간극을 두면서 대상의 다른 측면에 대한 지적인 검토를 요청한다. 번역가 정영목은 로스의 문장을 "길게 비비 꼬이면서 사슬처럼 이어지며 전진과 후퇴를 거듭"(『소설이 국경을 건너는 방법』, 문학동네, 2018, 32쪽)한다고 표현하는데, 그 전체의 모양새는 집요하고 철저한 사유의 흔적일 수도 있다. 소설 중간중간 진행되는 상황을 정리하고 요약하는 에세이적 진술에서 작가의 지성은 유려하고 거침없이 드러난다. 사실 그 깊이 있는 인간 통찰의 진술은 로스 소설을 읽는 큰 즐거움이기도 하다. 그러고 보면 『유령 퇴장』에서 주커먼이 'E. I. 로노프'라는 가상의 작가[3]에 대해 언급할 때, 작품 속 맥락과는 별개로 여기에는 얼마간 로스 소설의 자기 언급적인 측면도 있는 것 같다.

---

3) 주커먼이 신인 작가 시절 찾아가 만나는 이 단편소설의 대가는 '주커먼 시리즈'에 자주 등장하지만, 『유령 퇴장』에서는 저물어가는 문학의 시대를 웅변하는 유령 같은 존재로 좀더 본격적으로 모습을 드러낸다. 로노프의 미발표 유작 장편을 그의 개인사의 비밀로 환원하려는 '폭력적'인 시도에 맞서, 주커먼은 작가의 상상력이 지닌 공간을 적극 옹호한다. 그는 근친상간이라는 로노프의 비밀을 너새니얼 호손의 그것(이역시 학계의 '교활하고 증명할 수 없는 추측'이지만)이 로노프의 자기 현실로 재발명되고 상상되었다고 주장한다. 흥미로운 것은 그 옹호가 주커먼이 자신의 소설(혹은 상상력)에 대한 믿음을 수행적으로 보증하고 구성하는 과정이기도 하다는 점이다.

> 그에게 소설이란 무엇인가를 묘사하는 게 아니었어요. 이야기 형식
> 안에서 사색하는 것이었어요. 그는 생각한 거예요. 이걸 내 현실로 만
> 들겠어, 라고요.(『유령 퇴장』, 264쪽)

그런데 작가에게 지성이 단순히 지식의 총체가 아니라면, 그것은
어떤 식으로든 세상에 대한 작가의 태도, 관점과 결합되어 있을 것이
다. 앞서 로스 소설에서 감지되는 하나의 태도로서 좁은 의미의 '현
실주의'를 언급한 바 있는데, 비슷한 열도로 다가오는 '개인주의'랄
까 인간 조건으로서의 '단독성'에 대한 강조에 대해서도 함께 생각해
볼 만한 것 같다. 가령 흑인에서 유대인으로 인종적 신원을 바꾼 『휴
먼 스테인』의 주인공 콜먼 실크의 철저히 개인주의적인 선택과 그 비
밀을 사후적으로 추적하고 재구성하는 소설의 시선에서 내가 느낀
당혹감은 단지 미국 사회의 인종적 '패싱passing'[4)에 대한 나의 무지에
서 비롯된 것일까.[5)

---

4) 미국문학에는 '패싱 소설'이라는 범주도 있다고 한다. 흑인 여성 메지는 콜먼에게
그런 방법을 찾아낸 게 '너'가 처음이 아니라고 말해준다. "한 블록 건너 저런 사람들
이 하나씩 있다고 보면 돼."(248쪽) 이때가 1950년대 초. 흑인 민권 운동이 본격적으
로 시작되기 전이다.

5) 로스의 소설은 대체로 서사가 극적이고 경험의 양상이 지나치게 격렬하다는 느
낌도 준다. 함께 미국 3부작으로 묶이는 『미국의 목가』 『나는 공산주의자와 결혼했
다』도 현대판 미국 영웅의 추락 서사가 읽는 이의 얼을 빼놓을 정도다. 아리스토텔
레스가 비극의 특징으로 이야기한 '페리페테이아'(peripeteia, 뒤바뀜)나 '하마르티
아'(hamartia, 착오)가 너무 맞춤하게 쓰인다는 인상도 있다. 『유령 퇴장』에서 주커먼
의 다음과 같은 발언은 이런 측면을 작가가 잘 알고 있음을 보여준다. 이는 또한 현실
의 상상적(소설적) 파악에서 작가가 견지하는 입장이기도 한 것 같다. "하지만 한 사
람이 느끼는 고통의 양은 허구를 보태지 않아도 인생에서 덧없고 때로는 눈에 잘 띄지

『휴먼 스테인』에서 콜먼은 인종을 바꾸면서 가족과 의절하고 유대인 여성과 결혼한다. 그가 그 결혼에서 부인 '아이리스'의 "덤불숲 같은 꾸불꾸불한 머리칼"(1권, 238쪽)을 의식하고 있었다는 뒤늦은 자각이 서늘하게 드러내듯 그의 "백합처럼 새하얀 낯바닥"(1권, 155쪽, 266쪽)도 유전자를 속일 수는 없는 일이다. 그럼에도 그는 네 아이를 낳는다. 다행히 그 아이들은 흑인의 표지를 드러내지 않고, 두 아들이 낳은 손자들에게서도 격세유전은 없었다. 비밀은 가족 내에서 끝내 봉인되고, 흑인으로 태어난 콜먼은 히브리어 기도문이 낭송되는 가운데 유대인으로 죽어 무덤 속으로 들어간다. 그는 평생 그를 그토록 아끼고 사랑했던 어머니를 다시 만나지 않았다. 미국 대학의 고전학과에서 강의를 맡은 최초의 '유대인' 교수로 유능한 학장이기도 했던 그는 말년에 닥친 어처구니없는 사건으로 인종주의자, 여성혐오자의 오명을 쓴 채 추락하긴 했지만 전체적으로는 그가 받아들일 수 없었던 인종적 제약을 벗고 자신의 의지와 선택으로 만든 인생의 서사 안에서 살았다고 할 수 있다. 그러거나 그의 인생은 장례식에서 만난 동생 '어니스틴'이 주커먼에게 오빠의 비밀을 알려주며 말했듯 "끔찍한 거짓"(2권, 213쪽)에 기반한 삶이었고, 이 거짓은 (실제로는) 흑인인 그가 소위 '대학 내 정치'와 '정치적 올바름'의 제물이 되어 같은 흑인을 멸시한 인종주의자로 내몰리는 절체절명의 순간에도 발설될 수 없는 참으로 아이러니한 비밀의 위치에 놓이게 된다. 이는 그가 대학

않는 격렬함을 보태지 않아도 이미 충분히 충격적인 것 아니냐고? 어떤 사람에게는 그렇지 않다. 아주 아주 드물긴 하지만 어떤 사람은 무(無)에서부터 불확실하게 진화시키며 그런 식으로 보태야만 자신감을 얻는다. 그런 사람에게 가장 중요한 삶은 종이 위에 활자로 완벽하게 구현된, 살아보지 않은 삶, 추측된 삶이다."(194쪽)

에서 사직한 뒤 '검둥이들'이라는 제목으로 집필에 들어간 장문의 반박 보고서가 끝내 완성될 수 없었던 근본적인 이유이기도 하며, 결국 이웃에 살고 있던 작가 주커먼에게 의뢰된 과제는 그의 사후에야 소설로 탄생한다. 그것이 『휴먼 스테인』이다. 소설의 전체 틀은 콜먼 사후에 알게 된 충격적인 비밀로부터 구상될 수밖에 없었겠으나, 『휴먼 스테인』은 그 비밀을 모른 채 시작되었던 질문과 상상의 과정도 함께 보여줌으로써 인간 이해에 얽힌 이야기는 훨씬 밀도를 더한다(쓰고 (상상하고), 다시 쓰고, 고쳐쓰는 전체적인 서사의 리듬 또한 그 이해와 오해의 과정에 대응한다). 그리고 콜먼의 만년에 새로운 생의 기쁨으로 찾아왔지만 함께 의문의 죽음을 맞이하는 포니아 팔리가 가혹한 성적 학대와 남성 폭력의 피해자 자리에서 스스로의 자존을 지키기 위해 만들어온 '문맹'이라는 또다른 '가면/비밀'은 콜먼의 비밀과 거짓, 인생의 오점을 비추는 거울이 되고 전체적으로 좀더 크고 보편적인 인생의 이야기 안으로 소설의 인물들을 옮겨서 생각하게 해준다(낙농장에서 일하는 포니아의 모습을 지켜보는 장면, 외톨이 까마귀와 대화하는 포니아를 상상하는 대목[6]은 특히 큰 울림을 준다). 그런 인물들 속에는 베트남전 참전 뒤 심각한 외상 후 스트레스 장애에 시달리며 전처 포니아를 스토킹하고 끝내 죽음으로 '몰고 가는'(화자는 거의 확신한다) '레스터 팔리'도 포함된다. 그리하여 이 소설이 얼어붙은 아르카디아 산정 호수에서 낚시를 하고 있는 레스터와의 조우, 그

---

6) 제목 '휴먼 스테인(human stain)'과 관련된 핵심적인 진술도 낙인찍힌 까마귀 '프린스'를 찾아간 포니아의 내면을 상상하는 가운데 나온다. "우리는 오점을 남기고, 우리는 흔적을 남기고, 우리는 자국을 남긴다. 불순함, 잔인함, 능욕, 실수, 똥, 정액, 이런 것 말고 이 세상에 존재할 수 있는 다른 방법이라곤 없다."(2권, 77쪽)

마지막 비밀의 조각 앞에서, 그리고 자연의 질서에서만 가능한 어떤 정화淨化의 풍경을 지켜보며 끝날 때 우리는 아주 멀고 긴 시간의 지평 위에서 오래도록 반복되어온 인간의 이야기를 들은 듯한 느낌에 사로잡힌다.

그러나 묻게 된다. 콜먼은 어떻게 해서 그 오랜 거짓과 죄의식을 견딜 수 있었는가. 어머니에게 저지른 끔찍한 절연의 가해, 아내와 자식들에게 가한 영구적 기만은 어떻게 대학교수로서의 사회적 존재와 양립할 수 있었는가. 인종차별이라는 불합리한 현실이 전적인 면죄부일 수는 없다. 결정의 시기가 흑인 민권 운동이 본격적으로 전개되기 전이라는 사실도 사태를 부분적으로밖에 설명하지 못한다. 무엇보다 그것은 자신의 삶을 매순간 위조하고 거짓 위에 써나가는 일이다. 아마도 이 질문을 가장 치열하게 던진 사람은 주커먼, 아니 로스 자신일 것이다(소설에서 그 질문은 다섯 쪽에 걸쳐 이어진다. 2권, 235~239쪽). 장례식에서 만난 동생 어니스틴의 도움을 받아 구성되었다고 밝히고 있는 콜먼의 성장기 삽화들은 그 질문에 답을 찾는 과정이다. 흑인으로서는 유달리 흰 피부를 타고난 콜먼의 그 삽화들은 넘치는 자기애, 놀라운 집중력, 명석한 두뇌, 비밀에 대한 탐닉, 육체적 강인성 등의 개인적 자질을 생생하게 느끼게 해주는 가운데 한 인간의 결정적 선택에 끼어들 수 있는 우연의 가능성까지 섬세하게 상상하게 한다. 가히 대가의 솜씨라 할 만하다. 그러나 결국은 콜먼의 내면을 타고 흐르는 다음과 같은 목소리야말로 핵심이 아닐까. 대학에 입학한 뒤 얼마 안 되어 그 자신을 하등 인종의 '검둥이'로 재발견한 충격 속에서 스스로에게 던졌을 수도 있는 질문과 답들.

나를 빨아들이지 못해 안달이 나 있는 우리라는 것의 폭정, 음흉하게도 '다수로 이루어진 하나'라는, 강압적이고, 모든 것을 포함하며, 역사적이고, 피할 수 없는 도덕률 따위는 그에게 절대적으로 먹히지 않을 소리다. (……) 자아의 발견, 그것이야말로 라본즈에 정통으로 꽂히는 투쟁이다. 단독성. 단독성을 지닌 개체로 존재하기 위한 열정적 투쟁. 독립적 개체로서 존재하는 동물.(1권, 202쪽)

여기서 방점은 '단독성'의 거의 절대적인 우위와 함께 '자아'와 '우리'(공동체)의 연결이 자의적인 상태에 놓이기 쉽다는 데 있을 것이다. 콜먼의 형 월터는 일찍부터 흑인 민권 운동에 관심을 갖고 실제 자신의 문제를 그 사회적 연대의 운동 안에서 풀어간 인물인데, 그가 콜먼을 두고 "자기 자신 이외에는 그 어떤 것을 위해서도 투쟁하지 않는 사람"(2권, 218쪽)이라고 한 것은 정곡을 찌른 느낌이 있다. 물론 동생 어니스틴처럼 두 사람 모두 투쟁했으며, 그 투쟁의 여건과 방식이 달랐을 뿐이라고 말해볼 수도 있을 것이다. 쉽지 않은 문제다. 그러나 전체적으로는 소설이 저 '단독성'의 이야기에 매혹되어 있다는 느낌을 받게 되고, 치명적 오점에도 불구하고(어쩌면 바로 그 오점 때문에) 콜먼의 자아 투쟁은 최종적으로 옹호되고 있는 것 같다.

비밀을 알게 된 뒤 생겨난 더 큰 혼돈 속에서("이제 나는 모든 것을 알게 되었지만, 아무것도 모르고 있는 것이나 다름없었"다. 2권, 235쪽) 주커먼이 콜먼의 묘지를 다시 찾아 소설을 쓰기로 결심하는 순간이 있다. 이때 적어도 콜먼이 포니아에게는 비밀을 털어놓았으리라는 것이 소설의 첫번째 가정이 된다. 이는 콜먼이 포니아가 겪은 인생 최악의 바닥('매춘'일 수 있다)에 대해 알고 싶어했으리라는 주커먼의 추정

으로부터 생겨난 것이고, 이 가정은 둘 사이의 비밀의 거래 혹은 연대를 전제한다. 그는 어두워져가는 무덤가에서 비밀에 관한 두 사람의 대화가 들려오는 순간을 기다리고 기다린다. "그리고 그렇게 해서 이 모든 이야기가 시작된 것이다."(2권, 243쪽) 그 '상상'의 장면에서 포니아는 엽총 자살한 사내의 피와 뼛조각, 살점으로 뒤범벅된 오두막을 시급 백 달러를 받고 다섯 시간 동안 걸레질했던 경험을 이야기한다. "그 일은, 그러니까 단지 기괴하기만 한 게 아니었어요. 한편으로는 매력적이기도 했어요. 난 그 이유를 알고 싶었어요."(2권, 247쪽) 매력적이었다니! 그녀에게는 '최악의 것'이야말로 인간 진실의 핵심이었던 것이다. 그게 그녀의 인생으로부터 나온 대답이었다. 이어지는 상상에서 콜먼이 자신의 정체를 털어놓았을 때, 포니아는 이미 알고 있었다고 답한다("나 남부에서 살았잖아요. 난 온갖 혈통의 사람들을 다 만나봤거든요.", 2권, 248쪽). 그리고 그게 바로 콜먼을 좋아한 이유였다. 여기서 우리는 주커먼, 결국 작가의 해석, 관점에 이른다.

> 그가 그녀에게 모든 이야기를 털어놓았을 때에도, 그녀는 빠짐없이 그걸 듣고 있었지만, 그게 거짓말 같다거나, 믿을 수 없다거나, 심지어 기괴하다고 여겨서 그랬던 것이 아니었다. 그것은 비난받을 성질의 것이 아니었다. 아니었다. 그것이 그녀에게는 그저 인생처럼 여겨졌던 것이다.(2권, 249쪽)

소설이 이 장면의 해결 없이는 쓰일 수 없었던 이유가 좀더 선명해진다. 콜먼은 최소한 단 한 사람에게서는 옹호되고 받아들여져야 했던 것이다. 그리고 이것은 소설 『휴먼 스테인』이 콜먼을 그 단독성의

투쟁 안에서 최종적으로 옹호하는 지점이기도 할 것이다.

생각해보면 작가 로스가 주커먼의 이름으로 보여주는 이 같은 인간 옹호와 이해는 세상의 소설들이 어떤 식으로든 수행하고 있는 일이라고도 할 수 있다. 자아의 창조와 투쟁에 얽힌 많은 이야기는 사회적·역사적 차원을 포함하면서도 결국은 단독성의 자리로 돌아와서 끝이 난다. '최상'이나 '무결'의 이야기가 아니라 '최악'과 '오점'의 인간 경험이 더 많이 포착되고 그려지는 것도 거기에 모순과 불완전성에서 유래하는 인간의 생생한 현재가 있기 때문일 것이다. 그러나 소설마다 강세의 차이는 분명히 있고, 우리는 그것을 작가의 '세계관'과 관련해서 논의하기도 한다. 그럴 때 로스 소설의 이야기와 인물들이 뿜어내는 완강한 단독성의 기운이 비단 『휴먼 스테인』의 경우에 그치지 않는다는 점은 생각해볼 만한 일인 것 같다. 『네메시스』의 버키 캔터는 미국적 남성 영웅의 범례 안에서 자아상을 형성해낸 인물인데 전락 과정에서 그가 스스로를 공동체의 바깥, 고립과 단절의 영역으로 밀어내는 것은 한순간이다. 비극을 운명화하면서 그는 영웅주의의 공허한 중심에 끝까지 혼자 남는 쪽을 택한다. 『네메시스』는 캔터 선생을 고대 서사시의 무적의 전사로 상상하고 기억하는 가운데 끝난다. 단독성에 대한 경사는 어떤 식으로든 공동체의 질문과 사유를 포함할 수밖에 없는 이상주의나 정치 이데올로기에 대한 로스 소설의 차가운 시선, 근본적 불신과도 궤를 같이하는 듯하다.

『나는 공산주의자와 결혼했다』의 주인공 '아이라 린골드'는 하층 노동계급 출신으로 군 복무중 공산주의 이념에 빠지고, 진보적인 정치운동의 일선에서 활동하다 방송계의 스타가 된 뒤 유명 여배우와 결혼까지 하게 되는 입지전적인 인물이다. 소설 화자 주커먼의 어린

시절 우상이기도 한 아이라가 불행한 결혼생활과 매카시즘의 광풍 속에서 파멸하는 이야기는 전후 미국의 사회상에 대한 작가 특유의 생생한 탐사와 보고를 겸하고 있다. 아이라는 철저히 한 시대 미국의 공기 안에서 포착되고 있다. 아이라의 형 '머리'는 주커먼의 고등학교 은사로 동생의 이야기를 들려주는 화자이기도 한데, 훌륭한 교사이자 합리적 시민의식을 가진 이 인물 역시 자신의 동생처럼 혼란스러운 시대, 역사의 희생자가 될 수밖에 없었던 사정에서 미국 사회의 모순은 한층 깊은 어둠을 드러낸다. 그러나 전체적으로 작가의 시선은 사회적 혼란과 모순을 하나의 상수로 두는 가운데 삶에 근본적으로 내재되어 있는 오점과 오류, 그와 관련된 비밀의 이야기[7]에 기운다는 느낌을 준다. 머리가 말하고 있는 하나의 핵심: "난공불락의 고독. 아이라의 인생은 그렇게 끝났지. 녀석이 숨을 거두기 오래전에."(526쪽) 머리는 흑인 아이들을 버리지 않겠다는 교사의 책임감 때문에 폭력이 만연한 도시에서 아내를 잃은 바 있는데, 그의 회의는 인간존재의 조건이나 가능성과 관련된 오래된 집단적 생각의 방식들을 근본적으로 불신하는 데까지 나아간다. "내가 살아오면서 노력했듯 종교, 이데올로기, 공산주의 같은 명백한 망상에서 자신을 해방시켜도, 여전히 자신의 선량함이라는 신화는 족쇄처럼 남는다네. 그게 최후의 망상이지. 또 내가 도리스를 희생시키게 만든 망상이고."(529쪽) 결국 아테나 산간 마을 자신의 작업실에서 엿새 동안 이어진 대화를 요약하며 주커먼은 다음과 같이 질문한다.

---

7) 아이라는 열여섯 살 때 살인을 저질렀고, 머리는 동생의 살인을 은폐한다. 이 비밀의 구도는 『휴먼 스테인』과 유사하다.

이 모든 게 오류다. 지금까지 말씀하신 게 이거 아닌가요? 삶 자체가 오류다. 여기에 세계의 본질이 있다. 아무도 자신의 인생을 찾지 못한다. 그게 인생이다.(『나는 공산주의자와 결혼했다』, 533쪽, 강조는 원문)

사실 주어진 상황과 그것을 겪어내는 인간 감정에 대한 잔인할 정도의 정직한 서술과 함께 펼쳐지는 고통의 서사, 몰락의 이야기는 로스 소설의 강렬한 매혹의 원천을 이루는 것이지만, 끝 모를 전투가 결국 의지할 데 없는 단독자의 고독과 비애 속에 남겨질 때 소설적 울림은 더 커질 수밖에 없다. 거기에는 어떤 환상도, 이상주의도 끼어들 틈이 없다. 『미국의 목가』에서도 유대인 이민자 레보브 가문이 2대째 지켜온 '미국의 꿈'은 환상의 마지막 조각까지 남김없이 파괴된다. "그것은 턱도 없는 일이었다. 가족을 보호할 수 있다고 생각하지만 사실 나 자신도 보호할 수 없으니까. 자신의 과제에서 한눈팔지 않았던 사람, 무질서에 대항한, 인간의 오류와 결함이라는 지속적인 문제에 대한 성전聖戰에서 누구 하나 소홀히 한 적 없던 사람에게 이제는 아무것도 남아 있지 않은 것 같았다."(2권, 285쪽) 이쯤 되면 로스 소설 전반을 관통하는 일관된 시선 하나를 인간의 오류와 결부된 '개인' 혹은 '단독성'의 문제와 연결 짓는 것도 그다지 무리는 아니다 싶다.

그런데 로스 소설에서 이처럼 감지되는 단독성의 강조, 철저한 '개인'의 이야기는 자아의 형성과 투쟁에 관한 근대 개인주의의 보편적인 맥락 안에서도 좀더 특별한 어떤 태도와 연결되어 있는 듯하다. 그의 소설에서 개인과 개인, 개인과 공동체 사이의 관계는 유대나 조화보다 침해와 적대, 단절로 더 많이 파악되는데, 그것이 작가 나름의

냉철한 인간 이해, 현실 진단이라는 점과는 별개로 더 나은 인간 사회의 지평이나 전망은 좀처럼 상정되지 않는다. 어쩌면 필립 로스가 유대인 이민자의 후손으로 겪어낸 미국의 현대 역사가 그래서일 수도 있다. 어쨌든 로스 소설의 개인주의에는 사회적·공동체적 차원과 (조화롭게든 그렇지 않든) 연결되지 않은 채로도 이야기될 수 있는(혹은 그렇게 이야기되어야만 하는) 공간이 있는 것 같다. 물론 작가적 기질의 몫도 있을 것이다. 이 지점에서 나는 로스와 동세대 미국의 철학자 리처드 로티Richard Rorty가 제안한 '자유주의 아이러니스트'라는 개념8)을 떠올려본다. 그는 자유주의 아이러니스트를 지식인을 재정의하는 개념으로 사용하는데 일차적으로 철학자나 비평가를 포함하는 넓은 의미의 '작가'가 논의의 대상이 되지만, 결국은 '시인' '소설가'의 영역에서 그 전형을 구한다. 로티에 따르면 자유주의 아이러니스트는 자아 창조의 우연성과 자율성을 이해하는 사람이다. 이들에게서 공적 정의正義, 사회적 덕목은 유일하고 최종적인 것이 아니다. 자유주의 아이러니스트가 자아 창조의 끝에서 자신을 묘사할 적절한 언어를 찾지 못하는 것은 그 때문이다. 자유주의 아이러니스트는 종족의 언어만으로 말할 필요가 없다고 주장하며, 각자 자신의 낱말들을 찾아내기 위해 고투한다. 물론 로티는 공적이며 공유된 가치와 어휘로부터 자아의 창조를 설명하는 작가, 그 확신에 견주어 제도와 실행의 부족을 상기시켜주는 작가들도 있으며 이들 역시 옳다고 본다.

---

8) 로티는 '아이러니스트'라는 명명을 "자신의 가장 핵심적인 신념과 욕구들의 우연성을 직시하는 사람"을 지칭하기 위해 쓴다. 또한 '자유주의'를 "잔인성의 감소, 인간들이 다른 인간들에 굴욕당하는 일이 줄어드는 과정", 즉 "자유의 실현이 증식되는 과정"에 대한 소망으로 파악한다. 리처드 로티, 『우연성 아이러니 연대성』, 김동식·이유선 옮김, 민음사, 1996, 22~25쪽.

하지만 양측이 똑같은 언어를 말하게 할 길은 없다는 것이다. 결국 사적인 것과 공적인 것을 결합시킬 방도는 없으며, 꼭 그렇게 해야 할 어떠한 형이상학적 혹은 심리적 필연성도 존재하지 않는다.

저자 스스로 "'사적 심미주의' '사회적 무책임성' '엘리트주의적 교만'" 등의 혐의를 받은 바 있다고 밝히고 있는 것처럼[9], 자유주의 아이러니스트를 정의하는 로티의 논의 방식은 '메타-어휘' '대문자 이론'을 반대하고, '잔인성의 재서술'이라는 '내러티브'의 역할에서 '자유주의 유토피아'로의 점진적인 길을 찾으려는 수긍할 만한 입장에도 불구하고 논란의 여지가 많은 것 같다. 어쩌면 이것은 개인성과 자율성의 신화와 관련된 20세기 모더니즘의 변형된 판본일지도 모른다. 그걸 따져볼 계제도 아니고, 능력도 없다. 다만 거칠고 단순하게, 로스 소설의 저 완강한 단독성의 경사, 로티의 '자유주의 아이러니스트'가 만나는 지점에 온갖 부정적 그늘을 거느리고 있지만 동시에 자유주의와 개인주의의 결속이라는 차원에서는 잠정적 승리를 구가하고 있는 '미국'이라는 실체와 환상이 가로놓여 있다는 것만은 어렴풋하게 느낄 수 있는 것 같다. 다원성의 인정과 수용에 기반하는 전후 미국식 민주주의의 이상은 냉전시대를 주도한 미국의 세계 패권 확대 과정에서 내부적으로도 흉하게 일그러졌다고 할 수 있을 텐데, 로스 소설의 경우 현대 미국 정치와 현실의 어둠은 나름대로 깊게 그려지고 진술되면서도 그 조망과 검토가 끝내 『네메시스』의 '폴리오'와 같은 불운과 재앙, 오류와 징벌의 차원을 넘어서지는 않는 것 같다. 이것은 또한 발 딛고 겪어낸 세계에 철저히 집중하는 로스식의 냉정

---

9) 같은 책, 13쪽.

한 현실주의일 수 있을 테지만, 여기서 단독성의 우주는 '미국'이라는 땅에 제한된다.[10) 그 자체로 외부 없는 세계의 환상. 이것이 숱한 진실의 울림과 매혹에도 불구하고(그리고 로스식으로 인간 존재의 단독성, 인간사의 우연성을 세상과의 아이러니한 간극 안에서 포착하는 것이야말로 소설의 중요한 몫이라는 생각에도 불구하고) 내가 로스 소설의 어떤 지점에서 넘을 수 없는 벽에 부딪치고, 결국은 그의 소설을 온전히 껴안을 수 없는 이유인지도 모르겠다.

3. 묘지의 인부

『에브리맨』은 묘지에서 시작해 묘지에서 끝난다. 소설의 도입부에서 묘지에 묻혀 애도의 대상이 되는 주인공은 소설의 마지막, 죽기 며칠 전에 부모님이 묻혀 있는 황량한 유대인 묘지를 찾는다. 곳곳에 흙이 꺼져 있고, 대석도 쓰러져 있다. 죽음이라는 필립 로스 소설의 가장 강렬한 테마가 펼쳐지는 무대. '그'는 부모님이 "그저 뼈, 상자 속의 뼈일 뿐"(176쪽)이라는 사실에서 이상한 위안을 얻는다. 그 순간현실은 오직 뼈들과의 강렬한 연결 속에서만 존재한다. '그'는 묘지에서 우연히 오십대 후반의 흑인 인부를 만나 묫자리를 찾고, 흙을 파내고, 뗏장을 덮기까지의 일에 대한 소상한 설명을 듣고 그의 작업 과정을 한참 지켜본다. 인부는 삼십사 년째 이 일을 해오고 있으며 알고

---

10) 『사실들』에서 주커먼은 '자전'을 (자기)비판하면서 (소설 속) 부인인 마리아 주커먼의 견해도 일곱 항목으로 첨부한다. 그 여섯번째는 로스가 이 문제를 어떻게든 의식하고 있음을 보여준다. 마리아는 영국인이다. "6. '이상해요. 그[로스—인용자]의 해석에 따르자면, 모든 게 그의 자유를 빼앗으려는 힘들에 대항한 분투예요. 자신의 자유를 갖고, 그걸 주어버리고, 그걸 되찾고—미국인만이 자기 자유의 그런 운명을 삶의 반복되는 주제로 볼 수 있을 거예요.'"(276쪽)

보니 '그'의 부모 묘도 그의 손을 거쳤다. '그'는 고마움을 표한다.

> "아, 그럼 고맙다는 얘길 하고 싶군요. 나한테 해준 말도 다 고맙고, 또 정말 분명하게 얘기해줘서 고맙다고 말하고 싶어요. 그 이상으로 구체적으로 얘기해줄 수는 없을 겁니다. 나이든 사람한테는 좋은 공붓거리였어요. 그렇게 구체적으로 말해주어 고마워요."(『에브리맨』, 186쪽)

그러면서 조심스레 건네는 오십 달러짜리 두 장. "우리 아버지는 늘 이렇게 말씀하셨죠. '네 손이 아직 따뜻할 때 주는 게 최선이다.'"(186쪽) 생각해보면 '정말 분명하게, 더이상 그럴 수 없게 구체적으로' 말해준 또 한 사람은 필립 로스였다. 그 역시 편견덩어리의 제한적인 화자였을 테지만, 편견과 맹목과 싸우며 알기 위해 썼고 아는 만큼 썼고 인간 이해를 확장시켰다. 그가 그 상상의 과정에서 붙잡아 보여준 인간 경험의 놀라운 생생함, 정확함, 구체성은 아이러니하고 지적인 스타일과 함께 문학의 오래고 위대한 성취로 기억되리라. 그는 온갖 불합리한 바람으로 점철된 필사적인 이야기의 대지에서 성실하게 일했다. 그가 바로 묘지의 인부였다. 필립 로스는 올해 5월 22일, 85세의 나이로 세상을 떠났다.

(2018)

2부

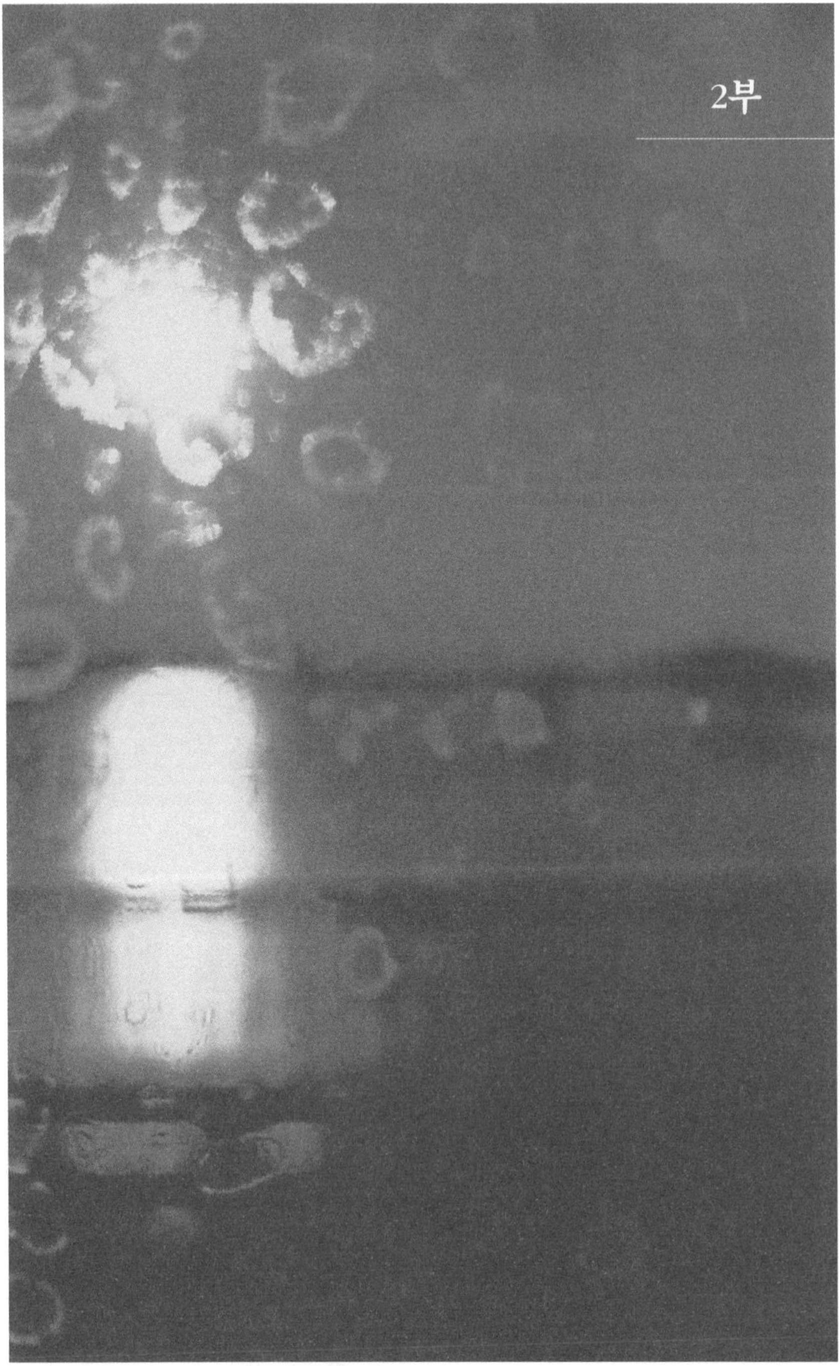

단절과 침묵, 그리고 '이어짐'의 상상력
—'문학의 정치'를 생각하며

1. 공동 영역으로서의 문학

하나의 전제가 필요할 듯싶다. 황정아가 온당하게 지적하고 있는 대로 '문학의 정치'는 "애초에 문학의 '이미 그러한' 역능에 대한 관찰이지 문학에 부과된 규범 같은 것이 아니었다"[1]는 점이다. 근대문학의 발생적 기원이나 역사가 근대 자본주의 시스템의 성립·확산과 얽혀 있는 긴밀성은 이미 많은 이들에 의해 충분히 관찰되었으며, 특히 근대문학의 총아라 할 수 있는 장편소설의 경우 사회·역사적 지평의 창조적 인식과 수용에 의해 역량을 심화하고 키워왔다는 것은 주지의 사실이다. 이즈음은 훨씬 덜 언급되는 것 같지만, '총체성'에 근접하는 문학의 인식, 재현 능력을 적극적으로 사유하고 논의해볼 수 있었던 측면도 이와 무관치 않을 것이다. 한국 근현대 문학 백 년의 역사를 돌아봐도 '문학의 정치'는 이 땅의 창작자나 독자 모두에

---

1) 황정아, 「'문학의 정치'를 다시 생각한다」, 『창작과비평』 2021년 겨울호, 20쪽.

게 그것을 의식하지 않는 속 편한 쓰기와 읽기를 허락하지 않은 뾰족한 칼날이었음이 뚜렷해진다. 여기에는 문학과 현실의 긴장을 계속 환기한 문학 담론의 역할 또한 적지 않았지 싶다. 나 자신의 실감 속에서는 그다지 멀게 느껴지지 않지만, 지난 1960년대 중후반부터 시민문학론, 민중문학론, 리얼리즘론 등으로 지속적으로 전개된 '민족문학론'은 물론이고 반대편에서 '민족문학론'의 '정치' 우위를 비판한 대항 담론들 역시 '문학과 정치' 혹은 '문학과 현실'의 관계를 사유하는 폭넓은 지평을 열어왔다. 그러나 문학 담론의 지위 또한 역사화되는 것이라면, 현실에서의 민주주의의 진전과 함께 '글쓰기의 민주주의 체제'[2] 역시 빠른 속도로 한국문학의 장 안에 펼쳐지기 시작한 듯하다.

특정하게 도드라진 일부 소설적 경향에 대한 언급이긴 했지만 '역사의 인력에서 벗어난 무중력 공간의 탄생'으로 2000년대 일군의 새로운 문학적 흐름을 진단한 비평적 논의[3]도 있었고, 2000년대 소설을 향해 '현실'의 결여나 과소를 지적하는 비판의 목소리도 적지 않았으나, 이후 전개된 양상이 판이했음은 두루 아는 대로다. 사정은 "2000년대 말에서 2010년대 초반에 걸친 '문학의 정치' 논의는 당시 금기까지는 아니라도 추문으로 취급받던 문학과 정치의 결합을 당당

---

2) "(민주주의적 글쓰기의) 말 많은 침묵은 말로 행동하는 인간들과 단순히 살아갈 뿐인 인간들 간의 구분을 폐기한다. 글쓰기의 민주주의는 소설 속 영웅들의 삶을 전유(專有)한다든지, 스스로 작가가 된다든지, 또는 공동 관심사에 대한 토론에 몸소 참여하는 것 등을 통해 각자가 자기 몫을 챙길 수 있는 자유로운 문자 체제이다." 자크 랑시에르, 『문학의 정치』, 유재홍 옮김, 인간사랑, 2009, 27~28쪽.

3) 이광호, 「혼종적 글쓰기 혹은 무중력 공간의 탄생―2000년대 문학의 다른 이름들」, 『문학과사회』 2005년 여름호.

히 선언했다"[4]로 시작되는 황정아 글의 서두에 잘 요약되어 있다. 그러나 황정아는 널리 공유된 '몫 없는 자의 몫'이라는 개념이나 '포함과 배제'의 프레임이 조금은 단순한 접근이 아니었는지 되짚는다. 그런 가운데 차이와 타자성에 대한 강조가 재현의 윤리에 대한 과도한 민감성으로 이어지면서 "여하한 객관화나 보편화도 타자를 향한 폭력처럼 생각되고 그런 폭력을 미세한 수준까지 감지하고 추적하는 태도가 정치적·윤리적 덕목이"[5] 되고 만 역설적 상황을 지적한다. 요컨대 '문학의 정치'가 문학 본연의 역능이라 하더라도 '정치적으로 올바른' 문학이 정답처럼 전제될 때, '문학의 정치'는 문학과 현실의 관계에 대한 살아 있는 질문이 되지 못하고 문학 스스로를 좁게 속박할 우려가 있다는 것이다.

충분히 동의한다. 기실 최근 한국문학에서 '정치성'의 우세화는 일종의 도덕적·윤리적 안전판처럼 작동하는 측면이 없지 않은 것 같다. 문학은 현실에 대한 질문을 포함해서 현실과의 긴장력을 불가피하게 표현하지만 현실 그 자체는 아니며, 당연히 '정치'나 '윤리'의 동의어도 아니다. 문학은 때로 정치나 윤리에 침묵하는 방식으로 인간사의 이야기를 끌어들이는데, 그런 작품들에서도 우리가 단순한 독서의 즐거움 이상의 무언가를 되돌려받는다면 우리의 삶과 세계가 그 같은 침묵과 역설을 상당한 정도로 포함하고, 그렇게 구조화되어 있기 때문일 테다. "문명화란 진실을 앎으로써 유발되는 어떤 유혹에 저항하는 능력을 전제한다"[6]는 생각은 가령 소설이 인간의 심성과 행동과

---

4) 황정아, 같은 글, 17쪽.

5) 같은 글, 20쪽.

6) 로베르트 팔러, 『성인언어』, 이은지 옮김, 도서출판 b, 2021, 89쪽.

말을 자신의 문학 언어로 옮길 때도 충분히 유효할 법하지 싶다. '개인적인 것이 정치적인 것이다'라는 명제는 특히 차별과 혐오의 일상을 새롭게 폭로하고 개선하려는 긴박한 요구에 이어져 있지만, 거기에 개재된 모종의 근본주의는 인간들 사이에 존재해야 마땅한 거리와 침묵의 영역을 삭제하기도 한다. 과도한 투명성과 가시성의 요구는 사회 관계망 서비스의 확산을 타고 '전짓불의 심문'을 은밀하지만 동시에 거의 공개적인 일상의 상호 정치적·윤리적 낙인 방식으로 만든다. '개인적인 것'을 '정치적인 것'으로 발견하고 확장하는 것과 '개인적인 것'과 '정치적인 것'을 동일시하는 것은 다른 차원의 문제일 테다. 이 차이를 망각할 때 '공적 영역'은 '사적 영역'으로 대체됨으로써 '공적 영역'의 포기를 무의식적으로 옹호할 수도 있다.[7]

여기서 '공적 영역'과 '사적 영역'을 이론적으로 통합할 길은 없다고 보는 리처드 로티의 입장을 떠올려볼 수도 있다. 로티는 "자아 창조의 요구와 인간의 연대성의 요구를 똑같이 타당하지만 영원히 공약 불가한 것으로 취급하"는 가운데서 '인간의 연대성'을 발견되거나 인식될 하나의 사실이 아니라 성취되고 창조되어야 할 목표로 제시한다. "그것은 탐구가 아니라 상상력, 낯선 사람들을 고통받는 동료들로 볼 수 있는 상상력에 의해 성취되어야 할 어떤 것이다."[8] 로티는 이 과정을 "낯선 사람들이 어떠한지에 대한 상세한 서술과, 우리 자

---

7) (공적인 것과 사적인 것의) "혼합은 사적인 것을 정치적인 것과 동일시함으로써 많은 긍정적인 영향에도 불구하고 모든 것을 잠재적으로 정치적인 것으로 무분별하게 포함될 여지를 열어놓았다. '일상의' 미학적인 '변형'에서 본 것과 마찬가지로, 여기서도 특권화된 주체적 경험을 그 대상보다 우위에 놓는 평준화 효과의 위험이 도사리고 있다."(마틴 제이, 『경험의 노래들』, 신재성 옮김, 글항아리, 2021, 214~215쪽)

8) 리처드 로티, 『우연성 아이러니 연대성』, 김동식 옮김, 민음사, 1996, 24쪽.

신들은 어떠한지에 대한 재서술"의 문제로 보면서 이를 이론의 과제가 아니라 보고報告와 서사 예술, 특히 '소설'의 과제로 설정한다.[9] 자신의 '마지막 어휘'를 끊임없이 의심하고, 가능한 모든 판단과 느낌의 방식들을 설명할 수 있는 하나의 메타-어휘를 발견할 수 없다는 사실을 인정하는 이를 로티는 '자유주의 아이러니스트' 철학자, 작가로 명명하고 있지만, 이런 특정한 범주화와 관계없이 대문자 진리의 거대 서사를 내면화하지 않고도 세상의 비참, 잔혹함의 감소를 생각하고 연대와 정의의 상상력을 키워가는 일은 세상 장삼이사의 몫일 수 있다. 사실 '공적 영역'은 우리 각자의 편견과 두려움, 나약함을 억제하고 혹은 불편함을 참아내면서 얼마간의 가면이 있을망정 우리 자신의 성숙한 의견을 시민의 얼굴로 등재하는 공간이다. '민주주의와 문학'을 생각하는 가운데 그 민주주의를 "갈수록 빈틈없이 규정해오고 있는 자본주의라는 계기"를 섬세한 작품 분석과 연동하고 있는 강경석의 글[10]이 보여주는 것처럼, 우리의 일상과 정치를 규정하는 더 크고 근본적인 구조를 폭넓은 현실 인식으로 품기 위해서도 '공적 영역' '공적 정치의 장'을 지키고 활성화하는 일은 긴요하다.

'문학의 정치'의 특정한 양상이 '타자성'과 '차이'를 특권화하는 가운데 '재현의 윤리'나 '공감'의 윤리적 좌표에 대한 과도한 민감성으로 스스로의 창조적 영역을 얼마간 제한해왔다면, 이는 보편의 작동 공간으로서 '공적 영역'의 역사나 현재에 대한 오래된 실망과 거부의 표현일 수도 있을 것이다. 그러나 문학의 역사는 그 민감성을 잃

---

9) 같은 책, 24~25쪽.

10) 강경석, 「진실의 습격―민주주의와 문학 그리고 자본주의」, 『창작과비평』 2021년 겨울호, 인용은 57쪽.

지 않은 채로도 숱한 모순과 한계로 뒤얽힌 인간과 세상의 이야기를
들려주는 폭넓은 시야와 방법을 찾아왔다는 걸 보여준다. 문학의 언
어는 가장 사적인 감정과 욕망의 표현인 경우에도 상황과 맥락과 관
계 안에 그것을 놓으며, 역설과 아이러니의 힘으로 소통의 '공동 영
역commons'을 창출한다. '문학의 정치'는 문학이 곧 '공동 영역'이라는
자기 확인으로부터 다시 출발할 수 있다. 개인의 자리와 분리된 '공
적인 영역'의 확장이 민주주의의 진전에 힘입은 것이라면, 그것과 나
란히 가는 인간의 자기 이해에는 평등이라는 장기적 목표 아래 개인
의 한계를 감싸고 보호해주는 상호 관용의 지대가 있어야 마땅할 것
이다. 이 관용의 지대는 '배타적 개별성'과 '이어짐의 감각' 사이에 있
으면서 공동의 토론과 연대, 저항을 가능하게 한다. 강경석이 글의 결
론에 인용하고 있는 정성숙의 소설 「호미」[11]에서 영산댁이 마비된
몸으로 호미에 의지해 산길을 기어서 내려가는 압도적인 장면은(해
거름에 시작된 포복은 밤을 꼬박 새우고 새벽 네시쯤에야 동네 어귀에
영산댁의 몸을 부려놓는다) 여전히 어둠 속에 놓여 있는 그이의 육신
과 그 사실을 알 길 없는 동네 봉고차 불빛 사이의 좁혀지지 않는 거
리에서 너무 쉽게 쓰이고 있는 정치의 언어, '이어짐' '연대'의 상상력

11) 정성숙, 『호미』, 삶창, 2021. 소설집 『호미』는 페미니즘의 관점에서도 논의될 지점
이 많은 듯하다. 사라져가는 농촌의 삶, 거기서 가부장제의 질곡을 견디며 가장 힘거운
노동을 감당하고 있는 사람들은 여성이다(결혼을 매개로 건너온 이주민 여성들도 있
다). 작가는 그 여성들의 시선을 잃지 않는 가운데 오늘의 착잡한 농촌 현실을 그 깊은
사회적 배경과 함께 충실한 리얼리티 속에 담아낸다. 여성 인물들의 언어는 '위생적'으
로, 혹은 '정치적으로 올바르게' 걸러지지 않고 질펀한 생활어의 실감을 놀라울 정도로
유지한다. 남편의 폭력과 힘거운 노동을 견디지 못하고 집을 나간 한 여성은 인터넷 채
팅의 세계에 유혹당해 있는 것처럼 보이지만, 그것은 그것대로 그이의 주체적인 선택
과 결정으로 그려진다(「기다리는 사람들」). 이하 인용은 작품명과 쪽수만 밝힌다.

을 쓰라리게 돌아보게 한다. 그러나 이어진다는 것은, 혹은 이어짐을 상상한다는 것은, 이 같은 전면적인 인간의 풍경, 단절과 침묵을 포함하는 인간의 이야기 없이는 가능하지 않으리라.

차가 멈추자 기다리고 있던 일곱 명의 사람들이 차 안으로 들어갔다. 동구댁은 맞춰야 할 사람을 다 채운 모양이었다. 사람이 모자라지 않았으니 동구댁은 영산댁한테 이녁 일은 나중에 하고 양파 작업 하러 가자는 전화를 하지 않았으리라. 그렇다면 영산댁 자신이 동네에 없음을 아는 사람이 아직 아무도 없다는 것이었다. 사람들을 태운 차는 동네를 등지고 다시 달리기 시작했다.(「호미」, 46~47쪽)

'문학의 정치'에 대한 생각을 이 '이어짐'의 상상력과 관련해서 조금 부연해보고자 한다. 박솔뫼의 장편소설 『미래 산책 연습』과 임솔아의 소설집 『아무것도 아니라고 잘라 말하기』 속 두 편의 단편이 지금 내 앞에 있다.

2. 과거 혹은 미래와의 이어짐

박솔뫼 장편 『미래 산책 연습』[12]은 2020년 부산비엔날레의 프로젝트에 참여한 단편 「매일 산책 연습」(김금희 외, 『열 장의 이야기와 다섯 편의 시』, 미디어버스, 2020)에서 자라난 작품이다. 1982년 3월 18일 '부산 미문화원 방화 사건'(이하 '부미방'으로 약칭)을 당시 근처의 직장인으로서 목격했던 '최명환'이라는 육십대 여성과 부산을 찾은

---

12) 박솔뫼, 『미래 산책 연습』, 문학동네, 2021. 이하 인용은 쪽수만 밝힌다.

소설가인 화자 '나'의 만남을 핵심 사건으로 공유하는 가운데,『미래
산책 연습』은 '부미방'에 참여했던 대학생 '조윤미'와 그의 먼 이종
조카 '수미'의 이야기를 열린 액자소설 형식으로 병치한다. '나'와
'수미'의 연관은 소설에 드러나 있지 않은데('나'의 또다른, 상상된 과
거로 '수미'의 이야기를 읽을 여지도 없지 않다. '나'를 '다른 사람인 것
처럼 상상하기'), 그렇게 가능성을 열어둔 것이 '체험erlebnis'이라는
특권적이고 배타적인 울타리 너머에서 역사의 시간을 상상하고 '경
험erfahrung'하려는 소설의 의지를 좀더 적실하고 풍성하게 만드는 것
같다.[13] 그러나 '조윤미의 이야기'가 합류하면서('조윤미의 이야기' 안
에는 1980년 5월에 광주에 살던 동명이인 조윤미가 '부미방'으로 수감된
조윤미에게 편지를 보내고, 이후 석방된 조윤미가 광주의 조윤미를 '나'
와 함께 찾아가는 삽화가 나온다. '부미방'의 기원으로서 '5월 광주'는
좀더 구체화된다) 장편에서 더 충실하게 돋을새김되는 측면은 소설
제목에도 표현된 '미래'라는 시간이 아닌가 한다. '미래를 겪고, 미래
를 살아내고, 미래를 기억이 되게 살겠다'는 생각은 '나'가 '부미방'
의 사람들을 떠올리며 걷고 또 걷는 부산의 시간에 거듭 포개진다.
"미래를 살고 와야 할 것을 살아낸다면 미래를 기억이 되게 살 수 있
다고 생각했다."(153쪽) '산책 연습'이라는 제목이 정확히 가리키는
지점이기도 하다.

　과거 혹은 '역사의 시간'을 미래의 지평에 놓는 가역적이고 혼성적
인 시간 감각은 기실 박솔뫼의 소설세계 전반에서 그다지 낯설거나

---

13) '체험'과 '경험'의 구분은 널리 알려진 벤야민의 예를 따랐다. "일반적으로
　Erlebnis는 Erfahrung보다 더 직접적이고 선반성적이며 개인적인 경험이라는 변종을
　함축한다." 마틴 제이, 같은 책, 23쪽.

파격적인 것은 아니다. 박솔뫼 소설은 규범적인 언어의 질서 바깥으로 흘러가는 인물의 생각과 말을 가급적 그대로 받아 적는 한편, 구획된 격자와 선조적 진행을 비껴가고 거스르는 시간의 흐름을 소설의 무의지적이고 무의식적인 서사의 결로 만드는 데 특별한 성취를 보여왔다. 혹은 미체험 세대의 간극과 거리를 그대로 둔 자리에서 '5월 광주'와 같은 역사의 시간을 '경험'하는 문제는 근자 박솔뫼 소설의 중요한 테마이기도 했다.[14] 그런데 『미래 산책 연습』에서 박솔뫼의 소설적 질문은 최명환과 조윤미, 그리고 수미와 수미의 중학교 동창 정승이라는 인물들이 살아온 시간을 받아 적고 상상하는 가운데 장편의 형식 안에서 좀더 자각적이고 풍부하고 명료한 이야기와 사유에 이르고 있는 듯하다.

　　최명환의 말처럼 기후가 변화하고 동물들이 사라지고 지구의 끝이 가까워질 때 나는 그 창 너머를 떠올리며 내가 갖고 싶은 미래가 이제는 돌아올 수 없는 아름다운 과거로 여겨질 것이고 그때는 괴로울 것인지 후회스러울 것인지 혹은…… 하지만 그것은 동시에 간절히 되살리고 싶고 만들어가고 싶은 미래이기도 했다. 과거의 사람들이 가져오려 애쓰던 미래는 여전히 미래로 여겨지고 내가 그리는 미래도 미래에는 다시 되살리고 싶은 미래가 될 것이다. 원하는 미래를 그리고 손으로 만져보기 위해 어떤 시간을 반복해야 할까. 나는 그것을 우선 어딘가에 써두어야겠다고 생각했다.(18쪽)

_____

14) 가령 「그럼 무얼 부르지」(『그럼 무얼 부르지』, 민음사, 2020(개정판))와 「영화를 보다가 극장을 사버림」(『우리의 사람들』, 창비, 2021).

미래는 과거의 사람들이 가져오려 애쓰던 미래이며, 그런 한에서 '돌아올 수 없는 과거'로 남을 수도 있다. 그러나 동시에 그 과거를 일깨울 수 있다면, 누군가가 되살리고 만들어간다면 미래의 자리는 보존된다. 그것은 여전히 '가져오려 애쓰는' 미래로 남는다. 그러므로 '반복'해야 하는 시간은 과거와 미래가 된다.[15) 『미래 산책 연습』은 이 반복을 옛 부산 미문화원 건물 주변을 걷고 또 걷는 인물의 '산책'으로 수행한다. 소설 속에서 산책은 서사의 리듬이자 사유를 생성하는 운동이 되고 있다. 반복되는 '과거-미래'는 하나가 아니며 다층적인데, 가령 최명환과 조윤미는 목격자와 사건 참여자로서 전혀 다른 삶의 행로를 걸어왔고 걷는다. 그러나 최명환은 한진중공업 노동자 야학이 있던 영도 봉래성당을 통해 '부미방'의 '김은숙'과 희미하게 연결되며 방화 사건이 있던 바로 그날 지하도 계단에서 성폭력을 당한다. 부산의 조윤미와 광주의 조윤미가 그랬듯이 과거-미래에는 교차하는 지점이 있다. '나'는 그 작은 교차점들을 받아 적고 응시하는 가운데 개인과 시대, 개인과 역사의 접점을 생각한다. 그러니까 화자가 '부미방'의 성명서를 찾아 읽고, '부미방'의 역사를 '5월 광주'와 '부마 항쟁' '부림 사건'으로 거슬러오르고, 김은숙이 노동 야학을 했던

---

15) 이 대목에서 벤야민의 생각을 잇대어볼 수도 있을 것 같다. "과거는 구원을 기다리는 어떤 은밀한 목록을 함께 간직하고 있다. 우리들 스스로에게도 이미 지나가버린 것과 관계되는 한줄기의 바람이 스쳐 지나가고 있는 것은 아닐까? 우리들 귀에 들려오는 목소리 속에서는 이제 침묵해버리고 만 목소리의 한 가락 반향이 울려 퍼지고 있는 것은 아닐까? 우리들이 연연하는 여인들은, 그녀들이 미처 알아채지 못했던 누이들의 모습을 하고 있는 것은 아닐까? 만약 그렇다면 과거의 인간과 현재의 우리들 사이에는 은밀한 묵계가 이루어지고 있는 셈이고 또 우리는 이 지구상에서 구원이 기대되어지고 있는 셈이다."(발터 벤야민, 『발터 벤야민의 문예이론』, 반성완 편역, 민음사, 1983, 344쪽)

서울 창신동 청계피복노조 주변을 다시 찾고, 부산 미문화원 건물의 역사를 일제강점기와 미군정기까지 되돌려 다시 생각해보는 것은 최명환과 조윤미의 일이기도 하다. 동시에 그것은 '나'가 최명환과 조윤미의 과거-미래를 긴 시간의 지평 안에서 '경험'하는 한 걸음 한 걸음의 순간들이다.

소설은 그날 부산 시내에 뿌려진 '부미방'의 성명서와 사건 이틀 후 발표된 고신대 총학생회장 명의의 성명서("그러나 우리 모두는 이 일에 전혀 관계가 없으며 우리의 떳떳한 입장을 분명히 하여야겠읍니다." 95쪽)를 나란히 보여준다. 그리고 두 개의 미래가 "다른 곳에 존재하며 사람들은 두 세계를 오갈 수 없다"(96쪽)고 쓴다. 여기에는 '다른 세상'의 소망이 각기 다른 전망과 방식으로 작동하고 있다. 고신대 성명서는 당시의 정치권력에 굴복한 종교의 얼굴을 보여준다. '나'가 부산에서 서울로 돌아오는 기차 안에서 떠올리는 인상적인 삽화가 있다. 1980년 11월 광주 전남 지역의 미술인들은 '2000년을 위한 파티'라는 이름의 전시회를 연다. 그들의 소망 속에서 2000년은 군부독재가 끝나고 민주주의가 실현된 세상이다. 전시회는 제대로 열리지 못하고 작품들은 압수당했지만, 그들이 꿈꾼 '다른 세상'은 오지 않았는가. "2000년의 대통령은 김대중 대통령입니다. 그것은 2000년을 위한 파티에서 오갔던 이야기 같기도 하고 실제의 김대중 대통령이 2000년의 대통령이었다는 것이 뚜렷한 사실 같기도 하고 누군가 살아내어 가져온 다른 세계의 믿음 같기도 하다. (……) 그게 너무 늦은 것 아닌가요?"(194쪽) 과거가 '다른 세상'의 믿음 속에서 미래를 산 사람들의 시간이라면, 거기에 '너무 늦은' 시간은 없을 것이다. 그들은 와야 할 것을 이미 살고 '있었'기 때문이다. 그렇게 해

서 『미래 산책 연습』의 화자가 옛 부산 미문화원 주변을 산책하며 반복하는 시간의 감각 안에서는 "미래를 살고 와야 할 것을 살아낸다면 미래를 기억이 되게 살 수 있"(153쪽)는 지평이 희미하게 열린다.

그런데 과거-현재-미래의 다른 배치와 연결을 상상하는 『미래 산책 연습』의 문제의식은 일견 '나-최명환' '수미-윤미'의 병치된 이야기 쌍에서 '나'나 수미의 자리에 대한 좀더 깊은 소설적 탐문을 필요로 하는 것처럼 보인다. 말하자면 최명환과의 만남에서 '나'는 얼마간은 자유로운 화자-청자의 자리에 머물고 있는 것은 아닌가. 혹은 수미에게 이모 윤미의 삶은 어떤 '미래-기억'이 되고 있는가 하는 질문은 던져볼 만하다. 황정아는 '역사적 트라우마의 전승'의 어려움을 이야기하는 가운데 그것이 때때로 "트라우마의 '벌거벗은 반복'이라는 불가능한 위치를 스스로에게 부과하는 일이 될 수 있다"[16]는 점을 지적하는데, 『미래 산책 연습』은 그 '불가능한 위치'를 스스로에게 강요하지 않는 방식으로 우리의 질문에 대답하려 하는 것 같다. 소설은 병치된 이야기에 두 개의 반복되는 결말의 형식을 부여한다. '나'가 최명환에게 김은숙은 어떤 사람이냐고 묻자 최명환이 "어떻게 처음 그 사람을 알게 되었는지 말해줄게"(225쪽)라고 하면서 자기 이야기를 시작하는 것으로 한쪽이 끝나고, 또다른 한쪽에서는 일본에서 만난 수미와 정승이 서로의 이야기를 듣는 것으로(수미는 일본까지 찾아온 윤미 언니의 이야기를, 정승은 이혼 후의 생활과 새로 만난 연인의 이야기를 하게 될 것이다) 끝난다. "무슨 일이 있었는지 천천히 이야기해줄게."(241쪽) 우리는 이 반복되는 형식의 끝이 소설의 처음과 원

---

16) 황정아, 같은 글, 22쪽.

환처럼 이어져 있고, 소설의 결말에서 듣게 될 이야기들이 소설의 처음을 이룬다는 사실을 알고 있다. 그러나 이 이야기들을 통해 최명환과 윤미, 혹은 수미와 정승에 대해 우리가 알 수 있는 것은 여전히 제한적이며 더 많은 이야기는 미래의 시간으로 남는다. 그렇게 해서 소설의 끝에서 우리는 다시 화자와 수미가 이야기를 듣는 자리로 돌아와 있는 것을 확인한다. 말하자면 화자는 최명환의 이야기를 제대로 듣기 위해 '부미방'에 대해 알아보고 옛 부산 미문화원 주변을 돌아다니고 김은숙이 번역한 책과 『티보가의 사람들』(이 소설 역시 '다른 세상'을 꿈꾼 미래-기억의 이야기를 담고 있다)을 읽는데, 이러한 '준비 과정'이 소설의 실질인 셈이다. "어떻게 처음 그 사람〔김은숙―인용자〕을 알게 되었는지 말해줄게" 하고 최명환이 자신의 이야기를 시작하는 소설의 마지막 바로 앞 문장이 "최명환은 내게 들을 준비가 되었냐고 묻듯이 잠시 나의 얼굴을 쳐다보았다"(224쪽)일 수밖에 없는 이유가 여기 있는 셈이다. 그러나 소설이 '불가능한 위치'를 스스로에게 강요하지는 않되 의식하고 있으며 회피하려 하지 않는다는 사실은 최명환이 '나'를 쳐다보기 직전의 장면에 새겨져 있는 듯하다.

나는 최명환에게 김은숙은 어떤 사람이냐고 물었다. 최명환은 창가를 바라보고 나도 서서히 붉게 변하는 어두운 하늘을 바라보고 그러다 고개를 돌려 그를 보았을 때 그의 옆얼굴은 겁에 질린 것처럼 보였는데 그의 얼굴에 드리워진 나의 그림자 때문이었다. 그의 얼굴에 드리워진 나의 그림자가 어떤 이유에서인지 그의 얼굴에 본 적 없는 감정을 보이게 하였다.(224쪽)

'이어진다'는 것을 과거-현재-미래의 시간의 차원, '체험과 경험'의 차원, 혹은 '역사적 트라우마의 전승'이라는 차원에서 생각할 때 박솔뫼의 『미래 산책 연습』이 도달한 이 지점은 있을 수 있는 한계를 수락한 채로 글쓰기의 문제를 포함하여 문학적 진실과 인간적 진실에 대한 도전과 물음을 함께 지속하고 있는 것 같다.

3. 성숙 혹은 새로운 인간 유대의 시작

임솔아의 단편 「그만두는 사람들」[17]에는 소설가인 화자 '나'가 친구인 미술가 '재연'의 전시회를 찾아가는 장면이 나온다. 설치미술인 듯, 프로젝트 영상에는 허공에서 흘러내리는 물을 두 손으로 받는 장면이 비친다. 손안에 차오른 물이 손가락 사이로 흘러내리면 다른 사람의 두 손이 이어서 그 물을 받아내는 식으로 손이 계속 아래를 받친다. 전시회의 제목은 '얼음의 언저리를 걷는 연습'이다. '나'가 머물고 있는 은돌해변의 '노루섬' 이야기도 있다. '나'는 '적'을 피해 육지의 숲을 돌고 돌다 밤바다를 건너 섬으로 필사적으로 뛰어오르는 노루를 지켜보며 "경이로움을 느"(11쪽)낀다. '그만두는 사람들'이라는 소설의 제목과 전시회 이야기, 그리고 노루 이야기를 이으면 소설에 표현된 '위기감'과 '고립감'을 얼마간 그려볼 수 있다. 재연은 이번 전시를 끝으로 미술 작업을 그만둘 생각이다. 미술 현장의 문제에 목소리를 높이던 동료 작가는 매번 프로젝트에서 제외되다가 자살했고, 재연은 '그만두고 싶다'는 그이에게 다른 길을 찾아도 된다고 말해주지 못한 것을 자책하고 있다. '나' 역시 '문학계 권력 남용' 문제를 다

---

17) 임솔아, 『아무것도 아니라고 잘라 말하기』, 문학과지성사, 2021. 이하 인용은 쪽수만 밝힌다.

룬 포럼에서 튀는 발언을 한 이후로 '문학계'에서 배제되고 있다고 느끼며, 처음으로 이력서를 써보면서 '문학을 그만두는' 것을 생각하고 있다. "문학을 하던 동료들이 한 명씩 그만둘 때마다"(24쪽)의 상황에 담긴 대로 턱없이 낮은 경제적 보상을 포함해서 '권력' '성차별' 등 '예술 노동자'들을 둘러싼 여러 문제가 이야기의 배경에 놓여 있는데, '나'가 느끼는 위기감의 정도는 밤바다를 건너는 노루를 지켜보는 장면에 뚜렷이, 아프게 담겨 있다. '나'와 '재연'은 지금 '얼음 언저리를 걷고' 있다. 스웨덴에서 박사과정을 밟고 있는 '혜리'와는 대학에서 교양 수업을 같이 들은 인연밖에는 없지만 칠 년 전 '나'에게 이메일을 보내오면서 서로 연락하게 되었고 지금은 이메일로 서로의 부탁을 들어주는 방식으로 일상을 공유하는 정도까지 관계가 진전된 상태다. 혜리가 한국을 떠난 이유는 소설에 나와 있지 않지만, 스웨덴에서도 한인 커뮤니티를 최대한 피하고 고립된 생활을 하는 모습에서 특히 여성들의 삶에 불리하고 적대적이기까지 한 한국의 현실을 벗어나고 '그만두는' 방식으로 그이의 선택과 결정이 이루어졌을 개연성이 높다. 이들을 가로막고 있는 현실의 숨막힘은 '나'가 재연에게 보낸 메일 속에서 "관두자, 라는 마음에, 더 해보자, 라는 말을 하는 것. 그거 말도 안 되는 말입니다. 그런 말이 사람을 고통으로 몰아간다는 걸 알고 있는데"(25~26쪽)라는 절망의 표현을 낳고 있다.

사정이 이렇다면 여기서 가령 '문학의 정치'와 같은 차원을 생각해본다는 것은 거의 무망해진다. 그러나 '나'는 '그만두고 싶다'는 사람들의 마음을 절실하고 절박하게 공유하면서도 어떻게든 글쓰기를 이어간다. "그 사건〔문학계 포럼 사건―인용자〕이후로 나는 그만두고 싶다는 마음을 억누르기 위해 억지로 글을 쓰는 사람으로 변해갔

다."(27쪽) 그런데 소설은 그 '억지로'의 상황에 작게나마 변화가 생기고 있다는 이야기로 읽을 여지가 있다. 연약한 노루의 도주는 '위기감'이나 '고립감', 상황의 가혹함만을 환기하는 것은 아닐 테다. 그것은 필사적인 만큼이나 생존의 어떠함에 대해서도 말해주는 바가 있다.

'나'가 머물고 있는 은돌해변 근처 숲속의 '사비나가든' 이야기도 단순히 소설의 배경 서사로만 머물고 있지는 않은 것 같다. 한국전쟁 때 간호장교로 참전했다가 동료의 죽음과 관련된 잘못된 진실을 바로잡기 위해 애쓰는 과정에서 본국 귀환을 거부하고 은돌해변에 남은 '사비나'라는 미국 여성. 사비나는 한국으로 귀화했고 외부와의 접촉을 차단한 채 숲속 작은 연못가에서 육십 년을 혼자 살며 '사비나가든'을 일구다가 91세로 사망했다. '나'는 재선충에 감염되어 죽어가는 소나무들을 근심하는 사비나의 식물 일지를 읽는다. 근자에 많이 이야기되고 있는 '일인칭 글쓰기'의 문제와 관련해서 '일인칭 화자' 뒤에 있는 작가가 자신의 삶을 글쓰기와 함께 밀고 가는 '수행성'의 측면에 주목하는 것이 필요하다고 생각하는데, 한국어로 된 사비나의 일지를 읽는 '나'는 바로 그 '수행성'의 역학으로 소설의 벡터를 이동시키고 있는 것 같다. "결국 모두 죽여야 하는가./그럴 수는 없다"(19쪽)라는 사비나의 일지 대목은 '나'가 함께 쓰고 있다고 보아야 한다. 언젠가 누군가에 '이어지기'를 소망하며 고립 속에서 기록한 사비나의 식물 일지는 '그만두기와 지속'의 경계에 있는 '나'의 글쓰기를 지속 쪽으로 추동한다.

'나'가 지금 은돌해변에 머물고 있는 것도 혜리와 주고받는 메일이 혼잣말에 가까운 형식적인 안부 묻기에서 한국과 스웨덴에서 각자 해보고 싶은 일들을 부탁하고 그 경험을 공유하게 되는 단계로 진전되

면서 이루어진 것이다. 그전 두 사람의 관계는 "나처럼 멀리 있는 사람이 혜리에게는 필요했다. 가까워질 수 없고 개입도 불가능하고 그저 듣기만 하는 사람이 필요했다"(같은 쪽)는 진술에 잘 요약되어 있다. 멀리 떨어진 채 메일로 일상을 공유하는 '이어짐'의 방식은 '그만두는 사람들'이 고립과 단절 속에서 찾아낸 생의 동력이라 할 만하다. "나는 혜리의 부탁을 들어주기 위해 이전보다 더 자주 바깥에 나왔다. 더 많이 걸었다. 그리고 혜리에게 부탁할 것들을 궁리했다."(32쪽) 이 동력은 희미하고, '나'가 '문학계의 현실' 혹은 그런 현실을 구조화하고 온존하는 더 큰 세상의 시스템과의 관계에서 지금의 환멸과 절망 이외의 다른 선택지를 발견할 가능성도 소설에서는 찾기 어렵다. 그러나 소설을 관통하고 있는 '현실에 대한 거부와 부정'의 전면적 감각 사이에서 희미하게나마 감지되는 지속과 소통의 기운은 그 자체로 소중한 것 같다. '나'와 혜리 사이의 물리적 거리가 크게 존재한다는 사실이 이 이상한 소통을 가능하게 하는 역설적 조건인데, 소설에서 '나'가 이메일 외에 사람과 직접 나누는 대화는 콘도의 주인 할머니와 은돌수산시장 (아마도 혜리의) 할머니 외에는 없다는 점을 쓰리게 돌아보게 한다. 좀더 친밀한 접촉이라 할 만한 것은 고양이들을 천천히 유리문으로 밀고 개 '뭉치'를 쓰다듬을 때 겨우 일어날 뿐이다. 소설은 "창문을 닫고 계란장조림과 함께 밥을 먹기 시작했다. 다 먹으면 메일을 다시 쓸 것이다"(33쪽)로 시작하는 마지막 언어에서 사비나를 생각하고, 혜리의 답장을 기다리고, 뭉치에 대한 얘기를 듣고, 바다를 건너가는 노루를 지켜볼 시간을 '의지의 미래'로 숨가쁘게 기입한다. 그렇게 해서 '(할) 것이다'로 끝나는 여덟 개의 문장이 격문처럼 이어진다. 이 바닷가로부터 '정치'나 공동체의 차원은 복구

의 도시만큼이나 멀게 감각되지만, 문학(혹은 문학을 하는 일)과 세상을 함께 묻는 일이 우리가 이야기하려는 '문학의 정치'의 시작이라면 이 가난하지만 격렬한 '의지의 미래'가 시작되는 지점만은 오래 기억해야 할 것 같다.

임솔아 소설이 보여주는 또 한번의 쓰라리고 이상한 소통의 장면을 간단히 부기하고 싶다. 「아무것도 아니라고 잘라 말하기」는 십 년 전 대입 기숙학원에서 만나 친밀한 관계를 이어오다 언제부턴가 소원해진 '아란'과 '문경'이 겨울밤 각자의 동네를 거닐며 나누는 전화 통화가 소설의 핵심적 사건이다. 문경에게서 오랜만에 걸려온 전화를 받은 아란이 휴대폰을 들고 집밖으로 나가 통화를 이어가고, 문경도 아란에 맞추어 자신의 동네를 걸으며 대화를 주고받는 게 소설의 현재를 이룬다. 아란은 공원 그네에 앉고, 문경은 아파트 놀이터 그네에 앉아 그네 높이 올라가기 시합을 한다. 그러나 실상 문경이 도착한 놀이터에는 그네가 없었고, 그네에 앉은 척 연기를 하며 아란과 대화를 한 것이다. 그런데 어느 순간 아란도 그네를 멈춘 채 타고 있는 척했고, 문경은 그걸 알아차린다. 그때쯤이면 아란도 문경의 연기를 알고 있다. 기실 두 사람은 이미 전화에서 부러 친밀했던 시절의 말투를 쓰며 "각자의 과거를 연기하고 있었다. 그 사실을 둘 다 알았다"(198쪽).

소설은 아란과 문경, 아란의 집에 함께 살고 있는 '단영'까지 모두 "괜찮아?"(207쪽)라고 안부를 묻고 대답하는 일이 언제든 '감정 고통'으로 바뀔 정도로 '얼음 언저리를 걷는' 삶을 살고 있다는 것을 보여주는데, 이들이 겪고 있는 삶의 힘겨움들은 철저히 개인의 몫으로 남겨져 있는 것 같다. 그런 가운데 아란과 문경이 서로를 배려하고 보살피며 이어온 관계는 지금 '연기'가 필요할 정도로 약화되어 있다.

또한 아란이 대안학교 프로그램을 운영하는 절에서 만난 단영은(아란과 단영의 전사를 다룬 작품이 같은 소설집에 수록된 「단영」이다) 여러 위탁 가정을 떠돌다 열일곱 살 때 아란의 집으로 찾아온 이후로 "다른 인간관계가 더 필요하지 않다고 생각할 정도로 마음이 통"하며 육 년째 같이 살고 있지만, 이 '유사 가족'은 "언제든 단영을 떠나보낼 준비가 되어 있었다. 그건 단영도 마찬가지였을 것이다"(203쪽)라는 진술이 알려주는 대로 지속을 어렵게 하는 더 많은 조건과 상황의 습격에 열려 있다고 해야 할 것이다.

'아무것도 아니라고 잘라 말하기'는 관계의 환상을 거절하는 일종의 방어기제로서 이들이 고안해내야 했던 '감정 관리'의 태도라고 할 수 있다. 그런데 '그네를 타고 있는 것처럼' 연기하기는 아란과 문경의 관계에 찾아온 성숙의 표현이 아닐까. 이것은 사실 "아무도 속지 않는 기만"[18]이며 우리가 사회적 관계를 이어가려고 할 때 오히려 '요구되는' 태도이기도 하다. '정치'가 사람들의 상호 이어짐의 가능성을 마련하고 실현하는 공적 영역의 과제라면, 우리는 때로는 '마치 ~인 것처럼' 고립을 대하고 단절과 마주설 수 있어야 한다. '함께 그네 타고 있는 것처럼'의 연기가 끝난 뒤 문경은 정말 하고 싶은 말을 한다. "나는 이제 아무도 안 보살펴. 나만 생각해. 언니가 나한테 많이 서운해했다는 거 아는데. 근데, 나 이제 좀 만족해. 지금 내가 좋아. 그냥 우리 얘기 안 한 지 너무 오래됐잖아. 그래서 전화했어."(211쪽) 통화가 끝난 뒤 아란도 하고 싶은 이야기가 생각나 다시 전화를 걸지만 문경의 전화기는 꺼져 있다. "아름답다고 생각했던 기

---

18) 로베르트 팔러, 같은 책, 83쪽.

억들이 놀이터의 흙바닥 위로 우당탕탕 쏟아졌다. 그리고 흔적도 없이 깔끔하게 휘발됐다. 그때의 아란과 문경은 이제 사라졌다. 아란은 오랫동안 듣고 싶었던 이야기를 들은 것 같았다."(212쪽) 이것이 두 사람 관계의 종결이 아니라 새로운 인간 유대의 시작이라는 것을 굳이 부연할 필요가 있을까. 그 성숙은 여전히 아슬아슬하기만 한 아란과 단영의 상호 보살핌을 새로운 각도에서 생각해보게도 한다. 그러니 여기가 또 우리가 기억해야 할 시작의 지점이기도 할 것이다.

4. 단절과 침묵 너머에서

임솔아 소설의 사비나와 식물 일지 이야기는 박솔뫼 소설이 '부미방'의 사람들에게서 찾으려고 애쓰는 '미래의 기억'이기도 할 것이다. 임솔아 소설의 경우 보다 긴박한 외적 조건과 연계된 글쓰기의 중단/지속의 질문을 포함하기는 하지만, 소설가의 존재 조건이나 글쓰기의 물음을 메타 서사로 밀고 나간다는 점에서 양자 모두 좀더 수행적이 되어가는 우리 시대 소설쓰기의 중요한 징후에도 닿아 있는 것 같다. 그런 가운데 정성숙의 「호미」에서 더없이 강렬하고 극적으로 표현된, 한 인간의 육신과 존재의 시간 전체에 닥친 단절과 침묵의 벽은, 완강한 고립의 이야기라 할 임솔아의 소설만이 아니라 열린 만남들이 가벼운 저녁 산책의 리듬으로 이어지는 박솔뫼 소설에도 숨어 있다. 최명환의 집에서는 밤새 술과 음식을 먹고 영화를 보는 모임이 종종 열리는데, 최명환과 조금씩 연결되어 있을 뿐 이들은 서로 잘 모르는 사람들이다. 그들은 한밤중에, 아침에 역시 서로 잘 모르는 상태로 헤어진다. 비슷한 방식으로 『미래 산책 연습』의 '나'는 자신의 아파트 계단에서 건너편 호텔 건물을 바라보는, 건축을 공부하는 'P'를

만난다. 사실은 '나'의 중요한 일과 중 하나가 계단에서 그 호텔 토요코인을 바라보는 일이기도 하다. 그러나 두 사람은 유행하는 말로 하자면, 서로가 서로에게 '타자'다. 최명환과 김은숙이 '나'에게 그러한 것처럼. 단절과 침묵은 사실 소설 전체의 행간이라 할 만하다. 그렇게 사람을 만나거나 만나지 못하는 부산의 시간. 그러나 '나'에게는 방법이 있다. "새로운 사람을 만나지 못하더라도 스스로를 마치 다른 사람인 것처럼 생각하며 걸었다. 그렇게 나와 비슷하지만 내가 아닌 사람들을 그리워하면서 곧 사라질 사람들이 된 것처럼 스스로를 여기며 걸었고 나는 그런 식으로 살아왔다는 생각 그러나 나에게는 그것이 늘 때로는 그것만이 생생했다."(124쪽) 여기에도 '마치 ~인 것처럼'의 안간힘이 있다. '나'는 서울로 올라오기 전 부산타워 전망대에 올라 옛 미문화원 건물을 보고 그날 연기에 휩싸인 건물을 보았을 사람들을 생각한다. 그렇게 전망대에서 내려다보이는 사람들. "나는 나와 비슷하고 나와 많은 것을 공유하지만 결코 만날 수 없는 나와 비슷한 사람들을 생각했다."(185쪽) '타자와의 거리'에 대해 많은 것을 생각하게 해주는 이 인상적인 소설의 풍경에는 '타자'를 '알 수 없는 자리'에 놓는 윤리의 향유가 없다. 민주주의의 원칙이자 목표인 평등의 이상을 향해 우리가 함께 그려가야 할 지도에는 '그리움'과 '사라짐', 불가피한 단절과 침묵을 수락하면서도 서로를 이으면서 밀고 가는 문학의 사유와 상상력이 포함되어야 할 것이다. '문학의 정치'가 문학에 부과된 규범이나 덧붙여야 할 내용이 아니라 '이미 그러한' 역능에 대한 관찰이라는 말은 그렇게 이해되어야 할지도 모른다.

(2022)

이중의 시대착오와 사적 기억의 시간
―정지돈과 심윤경

1. '구체적 보편'을 향하여

슬라보이 지제크는 폴란드 영화감독 크시슈토프 키에슬로프스키가 다큐멘터리에서 극영화로 이행한 것을 "다큐멘터리의 내재적 한계로부터 극영화가 나타"난 것으로 설명한다. 사회주의국가 폴란드의 특정한 사회 현실이 (다큐멘터리) 영화에서 "묘사되지" 않았다면, 그것은―감독 자신이 진술한 대로―"공식적으로 존재하지 않는 것"이었다. 그때 감독이 취할 수 있는 방법은 "그 생기 없고 모호한 실제 생활에 대한 더욱 적절한 재현으로 나아가는 것"이었고, 허구의 도입을 통한 극영화로의 이행은 불가피했다. 그리고 이때 극영화로의 이행은 지제크의 '익숙한' 설명법에 따르면 (역설적으로) "본래적인 다큐멘터리적 접근"[1]이 된다. 사물이 그 자체와 갖는 순수한 차이, 사물과 그 자체의 구성적 불일치에서 기인하는 "극소 차이"의 논리를 "구

---

1) 슬라보이 지제크, 『시차적 관점』, 김서영 옮김, 마티, 2009, 66쪽. 이하 인용은 쪽수만 밝힌다.

체적 보편"이라는 헤겔의 중심 개념과 연결시키는 가운데 나온 이 명민한 예로부터 사실과 허구, 언어의 재현 가능성/불가능성을 둘러싼 오래된 문학의 논점을 예의 '시차적 관점parallax view'에서 바라볼 수 있는 실마리를 얻을 수는 없을까.

칸트, 헤겔, 마르크스, 라캉을 현란하게 넘나드는 지젝의 사유를 제대로 따라가기는 무망한 노릇이긴 하나, 우리가 바라보고 인식하려는 '현실'이 근본적인 차원에서 시차視差의 간극을 포함하고 있으며, 그 시차의 간극 안에서만 존재한다는 사실은 웬만큼 받아들일 수 있을 듯하다. 뫼비우스의 띠처럼 현실에 대한 우리의 인식이 현실 자체에 삽입되는 차원을 배제할 수 없다면 "사물이 그 자신의 최상의 가면이라는 것"(63쪽)은 단순한 말의 유희일 수 없다. 이제는 얼마간 상식이 된 듯한 이데올로기의 작동 방식(이데올로기를 지탱하는 외설적 중핵)을 살피건대도 현실의 인식에서 '시차적 전환'의 문제는 요긴해 보인다. 문학이 찾는 진실이 '구체적 보편'이라고 할 때, 지젝이 프레드릭 제임슨의 '다른 근대성' 비판에 기대어 내놓는 '보편'에 대한 다음과 같은 진술 역시 핵심을 간취하고 있는 듯하다.

차이는 (전통 철학의 종차種差, differentia specifica에서와 같이) 특수한 내용의 편에 있는 것이 아니며, 보편의 쪽에 있는 것이다. 보편은 특수한 내용을 담아내는 용기가 아니며 특수들의 투쟁을 중개하는 평화로운 배경이 아니다; 보편 "그 자체"는 참을 수 없는 대립과 자기모순의 장이며, 그 특수한 (다수) 종류들은 궁극적으로 이 대립을 희석시키고/화해시키고/통제하기 위한 수많은 시도들에 불과하다. 다른 말로 바꾸면 보편은 문제의 교착 상태, 긴급한 질문의 장을 가리키

는 이름이며 특수들은 이 문제에 대해 시도되었으나 실패한 답들이
다.(74~75쪽)

그런 만큼 "구체적 보편"은 단지 "일련의 현상의 특수한 형태들에
생기를 불어넣는 보편적인 중심"이 아니다. "그것은 바로 이러한 다
른 층위들 사이의 환원할 수 없는 긴장, 불일치 속에 지속된다."(69쪽)
'보편'이 '참을 수 없는 대립과 자기모순의 장'이며 '문제의 교착 상태'
'긴급한 질문의 장'이라는 것은 문학의 역사가 예증하고 있는 것이며,
현재도 많은 작가들이 '답의 실패'를 무릅쓰고 나름의 긴급하고 절실
한 질문을 던지기 위해 애쓰고 있는 데서도 확인되는 일이다.

흔히 소설을 허구fiction의 양식이라고 하지만, 미메시스의 차원이
든 진실 탐구의 차원이든 이때의 '허구'는 '사실'과 대립되는 자리에
있지 않다. 시차가 사물과 그 자체의 구성적 불일치로부터 기인하고,
정확히는 바로 그 불일치를 가리키는 것이라면, '허구'는 '사실'의 대
극이 아니라 '사실'에 내재적이며 '사실'의 내부에서 발생하는 균열
과 틈을 가리키는 다른 이름일 수 있다(물론 우리는 그 간극이 '극소
차이'라는 것을 잊어서는 안 된다. 상징계의 안정을 위한 누빔점들은 우
리 스스로가 필요로 하는 것이며, 상징계 혹은 객관적 현실의 수락이 그
자체로 부정적인 것만도 아닐 것이다. 다만 '환원할 수 없는 긴장, 불일
치'를 의식하고 그것을 지속적으로 현실과 관련시키는 노력—이를 '비
판' '부정' '반성'과 같은 익숙한 말로 부를 수도 있을 것이다—이 '진실'
의 새로운 발견으로 이어지리라는 점은 말할 수 있으리라). 소설 장르가
그 형식에서 보여온 '제국주의적 탐식'(마르트 로베르)의 역사는 어
쩌면 이 간극의 자의식일 수도 있다. 현실 반영이나 허구의 프레임을

자의식적으로 노출하고 반성하려 한 '모더니즘'의 시도는, 그러니까 '리얼리즘'의 대립항으로 출현했다기보다는 미메시스의 형식으로서 소설이 '그 자신'이 되기 위한(그러나 근본적인 수준에서는 언제든 '실패'할 수밖에 없는) 불가피한 내적 운동의 하나가 아니었을까.

최근 출간된 정지돈의 장편소설 『모든 것은 영원했다』와 심윤경의 장편소설 『영원한 유산』은 공히 한 세기 안쪽의 굴곡진 한국 근현대사를 살았던 실존 인물의 이야기를 다룬다. 이때 남아 있는 기록과 증언은 역사와 사실 쪽의 무게와 압력을 대표하지만, 닿을 수 없는 사실과의 간극은 두 소설의 형식과 구조, 서사를 생성하는 동력이 되기도 하는 것 같다. 그리고 그 강도에는 차이가 있지만 두 소설 모두 사라진 역사의 인물과 시간에 연루된 '작가/화자'의 자리를 숨기거나 지우지 않음으로써 '긴장과 불일치'의 간극에 대한 또다른 질문의 끈을 놓치지 않는다. 두 소설에 대한 검토에서 '구체적 보편'의 문학적 진실에 대한 소설적 탐사의 새롭고도 오래된 양상이 발견되길 기대하면서 작품들 속으로 들어가보기로 한다.

2. 방법론적 전환과 시대착오의 글쓰기—정지돈 장편소설 『모든 것은 영원했다』

『모든 것은 영원했다』[2]는 일제강점기 하와이에서 공산주의자 현앨리스(1903~1956?)의 아들로 태어나 체코에서 36세의 나이에 스스로 생을 마감한 '정웰링턴'(1927~1963)이라는 실존 인물의 마지막 행보를 추적하는 소설이다. 하와이 이민 1세대인 감리교 목사이자 독

---

2) 정지돈, 『모든 것은 영원했다』, 문학과지성사, 2021. 이하 인용은 쪽수만 밝힌다.

립운동가 현순(1880~1968)으로부터 시작되고, 한국전쟁 후 김일성의 박헌영 숙청 때 '미제의 스파이'로 몰려 처형되는 장녀 현앨리스를 거쳐 정웰링턴으로 이어지는 이 삼대의 이야기는 현앨리스의 동생인 현피터, 현데이비드 등을 포함하여 미국에서 활동한 공산주의 계열 독립운동가들의 냉전기 수난의 세월까지, '역사에 휩쓸려간 비극의 경계인'이라는 부제를 달고 나온 역사학자 정병준의 『현앨리스와 그의 시대』(돌베개, 2015)에 방대한 실증적 자료를 톺아낸 역사가의 엄밀한 눈으로 정리되어 있다. 정병준의 책은 그 제목이 알려주는 것처럼, '박헌영의 첫 애인' '한국판 마타하리' 등으로 선정적으로 소비되기만 했던 현앨리스에 대한 실체적 진실을 밝혀내는 것에 주력하고 있고, 광포한 역사의 힘 앞에 무력할 수밖에 없었던 개인의 비극을 통해 한국 현대사의 아픔을 환기한다. 정웰링턴은 전체 아홉 개 장에서 1948년 10월과 1949년 2월 각각 체코로 향하는 아들과 어머니의 이야기를 담은 6장(이후 현앨리스는 1949년 11월 프라하를 떠나 평양으로 들어가지만, 정웰링턴은 체코와 북한 모두에서 '의심스러운 인물'로 간주되는 가운데 불안한 체코 망명/유학 생활을 이어간다. 이때 헤어진 두 사람은 다시 만나지 못한다)과 에필로그에 등장한다. 에필로그에는 그가 프라하의 찰스 의대를 졸업하고 외과의사가 되는 과정에서 불안한 신분 탓에 체코 비밀경찰국의 협력자가 된 사실이 체코에서의 자료 발굴로 드러나고, 북한 입국을 시도했으나 좌절된 사실이 밝혀져 있다. 결혼과 딸의 출생, 미국 시민권 포기와 체코 시민권 획득, 1962년 헤프 시립병원 수석의사 취임 및 병원 중앙연구소 소장 임명의 연대기가 이어지는데, 1963년 10월 28일 병원 해부실에서 음독자살로 삼십육 년의 짧은 생을 마감한다.

정지돈의 소설은 "정웰링턴은 꿈을 꿨고 꿈을 기억하는 것이 오랜만이라는 사실을 알았다"(7쪽)는 문장으로 시작해서 첫 페이지의 마지막 문단은 "1963년 1월의 어느 날이었고, 어쩌면 2월일지도 몰랐다. 정웰링턴은 프라하에서 172킬로미터 떨어진 도시 헤프에 살고 있었다"(같은 쪽)로 끝난다. 정웰링턴의 생애 마지막 해로부터 소설이 출발하고 있는 셈이다. 그리고 소설은 정웰링턴이 1948년 로스앤젤레스에서 출발해 파리, 뉘른베르크, 헤프를 거쳐 프라하에 도착하던 날을 떠올리고, 1947년 시애틀 선우학원의 집에서 레닌의 책을 빌린 정웰링턴의 기억을 더듬는다. 아내 '안나'를 만나게 된 이야기가 펼쳐지고, 북으로 간 고고인류학자 한흥수의 사망 소식을 전하는 비밀경찰국 담당자 '미스터 루다'의 존재가 나온다. 그러나 인물의 기억과 상념은 파편적으로 제시되고 정지돈의 소설은 그 파편들 사이에 존재하는 공백과 단절에 무심하다. 오히려 짧은 기억, 상념들을 잇지 않고 각기 별도의 페이지에 편집하는 방식으로 그 공백과 단절을 부각하고 의식하게 만든다. 그것은 말 그대로 단상斷想의 형식으로 되어 있다. 단상에는 정웰링턴이 읽었으리라고 짐작되는 텍스트, 혹은 그의 삶과 시대를 이해하기 위해 작가가 참조한 텍스트의 인용도 중간중간 들어 있는데, 그것들 또한 맥락을 헤아리기 쉽지 않게 되어 있다(이러한 단상의 형식은 발터 벤야민을 떠올리게도 한다).

기왕의 정지돈 소설이 '자연스러운' 인과적 서사에 대해 보여온 거부감을 군이 고려에 넣지 않더라도, 정웰링턴의 삶을 이야기하는 자리에서 작가가 택한 이 같은 소설적 형식은 그 자체로 납득할 만하다. 기록과 자료, 증언이 아무리 풍부하다 하더라도 역사적 인물의 실체적 복원에는 한계가 있을 수밖에 없다. 정병준의 『현앨리스와 그의

시대』는 미국국립문서기록관리청, 연방수사국, 체코 비밀경찰국 문서보관서 등 방대한 자료 조사와 많은 증언들에 기반하고 있지만, 곳곳에서 실체적 진실 접근의 한계를 인정하고 물러서며, 그 공백을 역사가의 훈련된 논리와 조심스러운 상상력으로 채워간다. 그리고 그것이 또한 역사학의 자리일 테다. 그렇다면 소설가 정지돈의 방법은 무엇인가. 『모든 것은 영원했다』는 소설의 삼분의 이 지점부터 정웰링턴의 이야기를 소설로 쓰게 된 경위와 과정을 프라하와 헤프를 찾아간 여행기와 함께 들려주는 또다른 형식으로 전환하는데, 통상적으로는 '곁텍스트para-text'의 일종인 '작가의 말' '작가 후기'로 분류될 수 있는 것이다(그러나 그 분량은 전체 소설의 삼분의 일(134~207쪽)에 해당한다. 그리고 맨 뒤의 '참고문헌'도 소설 텍스트의 일부로 보아야 한다). 말하자면 소설의 133쪽까지가 '허구fiction' 쪽에 있다면, 이후는 일종의 '다큐멘터리'라고 할 수 있다. 그런데 '사실'의 보고 형식을 취하고 있는 후반부 역시 동질적인 결의 텍스트로 보기는 힘들며, 베를린에서 프라하로 건너온 젊은 마르크시스트 유학생 여성의 동행은 그 사실적 보고문에 허구적 유연성을 부여하는 계기가 되는 듯하다. 그러면서 전체적으로 후반부가 전반부의 텍스트에 대한 '다시-쓰기'라는 점이 드러난다. 후반부의 '다시-쓰기'는 상호 텍스트성의 그물망을 가로지르는 정지돈 소설의 욕망, 서술 전략과 결합하면서 정웰링턴의 삶을 경유해서 번져나가는 또다른 역사 속 '정웰링턴들'을 호명하는 방식으로 나아간다. 그렇게 해서 소설의 끝에 우리가 만나게 되는 것은 1958년 모스크바 북한 유학생 망명 사건의 중심인물 중 한 사람인 재소 고려인 작가 '한진'의 이야기다(작가는 한진의 사촌 '한윤덕'의 프라하 유학 기간이 정웰링턴이 프라하 찰스 의대를 다

니던 시기와 겹친다는 사실에 주목하고, 한윤덕이 한진에게 보낸 편지를 상상의 연결 고리로 삼는다). 정웰링턴의 고독한 삶과 죽음을 상상하는 데서 시작한 소설은, 텍스트 바깥으로 나와 정웰링턴에 대한 소설을 쓰게 된 작가 개인의 이야기로 전환되지만, 그 외부의 이야기는 다시 뫼비우스의 띠처럼 허구의 층위를 포함한 텍스트의 '다시 쓰기'로 전환되고, 그 '다시 쓰기'는 정웰링턴을 경유한 다른 인물의 이야기로 또다시 전환되며 계속 미끄러져가는 셈이다. 맨 마지막의 '참고문헌'에서 우리는 소설 텍스트의 또다른 기원들과도 만난다. 그러니까 『모든 것은 영원했다』는 계속되는 방법론적 전환의 글쓰기라고 할 수도 있다. 혹은 시차적 관점의 계속되는 개입으로서의 소설쓰기라고 할 수 있다. 우리는 텍스트 외부의 이야기를 통해 소설 텍스트를 다시 읽게 되는 것만큼이나 '한진'의 이야기를 통해 '정웰링턴'이 삶이 남긴 공백을 상상하게 된다.

그러나 조금 더 본질적인 방법론적 전환, 시차적 관점의 개입은 지금 왜 '정웰링턴'이라는 인물인가 하는 질문에서 찾을 수 있을지도 모른다. 냉전 이데올로기의 가림막과 거짓 풍문들을 헤치고 역사적 실체에 접근하려 한 정병준 같은 연구자들의 노력이 큰 기여를 한 것이겠지만, 지금 '현앨리스'나 '정웰링턴'이 역사의 희생자라는 사실에 이의를 제기하는 사람은 그리 많지 않을 것이다. 작가 역시 "그러므로 내가 만든 이야기는 역사를 밝히고 억울함을 호소하는 종류의 것이 아니다. 희생자, 죽은 자의 넋을 위로하기 위해 쓰인 것이라고도 할 수 없다"(134쪽)고 명백히 선을 긋고 있다.

감동이나 슬픔 등의 카타르시스는 경계의 대상이었고 소설 속에

나오는 인물들의 말과 생각은 흩어져 있는 자료와 이미지, 텍스트가 나와 나의 경계를 경유해서 씌어진 것이다. 그와 그의 친구, 가족들에 대한 짧은 이야기를 쓰기로 결심했을 때 원했던 것은 그들을 생각하는 것이었고 그들을 통해 생각하는 것이었다.(같은 쪽)

여기서 핵심은 '나와 나의 경계를 경유해서'와 '그들을 통해 생각하는 것'에 있을 테다. 정지돈은 『모든 것은 영원했다』가 '정웰링턴'의 이야기이면서 동시에, 혹은 그 이상으로 '나'의 이야기(사유의 형식)라는 점을 분명히 하고 있다. 그렇다면 이때 '나'는 누구이고, 누구여야 하는가.

작가는 소설의 후반부, 모스크바 북한 유학생 망명 사건 이야기와 헤프의 병원에서 정웰링턴과 함께 일했다고 하는 '야넥'이라는 노인을 만나는 이야기 사이에 프랑스의 실험영화 감독 니콜라 레의 삽화를 끼워 넣는다(187~191쪽). 니콜라 레의 아버지는 프랑스 공산당 당원이었고 굴라크로 유명한 구소련의 도시 마가단의 건설 작업에 엔지니어로 참여한 바 있다. 니콜라 레는 2001년 아버지의 루트를 따라 구소련의 영토를 횡단하며 영화를 찍었다.〈Les Soviets plus l'électricité〉. 작가는 소설의 서술 사이로 인용 부호 없이 니콜라 레의 인터뷰를 뒤섞는 방식을 취하고 있는데(『모든 것은 영원했다』 전체가 이런 방식으로 되어 있다), '다큐멘터리'도 아니고 '픽션'도 아닌 이 영화에 대해 니콜라 레는 이렇게 말한다. "사람들은 이미 본 것에 대해 뒤늦게 듣거나 이후에 본 것을 이미 들었다는 사실을 알게 됩니다. 그러나 이 간극과 기다림은 영원히 지속될 수도 있습니다. 저는 이것을 시네보야지ciné voyage라고 부릅니다."(190쪽) 그런데 영화

의 매체적 속성에 따른 사운드와 이미지의 불일치, 시공간의 분리에 대한 이야기 끝에 나온 니콜라 레의 '시네보야지'는 정확히 정지돈이 이 소설에서 시도하고 있는 시간과 공간의 여행을 지시하고 있는 자기 언급의 기호처럼 보인다. 그러니까 "시간의 잃어버림과 불일치의 과정"(191쪽)으로서의 여행의 감각. 『모든 것은 영원했다』의 '나'는 이 '불일치'와 '간극'으로만 존재하는 소설적 사유와 상상의 계기일 수 있다.

사실 동시대와의 간극, 시간의 어긋남과 불일치의 테마는 정지돈의 등단작 「눈먼 부엉이」(2013)부터 뚜렷한 것이었다. 이 작품은 텍스트들의 상호 영향과 인유를 통해 이야기를 형성하고 증식해나가는 정지돈의 세계를 원형적으로 보여준다고 할 수 있는데, 그 이야기의 기원에 있는 소설 『눈먼 부엉이』의 작가 사데크 헤다야트는 1901년 테헤란 태생으로 1951년 망명지 파리에서 자살하기까지 평생 정부의 검열과 탄압을 피해 도망다니며 살아야 했다. 카프카와 초현실주의에 경도된 채 깊은 고독과 허무, 환각과 환상으로 채워진 난해한 작품을 썼던 그는 그 자신의 조국과 동시대의 독자들로부터 철저하게 거부당했으며, 사후 뒤늦게 소수 독자들의 열렬한 지지를 받게 된 것으로 알려져 있다(1960년대 후반 폴란드 해적 출판물의 절반이 그의 작품이었다는 믿기 힘든 이야기도 있다). 『눈먼 부엉이』의 한국어판을 수집하기 위해 노르웨이에서 온 에리크라는 젊은 작가를 비롯해 이 '저주받은 책/작가'의 자장 안에서 이야기를 이루어가는 '장' '미주' '오십'과 같은 소설의 인물들 대부분이 '정상이 아닌 듯' 보이는데(화자 '나'만이 '비정상성'을 비추는 거울처럼 일상 속의 감각을 연기하면서 소설의 어조에 아이러니를 새겨넣는다), 그 '정상

성'은 물론 우리가 쉽게 자명한 것으로 받아들이는 '동시대성' 안에 있는 것일 테다. 그러나 이들의 발언과 행동은 그렇게 치부하고 말기에는 너무 진지하다. 그 과도함은 일차적으로 쓴웃음을 유발하지만, 시대에 편승하는 우리들의 안온함을 흔들기도 한다. 아니, 우리는 '에리크'나 '장' 등이 소수성이나 자유, 때로는 급진성과 관련된 문학이나 예술의 한 측면/욕망이라는 사실을 알고 있다. 진실의 어떤 지점은 너무 일찍 오거나, 너무 늦게 온다. 기실, 동시대성은 그렇게 자명한 개념이 아니기도 하다.

조르조 아감벤은 니체의 『반시대적 고찰』을 통해 '동시대인이란 무엇인가'에 대한 답을 찾아나가며 "참으로 자신의 시대에 속하는 자, 참으로 동시대인이란 자신의 시대와 완벽히 어울리지 않는 자, 자기 시대의 요구에 순응하지 않는 자, 그래서 이런 뜻에서 비시대적인/비현실적인 자이다. 하지만 바로 이런 까닭에, 바로 이 간극과 시대착오 때문에 동시대인은 다른 이들보다 더 그의 시대를 지각하고 포착할 수 있다"[3]고 쓴다. 시대착오가 동시대성의 또다른 이름이라는 이 역설에 기댈 때, '정웰링턴'이라는 인물과 정지돈 소설의 지향/욕망이 겹치는 지점이 뚜렷이 드러난다. 공산주의자 어머니를 두고 미국에서 나고 자란 식민지 한국인 정웰링턴의 삶은 하와이, 뉴욕 등 그가 딛고 있던 땅에도 온전히 속하지 못했지만, 그를 둘러싸고 있던 혁명적 이념과 열정의 기운 또한 그를 그의 시대에 온전히 속하지 못하게 만들었다. 심지어 그의 '공산주의'는 체코와 북한으로부터도 신뢰받지 못했다. 그는 자신의 시대와 "완벽히 어울리지 않는 자"였고,

---

3) 조르조 아감벤·양창렬, 『장치란 무엇인가? 장치학을 위한 서론』, 난장, 2010, 71쪽. 3장 '동시대인이란 무엇인가?' 참조.

바로 그러한 간극과 시대착오 속에서 역설적으로 '동시대인'이었다. 정지돈은 '사데크 헤다야트'와 '장'(「눈먼 부엉이」), '보리스 사빈코 프'와 '빅토르 세르주'(「창백한 말」), '페넬로페 질리아트'(「주말」), '이 구' '김중업' '고든 마타 클라크'(「건축이냐 혁명이냐」) 들이 그들의 시 대와 벌인 무망한 싸움을 마치 "내가 싸우듯이"(첫 소설집 제목이다) 그려온 바 있다. 이제 우리는 그 '동시대인'의 명단에 '정웰링턴'과 '한진'을 추가해야 한다.

정지돈의 소설에서 문장과 이야기는 그들과 시대 사이에 존재하는 간극, 시대착오 속에서 태어난다. 그의 문장과 이야기가 '혼종적'이고 '이질적'인 스타일을 요구하는 것도 그 때문일 테다. 그때 정지돈의 소 설은 사실상 두번째, 혹은 이중의 시대착오를 감행하고 있는 셈이다. 그것이 '내가 싸우듯이'의 정확한 자리다. 외면당한 과거의 꿈, 좌절된 가능성의 잔해 속에서 정지돈의 소설은 지금 자신의 시대에 도착하지 않았지만, 이미 그 불발과 실패의 형식으로 도착해 있는 '미래'와 '영 원'을 보려 한다. 소설 스스로 시대착오를 감행하며. 그리고 잔해들을 일깨워 자신의 어긋난 '동시대'와 접속시키려 한다. 이번 소설의 제 목 '모든 것은 영원했다'는 '소비에트의 마지막 세대'를 다룬 알렉세 이 유르착의 『모든 것은 영원했다, 사라지기 전까지는』(김수환 옮김, 문학과지성사, 2019)에서 인용한 것처럼 보이는데, '내가 싸우듯이'의 이중의 시대착오가 있는 한 조건절은 끝없이 유보될 수 있으리라.

그런데 소설이 언제든 '극소 차이'의 '구체적 보편', 그 간극을 향 한 멈출 수 없는 지향이라고 할 때 '시대착오' 역시 어떤 고정된 이념 형에 머물 수는 없는 일이다. 『모든 것은 영원했다』는 시종 '정웰링 턴'을 '무능'과 '불능'의 자리에서 상상하고자 하면서("유능함이 자신

을 증명하는 종류의 능력이라면 불능은 세계를 증명하는 능력이다. 정웰링턴의 불능은 그가 가진 가장 적나라한 능력이었다. 거의 남아 있지 않은 기록과 목소리, 망각으로서 그렇다."136쪽) '차이'의 구체에 이르려고 하지만, 그의 마지막을 희미하게 기억하고 있는 야녁이라는 병원 동료 노인의 증언은 "(병원) 담장을 따라 걷고 있었다"(198쪽)는 한마디뿐이다. 야녁은 "그는 운이 없는 사람이었습니다"라는 '나'의 말에 "나는 진짜 운이 없는 사람들을 많이 알고 있소. 그러니까 허튼소리 그만하고 그가 어떤 사람인지 말해보시오"(199쪽)라고 반박한다. '나'는 말문이 막혔다고, 소설은 기록하고 있다. 정지돈의 상상속에서 마련되었을 이 장면은 소설의 세계가 텍스트 바깥의 현실과 맺고 있는 단락短絡, short circuit적인 관계를 누설하는 듯도 하다. 현실은 언제든 작은 '차이들'에 무심하고, 망각을 무기로 앞으로 나아갈 뿐이다. '무능과 불능' '시대착오'가 정작 텍스트의 그물 안에서만 일어나는 문제라면? 정지돈 소설은 이 질문을 뒤덮고 있는 불안과 앞으로도 계속 싸워야 하리라.

2. 사적 기억의 존재 방식과 균열의 글쓰기—심윤경 장편소설 『영원한 유산』

『영원한 유산』[4]은 1966년 4월 5일 식목일에 불이 나고, 이후 폐허 상태로 방치되어 있다가 1973년에 완전히 철거된 '벽수산장'이라는 건축물에 대한 이야기다. 경술국치의 주역인 친일 귀족 윤덕영이 프랑스 귀족 별장을 본따 옥인동에 세운 대저택 벽수산장은 해방 후 적

---

4) 심윤경, 『영원한 유산』, 문학동네, 2021. 이하 인용은 쪽수만 밝힌다.

산敵産으로 분류되어 유엔에 불하되는데, '언커크(UNCURK, 유엔 한국통일부흥위원회)'가 입주하여 사무실로 사용한다. 소설은 1966년의 사 개월, 벽수산장의 마지막 시간을 따라간다. 소설의 주인공은 '이해동'이라는 스물일곱 살 젊은이로, 어릴 때 부모를 잃고 미국 선교사의 집에서 자란 뒤 미군부대를 거쳐 언커크 대표의 통역 비서로 일하고 있다. 그리고 또 한 명의 허구적 인물이 소설에 투입되는데, 윤덕영의 셋째이자 막내딸 '윤원섭'이다(윤덕영은 4남 1녀를 둔 것으로 알려져 있는데, 소설에 '윤원섭'의 언니로 나오는 '윤성섭'이 실제의 딸을 모델로 한 것으로 보인다). 가계로 보자면 윤비, 그러니까 순정효황후의 사촌여동생이 되는 그녀는 몰락한 집안에서도 내쳐진 존재로 그려지고, 소설의 서두에 사기죄로 구속되었다가 서대문형무소에서 출감하는 것으로 되어 있다. 오십대 초반의 윤원섭은 오만하고 표독한 성정의 인물로, 언커크 대표에게 접근해 매국과 부패의 유물인 벽수산장을 문화적으로 포장하고 친일 가문의 역사를 분식粉飾하려 한다. 그러긴 해도 겉치레일망정 서양적 교양과 언변, 미모로 무장한 그녀의 모습은 거짓과 허세, 탐욕을 숨기지 않는 채로 '팜파탈적' 매력을 풍기며, 소설의 서사를 이끌어가는 중요한 동력이 된다.

간략한 요약에서 알 수 있듯, 심윤경의 『영원한 유산』은 역사 속 사실, 사건을 '허구적 방식'으로 재현하는 소설의 전통적 수법을 따른다. 그런 가운데 '추악한 역사'의 흔적과 기억에 대한 쉽지 않은 질문을 제기하면서, 망각과 배제의 역사적 이분법 너머에 존재하는 진실의 지대를 소설적으로 탐사한다. 굳이 이즈음 많이 회자되는 정치적 용어를 떠올리지 않더라도, 지금으로부터 그다지 멀지 않은 지난 1970년대에 물리적 실체가 소멸된 뒤 빠르게 한국인의 기억 속

에서도 잊혀져간 특별한 '적산 건물'에 대한 이야기의 복원은 지금-이곳 우리 당대의 긴급하고 뜨거운 정치적 역사적 질문과 연결되어 있을 테다. 소설에서도 이러한 질문은 윤덕영의 친일을 옹호하고 벽수산장의 역사를 미화하려는 윤원섭의 탐욕과 거짓이 언커크 대표 '애커넌'의 비호 아래 구체적 힘을 얻으면서 주인공 이해동이 겪게 되는 분노와 혼돈 속에 잘 표현되어 있다. 그러나 『영원한 유산』은 이러한 소설적 테마의 공적 측면 못지않게 작가 개인의 사적 기억으로부터 시작된 소설이며, 이 점이 소설의 스타일에 이질적 결을 부여하는 듯하다. 사실 역사적 정의라는 관점에서 벽수산장의 존재나 그것을 미화하려는 윤원섭의 행동을 비판하기는 그리 어렵지 않다. 상투적 선악 이분법 너머의 회색 지대가 존재한다는 사실이 가능한 역사 비판을 무한정 봉쇄할 수는 없으며, 작가 역시 문제를 그런 방식으로 전환할 생각은 없어 보인다. 그러나 일제강점기인 1935년 서울 옥인동에 모습을 드러내고(착공은 1913년) 1966년의 화재를 거쳐 1973년 물리적 실체가 제거된 벽수산장이라는 건축물의 존재는 거기 덧붙어 있는 정의롭지 못한 역사의 인장과는 별개로, 하나의 장소로서 어떤 개인의 기억과 연루된 내밀한 시간으로 이어질 수도 있다.

정지돈의 『모든 것은 영원했다』가 '픽션'의 형식을 돌연 중단하고 134쪽부터 '사실적 보고'의 형식을 취한 것과 비슷하게(물론 이 '사실'의 형식은 다시 '픽션'과 섞이고 접속하지만), 심윤경의 『영원한 유산』에도 소설적 허구의 세계가 끝난 뒤 돌연 텍스트 밖 작가의 실제 현실이 허구에 개입해 들어오는 순간이 있다. 우리는 소설의 뒤에 붙어 있는 '작가의 말', 곁텍스트에서 그 이상한 순간과 만난다. '작

가의 말' 두번째 페이지(277쪽) 상단에는 한 장의 흑백사진이 실려 있다.

　2012년, 나는 노르스름하게 변색된 앨범에서 어린 시절 할머니와 함께 찍은 사진을 꺼내보다가 아직 돌이 되지 않은 나를 안고 있는 할머니 뒤편에 웬 건물이 함께 있는 것을 발견했다. (……) 먼 모습이지만 유럽식 뾰족한 탑과 흰 톱니모양 테두리를 두른 창문이 보이는, 크고 아름다운 건축물이었다.('작가의 말, 276쪽)

　우리는 심윤경의 등단작 『나의 아름다운 정원』(2002, 한겨레출판)이 인왕산 아랫동네 옥인동 인근을 무대로 한 자전적 성장소설이라는 점을 알고 있거니와, 작가 자신 오랫동안 알지 못한 채로 벽수산장의 마지막 시간을 지근거리에서 함께했다는 사실을 한 장의 사진이 알려주고 있었던 것이다. 그리고 그곳은 작가의 부모 세대에게는 그저 '언커크' '엉커크'로 불리던 너무도 익숙한 동네의 한 풍경일 뿐이었다. 통상의 경우, 이러한 사진의 존재는 '작가의 말'에서 글로 언급될 뿐 직접 제시되지는 않는다. 그런데 『영원한 유산』에서 사진은 '작가의 말' 속에 배치되어 있고, 그 효과는 사실적 근거 이상이다. 한 장의 흑백사진은 그 자체로 '아우라'와 '푼크툼'의 힘을 갖고 소설 텍스트와 결속된다. W. G. 제발트의 소설 『이민자들』(이재영 옮김, 창비, 2008)에서 사진은 텍스트의 중요한 일부다. 제발트의 소설에서 사진들의 존재는 허구와 현실의 모호한 경계, 불안한 착종을 암시하면서 주관적 시차를 포함하는 완전한 미메시스에 대한 소설의 열망을 표현한다. 심윤경의 『영원한 유산』에서 사진은 곁텍스트 속에 배치되지

만, 사진적 존재론의 힘으로 소설 텍스트의 결 속에 삼투하고 소설 텍스트와 반향한다.

언커크 본부인 대저택이 윤원섭의 주도하에 윤덕영의 정신을 기리는 '친일 박물관'으로 한창 변모하고 있을 때, 사직서를 품에 넣은 이해동은 마지막으로 자신의 일터를 찾는다. 소설은 결혼을 약속한 '손진형' 가족의 도움으로 아버지의 독립운동 이력에 대한 의심을 해소한 이야기를 통해 이해동의 새로운 출발에 힘을 실어준다. 그는 조금 홀가분해져 있다. 그렇더라도 이해동이 마지막으로 대저택을 둘러보며 내뱉은 한마디 말 "아름답다"(252쪽)는, 소설이 그때까지 힘껏 구축해온 질문을 무화할 만큼 위태롭다. 이해동의 이어지는 상념은 모순되고 균열되어 있다.

> 저택은 아름다웠다. 그것을 소리 내어 말하기가 그렇게 고통스러웠다. 스스로 벼락이라도 때려야 할 것 같았다. 하지만 말하고 보니 아무것도 아니었다. 윤덕영의 썩은 정신과 나라를 팔아먹은 자금으로 만들었는데도, 저택은 아름다웠다. (......) 아무도 모르는 다락방에 숨어서 난폭한 형제들의 손찌검과 몰락해가는 일가의 앞날을 두려워하던 소녀의 눈물도 아름다웠을 것이다. 그 소녀는 추해져 더 이상 아름답지 않았다. 하지만 저택은 변함없이 아름다웠다.(같은 쪽)

그러나 이 어정쩡한 '타협'과 '퇴각'은 소설의 진짜 목소리 중 하나가 아닐까. 윤원섭은 벽수산장을 미화하는 팸플릿에 아버지 윤덕영의 무릎에 앉은 어린 시절 자신의 사진을 넣으려 한다. 사진 속 자신의 기모노 차림이 문제되자 원피스를 입은 다른 사진을 오려붙이는

식으로 그 사진의 편집을 강행한다. 나쁜 의도와는 별도로 한 장의 사진에 대한 집착은 사적 기억의 보존이 '진정성'을 향한 통로라는 사실을 그녀가 의식하고 있다는 점을 보여준다. 우리는 전혀 다른 맥락에서 소설이 끝난 뒤 만나는 한 장의 사진에서 아무렇지도 않게 지나쳤던 소설 속 이 삽화로 돌아올지도 모른다. '좁은 석문'의 이야기도 있다. 이해동은 손진형을 언커크 건물로 안내하는 길에 신교동, 옥인동의 골목을 지난다.

해농은 진형과 함께 맹학교 앞을 지나 한 사람이 겨우 지날 수 있는 좁은 석문을 통과했다. 오래된 주거지였지만 구불구불한 길과 낡은 한옥 사이사이 인왕산의 암반이 억세게 통과하는 줄기들이 있었고, 돌아갈 수 없도록 암반이 깊으면 그런 식으로 좁은 석문을 뚫어 옹색하게 길을 냈다.(154~155쪽)

이 좁은 석문들은, 그러니까 '시간의 현존'이라는 측면에서는 '작가의 사진'을 가운데 두고 사라진 벽수산장의 물리적 실체와 정확히 대응하는 것이 아닐까. 암반 사이로 구불구불 길을 내며 살아온 사람들의 시간. 이 '좁은 석문들'이 아름답다면, 추악한 역사에도 불구하고 그 시간의 기억 속에서 '저택' 또한 아름다울 수 있다. 소설은 집단적이고 공적인 역사에 시선을 두면서도 가장 내밀하고 사적인 시간의 기억을 그 진실의 시차 안에 담아내는 모험을 포함한다. 『영원한 유산』에서 작가가 가장 공을 들여 상상해낸 허구적 인물은 윤덕영의 막내딸 윤원섭으로, 이 여인은 어느 면 벽수산장의 의인화라고도 할 수 있다. 윤원섭의 등장과 함께 모습을 드러내는 벽수

산장 속 '비밀의 방'은 공적인 역사가 끝내 닿을 수 없는 진실의 한 측면을 은유한다. 탐욕과 자기기만의 허위에 빠진 망령 같은 존재지만 간혹 그녀에게 거부하기 힘든 매혹이 주어진다면, 그것은 오로지 이러한 은유적 광휘의 빛 아래에서다. 소설이 이 인물을 좀더 깊이 입체적으로 파고들지 못한 점은 아쉬움으로 남지만, '소녀의 눈물'은 소설의 끝에서 느닷없이 출현한 한 장의 사진에도 이르게 될 것이다. 우리가 '영원'을 생각하게 되는 순간은 진정 이런 지점일 것이다.

3. 순간과 영원, 그리고 소설의 내적 형식

『모든 것은 영원했다』에서 작가는 정병준의 책에서 본 정웰링턴의 사진에 대해 언급한다. "책을 접한 2015년 봄 이후 정웰링턴의 이미지를 지울 수 없었다. 사진 속의 정웰링턴은 크고 슬픈 눈을 가진 청년이었고 그의 슬픔은 다소 신경질적이고 예민하며 어두운 느낌이었다."(135쪽) 작가는 그 사진의 이미지로부터 "아무것도 하지 못한 사람" "무능"의 이야기를 소설적으로 사유하고 펼치고 싶은 강한 욕망을 느낀 듯하다. 이른바 정지돈의 소설이 감행하게 되는 '이중의 시대착오'의 시작이었다. 심윤경의 『영원한 유산』은 아예 한 장의 사진을 소설 속에 제시하면서 그 사진의 울림을 소설의 통주저음으로 삼는다. 사진적 존재론의 핵심에는 '순간과 영원'의 착종된 감각이 있다. 지제크는 '순간과 영원'의 존재 방식으로부터 '구체적 보편'이라는 개념의 중심부로 나아간다. "철학의 관건은 영원을 순간의 대극으로 인식하는 것이 아니며, 영원은 우리의 순간적 경험 내부로부터 발생하는 것으로서 인식된다."[5] 순간과 영원의 교착, 착종

상태를 그 내부에서 포착하는 것은 소설의 핵심 과제이기도 하다. 소설의 내적 형식은 언제든 시간과의 싸움을 통해서만 주어지는 것인지도 모른다.

(2021)

---

5) 슬라보이 지제크, 같은 책, 68쪽.

다가오는 것들, 그리고 '광장'이라는 신기루
—황정은과 김혜진

1. 다가오는 것들—황정은 『연년세세』

'연년세세'의 사전적 의미는 '여러 해를 거듭하여 계속 이어짐'인데, 주로 지금까지 그래왔듯 앞으로도 계속 좋고 더 나은 시간이 이어지기를 바라는 맥락에서 쓰이는 축복의 말이다. 그러나 황정은의 연작소설 『연년세세』[1]를 읽는 동안, 그 말은 이상하게 전와轉訛되어 기원祈願의 맥락을 잃고 지겹도록 고통스럽게 이어져왔고 앞으로도 그러할 것 같은 암울함 쪽으로 이동한다. 혹은 그런 시간을 향한다. 그 느낌은 연작소설의 마지막 작품 「다가오는 것들」이 제목으로 환기하는 것과 시종 마주서 있다. 그러나 마지막 작품까지 다 읽고 책을 덮고 나면, '다가오는 것들'(소설에도 중요한 모티브로 등장하는 미아 한센뢰베의 영화 제목이기도 하다)이 '연년세세'의 '환멸과 분노' 속에서 희미하게 일어나는 느낌이 말 그대로 '다가온다'. 소설의 마지막 문장을 흉내내자면 그것

---

1) 황정은, 『연년세세』, 창비, 2020. 이하 인용은 작품명과 쪽수만 밝힌다.

은 '다가오니까 다가오는 것'이다. 그렇다면 이제 '연년세세'는 그 '다가오는 것들'과 함께 '이순일'이 '잘 모르면서' 꿈꾸었던 "내 아이들이 잘 살기를 바랐다. (……) 모두가 행복하기를 바랐어"(138쪽)의 자리로 돌아가 그 꿈을 이어가고 살아가는 축복의 말이 될 수 있을까.

그 질문은 어쩌면 이 소설들의 몫이 아닌지도 모른다. 『연년세세』에서 황정은이 무엇보다 하려고 하는 것은 무명無名의 사람들에게 이름을 찾아주는 일이기 때문이다. '무명'은 연작소설 세번째 작품의 제목인데('무명'은 피류의 '무명'과 미몽의 마음 상태를 가리키는 '무명無明'의 뜻도 자연스럽게 환기하는 것 같다), 연작소설의 첫머리에 놓여 있는 「파묘破墓」를 읽는 일은 온통 이름(정확히는 성명)을 읽는 일이기도 하다. 소설의 처음, '이순일'과 '한세진'이라는 두 인물이 등장하지만, 성과 이름을 함께 부르는 소설의 정확한 호명은 이상하게도 이들의 관계나 성별과 관련해서 거의 아무런 정보를 담고 있지 않다. "한세진의 형부"(12쪽) "한세진의 언니인 한영진"(14쪽)이라는 표현이 등장하고, "한세진도 이순일도 할아버지, 라고 부르는 그는 이순일에게 할아버지였고 한세진에게는 외증조부였다"(같은 쪽)는 문장이 등장할 때쯤에 이르러서야 우리는 이들의 가족 내 관계를 알게 되고, 소설의 초점화자가 한세진이라는 사실도 얼마큼 분명해진다. 한세진의 아버지 '한중언', 막냇동생 '한만수'의 성명도 소설의 중심 사건인 모녀의 외증조부 성뭇길의 저간의 연혁과 관련해서 나오고, 우리는 전체 가족 상황을 파악하게 된다. 이는 개별적이고 독립적인 개인의 자리를 전통적 가족관계의 호명(부, 모, 장남, 장녀, 차녀 등) 안에서 지워온 가부장제의 그늘에(특히 여성이 집중적인 삭제의 자리에 있었다. 소설에서 '이순일'은 '순자'로 불린 긴 세월을 이야기

하는데, 이때의 '순자'도 폭력적인 통칭이다) 대한 비판과 거부를 함축하는 것으로 이해되며, 그러한 의식이 '한세진'이라는 젊은 여성 초점화자의 시선에 실려 펼쳐진다는 점에서 소설 구조적으로도 정당성을 얻고 있는 것 같다. '그/그녀'의 성차별적인 대명사를 포함해서 최대한 대명사의 사용을 피하고 있는 데서 독립적인 개별성의 옹호는 한층 철저해진다. 연작소설은 전체로는 다중화자의 시점을 취하고 있지만(앞에서부터 순서대로 한세진, 한영진, 이순일, 한세진), '이순일' 장의 경우(「무명」) 한세진이 이순일의 청자가 되면서 화자의 자리를 보충하는 형식으로 소설이 짜여 있다. 이순일의 시점과 내면을 따라가던 소설은 "하지만 동생이 있었어"(103쪽)와 같은 대화체의 문장을 삽입하거나(세 살 나이에 세상을 떠난 동생의 이야기는 아마도 이것이 이순일 최초의 발화일 것이다) "옆집에 순자가 있었어 친구가/영등포로 여고를 다니는 거야 어떻게 서로 알아가지고/친했어"(121쪽)처럼 마침표를 지우고 행갈이의 일반적 원칙을 무시하는 방식으로 이순일이 들려주는 말을 최대한 직접적으로 드러내는 대목(121~123쪽)을 통해 화자 이순일과 청자 한세진이 함께하는 대화적 상황을 보여준다. "그러니까 순자야/내가 어머니를 닮았다는 걸 나 그때 비로소"에서 마침표 없이 끊고 한 행을 비운 뒤 "엄마. 뭐 생각해?"(137쪽)로 이어지는 것처럼 이순일의 생각을 그것이 일어나고 멈추는 호흡 그대로 기술하는 것도 같은 맥락일 테다. 「하고 싶은 말」에서도 이순일의 이야기를 청자의 자리에서 받아 듣는 상황은 초점화자 '한영진'의 시점 안에 포함되면서 포개어져 있는데, "그 이야기가 언제 시작되었는지를 한영진은 알지 못했다. 알아챘을 때 이순일은 이미 그 이야기 속에 있었다"(77쪽)는 문장이 알려주는 대로다.

그래서 "두 번./두 번 거길 갔다고 이순일은 말했다"(같은 쪽, 여기서 '두 번'은 여성 태아에게 가해진 '페미사이드'의 역사를 환기한다)는 표현이 불가피해진다. 해서는 「하고 싶은 말」에서 한영진이 동생 한세진에 대해 말할 때 두 번이나 '연극 시나리오'라는 틀린 표현을 쓰는 지점이(64쪽) 한영진의 언어와 생각을 최대한 보존하려는 노력인 것과 마찬가지로, 연작소설 『연년세세』는 인물들의 이름과 성을 정확히 찾아주는 일과 함께 그 인물들의 시선과 말에도 최대한 밀착하려 한다(문단과 문단 사이의 구분을 없앤 것도 그들의 시선과 말을 분절하는 세상에 대한 항의처럼 보인다. 이것은 '연년세세'의 이야기인 것이다). 그러면서 연작소설 전체로는 극작가로 일하고 있는 여성 한세진의 의식이 이들의 곁에서 봉인된 말을 꺼내고 시선을 활동하게 돕고 있다는 사실을 함축하는 방식으로 소설을 구조화하고 있다.

그렇다면 『연년세세』는 이순일, 한영진, 한세진이 이름을 되찾고 '하지 못한 말' '하고 싶은 말'을 하는 공간이기도 할 텐데, 그 말들의 길은 열리기도 하지만 종내 어떤 중단의 지점을 포함하면서 닫히고 끊어지는 데서 소설들은 끝난다. 거기에는 발화되지 '않는/못한' 것들이 있다. "누구라도 마음이 아팠을 거라고, 언제나 다만 그거였다고 말하지는 않았다"(44쪽)고 「파묘」는 끝나며, 「하고 싶은 말」은 '거짓말'을 큰 행간의 '침묵'으로(실제 그렇게 편집되어 있다) 품고 있는 생각에서 끝난다. 「무명」의 끝은 보다 직설적이다. "그러나 한영진이 끝내 말하지 않는 것들이 있다는 걸 이순일은 알고 있었다. (……) // 순자에게도 그것이 있으니까."(142쪽) 마지막 작품만 다르다. "다가오니까, 하고 하미영은 말했다."(183쪽) 「다가오는 것들」은 '말을 하는 데'서 끝난다. 일반적으로 소설이 침묵이나 생각, 혹은 말이 중단되는 지점에

서 끝나는 것은 흔한 일이며, '열린 결말'을 함축하기도 한다. 그러나 『연년세세』의 경우는 조금 다르게 살펴볼 지점이 있는 것 같다. 『연년세세』에서 침묵하는 말, 중단된 말은 그 자리가 거의 최종적인 것으로 보이기 때문이다. 그 말들은 한세진, 한영진, 이순일 각자가 찾아낸 마지막 청자('그 자신들'과 이순일에게는 한세진, 한영진. 이들은 모두 여성이다) 외에는 더이상 청자를 만나기 어려운 상황에 도달해 있다. 「파묘」의 끝에서 중단되고 발화되지 않은 한세진의 생각을 들을 수 있는 자리에 한만수는 끝내 오지 못할 것이다. 그 체념과 포기, 결단의 호흡이 마지막 문장에는 조용히, 그러면서 단호하게 배어 있다. "더러운 거짓말"이라는 말로 한영진을 모욕한 한중언'들'은 말할 것도 없지만, 한영진이 이순일에게 차마 꺼내지 못한 말("왜 나를 당신의 밥상 앞에 붙들어두었는가." 83쪽) 역시 청자에게 도달할 수 없을 것이다. "그것이 질문이 아니라는 걸"(「무명」, 140쪽), 질문이 되지 못한다는 걸 아는 사람은 이순일만이 아니기 때문이다. "아마도 끝까지, 그걸 묻는 순간은 오지 않을 거라고 한영진은 생각했다."(83쪽) 아마도 그 질문은 이순일이 자신의 방과 부엌과 베란다를 가득 채운 '망각에 저항하는 사물들'(카프카의 '오드라데크'는 죽을 수 없는 사물—존재이다)처럼, 이순일이 파묘 날 산소에 신고 갔다가 떨어져나간 한영진의 등산화 밑창처럼 '사물들'의 몫일 것이다('사물들'을 내다버리는 이들은 한만수들이다). 한영진이 이순일에게 "이제 자요. 너무 늦었어"(51쪽)라고 세 번 반복해 말할 때 그 '늦음'의 중의화 안에서 쓰라림이 증폭되는 것도 그 때문이리라. 그리고 무엇보다 '말하고 싶다고 해서 바로 말하지 않는 것'은 이순일들이, 그리고 한영진들이 세상을 버텨온 방식으로서 거기에는 양도할 수 없는 인간적 위엄이 있기 때문이다. "한영

진이 생각하기에 생각이란 안간힘 같은 것이었다. 어떤 생각이 든다고 그 생각을 말이나 행동으로 행하는 것이 아니고 버텨보는 것."(70쪽) 이순일이 공항동 시장에서 순대를 파는 아주머니의 빨갛게 익은 손(수십 년 살림으로 굳고 곱은 이순일 자신의 손이기도 하다)을 보며 "그 뜨거운 것을 평생 만지고도 여전히 그것이 뜨거우냐"고 묻고 싶었지만, "그런 것은 물을 수 없어"(141쪽) 우두커니 앉아 있는 모습이 말할 수 없이 우리의 마음을 타격하는 이유다. 이순일은 '다가오는 것들'을 생각하고 있는데, 결혼 후 호적 정리 과정에서 1948년생 동생 '이은일'의 이름(그제야 알게 된 이름이다)을 부모의 이름과 함께 사망신고로 지우고, 자신의 이름을 혼인신고로 지운 뒤 "그 서류를 보았다는 걸 잊"(132쪽)으려 한다. "망실된 그들의 이름은 이순일의 삶이 끝날 때 비로소 완전한 망亡이 될 것이다."(133쪽) 이순일은 말로든 기록으로든 그 이름들이 겪은 일을 누구에게든 '넘길/남길' 생각이 없다. 이순일의 마음속에서 '파묘'는 훨씬 일찍 완수되어 있었던 것이다. "이순일은 아이들이, 한영진과 한세진과 한만수가 그 일을 이야기로도 겪지 않기를 바랐다."(같은 쪽) 그 소망은 이루어질 것인가. 『연년세세』란 소설은 그 소망의 배반이지만, 이야기의 청자-화자가 한영진과 한세진이라는 점에서 소망의 감싸기이기도 한 것 같다. 가령 이순일의 마지막 성묫길에 동행한 한세진이 덤불을 헤치며 올라가고 내려오며 산길을 눈에 담는 대목에는 바닥의 수북한 낙엽 속 마른 나뭇가지 하나까지 감각하는 정밀精密이 있는데, 그것은 또한 바다에서 치고 올라오는 알 수 없는 '느꺼움'의 감정을 포함하고 있다. 어린 아까시나무들은 "한 그루 한 그루 연필처럼 곧았고 얇은 가지에 괴상할 정도로 돋은 가시들은 강철 같은 색을 띠고 있었다. 이순일은 질색했지만, 한세진

은 그게 아름다워서 잠시 넋을 잃고 보았다"(39~40쪽). 이순일의 '파묘' 행위가 '완전한 망각'에 이르는 길이라면, 그 자발적 봉인을 감싸고 있는 한세진의 시선은 망각하려는 기억의 수락과 전승을, '다가오는 것들'을 향한 조용한 걸음을 의미하는 듯하다.

「다가오는 것들」에서 한세진과 함께 살고 있는 여자친구 '하미영'은 "매일 지는 것 같"다며 말한다. "나쁜 걸 나쁘다고 말하고 싶을 뿐인데 애를 써야 하고, 애쓸수록 형편없이 지고 있다는 느낌이 들어."(168쪽) '안산'과 '명품도시'를 연결 짓는 '더러운 언어들'을 하미영은 용서할 수 없다. 하미영은 정신적 강박을 이기지 못하고 스스로 병원으로 들어간다. 당장은 나쁜 쪽이 이기는 싸움. 한세진의 이모할머니 '윤부경(안나)'의 아들인 '노먼 카일리'는 한인들이 어머니를 '양색시'라고 부르는 걸 용서할 수 없었고, 분노는 '한국어'를 향했다. 그러나 노먼의 딸 '제이미'는 그것이 "동조"였다고 말한다. "안나를 양갈보라고 부른 그 사람들과 말이야. 그는 안나의 언어를, 자기 모어를 경멸 속에 내버려둔 거야."(177쪽) 하미영이 좋아하는 영화 「다가오는 것들」에서 나탈리의 한 여성 제자가 했던 말이 생각난다. "세상은 그대로인 걸요. 나빠지기만 했죠." 제이미의 발언은 그 '나쁜 쪽'과의 싸움이 얼마나 단호하고 철저해야 하는지를 알려주는 것도 같다. 하미영의 생각처럼 "로맨스와 화해에 관한 기대"(182쪽)는 거부되어야 하는 것이다.

황정은의 『연년세세』는 그러나, 그 싸움이 지나온 시간을 품는 방식으로 '연년세세'의 그것이 되어야 한다는 것을 곰곰이 생각하는, 단호하지만 섬세하고 깊은 시선으로 쓰인 소설이다. 그 시선의 자세는 "형제자매들과는 곧잘 말하다가도 어른들 앞에서는 입을 닫고"(137쪽) 고개를 숙인 데서 한세진에게 붙은 '수쿠리'라는 별명을

떠올리게 하지만, 그 한세진이 받아들일 수 없는 것 앞에서 단호하게 "말문을 닫는 얼굴"(109쪽)을 생각하게도 한다. 황정은의 소설을 통과해서 나온 언어는 그 느낌과 함의를 새롭게 바꾸면서, 하나의 언어가 새롭게 발명되고 개시되는 자리에 우리를 데려다놓는 경우가 많은데, 『연년세세』는 언어의 사용이나 소설의 짜임에서 전체적으로 온건하고 고전적인 모양새 아래에 단호한 거절과 함께 어떤 기다림을 지그시 눌러놓은 듯한 느낌을 준다. "다가오니까, 하고 하미영은 말했다"라는 소설의 마지막 문장은 연작소설 전체가 밀고 나온 소설의 시간과 호흡을 조용히 응축하고 함축하는 듯하다.

2. '광장'이라는 신기루—김혜진 『너라는 생활』

김혜진의 『너라는 생활』[2]에 실린 여덟 편의 소설은 '나'가 이야기하는 '너'(혹은 '너'를 이야기하는 '나')라는 공통의 구도를 갖고 있고, '나'의 연속성을 짐작할 수 있는 여러 계기를 품고 있다는 점에서 연작소설로 읽는 게 자연스러워 보인다. 「3구역, 1구역」에서 시작하여 「팔복광장」까지 작품을 순서대로 따라 읽다보면(이것은 다른 배열의 가능성을 배제하는 것이 아닐 테다) 동일한 서술 구도를 배경으로 일어나는 겹침과 변주의 리듬이 소설집 전체를 주제의 측면에서도 수사학의 측면에서도 풍성하게 아우르면서 깊어진다는 느낌에 다다른다. 동시에 서사적 변주의 동인이라 할 '너'의 자리에서라면 그 '아우름'을 거부하고 각자의 개별성 안에 머물 권리가 충분하다는 점에서 일종의 원심력을 갖고 있다고 할 수 있을 텐데, 다중화자 시점을 통해 소설의

---

2) 김혜진, 『너라는 생활』, 문학동네, 2020. 이하 인용은 작품명과 쪽수만 밝힌다.

벡터를 형성해가는 유사한 장편소설의 유형으로는 나아갈 수 없었던 것이다. 『너라는 생활』은 잠정적으로는 '연작소설'이라는 이름을 부여할 수밖에 없겠지만, 연작소설의 일반적인 효과를 중단시키고 파열하는 개별 작품의 목소리를 좀더 적극적으로 보존하고 있다는 점에서 (아니, 정확히는 그 '보존'을 사후적으로 더 지지하게 만든다는 점에서) 특별하고 고유한 형식의 소설 모음집이라는 생각을 하게 된다.

『너라는 생활』의 고유한 형식의 한가운데에 '나'라는 화자가 이야기하는 '너'의 구도가 있다. 이 구도는 '너'를 화자로 하는 이인칭 소설을 연상시키기도 하는데, 이인칭 소설의 '너'가 그 '너'를 호명하는 '나'를 포함하면서 은폐하고 있다면 『너라는 생활』은 그 '나'를 노출하고 화자의 자리에 명기하고 있다는 점에서 확연히 구분된다(그리고 이 구도로 얻는 문학적 효과가 반복을 통해 이루어지고 있다는 것은 강조될 필요가 있는 것 같다). 여덟 편의 소설 모두 일인칭 '나'의 시선과 목소리로 '너'를 보여주고 '너'에 대해 이야기하는 방식을 취하고 있는데 우리는 화자의 특권에 의해 '나'에 대해서는 발화되지 않은 말과 생각까지 알 수 있는 반면, '너'는 전적으로 '나'의 시선 안에서 보이고 이야기된다. 우리는 '나'를 통해서만 '너'를 알 수 있다. '나-너'의 구도에 들어 있는 이 같은 비대칭은 『너라는 생활』의 구체적 소설적 맥락 안에서 '역설적'으로 '시선의 권력/폭력성'을 사유하고 반성할 수 있는 섬세한 계기를 품고 있는 것 같다.[3] 그런데 이러한 계기

---

3) 소영현은 이 점을 예리하게 짚어낸다. 그것은 일차적으로 서술자인 '나'의 '위치성'을 드러낸다. "김혜진의 소설은 '나-너'의 구도, '나'라는 필터와 '너'라는 장치를 통해 누가 '나'에게 '너'를 목격하고 판단하고 말할 권한을 주었는지 묻는다. (……) 권리 없이 권한을 행사하는 '나'들을 통해 당신이 확인하게 되는 것은 역설적으로 '나'의 위치성이다."(「하나는 너무 적지만 둘은 너무 많다」, 『너라는 생활』 해설, 241~242쪽)

와 그것의 소설적 성과에 충분히 동의하면서도, 소설에서 '나-너' 구도의 비대칭성은 사랑 혹은 친밀성의 '비대칭성'에서 출발하고 있다는 점을 놓치지 않는 것도 중요하지 않나 싶다. 적어도 소설의 표층에서 우리는 '너'에 대한 '나'의 이끌림이나 사랑이 좀더 크고 강하다는 느낌을 받게 된다. '나'의 시선은 그 이끌림의 순간에 정직하며, 이 끌림이 데려갈 감당하기 힘든 마음의 혼돈을 두려워하면서도 기대한다. 멈춰야 한다고 다짐하지만, 끝내 '이끌리듯' '너'를 향해 다가간다.(「3구역, 1구역」) 표제작을 포함해 다섯 편은 '나'와 '너'의 동거 이후 생활을 다루고 있는데, 그 생활에서 대개 '너'들은 어쩔 수 없는 천진성 때문이든 배려를 모르는 이기심 때문이든 둘의 관계에 상대적으로 무심하며 여타의 관계들에도 개방적인 인물로 그려진다. '나'들의 입장에서 볼 때 문제를 일으키는 것은 '너'들이다. 그러나 둘의 관계를 독점적인 것으로 만들려는 욕망은 '나'들의 것이며, 문제를 안은 채로도 관계의 지속을 열망하는 것은 언제나 '나'들이다. "수없이 놓아버리고 그만두고 포기하고 싶으면서도, 끈질기게 너를 놓으려고 하지 않는 나의 모습을 거듭 확인하는 지금의 생활만으로도 충분하다는 생각을 하게 된다."(「너라는 생활」, 86쪽)

이러한 기울어짐 역시 '나'라는 시선이 만들어낸 효과일(이 경우는 일종의 아이러니로서) 가능성을 배제할 수는 없지만, 그때 '나'의 시선이 '너'에 대해 (서술에서) '우월한 지위'를 얼마나 누리고 있는가 하는 점은 생각해볼 일이다(소설에서 시점이 누리는 권위는 근본적으로

그것은 또한 시선의 젠더를 문제삼는다. "그리하여 당신은 여성의 시선이 그 자체로 존재하는 것이 아니라 '사회적 시선'의 편향성을 드러내는 자리에서나 가능한 것임을 알게 된다."(같은 글, 246쪽)

'불신의 정지'와 관련된 잠정적인 것이다). 그 지위가 역으로 '너'의 시선이 '나'를 이야기할 가능성을 원천적으로 봉쇄하고 있다면 문제가 되겠지만, 『너라는 생활』을 읽어나가는 일은 소설 표층적으로는 말해지고 있지 않은 듯 보이는 '나'라는 생활을(아직 일어나지 않은 '너'에 의한 평가와 판단을 포함하여) 읽어나가는 일이기도 하다는 사실을 우리는 어렵잖게 동의할 수 있기 때문이다. 사실은 그 보이지 않는 여백과 가능성에 의해서만 '나'는 지금 '너'를 말하는 자리에 있을 수 있는지도 모른다. '나'는 화자의 권위에 힘입어 너의 행위를 판단하고 해석하지만, 그 판정이 최종적인 것이 아님을 알고 있고 당장은 비판할 수밖에 없는 '너'의 '천진성'과 '선의'를 사랑하고 있다는 사실을 숨기지 않는다. "그러나 네가 그런 사람이 아니었다면 우리는 어떻게 우리가 될 수 있었을까."(「너라는 생활」, 78쪽)

자신이 돌보던 지체장애 중학생을 부모의 허락 없이 연극 공연에 데리고 간 일로('너'는 연극을 보고 싶어하는 아이의 마음을 저버릴 수 없었다) 해고 통보를 받게 되면서 석 달 넘는 활동보조사 경력을 이력서에 쓰지 않은 '너'.(「너라는 생활」) 그 때문에 채용에 요구되는 경력 이천 시간에서 사십팔 시간이 모자란다는 이유로 지원서 접수마저 거부당하는 '너'. 그런 '너'를 '나'가 바라보고 있을 때, 일의 경계를 모르는 '너'의 천진하고 맑은 마음은 그것을 거부하고 외면하는 세상의 메마름과 강퍅함에 비해 얼마나 크고 아름다운가. '나'는 또다시 둘의 생활을 혼자 책임져야 한다는 데서 오는 짜증과 "결국엔 누구도 고마워하지도 않는 네 마음"(75쪽)에, 야무지지 못한 너의 성정에 안타까움과 질타의 감정을 드러내지만, 그 '천진성'을 사랑하고 있음도 우리에게 함께 보여준다.

동성 커플에 대해 이해와 응원, 배려로 포장된 무례하고 폭력적인 관심과 침범은 '나'가 가장 견디기 힘들어하는 지점인데, 「자정 무렵」과 「아는 언니」에서 '너'의 개방성과 '나'의 완고함은 충돌한다. 사실 그 '손쉬운' 이해와 응원이 "우리와 나란히 서 있는 건 해본 적도 없고, 하고 싶지도 않고, 할 줄도 모르는 사람들 같다"(「자정 무렵」, 110쪽)는 '나'의 신랄한 비판은 전혀 지나치지 않고 문제의 핵심을 말해주는 것이다. 응원의 말을 늘어놓는 '아는 언니'는 두 사람의 만남, 알아봄 등에 대한 호기심과 질문이 '응원'의 말과 배치되고 모순된다는 걸 모른다. 아니, '응원'이라는 위치가 두 사람에게 '모욕적'이라는 걸 모른다. 그이의 '응원'은 '진짜'가 아니라 '정상성' 쪽에 있고, 정상성의 울타리를 높이고 강화할 뿐이다. 나는 이 대목을 읽으면서 심한 부끄러움을 느꼈다. 『너라는 생활』은 '소수자' '사회적 약자'와 같은 범주에 무심하다. 정확히는 그런 범주를 통해 작동하는 더 근본적인 배제와 사회적 고착을 숙고하며, 차이를 지우는 환원에 저항한다. 있다면 여덟 가지 경우의 '나'와 '너'의 개별성이 있을 뿐이며, 그 개별성의 관계 안에서 갈등하고 고민할 뿐이다. '나'의 신랄함과 냉소는 바로 이 자리에 있다. 그러나 "진짜고 뭐고 그게 무슨 상관이야"(「아는 언니」, 197쪽)라는 '너'의 항변도 어느 만큼은 온당하며, 세상은 그런 '가짜'를 통해서도 움직여가는 것이다. 사실은 '너'도 '나'만큼 알고 있으며, 이 같은 직접적인 항변의 노출이 아니라 하더라도 '너'의 시선과 목소리는 『너라는 생활』의 '나-너' 구도가 역설적으로 '품고/환기'하고 있는 것이며, 소설의 쉽지 않은 미덕과 성취가 이 어름에 있는 것도 같다.

　그렇다면 『너라는 생활』의 '나'는 '너'에게 가려고 하고, 끝내 '너'와 함께 있으려고 '하는'(그러나 그러지 못하는) 자리에서 태어난 '주

체-장치'라고 볼 수도 있을 것이다. 그리고 그때 생겨났고 생겨날 수밖에 없는 '차이와 간격'을 묻기 위한 질문의 장치라고도 할 수 있을 것이다. "그래서 우리 사이에 놓인 까마득한 차이와 간격을 전력을 다해 줄여나갈 수 있을 거라고 믿었다."(「팔복광장」, 227쪽) 그러나 그 믿음과 달리 매번 실패한 기록들. 그러니까 이것은 '나와 너' 사이의 "다 안다고 생각했지만 결코 다 알 수 없는 일들"(「우리는」, 171쪽)의 문제를 포함하면서도 거기서 더 나아간 전선이다.

『너라는 생활』의 또다른 소설적 미덕은 친밀성의 문제, '차이와 간격'의 이야기가 젊은 여성 동성 커플의 일자리와 주거 문제라는 지극히 구체적인 생활의 여건 안에서 그려지고 있다는 점이다. 이는 김혜진의 장편 『딸에 대하여』(민음사, 2017)에서 젊은 여성 동성 커플의 곤경이 그러한 것과 이어지는데, 성원권과 생존권의 문제가 맞물려 있는 이들의 실제 상황을 정확히 반영한다고도 할 수 있다. 그러나 그 상황은 말 그대로 하루하루 생활을 꾸려가는 자의 실감에서 잘 가시화되지 않는 배제와 차별의 공기까지 소상하고 민감하게 포착되어 있다. "아무튼 집주인이 이제 신분이 좀 확실한 사람들한테 세를 놓고 싶어한다네. 그게 안심이 된대요."(「동네 사람」, 128쪽) 그러니까 이들은 '나'의 자기 분석대로 "이상한 사람들. 정체를 알 수 없는 사람들. 직장이 없는 사람들. 가족이 아닌 사람들. (……) 서로의 신분을 보증해줄 수 있는 것이 너와 나뿐인 사람들"(같은 쪽)이다. '나'는 부동산 여자에게 대드는 '너'를 속으로 질타하며 "사람들 눈에 띄지 않고 있는 듯 없는 듯 지내"려면 "얼마나 섬세한 노력이 필요한지, 너는 여전히 모르는 게 틀림없다"(128~129쪽)고 생각하지만 '너'의 항변이 얼마나 정당한 것인지도 당연히 분노 속에 챙기고 있다. '너'

가 주차중에 일으킨 사고 아닌 사고는 또다른 사회적 약자이기도 한 폐지 줍는 독거 여성 노인의 뒤틀린 행동을 통해 그 '약자' '소수자'라는 프레임을 다시 한번 개별의 얼굴에서 생각해보게도 만들지만, 그보다는 언제든 소문과 추측, 편견과 오해 안에 머물고자 하는 '동네 사람들'의 '정상성'을 "오싹하게" 드러내 보여주는 계기가 된다. 『딸에 대하여』에서는 성정체성의 문제가 일자리 자체를 무너뜨리는 상황이 벌어지기도 하거니와, 『너라는 생활』에서 '나'와 '너'의 일과 노동은 불인징한 이삼십대 여성 일자리 현실을 그대로 보여주는데, 특별히 성정체성과 관련된 삽화를 강조하지 않는 지점에서 오히려 지금 상태의 유지조차 "얼마나 섬세한 노력이 필요한지"를 생각해보게 되는 것 같다. 그리고 '나와 너'만의 위태롭고 연약한 울타리 안에서 경제적인 문제나 얼마간의 계급적인 격차가 둘의 관계를 위기에 빠뜨리기도 한다는 점을 소설은 놓치지 않는다. 이는 김혜진이 언제든 보여온 소설적 충실성의 영역이기도 하지만, '나와 너'의 이야기를 '특별한' 좌표 안에서 기술하지 않겠다는 이번 소설집의 일관된 의지이기도 한 것 같다. "도대체 우리를 왜 그렇게 특별히 여기는 건지 따져 묻고 싶"(「아는 언니」, 201쪽)은 것은 '나'의 참을 수 없는 분노의 마음이지만, 소설의 냉정한 전략일 수도 있다. 그것은 '정상성'의 폭력적 경계와 구분을 전면적으로 거절한다는 점에서 온당하고 윤리적이기도 하지만, 사실상 존재하는 '정상성'의 이중 구속을 계속 환기한다는 점에서 은근한 소설의 지혜인 듯도 하다. '나'와 '너' 사이에도 아득히 존재하는 차이와 간격의 문제 역시 사랑하는 사람들 사이의 일반적인 문제나 보편적인 타자성의 차원에서 내려와 이 역설의 경계와 울타리 안에서 더 절실한 질문의 차원을 얻는 것도 그 때문이

다. 『너라는 생활』에서 '특별함'의 단호한 거절은 계속 아이러니의 자리에서 우리를 심문한다.

'팔복광장'이란 곳이 있다. '나와 너'가 6월의 초여름 이사갈 무렵에는 공사가 중단된 상태로 있던 동네의 자그마한 광장인데 우여곡절 끝에 완공된 것은 이듬해 9월이었다. 광장에 대한 기대를 품고 이사를 서둘러 결정한 것은 '너'이지만 '나'도 내심 광장을 기다린다('광장'은 '차이'가 일시적으로 지워지는 장소). 그러나 정작 10월의 마지막 주에 소풍 가듯 가본 그곳은 그냥 공터이고 버려진 공간에 불과했다. 시유지였던 그곳은 이미 개인에게 팔려 재개발을 앞둔 상태였고, 경비복을 입은 남자는 두 사람을 내쫓는다. 그곳은 '광장'도 아니지만 "남의 땅"(225쪽)이었던 것이다.

그러니까 너라는 사람과 보냈던 시간은 결코 다다를 수 없었던, 그 광장을 기다렸던 삼 년 남짓한 시간만으로도 충분했다고. 우리가 볼 수 없었고 확인할 수 없었던 광장이라는 신기루 같은 미래가 우리가 나눌 수 있는 전부였다고.
실은 그것이 우리에게 일어난 가장 좋은 일이었다고 말이다.(「팔복광장」, 231쪽)

이 쓰라림 앞에서 나는 말을 잃는다. 황정은의 『연년세세』는 "다가오니까, 하고 하미영은 말했다"로 끝난다. '다가오니까'와 '광장이라는 신기루'는 실낱같은 하나의 마음일지도 모른다. 다가오는 것은 그렇게 다가올 것이다. 이미 도착해 있는 '가장 좋은 일들'과 함께.

(2020)

전체로서의 현실을 열기 위해
—편혜영과 윤대녕

1. 소설과 현실의 개방

소설은 현실을 반영하기도 하고 재구성하기도 한다. 그런데 반영과 재구성은 대립되거나 서로를 배제하는 활동이 아니다. 재구성 없는 반영, 반영 없는 재구성은 가능하지 않다. 재구성하면서 반영하고, 반영하면서 재구성할 뿐이다. 지난 세기, 총체성의 추구를 전제한 객관적 현실 반영-인식의 믿음조차도 그 믿음을 포함해 부분과 전체의 변증법이라는 구도를 현실 재구성의 원리로 품고 있었다. 객관 현실의 자명성을 회의하고 언어의 한계와 불투명성에 주목하면서 현실의 구성적 성격을 그 불안하고 잠정적인 상태로 노출시키려 한 또다른 흐름에서도 '현실'은 어떻게든 언어와 불안, 구조를 물들일 수밖에 없었다.

소설은 결국 '현실이라는 것'을 그것의 상투적이고 즉자적인 상태로부터 개방해내는 일이다. 개방, 열림과 트임을 가로막는 것은 주어진 현실의 여러 요소와 그 복잡하고 착잡한 연관으로부터도 오지만,

언어와 소설의 관습, 내부의 미학으로부터도 발생한다. 그런 장애들을 헤치고 현실을 새롭게 파악하고 재정의하는 일, 현실의 결을 살려내는 일은 버겁다. 버거운 것은 그 작업이 언제든 전체로서의 현실과 마주하는 일이기 때문이기도 하다. 전체에 대한 지도가 이념의 형식이나 가상으로 존재하지 않는 지금, 세부 현실을 그것을 넘어서는 지점을 포함해서 붙잡는 일은 쉽지 않다. 그러나 엄연히 존재하는 사회적 연관을 '전체'에 대한 무력감으로 지워버리고 무시해서도 안 되며, 그렇게 지워진 공백을 소설의 남은 영토로 오해해서도 안 된다.

그러나 작가들 개개인의 자리로 가면, 단지 어떤 이야기를 만들어낼 것인가, 그것을 어떻게 하면 좀더 생생하게 표현할 수 있을 것인가 하는, 오래된 숙제만이 남아 있을지도 모른다. 특히 표현은 작가의 고유성이 숨쉬는 최초의, 그리고 최후의 영역이다. 세계관이나 현실에 대한 이해, 이야기의 구조나 전언, 소설의 분위기와 울림을 작은 단위에서부터 큰 덩어리까지 만들어내는 것은 작가의 목소리가 담겨 있는 문장이며, 문체다. 우리가 눈앞의 현실과는 다른 새로운 현실, 지워지고 망각된 현실, 일어나고 깨어나는 현실을 만났다고 믿는 것은 이 문체의 누적과 미끄러짐이 빚어내는 모종의 착시적 효과 때문일 수도 있다. 그 효과는 결국 잠정일 수밖에 없겠지만, 우리는 그 만남을 사랑하고 기다린다. 오랜만에 출간된 윤대녕의 신작 장편 『피에로들의 집』(문학동네, 2016)과 편혜영의 신작 장편 『홀The Hole』(문학과지성사, 2016)은 그 특별한 문체적 개성을 포함해서, '현실'을 만들고 상상하는 몹시 상이한 소설적 길을 보여준다는 점에서 한자리에 두고 이야기해보고 싶은 생각을 불러일으킨다.

2. 가혹할 정도로 축소된 인간—편혜영 장편소설 『홀』[1)]

제목부터 편혜영 소설이다. 영문 'The Hole'을 병기하고 있는 제목에서 나는 제일 먼저 '구멍'을 떠올렸다. 소설을 읽어보면 장모가 집의 마당에 파헤친 '구덩이' 이야기가 나온다. 주인공 '오기'는 그 '구덩이'에서 죽음을 기다린다. 사전을 찾아보면 'hole'은 구멍, 구덩이, (갈라진, 찢어진) 틈, 꺼진 곳 등의 뜻도 있지만, (동물의) 굴, 누추한 집의 의미도 있다. 오기가 아내와 함께 가꾸었다고 믿은 집은 결국 '구멍'이고 '구덩이'였음이 드러난다. 두 사람 사이에서 조금씩 자라난 오해와 불신의 틈은 봉합 불가능한 파국으로 치닫는다. 굳이 영어 제목을 내세운 이유가 조금은 짚인다. 인간 주체의 가능성을 회의하는 종말론적 악몽으로부터 시작된 편혜영의 소설은 일상에 잠복한 불안과 균열의 서사를 다양하게 발굴해내면서 익숙하고 상투적인 현실의 윤곽과 지도를 낯설게 감각하고 상상하는 방식으로 심화되어왔다. 이 과정에서 편혜영의 소설을 신뢰할 만하게 만든 것은 무엇보다 그 불안과 균열의 서사를 떠받친 언어의 밀도와 긴장이었다. 얼핏 보면 건조하고 무미한 단어들의 반복적 나열처럼 보이지만, 편혜영의 언어와 문장은 비유컨대, 미세 눈금이 작동하는 정밀과학의 세계를 내장하고 있다. 그 과학은 반복과 차이에 기반하면서, 감정과 정보를 편혜영 소설이 수용하고 반응하는 자연주의의 눈금 안에서 극도로 제한적으로 움직이게 한다. 균열과 구멍이 미세한 실금처럼 존재하고 그 자체로 방어와 은폐의 운동 방식을 갖고 있다면, 편혜영의 소설은 바로 그 실금의 존재 방식과 운동 방식에 대응하는 소설의 언어

---

1) 편혜영, 『홀』, 문학과지성사, 2016. 이하 인용은 쪽수만 밝힌다.

와 서사의 구조를 찾아냈다고 할 수 있다. 다음은 『홀』의 마지막이다.

> 깊고 어두운 구멍에 누워 있다고 해서 오기가 아내의 슬픔을 알게 된 건 아니었다. 하지만 자신이 아내를 조금도 달래지 못했다는 건 알 수 있었다. 아내가 눈물을 거둔 것은 그저 그럴 때가 되어서였지, 더이상 슬프지 않아서는 아니었다.
> 오기는 비로소 울었다. 아내의 슬픔 때문이 아니었다. 그저 그럴 때가 되어서였다.(209쪽)

이 마지막 대목의 몇 문장 안에는 편혜영 소설을 이해할 수 있는 유력한 단서가 있다. 그리고 우리의 질문을 유발하는 덫이 있다. 우선 이야기의 맥락을 간략히 되짚어보자. 교통사고로 반 식물인간 상태가 된 '오기'는(동승하고 있던 아내는 죽는다) 양팔을 조금씩 움직일 수 있게 되자 장모가 외출한 사이 집에서 탈출을 꾀한다. 간신히 기어서 정원 마당으로 나온 오기는 철제 대문 너머로 이웃의 도움을 기다리지만 때마침 돌아온 장모의 눈에 띄게 되고, 결국 장모가 파놓은 구덩이 아래로 굴러떨어진다. 장모는 오기의 이기적 삶과 불륜이 자신의 딸을 죽음으로 몰아넣었다고 믿으며 지금 간병을 빌미로 딸 대신 오기에 대한 복수를 수행 중이다. 장모는 팔짱을 끼고 구덩이에 처박힌 오기를 내려다보고 있다. 오기는 다가오는 죽음을 기다리면서 예전의 어느 날 정원에서 아내와 나누었던 한가로운 시간을 떠올린다. 그날 아내는 자신의 일상으로부터 갑자기 사라져버린 한 사내, 그런 뒤 다른 도시에서 이름을 바꾸고 새로 생긴 가족과 함께 살아가는 한 사내에 대한 이야기를 읽은 뒤(대실 해밋의 소설인 듯하다), 갑자기 울

음을 터뜨렸다. "우리는 무사할 테고, 어떤 일이 있어도 저 너머로 홀로 가지 않겠다고 얘기했다. 허튼 약속 없이, 섣부른 이해 없이 아내를 슬픔에서 천천히 건너오게 하면 좋았을 거라는 생각은 나중에야 들었다. 오기는 미래의 슬픔을 이미 겪은 듯한 아내를 가만히 안아주었고 울음이 서서히 잦아들다가 그쳐가는 걸 지켜봤다."(208~209쪽)

그리고 앞서 인용한 대목이 이어지며 소설은 끝이 난다. 여기서 우리는 소설 『홀』이 견지하는 감정의 능력이 아주 제한적이라는 사실을 확인한다. 아내의 '슬픔'은 그때도 지금도 공감의 자장 바깥에 있다. "깊고 어두운 구멍에 누워 있다고 해서 오기가 아내의 슬픔을 알게 된 건 아니었다"는 문장은 그 사실을 힘주어 적시한다. 소설은 오기를 초점화자로 해서 이야기를 들려준다. 그러나 오기가 그렇게 신뢰할 만한 화자가 아니라는 사실은 곧 드러난다. 오기의 진술은 죽은 아내의 자리에서 보충되고 검토되어야 한다(그것이 아내가 작성한 '고발문'이다. 우리 독자는 이 고발문을 읽지 못하지만, 장모는 이 고발문을 읽고 사태를 자기 방식으로 짐작한다). 그러나 화자로서 오기의 '신뢰할 만하지 못함'이 심각한 도덕적 파탄이나 자기기만의 소산이 아니라는 점은 지적해두어야 한다. 오기의 말이기는 하지만 인용해본다면, 인간은 누구나 얼마간의 '빈구석'을 가질 수밖에 없다(180쪽). 그런 '공동空洞'은 인간을 터무니없는 사랑이나 욕망의 정념으로 이끌기도 하지만, 그로부터 돌아와 아무 일 없었던 듯 살아가게 만들기도 한다. 그러니까 오기의 자기변호를 받아들여 그를 '평균치의 인간'이라고 불러보자. 오기가 열 살 때 엄마를 자살로 잃었고, 학교에서의 왕따와 함께 그의 아동기가 일찍 끝났다는 사실도 그를 그렇게 불러보고 싶게 만든다. 문제없는 가정에서 자란 아이는 없다고 가정해보는

것도 우리의 논의를 도울 수 있다. '트라우마'란 말은 일상에서도 그렇지만, 허구의 이야기에서도 아주 제한적으로 사용될 필요가 있다. 말하자면, 오기는 '인간-괴물'도 사이코패스도 아니다. 그가 감정에서 보이는 어떤 무능력은 인간 일반의 그것일 가능성이 높다. 대개 우리는 그 무능력 앞에서 좌절하기도 하지만, 그것을 이겨내려고 노력하기도 한다. 인간이 이루어낸 문명, 사회라는 연대체는 그 능력을 키우는 공간이다(반대의 결과가 숱한 사건, 사고, 재난 속에 드러나는 게 부분적 현실이라고 하더라도 그렇다). 우리는 그 가능성을 포함해서 '인간'이라는 상상의 개념체를 조금씩 끌어올리고 부풀려왔다고 할 수 있다. 그러나 『홀』의 마지막에서 우리는 가혹할 정도로 축소된 인간과 다시 마주한다. 오기가 깊고 어두운 구멍에 누운 채 임박한 죽음 앞에서 확인하는 인간 진실에는 일말의 감상적 온기도 없다. 그는 그때도 지금도 아내의 슬픔을 알지 못한다. 그가 자신할 수 있는 것은, 자신이 아내를 조금도 달래지 못했다는 사실이다. 이것은 정직함일 것이다. 아내에 대한 자신의 잘못을 돌이키는 참회의 술회일 것이다. 그러나 어떤 시련도, 어떤 처벌도, 시간의 진행도, 죽음 앞의 시간도 인간으로서 그의 능력을 조금도 끌어올리지 못했다는 사실은 참담한 진실이다. 이어지는 오기의 진술은 더 가혹하다. "오기는 비로소 울었다. 아내의 슬픔 때문이 아니었다. 그저 그럴 때가 되어서였다." '그저 그럴 때'는 아내가 눈물을 거둔 것이 그러했던 것처럼, 불수의 적不隨意的인 감정의 자연적 양태에 따른 시간을 가리킬 뿐이다.

우리는 잠시 망연해진다. 그렇다면 우리의 '감정 교육'은 결국 예정된 실패를 유보하려는 안간힘에 불과한 것일까. 『홀』에서 주인공 오기가 보여주는 감정의 무능력, 철벽같은 타자성 앞에서 기꺼이 스스

로를 거두어들이는 행동을 예외적이고 특별한 것으로 볼 근거는 그다지 없는 것 같다. 그가 결혼 이후 아내에게 충실하지 못했고, 아내의 상실감을 이해하려고 노력하지 않은 것은 사실이다. 교수 임용 과정에서 그가 옳지 않은 행동을 한 것도 사실이다. 그는 부도덕한 인간이다. 그러나 그의 부도덕함은 가령 어떤 시인의 시를 오기가 자기 식대로 읽은 것처럼, "사십대란 모든 죄가 잘 어울리는 나이"(77쪽)라는 흔한 속물성에 가까운 것일 수도 있다. 오기가 받은 가혹하다 싶은 처벌은 우리가 쉽게 묵인하는 그 속물적 도덕성의 해이와 자기기만에 대한 삼엄하고 가차없는 경고인 것일까. 그렇지는 않은 것 같다. 소설 『홀』에서 생겨나고 자라는 틈과 구멍은 도덕 너머에 있다. 그것은 어쩌면 도덕과 무관한 자리에서, 오기와 아내의 서사를 모르는 곳에서 이미 도착해 있는 듯한 느낌을 준다. 오기의 행동과 도덕이 이루는 조건문은 '구멍'이라는 결과를 결코 바꾸지 못할 거라는 예감은 『홀』이 숨기고 있는 가장 섬뜩하고 아이러니한 진실이다. 조건문의 결과를 바꿀 수 있는 유일한 가능성은 언젠가 아내가 읽은 소설 속 어느 사내의 이야기처럼, '운'이다. "운 좋게 살아남은 남자 때문에, 갑자기 저 너머로 가버린 남자 때문에⋯⋯"(208쪽) 그러므로 오기는 죽음 앞에서도 회심回心에 이를 수 없다. 그가 할 수 있는 일은 불운을 받아들이는 것뿐이다. 그는 그저 운이 나빴던 것이다. 마침내 터져나온 울음이 '그저 그럴 때가 되어서였다'는 진술은 이 무서운 진실을 웅변한다.

그런데 오기의 불운에는 무언가가 빠져 있는 느낌이다. 『홀』에는 병원의 의사와 간호사, 간병인, 보험회사 조사원, 오기의 대학 동료, 기독교인 등 적지 않은 사람들이 등장한다. 오기는 이들 누구와도 소통하지 못하며 제대로 된 조력 또한 받지 못한다. 그들은 철저히 자기

들의 이해관계 안에서만 움직인다. '사회'나 이웃은 공평하게(개인의 욕망, 한계에 비해서 말이다) 작동하지 않는 것 같다. 우리는 질문해볼 수 있다. 현실태로서의 사회가 드러내는 부정적 양상을 인정하는 것과 별개로, 문학이 그려내는 인간 현실의 함수에서 '사회'의 축은 끊임없는 탐구의 대상이 되어야 하는 것이 아닌가.『홀』에서 사회는 추상화되어 있고, 고정되어 있는 느낌을 준다. 그것은 오기가 '사회'에 대해 가지고 있는 전체적인 느낌일 수 있지만, 소설『홀』이 그렇다는 것은 다른 문제일 테다.『홀』이 강조하려 한 측면을 이해 못하는 것은 아니지만, 그것이 현실의 일부만을 구성하고 반영했다는 생각은 숙제처럼 남는다. 이 문제를, 해체되는 가족, 붕괴되는 집이라는 현실을 전혀 다른 느낌 속에서 재구성하며 이야기하고 있는 윤대녕의『피에로들의 집』과 함께 생각해보고 싶다.

3. 인간의 선의, 그러나 검토되지 않은 것들—윤대녕 장편소설 『피에로들의 집』[2]

『피에로들의 집』의 일인칭 화자이자 주인공은 '김명우'라는 삼십대 중반의 극작가 겸 연출가다. 한때 꽤 언론의 주목을 받기도 했던 그는 연극 작업의 불안정성이 주는 상시적인 우울에다 여배우와의 사랑이 이상한 방식으로 파탄 나면서 극심한 자기파괴 충동에 시달린다. 그런 와중에 세상에 대한 뒤틀린 분노는 불쑥 선정적인 작품 공연으로 이어지게 되고, 연극계로부터는 거의 도덕적 파산 선고를 받게 된다. 지금은 술에 빠져 하루하루를 간신히 꺼나가는 신세다. 윤

---

2) 윤대녕,『피에로들의 집』, 문학동네, 2016. 이하 인용은 쪽수만 밝힌다.

대녕은 툭툭 아무렇게나 던져버리는 듯하나 적실하고 직핍한 특유의 비유로 이 사태를 절묘하게 요약한다. "그즈음의 내 인생이란 비 내리는 아침에 난데없이 유실물 처리장으로 끌려간다 해도 달리 불평이나 저항을 할 만한 상태가 아니었다. 그렇듯 '나'라는 존재를 방치한 채 무력하고 피폐한 날들을 보내고 있었다."(8쪽)

헤어날 길이 보이지 않던 김명우의 전락은 우연히 '마마'로 불리는 노부인을 만나면서 일상의 생태계로 돌아올 수 있는 전환점을 찾는다. 마마는 성북동 자신의 사층 건물에 이런저런 이유로 상처 입고 떠도는 사람들을 하나둘씩 불러들여 일종의 유사 가족공동체를 꾸려가고 있었는데, 김명우를 그곳의 집사 겸 또 한 명의 '가족'으로 불러들인 것이다. 소설은 김명우가 성북동 '아몬드나무 하우스'에 머문 구개월 남짓의 기간을 시간적 배경으로 하면서, 김명우를 통해 '아몬드나무 하우스' 사람들의 상처와 사연을 들려주는 방식으로 진행된다. 편혜영의 『홀』에서 진행되는 가족 붕괴의 서사가 얼마간 현대의 보편적 악몽을 환기하는 알레고리의 느낌으로 다가온다면, 윤대녕의 『피에로들의 집』은 이즈음 이 땅에서 수시로 확인되는 좀더 현재적인 가족 붕괴와 해체의 이야기, 사회적 유대의 공백을 떠도는 '도시 난민들'의 이야기에 보다 직접적으로 연결되어 있다고 할 수 있다. 사회적 현안에 대한 이러한 관심은 소설의 분위기, 인물의 태도에도 반영된다. 그것은 쉽진 않더라도 '삶의 문제'를 해결의 지평 위에 두는 자세라 할 수 있을 텐데, 『홀』의 인물들에게선 발견하기 어려운 것이다. 관계에 대한 희망, 삶의 가능성을 믿고자 하는 마음과 시선은 『피에로들의 집』에 적지 않은 온기를 부여한다. '아몬드나무 하우스'의 사람들이 하나같이 회복하기 힘든 상처를 안고 가족이나 관계로부

터 찢겨져 나왔다는 점을 생각해본다면, 그 상처의 치유 가능성을 열어두고 싶은(혹은 열어두어야 한다는) 작가의 절박함이 느껴지기까지 한다.

소설의 결말에 이르러 명우는 반도의 남쪽을 돌아오는 여행을 떠난다. 마마의 죽음을 겪고, 사라졌던 연인 '난희'의 새로운 삶을 확인한 뒤의 일이다. 그 여로는 '아몬드나무 하우스'의 또다른 '가족'인 사진작가 '박윤정'이 지난겨울 여행한 길이었는데, 그 사실을 뒤늦게 알아차리게 되면서 김명우는 스스로에 대한 모종의 자각에 이르게 된다.

나는 그녀에게서 다름 아닌 박윤정의 뒷모습을 보고 있었던 것이다. 그제야 나는 지난겨울 그녀가 여행했던 행로를 따라 내가 지금 이곳에 와 있음을 알게 되었다. 그와 동시에 김현주와 정민의 얼굴이 눈앞에 떠오르면서, 내가 다시 아몬드나무 하우스로 돌아가기 위해 떠나왔다는 사실을 저절로 알게 되었다. 거기엔 내가 해결해야 할 삶의 문제들이 여전히 남아 있었다.(244~245쪽)

김명우는 지금 박윤정에 대한 마음을 새삼 확인하고 있다(윤정에 대한 명우의 마음은 한 번 좌절을 겪은 바 있다. 그땐 난희의 문제가 미결인 상태이기도 했다). 그러면서 관계 속으로 다시 돌아가야 한다고 스스로를 채근하고 있다. 세상에 문을 닫아걸고 폐인처럼 지내던 구개월 전이라면 상상하기 힘든 일이다. "거기엔 내가 해결해야 할 삶의 문제들이 여전히 남아 있었다"는 진술은 살아간다는 일을 그 모순, 난관, 공백, 상처와 함께 받아들이는 사람만이 할 수 있는 것이다.

것 같습니다. 혼자라는 건 결국 허상일 뿐이겠죠?"(172쪽)라고 말할
수 있는 것도 그래서일 것이다. 다시 말해, 명우를 비롯해 이 소설의
인물들은 다들 커다란 상처를 입고 관계로부터 찢겨지거나 튕겨져
나왔지만 희미하게나마 관계의 복원, 유대감의 회복을 바란다는 점
에서는 비슷한 자리에 있다고 할 수 있다. 실어증에 빠졌던 정민조차
소설의 후반부에 이르면 많이 건강해져 있고, 윤태도 마찬가지다. 문
제는 '타인에 대한 감정을 회복할' 계기가 그들 자신의 노력과 함께
어떻게 주어지는가 하는 것일 텐데, 그런 점에서 '아몬드나무 하우
스'는 얼마큼은 그 공간 자체만으로도 제 몫을 해내고 있는 듯하다.

　사실 이런 시선과 태도는 윤대녕 소설의 전체적 흐름에서 보아 그
리 낯선 것은 아니다. 윤대녕 소설에 배음처럼 깔리는 고독과 허무의
정조, 쓸쓸함의 아우라는 늘 조화로운 관계의 복원을 건너편의 숨은
항으로 두고 있으며, 그의 소설에 꿈결처럼 나타났다 사라지는 '여
성'은 그 지향성의 그림자라고 할 수도 있다. '아몬드나무 하우스'는
그 지향성에 좀더 사회적이고 현실적인 차원을 더한 공간처럼 보인
다. 윤대녕 소설의 특장이랄 수 있는 선방禪房 말투 같은 비유(이번 소
설에서 명우는 '대사 조의 말투'라는 핀잔을 수시로 듣는다. 선어의 비유
와 함께 대사 조의 인공성은 윤대녕 소설이 세계에 입히려는 옷이며 의
장이고, 고전古典의 기품이다. 그의 소설은 세계를 부수려 하지 않는다),
낭만적이고 신화적인 시간과 상상의 개입은 언제든 현실과 인간을
감싸고 들어올리는 쪽으로 움직여왔다. 인간성 혹은 인간 주체에 대
한 근본적 회의와 극단의 부정과는 거리가 먼 세계다. 그런 점에서
『홀』과 『피에로들의 집』은 아예 출발선이 다르다고 할 수 있다. 그러
나 이런 구도를 전제하더라도 앞서의 질문은 여전히 남는다. '아몬드

나무 하우스'는 인간의 선의가 최대치로 수렴되고 떠받치는 공간처럼 보인다. 명우가 자신의 입으로 '신비'라는 표현을 쓰는 건 괜한 말이 아닐 터이다. 사회 전체로 보아도 그곳은 섬이다. 인간 유대를 복원하는 작은 맹아, 가능성이 그곳에 있다는 것은 부인하기 어렵다. 그러나 이 선의들은 제대로 된 시련을 겪었는가. 인간성의 또다른 얼굴, 타자의 공포와 얼마만큼 대면했는가. 관계와 유대의 착잡하고 복잡한 국면들이 좀더 많이 불거져야 하지 않았나 하는 생각이 드는 것은 어쩔 수 없다. 서울 거리를 걷고 또 걷는 명우와 정민의 침묵의 동행, 그 침묵의 거리距離가 전하는 많은 이야기를 깊은 감동 속에 되새기게 될수록 그러하다.

4. 전체로서 인간 현실의 덩어리

모든 문학작품은 인간에 대한 재정의의 과정을 포함하기 마련이다. 우리는 『홀』이 보여주는 냉정하고 가혹한 인간 정의定義에 동의하는 만큼, 그 정의가 스스로를 거스르는 균열의 지점을 내보이길 기대한다. 그것은 오기와 아내의 붕괴가 인간 가능성의 소진, 사회의 최종적 실패는 아니라고 믿기 때문이다. 비슷한 이야기는 『피에로들의 집』에 대해서도 덧붙일 수 있으리라. '아몬드나무 하우스'의 사람들에게도 『홀』이 제기하는 시련과 질문은 면제될 수 없는 것이다. 인간과 사회의 실패를 잠정적인 것으로 만들기 위해서 검토되고 재정의되어야 할 이야기는 여기에도 많다. 그리고 이 두 갈래 길은 단순히 서로의 보충만을 요구하는 것은 아닐 테다. 현실을 반영하고 재구성하는 각자의 시선을 더 충실하고 완강하게 밀고 나가면서 거기서 흘러나오는 내파內破의 지점들로부터 새롭게 시작되는 이야기를 우리는

만나고 싶다. 그 내파의 이야기야말로 기원도 목적도 없는 채로 눈앞의 인간 현실을 이루는 생생한 영역일 수 있다. 우리는 두 소설의 완결성이 무언가를 버린 대가라는 느낌을 받는다. 여기에는 무언가 이야기되지 않은 것들이 있다. 구멍과 균열에 내속된 인간 주체의 불안이든 관계나 유대를 통한 인간성의 복원 가능성이든 결국 한 덩어리의 이야기로 탐구되어야 한다. 우리가 문학에 기대하는 것은 주관적 구축의 한계 안에서일망정 언제든 인간 현실의 덩어리, 그 전체의 미메시스이기 때문이다.

(2016)

고통의 공동체
─권여선과 은희경

1. 고통이라는 언어

은희경의 단편 「별의 동굴」(『중국식 룰렛』, 창비, 2016)은 최근 아프리카의 한 동굴에서 발견된 고대 인류(약 250~300만 년 전 인류 초기 종으로 추정)의 화석 이야기로 끝난다. 과학자들이 비좁은 동굴의 틈새를 비집고 들어가자 거기에는 1,500여 개의 유골들이 가지런히 정돈된 형태로 놓여 있었다. 과학자들은 이를 장례 의식으로 추정했으며, 죽음 이후를 상상한 최초의 인류에게 동굴의 이름을 따 '호모 날레디'는 이름을 붙여주었다. 날레디는 (남아공 세소토어로) 별을 뜻한다고 한다. '별의 인간'. 생물학적 존재인 인간 종에게 죽음은 필연적이지만, 그 죽음을 '죽음 이후'와 연결지어 상상하는 순간이 처음부터 주어졌던 것은 아닐 테다. 그 순간은 인간이 스스로를 의식하고 문화적으로 형성하기 시작한 중요한 단계의 하나였을 거다. 밤하늘의 별을 전과는 전혀 다른 표상으로 받아들이는 일도 이 무렵부터였다고 생각할 수도 있겠다. 그렇다면 '호모 날레디', '별의 인간'은 참

으로 근사한 명명이 아닐 수 없다.

그런데 이로부터 "생물학적 존재로서의 인간이 문명의 시작부터 지금에 이르기까지 본질적으로 변하지 않았으며, 생물학적 사실에 가장 가까운 감정들과 표상들 또한 거의 변하지 않았다는 사실"[1]을 주장한다고 하면 테리 이글턴의 말처럼 급진적 역사주의자나 문화론자들은 정말 질겁을 할 텐가. 변화와 변전, 역사적 가변성이 세상 만물을 관통하는 강력한 법칙이라는 사실을 부인하지 않고도 우리는 세상에는 거의 변화시킬 수 없는 것들이 존재한다는 사실을 받아들일 수 있다. 그것은 아마도 인간 종species의 몸과 관련된 영역일 텐데, 쉽게 노화, 질병, 죽음과 같은 현상을 꼽을 수 있겠다. 다르게는 인간의 몸이 느끼는 '물리적 고통'을 들 수도 있겠다. 적어도 인간의 몸은 물리적 고통의 면에서 종의 발생 이후 거의 변한 것이 없다고 할 수 있다. 비슷한 차원에서 인간의 생물적 유한성을 말하고, 물리적으로 연약하고 상처받기 쉬운 존재로 인간을 이해하는 입장도 가능하다. 그리고 이런 사실들은 불가피하게 인간존재의 소극적이고 수동적인 측면을 부각하게 된다. 당연히 급진적 정치학이 거북해할 수밖에 없는 지점이 된다. 그러나 과연 그런가. 오랫동안 '비극'의 배타적 영토로 이해되어온 인간 이해의 보수적 지점에 대해, 이글턴의 생각은 다르다.

그러나 이것은 급진적 정치학의 장애가 아니라 밑천이 될 수 있다. 예컨대 우리의 소극성은 우리가 연약하고 상처 받기 쉬운 것과 밀접한

---

1) 테리 이글턴, 『우리 시대의 비극론』, 이현석 옮김, 경성대학교출판부, 2006, 18쪽.

관계가 있지만, 진정한 정치학이라면 그 연약함과 상처받기 쉬움에 기초해야 한다. 비극은 다른 무엇보다 우리의 유한성과 연약함에 대한 하나의 상징적 타협이라 볼 수 있는데, 그와 같은 타협이 없다면 어떤 정치적 기획도 실패할 것이다."[2]

생물적 유한성과 연약함 말고도 인간이 어느만큼 스스로를 운명에 결박된 존재로 느끼는 것 또한 오래된 '비극'의 인식이면서, 세상의 변화나 당위적 정치 이데올로기 등과 무관하게 많은 이들의 존재적 실감의 한 부분을 이루고 있는 듯하다. 이글턴은 인간의 덧없고 위축되고 연약한 측면을 부각하는 비극에 대해 이야기하는 것이 문화주의자나 역사주의자의 오만에 대한 비판이 될 수 있으리라고 선언한다.

비극 작품들 중 일부는 우리가 일을 주도하기보다는 떠밀려서 살아가는 존재임을, 그리고 우리가 운신할 수 있는 공간이 지극히 옹색할 때가 많다는 점을 강조한다. 사실 이와 같은 점을 인식한 것이야말로 신비적 운명론의 긍정적 측면이었다. 일부 사람들에게 운명론이나 비관주의로 여겨지는 것이 다른 사람들에게는 효과적인 윤리학이나 정치학의 유일하게 확실한 기초인 건전한 현실주의가 된다. 자신의 한계를 이해할 때에만 건설적 행동이 가능한 법이다.[3]

물론 그 한계의 인식이 반드시 건설적 행동으로 이어지는 것은 아

---

2) 같은 책, 21쪽.

3) 같은 책, 22쪽.

닐 테다. 현실에 대한 투항을 합리화하거나 허무주의의 심연 쪽으로 이동할 수도 있는 일이다. 그러나 '비극'에 대한 좌파들의 편견과 무시를 교정하려는 이글턴의 '구부리기'를 감안할 문제이겠지만, 굳이 '운명'이라는 말을 쓰지 않더라도 운신의 제약을 겸허하게 인정하는 것이 신뢰할 수 있는 현실주의의 토대가 된다는 사실은 의외로 많이 말해지지 않는 지점인 듯하다. 이념이나 이론의 차원에서는 쉽게 '형성'을 말하지만, 우리가 그렇게 마음대로 스스로를 만들어갈 수 있는 존재가 아니라는 것은 누구나 현실에서 실감하고 확인하는 사실이다. 그리고 바로 여기가 역시의 중압이 작용하는 지점이기도 할 것이다.

여기서 고통과 불행이 비극의 자원이면서 문학의 고갈되지 않는 주제가 되는 이유도 함께 생각해볼 수 있겠다. 다양한 고통의 재난이 있다고 할 때, 어떤 고통도 다른 고통을 추상적으로 대체할 수 없다. 이글턴의 이야기를 더 들어보자.

이런 〔재난의—인용자〕 경험들에는 고통 말고는 공통된 본질이랄 것이 없다. 그런데 고통이란 실로 매우 강력한 언어와 같은 것이어서 고통을 함께하면 다양한 삶의 형식들이 대화를 나눌 수 있게 된다. 고통은 의미의 공동체다. (……) 고통의 공동체에서는 상처, 분열, 적대감이 공통 화폐로 유통된다.[4]

이번 계절에 출간된 은희경의 소설집 『중국식 룰렛』[5]에는 운명의

---

4) 같은 책, 23쪽.
5) 은희경, 『중국식 룰렛』, 창비, 2016. 이하 인용시 작품명과 쪽수만 밝힌다.

악의惡意를 견디는 인물들의 이야기가 많이 나온다. 인생이라는 극劇에서 '잘못 지정된(혹은 배달된) 배역'을 살며 '스스로가 자기 삶의 주인공이 아니라는 느낌'은 그 인물들을 관통하는 공통된 정서라 할 만하다. 인물들의 생활과 표현은 그 사실과의 대면을 완화하려는 아이러니한 거리를 작동시키는 데 집중되며, 고통은 그 아이러니에 싸여 있는 만큼 불연속적으로 소설의 배면에서 희미하게 어른거린다. 인물들은 스스로를 작게 좁히며 견디고 있다. 반면 권여선의 소설집 『안녕 주정뱅이』[6]는 인간 성격의 불가해한 미로들을 대담하게 파헤치는데, 특히 몇 작품에서 스스로를 고통의 극한으로 몰고가는 인물들을 보여준다. 당연히 거기에는 견딤의 극한이 있다. 두 소설 모두 사회적 정치적 현실은 후경화되어 있고 인간존재의 고통스러운 맨몸만이 전경화된 느낌을 준다. 소설을 현실의 급진적 정치학과 연동하려는 입장에서 보면 일종의 정체停滯를 지적할 수도 있겠지만, 인간의 모순과 연약함에 집중하는 두 작가의 시선이 실은 현실을 버텨내는 또하나의 힘을 비축하고 있다는 게 평자의 판단이다.

2. 고통의 지지와 견딤의 인간학

「봄밤」은 "산다는 게 참 끔찍하다. 그렇지 않니?"라는 말로 소설의 첫머리를 연다. 중증 알코올의존증자인 막냇동생 영경을 면회 가는 차 안에서 큰언니 영선이 던지는 말이다. 끔찍하다는 말은 더이상의 강도 표현이 필요 없는 단어인데도 소설을 읽어나가다보면 무언가 다른 말이 더 있어야 하지 않나 싶을 정도로 요양원에서 생의 마지

---

6) 권여선, 『안녕, 주정뱅이』, 창비, 2016. 이하 인용시 작품명과 쪽수만 밝힌다.

막 시간을 보내고 있는 영경과 수환 부부의 처지는 끔찍하고 끔찍하다. 그런데 끔찍하기로는 「이모」에서 '이모'의 삶 또한 못지않다. 그녀는 평생 가족에게 저당 잡힌 삶을 살다 뒤늦게 모든 관계를 끊고 자유로운 시간을 갖지만, 그것도 잠시, 췌장암에 걸려 돌연 죽음을 맞는다. 그녀는 죽기 직전 아무에게도 가닿지 못하게 흘러온 자신의 삶을 일러 '불가촉천민'이라고 자조하지만 아무런 탓을 하지 않는다. 그러면서 덧붙인다. "그래도 내가, 성가시고 귀찮다고, 누굴 죽이지 않은 게 어디냐? 그냥 좀, 지진 거야. 손바닥이라, 금세 아물었지. 그게 나를, 살게 한 거고."(106쪽) 대학 시절 같은 과 동기 남학생의 고백하는 손바닥에 담뱃불을 눌러 껐던 기억이 망각의 시간을 뚫고 엄습해왔던 날, 그녀는 자신의 손바닥 가장 깊은 곳에 담뱃불을 눌러 끄면서 이전의 죽음 같은 삶과 결별했던 것이다. 생각해보면 신 혹은 세상의 응대가 그와 같지 않았던가. 살고자 아등바등 내밀었던 손바닥에 그저 성가시고 귀찮다는 이유로 담뱃불을 지지는 식으로 말이다. 조카 며느리인 화자가 듣고 전하는 그녀의 마지막 말은 질문이다. "그런데 그게 뭘까…… 나를 살게 한…… 그 고약한 게……."(106쪽)

산다는 게 참 끔찍하다는 것, 그럼에도 우리를 살게 하는 무언가가 있다는 것. 이 둘 사이에서 이번 소설집을 읽어보는 것도 가능하겠다. 「봄밤」의 경우 영경과 수환의 사랑이 서로를 버티는 힘이 되고 있다고 말해버리면 쉽다. 그러나 사랑이라는 추상명사만으로 이 두 사람의 서로에 대한 지지와 버팀에 가닿을 수 있을까. 앞서 이글턴의 말에 기대면 두 사람은 고통의 공동체 안에서 결속되어 있다. 그들은 서로의 고통을 알아보면서 만났고 그 고통을 나누고 짊어지는 방식으로 함께 살았다. 영경은 알코올의존증이 심해져 교직을 그만둔 직후

에 친구의 재혼식 자리에서 수환과 만난다. 그때 수환은 신용불량자 신세로 죽음을 각오하며 하루하루를 버티고 있는 상태였다. 둘 모두 일찍 가정은 깨어졌다. 재혼 뒤풀이 자리에서 술이 엉망으로 취한 영경을 수환이 새벽에 업어서 집까지 바래다주게 되는데, 이들은 다음 날부터 매일 저녁 만나다가 일주일 만에 수환이 옥탑방을 정리하고 영경의 아파트로 들어오는 식으로 함께 살게 된다. 수환이 류머티즘 관절염의 악화로 먼저 지방 요양원에 입원한 두 달이 십이 년 동안 살면서 두 사람이 떨어져 있던 유일한 기간이다. 불같이 점화하는 사랑이야 더러 있는 일이라 하더라도 그 열도를 이처럼 한결같이 지속한다는 게 어떻게 가능할까. 따지기로 하면 둘은 전혀 다른 이력의 사람이기도 하다. 그것은 알 수 없는 대로, 두 사람의 첫 만남이 업고 업히는 자세로 시작되었다는 사실은 말해주는 바가 적지 않다. 나는 두 사람이 서로의 고통을 알아보면서 만났다고 썼지만, 정확히는 고통에 찌든 몸이었을 테다. 그리고 그 고통의 몸으로 둘은 결속되었으리라. 영경의 요양원 마지막 외출이 있던 날, 수환은 진통제로 버티면서 그 봄날의 첫 만남을 돌이킨다. "비록 화장을 하고 있었지만 영경의 눈가는 쌍안경 자국처럼 깊게 파였고 볼은 말랑한 주머니처럼 늘어져 있었다. 한 달 동안 노숙 생활을 했을 때 본 여자 노숙자들을 생각나게 하는 얼굴이었다. (……) 취한 그녀를 업었을 때 혹시 달그락거리는 소리가 나지 않을까 염려될 정도로 앙상하고 가벼운 뼈만을 가진 부피감에 놀랐던 기억이 있다."(32쪽) 그렇게 앙상한 영경의 몸을 업고 새벽길을 가는 수환의 몸. 첫 만남 이후 일주일 동안도 이 자세가 반복되었다고 소설은 알려주지만, 함께 산 이후에도 또 얼마나 자주 둘은 업고 업혔을까. 수환을 쓰러트린 류머티즘 질환은 그 몸의

고통을 나누고 짊어진 데서 온 불가피한 증상일지도 모른다. 알코올 의존 증상의 악화에다 간경화, 영양실조가 겹치면서 영경 역시 요양원으로 들어가게 되는데, 이제는 그 몸으로 영경이 수환의 휠체어를 민다. 이글턴은 "고통이란 실로 매우 강력한 언어와 같은 것이어서 고통을 함께하면 많은 다양한 삶의 형식들이 대화를 나눌 수 있게 된다"고 한바, 그 대화가 결국 우리가 사랑이라고 부르는 것이고 그 고통의 대화 안에서 모종의 희열도 생성되는 것이리라. 영경은 수환이 살아 있을 때 한 마지막 외출에서 소주를 앞에 두고 김수영의 「봄밤」을 중얼거린다. "애다도록 마음에 서둘지 말라! 절제여! 나의 귀여운 아들이여!"(33쪽) 비록 파괴된 생활, 무너진 육체를 통한 결속과 결합이었을지언정(둘의 사랑조차 영경의 알코올의존을 치유하지 못한다. 요양원에서 수환은 영경이 술을 마시기 위해 외출하는 걸 막지 않는다. 그것은 그가 영경에게 줄 수 있는 유일한 선물이다) 이 둘의 결속은 절제와 견딤, 버팀으로만 가능했다는 걸 「봄밤」은 기어이 보여준다. "영경의 온전치 못한 정신이 수환을 보낼 때까지 죽을힘을 다해 견뎠다는 것을, 그리고 수환이 떠난 후에야 비로소 안심하고 죽어버렸다는 것을, 늙은 그들은 본능적으로 알았다."(39쪽) 소설이 결국 인간 탐구, 인간학으로 귀결되는 것이라면, 권여선은 「봄밤」에서 있을 수 있는 고통의 극한 지대로 우리를 안내한 다음 거기서도 인간의 이름을 건 이야기가 진행될 수 있다는 것을 보여준다. 그 인간 고양高揚의 서사가 놀랍기도 하지만 보다 중요한 것은, 어쩌면 그런 한에서만 우리가 쉽게 사랑이라고 부르는 것의 진실이 간신히 드러나고 있다는 사실일 테다. 사랑은, 만일 있다면, 이 같은 (몸의) 고통의 지지와 버팀으로만 가능하다고 말하고 싶을 정도로 말이다. 이것은 권여선이

우리에게 열어 보여준 인간학의 새로운 영토라 할 만하다.

그런데 「이모」의 이모로 하여금 끔찍한 삶을, 그럼에도 불구하고 살게 한 '그 고약한 것'은 무엇일까. 일단 이 이야기에서는 '끔찍함'이 인간이 인간과 얽히는 순간이면 거의 예외 없이 생겨난다는 사실을 지적해야 한다. 수도관이 얼어붙은 어느 겨울날 아침, 그녀가 이웃집 젊은 부부의 무례와 무신경에 대해 느낀 '오싹한 증오'. "당장이라도 과도를 움켜쥐고 무엇을 찌를 듯이, 장갑 속의 언 손가락을 바르르 떨게 만드는 이 붉고 어두컴컴한 증오는 무엇인가."(94쪽) 같은 날 고장난 윗집의 인터폰 벨소리 때문에 치른 홍역 역시 그녀의 일상을 마구 흩트려놓는 무참한 폭력이기는 마찬가지였다. 도무지 말이 안 통하는 관리실의 늙은 당직자와 두 수리 기사, 그리고 늙은 노숙자와 혀 짧은 도서관 사서까지 이날 하루 그녀가 겪은 이들은 말 그대로 "파렴치한 주체"(100쪽)들일 뿐이었다. 그것들은 동시에 "과거에서 불려나온 불투명한 유충떼의 습격"(100쪽)이기도 했는데 그 과거에 웅크리고 있는 것은 그녀의 삶을 온통 앗아간 '가족'이라는 굴레이며, '사랑'이라는 이름 아래 자행되었던 모욕의 주고받음이었다. 결국 서로는 서로에게 파렴치한 주체였을 뿐. 해결책이 없는 것은 아닐 테다. '적당한 거리'. "적당한 거리를 두고 바라본 그들은 나름대로 사랑스러운 데가 있는 이웃들이었다."(102쪽) 그러나 그런 적당한 거리는 술 취한 영혼에게나 잠깐 찾아오는 농담 같은 것. 모든 관계를 끊고 철저히 혼자 사는 방법밖에는 없으며, 그 겨울날 이후 그녀가 선택한 삶의 방식이 바로 그러했다. 한 달 65만원으로 생활하기. 그중 30만원은 월세이니, 나머지 35만원이 실질적인 생활비. 담배는 하루에 네 개비, 술은 일주일에 한 번. 일요일 밤에 다소 사치스러운 안주

를 만들어 소주 한 병 정도. 그리고 매일 보리차 한 병을 들고 도서관에 가서 책 읽기. 아마 평화가 왔으리라. 그러나 이런 생활도 돌연 닥친 병마로 얼마 안 되어 중단되고 그녀는 세상을 떠났다. 57세.

이렇게 정리하고 보면 살아간다는 일에서 끔찍함은 피할 수 없는 것이 된다. 남는 것은 어떻게 견뎌내느냐 하는 것. '이모'가 그녀의 생 마지막 몇 년간 보여준 것은 그 견딤의 기품이라 할 만하다. 애타도록 구하고 또 구하는 '봄밤'의 절제 말이다. 당연히 반문이 나올 수 있겠다. 문명 혹은 역사 발전이란 이름으로 인간 사회의 개선에 바쳐진 노력들은 나 헛것이었냐고. 그럴 리가! 그것들을 다 포함하더라도 인간 각자가 감내해야 할 '끔찍함'의 몫은 여전히 남고, 때로는 더할 수도 있다는 점을 받아들일 때만 진정한 인간학은 가능한 것일 테다. 역사적으로 형성되고 변화되는 것이 있다면, 그 예외지대 혹은 '장기지속'의 상태로 인간사에 머무는 것도 적지 않게 있는 법이니까. 이글턴이 '비극'이 조망하는 인간 이해의 영역을 보수주의자들의 손에만 넘겨두지 않고, 비극을 우리 시대의 폭력, 비참, 절망과 연결 지어 다시 해명하려 한 이유도 그래서였을 것이다. 그렇다면 '이모'가 말한 '그 고약한 것'의 정체에 대해 서둘러 답을 찾고 질문을 종결지으려는 행동은 쉽지도 않겠지만, 바람직스러운 일도 아닐 테다. 그보다는 「봄밤」과 「이모」의 자리에 좀더 머물면서 고통의 지지와 버팀, 견딤의 기품에 대해 오래 생각을 이어나가는 것도 우리 시대의 문학이 놓지 않아야 할 숙제 중 하나일 거란 생각이 든다. 소설집 다른 작품들에서 권여선이 던져놓은 좀체 풀리지 않는 인간사의 질문들, 그 미묘한 뒤틀림과 실패의 드라마에 우리가 몸을 기울여야 할 이유도 마찬가지이리라.

「이모」의 화자는 소설을 공부하는 조카며느리로 되어 있다. 이모의 마지막 몇 달, 이모의 집을 찾아가 들은 이야기를 전하는 방식으로 소설은 쓰여 있다. 작가는 왜 이런 구성을 택했을까. 여기에 이즈음 권여선 소설이 봉착한 또다른 질문과 딜레마가 있는 것은 아닐까. 소설은 현실의 미메시스로 인물을 창조할 수는 있겠지만, 그 인물의 어디까지 다가갈 수 있는 것일까. 나는 소설 「이모」의 마지막 대목에서 이 질문을 함께 듣는다.

> 오래 들여다보고 있자니 그 숫자들은[이모의 유산으로 화자에게 입금된 통장의 숫자—인용자] 그녀와 세상 사이를, 세상과 나 사이를, 마침내는 이 모든 슬픔과 그리움에도 불구하고 그녀와 나 사이를 가르고 있는, 아득하고 불가촉한 거리처럼도 여겨졌다.(107쪽)

3. 변화하는 고독의 초상

은희경의 소설집에 수록된 단편 「불연속선」에는 '습식 촬영' 이야기가 나온다. 1851년 프레더릭 스콧 아처가 개발한 촬영술로, 화학 처리된 유리판이 젖은 상태에서 밝은 빛 아래 순간적으로 상을 노출시켜 인화하는 방식이다. 소설의 주인공인 사진가가 작업하는 것을 보면 피사체를 고정하고 필름 아닌 흑경 석판을 끼워 실물 크기로 찍는다. 석판은 즉석 현상되어 그 자체로 사진이 되는데 복제할 수 없는 유일본이 되는 셈이다. 소설의 사진작가는 이 방식으로 인물 사진만 찍는다. 시간도 많이 걸리고 번거로운 작업 방식을 고수하는 이유는 뭘까. 석판의 사진은 매일매일 미세하게 변화한다. "화학반응일 뿐이지만 한편으로는 돌에 새겨진 채로 상(像)이 독립된 삶을 살아가는 과

정이라고도 할 수 있었다. 그것은 실체와 상관없이 흘러가는 그림자의 시간을 깨닫게 해주었을 뿐 아니라 대부분의 시간을 혼자 보내는 그에게 타인의 기척을 느끼게 했다."(122쪽)

"매일매일의 미세한 변화" "그림자의 시간" "타인의 기척". 은희경 소설을 오래 읽어온 이라면 예사롭게 넘어가지지 않는 구절들이다. 인물을 뉘어놓고 등신대로 촬영하려면 모델을 설득하고 이해시키는 데 석 달이 걸리기도 한다. 더디고 번거로운 수공업적 공정. 지금 작가는 자신의 글쓰기에 대한 이야기를 우회적으로 들려주고 있는지도 모른다. 바뀐 가방 때문에 사진작가와 만나게 된 소설의 여성 화자 '나'는 모델이 된 경험을 들려준다. 조명박스 아래에서 부동자세로 누워 혼자 남겨진 삼십 초의 시간은 자살 시도 후 깨어났던 병원 침대를 생각나게 한다. "그 순간 내 얼굴 위에서 어떤 카메라가 나를 찍었을까. 나는 어떤 얼굴로 눈을 떴을까. 어떤 얼굴을 갖고 또다른 생에 등장했을까. 무엇이 나를 되돌려 보냈을까."(135쪽) 이번 생에 잘못 도착했다는 느낌, 심지어 누군가의 '대용품'(「대용품」)일지도 모른다는 느낌은 은희경 소설의 인물들을 지배하는 중요한 정서다. 물론 은희경 소설에 내장된 겹의 시선이 바로 이 지점을 아이러니한 긴장으로 충전하면서 현실의 완강함에 맞서는 특유의 소설적 저항선을 구축해왔다는 건 주지하는 대로다. 그리고 허무의 중력을 버티고 견뎌내는 은희경 소설의 그 냉정한 현실주의는 특정한 사회적 역사적 측면으로 쉽게 환원되지 않는 현대적 개인의 고독에 대한 이야기를 계속 발굴해내고 있다. 이번 소설집에서도 세상의 악의나 불운을 상수로 전제하고 울타리를 최대한 좁히는 방식으로 스스로를 보존해나가고자 하는 인물들을 많이 만날 수 있는데, 그 웅크림 안에

응축되고 수용된 고독은 당연히 수동적인 것만은 아니다. 그리고 은희경 소설의 아이러니는 기실 '바라보이는 나'의 위장된 수동성을 통해 작동되는 것인지도 모른다. 사진작가는 인화된 석판을 건네주며 말한다. "마음에 안 들지도 몰라요. 처음엔 다 그러니까." 그리고 덧붙인다. "자기 모습의 원형 같은 게 담기거든요. 대개는 좋아하지 않더라고요. 그런데 중요한 건 시간이 지나면서 조금씩 변한다는 거예요."(136쪽) 말하자면 은희경 소설에서 우리가 마주치는 고독한 인물들은 바로 이 습식 촬영의 공정을 거쳐 도착한 것이라고 할 수도 있겠다. 그 변화는 좀체 말해지지 않지만 미세한 변화의 시간, 그 타는 욕망은 언제나 인물들과 함께 있었으리라. 그리고 그것은 언제나 얼마만큼은 작가의 자화상이기도 했으리라. 다음 대목은 내가 최근에 본 가장 아름답고 밀도 높은 묘사다. 이 얼굴은 누구의 얼굴인가.

> 나는 석판을 물끄러미 들여다보았다. 검은 돌에 새겨진 나의 모습은 숯으로 그린 목탄화 같았다. 입은 다물어지고 눈빛은 멍했다. 군데군데 빛이 얼룩져 검은색의 흉터 같았고, 눈동자 속에는 여러 겹의 물기가 어른거리고 있었다. 하나로 묶은 긴 머리와 블라우스의 흰 깃 때문인지 지난 세기에 살았던 여자의 모습처럼도 보였다. 내 얼굴 같기도 아닌 것 같기도 했지만 분명히 눈에 익은 얼굴이었다. 어느 꿈속에서인가 나는 그 얼굴이 아니었을까.(136쪽)

작가마다 어떤 이야기를 써도 결국은 희미하게나마 수렴되는 지점이 있게 마련이다. 일종의 탄착점 같은 것들. 그 점들을 모아보면 작가가 의식적/무의식적으로 추구하는 소설적 주제의 원형 같은 게 떠

오를 수도 있겠다. 은희경 소설의 '바라보는 시선'이 세상을 향한 아이러니한 이야기로 열려 있었다면, "입은 다물어지고 눈빛은 멍한" 저 오래된 표정은 아이러니를 모르는 채 내부의 얼굴로 떠돌고 있었는지도 모른다. 스스로를 낯선 이방인으로 거듭 인식하는 가운데. 가령 「별의 동굴」에 나오는 멍한 듯 명랑한 부동산 사무실의 염색 머리 여인을 여기에 겹칠 수도 있다. 결핍에 대한 무심함으로 상대에게 텅 빈 완성의 느낌을 주는 「장미의 왕자」의 여인, 신던 신발을 버리지 못해 신혼여행지에서 남편에게 무시당하는 「대용품」의 여인과 왕따의 배역을 끝내 모른 채(알려고 하지 않은 채) 살아가는 「정화된 밤」의 쳄마를 여기에 더할 수도 있겠다. 물론 이국의 낯선 숙소에서 새벽 한시 알람을 맞춰놓고 잠들기를 갈망하는 「불연속선」의 여주인공도 당연히 이 얼굴들의 윤곽 중 하나다. 성별을 나눌 일도 아니다. 죽음을 앞두고 사랑하는 동성同性의 상대 앞에서 가망 없는 진실 게임을 벌이는 「중국식 룰렛」의 술집 주인 K나 「불연속선」의 사진작가를 비롯한 소설집의 여러 남성 인물들 역시 다들 조금씩은 "내 얼굴 같기도 아닌 것 같기도 했지만 분명 눈에 익은 얼굴"로 은희경 소설이 찾고 있는 얼굴의 윤곽선이나 '얼룩' '눈동자 속 여러 겹 물기'에 참여한다.

그 얼굴은 살아가는 일의 한계를 수긍하고 견딘다는 점에서 '바라보이는 채'로 은희경 소설의 아이러니 안에 투입되어 있는 것처럼 보였을 수 있다. 무력한 고착과 반복으로 보였을 수도 있다. 그러나 한계의 수용과 견딤이 곧 변화이기도 하다는 사실을 우리는 이제 새삼 깨닫는다. 한계는 한계인 채 늘 경계를 바꾸고 있다. 차가운 공기와 더운 공기가 만날 때 지표면에 생겨나는 경계를 불연속선이라고 한다. 소설은 쓰고 있다. "그 선을 따라 갑자기 바람의 방향이 바

뀌고 구름 모양이 변하며 눈과 비가 쏟아지고 번개가 번쩍인다. 하늘에서 가방이 떨어질 수도 있다."(137쪽) 은희경 소설에서 웅크리고 있는 고독의 초상들은 기실 그 불연속선의 욕망이자 표상으로 활동하고 있었던 것은 아닐까. 불연속선을 생겨나게 하는 만남을 쉽게 '타자'의 출현으로만 돌릴 일도 아니다. 생각해보면 인생 그 자체만 한 타자가 또 어디 있겠는가. 은희경 소설이 집요하게 환기하는 것처럼 말이다.

「별의 동굴」의 주인공은 사십 중반의 나이에 부정맥으로 심장 수술을 받게 된다. 심장의 수축과 이완은 심장 안의 전기 흐름에 의해 규칙적으로 이루어지는데 알 수 없는 이유로 전기가 흐르는 다른 길이 생겨나 전기 전달 체계에 혼란이 오면 부정맥 상태가 된다. 언제라도 심장이 멎을 수 있는 위험한 병이라고 한다. 생물적 존재인 인간 몸은 항상성恒常性을 통해 스스로를 지켜나간다. 경우에 따라서는 작은 탈선도 치명적일 수 있다. 바퀴침대에 누워 수술실로 실려가며 그는 병원 천장에 붙은 그림을 본다. 미켈란젤로의 〈천지창조〉의 한 부분이다. 신과 피조물의 손가락이 닿는 순간을 그린 그 그림에서 그는 "최초의 인간이 창조되는 순간 깨달아버린 살아 있음의 무력함, 그리고 그 굴레에서 일어나지 못하도록 명령하는 엄격한 운명의 모습"(169쪽)을 본다. 이 글의 처음에 소개한 '별의 동굴' 이야기는 이 다음에 소설의 후일담 격으로 짧게 붙어 있다. '호모 날레디(별의 인간)'. 「정화된 밤」에서 아들의 여자친구 엄지는 쇤베르크의 동명 음악 공연을 들은 뒤 자기만의 거침없는 해석을 펼친다. "낭만주의자들은 너무 가식적이야. 왜 정화해야 돼? 어차피 다들 자기가 하고 싶은 대로 할 거면서 핑계 만드는 거잖아."(197쪽) 공연 팸플릿 속에는 무조

음악에 대한 설명도 들어 있다. "무조음악은 혁명이 아니라, 과거가 필연적으로 나아가게 되는 도착점이다."(197쪽) 엄지는 소설의 마지막에 가만히 중얼거린다. "더 좋아진다는 뜻이겠지?" '호모 날레디'로부터 새로운 세대까지, 은희경 소설의 고독한 초상은 점점 더 그 화폭을 넓히고 있다. 시간이 지나면서 조금씩 변하며. 불연속선은 때때로 어떤 방향을 가리킨다. "그때에 우리는 그것들이 가리키는 쪽으로 무심히 고개를 돌릴 것이다."(137쪽) 소설집을 덮고 나면 엄지의 자문이 큰 울림으로 남는다. "더 좋아진다는 뜻이겠지?" 「대용품」에서 J가 그토록 기다리는 한마디 "네 잘못이 아니야"(106쪽)는 실은 우리 모두의 간절함이기도 할 테다.

(2016)

현실, 역사와의 대면
—지난 십 년 한국 소설의 흐름

1. 세대의 초상과 역사와의 대면

진부한 진단이 될지도 모르겠지만, 지난 십 년 한국 소설의 흐름을 돌아볼 때 가장 두드러진 양상은 '사회적 현실'의 소설적 복귀가 아닌가 싶다. 잠시 시간을 일 년 전으로 돌려보자. 2014년 5월 한강 장편소설 『소년이 온다』(창비)가 출간되고, 6월에는 성석제 장편소설 『투명인간』(창비)이, 그리고 7월에는 이기호 장편소설 『차남들의 세계사』(민음사)가 잇달아 나온다. 이들 작품은 문학성에서도 각기 높은 평가를 받았지만, 세 작품 모두 한국 현대사의 비극적 심부를 소설의 테마로 삼고 있다는 점에서 특별한 주목을 끌기에 충분했다. 게다가 이들 세 작가는 그간 사회역사적 현실의 층위를 적극적으로 소설화하는 편은 아니었다는 점에서 더 많은 관심과 비평적 해석의 대상이 되었다고 할 수 있다. 『소년이 온다』는 1980년 광주민주화운동이 진행되던 날들로 돌아가 진압군에 희생된 한 소년의 시간을 복원하고 살아남은 자들의 고통과 비극을 추적한다. 『투명인간』은 일제

강점기부터 현재에 이르는 한국 근현대사의 시간을 가족사 4대의 이야기를 통해 보여주는 가운데 특히 압축 성장의 신화에 가려진 산업화 세대의 현재적 비극을 집중적으로 조명한다. 『차남들의 세계사』는 1980년대 초반 엄청난 사회적 파장을 불러온 부산 미문화원 방화 사건을 다루면서 신군부의 폭압적 통치가 무고한 한 시민의 삶을 짓밟는 과정을 블랙 유머의 방식으로 보여준다.

사실, 장편소설이 그 특성상 사회역사적 배경을 취하면서 서사의 실마리를 풀어가는 것은 흔한 일이고, 자연스럽기까지 하다. 세 소설가의 작가적 관심의 변화 또한 얼마든지 그 내적 동기를 섬세하게 살필 수 있는 일이다. 그러나 비슷한 시기에 도착한 세 작품으로 하여금 한국 현대사의 어두운 시간을 돌아보게 만든 사회적 요인 정도는 별도로 이야기해볼 수 있을 듯하다. 그리고 이 점에서 『투명인간』의 짧은 '작가의 말'은 논의의 단서를 제공한다고 볼 수 없을까. "현실의 쓰나미는 소설이 세상을 향해 세워둔 둑을 너무도 쉽게 넘어들어왔다. 그 둑이 원래 그렇게 낮고 허술하다는 것을 절감하게 만들었다."[1] 앞서 '사회적 현실'이란 말을 쓰기도 했지만, 실상 이런 식의 분류는 편의적인 차원을 넘어설 수 없다. 형식논리적으로는 사회적/역사적/실존적 차원의 현실이 나누어질 수 있을지 모르나, 문학의 자리에서 보면 전체로서 하나의 현실이 존재할 뿐이다. 그리고 이 현실은 모종의 상상적 서사적 변형을 거쳐서만 소설에 도착한다. 다시 말해 소설에서 '현실'은 엄밀히 말해 '현실' 그 자체가 아니라 '현실과의 변형된 관계 혹은 긴장'을 통해 존재한다. 소설이 현실을 초과하여 상상

---

1) 성석제, 『투명인간』, 창비, 2014, 370쪽.

의 영역을 구축하거나, 현실을 축소하고 지우면서 서사의 자유를 구가할 수 있는 것도 그 때문이다. 리얼리즘에서 말하는 객관 현실의 재현 역시 작가의 창조적 현실 해석과 변형 없이는 무망한 일이다. 성석제 소설을 예로 들자면, 초기 깡패 서사의 블랙 유머나 현실에 존재할 법하지 않은 과도한 몰입형 인물을 통해 그 자체 얼마간 유희적이면서도 경직되고 권위적인 현실에 대한 비판적이고 풍자적인 소설세계를 만들어냈다. '소설이 세상을 향해 세워둔 둑'이란 바로 이 지점을 말하는 것일 테다. 그렇다면 그다음 문장에서 그 둑을 넘어들어온 현실의 쓰나미란 무엇인가. 구체적으로는 작가가 『투명인간』을 마무리할 무렵 일어났던 세월호 참사를 가리킨다고 보아야 한다. 그러나 그 '현실의 쓰나미'는 세월호 참사라는 특정 사건을 넘어서서 기실 『투명인간』을 쓰게 만들었던 구성적 원인이기도 한 것 아닐까. 『투명인간』에서 주인공 '김만수' 가족은 최소한의 인간적 생존조차 부지할 수 없는 막다른 길로 몰린 끝에 '투명인간'이 된다. 물론 이 소설에서 '투명인간-되기'는 세상으로부터 배제되고 지워지는 부정적 상태만을 의미하지는 않는다. 거기에는 일정한 해방의 계기도 있다. 소설의 결말에 이르면 악귀처럼 굴던 아들 '태석'의 태도에 극적인 변화가 일어나고, 악의 화신으로(정확히는 지금 세계의 작동 원리를 철저하게 내면화한 인물로) 살다 투명인간이 된 동생 '김석수'의 회심이 암시되기도 한다. 그러나 전체적으로 이 소설은 김만수라는 성실과 선의의 인간이 가족과 함께 투명인간이 되는 상황에서 암울하게 닫혀 있다고 보아야 한다. 한 세기에 걸쳐 한국인이 이루어온 근현대의 시간이 공동체의 차원이든 개개인의 삶의 차원이든 더 나은 지평을 찾아갈 수 있으리라는 기대는 안타까울 정도로 접혀 있다. '현실의 쓰나

미'는 이미 『투명인간』이 세상을 향해 세워둔 둑을 덮쳐오고 있었던 것이다. 이 소설의 처음과 끝이 투명인간이 된 두 형제의 대면으로 되어 있고, 그 액자 안에 소설의 몸통에 해당하는 김만수의 가족사가 하나하나 좌절과 파탄으로 닫히는 형식으로 설계되어 있었다는 점이 이 소설에 가해진 쓰나미의 파괴력을 입증하는 것도 같다. 이것은 여러 측면에서 '위기'라 부름직한 것이다.

그런데 비록 도착해 있는 현실에 균열을 일으키고 현실을 열어젖힐 상상력의 여지는 제한적이라 하더라도, 현실의 역사적 연원을 다양한 방식으로 재구성하고 추적하는 소설의 작업에 의미가 없을 수는 없다. 『투명인간』만 하더라도 그 역사화 작업을 통해, 김만수라는 선의의 인간을 좌절시키는 불행의 시간에 개입된 사회적 구조나 시스템을 충분히 의식하게 하는 가운데 그 안에서 살아온 개개 인간의 심성과 욕망에 쉽게 면죄부를 주지 않음으로써 특별한 성찰의 깊이를 만들어낸다. 보다 중요한 지점은, '위기'에 대응하는 이러한 소설적 성찰의 방식이 일종의 '자전自傳' 혹은 '세대적 자화상'의 층위를 스스로 요청하고 있다는 사실이다. 『투명인간』의 김만수 형제가 작가 세대의 초상이라는 점은 분명하다. 『투명인간』을 받치고 있는 많은 소설적 세목과 삽화는 기실 그간 성석제 소설 이곳저곳에 산포되어 있던 자전적이고 세대적인 경험의 자장에 이어져 있다. 성석제 소설을 따라 읽어온 독자라면 『투명인간』에서 그것들의 만화경적 종합, 총체화의 의지를 감지하기는 어렵지 않다. 다시 말해 『투명인간』은 자기 회귀적 작품이다. 김만수와 김석수 사이 어디쯤에서 작가는 스스로의 초상, 혹은 자기 세대의 좌절된 초상을 보아야 한다고 생각하고 있다.

한강의 『소년이 온다』는 좀더 직접적이다. 1980년 5월 광주에서 숨진 '동호'라는 소년을 죽음 저편에서 불러내는 방식으로 진행되던 소설은 에필로그에 이르러 작가 자신을 거의 등신대로 등장시킨다. 그러니까 이 소설은 동호의 이야기이면서 동시에 1970년 광주에서 태어나 1980년 1월 서울 수유리로 이사온 한 소녀의 뒤늦은 고백의 이야기다. 소년은 소녀가 살던 광주의 한옥으로 이사 와 살다 죽음을 맞았다. "차가운 장판 바닥에 배를 대고 엎드려 숙제를 하던 방, 그 부엌머리 방을 그 중학생이 쓰지 않았을까. 내가 건너온 무더운 여름을 정말 그는 건너오지 못했다."[2] 그렇게, 살아남은 자의 이야기를 쓰기까지 삼십여 년의 시간이 필요했다. 작가가 인터뷰 자리에서 밝히기도 했지만, 오랜 죄의식을 재점화시킨 것은 용산 참사로 상징되는 한국사회의 퇴행이었다. 그 퇴행 속에서 정치적으로 봉합되었던 집단적이고 형식적인 애도의 자리는 다시 개인의 실존적 몫으로 돌아온다. 에필로그에 따르면, 그 실존적 위기는 라디오에 붙은 디지털 계기판의 시간을 '1980. 5. 18'로 바꾸어 입력해야 할 정도로 힘겨운 것이었다. 불타는 용산 남일당 망루가 끝나지 않은 5월 광주의 시간으로 회귀하는 세상에서 소년은 돌아와야 했고, 한강 세대의 자화상 그리기는 이제 겨우 시작된 것인지도 모른다.

『차남들의 세계사』는 『소년이 온다』의 이기호식 판본처럼도 보인다. 1982년 3월 부산 미문화원 방화 사건을 주도한 이들은 지학순 주교가 있던 원주 교구에서 피난처를 구하고, 이들이 체포된 후 당시 전두환 정권은 대대적인 용공 조작 선풍을 일으킨다. 원주가 고향인 이

___

2) 한강, 「에필로그 · 눈 덮인 램프」, 『소년이 온다』, 창비, 2014, 208쪽.

기호는 그때 열한 살의 소년이었다. 이 사건의 여파는 어떤 형태로든 소년의 기억 속에 남았을 테고, 작가는 삼십여 년의 세월 뒤 이 사건과 다시 대면한다. 작가는 용공 조작의 광기가 '나복만'이라는 무고한 시민의 삶을 짓밟는 무겁고 잔혹한 이야기를 블랙 유머의 방식으로 보여주는데, 이 소설의 힘은 상당 부분 그 시절 원주라는 지역의 공기와 세목을 꼼꼼하게 포착해놓은 작가의 공력에서 말미암았다. 단순히 광기의 역사를 복원해 보여준다는 느낌 이상으로 원주의 세밀한 풍경들은(물론 나복만의 기구한 운명의 행로와 맞물려 있다) 작가가 떠나온 한 시절에 대한 헌사처럼 읽힌다. 내러티브 형식의 도발적 실험에서 출발한 이기호의 소설은 세번째 소설집 『김 박사는 누구인가?』(문학과지성사, 2013) 이후로 우리 삶의 윤리적 경계를 심문하는 쪽으로 좀더 무겁게 이동하고 있다는 느낌이거니와, 『차남들의 세계사』는 특유의 의뭉스러움을 간직한 방식으로 자신의 시대와 대면하겠다는 작가의 의지를 확인할 수 있는 작품이다.

이러한 작품의 명단에는 작가 세대의 삶을 유년기부터 곡진하고 섬세하게 복원하고 있는 이혜경의 장편 『저녁이 깊다』(문학과지성사, 2014)도 포함시킬 수 있을 테다. 어쨌든 일련의 작가들이 비슷한 시기에 장편소설의 긴 호흡으로 자기 세대의 초상을 그리며 각자의 자리에서 역사와의 대면을 수행할 수밖에 없었던 이면에는 지금 우리 시대의 삶에 대한 점증하는 위기의식이 있었던 것 같다. 그리고 그것은 일단 현실의 복합적 층위 중에서도 '사회적 현실'의 소설적 재현이나 전유를 요구할 수밖에 없었다. 배제와 박탈, 탈락이 상시화된 무한 경쟁의 세상, 민주적 가치에 대한 위협과 조롱이 만연하는 가운데 평등한 개인들 간의 상호 이익과 상호 봉사, 개인들의 권리 수호를 위

해 존재한다고 믿어온 근대적 '사회'의 이상이 형해화되어가는 지점에서 그런 '믿음'의 기억을 얼마큼이라도 가진 작가들이 고개를 흔들며 그 형해화의 시간을 거슬러올라가고 있는 것은 어느 면 당연한 일인지도 모른다.

2. 세계의 파탄 이후에 도착한 세대

그런데 바로 같은 회의와 절망 앞에서 좀더 젊은 세대의 작가들이 보여준 소설적 대응의 방식은 또 달랐던 것 같다. 지난 십 년을 돌아보면 김사과로 대표되는 분노와 파괴, 악몽과 위악의 형식이 당장 떠오른다. 장편소설 『미나』(창비, 2008), 『테러의 시』(민음사, 2012), 소설집 『영이 02』(창비, 2010) 등을 통해 충분히 드러난 대로, 김사과 소설의 인물들에게는 처음부터 조화로운 세계의 가능성에 대한 믿음이 봉쇄되어 있었다. 성장을 거부하는 그 아이들은 세계의 파탄 이후에 이곳에 도착했다. 그들에게는 증오나 분노를 통해 세계의 파탄을 절망적으로 증언하고, 세계는 이제 끝났다는 것을 반복해서 선언하는 일만이 남은 것처럼 보였다. 저항은 자기파괴를 통해 이루어졌다. 어떤 문학적 가공도 가해지지 않은 듯한 날것 그대로의 언어는 그 자기파괴의 형식에 낯설고 놀라운 실감을 부여하면서 한국문학을 충격했다. 단편 「나와 b」의 화자 '나'가 b에게 건네는 말은 김사과의 세계를 압축한다. "결국 다 똑같아질 거야. 결국엔 모두 다 똑같이 좆같아진다. 노력해도 소용없어. 너도 알잖아. 그러니까 너도 노력하지 마. 일도 하지 마. 아무것도 하지 마."[3] 그러나 타협을 모르는 김사과 소

---

3) 김사과, 「나와 b」, 『창작과비평』 2008년 겨울호, 199~200쪽.

설의 부정성은 그것대로 존중되어야 하겠지만, 그 부정성은 어쩔 수 없이 세계의 파탄을 추상화하고 과장하는 대가를 치러야 했다. 어떤 수준으로든 세계와 교섭하고, 현실의 복잡다단한 연관을 찾아내야 할 과제가 주어졌다고 할 수 있다. 그런 의미에서 최근의 장편『천국에서』(2013)는 김사과 소설의 변화를 살필 수 있는 의미 있는 작품이다. 소설의 주인공 '케이'는 그 자신의 속물적이고 평범한 현실과 뉴욕으로 표상되는 세련되고 쿨한 자유의 환상 사이에서 분열되어 있지만, 한국으로 돌아와 다양한 인물들을 만나는 과정에서(이 과정의 서술이 이전의 작품들과는 톤을 달리한다) 환멸과 환상 모두에 거리를 두는 쪽으로 스스로를 이동시킨다. 물론 김사과 소설의 인물답게 케이의 그 이동은 어느 쪽이든 세계는 이미 망가져버렸다는 것을 확인하는 과정이기도 하다. 그러나 시종 냉정한 작가적 논평이 개입하기는 하지만, 케이의 행동에는 망가진 세계 속에서도 무언가 출구를 찾고자 하는 전에 없는 열기와 긍정의 태도가 작으나마 동행한다. 소설은 "아무것도, 흘러가도록, 사라지도록, 내버려두지 않겠다"[4]는 케이의 다짐과 함께 끝나는데, 케이의 진지한 여정을 따라온 입장에서는 생뚱맞게 느껴지지 않는다.『천국에서』는 김사과 소설의 급진적인 부정성이 파괴의 벡터로만 흐르지 않고, 현실 안의 긍정적 계기를 품고 지양될 여지가 있음을 입증해 보인 작품으로, 중요한 변화가 아닌가 한다.

'세계의 실패'라는 비슷한 문제의식을 공유하면서도 박솔뫼는 김사과와는 소설적 대응 방식이 많이 다르다. 박솔뫼 소설에는 욕망이

---

4) 김사과,『천국에서』, 창비, 2013, 342쪽.

나 정념이 희미한 인물들이 등장한다. 당연히 그들이 보여주는 서사적 행동도 뚜렷한 목표점을 갖고 있지 않다. 인물들의 행동을 포함해서 작품 전반을 지배하는 '무위'와 '권태'의 느낌은 박솔뫼 소설을 특징짓는 중요한 요소다. 그러나 보다 중요한 것은 박솔뫼 소설이 무심한 듯 수행하는 소설적 규범의 해체다. 박솔뫼 소설은 묘사이든 서술이든 정련되고 밀도 높은 문장들이 쌓이면서 작품의 구조 속으로 유기적으로 짜여 들어가는 일반적인 소설의 형태에 무심하다. 인물들의 의식은 즉자적으로 표출되는데, 정제되지 않은 그 의식들은 문어체와 구어체가 뒤섞인 묘한 문장으로 소설 속에 던져진다. 서술과 의식의 독백이 하나의 단락에서 별다른 구분 없이 병치되고, 심지어는 하나의 문장 안에서 공존한다. "검은 옷 남자가 테이블을 부수는 것을 스스로 부수는 것을 그래도 아무것도 피어나지 않는다는 것을 그 현상을 그 미래를 그 과정을 보고 싶었지만 테이블을 부수면 아까우니까 시간도 많이 걸리니까 검은 옷 남자에게 시키지 않았다. 아쉬움이 약간은 남지만 잘한 거야. 내가 몰라서 안 한 게 아니야. 스스로에게 다짐을 받듯이 몰라서 안 한 게 아니라니까 그러네 하고 중얼중얼거리다 고개를 푹 숙였다."(「안 해」)[5] 소설은 마치 그때그때 생각나는 것을 그대로 옮겨놓은 것처럼 진행된다. 그런데 박솔뫼의 반규범의 소설은 바로 이 지점에서 세계의 실패와 균열을 되비추며, 스스로의 비정형을 저항의 형식으로 세운다. 「안 해」에서 '검은 옷 남자'가 강요하는 '열심히'의 세계에 맞서 "저는 열심히 하지 않고 할 생각도 없고 왜냐면 열심히의 세계가 없기 때문입니다"[6]라고 맞서는 '나'의 저

---

5) 박솔뫼, 「안 해」, 『문학과사회』 2010년 겨울호, 289~290쪽.

6) 같은 글, 287쪽.

항은 그 발화의 내용을 통해서라기보다는 '열심히'의 세계가 정답인 양 구축해놓은 말의 질서를 무시하고 비껴가버리는 방식으로 수행된다. 얼핏 비문非文처럼 보이는 위의 문장은 '하지 않고'가 곧장 '할 생각도 없고'를 통해 다시 반복 강조되고, 곧바로 그 이유가 선언되는 방식으로 되어 있는데, '나'의 절박하고 유일한 호흡은 그렇게밖에 표현될 수 없었다고 보는 게 옳다. 다시 말해 박솔뫼 소설에서 인물들이 세상을 대하는 감각과 행동은 그 자체로 낯선 방향과 자세를 취하고 있기도 하지만, 그 방향과 자세는 바로 그 낯섦 때문에도 다른 호명과 언어의 호흡을 요구하고 있다고 볼 수 있다. 박솔뫼 소설의 시선에서 보자면 자명한 것은 없다. 사물과 사태는 즉각적으로 회의와 반성에 부쳐지면서 봉합될 수 없는 균열을 드러낸다. 그런데 그 균열의 틈새로 중얼거리듯 흘러가는 박솔뫼의 소설은 자기 세대의 감각과 진실에도 충실하다. 첫 소설집의 표제작이기도 한 「그럼 무얼 부르지」(2011)는 1980년 5월 광주에 대한 박솔뫼 세대의 좁혀지지 않는 감각적 거리감을 특유의 소설적 호흡으로 보여주는 가운데 흔히 보편적인 차원에서 제시되는 역사적 윤리의 자명성을 섬세하게 자문한다. 원전과 같은 사회적 재난에 대한 관심을 자기 세대가 겪고 있는 존재적 불안과 연결시켜나가는 「겨울의 눈빛」(2013) 역시 박솔뫼의 반규범적 소설 화법이 놓여 있는 중층적 자리를 잘 드러낸다. 김사과의 소설이 보여주는 강렬한 현실 부정성과는 또다른 지점에서 박솔뫼의 소설이 세계 현실과의 긴장력을 자신의 소설 화법 속에 옮기고 품어내는 방식은 지난 십 년 한국 소설의 다양한 행보 가운데에서도 특별히 주목에 값한다고 하겠다.

그렇긴 해도 현실 비판의 측면이나 스타일의 구축 모두에서 가장

뚜렷한 소설적 성취를 보인 젊은 세대의 작가로는 단연 황정은이 꼽힌다. 황정은은 2012년 두번째 소설집 『파씨의 입문』(창비)을 낸 이후, 두번째 장편 『야만적인 앨리스씨』(문학동네, 2013)와 세번째 장편 『계속해보겠습니다』(창비, 2014)를 연이어 출간한 데서도 알 수 있거니와, 놀랍도록 왕성한 작품활동을 지속하고 있다. 황정은 역시 김사과나 박솔뫼에게서 보이는 세계에 대한 분노와 단호한 거절을 공유하면서 이들 세대에게 닥친 사회적 고립과 불안, 폭력과 빈곤의 현실로부터 소설의 육체와 공기를 채워나간다. 그러나 황정은에게서 가장 돋보이는 것은 박솔뫼와는 또다른 지점에서 수행되는 언어의 낯선 운용이다. 황정은의 소설 언어는 건조하다. 황정은은 기존의 언어에 무언가를 덧붙인다기보다는 무언가를 덜어내고 비운다는 느낌을 준다. 여기서 덜어내고 비우는 것은 언어에 스며 있는 상투성이나 이데올로기, 상징적 폭력과 같은 것들이다. 혹은 표준적인 언어의 질서를 살짝 비틀기도 한다("유도 씨는 무척 음주한 상태로 부엌에 누웠다.")[7]. 일상어에서 거의 쓰지 않는 한자어나 낯선 의성어를 슬쩍 끼워넣기도 한다("소변을 소량 누고" "유도 씨에게 점착했다." "잔, 잔, 잔, 잔, 하고 냉장고가 돌아갔다.")[8]. 인물들의 대화에서 황정은식 언어의 여백과 낯설게 하기는 특히 두드러진다. 의미와 별개로 언어의 물성(소리, 형상)에 대한 예민한 감각도 있다. 그렇게 해서 황정은 소설은 서사나 소설적 전언의 어떠함 이전에 그 소설 언어의 낯선 미학만으로도 많은 것을 전하고 표현한다. 그 미학에서 우리가 느끼는 것은 다르게 보고, 듣고, 말하려는 의지다. 황정은 소설 특유의 환상에 대

---

7) 황정은, 「대니 드비토」, 『파씨의 입문』, 2012, 51쪽.
8) 같은 글, 35쪽.

해서도 비슷한 이야기가 가능하다. 그것이 환상으로 명명되는 것은 통상적인 감각의 관습에서 그러할 뿐이다. 가령 「옹기전」에서 소녀가 주워 온 항아리는 "서쪽에 다섯 개가 있어"[9]라고 말을 하고, 어느 순간부터 인간의 얼굴처럼 변하기 시작한다. 그러나 이 환청 혹은 환상은 항아리가 소녀와 맺고 있는 특별한 관계 안에서는 엄연한 사실의 느낌을 준다.

황정은 소설의 '다르게'는 그렇게 해서 흔히 말하는 현실의 사회적/실존적 차원을 전혀 다른 맥락과 풍경으로 제시하면서 우리에게 질문한다. 그것은 통상의 윤리적 심문을 넘어 지금-이곳에 도착해 있는 세상을, 그리고 그 세상에 어떻게든 연루되어 있는 우리 자신을 가장 구체적인 지점에서 참을 수 없게 몰고 간다. 황정은이 2013년에 발표한 단편 「누가」[10]에는 "연체금이 있을 때나 호명되는 사람들. (……) 죽은 지 몇 달 만에 죽은 채로 발견되었다고 뉴스에 나올 만한"(125쪽) 독거노인의 이야기가 나온다. 그런데 소설 화자인 '그녀'가 이사 갈 집의 전 세입자로 맞닥뜨리게 된 이 독거노인은 오 년간 어떻게 생활한 걸까. 소설에 따르면 노인은 방 둘에 거실이 있는 조그만 연립에서 작은 방 하나만 쓰고 나머지 공간은 전혀 사용하지 않았다. 사용하지 않은 방이야 말할 것도 없고 부엌과 거실 바닥 역시 먼지로 덮여 거무스름한 빛을 띠고 있었는데, "잘 보니 현관에서 노인의 방까지 좁다란 길이 나 있었다."(같은 쪽) 그리고 노인이 오 년 동안 머물렀던 방의 벽엔 둥글게 자국이 남아 있었다. "노랗다못해 붉

---

9) 「옹기전」, 같은 책, 92쪽.

10) 황정은, 「누가」, 『문예중앙』 2013년 겨울호. 이하 인용은 『아무도 아닌』(문학동네, 2016)에서 했으며 쪽수만 밝힌다.

은색을 띤 기름 얼룩."(126쪽) 그녀는 얼룩을 보며 바로 그 자리에 노인이 머리를 대고 앉아 있었을 거라고 생각한다. 텔레비전도 없는 방에서 그렇게 앉은 노인의 시선이 갈 곳이라곤 맞은편 벽감뿐이다. 두개의 문짝이 달린 벽감은 꼭 관처럼 보인다. 집안에 난 '좁다란 길', 벽에 있는 '기름띠 얼룩', 두 개의 문짝이 달린 '벽감'. 아마 이런 게 황정은 소설의 '다르게'가 찾아낸 우리 시대의 숨은 사회적 풍경일 테다. 이것만으로도 섬뜩하다고 할 수 있을지 모르겠으나, 황정은 소설은 이 대목에서 한 걸음 더 나아간다. 그것은 모종의 죄의식의 환기라고 할 수 있는데, 보통은 그 책임이 사회나 세상의 몫으로 돌려지는 부분이겠다. 그러니까 '그녀'는 정당한 계약에 의해 그 집으로 이사했음에도 자신이 노인을 내쫓은 것 같은 이상한 기분에 사로잡힌다. 노인은 아마 이보다 더 좋지 않은 곳으로 가지 않았을까, 하고 말이다. "그렇다고 하더라도…… 그게 내 탓인가. 내가 내쫓았나. 그녀는 이불을 발로 차며 돌아누웠다. 노인은 방을 유지할 능력이 없었을 뿐이고 내게는 있었을 뿐. 그냥 그것뿐. 만사가 그뿐."(127쪽) 맞는 말이다. 그런 생각에 잠시 사로잡혔다 하더라도 실상은 '그뿐'이다. 더어쩌겠는가. 그러나 네 번의 '뿐'이 반복되는 투정 같은 혼잣말이 '뿐' 이상의 것—문제의 사회적 구조와 연관 속에서, 그리고 근본적으로는 인간의 자리에서 '그녀'와 '노인'이 떨어져 있지 않다는 사실—을 강박적으로 지시하고 있음을 우리는 알게 된다. 게다가 비정규직 전화상담원(은행이나 신용카드회사의 연체자에게 독촉 전화를 거는 일을 한다)으로 살아가는 그녀의 '내일'은 또 어떠할 것인가. 이 소설은 그 연립에서 '그녀'가 겪게 되는 층간 소음의 지옥도로 이야기를 옮겨가는데, 그녀의 현재 역시 출구를 찾기 힘든 악몽 속에 있음을 보여준

다. 말하자면 지금 황정은 소설은 사회적 현실의 차원에서도, 인간 윤리의 심연에서도, 그리고 소설의 언어와 상상에서도 문제적인 지점을 거듭 찾아내고 있다. 이즈음 한국 소설에 주어진 과제가 단순히 사회역사적 현실과의 새로운 대면만이 아니라, 종래 문학의 리얼리티가 도달하지 못한 상징화되기 힘든 진실로서의 실재The Real의 차원을 요청하고 있다고 할 때, 지금 황정은은 한국 소설의 최전선에 서 있다고 할 만하다.

3. 소설의 자유 지대와 역설

현실에 대한 비판적 대응의 측면에서 근자 한국 소설에 생겨난 변화의 움직임을 소략하게 살펴보았다. 최근 십여 년 사이 악화하고 있는 한국사회의 제반 현실로부터 좀더 나은 세계의 모습을 구하고 상상하기 힘들게 되었다는, 누구나 공유할 수밖에 없는 위기의식이 이러한 흐름의 배면에 있으리라는 것은 쉽게 생각해볼 수 있는 일이다. 특히 소설의 서사와 언어, 상상력은 근본적으로 당면하고 있는 현실을 감각하고 이해하는 방식과 분리될 수 없는 만큼, 딱히 고전적 의미의 전체상을 추구하는 차원은 아니라 하더라도 '사회'나 '역사'를 비판적으로 돌아보고 의식하는 시선이 한국 소설의 전면에 회귀하고 있는 것은 당연한 흐름이라고도 할 수 있다. 생각해보면, 2000년대 한국 소설이 일부 탈현실의 상상력으로 치닫거나 고립되고 폐쇄된 무력한 개인의 이야기로 축소된 것처럼 보였던 것도 그 안에 접혀 있던 사회적 전망의 좌절을 충분히 살피지 못한 탓일 수도 있다. 현실이 꽉 닫혀 있다고 느낀다면 그 현실을 문제삼는 방법 또한 다양하게 개발될 수 있는 법이다. 가령 근자 많은 주목을 받기도 한 손보미의

첫 소설집 『그들에게 린디합을』(문학동네, 2013)은 딱히 지금-이곳의 현실에 구속되지 않고 소설 장르의 보편적 역사와 가능성 안에서 어떤 화법을 발굴해내고 있는 흥미로운 사례다. 그런 가운데 손보미의 소설은 세계의 모순이나 부조리와 동행하는 인간존재의 불안과 한계를 날카롭게 적시한다. 김성중의 『국경시장』(문학동네, 2015)은 이야기의 창안과 개발, 환상의 직조가 현실의 경험세계를 비껴 텍스트의 혼성적 변형과 증식을 통해서도 가능하다는 점을 여전히 우리들에게 설득한다. 여기에 많은 가능 사례를 덧붙일 수 있다. 현실 자체의 자명성을 회의에 부치고, 언어의 우연성을 확장하려는 일련의 소설적 모험도 여전히 진행중이다. 그러나 어떤 경우든 그 소설의 이야기들은 세계를 인식하고 인간의 자기 이해를 확장하려는 오래된 지점으로 돌아온다. 세계와 현실의 위기가 심화되고 소설 혹은 문학의 자리가 축소되고 있는 지금, 우리는 오히려 한국 소설에 더 많은 자유의 지대가 열리기를 바란다. 소설은 하나의 진리를 향한 경연장이 아니다. 그것은 유토피아를 향한 도정도 아니다. 소설을 설명하고 규정하는 하나의 메타-언어가 존재할 수 없다는 사실이야말로 소설의 축복일 테다. 어쩌면 지금 한국 소설은 오래된 이데올로기적 시비에서 벗어나 현실의 행/불행에 각자의 상상력으로 접속할 수 있는 시간으로 진입하고 있는지도 모르겠다. 세상이 불행과 비참으로 꽉 닫혀 있다면, 이제 그것들을 조금씩 덜어내는 일만 남았다고 생각해볼 수도 있지 않은가. 언제든 불행과 비참의 이야기에서 인간의 위엄과 가능성을 발굴하고 증언해온 소설과 문학의 역설을 새삼 떠올려본다.

(2015)

역사의 귀환과 '이름 없는 가능성들'의 발굴
─후쿠시마 료타와 성석제

　오늘의 세계에서 리버럴 민주주의의 정치적 이데올로기를 거스를 수 없는 없는 역사의 종착역으로 설정한 뒤, 후쿠시마 료타는 사회 시스템에서는 '정보 네트워크' 혹은 '정보 아카이브'의 힘이 절대적 중요성을 갖게 되었다고 본다[1]. "일상의 상거래로부터 타인과의 일상적인 커뮤니케이션까지 모든 것이 정보 교환이나 매개를 통해 이뤄지고, 그 속에서 사람들이 공유할 수 있는 리얼리티가 결정화되고, 그것이 오늘날 사회의 모습을 만들어낸다. 문화적인 창조 또한 예외가 아니다."(17쪽) 사실 인터넷 기반의 정보통신 네트워크가 우리의 삶을 뒤바꾸고 있다는 지적은 새삼스러운 것도 아니고, 그걸 부인할 사람도 없을 테다. 후쿠시마 료타의 문제의식은 바로 그러한 사회에 대응하는 문화(문학)비평의 가능성을 타진하는 데 있는 것으로 보인다. 말하자면 기존의 "미학적인 장르 비평"이나 "인생론을 다룬 비

---

1) 후쿠시마 료타, 『신화가 생각한다─네트워크 사회의 문화론』, 김정복 옮김, 기역, 2014. 이하 인용은 쪽수만 밝힌다.

평"(같은 쪽)은 그 유효성을 상실했다고 보는 것이다.

그런데 다소간 냉소적인 어투로 끌어들이고 있는 '미학적인 장르비평' '인생론을 다룬 비평'이란 무엇을 가리키는 것일까. 후쿠시마 료타의 논의가 일본 중심이라는 점을 감안해야겠지만, 넓게 잡아 근대 문학비평의 자리를 의미한다고 보아도 무방하리라 싶다. 그리고 그럴 때 그것이 '장르' 안에서의 미학적 완성도를 논하든 작품에 구현된 '인생론'을 다루든, 가라타니 고진이 「근대문학의 종언」(2005)에서 사르트르를 인용하며 제기한 '영구혁명'의 지향을 어느 수준에서는 품고 있다는 점을 상기할 필요가 있겠다. 그러니까 후쿠시마 료타가 "리버럴 민주주의 이외의 정치적 이데올로기가(일부 원리주의를 제외하고) 거의 증발해버린 지금, 다음 과제로 네트워크상의 로컬 정보 처리가 주된 중대한 문제가 되리라는 것은 거의 불가역적이지 않을까. 그리고 우리에게는 이러한 현상에 알맞은 평론이 요구되는 것은 아닐까"(같은 쪽)라고 할 때, 그가 말하는 '다음 과제'란 결국 영구혁명의 역사적 가능성이 증발 혹은 소진되었다는 진단 위에서 제출되고 있는 것 같다.

사실 '영구혁명'이란 말은 시대착오적으로 보이기까지 한다. 사르트르나 가라타니 고진의 함의에 이데올로기로서 '사회주의적 지향'이 들어 있었다는 점을 생각해보면 더더욱 그렇다. 그러나 그와 같은 '시대착오'를 포함하면서도 결여와 부정성否定性에서 배태된 질문으로 인간과 세계에 대한 이해와 인식을 얻으려는 노력 속에 소진되지 않는 문학의 동력이 있다는 사실도 지적해야 한다. 물론 지식과 정서, 세계에 대한 이해를 나누는 문학 고유의 방식이 네트워크 사회의 정보처리와 커뮤니케이션 시스템 안에서 변화를 겪을 수밖에 없다는

점은 자명하다. 그러나 후쿠시마 료타의 진단은 그런 범주를 훌쩍 넘어선다. 그는 명백히 문학 혹은 근대적 문학비평의 가능성을 회의하고 있는 것으로 보이는데, 일본 사회의 특수성을 이야기하면서 자신의 비관을 우회하는 방식을 취한다. "일본에서는 문학이 사회와 어떻게 관계를 맺느냐는 문제가 실질적인 커뮤니케이션의 대상이 되지 않는다. '문학이 리버럴 사회에서 어떠한 역할을 맡고 있는가'라는 것이 우선 물음으로서 존재하지 않는다. 하지만 이렇게 되면 문학이나 문화의 자기인식은 점점 위축될 뿐이다."(18쪽)

"일반석으로 어띤 정치적 이데올로기, 즉 사회를 근저에서부터 개혁하려는 운동과 결부"시키는 낡은 의미로부터 선을 긋고, "좀더 단순하게 〔문화의―인용자〕 **정보처리 방정식**(알고리즘)"(17쪽)으로 '신화'를 새롭게 정의한 뒤 '정보 네트워크 사회'에서 '신화'의 기능과 새로운 문화(주로 서브컬처나 네트컬처)의 가능성을 타진하는 후쿠시마 료타의 논의가 그 적실성이나 유효성과는 별도로 내게 어떤 착잡한 상념을 불러일으켰다면, 바로 이 지점이다. 그는 우리 시대의 '신화' 혹은 '의미론적 디자인'의 가능성을 글로벌 시장경제, 고도화한 정보 네트워크 속에서 시뮬레이트되고 피드백되는 리얼리티, 즉 일종의 집단 언어의 다양성 속에서 찾는데 그것이 가장 잘 실현되고 있는 장^場은 일본의 경우 게임, 애니메이션과 같은 서브컬처의 대중문화다. 그러나 그가 보기에 드물지만 문학에도 예가 없는 것은 아닌데, 무라카미 하루키의 경우가 그러하다. 후쿠시마 료타는 문학 역시 집단 언어의 신화에 기댄다는 점을 분명히 한다. 미시마 유키오나 나카가미 겐지는 그 집단 언어의 신화를 고전적인 문예의 전통에서 가져왔다면 무라카미 하루키는 현재 글로벌한 시장경제에서 성립

되고 작동하는 신화를 가져온 차이가 있을 뿐이다. 고도로 복잡하고 예측 불가능한 우연으로 가득한 오늘의 세계를 있는 그대로 재현한다는 것은 불가능하며, 어느 쪽이든 "여기저기에 우연의 구멍이 뚫린 세계의 **모형**((……) 의사擬似 세계)"(196쪽)을 만들어 대응하는 것은 불가피하다는 것이다. 그렇다면 문제는 어떤 신화의 모형이 더 적절한가의 선택만이 남는데, 그는 '글로벌 자본주의' 아래에서 무라카미 하루키가 그려낸 신화의 모형, 알레고리의 적실성에 손을 들어준다. 하루키의 집단 언어가 "시장의 재화나 흔해빠진 신화소**여야만 했다**"(200쪽, 이상 강조는 원문)면 그것은 "상업주의에의 굴복이라기보다는 오히려 작가로서의 적극적 선택"(200~201쪽)이다. 하루키는 "사람들이 공유하는 상품=신화소의 네트워크를 충분히 살리고 신화소의 겹침으로부터 환각적인 이미지를 파생시키면서 그 네트워크에 얽힌 인간의 멜랑콜리한 감정을 발생시킨다. 다른 한편으로 공간적인 제약limit을 벗어나서 아주 작은 것을 단위로 하고 계산 가능성/계산 불가능성을 장착한 신화를 그려낸다"(208쪽)는 것이다. 그러니까 이렇게 말할 수 있다. "무라카미의 입장에서 '세계'는 우리의 입장에서의 '세계'를 이른바 확대경을 쓰고 보는 것이다."(같은 쪽) 말하자면 하루키에게는 '세계 인식'의 유형이 구비되어 있는 것처럼 보이는데, 이는 "현대 문화에서 드문 일"(같은 쪽)이다. 왜 그런가. 세계혹은 역사의 최종 목적지가 리버럴한 민주주의로 확정되고 나면, 세계를 철학적으로 인식하는 것은 아무런 의미도 없으며, 그 점에서 문학도 예외가 아니기 때문이다. 남는 것은 '리버럴한 민주주의'의 절대적 우위성을 인식하고 받아들이는 '세계 인식'의 유형뿐인데, 다른 작가들이나 사상가들이 지금-이곳이 아닌 '다른' 곳(혹은 인식의

지평)에서 그 인식의 유형을 찾거나 묘사하려고 하는 반면, 무라카미 하루키는 그 인식의 다른 '원천'은 고갈되었다는 사실을 정확히 알고 있다는 것이다. 그렇게 해서 하루키 문학에 대한 후쿠시마 료타의 다음과 같은 결론적 평가가 나온다.

무라카미 하루키는 바로 그 고갈에서 출발한다. 리버럴한 민주주의의 우위는 절대적이고 [가능한 변화는—인용자] 모두 그 틀 안에서의 마이너체인지[부분적 모델 변경—인용자]에 불과하다. 그와 같은 리버럴한 우위성을 '인식'하는 것이 무라카미 소설의 특성이었다고 할 수 있다. 무라카미는 네트워크화된 사회 속에서 일어나는 사건을 건져 올리는 것을 자각적으로 특화한, 아마도 최초의 일본인 소설가다. 시장을 밑바닥에 둔 이 새로운 사회에서 무라카미는 신화의 네트워크를 만들어내고 또한 그 네트워크에 연루된 인간을 그린다. 거기에는 확실히 세계와 인간의 관계가 그려져 있다.

물론 무라카미가 그린 세계의 리얼리티는 기존의 신화가 용해되어버리면 단적으로 무無가 되어버린다. 실제로 『태엽 감는 새 연대기』의 마지막은 다음과 같이 끝난다. '나는 눈을 감고서 자려고 했다. 그래도 정말 잘 수 있는 건 한참 지나서였다. 어디로부터 누구로부터도 먼 장소에서 나는 어느샌가 조용하게 잠에 빠져들었다.' '어디로부터도 누구로부터도 먼 장소'야말로 리버럴한 민주주의 사회 특유의 '장소'다.(209~210쪽)

나는 지금 하루키 문학에 대한 평가를 두고 어떤 이론異論을 제기하려는 것이 아니다. 그럴 수 있을 만큼 일본 문학의 맥락에도 정통하

지 못하며 하루키 문학도 충분히 읽지 못했다. 그리고 후쿠시마 료타가 집중적으로 다루고 있는 일본의 서브컬처에 대해서도 잘 알지 못한다. 네트워크를 확장/압축하는 상상이나 상징의 힘을 통해 네트워크 사회와 그 문화에 작동하는 새로운 신화, 리얼리티의 생성과 변화 과정을 추적하는 후쿠시마 료타의 문제의식과 분석에는 공감 가는 부분도 많다. 네트워크 사회에서 신화생태학이 그려내는 무수한 평면들의 교직과 넘나듦을 통해 "보다 많은 의미를!" 포착하고 생성시키자는 제안도 매력적이다. 거기에는 기본적으로 문화의 위계에 대한 리버럴한 거부가 있다. 그러나 후쿠시마 료타는 현대적 의미의 신화가 갖는 리버럴한 다원성을 긍정하고 포용하는 대신, 그 신화에서 역사성과 부정성을 제거한다. 리버럴한 민주주의의 우위가 절대적인 최종 목적지로 이야기되는 순간, 문학의 세계 인식 가능성은 곧바로 제한된다. 후쿠시마 료타가 '리버럴한 민주주의 사회 특유의 장소'라고 말한 하루키의 '어디로부터 누구로부터도 먼 장소'는 '조용하게 잠에 빠져드는 장소'다. 그곳은 하루키도 후쿠시마 료타도 잘 알고 있는 것처럼, 무의 장소, 없는 장소이며 바로 '리버럴한 민주주의 사회'가 끝없이 강요하는 환각과 허구의 장소다. 그 불가능한 장소가 불러일으키는 환각의 열도가 하루키 문학의 매혹 가운데 하나일 테지만, 그렇게 말하기로 하자면 그 매혹의 대가 또한 만만치 않다. 리버럴한 개인의 자기 추구가 결국은 자본주의 시장경제의 '상품=신화소'라는 집단 언어의 질서에 귀속된다는 폐쇄적인 순환 고리를 받아들여야 하기 때문이다. 이것은 이상한 나르시시즘이다.

당연히 물을 수 있을 것이다. '리버럴한 민주주의'의 우위를 부정할 수 있는가, 하고. 다른 목적지가 있을 수 있는가, 하고. 그런데 '리

버럭한 민주주의'란 무엇인가. 그것은 개인의 자유로운 추구와 결정을 어느 만큼 보장하고 있는가. 자유의 외관과 달리 개인은 강제된 이데올로기적 선택 혹은 생존의 선택으로 내몰리고 있지 않는가. 기실 우리가 목도하고 있는 것은 '법률상de jure 개인'과 '실제de facto 개인' 사이에 존재하는 간극을 바로 그 허약하고 무력한 개인의 자리로 돌려버리는 무한 경쟁의 시스템이 아닌가. 개인과 집단을 잇는 사회성의 배치는 후쿠시마 료타식으로 말하자면 네트워크의 피드백과 시뮬라크르 속에서만 의미 있게 존재할 뿐, 실재하는 공동체적 울타리와는 섬점 무관한 것이 되고 있다. '리버럴한 민주주의'에서 정작 자유로운 개인의 자리는 축소되고 사회적 결속과 유대의 해체는 돌이킬 수 없이 진행되고 있다. 비판과 변화의 주체가 무력화되면서 '부분적 모델 변경'조차 자본과 기술, 권력의 선택이 되고 있다.

여기서 성석제의 장편소설 『투명인간』[2]이야기로 논의의 물꼬를 돌려보자. 소설의 마지막, 투명인간이 되어 한강 다리에서 만난 '만수'와 '석수' 형제는 격렬한 토론을 벌인다(동생 석수는 형을 알아보지만 형 만수는 상대가 동생인지 모르는 상황이다).

　—행복은 성적순으로 매겨지고 부는 상위 일 퍼센트가 독점하며 권력은 세습된다. 정경유착, 금권언金權言 유착, 초국적기업, 신정주의神政主義, 광신적 테러가 그런 현상을 적나라하게 보여준다. 나 혼자 깨끗하게 산다고 문제가 해결되지는 않는다. 그것도 상관이 없다는 건가.

　—지금 이 세상이 이렇게라도 굴러가는 것이 그냥 저절로 되는 것

---

2) 성석제, 『투명인간』, 창비, 2014. 이하 인용은 쪽수만 밝힌다.

이라고 생각하는가? 누군가는 노력하고 있다. 어떤 식으로 그렇게 하는지는 말하지 않겠다. 당신도 잘 알고 있을 것이다.

　　—지금 세계가 신음하고 있는 것은 그런 무책임하고 공상적인 생각 때문이 아닌가. 당신들이 뭔가를 하고 있다 한다면, 참 오지랖도 넓다고 할 수밖에 없다.(363쪽)

『투명인간』은 김만수라는 한 인물을 중심으로 4대에 걸친 가족사를 다루는데, 소설에서 특히 문제가 되는 시기는 한국사회가 자본주의 세계 체제에 급속히 편입되어간 1960년대 이후라 할 수 있다. 흔히 산업화/민주화 프레임으로 조망되기도 하는 개발독재와 압축 근대의 시간, 그리고 '민주화' 이후 구제금융 시기를 지나면서 노골화되고 있는 무한 경쟁과 승자 독식의 세상이 작가 특유의 생생한 세목과 입담, 다중화자를 활용한 서사의 교직 속에서 펼쳐진다. 그런데 소설의 마지막에 이르러 악마처럼 어머니 '송진주'를(실제로는 큰어머니지만 사실상 어머니 노릇을 한다) 괴롭히던 '태석'이 학교에서의 왕따를 못 이겨 자살을 시도하고, 죽기 직전 자신의 신장을 어머니에게 전하는 기적 같은 반전에서 희미한 희망의 기운이 전해지지 않은 것은 아니지만, 소설 전체적으로 김만수 가족에게 닥쳐오는 시련은 한마디로 악몽의 연속이며, 그 지옥도의 탈출은 '투명인간'이 되어 스스로의 몸을 타인의 시선에서 지우는 길밖에 없는 것처럼 보인다.

　앞의 인용은 그 가족의 사뭇 대조적인 두 남자 형제, 만수와 석수가 우연히 마포대교에서 만나 나누는 대화의 일부이다. 두 형제는 가족이라기엔 너무나 다른 성품과 재능을 타고났고, 전혀 다른 삶의 경로를 밟게 되지만 결과적으로는 둘 다 '투명인간'이 되는 운명을 피

하지 못한다. 가족에 대해 거의 맹목적이다 싶을 정도의 책임감과 헌신을 보이는 만수는 세상의 악을 그 자신의 무한한 선의와 노동의 성실로 메우는 인물이다. 성석제 소설에 설명하기 힘든 기벽과 무용한 탐닉의 인물, 선한 바보 유형의 인물들이 등장한다는 것은 잘 알려진 사실인데, 김만수는 선함 자체를 탐닉하는 듯 보이기도 하지만 나름의 뚜렷한 주관을 가지고 있다는 점에서 다소 결을 달리한다. 김만수의 가족애에는 전근대적 가족공동체에 대한 향수나 퇴영적 가부장 이데올로기의 잔영으로만 치부할 수 없는, 인간의 인간다움에 대한 강력한 신념과 자각이 있다. "왜 그렇게 가족에게 집착을 하는가. 혹시 아직 한 인간으로 자립하지 못한 건가? 어릴 때부터 가족지상주의에 세뇌가 되었거나"(365쪽) 하고 묻는 '투명인간' 석수의 질문에 '투명인간' 만수는 이렇게 대답한다.

　　—단지 가족이라서가 아니라 정말 훌륭하고 고귀한 사람들이기 때문에 저절로 좋아하고 존경하게 된 거다. 태어나면서부터, 타고나기를 그랬던 것 같다. (……) 지금 같은 순간이 있어서 나는 행복하다. 내가 목숨을 다해 사랑하는 사람들이 나를 부르는 소리, 기쁨이 내 영혼을 가득 채우며 차오른다. 모든 것을 함께 나누는 느낌, 개인의 벽을 넘어 존재가 뒤섞이고 서로의 가장 깊은 곳까지 다다를 수 있을 것 같다. 이게 진짜 나다.(365~366쪽)

　　사실 '투명인간'이 되기 전까지 만수는 소설 내내 가족에 대한 헌신적 보살핌의 노동, 함께 회사를 지키려 한 동료들에 대한 책임과 연대의 묵묵한 행동 외에는 바보 같다는 느낌이 들 정도로 거의 자신의

언어를 들려주지 않는다. '투명인간'으로 다시 귀환하지 않았다면 끝내 발화되지 않았을 이 말들은 그러므로 얼마간 초월적으로 들리기도 한다. 인물에 대한 작가의 뒤늦은 개입처럼 보이기도 한다. 그러나 『투명인간』에서 '투명인간-되기'는 세상으로부터 배제되고 지워지는 피동적 상태만을 의미하지 않는다. "그때 갑자기 가슴에서 얇은 날개가 돋아나오고 천천히 펴지며 나를 들어올린다. 나는 날아오른다"(348쪽)라는 '명희'의 전언처럼, '투명인간-되기'는 비루한 인간 조건에서 해방되는 자기 고양高揚의 순간이기도 하다. 한 인간이 투명하게 자기 자신으로 존재하고 자기의 언어를 말하는 순간이기도 하다. 이때 '투명'은 세상으로부터 상처 입고 훼손된 자기 아닌 것들을 걷어낸다는 의미가 될 테다. 명희가 말하는 "그게 된다. 가끔. 그래서 나는 살 수 있다"(같은 쪽)는 의미 그대로다. 그러니까 지금 우리는 만수의 말을 '인간과 투명인간' 사이, 혹은 '투명인간-되기'의 그 해방의 맥락에서 제대로 들어주어야 한다. 이것은 혼신의 언어다. 만수는 이렇게 말할 자격이 있다. "모든 것을 함께 나누는 느낌, 개인의 벽을 넘어 존재가 뒤섞이고 서로의 가장 깊은 곳까지 다다를 수 있을 것 같다. 이게 진짜 나다." 그리고 그는 그렇게 살았다. 앞선 인용에서 동생 석수에게 말하고 있듯이, "지금 이 세상이 이렇게라도 굴러가는 것이 그냥 저절로 되는 것이라고 생각하는가? 누군가는 노력하고 있다"의 그 지점.

절대이성의 자기실현이나 목적인telos과 같은 이념형을 동원하여 세계를 해석하고 역사를 설명하는 방식, 혹은 어떤 개념을 통해 인간 행동과 역사를 이해하는 방식을 거절하는 자리에서 인간의 서사를 다시 발굴하고 써나가는 게 말의 진정한 의미에서 소설이라면, 『투명

인간』의 만수에게는 역사와 인간에 대해 기왕에 마련된 해석의 틀 바깥에서 자신을 움직이고 있다는 느낌이 있다. 물론 만수에게도 자신을 그렇게 형성시킬 수 있었던 가족이라는 터전이 있다. 그중에서도 경성제대를 다니다 독서 모임으로 고초를 겪은 뒤 솔가하여 경상북도 오지 화전마을에서 평생을 은둔한 할아버지가 그의 성장기에 끼친 영향은 특별해 보인다. 부친과 조부의 갈등은 있었을지언정 활수한 어머니 밑에서 형님과 누이, 동생들과 함께한 고향집에서의 그 시절은 그의 남다른 인륜과 도덕의 텃밭이자, 행복의 척도로 그려진다. 대개 우리는 이러한 세계를 근대화의 진전과 함께 부서지고 사라지는 것으로 본다. 그러나 그의 경우를 보면 세상의 변화가 쉽게 무너뜨리지 못하는 품성도 있는 것 같다. 그의 가족애는 회사를 지키는 극한의 투쟁 과정에서 보여주듯 민주적이고 합리적인 리더십(조부의 영향도 있지만)을 포함한 무한책임의 동료애로 나아간다. 그의 합리를 배반하고 좌절시킨 것은 자본의 편에 선 부당한 법의 횡포였다. 그도 나름의 방식으로 세상의 변화를 바라보고 거기에 적응하려 애썼던 것이다. 다만 그는 자신의 선의만큼이나 세상의 선의를 믿었고, 바로 그 점에서 끝내 근대인에 미달했다고 할 수 있다. 그러나 동시에 그는 세상이 어떻게 바뀌든 마지막까지 그 자신과 주변을 자신의 방식으로 지켜나갈 '단 한 사람'이었다.

반면에 동생 김석수는 세상의 선의를 철저히 불신한다는 점에서 근대인의 화신이라고 할 수 있다. 형 만수와는 달리 어릴 때부터 모나고 이기적인 심성을 보였다고는 하지만, 석수가 특별히 악한 인물인 것은 아니다. 석수의 이기심은 경쟁사회의 사다리를 밟고 올라서야 하는 누구에게나 내면화되어 있는 정도이며, 그의 성장기인

1970~1980년대에 재능 있는 아들을 위해 가족(특히 여성 형제)의 희생이 수반되는 것은 예사로운 일이었다. 그러나 조금은 납득하기 어려운 이유로(『투명인간』에서 1980년대 '운동권'에 대한 묘사는 지나칠 정도로 부정적이고, 실상과 어긋나는 대목도 더러 보인다) 위장취업을 했다가 시국 사건에 연루되고, 안기부의 고문 이후 일종의 운동권 프락치로 살게 되면서 그는 자신을 완전히 재정립한다. 그 강렬한 선언문에서 석수는 근대적 에스프리의 모호한 수사修辭를 걷어내고 근대사회가 실제적 작동 과정에서 요청해온 시스템의 율법으로 스스로를 재무장한다.

이제 나는 고향이며 가족처럼 내가 선택하지 않은 족쇄에 속박되지 않을 것이다. 우연과 운명, 내가 만들지 않은 신념 따위는 거부한다. 나는 낡고 누추한 새 둥지 같은 과거로, 집으로 돌아가지 않을 것이다. 모든 것은 내가 선택한다. 내가 선택한 새로운 나, 나의 가족은 환경에 지배당하지 않고 환경을 지배할 것이다. (……) 가족, 공동체, 사회, 국가, 세대, 세상이 망하든 말든 영원히 지속될 시스템 속에 들어가 시스템의 일원이 될 것이다. 법과 권력, 자본이 그런 것이면 거기에 들어가겠다. 계급과 이념을 가리지 않고 내게 유리한 것, 나의 평안과 힘과 항상성을 지켜주는 편을 택하겠다. (……) 세상이 모두 망한다 해도 나는 살아남을 것이다. (……) 그것이 나를 괴롭히고 힘들게 한 쓰레기들에 대한 복수일 것이다.(245~246쪽)

후쿠시마 료타가 역사의 종착지로 이야기한 오늘의 세상, '리버럴 민주주의 사회'의 근본적 계율이 여기에 있다. "아주 간단하게 말하

면, 리버럴 민주주의는 사람들이 전통에 구속받지 않고 어디까지나 개개인의 체험에 근거하여 자유롭게 자기를 완성시켜갈 수밖에 없는 사회를 의미한다."(『신화가 생각한다』, 16쪽) 다만 이렇게 되면 원리적으로는 만인에 대한 만인의 투쟁이 벌어질 수밖에 없는 만큼, 야만과 잔인성을 덜고 감소시켜나갈 제도와 윤리의 구축이 부단히 이루어져온 것도 사실일 테다. 그러나 유동하는 자본의 이익과 결속된 국가적/초국가적 지배의 구조가 기술문명의 현란한 질주와 함께 형성하고 있는 오늘의 문제(양극화나 상시적 구조 조정과 같은)는 (리버럴한) 민주적 숙의의 정치를 통해 조정될 수준을 넘어선 것으로 보이며, 석수가 그 속에 들어가 '혼자만이라도 끝까지 오래 살아남으려는' 그 '영원히 지속될 시스템'의 승리를 구가하고 있는 것 같다. '법적인 개인'과 '실제 개인' 사이 간극이 벌어지면서, '살아남는 개인' 대 '그렇지 않은 개인'의 장場 혹은 적자생존이라는 세계의 적나라한 원리가 노골적으로 자연화하고 있는 것이다. 동등한 위상에서의 대립 구도로서 석수와 만수의 싸움이 성립되기 어려운 이유가 여기에 있다. 소설에서 석수의 행적은 입대 이후 군 보안부대에서의 정보 수집 활동까지만 나와 있을 뿐, 그를 가장 절실히 찾았을 운동권 연인 '오영주'(태석의 생모)조차도 "군에 입대했다고도 하고 머리 깎고 절로 갔다느니 정보기관에 특채로 들어갔다느니 하는 등의 소문만"(253쪽) 접한 것으로 되어 있다. 만수를 비롯한 가족들도 마찬가지다. 소설적 개연성을 파괴하면서까지 한 인물을 이렇게 철저히 사라지게 만든 이유는 무얼까. 석수는 투명인간으로 등장하여 소설의 처음과 끝을 열고 닫는 역할을 맡고 있는데, 수많은 화자의 증언으로 이루어질 '김만수전傳'에 포함되면서도 그 외부에 놓여 있는 형국이

다. 가능한 해석 중 한 가지는 그를 세상의 지배적 원리에 스며들었다는 의미에서 '투명인간'으로 보는 것일 테다. 원리에 동화되고 일치되는 순간, 조금 과장하자면 그는 세계 자체가 되었는지도 모른다. 그의 개별성은 세계를 통해 충분히, 넘치도록 실현되고 있는 것이다. 투명인간으로 만나는 소설의 처음과 끝, 석수 쪽에서만 만수를 알아보게 되어 있는 상황에서도 암시되듯 두 사람의 대등한 대립구도는 끝내 성립되지 않는다. 석수의 원리가 지배하고 있는 세계에서 인륜적 가치와 인간적 덕성, 노동의 성실만으로 이루어진 만수의 패배는 자명하다.

그런데 이렇게 『투명인간』을 읽을 때, 우리 역시 앞서 후쿠시마 료타가 설정한 구도에서 한 발짝도 벗어날 수 없게 된다. 체제로서 '리버럴 민주주의'의 우위는 절대적이며 그것은 역사의 종착지가 된다. 큰 틀에서의 변화는 불가능하다. 그럴 때 문학 역시 하루키가 보여주고 있는 것처럼(후쿠시마 료타의 해석을 따른다면), 지금 세상의 지배적인 신화소를 의식/무의식 차원에서 채택하고 활용하는 방식으로 세계 인식의 유형을 조직하는 데서 사회적 의미를 찾게 된다. 그러나 이 경우 세계 인식은 주어진 틀을 재생산하는 차원을 넘어설 수 있을까. 거기 제대로 된 의미의 부정성이 담길 수 있을까.

진보적 관점이든 그렇지 않든 19세기와 20세기를 지나며 역사와 사회의 해석에 누구나 동의할 수 있는 객관적 이해의 지평이 증대된 것은 부정하기 힘든 사실이다. 철학, 정신분석학 등도 인간 이해의 수준을 엄청나게 확대했다. 여기에는 '과학'의 진전도 결정적인 도움을 주었다. 그러나 경합하는 수많은 지식과 사유의 체계가 알려준 중요한 진실 중의 하나는 거기에는 늘 체계 자체의 한계와 배제가 작동한

다는 점이었다. 따라서 한계와 배제를 사유하지 못할 때 그 체계는 굳고, 인간 현실의 많은 측면은 사상된다. 지그프리트 크라카우어가 과학적 접근, 또는 궁극적인 것에 대한 철학의 집착(따라서 끝의 세계)을 비판하며 '끝에서 두번째 세계' '대기실의 사유'라 일컬은 중간계로서의 역사의 영역, 거기서 인식을 기다리고 있는 '이름 없는 가능성들'을 사유하고 찾는 일이 언제든 필요한 것은 그 때문이다.[3] 그리고 이것은 역사의 영역이기도 하지만 문학의 몫이기도 하다. 그것은 '보편적이고 궁극적인 진실' 대신 '잠재적 진실' '중단된 사유'를 받아들이는 것이다. 생각해보면 『투명인간』의 김만수는 소설의 리얼리즘에서 말하는 '전형적 인물'이나 '문제적 인물'이 아니다. 1960~1970년대에 성장기를 보내고 1980년대에 청년기를 지나는 김만수는 격변하는 역사의 흐름이나 정치적 움직임에 무심한 채 그때그때 주어진 자신의 처지와 조건에 순응하며 눈앞의 현실을 헤쳐가기에 바쁘다. 겉으로 보면 장삼이사의 인물인데, 맡은 일에 대한 성실과 선의로 충만한 무구한 인간적 덕성이 그의 특별함이라면 특별함이다. 그러나 가족에 대한 무한한 헌신도 그렇지만, 회사를 지키려다 얻게 된 배상책임을 동료들의 몫까지 혼자서 감당하는 대목에 이르면 그의 무구함에 고개가 갸웃거려지는 것도 사실이다. 그는 하루에 스무 시간 가까이 일하며 칠 년 만에 신용불량자에서 벗어난다. 그는 한시도 몸을 쉬지 않는다. 그러나 아내가 신장 투석을 받게 되면서 다시 빚을 지게 되고 결국 '투명인간'이 된다. 이쯤 되면 세상을 원망할 만도 하건만, 그는 말한다. "지금 이 세상이 이렇게라도 굴러가는 것이 그냥 저절

---

3) 지그프리트 크라카우어, 『역사―끝에서 두번째 세계』, 폴 오스카 크리스텔러 엮음, 김정아 옮김, 문학동네, 2012. 이하 인용은 도서명과 쪽수만 밝힌다.

로 되는 것이라고 생각하는가? 누군가는 노력하고 있다." 이런 인간
이 가능한가? 가능하다 하더라도 그것은 우연적이고 예외적인 경우
가 아닌가. 역사의 큰 흐름과 무관한 곳에서 기포처럼 생겨났다 사라
지는.

그러나 『투명인간』의 소설적 성취는 바로 그 우연과 예외의 인물
을 단 하나의 인물, '김만수'라는 유일한 고유명으로 만들어 필연적
으로 보이는 세상의 흐름이 자명한 것이 아닐 수 있음을 보여준 데 있
다. 김만수는 세상의 경제적 물리적 압력이 사람을 주저앉히는 바로
그 지점에서 이상한 방식으로 버티며 한 발 더 나아간다. 그는 자신의
타고난 품성, 할아버지의 가르침, 가족과 함께한 고향집의 행복한 기
억 등을 바탕으로 세상을 사는 스스로의 방식을 익혔고, 그것을 포기
하지 않았다. 김만수는 이제는 사라져버린 '의인'이란 말을 떠올리게
한다. 지그프리트 크라카우어는 역사의 가장 흥미진진한 모험 중 하
나로 '숨은 의인들을 찾는 불가능한 탐험'을 꼽은 바 있다.

옛 유대 전설에 따르면, 모든 세대마다 이 세상을 지탱하는 서른여
섯 명의 의인이 존재한다. 그들이 있는 덕분에 이 세상은 멸망하지 않
는 것이다. 그러나 아무도 그들이 누군지 모르며, 그들 자신조차 이 세
상을 멸망에서 구하고 있음을 모른다. 내가 보기에는 이 숨은 의인
들—모든 세대마다 서른여섯 명이라니, 정말로 그렇게 많을까?—을
찾는 불가능한 탐험이야말로 역사의 가장 흥미진진한 모험 중 하나이
다.(『역사』, 31쪽)

내 생각에도 서른여섯 명은 너무 많은 것 같다. 그러나 김만수가

그의 세대를 멸망에서 구한 숨은 의인 중 한 명일 것 같다는 생각은 든다. 우리는 그동안 역사의 진보, 역사의 진전이라는 생각에 너무 사로잡혀 있었던 건지도 모른다(후쿠시마 료타식으로 종착역을 설정하는 것도 그런 생각과 한 뿌리일 테다). 그 생각을 잠시 중단해보는 건 어떨까. 그리고 김만수의 말대로 '지금 이 세상이 이렇게라도 굴러가는 것', 그 어정쩡한 상태를 승인하기로 하자. 그럴 때 '보편적이고 궁극적인 진실' 대신 '잠재적 진실' '대기실의 진실'을 수용하면서 "극히 보편적인 기존 독트린들 간의 틈새에서 인식되기만을 기다리고 있으리라 생각되는 이름 없는 가능성들"(『역사』, 232쪽)을 발굴하는 일은 역사의 몫이기도 하겠지만, 문학의 몫이기도 할 테다. 투명인간 만수가 승용차에 치여 다리 아래로 떨어진 뒤, 동생 석수는 난간으로 달려가 강변 콘크리트 광장을 내려다보지만 거기엔 아무 흔적도 없다. 이제, 스스로를 세상의 악으로 단련시켜온 동생 석수의 마음에 무슨 일인가가 일어난다.

> 마음속에서 무엇인가 뚝, 하고 부러지는 소리가 났다. 나는 자전거에 다시 올라 미친 듯 페달을 밟았다. 다리를 더이상 움직일 수 없을 정도가 됐을 때 형이 했던 말이 떠올랐다.
> ─죽는 건 절대 쉽지 않아요. 사는 게 오히려 쉬워요. 나는 포기한 적이 없어요.
> 형. 만수 형.(369쪽)

석수의 마음속에서 들려운 '뚝, 하고 부러지는 소리'는 지금 우리가 마주한 괴물 같은 세상의 균열일 수 있을까. 모를 일이다. 그러나

적어도 석수는 진심으로 한 번 '형'이라고 불렀다. 역사의 작은 틈새. '현실의 귀환'에 이어 '역사의 귀환'이 한국 소설의 새로운 흐름으로 떠오르고 있다. 복고의 향수를 논외로 한다면, 현실의 뿌리와 연혁을 더듬고 과거와 현재의 대화의 장을 마련하는 일, 망각된 것들을 일깨우는 일은 새삼스러울 것 없는 소설의 과제이리라. 다만 최근 우리가 겪고 있는 현실의 난경이 그러한 요청을 더욱 시급하고 절실하게 만들고 있다면, 그간 우리 소설의 결여를 되짚어볼 필요는 있을 것이다. 그런데 관건은 역사와의 대면 그 자체에 있는 것은 아닌 듯하다. 이미 마련되어 있는 역사 해석의 틀이나 호명을 거부하고(혹은 그 작동을 유예시키거나 중단하고) 바로 그 틀과 호명에 의해 배제되고 묻혀버린 '이름 없는 가능성들'을 발굴하는 일, 한국 소설이 다시 역사를 껴안고 두터워지려면 여기서부터 시작해야 하지 않을까.

(2015)

한국문학은 무엇이 되고자,
혹은 무엇이 아니고자 했는가?
─그 격렬한 예로서의 1980년대

1. 세계에 대한 부정과 문학의 해체

1984년 『문예중앙』 가을호에 실린 대담[1] 이야기로부터 시작해보자. 1980년대가 중반으로 향하고 있을 즈음 기획된 이 대담은 그 제목이 말해주는 대로, 1980년 5월 광주의 충격 이후 다양한 양상으로 전개된 '문학 운동'의 흐름을 점검해보는 자리였던 듯하다. 지금 눈으로 보면 '문학 운동'이란 말이 혹 낯설지 모르겠으나, 당시의 시대적 정황 속에서는 '문학'과 '운동'의 결합은 차라리 자연스러웠다고 해야 할 테다. 다만 문학적 입장에 따라 '문학'과 '운동'의 강조점은 달랐고, 그 차이는 김정환과 이인성의 대담에서도 극명하게 드러난다. 이인성은 무크지 형태의 소집단 운동으로 시작한 다양한 문학 운동이 기존 문학 장르의 틀을 흔들면서 새로운 문학형을 부각시키고 있다는 점에 주목한다. 다시 말해 문학 내부에서 일어나고 있는 변화

---

1) 김정환·이인성 대담, 「80년대 문학운동의 맥락─문학의 시대적 대응 양상을 중심으로」, 성민엽 엮음, 『민중문학론』, 문학과지성사, 1984.

와 생성의 운동에 초점을 맞춘다. 반면 김정환은 반독재 민주화, 길게는 인간 해방을 목표로 하는 당시 민중운동의 절박한 과제에 문학이 어떻게 기여할 수 있는가 하는 대원칙을 거듭 확인하면서 문학 내부에서 일어나는 변화의 움직임을 바로 그 목표에 맞춰 판단하고 지양해나가려고 한다. 해체든 파괴든 그것은 무방향적인 것일 수 없으며 민중운동의 정치적 지향성에 부합하고 그 확산을 이루어낼 수 있는 수단으로서 장르의 매체화가 강조되는 것도 그 때문이다. 처음부터 평행선을 긋고 시작한 대담은 끝내 만나지 못한다. 민중성, 난해성, 실험성(전위성), 집단 창작 등의 여러 주제가 거론되지만 그 논의들은 거의 한 번도 섞이지 못하고 원점으로 되돌아간다. 그것은 그럴 수밖에 없는 것이기도 한데, 내가 보기에 두 사람은 세상은 바뀌어야 한다는 대명제에 대해서는 동세대적 절실성을 공유하고 있지만, 그 바뀜은 어떻게 가능한가, 그리고 그 과정에서 문학이 무엇을 어떻게 할 수 있는가, 하는 데에서는 전혀 다른 생각, 입지점에 서 있기 때문이다. 거듭되는 논의의 공전 끝에 대담의 중간쯤에 나온 이인성의 다음 발언은 이 대립선을 명확히 보여준다.

이인성: 위의 이야기를 들으면서 이제 분명히 알 수 있는 것은 김정환이 세계 기반의 근본적인 재구성을 목표로 한 일관된 방향성의 확산이 무엇보다도 중요함을 전제로 모든 것을 비판하고 있다는 점이다. 나 역시 세계 기반이 근본적으로 재구성되어야 한다는 점에 동의한다. 그러나 그것을 위해서는 오늘날의 사회가 얼마나 다양한 집단 계층으로 분화되어 복합적으로 얽혀 있는가, 또 얼마나 정교하게 관리되고 있는가 하는 것을 염두에 두고 그 '확산'이 사회 전체를 꿰뚫을 수

있는가, 있다면 어느 형태로 가능하며, 그렇지 못하다면 어떻게 단계적이며 부분적으로 대응해야 하는가에 대한 숙고가 병행되어야 한다. 그리고 그 과정에서 문화는 무엇을 할 수 있는가라는 오래된 질문이 되살아나야 한다. (……) 문학은 행동을 유발시켜줄 수는 있겠지만, 분명 행동 자체는 아니다. 문학은 정서를 통해 스며들어가는 것이고 독자와의 사고의 충돌을 통해 변화를 일으켜주는 것이다.[2]

지금이라면 이 발언에 대해 쉽게 반박할 지점을 찾기 힘들 것이다. 여전히 마르크시즘의 계급 분석에서 좀더 과학적인 세계 이해의 틀을 보는 이라 하더라도, 노동자계급의 혁명성을 통해 세계의 변혁 가능성을 말하지는 않는다. 그 과정에서 문학의 힘, 역할이나 위상과 관련해서는 더 말이 필요없을 것이다. 그러니까 김정환이라면 '변혁'이라고 바꾸어 말했을 '세계 기반의 근본적 재구성'을 향한 움직임이 당시 한국사회에서 실질적인 운동으로 조직되고 진행되고 있었다는 사실을 감안하지 않으면, 위의 대담에 잠복되어 있는 진정한 맥락을 놓칠 수밖에 없다. 결국 실패로 끝났지만, 1980년대는 부분적으로 변혁 운동의 시대였다. 변혁 운동의 이념 또한 뚜렷했다. 몇 가지 노선 대립이 없는 것은 아니었지만, 그것은 근본적으로 변증법적 유물론이라는 '과학적' 세계관으로 역사 발전을 이해하고 추진하려는 마르크스주의에 이념적 토대를 둔 것이었다. 억압의 고리를 끊을 수 있는 변혁의 주체는 노동자계급이고, 변혁 운동의 전략과 전술은 노동자계급을 중심으로 운동의 역량과 전선을 배치하는 문제에 집중되었

---

2) 같은 글, 194~195쪽.

다. 광주 학살을 자행한 신군부에 맞선 민주화 투쟁이 그 전선의 표면적 열기를 이끌었지만, 1970년대의 반독재 민주화 투쟁과 근본적으로 달라진 양상은 바로 그 이념의 유입과 확산에 있었다. 1980년대 초반 무크지 운동과 함께 르포나 수기, 벽보 등등의 형태로 노동자와 노동 현장의 목소리가 분출되어 올라오기 시작한 것 역시, 거슬러오른다면 1970년대 초 전태일의 분신 이후 새롭게 열린 한국 노동운동의 역사로부터 그 자생적 연원을 찾을 수 있는 것이겠지만, 그것이 문학장 내부의 문제로 국한될 수 없었던 사정 역시 이에서 비롯한다. 1976년 연작의 첫 작품이 『문학과지성』 겨울호에 발표되고 이후 열두 편의 연작소설 형식으로 출간된 조세희의 『난장이가 쏘아올린 작은 공』(이하 『난장이』, 문학과지성사, 1978(초판))이 노동자 문제를 세련된 문학적 기법으로 다룬 지식인 작가의 작품으로 1970년대 마지막을 충격했던 것은 지금 보면 다분히 상징적인 문학사적 사건이라 할 만하다. 당시 조금씩 분출되어 나오기 시작했던 노동자들의 수기는 『난장이』의 문학적 성취를 가능하게 한 토대가 되기도 했지만, 1980년대의 그 이념적·운동적 지향에 비추어 본다면 이제 『난장이』와 노동자 수기의 문학적 위계는 역전되면서 새로운 해체와 재구성의 압력에 노출되었던 것이다.

생각해보면 1960~1970년대를 거치며 민중의 관점에서 역사와 정치를 해석하는 노력은 꾸준히 성장해왔고, 문학 쪽에서 보자면 『창작과비평』 중심의 민족문학론이 그 대표격이라 할 수 있을 텐데 1980년 5월의 좌절은 '과학적' 이념에 의한 급진적 변혁 운동의 출현을 재촉했다고 볼 수 있다. 그런데 민중성과는 다른 차원에서 한국사회의 파행과 질곡을 비판적으로 조망하고 분석하면서 한국문학의 '주변성'

을 극복하려고 했던 노력은 비슷한 시기에 『문학과지성』을 중심으로도 이루어졌다.[3] 그리고 보면 '문학과 생활은 동궤의 것이다'라는 인식이 한국어로 문학하는 사람들에게 두루 스며들고 그것이 문학작품과 문학 담론으로 정교화된 것은 기실 그다지 만만한 일도, 그다지 오랜 일도 아니었던 것이다. 그러나 "문학을 현실 속에 폭넓게 정착시키고, 문학과 현실의 관계를 진지하게 탐구하게"[4] 하는 데 기여했던 두 문학 그룹이 문학과 현실의 관계나, 문학과 현실을 이해하는 방식에서 적지 않은 차이를 드러낸 것도 사실이었다. 다만 1970년대까지만 하더라도 두 그룹 사이 창작의 공유를 비롯, 문학 창작자의 소시민적 전문성이나 문학 장르에 대한 이해 등에서 상당한 공감대를 유지하고 있었다는 점은 기억해둘 필요가 있다. 1980년대 중반을 지나며 문학을 급진적 변혁 운동의 틀 안에 복속시키려는 논의가 극단으로 치달으면서 이들의 문학은 이른바 '(역사적 의미를 잃고 사라져가는) 소시민 계급의 한계'를 벗어나지 못한 '지식인 문학'으로 일거에

---

3) "제도의 행사나 향유로부터 소외당한 직접 생산자들의 열망과 힘을 확인시키려는 노력과 동시에 제도의 조직성을 노출시키려 한 70년대 작가들은, 『창작과비평』 『문학과지성』이라는 동인 활동을 통해서 소집단 운동으로 발전되어나간다. 소집단 운동이란 기존의 서구로부터 주입된 문화형에 대응하여, 우리의 개별 문학을 자리잡게 하려는 노력이, 어느 정도 실제적인 효력을 가질 수 있게 됨을 의미한다. 다시 말하면, 그것은 주입된 문화형에 강력하게 대응할 수 있는 소문화형 또는 문학적 형태가 형성되어 간다는 것을 말한다. 이러한 두 문학 운동은 후자가 제도의 거짓 논리를 비판적으로 해부하는 일에, 전자가 제도로부터 소외당한 직접 생산자의 의지·힘의 확인·개발에 더 큰 의의를 부여한다는 차이는 있지만, 둘 다 '문학과 생활은 동궤의 것이다'라는 인식에 뒷받침되어 있다."(정과리, 「자기 정립의 노력과 그 전망─50년대 이후 한국문학의 맥」, 『문학, 존재의 변증법』, 문학과지성사, 1985, 32쪽)

4) 같은 책, 33쪽.

부정될 것이었다.[5]

1980년대 초반 무크지 형식의 소집단 운동으로 터져나온 다양한 문학적 발언과 실천, 그 급진적 부정과 해방의 열망은 지금 돌아보면 다분히 과장된 것이었으되, 1980년 5월 광주가 불러온 공백, 일종의 에포케epoche 상태를 감안해야 하는 것일 테다. 실제 역사는 그렇게 단절되는 것도, 초월되는 것도 아니라는 것을 이제 우리는 안다. 그러나 그때 그들에게는 그 시기가 초역사적인 열망의 공간으로 열리고 있었다는 점을 인정해야 한다. 앞에서도 잠깐 언급했듯 한국어로 한국인의 역사와 현실, 개인과 사회의 꿈을 어느 만큼 견고하게 껴안게 되기까지 세계문학의 변방에서 한국문학이 주변성, 식민성과 싸우면서 나아온 도정은 결코 만만한 것이 아니었다. 그것은 점진적인 역사적·문학적 실천의 결과였다. 그런데 1980년대는 갑자기 도착해버렸다. 이 사정을 떠나면, 우리는 앞서의 대담을 지금 단 한 줄도 이해할 수 없게 된다.

중요한 것은 이 과정에서 '세계 기반의 근본적인 재구성'에 대한 열망이 변혁 운동의 전망 속에 문학을 위치시키려 했던 쪽에서만 증폭된 것은 아니라는 사실이다. 문학 언어와 문학적 상상력의 성찰적 힘에 기대고, 낡은 문학적 어법의 갱신과 해체에서 그 점진적 재구성의 가능성을 보려고 했던 이들에게도 '80년의 좌절과 충격'은 기존 세계에 대한 부정의 열도를 상승시키면서 새로운 모색을 불가피하게 요청했다. 어느 쪽이든, 그 격렬한 열도의 극단에서 본다면 기존의 '문학'은 해체되어야 하는 것이었다. 그러니 물을 수 있겠다. 그때,

---

5) 김명인, 「지식인 문학의 위기와 새로운 민족문학의 구상」, 황석영 외, 『문학예술운동 1: 전환기의 민족문학』, 풀빛, 1987 참고.

'한국문학은 무엇이 되고자, 혹은 무엇이 아니고자 했는가?'

2. 문학과 변혁 운동의 일체화

대담에서 김정환 시인이 강조하기도 한 '장르의 매체화'는 궁극적으로 하나의 문학 장르가 그 자체로 민중성의 구현과 전파·확산을 내용-형식에서 일체화하는 단계로 나아가는 것, 달리 말하면 민중성과 운동성의 결합을 의미하는 것일 테다. 그 결합의 구체적인 내용과 방법, 수준을 두고는 다양한 논의가 전개되었고, 논의는 점차 급진화되어갔지만 한국사회의 변혁 운동을 절대적 위상에 놓고 문학을 그 운동의 하부 영역에 편제하는 순간, 이 둘의 결합 역시 절대적 과제가 될 수밖에 없는 것이었다. 그런데 '장르의 매체화'는 1980년대 초중반의 폭압적인 정치 상황, 언론의 자유가 극심하게 억압된 현실에서 계속 절실성과 당위성을 부여받고 있었다는 점을 놓쳐서는 안 된다. 변혁 운동의 목표나 수준에 대한 세부적인 동의 이전에 언론 자유의 박탈에서 오는 울분은 여타 형해화된 민주주의의 현실, 기층 민중의 생존 현실과 맞물리면서 운동에 대한 열정으로 증폭되기도 했지만, 특히 광주의 진실을 숨죽이며 공유해야 하는 상황은 문학이 움직여 가야 할 도정의 뚜렷한 지표가 되었다. 김정환은 말한다. "문화 운동이란, 정치에 피와 땀과 인간성과 감동적 '선전성' 혹은 일상성을 부여하면서 그 정치적 이념의 가두 홍보를 떠맡는 것이라는 말이다."[6] 이른바 '장르의 매체화'에 담긴 뜻을 명확히 하고 있는 대목이다. 그의 말은 이어진다.

---

6) 김정환·이인성, 「80년대 문학운동의 맥락」, 182쪽.

김정환: 장르의 정당성 혹은 장르 해체의 정당성은 바로 그러한 '대중적 확산-선진적 이념 설정' 간의 역동적 갈등 관계를 바탕으로 하면서 그것에 기여하는 것일 때에만 부여될 수 있다. 시·소설 장르 등에서의 이야기성 혹은 노래성의 도입 혹은 회복, 그것을 위한 장르 해체는 그 해체의 방향이 위에서 말한바 민중운동 흐름에 기여하는 에너지화·민중운동의 대중 확산, 그리고 그것의 인간화에 예술이 기여하도록 만드는 것이냐 아니냐에 의해 결정되는 것이지, 그 방향의 목적지가 '진정한 소설' '진정한 연극' 운운하는(민중적이건 반민중적이건 간에) 총체적 완성에 있는 것은 아니다.[7]

그러니까 '장르'라는 다소 우회적인 개념을 매개로 해서 표현되기는 했지만, 1980년대를 뜨겁게 달구었던 '운동으로서의 문학'의 경로는 명백히 전문 문인의 개인성을 통해 현실과 꿈을 표현하는 전통적인 문학의 자리를 해체하려는 방향성 위에서 구축된 것이었다. 시의 경우 장르적 성격상 소설에 비해 훨씬 활발한 대응 양상을 보였고, 서사성의 확보나 음악성·연희성의 확대에 대한 요청이 장시나 시극, 여타 매체와의 결합 등으로 그 성과가 일부 드러나기도 했으나 결국 민중성이나 운동성의 문제에서 전문 문인의 계급적 한계에 대한 논점으로 논의는 나아갈 수밖에 없었다. 박노해의 『노동의 새벽』(풀빛, 1984)은 노동자와 노동의 현실에 대해 그 시집이 담아낸 감동이나 성취와는 별개로, 문학을 그 창작 주체의 계급적 신원을 통해 접근하게

---

7) 같은 글, 183쪽.

하는 상징적 지표가 된다. 민중성이라는 모호한 개념은 결국 '각성된 노동자의 눈'과 같은 표현을 거쳐 '노동자계급의 당파성'으로 치달리게 될 것이었다. 그런데 『노동의 새벽』이 전통적 서정시의 목소리와 형식을 거의 그대로 유지하고 있는 데에서도 알 수 있듯, 한국 시의 경험 지평을 확대하는 가운데 노동 현실의 각성된 표현에서 이룬 기념비적인 돌파는 기존 시 형식의 내파로는 이어지지 못한다. 이 시집이 1980년대 문학과 사회 전반에 끼친 엄청난 감염력은 노동자 시인의 출현이라는 사건과 결합된 (아마추어리즘을 벗어난) 시적 밀도와 세련성에 상당 부분 기인한 것이라고 보는 게 온당한 평가일 것이다. 장르의 확산, 장르 간 길 트기, 장르의 파괴와 해체를 통해 시에 운동성을 부여하려는 노력이 새로운 시의 개념, 시 형식의 창안으로 이어지기에는 일정한 한계가 있었다. 민중성과 운동성의 결합 요구는 시의 난해성/대중성 문제와 필연적으로 연결될 수밖에 없기에 그러한데, 이 자체가 이미 하나의 제약이자 구속이었던 셈이다. 출구는 시의 창작 주체를 기층 민중 속으로 개방하고 '민주화'하는 방향, 시의 활동 공간을 노래나 연희, 생존 투쟁의 현장 속으로 확장하는 방향에서 찾아야 했다. 그러나 이 경우 시의 범속화나 일정한 유형화, 도구화는 피할 수 없는 일이었다. 세계관이나 역사의식, 참여와 투신을 바탕으로 하는 시와 현실의 밀착, 창작 주체의 개방 등에서 보인 진보성이나 급진성이 시의 형식에 이르러 일정한 보수성으로 귀결되고 만 것은 문제적이라 할 만한데, 시대적 절박성 속에서 제기된 '장르의 매체화'라는 프레임 속에 이미 그 흐름이 어느 정도는 예비되었던 것인지도 모르겠다. 기존의 구획된 시의 영역으로부터 벗어나려 했고, 시가 아닌 것들을 끌어안으려 했고, 시가 아닌 쪽으로 가려 했지만, 그것이

압도적인 외부의 요인에 의해 견인되면서 정작 시 안에서 작동하는 언어의 역학과 맞물릴 지점을 찾아내지는 못했던 것이다. 더구나 논의의 급진화와 함께 '과학적' 세계 이해나 노동자계급의 당파성이 최상의 규율로 부각되면서 시의 불가피한 개인성은 협소하거나 폐쇄적인 주관성으로 치부되었고, 집단 창작(공동 창작) 혹은 창작의 조직화가 대안으로 제기되었는데, 이 단계에 이르면 전혀 다른 의미에서 시는 폐기되고 사라질 수밖에 없었다.

지금 돌아보면 1980년대 급진적인 '운동으로서의 문학'이 품었던 가장 강력한 환상은 (소시민적) 개인성을 극복이나 해체 가능한(혹은 해체되고 타기되어야 할) 대상으로 설정한 것이 아니었나 싶다. 가령 다음과 같은 진단이 대표적인 것일 테다.

소시민계급의 박탈감과 위기의식은 70년대 후반을 거쳐 80년대를 지나는 동안 그들의 계급적 몰락이 마무리됨에 따라 거의 소멸해버린다. 그들은 한편으로는 독점자본에 기생하여 이른바 '성장의 과실'을 나누어 먹는 데 만족하거나(상향분해), 다른 한편으로 몰락하여 기층민중의 범주 속으로 편입되어갔다(하향분해). 물론 그에 따라 그들의 세계관도 분열되어 가고 말았다. 이들은 이제 더이상 혁명적 추진력을 지닌 계급으로서는 존재하지 않게 되었다. 남은 것은 신중산층이나 하청자본가로 전락한 그중 일부가 늘 입에 올리는 '사회적 완충'이라는 기회주의적 언어유희뿐이다. 이런 맥락에서 기존의 지식인문학이 갈 길도 마찬가지로 휘청거릴 수밖에 없는 것이다.[8]

---

8) 김명인, 같은 글, 64~65쪽.

각주의 부연 설명을 통해 "이 가설도 엄밀히 검증된 것은 아니다"라는 유보를 달고 있긴 하지만, 필자가 여기서 한국사회의 소시민계급에 일종의 역사적 파산선고를 내리려 하고 있다는 것은 분명하다. 고전적 계급 분석의 틀이 당시 한국사회를 해명하는 데 얼마나 유효한 것이었는지는 별도의 논의가 필요한 일로 두더라도, 생각해보면 그 유효성조차도 제한적인 범위 안에서 이해되는 것이어야 하지 않았을까. 계급의 물리적 규정성이 아무리 커도 그것만으로 해소되지 않는 영역이 있으며, 이른바 '부유하는 의식'을 포함해서 인간의 개인성이나 실존적 자의식은 그것대로 변화되기 힘든 인간의 조건을 이루는 것이다. '역사의 발전 법칙'이나 '해방적 계급'의 존재는 하나의 이데올로기이자 가설일 뿐이었겠지만, 당시 변혁의 열망으로 가득차 있던 이들에게 그것은 과학이었고, 존재적 결단을 요구하는 지상명령이었던 것이다. 1970년대 후반 석정남, 유동우 등 노동자들의 수기가 노동운동과 노동 현장의 실상을 충격적으로 알린 이래, 1980년대 들어서면서 기층 민중의 생활 현장이나 투쟁 현장의 사실적 보고가 그들 자신의 목소리로 분출되기 시작했다. 여기에 당시 억압적 언론 상황을 뚫고 다양한 르포가 일정한 현실 고발의 역할을 수행하며 가세하면서 이른바 '현장 문학'이 소설의 침체와 한계에 대한 대안적 가능성으로 떠오른다. 전문 필자가 참여했던 '르포'가 곧 '현장 문학'의 중심 논의에서 배제되었던 데서 알 수 있듯, '현장 문학'의 문제의식은 그 증언적 사실성이나 문학의 경계 확장에 대한 긍정적 평가를 넘어 민중성과 운동성의 실질적 담보나 결합이 가능한 산문문학에 대한 요구로 확장된다. 신승엽은 이를 '보고문학'이란 새로운 틀에 담

아낼 것을 제안하는데, 창작 태도와 방법에서 보고문학의 리얼리즘적 가능성을 높이 사면서 보고문학의 창작을 '조직화해내는' 일을 기층 민중과 전문 작가 양쪽의 긴밀한 결합을 통해 모색한다.[9] 결국 여기서도 논의는 다시 한번 창작 주체, 세계관의 문제로 전이된다. 기존의 '전업 지식 인문학'의 계급적 한계가 분명하다고 보는 입장에서라면 부유하는 개인의 주관성은 기층 민중, 혹은 노동자계급의 자리로 견인되어야 하는바, 기실 현장 문학이든 보고문학이든 그 최종 단계에 이르면 상정된 '통일된 중심'(그 현실적 실체와는 별개로 '전위당'을 말하는 것일 테다)에 의한 조직적 지도의 문제로 귀결될 수밖에 없는 것이었다. 소비에트 건설기나 중국 문화 혁명기에 등장했던 '집단 창작'이 '개인(사적) 창작'의 한계에 대한 비판과 더불어 유효한 대안으로 제기되는 맥락이 여기에 있다. 개인 창작의 철폐라기보다는 그에 대한 보완의 측면에서 많은 유보 사항을 달고 제기되었고, 다분히 실험적인 성격이 강했지만 문학 창작의 개인성을 집단과 조직의 힘으로 대체할 수 있다고 본 발상은 1980년대 문학 논의가 가닿았던 가장 급진적인 극단이었다. 그리고 그것은 개인 주체의 상상적 표현물이라는 기존 문학의 좌표를 극복되어야 할 소시민적 자유주의 문학으로 보고, 계급적인 집단 주체의 해방적 문학에 역사적 진리에 부합하는 문학적 실천의 길을 상정한 순간 충분히 예견된 경로이기도 했다. 주로 노동극의 대본이나 노동자나 농민 등 비전문 문인들의 시 창작 등에서 운동 집단과의 결합을 통한 지도와 협업의 형태로 드러났고, 소설은 그 장르의 특성상 장편 『'79-'80』(세계, 1987), 중편 「동지

9) 신승엽, 「보고문학의 활발한 창작을 위하여」, 김병걸 외, 『문학예술운동 2: 문예운동의 현단계』, 풀빛, 1989.

와 함께」(1988) 등 제한적인 산출에 그쳤지만 집단 창작은 문학을 운동에 복속시키는 최종적 기획이라고 할 만했다. 그 기획의 당사자들에게 이것은 역사의 선취先取였을 터이고, 그 과정에서 드러날 부분적 오류와 한계에도 불구하고 문학과 운동의 일치를 조직해낼 미완의 역사적 가능성으로 남을 것이었겠지만, 실제로는 초역사적 열망에 뒷받침된 것이었다. 여기서 문학은 집합적 이성의 토론으로 대체되고 소설의 총체성이나 객관성은 집단적이고 유기적인 창작 과정의 도달점으로 상정된다. 개인의 실존적 역사적 한계, 문학의 내재적 한계와 제약은 (실제로는 존재하지 않는) 유기적 전체 속에서 지양된다. 문학과 역사의 유토피아주의는 이제 하나의 극점을 찍는다. 창작 주체(전문 문인/비전문 대중), 장르 선택(기존 장르/신장르), 창작 과정(사적 창작/집단 창작)의 세 개의 축을 중심에 놓고 여덟 가지 창작 모델을 상정한 뒤, 그 모델 각각의 가능성과 한계를 따지는 '새로운 민족문학의 구상'(김명인)[10]은 결국 '통일된 중심부의 지도'로 끝난다.

다만 이 모든 모델의 운용은 가급적 통일된 중심부의 지도 아래 이루어지고 그 성과는 체계적으로 축적되어야 한다. 어느 부분에서건 가장 경계해야 할 것은 자의성과 무정부성이다."[11]

---

10) 김명인, 같은 글, 103~105쪽. 그 여덟 가지 모델은 다음과 같다. 1. 전문 문인-기존 장르-사적 창작, 2. 비전문 대중-기존 장르-사적 창작, 3. 전문 문인-기존 장르-집단 창작, 4. 비전문 대중-기존 장르-집단 창작, 5. 전문 문인-신장르-사적 창작, 6. 비전문 대중-신장르-사적 창작, 7. 전문 문인-신장르-집단 창작, 8. 비전문 대중-신장르-집단 창작.

11) 김명인, 같은 글, 105쪽.

역사 발전의 가능성에 대한 열망의 최대치와 문학의 정치적 운동적 가능성에 대한 열망이 가장 극대화된 지점에서 만났을 때 역사적 실체로서의 문학은 극복되고 집단적 꿈에 인도된 초역사적인 새로운 문학이 요청되었지만, 그런 문학은 결국 도래하지 않았다. 문학과 현실, 문학과 정치의 관계를 가장 급진적으로 상상하는 가운데 문학과 혁명의 유토피아주의는 그렇게 막을 내렸다. 그러나 이들의 급진적 운동은 1970년대부터 이어져온 '민족문학'의 민중성 지향에 구체성을 부여하는 계기가 되는 한편, 당대 문학 전반에 현실에 대한 부정과 긴장의 압력으로 기능했다. 그리고 그 대타 의식의 자리에 한국문학의 부정성을 전혀 다른 방식으로 이해하고 추구해나간 '문학'의 해체적 움직임이 있다.

3. 자명성의 해체와 순수의 열도

그 다른 부정성의 추구는 앞서 인용한 대담의 이인성의 발언에 잘 드러나 있듯, '세계 기반의 근본적인 재구성'을 열망하나 그 재구성의 경로에 대해서는 '자명한 역사적 법칙이나 실천'을 받아들일 수 없었던 이들로부터 비롯된다. 이들 역시 한국사회에 대한 구조적이고 전체적인 인식을 강조했다는 점에서는 전세대 문학의 개인적이고 자유주의적인 인식틀로부터 벗어나 있었지만, 그들이 보기에 세계의 구조나 그에 대응하는 인간 주체의 자리는 복잡하고 다층적인 관계망 안에 서로 포개지며 얽혀 있는 것이어서 명료한 역사적 실천의 경로를 도출해낼 수 있는 것이 아니었다. 한 사회의 지배체제와 제도는 물리적 억압 기구로도 현상하지만 동시에 거시적이고 미시적인 차원에서 작동하는 이데올로기적 관리 기구이기도 하다는 점에서 그 대

응의 복잡성은 증대한다. 무엇보다 이들에게 문학은 언어를 통한 반성과 성찰, 꿈의 자리이지 직접적인 행동의 공간이 아니다. 앞서 인용한 이인성의 발언에 따르면 "문학은 행동을 유발시켜줄 수는 있겠지만, 분명 행동 자체는 아니다. 문학은 정서를 통해 스며들어가는 것이고 독자와의 사고 충돌을 통해 변화를 일으켜주는 것이다." 여기서 '독자와의 사고 충돌'은 체제 내적 이데올로기에 함몰되어 있는 의식뿐만 아니라, 그 체제를 부술 수 있다고 쉽게 믿는 또다른 이데올로기적 관념성이나 허위의식 또한 겨냥할 수 있다는 점에서 전면적인 것이기도 하다. 결국 이것은 문학이 곧장 민중적 관점을 체현하면서 현실의 역사적 운동 속에 편제될 수 있다는 입장과는 크게 갈린다. 다시 말해 체제의 억압이나 고통이 가중되는 대상으로 '민중의 현실'을 이들도 인정하지만, 그들이 보기에 '민중'은 단일하지도 않고 순수한 해방적 계급으로 등치될 수 있는 것도 아니다. 아니, 순수한 해방적 계급이나 집단은 존재하지 않는다. 그렇다면 문학은 무엇을 할 수 있는가. 1970년대 『문학과지성』으로 출발, 1980년대 『우리 세대의 문학』을 거쳐 『문학과사회』로 지속되게 될 이러한 문학적 입장에 대해 그 자신 그 문학 동인의 일원이기도 한 정과리는 1980년대 초반 소집단 운동의 양상을 분석하는 자리에서 다음과 같이 말한다.

그(타락 속에 물들어 있는 개인의'—인용자) 구체적 체험과 체험의 반성 행위가 결여된, 핍박받은 '우리 민족' '우리 민중'의 역량을 손쉽게 끄집어내는 것은 이 사회의 제도의 거대함 앞에서 무기력한 관념적 외침에 불과하다. 그렇기 때문에 문학이 해야 할 일은, 제도의 거짓 구조에 대한, 논리적이고 비판적인, 적나라한 드러냄이며, 총체적인

질문이다. 그런 의미에서 문학은 인간의 일과 밀접한 관계를 맺고 있으면서도 동시에 제도의 논리에 감염되어 있는 인간의 일상적 삶으로부터 분리된다. 나는 이들의 이런 태도를 현실 반성적 행위라 부르고 싶다.[12]

이 현실 반성적 행위는 바로 그 '분리'와 '거리' 때문에 늘 다급한 역사적 실천의 회피로 비판받기도 해왔지만, 이들에게는 문학이라는 언어체가 세계와 인간 주체가 뒤엉킨 가장 예각적인 전선이기도 했다. 현실은 자명하게 주어지지 않으며, 언어를 통해 굴절되고 이데올로기에 의해 왜곡되기도 하는바, 현실로 나가기 위해서도 문학은 우선 문학 안에서, 언어 안에서 싸울 수밖에 없다는 입장이었던 셈이다. 1970년대 『문학과지성』을 중심으로 하나의 문학적 태도를 이루기 시작한 이러한 흐름이 비평 담론과 창작 양쪽에서 맞물리며 보다 자각적이고 첨예하게 그 실체를 드러내기 시작한 때가 바로 1980년대다. 1980년의 충격과 좌절 이후의 공간에서 '현실 반성적 행위'의 부정성은 재래적 시와 소설의 언어와 문법 안에 얽혀 있는 체제 내적 이데올로기와 욕망을 해체하려 한다. 체제와 제도는 이질성을 흡수하여 동화시키며 스스로를 지켜간다. 그것은 기본적으로 분열과 혼돈을 다독여 질서화하려는 힘으로 작동한다. 문학은 그 체제와 제도의 총체로서 현실에 감응하고 그것을 부정하려 하지만, 문학 또한 하나의 제도로 존재하는 한 일정한 타협은 불가피하다. 주로 그 타협은 언어체로서 문학의 물질성, 역사성의 압력으로부터 주어지는 것이어

---

12) 정과리, 「소집단 운동의 양상과 의미」, 같은 책, 54~55쪽.

서 쉽게 부정될 수 있는 것도 아니다. 일시적 충격 어법은 금세 그 동력을 상실할 수밖에 없다. 시를 시 아닌 자리에서 다시 쓰고, 소설을 소설 아닌 자리에서 다시 쓰되, 지속성을 유지하고 현실과의 긴장을 잃지 않아야 한다. 그런 점에서 1980년대는 급진적 변혁 운동의 문학이 한 극단까지 문학을 밀어붙일 수 있었듯, 또다른 문학의 급진적 부정과 해체에도 그 열정의 동력을 극단까지 부여해준 희귀한 시대였다. 그것은 어쩌면 1990년대 이후 급속도로 세상과 문화의 주변부로 밀려가게 될 '문학'의 마지막 불꽃이었는지도 모른다.

문학에서 자유로운(혹은 부유하는 의식의) 개인적 성찰 주체의 지위를 부정 혹은 해체하려 했다는 점에서라면, 그 방식은 전혀 달랐으되, 두 급진적 문학 흐름은 공유하는 지점이 있었다. 언어체의 탐구를 문제삼는 경우, 계급이나 집단으로 쉽게 귀속되지 않는 개인의 자리를 고수하면서도 그 개인의 온전한 주체성은 심각한 회의의 대상이 되었다. 자기동일성의 허구는 해체되어야 했다. 그 어떤 발화의 주체도 이데올로기적 감염과 타락, 타협으로부터 자유로울 수 없다면 그것은 공히 시의 화자나 소설의 화자에게도 적용되어야 하는 일이었다. 작가와 독자의 위계, 소통의 공식도 반성의 대상이었다. 글쓰기 과정에서 저자'들'이 생성되는 것이라면, 독자'들'의 자리 역시 글쓰기 과정에 이미 기입되어 있어야 했다. 이질적인 타자성의 존재는 은폐되어서는 안 되며 시와 소설의 언어, 그 발화의 문법을 통해 흔적을 드러내야 했다. 현실이 언어로 투명하게 재현될 수 없다면, 문학의 언어가 현실 혹은 타자와 맺는 복잡한 관련과 긴장은 낱낱이 의식되지 않을 수 없었다. 그러면서 그것은 전체로서의 현실을 찾아가고 구성하는 도정이 될 것이었다.

황지우는 "나는 말할 수 없음으로 양식을 파괴한다. 아니 파괴를 양식화한다"[13]는 자신의 유명한 선언 그대로 사실과 진실의 소통이 막힌 정치적 암흑기에 대한 문학적 응전의 양식을 발명해냈다. 1980년대 형태 파괴시 혹은 해체시의 흐름을 이끈 그의 작업은 고백적 서정시의 문법을 해체하고 거짓된 의사소통의 체계를 조롱하고 전복하면서 '시적인 것'의 경계를 넓혔다. 그는 전통적으로 시의 '형태'로 가정되었던 좌표를 파괴했다. 신문 기사나 심인 광고, 화장실의 낙서는 황지우에 이르러 '시적인 것'으로 발견되고 재구성되었다. 황지우는 정치권력과 자본이 일상의 거의 모든 부면을 이데올로기적으로 지배하는 양상을 예리하게 감지하고, 자신의 시를 그에 대한 '항체'로 양식화했다. 그의 시는 1980년대 민중시 혹은 노동시가 추구했던 정치성을 전혀 다른 차원에서 제시했다. 그러나 황지우 시의 모험과 급진성은 그가 첫 시집 『새들도 세상을 뜨는구나』(문학과지성사, 1983)에서 집중적으로 보여주었던 해체의 정치성만큼이나, 『나는 너다』(풀빛, 1987)에서 '너'의 타자성을 향한 연대의 갈망과 실패를 거듭 각인하는 그 실존적 몸부림으로 1980년대적 정신의 한 끝점을 보여준 데서 찾아야 하는 것인지도 모르겠다.[14]

---

13) 황지우, 「사람과 사람 사이의 信號」, 『우리 세대의 문학』, 1982.

14) 정과리, 「추상적 민중에서 일상적 타자로 넘어가는 고단함」, 『1980년대의 북극꽃들아, 뿔고둥을 불어라』, 문학과지성사, 2014. 정과리는 이 글에서 황지우의 시가 "서정적 기질과 형태를 파괴하려는 기도 사이의 끝없는 불협화음과 긴장 속에서 진동하고 있었다고 보"(91~92쪽)며, 두번째 시집(문학과지성사, 1985)의 표제시 「겨울-나무로부터 봄-나무에로」는 자연을 "현실의 심리적 반영"으로 만드는, "서정시에서 파생한 민중시의 문법"을 통해 대중적 감염력을 획득했다고 본다. 그러나 황지우는 민중적 서정시로 선회하지 않고 자신이 이룬 서정적 성취를 부정하며 형태 실험을 계속한다. 정과리에 따르면 그 반성적 해체와 새로운 시 형식의 동시적 추구가 『나는 너

『낯선 시간 속으로』(문학과지성사, 1983), 『한없이 낮은 숨결』(문학과지성사, 1989)로 이어진 1980년대 이인성의 소설적 모험과 탐구는 허위의 세계에 맞선 전면적인 '진실화' 작업이라고 할 만하다. 여기서 '진실화'란 진실이 이미 존재하고 언어로 그것을 재현하거나 표현하면 된다는 태도가 아니라, 진실은 그 진실을 찾아가는 언어의(혹은 온몸의) 과정으로 이해되어야 한다는 태도라고 할 수 있겠다. 소설의 관습을 이루는 허구성, 인과론적 시간의 서사, 회상의 형식, 시점과 인칭, 인물, 발화의 방식, 저자-독자의 자리 등등 거의 모든 부면이 그 진실화의 기준에서 자명성을 상실하고 회의와 반성의 대상이 된다. 물론 그 반성하는 의식조차 반성의 대상이 된다. 이인성의 소설이 읽기 힘든 것은 바로 이 반성의 과정이 겹에 겹을 이룬 채, 나아가고 되돌아오는 진퇴의 운동, 혹은 감고 푸는 나선의 운동으로 되어 있기 때문이다. 그런데 이렇게 난해한 진실화의 미로를 통해 소설을 구성할 수밖에 없었던 이유는 거기 1980년대를 사는 실존적 존재, 혹은 실존적 의식의 해결되지 않은 질문이 있기 때문인 듯하다. '한구복'이라는 한 불우한 마라톤 페이스메이커의 기사로부터 시작된 연작소설『한없이 낮은 숨결』은 작가-나-그-당신-우리를 모두 불러들여 (고통받는) 타자의 진실은 어떻게 이야기되고 발화되고, 소통될 수

다』이다. 그것은 제목 그대로 '나와 너'의 동일성에 대한 갈망을 근본적으로 다시 사유하면서 일상적 존재로서 타자의 문제, 타자와의 연대성을 탐구한 것이었으나 정과리가 보기에 황지우는 그 시적 탐구를 끝까지 밀어붙이지는 못했다. "어쨌든 1980년대 후반의 시점에서만 운산하자면, 그는 더 갔어야 하지만 가지 못했다. 당장 그것이 나를 안타깝게 한다. 왜냐하면 그것은 1980년대의 좌절을 그대로 지시하기 때문이다. 왜냐하면 황지우가 멈춰 선 이 자리는 1980년대가 가장 멀리까지 나아간 지점이기 때문이다."(132쪽)

있는가, 하는 거대한 질문의 미로를 이룬다(이 질문은 그 자체로 '운동으로서의 문학'이 지향했던 도덕적 당위에 대한 응전이기도 하다). 그것이 질문의 미로를 이룰 수밖에 없는 것은 그 질문으로부터 또다른 무수한 질문이 가지를 치고 뻗어나오기 때문이다. 그 질문의 (잠정적인) 끝에는 말줄임표와 쉼표로 뚝뚝 끊어지는 더듬거리는 말들이 '한없이 낮은 숨결'로 남아 있을 뿐이다. 도저한 순수성과 치열성이다. 그렇다면 이 순수성과 치열성은 노동자계급 속으로 투신해 들어가려 했던 1980년대 문학의 그 극한의 열정과 어떻게 같고, 또 어떻게 다른가. 대답을 알 길 없는 대로, 이 모든 일들이 '문학'의 이름으로 이루어졌던 1980년대는 진정 꿈의 연대였던 것 같다.

(2015)

3부

다성으로 모아낸 시대의 풍경
―이서수의 「미조의 시대」

1. 언어의 이동, 현실의 틈새

이서수의 단편 「미조의 시대」[1]에는 '시대'라는 물질에서 깎이고 잘려 나온 무기질의 조각들이 언어의 형태로 소설의 육체 곳곳에 박혀 있다. 그것은 일차적으로 '오염된' 언어라 할 만한 것으로, 하나의 공동체가 시대와 함께 수시로 만들어 쓰고 폐기하기도 하는 것이다. 성인용 웹툰 회사에서 일하는 '수영 언니'의 직위를 일컫는 '어시(어시스턴트)'를 비롯, '압박 면접' 'K-장녀' '오피돌' '이부망천' '돛대' '공시생' 등의 은어들이 소설의 표면에서 인물들의 느낌과 생각, 시대의 공기를 운반하고 있다. 사실 이런 어휘들 중 상당 부분은 이제 특정한 부류의 사람들만이 폐쇄적으로 쓴다고 보기 힘들 정도다. 대개는 공중의 일상어에 빠르게 편입되고 있다. 사회적 리얼리티에 민감한 소설 장르에서 이런 어휘들을 인물들의 언어나 세태 묘사에 채택하는

---

1) 이서수, 「미조의 시대」, 『Axt』 2021년 3/4월호. 이하 인용은 『이효석문학상 수상작품집 2021』(이서수 외, 생각정거장, 2021)에서 했으며 쪽수만 밝힌다.

것은 지극히 자연스러운 일이다. 그런데 「미조의 시대」는 여기서 조금 더 깊이 들어가고 나아간다.

「미조의 시대」는 중증 우울증의 엄마와 살고 있는 '미조'라는 젊은 여성을 일인칭 화자로 하고 있다. 아버지는 칠 년 전 세상을 떠났고, 오빠인 '충조'는 집을 나가 단기 아르바이트직을 전전하며 허울뿐인 '공시생'으로 살고 있다. 소설 서두 '수영 언니'가 소개해준 구로디지털단지의 웹툰 회사 경리직 면접 과정에서 드러나듯, 미조의 이력서는 잦은 퇴사와 이직으로 채워져 있다(미조가 대학을 졸업한 사실은 나중에 스치듯 언급된다. '수영 언니'는 대학 선배인 듯하다). '경영 악화로 인한 퇴사 권고' 앞에서 미조는 늘 무력한 을이었다. 한번은 퇴사 후 '아르바이트생'으로 신분이 바뀐 채 반년을 더 근무하기도 했다. 취업 전선도 그렇지만, 당장은 지금 사는 곳이 재개발에 들어가면서 오천만원의 보증금으로 어머니와 함께 살 새 거처를 구해야 한다. 서울에서 그 돈은 반지하만을 유일한 선택지로 내놓을 터였다. 미조가 조언과 위안을 구하는 거의 유일한 상대가 수영 언니인데 웹툰 작가를 꿈꾸던 수영은 지금 웹툰 회사의 '어시'로, 변태적이고 가학적인 성행위를 즐기는 남성 주인공들의 이야기를 반복적으로 그리며 시들어가고 있다. 수영의 머리에는 원형 탈모가 진행중이다.

미조를 둘러싸고 있는 가혹하고 막막한 상황은 작가가 일인칭 화자 '미조'에게 언어의 사용 권한을 좀더 깊숙이 양도하는 지점에서 사회적으로 '보고'된다기보다 생생하게 '감각'된다. 양도는 어휘의 단순한 이전移轉이 아니라 문장이나 문구로, 그러니까 미조의 수동적이지만(미조에게 이 말들은 세상이 가하는 압력의 다른 표현일 수 있다) 좀더 주체적인 표현 속에서 실현된다.

"역에서 회사로 걸어가는 길에 테크노타워, 포스트, 밸리 등의 이름
이 붙은 거대한 건물들이 잇따라 보였다. 그리 삭막한 풍경은 아니어
서 **짧게 안도했다**."

"그것부터 묻는 것을 보니 이번에도 떨어질 게 분명하다고 직감했다."

"없다고 답하려다가 흠칫 놀랐다. 실은 없는 게 아니지 않는가. 이력서
에 적혀 있듯 충조는 분명히 존재하는 인물이었다. 가족으로 볼 수 있
는지가 의심스럽긴 하지만."

"그러고 있는 동안 내가 누군지, 이곳은 어디인지 순간적으로 현재를
상실했다."

"예상하지 못한 말은 아니었으나 예상하지 못한 자신감 하락이 찾아
왔다."(9~12쪽, 강조는 인용자)

소설의 처음, 미조의 면접 장면에서 뽑아본 것들이다. '짧게 안도
했다'는 미조의 마음은 그 자신이 보고 있는 구로디지털단지의 건물
풍경에서 그다지 자연스럽게, 혹은 일반적으로 도출될 수 있는 게 아
니다. 그것은 건물들의 이름과 크기가 미조의 '삭막한' 마음에 일으
키는 아득한 거리감과 불안을 통해서만 측정해볼 수 있는 감정일 텐
데, 여기에는 일종의 '낯익은 두려움unheimlich'의 급습 같은 게 있을
수도 있다. '짧은 안도'는 그 불안과 모순, 혼돈의 표현으로 '미조'라
는 일인칭 화자의 자리가 작가/인물의 경계에서 인물 쪽으로 다가가
는 순간에 발견되었을 가능성이 높다. 그렇게 인물에게 양도된 언어
는 그 거리만큼의 아이러니로 미조의 불안과 막막함을 가시화해주
는 것 같다. "짧게 안도했다"는 그다음 문단의 "떨어질 게 분명하다

고 직감했다"에서 다시 인물의 언어와 만나며 아주 빠른 속도로 '미조'라는 인물과 그를 둘러싼 현실을 읽는 이로 하여금 '직감'하게 한다. 엄마 외에 다른 가족이 없는지 묻는 관리팀 차장의 질문에 "없다고 답하려다가 흠칫 놀랐다"는 문장도 빠르게 인물 안으로 들어가서 "충조는 분명히 존재하는 인물이었다. 가족으로 볼 수 있는지가 의심스럽긴 하지만"의 이상한 진술을 뒷받침한다. "순간적으로 현재를 상실했다"와 "자신감 하락이 찾아왔다"는 '어시' 'K-장녀'와 같이 미조가 속해 있는 현재적 공동체로부터 건너온 언어로서 역시 작가-화자의 자리로부터 인물로 향하는 소설의 언어적 이동을 보여준다. 기술적으로는 자유 간접 화법에 해당할 이러한 언어의 운용을 통해 작가는 일인칭 화자 미조의 서술에 아이러니한 간극을 만들어내고 있는데, 「미조의 시대」를 관통하는 소설적 긴장과 풍성한 음조는 상당한 정도로 여기서 비롯되는 것으로 보인다.

사실 「미조의 시대」는 미조의 자리에 수영이나 충조, 혹은 미조의 엄마를 넣어도 전혀 어색하지 않을 정도로 이들 모두의 이야기이기도 하다. 단편소설에 네 명의 주요 인물을 배치하면서도 서사의 긴장과 균형감을 잃지 않았다는 의미인데, 이는 화자인 미조의 세 사람을 향한 시선이 화법의 아이러니와 연결되는 가운데 계속 미묘한 간극을 빚어내기에 가능한 일일 수도 있다. 웹툰 작가의 꿈을 남성들의 추악한 성적 판타지를 충족시키는 일에 짓밟히면서도 어쩔 수 없다는 듯, '어딜 가든 다 마찬가지'라고 체념하는 수영 언니를 미조는 납득할 수 없고, 때론 분노를 표출하기도 한다. 건강 문제가 있긴 하지만 거의 전적으로 딸에게 의존해서 살아가는 엄마에 대한 마음 역시 가족애만으로 감당하기에는 버거운 지점이 분명히 있다. 아픈 엄

마를 동생에게 맡겨둔 채 '반백수' 신세로 전국 맛집 순례나 다니는 '집안의 장남' 충조에 대해서는 달리 말해서 무엇하랴. 그런데 이들에 대한 화자 미조의 시선에는, 표면과는 어긋나게 뻗어가는 시선의 또다른 가지가 있다. 그것은 미조 스스로도 분명히 알지 못하는 마음의 바탕에서 자라난 것이고, 바로 그런 의미에서 스스로가 억압하고 있는 것이기도 하다. 미조가 그 마음의 가지를 자신도 모르게 억압할 때, 억압의 실체는 개인적인 것인 동시에 '시대'의 것이다. 그러나 「미조의 시대」는 그 억압의 구조가 한 인간의 영혼을 짓누르고 변형시킬 때조차 거기서 벗어나는 마음의 공간이 있다는 것을 아는 소설이다. 이 공간이 '현실'과의 차이, '현실'로부터의 이탈일 수 있다면, 바로 거기서 「미조의 시대」는 현실에 대한 충실성을 성취한다. 「미조의 시대」의 유다른 리얼리티는 미조가 겪는 '압박 면접', 수영의 참혹한 '예술 노동', 미조 모녀의 반지하방 이사, '공시생' 충조의 '정신 나간' 행동 등이 보여주는 사실성, 시대적 전형성으로부터도 오는 것이지만, 현실의 틈새에서 이상한 방식으로 비껴나 있는 인물들의 마음의 공간에서도 온다. 그리고 일인칭 화자 미조가 작가의 언어와 인물의 언어 사이에서 빚어내는 아이러니의 화법이 이 공간에 적절히 조응하며 진정한 '현실의 충실성' 쪽으로 소설을 움직이는 것 같다.

미조가 "언니는 그런 일을 왜 계속해?"(16쪽)라고 묻자, 수영은 대답한다. "어딜 가나 똑같다는 거야. 다 마찬가지야."(같은 쪽) 수영은 "이런 회사는 앞으로 십 년은 탄탄하지. IT 회사잖아. 안 그래?"(17쪽)라고 말하기도 한다. 수영은 정말 아무런 생각 없이 영혼과 육신을 함께 착취당하다가 결국은 퇴출당할 자신의 노동을, 자신의 젊음을 받아들이고 있는 것일까. 그러나 잘 살펴보면 수영의 말과 행동은 온전

히 마비되지도 않았고, 마냥 무기력한 것만도 아니다. 사실, '어딜 가나 똑같다'는 말은 자조와 체념의 표현일 테지만, 받아들이기 힘든 채로 현실에 대한 정확한 진단일 수 있다. 수영과 함께 온종일 태블릿에 '더러운 그림'을 그리며 영혼과 육신이 곪아가고 있는 성인 웹툰 IT 회사의 여성 노동자들(그들의 꿈도 예술 창작자였을 테다)에게 그 지옥의 일터는 '최후의 방패'일 수 있으며, 퇴직금이라도 받으려면 어떻게든 일 년은 참을 수밖에 없다. 그러나 무엇보다 수영의 말들을 감싸고 있는 것은 나른하고 방심한 듯한 어조다. 미조가 공단의 밤거리에 깔려 있는 '오피돌 2만원'의 전단지와 이상한 옷차림의 여성이 벌이는 호객행위에 놀랄 때, 수영은 "뭘 그런 걸로 심각해지냐"며 말한다. "난 이제 아무렇지도 않아. 넌 내가 온종일 어떤 걸 그리는지 알면 기절할걸."(15~16쪽) '심각해지지 않기'의 자기방어 한편에서 '기절'과 같은 닳고 닳은 클리셰의 말이 가볍게 흘러나올 때 수영은 얼마간 자신의 현실로부터 비껴나 있고, 이탈해 있는지도 모른다. 이 방심의 거리距離는 본격적인 성찰에는 못 미칠지언정(하긴 제대로 '성찰'한다고 해서 무슨 길이 열리는 것도 아니다), 작게는 자조自嘲에서 크게는 자기 풍자의 보폭을 확보한다. 이 희미한 간극은 수영이 대학 시절부터 지금까지 한결같이 이어오고 있는 도림천 산보의 시간과 무관하지 않을 테며(지금 도림천 한쪽은 인근 대림동 조선족 이주 노동자들의 공간과 이어지기도 한다), 공단의 타일 벽에 새겨진 구로공단 여성 노동의 역사와 조우한 시간으로부터 자라났을 것이다. "60년대 가발 공장의 여공들, 70년대 공업단지 공장, 80년대 한국수출산업공단, 2000년대 G밸리의 밤 풍경이 그곳에 있었다."(31쪽)

미조야, 여기 이 여자 좀 봐.

언니가 가리킨 사진 속 인물은 가발을 만들고 있는 단발머리의 젊은 여성이었다.

언니랑 닮았어.

우리는 함께 웃었고, 손을 잡고 걸었다. 어쩜 머리 모양까지 똑같을까.(31~32쪽)

1960년대 구로공단 가발 공장의 여공과 2020년대 G밸리 성인 웹툰 회사 여성 노동자가 같은 머리 모양으로 만나고 있다. 1960년대의 여공이 만든 가발은 2020년대 여성 노동자의 단발머리에 생긴 원형 탈모를 안쓰럽게 바라보고 있을 것도 같다. 'K-장녀'인 수영과 미조의 세대에서 보면('K-장남'들은 충조처럼 도망치고 있다) '여공들'은 할머니거나 '나이 많은 어머니'(수영의 어머니가 그러하다)로서 이제 '고독사'의 위험에 처해 있다.("혼자 사는 노인한텐 집주인들이 집을 잘 안 주려고 해./왜./언니는 잠깐 머뭇거리다가 말했다. 고독사할까 봐.", 13쪽) 수영이 타일 벽의 역사에서 세월을 격한 여성들의 이상한 연대와 마주할 때, 이것은 '앎의 차이'를 불러온다. "미조야, 난 저 사진을 보고 더이상 내 탓을 안 하게 됐다."(32쪽) 수영은 다시 한번 미조가 싫어하는 말, '다 마찬가지야'를 반복하지만 이 반복에는 차이가 기입되어 있다. 수영의 말은 '다 마찬가지야'로 끝나는 것은 비슷하지만, 이제 미조가 잘 알아들을 수 없는 언어들을 포함하게 된다.

미조야, 너 그거 아니? 인간을 육체적으로 학살하는 것은 시간이지

만, 정신적으로 학살하는 것은 시대야.

　뭐라고? 나는 내가 무슨 말을 들은 건가 되짚어보았다.

　나의 정신을 죽이고 있는 것은 시대라고. 이 시대. 사람들이 좋은 웹툰보다 나쁜 웹툰에 더 많은 돈을 쓰는 이 시대가 내 머리카락을 빠지게 하고 있어.(33쪽)

수영의 언어를 일인칭 화자 미조가 대리할 수 없을 때, 수영이 조금씩 미조가 잘 알지 못하는 사람이 되어갈 때, 「미조의 시대」는 수영과 함께 구로공단의 육십 년 여성 노동의 역사를 자신들의 타자로 조우한다. 이 희미한 각성의 과정이 '어디나 다 마찬가지'인 수영의 현실을 당장 바꿀 수는 없겠지만 체념에 갇혀 있는 수영의 언어를 작게라도 균열시키기는 할 것이다. 「미조의 시대」에서 수영의 언어는 그렇게 발굴되며, 작가-화자의 자리에서 인물의 언어로 이동하려는 스스로의 화법을 소설적으로 수행한다. 그 이동의 정점에 수영이 도림천 산책길에서 미조에게 보내온 두 개의 문자메시지가 있다. 비슷하면서 다른.

　미조야, 나는 글도 잘 쓰고 그림도 잘 그려서 뭐라도 될 줄 알았는데 지금 이렇게 레종과 도림천에 버려져 있다. 미조야, 나는 예쁘지도 않고 날씬하지도 않은데 그게 한 번도 걱정된 적은 없는데 지금 담배가 다 떨어져가고 있는 게 너무 걱정된다. 이게 돛대야. 잘 자라.(21쪽)

　미조야, 내가 가발 공장을 다녔더라면 내 정수리가 이러지 않았을 거라는 생각이 든다. 만약 정수리가 이랬어도 가발을 직원 할인가

에 살 수 있었겠지. 그런데 미조야, 내가 지금 레종이랑 도림천에 버려져 있는데, 여기 온통 중국말만 들린다. 미조야, 나는 내가 예쁘지 않고 낯설하지도 않은 건 한 번도 걱정한 적이 없는데 그림을 잘 그리는 게 너무 걱정이다. 아직도 나는 너무 잘 그리거든. 네가 이 얘기 싫어하는 거 잘 알지만 마지막으로 딱 한 번만 할게. 내가 그린 웹툰 진짜 잘 팔려. 오늘은 팀장한테 불려가서 칭찬도 들었다. 잘 자라. 이게 돛대다.(42~43쪽)

둘 나 이상한 횡설수설처럼 보인다. '정신이 나가 있는' 것은 충조만이 아닌 것 같기도 하다. 그러나 미조와 함께 수영의 이야기를 따라온 우리는 이 갈팡질팡하는 말들이 레종과 함께 도림천에 '버려져 있는' 수영 자신을 버티고 있는 안간힘이라는 것을 안다. 마지막 담배 한 개비, '돛대'는 침몰 직전 '도림천 항해'의 표상일 수도 있다. 그러긴 해도 수영은 도림천 산책을 포기하지 않는 만큼은 아직 침몰하지도 무너지지도 않았다. '글도 잘 쓰고 그림도 잘 그리는' 수영의 능력은 '아직도' '너무 걱정할' 정도다. 수영의 '웹툰 시대'는 아직 오지 않았다. 동시에 우리는 수영의 말들이 반어와 역설의 방식으로만 가까스로 발화되고 지탱되고 있다는 것을 안다. 그 무력함과 안쓰러움을 어쩔 수 없는 가운데 두 개의 문자메시지 사이에는 희미한 차이가 각인되고 있다. 소설의 마지막에 도착한 두번째 메시지에는 '가발 공장'과 '중국말'에 대한 언급이 있다. 반세기 전 구로공단 여성 노동자들의 존재, 그리고 지금 구로디지털단지 한쪽을 채우고 있는 이주 여성 노동자들의 존재. 앞서 공단 타일 벽 앞에서 했던 말. "근데 미조야, 여긴 여전히 뭔가를 만들어내는 젊은 여성들로 가득한 거 같다.

미싱도 가발도 실은 그대로인 거야."(35~36쪽) 수영은 그 자신의 참혹한 '성인 웹툰' 노동을 얼마간은 역사화하고 있다. 그러니 수영이 다시 한번 반복하는 '마찬가지인 거야'는 시대의 이데올로기를 자신의 개인 언어로 복창하는 방식이긴 하나, 그녀 자신의 '탓'만은 아닌 문제의 구조를 적시할 수 있었던 것이다. "나는 저 여자처럼 시대가 요구하는 걸 만들고 있는 거야. 시대가 가발을 만들어야 돈을 주겠다고 하면 가발을 만드는 거고, 시대가 성인 웹툰을 만들어야 돈을 주겠다고 하면 그걸 만드는 거야. 그렇게 단순한 거야. 마찬가지인 거야."(32쪽) 사정이 그러하다면 두번째 문자메시지가 자신의 '나쁜 노동'을 과장되게 긍정하는 방식으로 끝나고 있는 것은 '시대의 가발'을 묵묵히 만들어야 했던 과거 수많은 여성 노동자들의 시간 안에서, 그리고 대림동을 가득 메운 현재의 이주 여성 노동자들의 시간 안에서 '시대의 웹툰'을 만드는 자신의 노동을 생각해보고 있다는(혹은 생각해보겠다는) 사실의 역설적 표명일 수 있다. 그러니 "네가 이 얘기 싫어하는 거 잘 알지만 마지막으로 딱 한 번만 할게"의 긴박함은 모종의 변화를 향한, 그러니까 최소한 '다 마찬가지인 거야'의 체념으로부터의 단절의 의지를 포함하고 있는지도 모른다. 그럴 때 '다 마찬가지인 거야'는 멀고 먼 대로, 움직이는 역사의 시간 쪽으로 이동하면서 변화하지 않는 것들을 변화하는 것들 안에서 보는 일을 가능하게 할지도 모른다.

그리고 무엇보다 화자인 미조가 수영의 미세하고 희미한 변화를 감지하고 있다는 사실을 우리는 수영의 메시지에 대한 응답으로 볼 수 있는 소설의 마지막 문단에서 감동적으로 확인한다.

나는 답장을 보내지 않았다. 대신 일기장을 펴 들었다. 벽 너머에서 키보드 두드리는 소리가 들려왔다. 우리는 동시에 문장을 쓰고, 언니는 아마도 걷고 있을 것이다. 내일은 멀고, 우리집은 더 멀고, 민들레 꽃씨가 날아와 우리 머리 위에 내려앉는 꿈은 가까운 그런 밤이었다.(43쪽)

미조는 화자의 자리에서 수영의 언어로 이동한 다음('마찬가지야'라는 말은 미조에게 감염되기도 한다. 미조는 엄마에게 말한다. "어딜 가는 살아. 나 마찬가지야."(22쪽) 오빠 충조를 생각하면서는 '비자 무, 불법 됩니다'의 구인 공고 사진을 보여주지 않은 걸 후회하며 "비자가 없어도 되고 불법체류자여도 되니 오빠도 될 거라고. 어딜 가든 다 마찬가지라고. 다 하게 되어 있다고"(42쪽) 중얼거린다), 자신의 언어로 돌아와 있다. 그 언어는 '민들레 꽃씨가 날아와 내려앉는 꿈'의 풍경처럼 일견 감상적인 분위기에 젖어 있는 것처럼 보일지 모르나, 여기에는 기실 또 한 명의 타자인 '엄마'의 언어가 개입되어 있다. 벽 너머 키보드 소리로 들려오는 엄마의 시. 그리고 공단의 풍경에 매혹된 충조의 시간도 보내지 않은 답장, 쓰이지 않은 미조의 일기장에 함께 스며들고 있을 것이다. 그렇게 길 잃은 '미조迷鳥들'은 다성多聲의 목소리로 연대하며 시대의 얼굴에 다가가고 있다.

2. 여성 노동의 역사, 연대하는 다성의 언어

미조와 수영이 함께 써나가는 2020년대 여성 노동의 시간이 「미조의 시대」의 한 축이라면, 다른 한 축은 미조가 엄마와 함께 구하는 '지상의 방 한 칸' 이야기다. "가난해도 너무 가난"(28쪽)한 미조의

집안 형편은 칠 년 전 아버지가 세상을 뜨면서 남긴 방 두 칸 줍디줍은 전셋집의 보증금 오천만원이 유일한 재산이라는 사실로 쉽게 짐작될 만한 것이다. 여기에 큰 수술을 겪고 중증 우울증을 앓고 있는 엄마, 칠 년째 가출중인 '공시생 반백수' 오빠 충조까지 가세하면서 미조 홀로 버티고 있는 가족 경제는 출구가 보이지 않는 바닥에 놓여 있다. 그리고 수영이 미조에게 통상의 가까운 동성 선배 이상의 존재라는 암시가 소설 전반에 깔려 있는 만큼(가령 "어느새 우리는 손을 놓고 걸었다"(32~33쪽)와 같은 대목이 아니더라도 미조가 가족 외부에서 갖는 거의 유일한 친밀성의 관계가 수영이라는 사실은 이들이 좀더 특별한 동성 커플일 가능성을 이야기해주는 것 같다), 「미조의 시대」를 수영까지 포함하는 '가족 서사'로 볼 수도 있다. 그럴 때 「미조의 시대」가 보여주는 착잡한 가족 현실은 고착되는 구조적 가난만이 아니라 당대 한국사회의 좀더 문제적인 영역까지 포괄하게 되는 것 같다. 말하자면 엄마의 심한 우울증, 충조의 기이한 생활방식, 미조와 수영의 특별한 관계 등은 이제는 더이상 규범화되고 강제되기 힘든 사회적 정상성에 대한 질문도 자연스레 함축하게 된다. 어쨌든 사는 집이 재개발에 들어가면서 미조 모녀는 당장 새 거처를 구해야 하는 처지가 되는데, 오천만 원으로는 서울에서 '지상의 방 한 칸'이 무망하다는 사실이 금방 드러난다. 부동산 사이트 검색, 부동산 사무실 방문, 집 보기 등의 이야기가 이어지는데, 「미조의 시대」는 외부의 관찰적 묘사보다 인물의 언어를 끌어내는 시선의 집약적 이동을 통해 리얼리티를 구축하고 전한다. 가령, 부동산 사이트에서 사진으로 본 것과 직접 방문해서 확인한 집의 격차를 확인하는 순간은 "광각으로 찍은 사진이었구나. 당했다"(34쪽)라는 미조의 내면 독백으로 생생하게 표

현된다. 매일 노트북에 시를 쓰는 엄마의 언어도 적절하게 활용된다. "엄마도 이 모든 게 꿈 같다고 생각하려나. 아니면, 버려진 떡 같다고."(25쪽) '버려진 떡'은 "떡집에서 못 팔고 버린 떡 같은 하루"(19쪽)라는 엄마의 시 구절에서 가져온 것이다. 반지하방을 돌아보다 바깥으로 난 창에서 떠올리는 미조의 걱정은, 그 엉뚱하고 선한 마음으로 보건대 엄마의 천진무구한 시로부터 감염되었을 수도 있다.

방은 비어 있었고, 몇 걸음 가지 않아 벽이었고 창이었는데, 창문을 여니 행인들의 발이 눈높이에서 보였다. 밖으로 고개를 내밀었다간 그들의 발길에 차일 것 같았다. 신기하게도 내가 걱정했던 건 차이는 내가 아니라 나를 차는 그들이었다. 걷다가 다른 사람의 머리를 차면 얼마나 당황스러울까.(25쪽)

화자인 미조의 언어는 수영의 언어와 겹쳐져 있는 것처럼, 엄마의 언어와도 포개져 있다. 그런 가운데 미조가 자신의 내부에서 끌어올린 감정의 분출은 반지하의 현실을 어떤 사실적인 묘사보다 강렬하게 드러낸다.

냄새의 침입이 공간의 섞임으로 연결되는 상황이 더럽고 치사한 종류의 범죄처럼 느껴졌다.
침해하지 말라고. 이게 어렵나?
각자 그 자리에서, 독립적으로. 이게 어렵나?
머리 차일 일 없이. 네가 먹는 반찬 내가 알 일도 없이. 이게 어렵나?(26쪽)

우리는 여기서 미조의 언어와 엄마의 '시' 사이에서 차이를 느끼기 어렵게 된다. 미조는 공단의 인력 사무소 거리를 걷다가 계단 난간에 붙어 있는 수십 장의 구인 공고 앞에서 걸음을 멈춘다. 미조는 구인 공고를 전부 사진으로 찍어둔다. "나 같은 사람을 구하는 게 아니란 걸 알았지만 그냥 찍어두었다."(36쪽)

양돈장 남 구함, 월급 180~200만, 비자 무, 불법 됩니다, 연락주세요. 배추 작업, 남녀 부부 구함, 일당 10만원, 전라도 해남, 비자 C-38, C-39. 모텔 남녀 부부 환영. 고물상 남녀 부부 환영. 굴 까기 작업 공장, 연령 제한 없음, 1개월 후 300만원 인상됩니다. 꽃게 배 타실 5명 구함, 건강한 남자, 비자 F-4.(같은 쪽)

이 구인 공고문이 곧장 시는 아닐 테지만, '시적인 것'일 수는 있다. "내려앉고 싶었다 이력서도 구겨버리고 문득 공고판 아래 얼어붙는 어머니"로 이어지는 박영근의 시 「취업 공고판 앞에서」(『취업 공고판 앞에서』, 청사, 1984)를 우리는 기억한다. 같은 시대 황지우는 신문의 '심인 광고'에서 '시적인 것'을 발견했고 그것을 시로 재창조했다(「심인尋人」, 『새들도 세상을 뜨는구나』, 문학과지성사, 1983). '파괴의 형태화' 이전에, 집 나간 이를 찾는 1980년 5월의 '심인 광고'는 그 시대의 가장 아프고 참혹한 현실에 이어져 있는 것이었다. "부대찌개를 앞에 둔 시무룩한 체코인 종이컵에 꼬인 100마리의 개미 버려진 네 짝의 장롱 중 두 짝은 돌아서 있는 것과 (……)"(19쪽)의 언어를 시라고 생각하는 사람은 세상에 단 한 명, 미조뿐이다. 미조는

엄마의 현실이고, 엄마는 미조의 현실이다. 두 사람은 바닥에서 결속되어 있다. '돌아선 장롱'과 '버려진 떡'은 수영의 '레종 돛대'처럼 일차원의 지시적 언어일 수 없으며, 적어도 그런 한에서는 미조에게 '시'가 된다. 아니, '시적인 것'이 된다. 수영의 문자메시지, 엄마의 일기-시는 그렇게 미조에게 '시적인 것'으로 재발견되고, 화자의 자리에서 출발한 미조의 언어는 소설의 끝에 이르면, 수영, 엄마의 언어와 뒤섞인 다성과 혼성의 언어로 옮겨와 있다(물론 여기에는 공단의 풍경에 매혹되어 있는 '정신 나간' 충조의 언어도 있을 것이다).

「미조의 시대」는 가족 현실의 강렬한 표상으로서 기어코 집안 구석의 무심한 식물을 찾아내는데, '웃자란 고구마 줄기'의 삽화는 「미조의 시대」가 얼마나 꼼꼼하게 자신의 시대를 관찰하며 헤아리고 있는지 잘 보여준다. 방에서 수경 재배하는 고구마 줄기는 어쩌면 엄마의 또다른 시이고 꿈일 수도 있겠지만, 그것은 이제 비좁은 반지하로의 이사를 환기하는 거추장스러운 존재로 전락해 있다. 그때 "있는 줄도 몰랐던 조용한 식물까지 미워하"게 된 마음은 그렇지 않았다면 언어로 옮겨지지 않았을, 감정의 세세하고 정확한 목록이 된다(이서수의 장편소설 『당신의 4분 33초』(은행나무, 2020)의 인물 이기동이 소설을 쓰는 방식으로 자신의 시대를 응시하는 것처럼, 「미조의 시대」의 인물들도 무언가를 계속 쓰고 있다. 시를, 문자메시지를, 일기를). '고구마 줄기'라고 미조가 일기장에 쓰는 순간이 그러한데, "써놓고 보니 무해한 단어였다. 차분하게 나를 올려다보고 있는 느낌이었다"(30쪽)는 아이러니한 자기 분석은 바닥까지 샅샅이 훑는 「미조의 시대」의 끈덕진 언어적 탐사를 웅변하는 듯하다. 그 끈덕짐의 끝에 화자인 미조가 '고구마 줄기'를 통해 엄마와 수영을 잇고 결속시

키는 아름다운 상상의 시간이 도래한다. 엄마가 잘라낸 고구마 줄기 무더기. "저걸 언니의 정수리에 옮겨 심을 수 있다면 좋을 텐데. (……) 아주 잘 자랄 것 같았다."(41쪽) 이 순간, 잘려버린 꿈의 줄기는 나뉘어 이식되면서 미약한 대로 새로운 이접離接의 가능성을 남긴다고 볼 수도 있다.

우리는 소설의 끝에 이르러 우리가 읽어온 것이 미조가 써나간 일기장이라는 것을 확인한다. 수영의 문자메시지, 엄마의 시, 충조의 도망치는 시간은 이 일기장에 동시에 쓰이고 참여하고 있었던 셈인데, 「미조의 시대」는 이 점에서도 자각적이다. 다시 한번 소설의 마지막 대목을 인용한다.

나는 답장을 보내지 않았다. 대신 일기장을 펴 들었다. 벽 너머에서 키보드 두드리는 소리가 들려왔다. 우리는 동시에 문장을 쓰고, 언니는 아마도 걷고 있을 것이다. 내일은 멀고, 우리의 집은 더 멀고, 민들레 꽃씨가 날아와 우리 머리 위에 내려앉는 꿈은 가까운 그런 밤이었다.(43쪽)

2020년대에 '시대착오적'으로, 그러나 더없이 진실되고 감동적으로 회귀한 '노동 소설'이 이렇게 여러 겹의 '수기手記' 형식을 띠는 것은 어느 면 자연스러운 것인지도 모른다. 이서수의 「미조의 시대」는 소설의 리얼리티에서 반세기 전 구로공단의 시간을 품고 껴안는 것만큼이나, 목소리의 다성성을 구현하고 있는 소설의 화법과 스타일에서도 야심적이고 창의적이다. 출구 없는 현실의 틈새에서 찾아낸 각별한 언어의 충실성은 이 신예 작가의 앞으로의 행보를 한껏 기대

하게 한다. 「미조의 시대」와 함께 소설가 이서수는 이제 잊기 힘든 이름이 될 듯하다.

(2021)

무서운 의식의 드라마가 숨기고 있는 것
─최윤의 「소유의 문법」

1. '소유의 문법'을 둘러싼 표층의 이야기

제목은 소설 텍스트에 느슨하게 이어지면서 의미의 자장을 열어두는 원심력 쪽에 놓일 수도 있고, 서사와 의미의 산포를 규제하고 모으는 결정의 중심이 될 수도 있다. 전자라면 제목은 소설에서 환유적 수사학으로, 후자는 은유적 수사학으로 기능한다고 말해볼 수 있을까. 대개의 경우 이 둘의 기능이 교차하는 지점을 포함하고 있을 테지만 말이다.

최윤의 단편 「소유의 문법」[1]에서 제목은 상당히 강하게 우리의 읽기에 간섭해온다. '소유의 문법'이라니? '문법'을 '논리'나 '질서'의 제유적 대체로 이해한다 해도, 단어의 조합부터가 일종의 '낯설게 하기' 효과를 챙겨놓고 있다. 그러고 보면 소유에도 제대로 된 문법이 있어야 할 것 같은 생각도 든다. 왜 아니겠는가. 그러나 그렇게 잠시

---

1) 최윤, 「소유의 문법」, 최윤 외, 『이효석문학상 수상작품집 2020』, 생각정거장, 2020. 이하 인용은 쪽수만 밝힌다.

불신을 정지시키고 소설 속으로 들어간 뒤에도 우리는 계속 시험에 든 느낌을 떨치기 어렵다. 지금 내가 읽고 있는 이 이상한 계곡의 이야기는 '소유의 문법'과 어떻게 연결되는 걸까? 도대체 '소유의 문법'이란 무엇인가. 그럴 때쯤 소설에는 조각가 P의 집을 둘러싼 '소유권 소송'의 이야기가 중요한 사건으로 머리를 내민다. 그러면서 익명성이나 집단의 힘 뒤에 숨어 독단적 정의의 이름으로 소수를 혐오하고 밀어내고 단죄하는 폭력의 움직임이 재산권의 쟁송을 둘러싸고 있다는 사실이 드러난다. 사람들은 너무 함부로 침범한다. 소문과 편견에 기대어. 마땅히 지켜져야 할 사생활의 영토를 존중하지 않는 곳에서 '소유의 문법'은 발붙이기 어렵다.

이제 '소유의 문법'은 집단의 이름으로 자행되는 개인에 대한 폭력적인 침해와 침범의 문제를 법 이전의 도덕과 윤리의 차원에서 생각하는 일이 된다. 우리는 비열하고 악의적인 침해를 정당화하면서 정의와 도덕을 독점하려는 '소유의 문법'에서 어떤 기시감을 느낀다. 이 대목에서 최윤의 「소유의 문법」은 계곡 마을의 이야기를 우리 시대의 문제적 증상과 연결시켜 알레고리화하는 데 성공한다.

그런데 조금 이상하다. 이 정도라면 그다지 새로울 게 없지 않은가. 최윤이 보여주는 '다르게 말하기'의 웅숭깊음, 관념과 현실을 겹쳐내는 소설적 화법의 세련됨은 인정하더라도 말이다. 더구나 이 소설을 이렇게 알레고리로 닫고 매듭지으려 하는 순간, 잘 설명되지 않는 서사의 지점들이 남는다. 은사인 유명 조각가 'P 교수'는 왜 소설의 화자 '나'의 부부에게 아름다운 계곡에 있는 자신의 집을 무상으로 제공하는가. 알려진 캠퍼스 커플이라는 점을 제외하면, 두 사람은 그다지 눈에 띄는 학생들이 아니었고 미대 안에서 전공도 조소가 아

니었다. P 교수의 강의는 단 한 과목만 듣고 졸업했을 뿐이다. 자폐증을 앓는 딸 '동아'의 고함지르기 때문에 집을 옮겨야만 하는 상황에서 너무도 마침맞게 도착한 P 교수의 호의와 배려는 무엇인가. 의심하기로 치면 이 소설에서 단 한 번도 직접 모습을 드러내지 않고, 직접 발화하지 않는(이메일 외에는 비서를 통해서만 의사를 전달한다) P 교수의 존재부터가 모호하다. 마을 사람들과 한편이 되어 계곡에 있는 P 교수의 또다른 집을 자신의 소유로 만들려 하는 '장 대니얼'이라는 인물 역시 P 교수의 호의를 입은 사람으로 보이는데, P 교수는 계곡의 자연과 어우러지게 세심한 정성을 기울여 지은 특별한 집들을 왜 이런 식으로 내버려두고 있는가. 장 대니얼이 준비하고 있다는 소유권 이전 소송이라는 게 억지라는 것은 쉽게 알 수 있는 것이고, 만일 탄원서의 내용대로 집을 매매 양도하기로 구두로 약속한 것이 사실이라면 그렇게 하면 될 일이다(혹은 P 교수가 '구두'로 한 매매 의사를 번복했다 한들 그걸 뭐라 할 수 있겠는가). 억지 소송까지 이어질 일로는 보이지 않는데, 문제는 P 교수가 계곡에 있는 자신의 집을 둘러싼 갈등에 대해 적극적 행동을 취하지 않는 데 있는 것 같다(해외에 있는 시간이 많다면, 집을 정리하거나 제대로 세입자를 들이면 될 일이다). 이런 P 교수의 태도야말로 문제적이고 이상한 '소유의 문법'이다. 그렇다면 날 선 욕망의 시대에 너무 무심한 듯도 하고 잘 이해도 되지 않는 P 교수의 특별한 '소유의 문법'을 음미하는 것이 우리의 과제가 되는 것인가. 그러나 이것은 그냥 가진 자의 여유거나, 자신의 소유물을 가지고 벌이는 기묘한 욕망의 게임 같기도 하다. 아니면, P 교수의 제안은 그 자신의 방식을 포함해서 장 대니얼의 '탐욕' '나'의 가족의 적절한 '활용' 가운데 '계곡의 아름다운 집'을 제대로 소유하

는 자는 누구인지 묻는 것일 수도 있다.

이쯤 되면 혹시 '소유의 문법'에서 우리가 그 욕망의 대상을 잘못 짚고 있는 것은 아닌가 하는 생각도 슬그머니 피어오른다. 작가가 교묘하게 뿌려놓은 몇 개의 단서 때문이다. 막 봄 기운이 도착하려는 겨울 막바지에 계곡 마을로 이사하게 된 '나'의 가족은 계곡에 위치한 집과 그 주변 풍경에 압도당한다. '절대미'라는 표현이 등장한다. P 교수가 소유한 또다른 '산밑 집'의 경우는 "집 측면의 커다란 유리 전면에 우람한 전나무들이 반사되어 한 폭의 그림 같았다"(15쪽)고 묘사된다. 계곡 마을의 다른 집들도 수시로 건물에 새로운 문과 창문을 내고 테라스와 난간을 설치하는 등의 공사를 하고 있는데, 그 이유는 아주 근사하게 설명된다. "마을 사람들은 계곡 아래로 펼쳐진 숲과 그 위의 하늘이 시시각각 새롭게 제안하는 빛과 색채와 선으로 구성된 눈앞의 아름다움을 그들의 집안으로, 실내로 들여 소유하고 싶어한다."(24쪽) 그리고 여기에 '소유'라는 말이 등장한다. '나'는 미대를 나온 뒤 인테리어 사업을 하기도 했거니와 P 교수의 '산밑 집'을 전문가적 감식안으로 평가한다.

그러나 이 집에서 눈에 띄는 것은 실내가 아니었다. 주말 오후에 이 계곡의 빛이 신비롭다못해 바라보는 사람들을 거의 마비시킬 정도로 매력적이라는 것은 알았지만, 이 집의 실내가 자리잡은 방향이나 통유리의 위치, 크기, 각도 같은 모든 세부는 계곡의 다른 집에서는 도저히 볼 수 없는, 자연의 빛과 경관이 가장 놀라운 아름다움을 드러낼수 있도록 세심하게 고안된 것임을 알아차렸다. 이 지역을 잘 알고, 이 계곡의 자연을 오래 관찰한 사람이 지은 집.(26쪽)

처음 계곡 마을에 도착했을 때 느꼈던 막연한 '절대미'의 자리가 '산밑 집'으로 특정되는 순간이다. 그렇다면 장 대니얼과 마을 사람들이 P 교수로부터 빼앗고 싶은 것은 이 절대적 조화의 아름다움일 수도 있다. P 교수가 집을 두고 벌이는 이상한 소유의 게임도 이 아름다움을 전제한다면 얼마간 이해가 될 수도 있겠다. 그러니까 이것은 미의 소유를 둘러싼 게임이고 갈등인 셈이다. 그런데 미는 소유의 대상이 될 수 있는가. 우선 그것은 '집'처럼 고정된 물리적 소유의 대상이 아니다. 계곡 마을 사람들이 "시시각각 새롭게 제안하는 빛과 색채와 선으로 구성된 눈앞의 아름다움을 그들의 집 안으로, 실내로 들여 소유하고 싶어"서 매년 이런저런 공사를 벌이는 데서도 짐작할 수 있듯, 그것은 물리적 소유의 대상이 되기에는 너무 유동적이고 순간적이다. 어쩌면 P 교수의 '산밑 집'이 가진(혹은 가졌다고 가정되는) '절대미'에 대한 질투와 비교의 마음이 이들을 붙잡을 수 없는 것에 대한 욕망 쪽으로 밀어붙이고 있는지도 모른다. 게다가 우리는 이런 욕망이 부재와 결핍의 형식으로만 존재하고 작동한다는 것을 알고 있다. 근본적으로 욕망은 그 욕망의 대상이 소유되는(소유되었다고 믿는) 순간 충족되는 것이 아니라 또다른 결핍의 자리로 이동한다. 계곡 마을 사람들이 보이는 조급함과 초조감에 비해 P 교수의 자리가 어딘가 힘있고 여유로워 보인다면, 후자가 이 욕망의 게임에서 점한 상대적 우위 때문일 가능성이 높다.

사실 작가는 미의 존재 방식에 대한 인상적인 삽화를 준비해둠으로써 '소유의 문법'이 중층적이고 복합적인 맥락으로 구성되어 있다는 점을 친절하게 '대리/보충'해주고 있기도 하다. 탄원서의 서명을 거절

하고 '산밑 집'을 나온 '나'가 방금 전 실내에서 흠뻑 맛본 계곡의 아름다운 빛이 거기, 그 바깥에 존재하지 않는다는 데 놀라는 대목이다.

그사이 낮이 기울고 가을의 따가운 빛이 살짝 누그러지며 만들어내는 노을의 찬란한 향연이 거실의 한 면을 가득 채운 투명한 유리 화폭 안에서 막 펼쳐지려 하고 있었다. (……) 밖에 나와서 보는 동일한 풍경에는, 바로 직전에 실내에서 본 그 농밀한 감동이 없었다. 이게 대체 무슨 조화람! 영원에서 오려낸 최선의 순간. 나는 처음으로 조각가 은사의 미 관념의 정수의 한 귀퉁이를 맛본 듯했다. 미는 위험한 것이야!(31쪽)

'영원에서 오려낸 최선의 순간.' 예술의 존재이유와도 무관하지 않을 이 순간은 단지 예술가들의 절망만을 부추긴 것은 아니리라. 인류사의 시작 이후 숱한 사람들이 의식하든 의식하지 않든 자연과 세계가 선사하는 이 순간의 잔인한 아름다움 앞에서 전율하고 침묵했을 것이다. 범박하게 말해, 위대한 그림, 음악, 시는 이 순간을 향한 필사적인 도약이 아니고 무엇이랴. 삶 전부의 의미를 건 도약이라는 점에서 이는 위태롭기 짝이 없는 순간이다. 한 발 옆이 허무의 심연일 것이다. P교수가 오랜 준비 끝에 마련했을 계곡의 집을 마치 닿아서는 안 될 금기의 사물처럼 피하고 있는 이유의 하나가 여기에 있는지도 모른다("미는 위험한 것이야!"). 그럴 때 그가 '나'와 장 대니얼에게 계곡의 집을 맡긴 것은 호의나 배려 따위와는 무관한 일이 된다. 그리고 여기서 '소유의 문법'은 미의 존재론에 이어지는 지극히 위험한 차원으로 상승한다. 계곡을 휩쓴 폭우의 습격은 그 미와 관련된 '소

유의 문법'에 무지했던 마을 사람들에 대한 너무 맞춤한 징벌이라는 점에서 이 세련된 소설의 흠결처럼 보일 지경이다.

후일담처럼 붙어 있는 소설의 마지막에서 작가는 이제 목공 장인으로 꽤 명성을 얻은 '나'가 잡지의 청탁을 받아 쓰는 원고를 통해 몇 년 전 계곡에서 있었던 일을 회고하고 정리하는 방식을 취한다. 그 원고의 제목이 '소유의 문법'이다.

> 지금은 사라져버린, 주거가 통제된 S계곡의 산밑 마을에 대해 「소유의 문법」이라는 짧은 글을 써서 보냈다. 고독과 미에 대한 무지와 욕망과 질투가 뒤섞어 빚어낸 '소유의 불행한 문법'에 대해.(36쪽)

'고독'이 하나 추가되긴 했지만, 우리의 독법이 그다지 틀리지 않았다는 것을 보증하는 듯한 화자의 설명에 안심이 되기도 한다. 그렇다면 이것으로 두 해에 걸친 이상한 계곡의 이야기는 말끔하게 마무리된 것인가. '소유의 불행한 문법'을 반면교사로 성찰하면서 말이다. 그런데 뭔가 미진하고 이야기되지 않은 부분이 남았다는 느낌을 지울 수 없다. 소설의 마지막 두 문장은 그 불안을 건드린다.

> 물론 그때만큼 빈번하지는 않아도 어엿한 숙녀가 된 동아가 고함으로 우주에 전언을 보낼 때의 모습에는 변함이 없다. 그녀 편에서는 절실하고 보는 우리는 애달프며 그 느낌은 늙을 줄을 모른다.(36~37쪽)

정말, 우리는 '동아'를 잊고 있었던 것은 아닐까.

2. 침묵하는 '소유의 문법'

그러고 보면 우리가 묻지 않았던 게 있는 것 같다. 이 이상한 계곡의 이야기를 우리에게 전해주고 있는 사람은 누구인가. 일인칭 화자 '나'인데, 소설의 도입부에서는 주로 '우리' '우리 가족'을 내세운다. 앞서도 소개했던 것처럼, 자폐증을 앓고 있는 열세 살 딸 동아와 함께하는 '나의 가족'은 통상적인 주거 환경을 떠날 필요가 절실했던 차에 대학 은사인 P 교수의 '호의'로 계곡 마을로 들어오게 된다. '우리'라는 일인칭 복수 대명사가 이야기를 열고 이끄는 게 자연스러운 이유다. 그런데 계곡 마을 P 교수의 집으로 옮기는 것은 정확히 '나'와 딸 동아 두 사람이며, 그간 딸을 보살피느라 힘들었던 아내는 휴식을 겸해 친정에 머물게 된다. 그런 사정을 감안하더라도 소설 내내 아내의 발화나 행동이 최소한으로 제한되어 있는 것은 이상하다. 그녀는 저녁마다 딸과 동영상 대화를 나누는데, 그때의 대화가 짧게 한 번 소개되어 있을 뿐이다. '나'가 계곡 주민들을 상대로 의자 만드는 일에 대해 작은 강의를 하기로 하면서 동아를 돌볼 겸 아내가 한번 계곡을 찾기는 한다. 사실 친정에 머문다고 하더라도 그녀가 중간중간 계곡 마을을 찾아 같이 지내는 게 자연스러운 일일 것이다. 이 점을 의식한 듯, 소설은 이런 문장을 남기고 있다. "이상하게도 아내는 이곳을 그다지 좋아하지 않았다."(25쪽) 아내는 무언가를 감지했던 것일까(문득 이 소설이 진짜 이야기하고자 하는 것은 바로 이 정체 모를 불안의 조성調性이 아닐까 하는 생각이 든다).

어쨌든 '나'는 단독자라기보다는 가족을 대표하는(아내의 부재와 침묵이 있고, 동아는 고함과 몸짓으로만 자신의 의사를 드러내는 상황에서) 화자라는 느낌을 주고, '나' 스스로 계속 그런 스탠스를 의도적으로

취한다. '나'보다 '우리'가 이야기의 객관성을 좀더 확보하게 해준다고 생각하는 것일까. 혹시 그렇다면, '나'는 자신이 전하는 이 이야기를 정말 믿고 있는 것일까. '나'는 믿을 수 있는 화자인가. '나'가 동아와 아내에 대해, 계곡의 이야기에 대해 '덜' 말하고 있는 것은 없는가.

소설의 첫 두 문장을 다시 읽어볼 필요가 있는 것 같다.

> 우리 가족은 어떤 면으로 보아도 이 아름다운 계곡에 위치한 전원주택에서 삶을 누릴 만한 자격이 없다. 그것이 비록 한정된 기간이라도 말이다.(9쪽)

'나'의 이야기에 전적으로 의존할 수밖에 없는 상황이긴 하지만, 소설을 다 읽은 우리로서는 이 진술에 동의하기가 쉽지 않다. 우리가 보기에 '나'와 아내는 어려움을 안고 태어난 딸 동아를 보살피며 나름대로 열심히, 성실하게 산 것 같다. 첫 문장 뒤에 이어지는 진술에서 '나'는 말한다. "그러나 세상이 보는 불행이 실제로도 불행한 것일까. (……) 아이를 가까이 들여다보며 눈을 맞추고 있으면 세상의 모든 불행을 잊는데, 문제가 있는 딸을 둔 것이 꼭 불행한 일인가."(같은 쪽) 이어지는 진술을 조금만 더 인용하자.

> 아내는 동아를 '삼십 센티 미녀'라고 불렀다. 아이를 통해 우리는 큰 기쁨을 누리고 그 아이 덕분에 우리는 겸손해졌으며 불행한 사람들을 민감하게 바라보게 되었으니 우리는 딸 덕분에 행복한 생을 누리고 있다고 말할 수 있지 않겠는가. 이건 우리가 진심으로 그렇게 생각하고 있는 단순한 진실이다.(9~10쪽)

우리는 이런 '겸손함'이 쉽게 도달되는 마음의 자리가 아니라는 것을 안다. 보다는 억울, 분노, 자책 등의 감정에 휩싸인 마음은 쉽게 세상과 하늘에 대한 원망과 증오로 전화되기가 더 쉬울 것이다. 이들 부부가 도달한 겸손함은 많은 사람을 '진심으로' 부끄럽게 만들 만한 것이다. 그렇다면 첫 두 문장 또한 '겸손함'의 역설적 표현인 것일까. 그렇게 보기에 그 문장들의 수사학은 과도하다. '어떤 면으로 보아도'는 여지를 봉쇄하는 말이다. 그리고 '자격'이라니. 이 단어는 문제를 경제적인 차원 이상으로 확대한다. 그것은 도덕적·윤리적 흠결을 강하게 환기한다. 그러고도 모자랐는지 덧붙인다. "그것이 비록 한정된 기간이라도 말이다." 두 번의 강력한 봉쇄다. 만일 부부의 마음이 이 정도로 단호한 어떤 자리에 있었다면, 그들은 대학 은사의 호의를 거절했어야 마땅하다. 그다지 특별하지 않은 사제의 인연으로 보아 여러모로 '놀라운 제안'이었다면 더더욱 그러하지 싶다. 아마도 두 부부의 '겸손함'과 '진심', 성실함으로 본다면 동아로 인해 '일상적인 공간에서의 삶이 불가능해진' 절박한 상황에서, 어렵기는 하겠지만 어떤 길을 찾아냈으리라(기실 그들은 "전셋집을 내놓고 정말 세상에서 동떨어진 산골의 우사라도 개조해서 살아야겠다고 장소를 알아보던 중이었다.", 13쪽).

'나'의 언어(의식)와 '나'의 행동 사이에 존재하는 미세한 긴장과 이반을 보여주기라도 하는 듯, 가족 상황과 계곡 마을로의 이주를 설명하고 있는 소설의 도입부 여섯 문단에는 유독 '그러나' '그렇다고'의 접속사에 의해 이어지는 문장들이 많다(여덟 번 나온다). 여기서 '그러나'의 역접은 역설의 보충적 상황보다, 더 말해야 할 게 있거나

(같은 말이지만) 덜 말해야 하는 정황에서 나오는 듯하다. 두 예만 들어본다.

> (……) 길을 잃었다가 다시 집을 찾아오는 간단한 이야기를 보면서 나는 아내의 숨겨진 열망을 읽을 수 있었다. 그러나 무책임한 심리 분석을 더 멀리 밀고 가지 않기로 하자. (……)
> 의사 말대로 사춘기를 앞두고 감수성이 불안정해진 동아 나름의 성장의 표현이었다고 치자. 그러나 그 고함의 방식과 빈도는 그렇게 이해하기에는 지나친 감이 많이 있었다.(13쪽, 강조는 인용자)

계곡 마을의 상황이 전체적으로 모호하게 이야기되는 이유도 비슷한 맥락에서 생각해볼 수 있다. 계곡 양편으로 이십여 채의 집이 있다고 하는데, 어느 정도 인사를 트고 지내게 된 뒤에도 '나'와 기존 주민들의 접촉은 지극히 제한적이다. 늘 동아와 함께 있어야 하는 상황, 탄원서 동참 거부 이후 따돌림을 받은 사정 등을 감안하더라도 그들과의 관계는 계곡 생활의 처음부터 일정한 거리 너머에 있었다는 느낌을 준다. '나'와 그들은 소문과 풍문 속에서 희미하게 만나고 얽힐 뿐이다. 가령 계곡 주민으로 찻집을 경영하는 사내가 주민들의 은밀한 사생활에 대해 알려줄 때, '나'의 반응은 차갑다. "그러나 그것을 어디까지 믿을 수 있단 말인가."(32쪽) 심지어 그 사내가 술에 취해 자신의 감추어진 이야기를 고백했을 때도 '나'의 반응은 마찬가지다. "나는 이제 더이상 어떤 얘기에도 놀라지 않는 나 자신이 오히려 놀라웠다."(33쪽) 우리는 지금 계곡 마을을 둘러싸고 있는 음모와 풍문의 분위기를 지적하고 있는 것이 아니다. 인물들의 관계를 익명성 속

에 단절시키고 인물과 상황의 윤곽을 의도적으로 흐리게 하는 것은 이 소설의 알레고리적 효과에 기여하는 것일 테다. 우리가 여기에서 강조하고 싶은 것은 '나'의 소설적 발화 속에 있는 어떤 균열이며, 그 균열이 서사의 전개, 서사의 논리와는 어느 면 무관하게 처음부터 완강하게 소설 속에 도착해 있었지 않나 하는 질문이다.

안타깝게도 소설이 진행될수록 "아이를 통해 우리는 큰 기쁨을 누리고 (……) 우리는 딸 덕분에 행복한 생을 누리고 있다고 말할 수 있지 않겠는가. 이건 우리가 진심으로 그렇게 생각하고 있는 단순한 진실이나"라고 말한 마음의 천국은 존재하지 않는다는 사실이 드러난다. 불행하게도 '나'의 행복은 이후 계곡 마을이 보여주는 "고독과 미에 대한 무지와 욕망과 질투가 뒤섞여 빚어낸 '소유의 불행한 문법'"에 영향을 주지도, 받지도 못하는 깊은 고독과 무지 속에 처음부터 갇혀 있었던 건지도 모른다. 그 대비의 낙차는 계곡이 폭우에 휩쓸리고 난타당할 때 '나'와 동아만이 계곡 아래 평지 마을에 도착해 있던 서사의 정황에 아이러니하게 새겨져 있다. 그러니까 '나'는 계속 발화하며 계곡 마을의 움직임을 보고 있는 것 같지만, 정작 '나'가 보고 있었으며 말하지 않고 있었던 것은 무엇인가. 오직 계속 존재하고 있는 것은 "세상의 모든 고통을 짊어지고 소리지르듯 정성을 다해 온몸으로 고함을 치는"(13쪽) 동아의 절규, "한 손을 높은 곳을 향해 들고 크게 크게 원을 그"(16쪽)리는 동아의 몸짓이 아니었던가. 정확히는 그 '과도함'이 아니었던가.

그날 저녁에 동아는, 아비의 심장이 고통으로 터질 것 같은 애달픈 목소리와 고성으로 족히 오 분이나 되게 몸을 비틀며 외쳐댔다. 이럴

때는 고성이 동아의 몸을 떠나기를 기다리는 수밖에 없다. 저애는 무슨 말을 하고 싶은 걸까. 저애는 누구에게 저렇게 전언을 보내나. 동아의 절실한 전언은 수신자에게 닿기는 하는 걸까.(21~22쪽)

절실함. 그렇다면 수신자는 누구인가.

그러면서 우리는 소설 내내 '나'가 사실상 스스로의 내면에 대해 거의 말하지 않았다는 사실을 뒤늦게 깨닫는다. 그는 시종 객관적이고 중립적인 관찰자인 듯 발화하고 행동한다. 심지어는 그 자신에 대해서조차. 그가 잡지사에 써 보낸 '소유의 문법'이라는 짧은 글은 그 알리바이의 완성일 공산이 크다. 그는 어떤 전언에 끝내 응답하지 않았을 것이다. 계곡의 아름다운 빛은 자신이 회피하고 있는 어둠의 대가인 한, 소유될 수 없는 것이다. 그는 끝내 자신의 '불행한' 소유의 문법에 대해서는 침묵한다. 섬뜩하다면 이게 섬뜩하다. 「소유의 문법」은 그 공백만큼 무서운 소설이다.

소설의 마지막 대목을 다시 한번 읽어보자. "물론 그때만큼 빈번하지는 않아도 어엿한 숙녀가 된 동아가 고함으로 우주에 전언을 보낼 때의 모습에는 변함이 없다. 그녀 편에서는 절실하고 보는 우리는 애달프며 그 느낌은 늙을 줄을 모른다." 이는 소설 전체 서사를 거의 무화시키고 있는 종결이 아닌가. 아무것도 바뀐 게 없는 것이다. 우리는 처음부터 다시 읽을 수밖에 없다. 그러면서 우리는 '나'가 이끄는 서사와 발화에서 확정되지 않고 부유하는 지점과 다시 싸워야 한다. '나'가 이야기하지 않은 것들을 읽기 위해.

최윤의 소설 「소유의 문법」은 문법과 수사학 사이의 긴장과 불일치 때문에 어느 수준에서는 무지 상태의 맹점을 포함하게 마련인 문

학 언어의 숙명을 세련되게 활용하면서, 인간의 자기기만에서 자라
나온 불안과 어둠의 세계로 우리를 초대한다. 소설 언어의 부유하는
속성을 받아들이고, 그것이 지시하는 앎을 메타적으로 반성하고 통
제하는 시선 없이 이 고도의 아이러니는 가능하지 않으리라. 이것은
일종의 '가장된' 의식의 드라마로서, 어쩌면 최윤 소설이 한국 소설
에 기여해왔고 기여할 수 있는 최선의 영역 중 하나인지도 모른다.

(2020)

권여선 소설에 대한 세 편의 글[1]

1. 용서 없는 자세와 희망을 말하는 방법―「이모」

이즈음은 오히려 개성적인 스타일로 여겨지는 듯도 하지만, 이십 년 저쪽에 사오십대 여성이 새치를 그대로 드러내는 경우는 많지 않았지 싶다. 내가 알던 그이는 그 무렵 사십대 중반을 넘어선 나이로 남들보다 일찍 머리가 세기 시작해서 희끗희끗한 정도 이상이었는데 염색을 하지 않은 단발의 생머리 차림이었다. 그 잿빛 머릿결이 처음부터 인상적이었다. 커다랗고 맑고 형형한 눈, 작은 체구에 동안의 선한 표정이 지금도 생생하다. 독문학 전공인데도 영어 번역을 더 많이 하게 된다고 했던 말이 기억난다. 전혜린 이후로 구축된 어떤 이미지 같은 게 그이에게는 있었다. 편집자와 역자로 띄엄띄엄 연락을 주

1) 이 글은 다음 지면에 발표한 권여선 소설에 관한 짧은 글 세 편을 합친 것이다. 「용서 없는 자세와 희망을 말하는 방법」(웹진 비유 2018년 6월호); 「혼란과 무지 쪽으로의 퇴각」(권여선, 『모르는 영역』, 도서출판 아시아, 2018); 「고귀한 것과 고귀하지 않은 것」(윤성희 외, 『2019 김승옥문학상 수상작품집』, 문학동네, 2019).

고받다가 내가 한동안의 실업 시기를 거쳐 옮긴 직장에서 다시 만났다. 진행중인 번역서가 있었고, 이번에는 그이의 전공인 독일 소설이었다. 집이 같은 신도시여서 그랬을 테지만, 어쩌다 한번 그이의 집에 초대되어 간 적이 있다. 신도시의 가장 작은 평수대의 아파트였다. 자그마한 거실에서 본 것은 벽 한쪽 구석에 여러 줄로 쌓여 있는 책과 오디오 세트, 그리고 시디와 엘피판 정도였던 것 같다. 두꺼운 사각 종이 케이스에 담긴 미샤 마이스키 엘피판 전집을 구경하고 음악을 들었다. 엘피판을 싸는 얇은 미농지가 그대로 남아 있었던 게 기억난다. 술을 몇 잔 하고 나왔던 것 같은데 많이 조심스러웠다면 내 쪽이 그래서였을 것이고, 그이는 언제나 그렇듯 담담한 평정 같은 걸 유지하고 있었을 테다. 그러다 언젠가 병중이라는 소식을 들었지만 차일피일 연락을 못하고 있다가 퇴근길 지하철역 근처에서 우연히 만났다. 설렁탕을 먹으러 나온 길이라고 했는데 쇠약한 모습도 그랬지만 어깨가 많이 구부정했다. 아파서 몸을 계속 웅크리다보니 그렇게 되었다고 희미하게 웃으며 말했다. 잿빛 머리는 이제 반백쯤으로 가고 있었다. 같이 일하던 편집자와 함께 긴 둑길 다리를 건너 병원을 찾았을 때는 상체가 거의 접힌 듯한 자세로 침상에 기대어 있었고 얼마 뒤 부음을 들었다.

권여선의 단편 「이모」[2]는 생의 마지막 이 년간 모든 관계를 끊고 홀로 살다 췌장암에 걸려 쉰일곱 살로 세상을 뜬 '윤경호'라는 여성의 이야기다. 스스로를 아무에게도 가닿지 못한 '불가촉천민'으로 요약하는 이 여성이 마지막 두어 달간 일주일에 한 번 안산 외곽의 오래

2) 권여선, 『안녕 주정뱅이』, 창비, 2016. 이하 인용은 쪽수만 밝힌다.

된 소형 아파트로 초대한 유일한 인물이 자신의 조카 며느리인 소설의 화자 '나'고, 소설은 '나'가 그렇게 시이모로부터 들은 마지막 이야기들을 전하는 방식으로 되어 있다. 작품의 이런 설정은 소설이 쓰이는 자리를 지시하고 전경화하면서, 사람과 사람 사이의 막막하고 '불가촉'한 거리를 환기하는 효과에도 도달한다. 아마도 대개의 삶은 이런 특별한 화자를 갖지 못한 채 시작되고 종결되는 것이리라. 그거야 어쨌든 나는 이모 윤경호의 모욕과 분노, 고독과 평정 사이로 또다른 어떤 여성의 힘겨운 자세와 희미한 미소를 떠올렸던 것 같다. 물론 나는 그이의 이야기를, 서사를 알지 못한다.

소설은 이모 윤경호의 삶을 뒤틀고 잠식해 들어온 것들의 정체를 비교적 명료하게 알려준다. 대학 1학년 때 부친의 객사 후 가장의 역할을 떠맡게 된 집안의 맏딸. 대기업에 입사해 사오 년 동안은 가족의 생활비와 동생들의 학비를 댔다. 그러고도 남동생의 도박 빚을 갚기 위해 회사를 그만두어야 했다. 퇴직금과 저축이 그렇게 사라졌다. 어머니가 몰래 남동생의 보증을 서게 만든 탓에 서른아홉 살에 신용 불량자가 되었다. 그때부터 비정규직으로 일하면서 빚을 다 갚는 데 십년 가까이 걸렸다. 대기업 다닐 때 사귀던 남자는 공부하던 사람인데 회사를 그만둘 무렵 헤어진 것으로 짐작되고(이 경우도 둘 사이 경제적 후원은 이모의 몫이었으리라) 계속 어머니를 모시고 혼자 살았다. 이런 가혹하고 어처구니없는 일이 가족에 대한 있을 수 있는 헌신으로 이야기되던 시절이 있었다. 차별과 폭력의 구조는 덮어둔 채 여성 수난사라는 가짜 서사, 가짜 보편 속으로 해소되던 때가 있었다. 이것은 아마도 가장 낡은 이데올로기의 지대로 그 잔재 역시 상당한 정도로 여전하다. 진전되고 각성된 인간 이해, 페미니즘의 시선으로 보면

논의의 여지조차 없는 영역이라 할 수 있을 테다. 그러나 이념적이거나 사회적인 진단/분석의 차원을 벗어나면 문제는 그리 단순할 수 없다. 시대적 역사적 제약을 말하자는 게 아니다. 그 제약에 대한 수용과 저항의 측면을 포함하면서 인간 각자는 언제나 일종의 무지無知 상태에서 세상과 대면한다. '아는 자'의 시선은 잠정적이고 실패나 공백과 함께 있다. 사회나 집단의 차원에서도 그러하지만, 개인의 자리에서는 더욱 그러할 수밖에 없다.

소설의 화자 '나'가 윤경호를 마지막 방문한 날, 그이는 몹시 쇠약해서 한 번에 몇 미디밖에 하지 못한다. 다음은 그 끊어지는 말들이다.

> "나도 애초에, 이렇게 생겨먹지는, 않았겠지. 불가촉천민처럼, 아무에게도, 가닿지 못하게. 내 탓도 아니고, 세상 탓도 아니다. 그래도 내가, 성가시고 귀찮다고, 누굴 죽이지 않은 게, 어디냐? 그냥 좀, 지진 거야. 손바닥이라, 금세 아물었지. 그게 나를, 살게 한 거고."(「이모」, 106쪽)

약간의 설명이 필요하겠다. 십 년에 걸쳐 남동생이 진 빚을 갚고 신용을 회복한 뒤, 윤경호는 아동물 출판사에 취직해서 악착같이 돈을 모은다. 이제는 어느 누구에게도 자신의 돈을 내어주지 않는다. 어머니도 식당 일로 생활비를 벌어야 했다. 그러고는 목표한 돈이 모인 뒤 자신을 찾지 말라는 편지 한 통을 남기고 잠적해서 혼자의 생활을 시작한다. 그게 세상을 뜨기 두 해 전의 일인데 그 철저히 혼자인 생활에서도 나름의 질서와 자유를 찾는 계기가 된 하루가 있었다. 밤새 눈이 내리고 한파로 수도관이 얼어버린 겨울날의 이야기다. 평생을

걸쳐 간신히 찾아낸 자신만의 공간과 시간을 함부로 침범하는 이웃과 타인들. 그날 하루 부조리극처럼 무심하게 펼쳐지는 무례와 모독의 연쇄는 잊고 있던 인간에 대한 혐오를 끌어올리고 윤경호는 견딜 수 없는 증오에 휩싸인다. "당장이라도 과도를 움켜쥐고 무엇을 찌를 듯이, 장갑 속의 언 손가락들을 바르르 떨게 만드는 이 붉고 어두컴컴한 증오는 무엇인가."(94쪽) 그런데 그날 밤 혼자 술을 마시던 윤경호를 습격하듯 찾아든 기억은 전혀 다른 것이었다. 대학 1학년 때 자신에게 사랑을 갈구하던 같은 과 동기 남학생의 왼손 손바닥에 담배를 눌러 끈 기억. 전생처럼 오래된 기억의 급습. 그날 이후 윤경호는 집과 도서관을 오가는 최소한의 삶의 루트를 찾아냈고, 하루 오천원으로 살아가는 극도의 자발적 가난 속에서 자유의 시간을 얻는다. 그 고독과 자유가 병마로 중단되기까지 얼마간.

자, 두 가지 질문이 가능할 것 같다. "내 탓도 아니고, 세상 탓도 아니다"라니? 바로 앞에 "애초에, 이렇게, 생겨먹지는 않았겠지"라고 했으니 자신이 '불가촉천민'의 인생을 살게 된 '탓'이 없지는 않을 텐데 말이다. 우리는 말할 수 있을지 모른다. 그건 당신 탓이 아닙니다. 당신의 삶을 갉아먹은 것은 지옥 같은 가족, 철저히 남성 중심으로 작동하는 고약하고 글러먹은 세상 탓이라고. 그런 세상에서는 애초부터 당신의 자유가 행사될 자리가 존재하지 않았다고. 죽음 직전의 쇠약한 육신이 내뱉는 말이라는 점을 고려하더라도 세상에 대한 윤경호의 관용은 이상하다. 우리는 두번째 질문으로 넘어갈 수밖에 없다. "그래도 내가, 성가시고 귀찮다고, 누굴 죽이지 않은 게, 어디냐? 그냥 좀, 지진 거야. 손바닥이라, 금세 아물었지. 그게 나를, 살게 한 거고." 죽음의 권위, 마지막 말의 권위는 다시 이상한 비논리 속에서 도

착하고 우리를 혼란에 빠뜨린다. 우리는 다시 겨울날의 그 밤으로 돌아가야 한다. 윤경호는 오래전 술집의 기억을 떠올리며 자문했다. "자신에 대한 호감 외에는 아무것도 가진 것 없는 그에게 왜? 잡아주기를 바라고 내민 무력한 손바닥에 왜?"(104쪽) 윤경호는 자신의 왼손 손바닥 가장 깊은 곳에 피우던 담배를 눌러 끄고는 답했다. "그애를 지진 이유는 단순했어. 성가시고 귀찮았던 거지. 단지 그뿐이었어."(105쪽) 이 혐오와 증오의 뿌리는 무엇인가. 모르겠다. 윤경호도 끝내 다 알지는 못했으리라. 다만 이제는 조금 알 것도 같다. 윤경호의 저 마지막 말은 끝내 용서가 아니었다는 것을. 그이는 세상도, 그 누구도 용서하지 않았다. 이 소설이 윤경호의 이야기를 들은 '나'에 의해 다시 '불가촉한 거리'를 만들며 전해지고 있다는 것을 상기하자. 있다면, 이게 희망을 말하는 방법이리라.

2. 혼란과 무지 쪽으로의 퇴각—「모르는 영역」

권여선의 단편소설 「모르는 영역」을 읽고 나면 쉽게 의문이 떠오른다. 이 봄날의 1박 2일 동안 도대체 무슨 일이 일어난 건가. 소소하게 인물들의 마음을 건드리고 흔든 일이 없었던 것은 아니다. 무언가가 웅웅거리면서 소설의 시간 위로 부유한 것도 같다. 약간 성가시고 까칠한 상태로 말이다. 그러나 그것들은 또 정색하고 따져보거나 계속 품고 있기에는 어딘가 부족하거나 희미한 것들 같다. 혹은 약간의 나른함마저 풍기는 것들. 일상의 시간 저편으로 묽게 풀어져 사라져가는 것들. 그러니까 우리가 자주 그 존재를 잊는 '낮달' 같은 시간들.

그러나 무언가가 이 소설의 시간 위로 떠다니고 있다고 하는 느낌, 그 약간의 성가심에 대해 생각해볼 필요를 느꼈다면, 그때 우리는 권

여선이라는 특별한 소설의 기호 안으로 이미 한 발을 내디딘 셈이다. 그것은 또한 흐림과 갬 사이의 무수한 날씨, 대개는 의식하지 못한 채로 지나치는 인생의 미세한 '기압골/전선' 사이로 우리의 의식을 진입시키는 일이기도 하다.

"다영은 여주에 있다고 했다."(8쪽) 소설의 첫 문장이다. "여주라면 명덕이 공을 친 클럽에서 고속도로로 10분 남짓 걸리는 곳이었다."(같은 쪽) 행을 바꾸고 이어지는 두번째 문장이다. '다영'은 누구이고, '명덕'은 누구인가. 이들은 무슨 관계인가. 알 수 없다. 다영 일행이 있는 여주의 한 식당에 명덕이 도착하기 전까지 우리에게 이들의 관계는 '모르는 영역'으로 남아 있다. 명덕이 신발도 벗지 않은 채 식당 출입문 안으로 머리를 들이밀자 다영의 말이 들려온다. "아빠 왔어?"(24쪽) 다영 일행인 산뜻한 젊은 여성의 목소리도 가세한다. "금방 고기 나온다니까 빨리 오세요, 아버님!"(같은 쪽) 이제 우리는 조금씩 알게 된다. 부녀는 지금 함께 살고 있지 않고, 둘 사이엔 이상한 서걱거림이 존재한다는 것을. 그렇다면 짧은 1박 2일의 시간 후에는 어떠한가? '모르는 영역'은 사라지는가? 독자의 자리에서도 그러하지만, 두 부녀 사이에도 '모르는 영역'은 여전히 남고, 오히려 좀더 미묘하고 복잡한 영역으로 넘어간 듯한 느낌을 준다.

소설은 아내의 죽음 후 더 소원해진 부녀의 관계를 짧은 봄날의 시간 안에서 보여주면서 '이해와 오해' 혹은 '근본적 무지無知'의 영역에 얽힌 인간사의 오랜 이야기 속으로 합류하는데, 여기서 문제는 그 영역 속으로 한 발 한 발 진입하는 권여선 소설의 예민한 촉수와 리듬, 문체의 미묘한 힘이 아닌가 한다. 명덕이란 인물이 겪고 있는 짜증과 혼란은 소설 초반부터 그 문체 수준에서 미묘한 물리적인 암시에 도

달해 있다.

　　운동 후의 식사, 낮술의 취기, 봄날의 나른함이 겹쳐 그는 선잠에
빠지면서도 이게 어쩐지 저 은은한 낮달 때문인지 싶었고, 이게 죄다
저 뜯긴 솜 같은 낮달 때문입니다…… 낮달 때문입니다…… 하다
잠이 들었다.(「모르는 영역」, 10쪽)

　　그새 구름이 끼어 낮달은 보이지 않았고 허공에 꽃씨만 분분 날렸
다. 테이블 위에 놓인 재떨이의 뚜껑이 조금 열려 있어 그는 그 틈으로
꽃씨가 들어갈까봐 마음이 초조했다.(같은 글, 14쪽)

　'뜯긴 솜 같은 낮달' '조금 열린 재떨이 뚜껑'은 작가가 인물의 감
각과 언어로 도달한 세상의 처연하고 쓸쓸한 영역이고 봄날의 진정
한 '사건'이다. 식당에서 빨간 신발 한 짝을 두고 벌어지는 소동은 '모
르는 영역'을 둘러싸고 일어나는 인생의 흔한 소극笑劇을 압축하는데,
식당 주인이 흰 개를 추궁하고 야단치는 데서 인간의 무지와 편견에
정확히 조응한다. 더하여, 음식값을 놓고 식당 주인과 다영이 벌이는
실랑이 장면은 권여선 소설이 말과 상황의 세부에 얼마나 민감하고
철저한지 잘 예시해준다. "좋아요! 밥값은 낼 테니까 다섯 명분 팔만
원만 받으세요." "그게 무슨 소리야? 고깃값이 얼마나 들었는데? 우
리 아저씨가 고기만 오만원어치를 끊어왔다고. 그러니까 이렇게 남
아서들, 이렇게 싸가잖아 웅?" "그럼 이거 안 싸가면 되잖아요?" "그
건 아니지. 삶아논 거를, 그렇게는 안 되지."(38쪽)
　이런 대목을 읽다보면 인생에서 이보다 더 절실하고 심각한 순

간은 없는 것 같은데, 아니나다를까 딸 다영은 이 문제를 잊지 않고 있다가 명덕을 다시 추궁한다. "한 번이니까 괜찮다, 그냥 넘어가자…… 아버지는 그렇게 생각하시는 거네요? 그렇게 넘어가면 마음이 좋으세요? 한 번은, 한 번은…… 해도 됩니까?"(50쪽) 그러다 다시 한번 묻는다. "왜 해도 됩니까, 한 번은?"(같은 쪽) 소설은 이 두번째 반문 뒤의 상황을 이렇게 묘사한다. "다영은 느닷없이 깩 소리를 지르더니 흙 마당을 가로질러 뛰어갔다. 어디서 나타났는지 큰 개가 따라 뛰었고 작은 개도 덩달아 따라 뛰었다."(같은 쪽)

이 '한 번'은 그리고 다시 명덕에게 되돌아온다. 어둠이 깃드는 저수지 나뭇가지에 내려앉았다 돌연 가지를 박차고 날아간 새 한 마리의 사건으로.

> 멍하니 서서 새가 몰고 온 작은 파문과 고요의 회복을 지켜보던 그는 지금 무언가 자신의 내부에서 엄청난 것이 살짝 벌어졌다 다물렸다는 걸 깨달았다. (……) 그게 무엇인지 알 수 없지만 그에게 왔던 것은 이미 사라져버렸고 다시 반복되지 않을 것이고 영영 지울 수도 없으리라고 그는 침울하게 생각했다. 단 한 번이라니…… 단 한 번이었다니…… 다영도 이곳에서 이런 무섭도록 강렬한 한번을 경험한 것일까.(같은 글, 54쪽)

그러니까 한 번은 해도 되는 게 아니라, 한 번이 다. 무섭도록 강렬한 한 번들. 그 무심한 집적이 인생이라는 걸 명덕도 다영도 권여선 소설도 알겠지만, 끝내 그 한 번은 '모르는 영역'으로 남으리라. 소설 「모르는 영역」은 그렇게 봄날에 찾아들었다 사라져가는, 다시는 반복

되지 않을 '한 번'의 시간을 채집하려는 불가능한 시도다. 소설 전체에 어떤 안간힘이 인물 모두에게, 밭에 비료를 뿌리는 반백의 두 남자와 텅 빈 들판에서 밭일을 하는 노파를 포함해 모두에게 공평하게 주어져 있지만, 소설의 분위기가 조금씩 어긋나며 부조리한 슬픔으로 채워지고 마는 것도 그래서이리라. 구린 퇴비 냄새와 다디단 꽃향기가 뒤섞인 봄날의 아침은 하룻밤 사이에 '와장창' 도착해 있지만 사람들은 여전히 서로 낯설고 어색한 채 서로를 모르는 가운데 또 하루를 시작해야 한다. 부녀간에 도모된 약간의 이해와 다가섬은 더 많은 무지의 영역을 남기고 닫히려 한다. 비문증을 앓고 있는 아버지 명덕에게 다시 떠오른 어제의 낮달은 잘 보이지 않는다. "눈이 잘 안 보여요? 그럼 저기, 달 뜬 거 보여 안 보여? 되게 예쁜 달인데." "달? 낮달이 또 떴어?" "안 보인다, 다영아."(92쪽) 이 부녀간 문답은 참으로 슬프다.

이제 명덕은 "심봉사가 된 기분으로(「심청전」의 '뺑덕어멈'이 '명덕'의 이름 위로 겹친다. 이것은 소설이 할 수 있는 얼마 안 되는 슬픈 유희다) 더듬더듬"(94쪽) 차 문을 열고 떠나려 한다. 명덕은 이 봄날의 여행이 시작되기 전보다 더 혼란스럽고 더 무지한 쪽으로 밀려나 있다. 우리는 소설의 결말에 동의할 수밖에 없다. 우리 역시 명덕처럼 소설을 읽기 전보다 더 혼란스럽고 착잡한 자리로 옮겨가 있다. 그렇다면 이 짧은 봄날의 여행에서 승자는 누구인가. 권여선의 소설은 잠시 우리를 뒤흔들어놓고 사라져간다. 저수지 나뭇가지에 착지했다 날아간 새가 몰고 온 작은 파문처럼. 권여선 소설은 정확히 이 파문이다. 우리가 권여선 소설을 사랑하는 이유이기도 하겠다. 다음은 소설의 마지막 문단이다.

그는 차문을 닫고 시동을 걸었다. 출발하려다 차창 너머로 초승달을 보았다. 어제보다 살이 더 오른 걸로 보아 바야흐로 차는 중인 것 같았다. 그러고 보니 어제부터 오늘까지 그는 누군가의 인생을 일별하듯 아침, 오후, 저녁의 낮달을 모두 보았다. 왜 아침달 낮달 저녁달이 아니고 모두 낮달인가 생각하다, 해 뜨고 뜬 달은 죄다 낮달인 게지, 생각했다. 해는 늘 낮달만 만나고, 그러니 해 입장에서 밤에 뜨는 달은 영영 모르는 거지, 그런 생각을 하며 그는 농가 펜션의 주차장을 빠져나왔다.(같은 글, 94~95쪽)

정말 '영영' 모르고 마는 걸까.

3. 고귀한 것과 고귀하지 않은 것—「하늘 높이 아름답게」

"일흔두 살에 죽은 마리아는 지주 집안의 오남매 중 막내딸로 태어났다. 위로 오빠가 둘 언니가 둘이었는데"(43쪽)로 소설의 문을 여는 권여선의 단편 「하늘 높이 아름답게」는 일종의 전傳의 형식으로 한 사람의 일대기를 보여줄 것처럼 시작된다. 이런 경우, 전지적 작가 시점을 취하면서 대상 인물을 초점화자로 하는 서술 방식이 일반적일 테다. 그러나 여성 인물 '마리아'의 성장 과정과 캐릭터를 근대 이후에도 완강하게 지속된 한국적 가부장제 사회의 희생 구조 안에 집약하면서 파독 간호사라는 인물의 핵심 연혁까지 슬그머니 따라붙게 하는 경제적인 서두의 단락이 끝난 뒤 우리가 만나게 되는 이야기의 시선과 목소리는 '베르타'라고 하는 인물의 것이다. 이후 우리는 주로 마리아의 삶과 죽음에 얽힌 이야기를 예순 어름의 이 여성을 통해 들

게 되는데, 그 방식에서도 내러티브 구조상으로 한 번의 미끄러짐을 더 겪어야 한다. 베르타는 화자이기보다 우선 청자로서 이 소설 속에 등장하기 때문이다.

베르타는 성당의 가을 바자회가 끝나가는 지금 파라솔 아래 모여 앉은 다섯 명의 신도 가운데 한 명인데, 바로 전날 두 아들 며느리와 함께한 해외여행에서 돌아온 터라 지난주 마리아의 소천 소식을 모르고 있다. 베르타는 그저 쉬지 않고 떠들어대는 파라솔의 대화에 질려하면서 사람을 싫어하는 자신의 증상이 작년 봄 남편의 죽음 이후에도 생각과는 달리 전혀 완화되지 않았다는 사실을 짜증스럽게 확인하고 있는 중이다. "이 모임에서 가장 젊은 오십대 초반의 사비나는 누가 무슨 말을 꺼내기만 하면 어김없이 저도요, 저도 그런 게, 제가 예전에요, 하는 식으로 새가 나무를 쪼듯 잽싸게 자기 말을 끼워넣을 자리를 만들었다."(44쪽) '인간 혐오'의 기색과 함께 방금 그 속에서 꺼낸 듯한 언어로 인물의 생각에 착 달라붙어 소설의 표면을 마름질해버리는 이런 대목쯤에 오면, 작가의 이름을 가리고 읽더라도 누군가는 '권여선'이라는 작가명을 '불안'하게 떠올리게 될 수도 있다. 가을바람 따라 편하게 들려오는 '마리아전傳' 같은 것은 기대 난망이며, 차라리 불편하고 처리 난망한 '가시들'의 급습을 각오해두는 편이 나을 수도 있는 것이다. 그리고 그럴 때 저 난데없는 제목 '하늘 높이 아름답게'는 또 얼마나 멀고 가파르게 느껴질 것인가.

베르타 쪽에서 자신이 얼마간 허물었다고 믿고 있던 '인간 혐오'의 벽을 다시 착실히 쌓아가는 가운데(자연스럽게 파라솔의 인물들에 대한 소개를 겸하면서) 소설의 이야기가 마리아를 향해 넘어가야 하는 길목에서 작가는 순순히 길을 내어줄 생각이 없다. 그러다 마침내 베

르타를 건드리는 이상한 사물이 '사비나'의 가로채기 기술 속에서 등장한다. "그러니까 그 빈대떡 말이에요! 우리 남편이 그렇게 좋아했는데!"(47쪽) 소설은 "베르타는 '빈대떡'이라는 말 속에 자신을 건드리는 뭔가가 있음을 느꼈다"(같은 쪽)고 쓰고 있는데, '건드리다'는 권여선의 소설이 감정의 다발들을 독자에게 주는 방식이라는 점에서 자기 언급적인 대목처럼도 보인다. 그러거나 정황상 계속되는 오해의 작동도 불가피하다. '늙은 올가'(베르타의 언어다. 인간을 싫어하는 베르타니 성당 교우의 나이 따위에 무심할 수밖에 없다)가 쉰 목소리로 요즘 일흔두 살이면 한창때고 십오 년은 너끈히 더 살 수 있는 나이라고 사비나의 말을 끊고 들어오자 어지간히 욕심도 많다고 생각한다. 기실 끈적한 욕망, 들쩍지근한 정념이 인간의 앎을 훼방하고 오염시키는 장면을 권여선 소설이 그냥 지나치는 경우는 드물기도 하다. 그렇게 해서 소설이 시작되고 사분의 일쯤에 이르러서야 베르타는 음식 솜씨 좋고 일이라면 몸을 사리지 않던 마리아의 죽음에 대해 알게 되면서 제대로 된 화자−청자의 자리에 도착한다.

서사의 지체와 함께 진행되는 화자의 이 같은 미끄러짐(참된 화자를 찾기 위한 화자 기표의 활강처럼 보이기도 한다)은 「하늘 높이 아름답게」의 소설적 충실성의 과정이기도 하겠지만, 마리아라는 인물을 이야기하는 소설의 윤리에 대한 생각으로 우리를 이끈다. 권여선 소설은 언제부터인가 타자를 이야기한다는 일 자체를 소설의 서사 구조와 주체 층위 안에서 질문하기 시작한 것 같다.[3] 마리아라는 인물

---

3) 가령 「이모」에서 죽음을 앞둔 이모로부터 이야기를 듣는 조카며느리의 자리는 기능적인 역할을 넘어 인간과 인간 사이의 '불가촉'이라는 소설의 주제에 단단히 결합되어 있다. 『레몬』(창비, 2019)의 다중화자는 사건의 복잡성에 대한 불가피한 대응이면서

의 진실만큼이나 마리아를 이야기하는 사람들의 자리가 소설적으로 중요해진다. 말하자면, 파라솔의 대화를 듣던 베르타가(여기에는 오해가 개입되어 있긴 해도) "참 고귀하지를 않구나 이 사람들은,"(같은 쪽) 하고 미간을 찌푸리며 생각하는 지점은 어떻게든 타자의 이야기를 개시할 수밖에 없는 소설의 자기 심문이 되고 있는 것이다.

죽은 마리아의 이야기는 그렇게 파라솔의 대화에서 이어지게 되고, '수산나'(마리아의 고해를 듣고 장례를 집전한 아들 '안셀모 신부'의 몫도 포함해서), '올가' '데레사'가 마리아에 대한 기억을 털어놓는 과정이 베르타를 청자로 해서 펼쳐진다. 이때 각각의 이야기 뒤에 그이들에 대한 오해를 교정하는 베르타의 반응이 기입되거나 베르타의 기억이 이어지는 방식으로 그녀가 이 소설의 중심 화자라는 사실이 드러난다. 이때 소설 서두에 등장했던 전지적 시점은 중간중간 이야기의 공백을 보충하는 방식으로 삽입되는데, 마리아의 구취에 얽힌 기억을 베르타가 부끄러워하게 되는 것처럼 그 정보들의 상당 부분은 파라솔의 대화나 여타 과정(안셀모 신부가 들은 마리아의 고해가 결정적일 테지만)에서 베르타 역시 공유하게 된 것으로 보인다. 그러나 이 경우도 마리아의 고단한 삶을 지탱한 핵심적 순간에 베르타가 접근했을 가능성은 유보되며, 사실 그럴 수도 없는 일이다. 독일에서 입양 보내야 했던 첫아이의 신비스러운 청회색 눈동자가 마리아의 무의식 차원에서 태극기에 대한 애착으로 이어진 지점이나 죽음 직전 그이가 자신도 모르게 내뱉은 독일어 몇 마디는 전지적 작가 시

동시에 타자의 공포와 희열에 닫혀 있는 인간의 조건으로부터 소설의 윤리를 묻는다. 『레몬』에서 최종적인 소설적 진실은 화자들의 시선 바깥에 놓인다. 다중화자 장치는 끝내 실패한다.

점의 무한한 권능이 아니라면 결코 발설되거나 재현될 수 없는 것이다. 그 특권적인 소설의 능력에 부여하는 다른 이름이 상상력이라면, 상상력에서 베르타의 자리는 제한적일 수밖에 없다. 베르타의 상대적 무능은 소설 내부의 인물/화자라는 위상 때문만은 아니다. 베르타는 그녀로 하여금 "참 고귀하지를 않구나" 하고 냉소하게 만드는 파라솔의 다른 인물들보다 전혀 나을 게 없다. 베르타 스스로 제법 나아졌다고 믿었던 너그러움은 봄 바자회에서 마리아를 만나 함께 태극기를 팔러 갔던 그날 싸구려 양산으로 자신의 눈가를 찍고 지나간 어떤 여인과 마리아의 시큼하고 구린 구취 앞에 쉽게 무너졌다(도대체 이모님은 뭣 때문에, 베르타가 앙칼지게 물었다. 하나도 못 팔 거면서 그깟 태극기는 왜 그 먼 데까지 팔러 다니시는 거예요?/마리아가 쩔쩔매면서 대답했다./"모르겠어요. 저도 잘 모르겠어요. 사모님.", 66쪽).

그런데 베르타의 오해를 일부 교정해주기도 했던 파라솔의 말들 이후, 그러니까 마리아의 죽음 이후 마리아의 사정에 대해 좀더 알게 된 지금의 상황은 어떤가.

> 베르타는 비웃듯이 입가를 비틀었다. 조금 전 성당 안뜰에서 그들은 당장 내일이라도 빅토르의 병원에 달려가 봉사할 듯이, 앞다투어 소피아의 입양을 주선할 듯이 떠들어댔지만, 내일이 되면 그들 중 누구도 마리아의 애기를 꺼내지 않을 것이다. 그들은 조금도 믿지 않으면서 무엇을 위해 그런 허튼소리들을 내뱉은 것일까. 베르타는 가을 저녁의 찬 기운에 오싹함을 느꼈다. 자신이 왜 그들과 계속 만남을 이어왔는지가 분명히 이해되었다. 참 고귀하지를 않다, 전혀 고귀하지를 않구나 우리는…… (「하늘 높이 아름답게」, 67쪽)

'고귀하지 않은 사람들'에 자신이 다시 추가되었을 뿐이다. 그렇다면 '고귀한 사람'은 누구인가. 이국땅에서 어쩌지 못해 첫아들을 입양 보내고, 평생 그 죄를 몸으로 갚아온 마리아인가. 남의 이야기는 함부로 입에 올리지 않고 온갖 고난을 자신의 탓으로 돌리며 '은밀한 희열과 공포' 속에 태극기를 자신이 버린 첫아들처럼 사랑한 마리아인가.

생각해보면 마리아의 고귀함을 보증하는 것은 오직 소설이 마련한 전지적 시점이라는 상상력뿐이다. 소설을 읽은 뒤 평생의 수고로운 노동을 견고하고 과묵한 고독 속에 견뎌낸 마리아의 삶이 깊은 감동 속에 되새겨지는 것은 부인할 수 없는 사실이다. 그러나 마리아의 삶은 끝내 베르타의(혹은 사비나, 수산나, 올가, 데레사의) 밖에 남겨지고, 그녀/그이들의 무지를 타격하지 못한다. '고귀함'은 소설의 자리로 남는다. 좀더 구체적으로는 '하늘 높이 아름답게' 펄럭이는 태극기라는 사물의 몫으로 남는다. 이래도 되는 것인가, 하고 지금 권여선의 소설은 스스로를 향하여 묻고 있는지도 모른다. 그리고 그때 베르타는(혹은 사비나는……) 정확히 지금 이 소설을 읽고 있는 우리 자신이 아닌가. 그렇다면 우리 또한 되물을 수밖에 없다. 이렇게 가혹하게 써야만 되는가, 하고. 물론 권여선의 소설은 거기에 대한 대답까지 이미 마리아의 말로 준비해두고 있다. "각각의 계절을 나려면 각각의 힘이 들지요, 사모님."(같은 쪽) 정말 어지간한 소설이다.

(2017~2019)

빛과 어둠의 원무 너머
—정지아의 『자본주의의 적』

1

정지아 소설의 오랜 독자에게 이번 소설집의 몇몇 작품은 낯설게도 다가올 듯하다. 갑작스레 기억상실에 빠진 인물의 이야기를 다루고 있는 「존재의 증명」[1]에서 작가는 제목의 무거움에 이끌려서라도 정체성 회복과 관련된 '자아 찾기'의 전통적이고 엄숙한 서사 전개를 기대한 독자의 예상을 산뜻하게 배반한다. 대신에 우리가 접하게 되는 것은 이름도 생소한 커피 원두와 커피잔의 세계이고, 경제적 여유를 가진 극소수의 마니아층에게만 접근이 허용될 듯한 세련된 가구며 인테리어의 세상이다. 그렇게 해서 '경험'이나 '기억' '관계' 등 고유한 실존적 요인으로 이루어진 것으로 믿어온 오래된 정체성의 이야기 자리에 '취향'이라는 새롭고 강력한 존재 증명의 요소가 부상한다. 그 '취향'이 인터넷 시대의 다양한 매체를 타고 나날이 전시되고

---

1) 정지아, 『자본주의의 적』, 창비, 2021. 이하 인용은 작품명과 쪽수만 밝힌다.

교환되고 확산되는 가운데 사람들이 만들어가는 자기 서사의 새로운 '페르소나'가 되고 있음은 우리가 익히 아는 대로다. 소설의 인물은 어렵사리 찾아든 자신의 집에서 여전히 자기 자신이 누구인지 알지 못한 채로, '취향'으로 채워진 자신만의 공간에서 모종의 안도감을 느낀다. "취향이 사람의 품격을 결정한다. 취향이 곧 사람의 본질인 것이다. 기억은 사라져도 취향은 사라지지 않는다. 그는 그렇게 믿었다."(121쪽) 기억을 잃었다고 하더라도 취향을 입증하는 사물들이 굳건히 존재하는 한 그는 살아갈 수 있다고 믿는다. 몸 가벼운 '취향'의 인물들은 기억과 함께 실존의 무게와 씨름해온 정지아 소설의 중심적 표현에서는 꽤 멀리 있는 존재였다고 할 수 있을 것이다. 「애틀랜타 힙스터」라는 또다른 낯선 제목의 소설에도 '취향'에 존재를 걸고 살아가는 인물들이 나온다. 남도의 소읍에 있는 한 카페를 배경으로 펼쳐지는 이 이야기에서 인도에 심취한 도예가이자 카페를 운영하는 '윤'이라는 중년 여성에게 자신이 파는 커피는 단순한 상품이 아니라 사람의 품격과 관련된 고급한 문화적 상관물이다. 이 분위기에 편승해 윤의 카페는 귀촌한 서울 사람들이나 원어민 교사들의 문화적 숨구멍이 되어주고 있다. 캐나다 밴쿠버 인근 작은 시골 마을 출신인 원어민 교사 '존'은 이 카페의 상징적 존재로, '뮤지션'이기도 한 그의 '힙함'은 소개팅 어플 '틴더'로 만나는 여자들을 수시로 바꾸고, '페북'과 '스트라바 지피에스 사이클링 앱'으로 사람들과 공유되는 근사한 '헬리우스 티타늄 팀 700' 사이클링으로 전성기를 맞고 있다. 「존재의 증명」의 경우 의도적으로 정색하고 있는 소설의 어조에서 '취향'이 정체성의 우성인자로 바뀌어가고 있는 세상에 대한 당혹과 비판의 시선을 역설적으로 감지하게 해주고, 「애틀랜타 힙스터」에

서는 미국 시골 마을에서 온 또다른 원어민 교사 '스텔라'를 초점화
자로 등장시켜 '힙함'의 환상을 좀더 직접적으로 반성하는 시선을 마
련해두고는 있지만(K읍에 사는 까칠한 한국인 소설가 '미경'의 냉소도
있다), 두 작품 모두 존재와 기억, 역사의 자리를 소설의 성소로 완강
하게 지켜온 정지아의 문학 세계 전반에서 조금은 이채롭다 싶게 세
태와 풍속의 세상에 '가볍게' 접근하는 모습을 보여준다. 경쟁 논리
를 내면화한, 자기 확신에 가득찬 인간 유형의 부상과 새로운 '신분
제 사회'로의 진입을 흥미로운 방식으로 보여주고 있는 「엄마를 찾는
처연한 아기 고양이의 울음소리」와 「계급의 탄생」도 크게는 이 범주
에 넣을 수 있을 듯한데, 변화하는 세상의 흐름과 세태의 예민한 관찰
자라는 소설의 기본 소임을 생각하면 하등 이상할 게 없는 일이고, 이
들 작품 모두 개별 테마에 어울리는 스타일의 창의적 제시에서 정지
아 소설의 장인적 면모를 확인하기에도 부족함이 없다. 오히려 유동
하는 세상에 적극 감응하는 가운데 변화하는 한국 소설의 새로운 화
법을 고민하는 지점에서 정지아 소설의 앞으로의 진폭에 대한 기대
를 품게 한다. 여기에 더해 「자본주의의 적」이나 「문학박사 정지아의
집」에서 자전적 요소를 사실과 허구의 이중의 겹에 넣고 변주하는 스
타일의 적극적 실험에서도 정지아 소설의 새로운 의욕을 보게 된다.
그렇긴 하나, 이른바 정지아 소설의 본령이라 할 영역에서 조용히 진
행되고 있는 소설적 구도의 미세한 변화와 묵묵한 성숙의 양상을 더
욱 깊어지고 단단해진 언어의 세공 속에서 만나는 일이야말로 이번
소설집을 읽는 큰 즐거움이 아닐까 한다.

2

아흔아홉 해의 생이 세상과 마주하고 있다. 산골의 작은 집, 한낮의 시린 빛은 블라인드로 가려도 어떻게든 새어든다. 강 건너 차 소리가 잦아들고 사위가 적막에 감싸이길 기다린다. 해가 지고 어둠이 빛의 자리를 대신하기 시작하면, 그이의 눈에 생기가 돈다. 어둠이 편하다. 어느새 산골의 방은 적막 속의 '검은 방'이 된다. 이제 '검은 방'에는 오직 그이와 어둠뿐이다. 그이는 그렇게 "빛과 어둠의 순환 속에서 아흔아홉 해를 살았다."(「검은 방」, 249쪽)

그런데 정지아 소설의 오랜 독자라면 좀더 느껍고 실감 있게 받아들일 이 '빛과 어둠의 순환'은 길고 험난했던 생애의 지평만을 은유하는 것은 아닌 듯하다. 그 순환의 이야기는 무엇보다 현재적이다. "눈을 뜬들 감은들 보이는 것은 어둠뿐, 그녀는 차라리 눈을 감는다. 눈을 감자 비로소 빛 속에서 보이지 않던 것들이 보인다. 그것은 때로 기억의 한 조각이기도 하고, 꿈의 한 조각이기도 하다."(같은 쪽) 그러니까 '검은 방'은 쉽게 떠올리게 되는 것처럼 유폐의 공간이 아니다. 그보다는 칠흑 같은 어둠 사이로 스며드는 빛의 시간을 회한과 소멸의 지평 앞에서 생성하고 되새기는 견고한 고독의 방에 가깝다. 그때 빛은 어떻게 스며드는가. 정지아의 소설은 그 빛의 현존을 정확하게 묘사한다. "빛이라기에는 너무 희미해 빛과 어둠의 경계와 같은, 묽은 어둠"(254쪽)이라고. 너무 희미하고, 희박해서[2] 오히려 어둠 쪽에 있다고 해도 좋을(그래서 '묽은 어둠'이리라) 그 빛은, 조르주

---

2) 작가는 「자본주의의 적」에서 우리 시대의 '바틀비'라 할 만한 '방현남'의 웃음을 묘사하며 "희박한"이라는 표현을 쓴다. "너무 묽어져서 곧 맑은 물 같은 것으로나 변할 것 같은 그런 웃음"(128쪽)이라고.

디디-위베르만을 좇아 반딧불이의 미광, 작고 약한 빛lucciola이라고 부르고 싶은 것이기도 하다.[3] 소멸과 구원의 묵시록적 지평을 거절하고 '그럼에도 불구하고' 잔존하는 저항과 희망의 몸짓, 말과 사유의 움직임을 옹호하는 가운데 포착된 반딧불이의 이미지. 이때 잔존 Nachleben은 연대기적이고 선형적인 시간을 횡단하는 개념으로, 다른 시간을 출몰시키고 생성한다. 그 시대착오의 시간성은 잔존의 역설적 생명력을 말해준다. 빛은 어둠에 자리를 내어줄 뿐, 결코 소멸하지 않는다(혹은 반딧불이의 미광이 서치라이트의 강한 빛과 산업사회의 검은 대기에 소멸된 것처럼 보일 때도, 그것은 '우리'의 시야 너머 저편에서 살아 춤춘다). 아흔아홉의 '노모'(이제 이렇게 부르자)는 '검은 방'에 스며든 '희미한 빛' 속에서 말 그대로 다른 시간으로 건너가고, 다른 시간을 산다. 시간은 뒤섞인다("검은 방에서는 시간이 제 맘대로 흘러 죽은 자들이 살아 있고 함께 있을 수 없는 자들이 함께 있다." 276쪽). 그렇게 갓 서른의 나이로 빨치산 산사람의 수의를 짓고 있는 시간이 살아난다. 그 무렵 사상의 결기만으로 어린 처자의 사랑과 욕망을 경멸한 자신의 차가운 눈빛이 깊은 회한 속에 생생하게 되살아난다. 그러나 '검은 방'에서 일어나는 빛과 어둠의 원무는 순간의 섬광으로 타오를 뿐, 아흔아홉의 늙은 육신을 돌이킬 수 있는 것은 아니다. 빛은 언제나 현재, 지금의 시간으로부터 다시 와야 한다. 그리고 이때 우리는 작가가 '검은 방'의 주인에게 일어나는 시간의 넘나듦을 소설의 일반적인 '회상'에 기대지 않으려 한다는 점을 뚜렷이 확인하게 된다. 그것은 다시 한번, 소멸되지 않는 빛과 어둠의 리얼리즘일 뿐이다.

---

3) 조르주 디디-위베르만, 『반딧불의 잔존―이미지의 정치학』, 김홍기 옮김, 길, 2012.

리모컨 전원 버튼을 누른 듯 서른의 그녀가 순식간에 사라지고, 그녀는 아흔아홉의 노파가 된다. 그녀는 블라인드 사이로 스며드는, 빛이라기에는 너무 희미해 빛과 어둠의 경계와 같은, 묽은 어둠을 향해 굼뜨게 몸을 움직인다. 블라인드를 들추자 깊은 어둠 저편, 불 밝힌 방 하나가 등대처럼 둥실 어둠 속에 떠 있다.(「검은 방」, 254~255쪽)

스며든 '희미한 빛' '묽은 어둠'을 따라 돌연 모습을 드러내는 이 '밝은 방'은 무엇인가. '딸아이의 집', 작가의 자전적 요소를 과장되게 드러내놓은 이번 소설집의 한 작품을 따라 말한다면 늙은 아버지가 세상을 뜬 뒤 노모 혼자 있는 지리산 자락으로 낙향한 '문학박사 정지아의 집'(「문학박사 정지아의 집」)이다. 노모를 아랫집에 모시고 있는. 그 노모의 '검은 방'에서 희미한 반딧불이의 시간이 살아나는 것은, 그러니까 익숙한 어둠 속에서 눈을 감는 행위를 통해서일 수도 있지만 건너편 딸아이 집의 '밝은 방', 거기서 피어나고 스며드는 희미하고 묽은 '빛'이 좀더 결정적이라고 해야 할 테다. 갓 서른 살 수의 짓는 시간을 되살아나게 한 '검은 방' 어둠 속의 눈 감음은, '밝은 방'의 빛이 이미 혹은 사후적事後的으로 찾아든 때문이었던 것이다. 그것이 이 빛의 변증법이 현재적인 이유이기도 하다.

인용문 뒤에 이어지는 두 문장은 이렇다. "그녀의 날 선 감각을 갱엿처럼 녹인 딸아이의 집이다. 아흔아홉해의 긴 생은 딸 덕분이기도 하다."(255쪽) 이 사정을 조금 더 부연해볼 수도 있다. "사상을 잃은 뒤로 딸이 그녀의 사상이 되었고, 딸이라는 사상 앞에서는 잠시도 초연할 수 없다."(261쪽) 기실 『빨치산의 딸』(실천문학, 1990) 이래 정지아의 소설은 이 '사상'과 '딸'의 맞섬과 뒤엉킴의 이야기를 떠나본

적이 없다. 어떤 이야기의 변주와 원심적 확장도 결국 이 원점을 바탕으로 하고 있다는 점에서 그것은 가히 운명적이라 할 만한 것이었다. 「검은 방」에서 그 원점은 이윽고 한쪽의 물리적 소멸이 진행되고 예감되는 가운데 빛의 이야기로 찾아온다. 그것이 살아 있는 현재이기 때문이다. 소멸을 이기는 잔존, 죽음 이후의 역설적인 생명이 다시 일어나고 숨쉬는 원무圓舞의 시간이기 때문이다. "딸이 밝힌 불빛이 오십 미터를 건너 그녀의 눈을 자극한다. 그녀가 지금 보는 단 하나의 현재다"(260쪽)라는 진술이 더없는 사실이자 한없는 상상의 힘으로만 가능한 소설의 중요한 결절점이 되는 것은 그래서다.

 '검은 방'은 수동적으로 소멸을 기다리는 공간이 아니다. 검은 방으로 스며드는 희미한 빛을 타고 아흔아홉 해를 살아가게 하고 살아낸 힘들이 모여든다. 공허하고 동질적인 시간의 격자가 풀어지고 경험과 의미로 충만한 개별의 시간들이 자유롭게 살아난다. 블라인드 너머로 긴 머리를 양 갈래로 묶은 열일곱 딸애가 보이고, 딸의 손전등이 비춘 밤하늘에는 하얀 눈송이가 날린다. 흰 진돗개가 뒤를 따르는 열일곱 소녀의 눈밭 춤은 다시 수십 년 전 지리산 천왕봉 아래 폭설 속에 갇힌 패잔병 무리의 까맣고 하얀 밤으로 이어진다. 누군가의 선창으로 출정가를 함께 불렀던 그 폭설의 밤은 이제 "지리산에서의 가장 아름다운 밤"(259쪽)이 된다. 다시 열일곱의 딸이 제 방으로 향하고 나면, 남편과 함께 밤껍질을 벗기는 밤이 찾아온다. 딸의 대학 등록금을 마련하기 위한 밤의 노동이다. 눈송이는 갈수록 굵어지고 있다.

 남편이 나지막이 노래를 부른다. 천왕봉 아래 폭설 퍼붓던 그 밤처럼. 죽어도 좋았던 청춘의 시기를 거쳐, 이제 늙은 그들은 어쩌됐든

살아야 한다. 자신들이 세상으로 불러낸 단 한 생명을 위해.(같은 글, 260쪽)

그러나 사정은 "우리 멩까정 다 없어줬응게 원 없이 살다 오시게"(270쪽)라는 산사람들의 마지막 담대한 우정의 말로도 어쩌지 못할 만큼 일층 착잡할 수도 있었을 것이다. 가령 죽은 어머니 대신 키워낸 일곱 살 터울 여동생의 치매 걸린 노년이 보여준 참담한 모욕의 시간은 의지나 선택의 영역 밖에 있는 것이다. 그러긴 해도 여동생 스스로도 잊고 살았을 욕망의 무의식적 분출이 또한 생명의 이야기라는 것을 받아들이는 '검은 방'의 품은 이곳이 소멸의 어둠보다는 삶의 빛 쪽으로 향해 있다는 사실을 다시 한번 말해주는 듯도 하다. "죽어가는 몸뚱아리에서 꾸역꾸역 기어나와 제 존재를 증명하려는 욕망이라는 것이 생명을 이 세상으로 보냈을 터, 따져보면 욕망이 곧 생명이었다."(267쪽) 이것들은 "지긋지긋"(같은 쪽)한 대로, 젊은 날의 이념이나 살아야 할 또다른 이유가 되어준 딸의 존재만큼이나 '검은 방'이 품어야 할 시간이 아니겠는가. 그러나 '검은 방'이 들려주는 좀더 중요한 진실의 측면은 '검은 방'이 '밝은 방'에 기대어 존재하듯이(그 역도 마찬가지다. 그리고 우리는 '검은 방'에 빛의 시간을 찾아들게 하고 말과 이야기의 길을 트는 것이 '밝은 방'에 있는 딸의 시선과 상상임을 알고 있다), 살아가는 이야기는 근본적으로 '기댐'의 형식 안에 있다는 사실일지도 모른다.

코앞의 지리산에서는 시도 때도 없이 바람이 일어 칡꽃이며 밤꽃이며 온갖 내음을 실어나르고, 거기 기대 살고 죽은 모든 것들의 눈물이

며 웃음 같은 것들을 그녀의 눈앞에 펼쳐놓는다.(같은 글, 270쪽)

소설의 마지막, 죽은 남편을 따라나서고자 하는 스스로의 재촉이 블라인드 너머 딸의 방으로 이어진 질긴 힘 앞에서 슬며시 주저앉을 때 그 생의 욕망("그 마음, 치매 걸린 동생의 요분질과 다를 바 없다. 그런데도 그 마음, 거두어지지 않는다.", 277쪽)이 수긍되어야 하는 것도 살아 있는 존재들끼리의 기댐 안에서이며, 그 기댐은 '검은 방'의 빛의 원무를 통해 '죽은 자들'과도 기꺼이 함께하는 것일 테다. "그녀는 검은 방, 구십구년의 기억 속에 다시 갇힌다. 산 것인지 죽은 것인지, 기억들, 뒤엉켜 뛰논다."(같은 쪽) 이제 깊은 고독, 자발적인 갇힘 안에서 죽은 것과 산 것의 뒤엉킴은 아름다운 빛의 춤이 된다.

그런데 '검은 방'을 감싸고 있는 빛은 크게 보아 타오르는 기억의 섬광이며, 얼마만큼은 시적인 것이라고도 할 수 있다. 노모의 '검은 방'과 건너편 딸의 방은 선명한 대립 구도를 이루며 시적 광휘를 자아낸다. 거기서 '기댐'의 이야기는 빛과 어둠의 원무라는 사실과 은유의 힘 안에서 빛을 발한다. 이에 비해 「우리는 어디까지 알까」는 좀더 산문적이고 일상적인 톤으로 내려와 있지만, 사람을 살게 하는 작은 기억과 시간의 연대에 대해서라면 아주 강렬하고 잊기 힘든 이야기를 풀어낸다. 소설집 전체로 본다면 이 두 작품은 마주서 있는 듯하고, 같이 나란히 읽고 싶은 욕망을 불러일으킨다. 「우리는 어디까지 알까」의 중심인물도 「검은 방」의 그 노모와 딸로 보아도 무방할 듯하다. 소설은 딸인 '나'의 시점으로 간암 말기, 죽음을 앞두고 고향집에 내려와 있는 사촌동생 '기택'의 여름 한나절 방문기를 전한다. 기택의 아버지, 그러니까 '나'의 큰아버지는 아홉 살 때 "당신 아버

지와 동네 장정 스무 명이 국군 총에 맞아 죽는 걸, 코앞에서 지켜봤다."(65쪽) 이 악몽은 평생 큰아버지를 괴롭혔고, 술로 도망친 그이는 끝내 쉰 중반에 일찍 세상을 떠났다. 그리고 사방 시커먼 '허방'과 싸워야 했던 큰아버지의 운명이 알코올의존증에 빠진 기택의 것으로 대물림되고 있었다는 걸 뒤늦게 짐작하게 되는 장면이 소설의 후반부 클라이맥스를 이룬다.

> 눈을 못 감겄어. 눈만 감으면 있잖애. 온 시상이 시커먼디, 시커먼 것이 똑 목울 졸르는 것맹키여. 무서서 눈을 못 감겄어. 술을 마시면 나도 모리게 잠을 장게, 무서서, 잘라고 마시는 것이여.(「우리는 어디까지 알까」, 89쪽)

알코올의존증으로 인한 섬망 증상이기 쉽겠지만, 큰아버지가 말한 '사방 시커먼 허방'과 기택의 '시커먼 것'은 얼마나 같고 다를까. 누구도 알 수 없는 일이겠지만, 정지아의 소설이 '큰아버지의 허방'보다 자기도 모르게 '기택의 삶'에 거리를 두고 있었다면 그건 혹 거기 공적인 비극의 광휘가 부재한 것처럼 보여서는 아니었을까. 막노동판 노동자이면서도 "계급의식이라곤 눈곱만큼도 없는"(86쪽) '식충이' 기택의 모습이 한심해서는 아니었을까. 그러나 '나'가 안기부에 쫓겨다닐 때 정작 병든 '짝은어매'('나'의 어머니)를 챙기고 매운탕을 끓여서 기운을 북돋운 것은 기택이었다. "쌀뜸물도 못 넹겄는디 매운탕은 넘어가야? 그거 묵고 나가 살았당게. 택아, 그거이 원제끄나?"(77쪽) 이날의 방문에서도 기택은 '방앗잎'까지 매운탕 거리를 챙겨왔고, 평소라면 술을 입에도 대지 않는(비린 것, 매운 것도 즐기지 않는) 어머

니가 기택이 권하는 소주 한 잔에 그가 끓인 매운탕 한 그릇을 깨끗하게 비운 터였다. 기택을 위해 몰래 숨겨둔 소주 한 병을 내놓기까지 했다. 그러니까 '운동'을 하고, '빨치산의 딸'이라는 운명을 소설로 쓰며 그 대단한 한국 현대사와 마주하고 있는 동안, '나'가 놓치고 있었고 모르고 있었던 것은 '매운탕' 한 그릇과 '방앗잎'의 이야기였던 셈이다. 복수가 차오른 몸으로 허청이며 여름 한낮의 환한 빛 속으로 사라지던 기택이 몸을 돌려 "누나" 하고 부른다. "짝은어매헌티 쫌 전해주소. 짝은어매 땜시 이때꺼정 나가 살았네."(90쪽)

'빨치산의 딸'이 '젊은 날의 운동'과 '문학' 등등으로 이어지는 운명의 사적 형식이자 역사의 진행 방향에 부합하는 공적이고 보편적인 진실에의 참여라고 믿어온 데 정지아 소설의 한 축이 있다면, 그것은 기실 기택과 '짝은어매' 사이에서 일어나고 있었던 것과 같은, 얼핏 아무렇지도 않은 '기댐'의 시간들을 통해서 가능했으리라는 뒤늦은 깨달음의 순간이 여기에는 있다(기택을 통해 환기되는 어린 시절의 기억에서 '나'는 기택이 외면한 '큰어매' 젖의 최대 수혜자였으며, 기택이 개울에서 잡아온 물고기들로 끓인 매운탕은 먹을 것 없던 시절의 중요한 단백질 공급원이었다). '사방 시커먼 허방'은 반드시 비극적이고 숭고한 의장을 필요로 하는 것은 아니리라. 혹은 대개는 아이러니한 방식이긴 해도 소설이 도달하는 앎은 얼마나 제한적인가.

택이, 틀린 성 싶으다. 어쩌끄나, 불쌍해서.
다 지가 자초한 거야. 그러게 병원을 왜 안 가? 바보야? 저 지경이면 독하게 마음먹고 술도 딱 끊어야지. 술 하나를 맘대로 못해? 그게 사람이야?

아야, 야멸차게 굴지 마라. 사는 거이 다 맘대로 된다디야? 니는 살 아봉게 다 니 맘대로 되디야? 그랬으면 니는 이혼을 왜 했냐? 촌구석 으로 왜 기어들어왔냐? (같은 글, 83쪽)

노모의 반문에 답하지 못하는 것은 소설 속 인물 '문학박사 정지 아'이지만, 사실은 '정지아의 소설'이다. 정작은 정지아의 소설 전체 가 '무지'와 '허방'으로 둘러싸여 있었던 것인지도 모른다. 생각해보 면, "또 썼더라." "뭘 그렇게 써대." "정 쓰고 싶으면 혼자 써. 쓰고 버려"(「자본주의의 적」, 149쪽)라는 '무욕의 인간' 방현남[4]의 무심한 말이야말로 사태의 정곡을 찌르고 있지 않았는가.

그런데 서두의 반딧불이의 비유를 한번 더 가져온다면, '앎' 역시 '허방'으로 차단되고 종결되는 것이 아니라 하나의 '허방' 너머에서 다시 개시되고 진전된다고 보아야 한다. 죽음으로 걸어가고 있는 기 택의 삶이 허방의 어둠에 둘러싸여 있고, 정지아 소설의 무지가 그 사 태에 한없이 무력할 때 세상의 무심함은 하나의 빛을 만들어 보여줄 수도 있다. '허방' 너머에서 아무렇지도 않게 시작되고 있는 빛의 풍 경. 그러니까 다음 장면은 기적도 은유도 아니다. 반딧불이가 살아가 는 한갓 세상의 풍경일 뿐이다. 그 속에 정지아 소설이 있고, 정지아

---

4) '나'는 국민교육헌장을 외우지 못하는 기택을 하굣길에서도 닦달하지만 기택은 이 내 길 옆 개울의 참게나 고동에 정신이 팔려버린다. 이 무구한 해찰을 비롯해서 소설 에 그려져 있는 기택의 모습은 이상하게도 '하고 싶은 것도 없고' '되고 싶은 것도 없 는' 무욕의 인간 방현남을 떠올리게 하는 대목이 있다. '방현남'의 그림자는 혼자 있는 삶에 본능적으로 끌리는 「소멸」(『봄빛』, 창비, 2008)의 여성 인물이나 「그리스 광장」 (『행복』, 창비, 2004)의 '야쿠르트 아줌마' 삽화 등에서 확인할 수 있는데, 정지아 소 설을 은밀히 추동해온 숨은 지향의 하나인 듯하다.

소설은 여기서 다시 일어서고 있을 것이다.

> 빛 속에 선 택이는 실루엣으로밖에 보이지 않았다. 방금 전에 본, 반쪼가리 된 택이의 얼굴이 잘 기억나지 않았다. 빛 속으로 허청허청 걸어가는 택이가 점점 작아져 아이가 되고 한점의 빛이 되었다.(같은 글, 90쪽)

여기에 정지아 소설을 이루는 또하나의 오래된 풍경 '팽나무'(당장 떠오르는 것으로는 『봄빛』에 실린 「못」의 '마을 입구 팽나무 정자'가 있다)가 어느 땐가 번개를 맞아 반으로 쪼개진 상태에서도 아직 사람 몇은 충분히 쉴 만한 그늘을 드리우고 있는 것이 어찌 우연이랴. 그 그늘 아래 앉아 집으로 돌아가는 택시를 기다리는 '나'의 모습은 세상의 허방, 그 자신의 무지와 싸워온 정지아 소설의 현재라 해도 무방하리라.

3

정지아 소설 전반에서 '기댐'의 이야기, 잘 드러나지 않은 대로 누군가가 누군가의 살아가는 이유, 버티는 힘이 되는 일이(그러나 여기에는 이상한 '비대칭'이 있으며, 공평한 주고받기로 이루어지는 것은 아니다) 삶의 뒤늦은 진실로 포착되는 상황이 그다지 특별하다고 말할 수 없을지도 모른다. "근디 지금 생각해봉께 아부지가 나를 이만치나 살게 만들었어야"(「봄빛」, 『봄빛』, 46쪽)와 같은 직접적인 진술이 아니더라도, 지금까지 가족사의 원형을 변주한 여러 정지아 소설에서 겉으로 드러나는 갈등과는 달리 인물들은 서로를 밀치면서 기대

어 붙잡고 있었으며 이 유대는 또한 그이들이 겪어온 역사적·존재적 고통의 환기와 맞물리는 방식으로 소설의 밀도를 높여왔다고 할 수 있다. 그런데 그 반복되고 변주되는 이야기들이 언제나 다시 발견되고 다시 기억되어야 한다고 한다면(망각은 인간의 일이기도 하지만, 소설의 운명이기도 할 것이다), 「우리는 어디까지 알까」가 좀더 특별하게 읽히는 지점은 무엇보다 소설의 화자와 함께 우리가 마주하고 있는 것이 '죽음'이라는 사실에서 온다. 기택은 지금 죽어가고 있으며, '나'의 오만은 이 죽음 앞에서 무너진다. 그러나 기택의 여름 한나절 방문이 죽음의 '권위'에 둘러싸여 있다는 것을 정확히 알아차리는 것은 '나'의 어머니, '짝은어매'다. '짝은어매'는 복수가 차오른 기택의 몸을 보고도 술을 내준다. '나'는 여기에서도 실패한다("그거 한뱅 더 묵는다고 살 놈이 죽었냐. 죽을 놈이 살았냐?/너그러워 그런 건지 독해 그런 건지, 나는 어머니의 마음이 헤아려지지 않았다." 70쪽).[5] 이 권위는 말로 표현할 수 없는 삶의 의미를 중심으로 형성되는 것이며, 그것의 파악은 '어머니-짝은어매'가 보여주는 것과 같은 온몸의 지혜와 직관으로 이루어지는 것일 테다. 그런데 「검은 방」과 함께 「우리는 어디까지 알까」에서도 (좀더 직접적으로는) 죽음 앞에 다가서 있는 그 '노모'의 시간에 의해서 지난 삶의 빛이 되살아나는 사태가 일시적이고 우연적인 것이 아니라면 정지아 소설이 근본적으로 기대고 있는 '생生'이라는 형식은 다시 한번 문제적인 국면으로 진입하고 있다고 볼 수도 있다. 우리는 이번 소설집에서 이 두 편의 소설과 함께 「자본주의의 적」과 「문학박사 정지아의 집」에서 사실과 허구의 경계

---

5) 물론 우리는 '나'의 실패가 소설 전체로는 아이러니가 되면서 뒤늦은 앎을 추동하게 되는 것을 소설의 결말에서 지켜보게 된다.

에 무심한 듯한(물론 의도적인 과장과 변용을 포함해서) 자전적 이야기의 개방적 형식과 만나게 되거니와, 이 어름이 또다른 정지아˚소설의 시작을 알리는 출발점이 되리라는 기대를 품게 된다. 정지아 소설은 언제든 살아온 만큼, 그리고 살아내는 만큼이 아니었던가. 그 새로운 이야기들에서 생생한 남도의 입말로 환하게 밝아오던 '검은 방'의 지혜와 조언은 어떻게 이어질 것인가. "조언이란 결국 어떤 의문에 대한 대답이라기보다는 오히려 지금 막 펼쳐지려는 어떤 얘기의 연속과 관계되는 하나의 제안"[6]이라고 할 때, 조언을 받아들이는 것은 결국 이야기를 이어가고 계속 펼쳐내는 일이 될 테다. 저기 한 점 빛으로 허청허청 걸어가는 기택이 있고, "알아서 살 건데……"(142쪽)라고 조용히 거절하는 현남이 있다. 오랜만의 큼직한 신문 기사에 마음이 더워져오는 '문학박사 정지아'도 있다. 그러니까 여기가 또다른 시작이다.

(2021)

---

6) 발터 벤야민, 『발터 벤야민의 문예이론』, 반성완 편역, 민음사, 1983, 169쪽.

울음, 그리고 나와 너에게로 가는 길
─김이정의 『네 눈물을 믿지 마』

1

1994년에 시작된 작가의 이력이 이십칠 년째를 맞고 있다. 그간 김이정은 두 권의 소설집과 세 권의 장편소설을 상재했다. 김이정이 소설가로 출발한 지난 1990년대 중반이 한국문학의 작가 탄생이나 작품 생산에서 유례없는 폭발을 보여준 하나의 변곡점이었고, 이후 많은 작가의 이름들이 변덕스럽기까지 한 부상浮上과 망각의 너울 아래 휩싸였던 점을 감안하면, 과작의 느릿하지만 조용하고 꾸준한 작품 행보가 새삼 두드러져 보인다. 그런 가운데 2015년에 출간된 장편소설 『유령의 시간』(실천문학)은 분단과 이산의 한국 현대사에 휘말린 무력한 개인과 가족사의 상처를 긴 시간의 저편에서 길어올리고 현재화하는 묵직한 소설적 성취를 보여주면서 소설가 김이정의 이름을 새롭고도 강하게 각인시켰다. 이 작품은 대산문학상 수상으로 이어진 평단의 상찬과는 별개로, 조금은 개인적이고 실존적인 고독과 상실의 이야기로 좁혀져가는 듯 보였던 김이정 소설의 뿌리에 존재

하는 더 넓고 깊은 시간과 이야기의 지평을 확인하는 계기가 되어주었다.

소설집으로는 세번째에 해당하는 이번의 『네 눈물을 믿지 마』[1]와 앞선 소설집 『그 남자의 방』(자음과모음, 2010) 사이에는 십 년의 세월이 있다. 그런데 『그 남자의 방』에 수록된 「검은 강」과 「장마」, 그리고 이번 소설집의 「프리페이드 라이프」「믿지 마, 네 눈물은 누군가의 투신일지도 몰라」「압생트를 좋아하는 여자」 등에서 반복적으로 변주되며 나오는 '파산'의 모티브는 '작가의 말'과 같은 곁텍스트의 발언들을 참조할 때 작가의 실제 시련이었던 것으로 보이며, 『유령의 시간』이나 이번 소설집의 작품들이 쓰였던 상황의 어떠함을 짐작게 한다. 십 년의 시간은 작가 김이정보다는, 한 사람의 생활인으로서 김이정에게 닥쳐온 헤어나기 힘든 늪이 아니었나 싶다. 그런 만큼 다음과 같은 허구의 세목에 새겨진 사실성의 편린, 소설 외부의 현실을 떠나 이번 작품집을 중립적인 진공의 텍스트로 읽는 일은 가능하지도, 온당하지도 않은 일인 듯하다.

소설을 쓰는 게 사치스럽게 느껴졌다./그러나 목뼈와 허리가 내려앉고 팔과 손에는 통증이 가시지 않았지만 빚은 좀처럼 줄어들지 않았다. 엄마와 아이와의 생활비를 버는 것만으로도 벅찼다. (……) 팔순 노모는 백화점 화장실에서 휴지를 잔뜩 뜯어서 가방에 넣어 오고, 아들은 식당 주방에서 설거지로 손이 퉁퉁 불어서 돌아왔다. 연체고지서가 쌓여가고 얼굴은 점점 굳어졌다./그날 082번 버스의 룸미러에

---

1) 김이정, 『네 눈물을 믿지 마』, 강, 2021. 이하 인용은 작품명과 쪽수만 밝힌다.

비친 내 얼굴은 피로와 지친 기색만 역력할 뿐 자부심이라곤 그 어디서도 찾아볼 수 없었다. 낭떠러지를 건너는 자의 긴장감조차 보이지 않았다. 살아 있는 사람의 얼굴이라기엔 어떤 욕망도 남아 있지 않았다.(「프리페이드 라이프」, 31쪽)

이럴 때 사실의 진정성authenticity은 소설의 수사학과 문법을 '사치스럽게' 만드는 것 같기도 하다. 그러나 동시에 소설의 문법과 수사학을 통해 변용되어 우리에게 도착한 '작품'에는 그 실제 현실을 넘어서고 다르게 비추는(때로는 현실을 새롭게 구성하는) 제3의 차원이 열리게 마련이며, 여기에 '사치'를 모르는 소설의 존재 의의가 있다는 점은 당연하면서도 새삼 강조될 필요가 있을지도 모른다.

「프리페이드 라이프」에서 밥벌이 글쓰기 노동의 장소로 매일 도서관에 '출근'하던 소설 화자 '나'는 버스의 룸미러에서 '데드마스크' 같은 자신의 얼굴과 마주친 뒤 충동적으로 인도 여행을 감행한다. '나'가 콜카타 공항에 내리자마자 구입한 '프리페이드prepaid 택시 바우처'는 일종의 선불 택시 요금 제도로, 저렴하고 바가지를 쓸 위험이 없다는 이유로 인도 여행 커뮤니티에서 추천받은 것이었다. 그런데 범상한 여행의 세목에 그쳤을 수도 있는 '프리페이드 택시 바우처'의 삽화는 이야기가 진행되면서 소설의 주제적 선율을 형성하며 마침내는 좋은 소설만이 줄 수 있는 울림의 순간에 이른다. 그 울림에는 소설의 인물을 둘러싸고 있는 구체적이고 실존적인 한기寒氣로부터 우리에게 건너오는 "꽃불"(33쪽)의 온기가 있다. 바라나시의 강변에서 매일 이루어지는 시신의 장례 의식을 지켜보던 화자는 여행의 마지막날 화장장 '버닝 가트'의 남은 숯을 줍거나 '꽃불'을 팔아 가난한 집

안의 생계를 돕는 불가촉천민 아이 앞에서 중얼거리듯 한국말로 자문한다. "아무래도 내 생은 미리 받은 선물을 다 써버렸나 봐. 프리페이드 택시처럼 나를 아주 낯선 곳에 내려놓고 가버렸어."(34쪽) 작가는 우리 독자 역시도 소설의 처음에는 예상 못했던 아주 낯선 곳에 내려놓는다.

우리가 인생에서 미리 받아안고 출발하는 것은 무엇일까. 그것을 '운명'이라 불러볼 수도 있겠고, '삶의 가능성'이라고 말해볼 수도 있을 테다. 아니면 그것은 우리를 영원히 안온하게 감싸는 '고향'일 수도 있다. 그러나 여기서 잠시 소설을 '선험적 고향 상실의 형식'이라고 부른 한 문예이론가의 통찰에 기댄다면, 우리가 미리 받았다고 생각한 '그것'은 단 한 번도 우리에게 속한 적이 없는 것일 수도 있다. 고대 서사시의 조화로운 지평에서 떨어져나오면서 소설이 앓게 된 '멜랑콜리'는 사실은 '가져본 적 없는 것'의 '선험적 상실'에서 비롯된 것일 수도 있다.[2] 그렇다면 '다 써버린 선불 인생'의 탄식은 어쩌면 소설의 내적 형식에서 울려 나오는 '멜랑콜리'의 이야기일 수 있으며, 「프리페이드 라이프」에서 전격적으로 감행된 여행의 여로는 '길은 시작되었는데 여행은 끝났다'는 소설의 근원적 아이러니를 향한 출발일 수 있다. 그것이 시간의 파괴적인 힘에 맞서 소설이 실패의

---

2) 게오르그 루카치, 『루카치 소설의 이론』, 반성완 옮김, 심설당, 1985. 사실, 구체적 대상이나 경험과 무관한 '선험적' 차원의 '상실'은, 별다른 이론적 논의의 도움 없이도 우리 인간이 받아안고 있는 근원적 우수나 해소되지 않는 본원적 결핍의 자리에서 직관적으로 이해 가능한 것이기도 하다. 그리고 그와 같은 '멜랑콜리'가 인간의 단절과 소외를 가속화한 근대 세계, 근대인의 일상에서 더 강퍅한 형태로 드러나고 있다는 데도 쉽게 동의할 수 있으리라. 루카치는 소설을 '신이 사라진 시대의 서사시' '부르주아 시대의 서사시'라 부르며, 그것의 내적 형식을 근대의 역사철학적 조건과 관련해서 집중적으로 논의한다.

순간들, 인생이 거절한 것들의 목록을 창조적 기억의 힘으로 변형시키고 이해하는 방식이라고 한다면, 막막한 길 떠남의 이야기로 가득 찬 김이정의 이번 소설집은 그 자체로 '소설'을 향한 여로라고 해도 무방할 듯하다. 그리고 그 여로의 끝에는 대개 소설의 역설적 충만을 증거하는 풍경들이 고독과 절제의 언어로 조용하게 남겨진다. 삶이 거절한 또다른 시작을 예비하는 듯이. 「프리페이드 라이프」는 이렇게 끝나고 있다.

> 꽃불 두 개가 검은 강 위로 나란히 흔들리며 떠가고 있었다. 어느새 여기저기 모여든 배에서 떠내려 보낸 꽃불로 강물은 붉은 꽃밭 같았다. 오른편 가트에선 여전히 화장장의 장작불이 축제의 불꽃처럼 타오르고 있었고, 왼편에선 뿌자를 위한 노란 조명들이 강물 위로 쏟아져 내렸다. 바라나시의 마지막 밤이었다.(같은 글, 37쪽)

2

'길 떠남의 이야기'라고 했거니와, 김이정의 이번 소설집은 어느 날 갑자기 집을 떠나 인도 바라나시(「프리페이드 라이프」), 포르투갈 리스본(「죄 없는 사람들의 도시」), 스페인 게르니카(「노 파사란」), 남인도 벵갈루루(「붉은 길」), 영국 다트무어와 런던 교외(「압생트를 좋아하는 여자」) 등지를 헤매는 인물들의 이야기로 되어 있다(베트남전 한국군의 양민 학살을 다룬 「하미 연꽃」과 「퐁니」, 경제적 파산으로 인해 가족으로부터도 고립되는 인물의 내면을 그린 「믿지 마, 네 눈물은 누군가의 투신일지도 몰라」만이 조금은 '예외적'인 구도를 가지고 있다). 그 막막한 여로에서 인물들은 거듭 묻는다. '나는 왜 여기 있는가' '나는 무

얼 찾아 이곳으로 왔는가 '도대체 왜?' 그들은 간절히 묻고 있지만, 대답은 주어지지 않는다. 그러나 이것은 김이정 소설 인물들의 특별한 곤경이기도 하지만, 소설이란 장르가 오랫동안 부딪쳐온 문제이기도 하다. 찾기 위해 길을 떠나지만 찾아지지 않는다는 것이야말로 소설이 거듭해서 돌아오는 이야기의 재료이자 형식이기 때문이다. 소설이 살아가야 하는 세상에서 (찾아야 할) 본질적인 것은 시들거나 타락할 수밖에 없는데, 여기서 시간은 모든 것을 파괴하는 무자비한 힘으로 군림한다. 패배가 예정된 길이지만, 그러나 여기에 소설의 영광이 없는 것은 아니다. 김이정 소설이 하나하나 그 패배의 목록을 기억하고 묘사하며 질문을 만들어나갈 때, 그것은 의식과 기억의 힘으로 시간의 힘(구체적으로는 생로병사, 불운과 불공평, 사랑의 굴절과 시듦, 역사의 폭력, 경제적 시련 등등으로 나타나겠지만)에 맞선 투쟁을 포기하지 않았다는 증거이며, 그때 삶은 사후적事後的이고 일시적일지라도 의미로 충만했던 시간을 섬광처럼 내보여줄 수 있다. 그때 그 의미의 충만이 말로 표현할 수 없는 형태로 도착한다는 것이야말로 소설의 아이러니이자 김이정을 거듭 소설쓰기로 불러들이는 원천이 아닐까. 끊임없이 갱신되는 현재의 이야기를 통해서 말이다. 김이정의 '여로형 소설'은 이 점에서 전범적이라 할 만한데, 우리를 좀더 데우고 공명시키는 것은 거기에 김이정 스스로가 거듭 불러내는 어떤 '운명'의 모습이 완강하게 자리잡고 있다는 점일지도 모른다. 그것은 집요하다 싶을 정도로 되풀이되고 변주되는 원점의 풍경으로 나타나는데, 소설의 본질적이고 내적인 형식에 충실한 가운데 김이정 소설이 보여주는 고유한 테마와 스타일의 힘이 이 어름에 있을 법하다. 이와 관련해서는 마침 작가 스스로 작품 속에 하나의 강렬한 이미지를 인

유해놓고 있기도 하다.

> 술잔 하나를 앞에 놓고 술집 테이블에 앉아 있는 여자는 한 손으로는 턱을 괴고 다른 쪽 긴 팔과 큰 손으로 자신의 반대편 어깨를 감싸 안고 있었다. 에르미타주의 벽을 꽉 채운 그림들 중에서 그 그림이 유독 눈에 들어와 사 온 복제화를 오랫동안 책상 앞에 붙여놓고 지냈다.(「압생트를 좋아하는 여자」, 213쪽)

피카소의 그림 〈압생트 마시는 사람〉(1901) 이야기다. 소설의 여성 화자 '나'가 암 수술을 앞두고 도망치듯 감행한 영국 여행에서 런던 교외에 살고 있는 친구 '수진'의 집에서도 발견하게 되는 이 그림은 기이하고 과장되게 그려진 긴 팔과 큰 손 때문에도 여인의 막막한 고독을 강렬하게 표현한다. 그런데 잔뜩 웅크린 채 스스로의 한기와 외로움을 감싸고 있는 듯한 그 기이한 두 팔과 손은(한쪽 손은 턱을 괴며 얼굴을 크게 감싸고 있다) 김이정 소설의 맥락에서라면 한 사람의 몸에 있되 또다른 타자의 존재에 속하는 것처럼 느껴진다고 말하고 싶어진다. 그러니까 자기 안에서 찾고 만나야만 하는 타자의 형상. 혹은 한 존재에서 자라 나온 쌍생아적 두 얼굴 말이다. '나'는 비교적 안정된 생활의 궤도 위에 있다가 이혼과 병마의 급습으로 무너지기 시작한 것으로 되어 있고, 삶에 대한 수진의 치열성에 얼마간의 부채 의식을 가지고도 있었다고 고백하지만, '영어' 하나를 붙잡고("생각해보니 내게 외국어란 늘 비루한 현재를 견디게 해주는 당의정 같은 거였어." 219쪽) 낯선 이국으로 떠나 황무지의 삶을 독하게 견디고 있는 수진은 곧 '나'의 쌍생아가 아니었던가. 그렇지 않았다면 수진

의 좁은 집, 책꽂이로 가려진 작은 틈새에서 '나'가 손바닥만한 그을음을 발견하는 일은 가능하지도 않았을 것이다.

> 아니 왜 난 그토록 인색하게 살았을까, 문득 그 생각이 드니 갑자기 견딜 수 없이 내 자신이 미웠어. 아니 기를 쓰고 도망쳐온 곳에서 이 꼴로 살고 있는 자신을 더 견딜 수 없었는지도 몰라. 그때 그랬어, 갑자기 벽에 걸린 옷에 라이터를 켰어.(같은 글, 224쪽)

수진이 지른 그 불은 그러니까, '나'가 스스로의 삶을 향해 던지고 싶었던 자기 항변의 몸짓이기도 했으리라. 기실 이번 소설집 전체에서 울려 나오는 가장 큰 물음 하나를 꼽으면 '왜?'일 텐데, 대지진 때 신에게 감사의 기도를 드리기 위해 켜놓은 촛불이 대재앙의 화마로 변해 리스본 사람들을 집어삼킬 때 터져나온 절규가 바로 그것이었다. "왜 지은 죄 없는 내게 이런 가혹한 벌을 내리는가. (……) 도대체 왜?"(「죄 없는 사람들의 도시」, 105쪽) 그 물음은 또한 어느 날 갑자기 악마로 돌변한 한국군의 총탄에 무참히 죽어가던 베트남의 아이들과 여인들의 것이기도 했다.(「하미 연꽃」「퐁니」) 그 절규는 또한 평생 결벽증적일 정도로 욕망을 절제하고 경건하게 살아온 어머니의 느닷없는 죽음 앞에서 소설 화자 '나'가 내지른 신에 대한 참을 수 없는 분노의 항변이기도 했다.(「죄 없는 사람들의 도시」) 말하자면 "공정함이야말로 어디서도 존재한 적이 없는 환상"(「죄 없는 사람들의 도시」, 89쪽)이었고, "사는 게 공평한 수학"과는 무관하다는(「압생트를 좋아하는 여자」, 224쪽) 사실의 확인이야말로 '나'와 '수진'이 끝없이 맞닥뜨린 '황무지'의 풍경이고, 세상의 가혹한 진실이었던 셈이다.

리스본에서 '나'가 집요하게 붕괴의 흔적들을 찾아 헤매고(「죄 없는 사람들의 도시」), 다트무어에서 또다른 '나'가 황무지를 떠돌며(「압생트를 좋아하는 여자」), 게르니카에서 또 한 명의 '나'가 스물네 대의 폭격기가 작은 마을의 평화를 급습한 잔혹한 역사의 기억을 더듬고(「노 파사란」), 남인도에서 또다른 '나'가 붉은 흙길의 초원에서 길을 잃고 헤매는(「붉은 길」) 사태가 벌어지는 것은 정확히 이 대답 없는 질문 때문이었으리라. 「압생트를 좋아하는 여자」는 이 질문을 마주하며 감싸는 김이정 소설의 종결의 풍경과 관련해서도 계시적이다.

[나는—인용자] 멀쩡한 데 하나 없이 온몸에 실금이 잔뜩 나 있는 기분이었다. 그녀 역시 마찬가지였다. 온몸을 그을린 채 세상의 끝에 서 있는 여자. 나는 이제야 그녀를 찾아온 이유를 알 것도 같았다.(같은 글, 225쪽)

소설은 여기서 끝나고 있거니와, '나'와 수진은 '온몸을 그을린 채 세상의 끝에 서 있는 여자'라는 모습으로 하나가 된다. 이때 그을리고 실금이 잔뜩 나 있는 몸이란 무엇인가. 그것은 이 소설에서라면 "꽃은커녕 한 뼘 이상 되는 나무조차 보이지 않는 매끈한 구릉에 바위와 키 작은 관목만 따개비처럼 붙어 있"(215쪽)는 다트무어의 황무지에 대응되는 것이자 서민들 주거지인 수진의 집 중정中庭의 남루한 모습에 방불하다고 해야 할 테다. 말하자면 세상의 풍경 그 자체이거나 일부이다. 혹은 소설집의 다른 소설로 눈을 돌리면, 시신을 태운 장작더미에서 숯을 주워 가난한 생계를 이어가는 바라나시의 삶의 풍경이며(「프리페이드 라이프」), 대지진의 기억을 잊지 않기 위해

폐허의 성당을 보존하거나 광장 바닥을 물결무늬로 새겨놓고 살아가는 리스본 사람들의 삶의 풍경이며(「죄 없는 사람들의 도시」), 폭탄이 쏟아졌던 광장의 기억을 품고도 같은 자리에서 장터를 열어 다시 생활을 일구고 있는 게르니카 사람들의 삶의 풍경이며(「노 파사란」), 참혹한 학살의 자리에 세워진 가해자들의 위령비에 '핏빛 연꽃'을 그려 넣어야만 살아갈 수 있는 베트남 하미 마을 사람들의 삶의 풍경일(「하미 연꽃」) 것이다. 그러니까 '그을림'과 '실금'은 '나'만의 것일 수도 없고, '수진'만의 것일 수도 없다. 급성백혈병으로 다리가 '불에 그을린 각목'처럼 변해버린 '그녀'만의 것일 수도 없다.(「죄 없는 자들의 도시」) 그러나 그 풍경의 연대連帶는 그냥 도착하거나 쉽게 발견되지 않는다. '나'와 '너', 그리고 풍경의 이어짐은 소설의 종결에서 겨우 희미하게 '암시'될 뿐이다.

'너'에게로 가는 '나'의 여로가 김이정 소설에서 '나' 안의 타자를 찾는 일이 되는 이유가 여기에 있는 듯하다. 동시에 대개의 소설이 '나-너/그녀'의 분신 모티브를 운명적으로 품고 있는 이유도 이에 말미암지 않았을까. 리스본 대지진이라는 자연 재난의 진행 과정과 '그녀'(어머니)의 병듦과 죽음을 나란히 놓고 있는 「죄 없는 자들의 도시」에서 소설 화자의 항변이 '도대체 왜?'라는 형태로 잔혹하고 무심한 신을 향하는 것은 일견 자연스럽다. 그러나 그 신의 자리가 원래부터 비어 있는 것이라고 한다면, 그 질문과 항변이 최종적으로 향하는 곳은 '나' 자신일 수밖에 없다. 김이정 소설이 세상의 불합리와 폭력을 외면하지는 않되 이야기의 중심을 끊임없이 '나' 안에서 찾고 있는 구도로 돌아가는 것도 그래서일 테다. 그리고 그때 김이정 소설에서는 패배하는 듯 보이고 수동적이며 물러서 있는 듯 보이지만 내

성(內省)의 경건함 안에서 고독을 견뎌온 인물들의 시간이 뒤늦게, 조용히 부상한다. 아마도 「죄 없는 자들의 도시」에서 묵묵히 죽음의 길을 받아들이는 '그녀'는 그 대표적 존재일 것이다. 결혼생활 칠 년 만에 불쑥 찾아든 남편의 외도(첫사랑과의 만남)와 떠남에 대해서도 '그녀'는 "운명이 어긋났을 뿐"(86쪽)이라며 일절 원망을 드러내지 않는다. 아들의 대학 진학 뒤 혼자 지내던 '그녀'가 급성백혈병 진단을 받은 뒤 보여준 결벽증적 행동에는 삶의 자기 책임 혹은 자신의 운명에 대한 무서울 정도의 기율이 있다. 주변 누구에게도 알리지 않고 혼자 입원한 병원에서 유일하게 곁에 두고자 한 '돋보기안경, 성경, 묵주'의 세 가지 필수품은 그 기율의 어떠함을 상징적으로 보여준다. '그녀'는 항암과 골수이식 등 마지막 치료에 열심히 임하는데, "무언가를 뜨겁게 사랑해본 적이 없어. 이 치료가 내 삶에 대한 뜨거움이라면 마지막으로 한번 해보고 싶"(98쪽)다고 말한다. 그런데 그렇게 마지막 뜨거움의 열망이 남아 있었던 것처럼, 이 무욕과 체념, 수동의 인간이 잘 보이지 않는 쪽으로 등을 대고 있었던 것이 불합리하고 폭력적인 세상에 대한 강렬한 부정이었다는 사실을 놓치지 않아야 하리라. 병원에서 온갖 약에 의존할 수밖에 없게 되면서 자조하듯 내뱉은 말이기는 하지만, 그녀는 자신의 비밀을 누설한다. "뭐든 지독하게 싫어하지 마라. 그러면 꼭 이렇게 한꺼번에 복수하듯이 되돌아오는 모양이야."(93쪽) 육식을 거부하고 자가 치료를 실천해온 정결한 삶의 방식은 생명 있는 것에 대한 연민으로부터 비롯된 것인 동시에 '그렇지 못한' 세상에 대한 강렬한 부정의 몸짓이기도 했던 것이다. 자신의 안으로 파고들어 세상과의 전선에서 물러선 듯 보이는 인물들에게서 뜨거움과 부정의 계기를 발견하는 순간, 우리는 김이정 소설의 또다

른 얼굴과 마주하게 되거니와 그 발견을 위해서도 그 인물들 자신이
며 타자인 김이정 소설의 짝패들, 분신들의 '왜?'라는 여로는 불가피
했다고 할 수도 있을 것이다.

3

　재난이든 폭력이든 세상의 부조리든 한 개인에게는 언제나 전면
적인 것이다. 게르니카의 대학살 때 열한 명의 가족 중 홀로 살아남
은 아이는 치매를 앓고 있는 노년의 시간에도 여전히 그날의 공포를
끔찍한 환청으로 되살고 있다. 「노 파사란」에서 소설 화자 '나'가 묵
게 된 호스텔의 여주인 '레이레'의 어머니 이야기다(믿고 따랐던 한
국군에게 몰살당하는 베트남 아녀자들의 차마 따라 읽기 힘든 이야기가
「하미 연꽃」과 「퐁니」에도 나온다). '나'는 레이레의 슬픈 이야기를 들
은 뒤 보름달이 뜬 게르니카의 광장에서 그날 이 작은 마을로 날아왔
던 스물네 대의 폭격기 소리를 환청으로 듣는다. 그런데 그 환청은 돌
연 남편의 전화 속 비명으로 바뀐다. "나, 무서워."(191쪽) 그가 울먹
이며 남긴 마지막 말이었다. 그날 밤 남편은 파산으로 혼자 숨어 살던
고시원을 나서다 쓰러지고 끝내 깨어나지 못했다. '나'를 만나기 위
한 길이었다.

　함께 있었다면 막을 수 있지 않았을까. 그가 떠난 후부터 나를 짓
　누른 물음이었다. 적어도 그의 곁에 있었다면. 결국 폭탄과 총알이
　쏟아질 걸 알면서도 노 파사란, 두려움의 노래라도 함께 불렀더라
　면……(「노 파사란」, 192쪽)

1937년 스페인 게르니카의 한 소녀의 절규와 바뀐 세기의 한국 서울의 어느 고시원에서 터져나온 한 사내의 비명은 어떻게 공명하고 만나는 것일까. 리스본 테주 강변의 절망은? 베트남 하미 마을의 비명은? 김이정 소설은 인간 고통의 사회적 역사적 지평을 성실하게 기억하면서도 어쩌면 그 무력감에서라면 언제든 개인을 압도하고 좌절시키는 이름 붙이기 힘든 고통의 범속한 자리들도 함께 일깨우려 한다. 그래서는 있을 수 있는 고통의 위계를 제거하고 울음이라는 공통의 기반을 마련하려 한다. 과장 없는 서사, 단정하고 담백한 문체, 절제와 여백의 시적 울림은 김이정의 소설에 드문 기품을 부여하며, 때로는 터져나오고 때로는 터져나오기 직전에 끝나는 그 울음의 이야기들 안에서 나와 너에게로 가는 길을 조용히 찾아보게 만든다.

가느다란 흐느낌으로 시작된 울음이 거세졌다. 그를 보낸 지 1년이 지났지만 한 번도 제대로 울지 못했던 울음이었다. 어디에선가 솟구친 울음이 종일 걸었던 골목골목으로 번져나갔다. 여자가 옆에 나란히 앉아 나를 안았다. 레이레의 커다란 두 손이 내 등을 쓸어내렸다.
너는 울 곳이 필요했구나.
갈퀴 같은 그녀의 손가락들이 내 등의 뼈 하나하나를 쓰다듬었다.(같은 글, 192~193쪽)

이 울음들을 신뢰하지 않기는 힘들다. 혼자만의 것으로 알고 있던 고통의 특권과 울타리가 무너져내리는 순간이기 때문이다.

(2021)

역사로부터의 소외와 맞서는 문학의 자리
―이혜경의 『기억의 습지』

　반갑고 설렌다. 소설가 이혜경의 문장으로 우리 시대의 된 숨결을 느낄 수 있다는 게. 이혜경의 소설에는 균열과 심연을 포함하는 인간 진실의 언어화에 바쳐지는 겸허한 노동이 있다. 그의 소설 언어는 드러난 세계만큼이나 보이지 않고 들리지 않는 세계에 정성을 쏟는다. 어쩌면 침묵과 여백의 공지에 그의 소설이 가닿고자 하는 최종의 무언가가 있는지도 모른다. 나는 예전에 "이혜경 소설은 침묵의 행간으로 씌어진다. 목숨에 대한 연민과 말에 대한 절망이 서로 싸우면서 이혜경은 한 단어 한 단어 마음의 무늬를 잣는다. 그래서는 침묵으로 간다"(이혜경, 『꽃그늘 아래』, 창비, 2002, 해설)고 적어보기도 했다. 물론 그럴 때 '침묵'은 언어의 간절한 물러섬으로 마련된 공간일지언정 삶의 퇴각은 아니었을 것이다.

　그런데 『기억의 습지』[1]에서 '침묵'의 자리를 전혀 다른 방식으로

---

1) 이혜경, 『기억의 습지』, 현대문학, 2019. 이하 인용은 쪽수만 밝힌다.

선점하고 있는 것은 '역사'라는 괴물이다. 습지의 늪처럼, 그것은 삶을 서서히 삼킨 뒤 고요와 침묵을 참칭한다. 역사의 괴물스러움은 그 가해의 얼굴을 특정할 수 없다는 데 있다. 소설의 중심인물인 '필성'은 자신의 의사와는 무관하게 베트남전에 차출되는데, 베트남 도착 사흘째 새벽의 첫 전투에서 그의 바로 앞에서 걸어가던 병장의 죽음을 목도한다. 물론 그 총알은 필성의 철모 아래를 관통할 수도 있었을 것이다. 정글의 척척한 습기와 함께 이 끔찍한 죽음의 기억은 필성의 떨칠 수 없는 악몽이 된다. 필성에 앞서 베트남에 투입된 청룡부대는 퐁니라는 마을에서 주민들을 소집한 뒤 총탄을 퍼부었다. 이즈음 그 참혹했던 진상이 하나둘 드러나고 있는 한국군의 베트남 민간인 학살. 지금 칠십대의 독거노인 필성이(필성은 십여 년 전 아내를 교통사고로 잃은 뒤 이 마을로 혼자 들어왔다) 사는 삼환 마을에 이른바 '월남 새댁'으로 시집와 있는(개별 사정들은 다 다르겠지만 이런 혼인 방식은 소설의 "베트남 숫처녀와 결혼하세요. (……) 초혼·재혼·장애인 환영. 65세까지, 100% 성사"(18쪽) 홍보 문구가 노골적으로 드러내고 있는 것처럼 사실상의 '매매혼'은 아닐 것인가) '응웬'의 할아버지와 할머니는 이 학살 때 그 자리에서 즉사하고 아버지는 겨우 목숨을 건졌지만 다리에 총을 맞아 평생을 절뚝여야 했다. 아버지는 늘 악몽을 꾸었고 그 악몽을 잊기 위해 술을 마셨으며 엄마를 괴롭혔다. 응웬이 베트남에서 한국의 시골로 '몸을 팔듯' 시집을 와야 했던 '가난'의 이유가 여기에 있었다. 그런데 베트남전 참전이 필성의 의사가 아니었듯, 필성이 그 학살의 가해자 자리를 피한 것 역시 자신의 의지가 아니었다. 필성이 조금 일찍 베트남에 파병되었더라면 그는 퐁니 학살에서 방아쇠를 당겼을 수도 있다. 사실 그렇지 않더라도 이미 필

성은 '범죄'를 저지른 거나 진배없다. 필성에게 아련한 첫사랑의 기억처럼 포장되어 있는 '꽁까이 집'의 직업여성 '판'. 그는 군표를 주고 그녀의 몸을 산 것이며, 이 일은 '판'이라는 본명을 알려준 그녀의 '마음'으로 상쇄될 수 있는 성질이 아니다("나 응웬 아니에요. 내 이름, 판이야. 판, 기억해주세요." 66쪽). '군표'를 통해 '매매'되었던 그녀들의 존재는 문제의 '종군위안부'와 무엇이 다른가. 게다가 정부 추산으로는 1,500여 명, 현지의 이야기로는 만 명 이상이라고 알려진 '라이따이한'(베트남전에 참전했던 한국인과 베트남인 사이에서 태어난 혼혈인)의 존재는 필성과 같은 한국군이 '그녀들'(여기에는 직업여성이 아닌 민간 여성도 포함되겠지만)의 '마음'을 어떻게 기만하고 짓밟았는지 잘 보여준다.

조금 더 이야기를 거슬러올라갈 수도 있다. 한국전쟁 때 아버지의 시신을 목격한 필성에게는 전쟁 자체가 공포의 기억이다. 베트남에서 내무반을 배정받고 처음 잠든 날, 그의 잠을 깨운 것은 쿵쿵 울리는 포성이었다. 포 소리는 어릴 적 겪은 전쟁의 악몽에 곧바로 연결되는 것이었다. 피할 방법도 없었지만, 베트남전 차출을 마음속으로 받아들인 것도 6·25 때 부친의 죽음으로부터 비롯된 가족의 가난을 얼마간이라도 벌충할 수 있는 기회였기 때문이다. 전쟁미망인인 어머니는 나물 행상을 하며 필성과 동생, 두 아들을 어렵게 키워야 했다. '과부댁'으로 불리던 어머니가 남정네들의 욕심 사나운 눈길에 방치되는 걸 필생은 분노 속에서 지켜보아야 했거니와, 동생 '필주'의 대학 등록금을 모으기 위해서라도 베트남행은 받아들여야 하는 것이었다. 필성 자신은 고등학교 진학조차 포기해야 했지만 말이다. 한국전쟁은 20세기 중반 냉전체제의 산물이자 그 냉전체제를 가속화하고

공고히 한 사건이었다. 미소의 제국주의적 이해관계가 맞붙은 그 날 선 대립은 이후 베트남전에서 다시 불타올랐고, 한국은 사실상 미국의 용병으로 베트남전에 호출되어야 했다.

『기억의 습지』에는 또 한 명의 독거노인 '김'이 등장하는데, 언젠가부터 마을 끝자락 산어귀의 빈집에 혼자 들어와 지내는 인물이다. 김 자신도 거의 마을 주민들과 어울리려 하지 않지만, 마을 사람들 역시 그를 보이지 않는 이처럼 취급한다. 그가 마을에서 교류하는 이는 필성이 유일하다. 몸에는 늘 찌들고 역한 냄새가 떠나지 않고 술을 곡기처럼 달고 사는 김이 필성에게 털어놓은 고백에 따르면 그는 놀랍게도 북파 공작원 출신이다. 필성 못지않은 기억의 습지, 악몽의 늪이 그를 가두고 있었던 것이다. 당연히도 그가 북파 공작원이 된 것은 자의와 무관하다. 여기서도 이야기는 한참 앞으로 거슬러올라가야 하는데, 그는 6·25 피난길에 부모를 공습 항공기의 탄환에 잃은 전쟁고아다. 추운 겨울 "몸이 찢어진 채 길거리에 널브러진 부모를 두고"(68쪽) 그는 지나가던 사람의 수레에 태워져 간신히 목숨을 보전했다. 전쟁고아로 힘들게 자라나야 했던 그는 살길을 찾아 상경했고, 서울역에서 육군 하사관 지원을 권하는 누군가의 꾐에 넘어가 가게 된 곳이 강원도 설악산의 북파 공작원 훈련소였다. '인간 병기'를 만들어내는 혹독한 훈련 탓에 벼랑에서 몸을 날리는 사람도 많았다. "죽음은 밥그릇 가장 자리에 말라붙은 밥풀떼기만큼이나 흔했다."(79쪽) 세 번 북파되었고, 아무렇지도 않게 사람을 죽였다. 그는 나라가 쓰고 버리는 소모품이었다. 네번째 북파 명령을 받았을 때 가까스로 탈출해 세상으로 돌아왔지만, 이후의 그의 삶이 어땠을지는 충분히 짐작 가능하다. 아마도 삼환 마을은 세상 어디에도 뿌리내리지 못한 그가 밀려나고 밀려나다 마

지막으로 흘러든 곳일 공산이 크다. 소설은 그가 꾸는 악몽을 끝없이 걷고 걷는 절망적인 헤맴으로 보여주고 있거니와, 그것이 그의 지난 삶이었을 것이다.

> 김은 밤길을 걷고 있었다. (……) 걷고 또 걷고 조금 쉬다 또 걷고, 어디론가 가야 했는데, 그 어디가 어디였는지는 기억나지 않았다. 그래도 걸어야 한다는 것만은 분명했다. 그래서 그는 걸었다. 발바닥에 불이 붙은 것처럼 화끈거리고 무릎은 바늘로 찌르는 듯 아파왔다. 이제 더는 못 걷겠구나. 거기에 이를 수 없겠구나. 절망이 검은 연기를 모락모락 피워올렸다. 그 검은 연기가 세상을 뒤덮어 그는 캑캑거렸다.(67쪽)

우리는 소설의 끝에서 김이 저지르는 끔찍하고 충격적인 사건을 목도하게 된다. 여기에는 명백히 가해와 피해의 범죄가 있고 그에 따른 사법적 처리의 영역이 존재할 테지만, 우리의 분노와 근심, 안타까움이 향하는 또다른 지대가 남아 있다는 것을 알게 된다. 그리고 그곳으로 들어서게 되면 가해/피해의 구도가 그리 자명하지 않다는 사실에 당혹감을 느낀다. 말을 돌릴 것도 없이 그곳은 '역사'라 불리는 지대다. 문제는 역사를 실체화할 수 없다는 데 있다. '냉전체제' '베트남전' '박정희 개발독재'는 역사적 약호略號다. 역사는 차라리 하나의 효과로서만 존재한다고 하는 것이 좀더 사실에 부합하는 설명일 테다. 역사는 필성이나 김, 응웬과 응웬 가족의 구체적인 상처와 피해, 소설 마지막에 처참하게 솟구치는 김의 더럽고 끈질긴 욕망과 같은 형태로만 우리 눈앞에 현상하고 만져진다. 따라서 역사는 일종의 '부

재 원인'일 수 있다. 알튀세르가 스피노자를 경유해 새롭게 의미화한 '부재 원인absent cause'은 '구조적 인과성'의 문제틀 안에 존재하는 개념인데, '구조적 인과성'은 효과들 안에 구조가, 하나의 구조로서 이루는 내재성의 형식을 말한다. 이에 따르면 효과들은 구조의 바깥에 있지 않으며, 구조에 의해 특징을 각인받는 미리 존재하는 대상, 요소 또는 공간도 아니다. 반대로 구조는 효과들에 내재하는 것이며, 구조의 전 존재는 효과들로 구성되어 있고, 효과들을 벗어나면 아무것도 아닌 것이다. 이런 차원에서 '역사'를 '부재 원인'으로서의 형식적 효과로 바라보게 되면, 그때 "역사는 상처 입히는 것이고, 욕망을 거부하는 것이며, 집단적 실천과 개인적 실천 모두에 엄혹한 한계를 지우는 것"[2]이 된다. "역사의 '간지ruses'는 그러한 실천들을 그 명시적 의도와는 딴판의 소름끼치도록 역사적인 결과로 바꾸어 버린다."(『정치적 무의식』, 127쪽) 사정이 이렇다면, 역사는 필성과 김에게 악몽으로 출현하는 기억의 습지 그것이며, 필성과 응웬을 우연의 오해 속에 방치하는 소름 끼치는 무심함이며, 응웬에 대한 김의 잔혹한 범죄 자체다. 우리는 그 서사를 통해서만 역사를 체험하고 확인한다. 마르크시스트인 제임슨은 자신의 신념에 따라 그 역사의 서사에서 '필연성의 형식'을 본다. "그러므로 역사는 필연성의 경험이다. 그리고 이 점만이 역사가 재현의 대상에 불과한 것처럼, 또는 많은 지배 약호들 중 하나인 것처럼 주제화되고 사물화되는 것을 앞질러 막을 수 있다. 이런 의미에서 필연성은 내용의 한 형태가 아니라, 오히려 사건들의 엄혹한 형식인 것이다."(『정치적 무의식』, 같은 쪽) 마르크시스트가 아니

---

2) 프레드릭 제임슨, 『정치적 무의식』, 이경덕·서강목 옮김, 민음사, 2015, 127쪽. 이하 인용은 도서명과 쪽수만 밝힌다.

더라도 우리가 역사를 '필연성의 경험'으로 이해하는 것이 어렵지는 않다. 필연성의 좀더 제한된 방식에 동의하지 않을 수는 있어도, "지반이며 초월 불가능한 지평으로서의 역사가 특별한 이론적 정당화를 필요로 하지 않"(『정치적 무의식』, 128쪽)은 채로 우리 곁에 있다는 것을 부인할 수는 없기 때문이다. 지금 이혜경의 소설 『기억의 습지』가 너무도 강렬하게 알려주고 있는 것처럼 말이다. 필성, 김, 응웬의 삶에서 '역사'를 분리하는 것은 불가능하다.

그러나 우리는 종종 망각한다. 혹은 대면의 고통을 감당하지 못해 회피하고 도망치려 한다. 그 망각과 회피의 몸짓은 흔히 무의식의 수준에서 일어난다고 알려져 있으며, 그럴 때 '억압된 것'은 돌아온다. 회귀는 기억의 습지에서 출몰하는 악몽의 형태일 수도 있지만, 그이들의 '이미 상처 입은 연약한' 삶에 새겨져 있다. 결혼 이주 여성으로 '철규댁' 응웬의 사정은 그리 나쁜 편은 아닐지 모른다. 스무 살이나 많은 남편이지만 철규는 아내를 살갑게 챙겼고, 시어머니의 성마른 눈길로부터 아내를 감싸고 보호할 줄 아는 사람이었다. 덕분에 읍내에 있는 한국어 교실에도 다닐 수 있었다. 그러기는 해도 "아직 아가 안 생겼니?"(116쪽) 하고 물어오는 시어머니의 말은 가시 같기만 하다. 베트남에 있는 부모님께 집을 지어드릴 일, K-팝을 좋아하는 동생을 한국에 데려오는 일도 기약이 없다. 읍내 한국어 교실에서 버스를 타고 돌아오는 길에 응웬의 마음을 어지럽히는 상념들이다. 소설의 다음 대목을 보자.

　　버스가 시골길로 접어들었다. 마을이 가까워지자 이상하게 가슴이 쿵쾅거렸다. 시어머니는 내가 공부하는 걸 좋아하지 않았다. 남편과는

달랐다. 하긴, 아들 생각을 끔찍이 하는 어머니였다. 아들 귀한 건 알면서, 그 아들의 아내인 나는……. 한숨이 쉬어졌다. 버스에서 내렸는데, 집으로 들어갈 마음이 안 났다. 그래서 산 쪽으로 걷기 시작했다. 열기 오르는 머리를 식히고 돌아가고 싶었다.(117쪽)

마을이 가까워지자 갑자기 생겨난 '마음의 쿵쾅거림'. 그래, 이곳은 얼마나 낯선 곳인가. 말도, 음식도, 풍경도. 그러면서 남편이 기다리는 집이 그 낯섦 안으로 돌연 가세하고 있다. 이혜경 소설에서 예외적이다 싶게 불길한 사건의 긴장으로 출렁이는 순간이다. 그러니까 응웬의 언제든 부서질 수 있는 연약함과 그 연약함을 둘러싸고 있는 세상의 공기 혹은 세상의 무게 전체가 여기에 있다. 이 긴장은 그러나, 우리가 응웬에게 닥칠 일을 이미 상당한 정도로 알고 있다는 점에서 이야기의 인위적 지연이나 정보의 기술적 차단에서 오는 '서스펜스'와는 무관하다.

사실 우리는 이 소설의 시작과 함께 곧바로 '베트남 새댁'의 죽음을 알게 된다. 소설은 새댁의 장례식을 위해 베트남의 가족이 공항에 도착하는 것으로 시작한다. 마을의 이장이 차를 갖고 마중을 나갔고, '그'(필성)도 통역을 겸해 따라나선다(이는 필성이 새댁, 곧 응웬의 죽음 이후 중단했던 베트남어 공부를 다시 시작했다는 걸 의미한다. 이런 대목의 처리에 이혜경 소설 특유의 섬세함이 있는 것이리라). 소설은 장례식으로부터 시간을 거슬러오르는 방식으로 쓰여 있다. 그리고 소설은 그 죽음의 사건에서 끝난다. 처음과 끝이 맞물리는 구성이랄 수 있는데, 우리는 끝내 죽음의 과정을 보지 않고는 소설을 덮을 수 없다. 그렇다면 응웬이 가슴의 쿵쾅거림과 함께 산 쪽으로 걷기 시작하

는 순간 생겨나는 소설의 긴장은 '서사적'인 것의 효과이기보다는 그녀의 상황과 조건이 처음부터 품고 있었던 연약함과 위태로움 그 자체였다고 해야 할 테다. 말하자면 '역사'는 그 연약한 위태로움을 건드려 파국으로 몰고 가는 힘으로만 현상하는지도 모른다. 역사는 그렇게 엄습한다. 베트남의 정글에서 앞서가던 병장의 머리 위로 날아든 한 발의 총탄처럼. 피난길 김의 부모 몸에 하늘로부터 쏟아진 탄환처럼. 동시에 역사는 가해의 자리에서 손쉬운 합리화의 도구로 전유되기도 한다. 사건 후 김을 보자. 김은 집에 불을 지르고 다시 산으로 도망치면서 생각한다. "이건 보복이야. 외국인인 그녀를 받아들인 나라. 정작 그 나라를 위해서 몸 바친 자기를, 자기들을 내친 나라에 대한 보복"(120~121쪽)이라고. 우리는 여기서 소설의 처음으로 돌아가볼 필요가 있다. 공항에서 새댁의 가족을 태운 차 안의 풍경으로.

> 새댁의 엄마는 울음을 그치지 않았다. 내장이 다 쏟아지는 듯한 비통함이 차 안을 적셨다. 이장의 옆에 앉은 그는 할말이 없었다. 그저 보온병에 담아간 따뜻한 보리차를 건넬 뿐이었다.(10쪽)

'내장이 다 쏟아지는 비통함'이란 어떤 것일까. 그리고 그때 어떤 위로가 가능할까. 무엇보다 이런 일은 왜 생겨나는 것일까. 소설을 끝까지 다 읽고 다시 소설의 처음 이 지점으로 돌아오면 솟구치는 의문을 가누기 어렵다. 그리고 이 항변을 받아야 하는 대상은 누구일까.

> 그들이 사는 면으로 가기 전, 읍내의 장례식장에 들렀다. 철규가 나와서 장인 장모를 맞았다. 새댁의 엄마는 검정 양복을 입은 사위를 보

자 가슴을 치며 울었다. 새댁의 동생도 형부를 보면서 또 눈물을 흘렸다. 한쪽 팔로 엄마의 얼굴을 감싼 채, 장례식장 입구에서 모녀는 울었다. 새댁의 영정 사진 앞에 향을 사르고, 그리고 엎어져서 울 뿐이었다. 그에겐 익숙한 향 냄새였다.(10~11쪽)

사람들은 자신의 가슴을 치며 운다. 주먹을 부르쥐지만, 결국 엎어져서 울 뿐이다. 항변은 무너져내리는 자신의 가슴을 향하고, 부르쥔 주먹은 결국 바닥을 향한다. 이럴 때 '역사'는 모습을 보이는 법이 없다. 이를 지켜보는 필성의 반응은 "그에겐 익숙한 향 냄새였다"라는 한 문장으로 기술되어 있다. 그러나 우리는 이 짧은 문장 뒤에 숨어 있는 소설의 침묵을 안타까이 헤아릴 수밖에 없다.

그렇다면 다시 한번, 반드시 어떤 신념이나 '진리'의 자리를 개입시키지 않더라도 우리는 역사를 '필연성의 형식' '필연성의 경험'으로 이해해야 할지도 모른다. 역사가 그렇게 인간의 집단적 실천과 개인적 실천 모두를 엄혹하게 한계 짓는다는 사실을 받아들이는 것은 역사를 망각하지 않는 일이기도 하다. 이혜경의 『기억의 습지』가 가슴 아리게 알려주는 대로, 많은 이들은 바로 그 역사로부터 피해를 입으면서 역사로부터 소외된다. 망각하는 줄도 모르고 망각한다. 악몽조차 얼마간 익숙해진다. 그러구러 살아간다. 그러나 『기억의 습지』가 또한 절제되고 잘 짜인 서사 전체를 통해 보여주고 있는 것처럼, 적어도 인간의 고통은 우리가 직면하지 않는 곳에서 이어져 있다. 소설의 인물들이 도달한 실패와 패배를 통해 이러한 사실을 새삼 자각해야 한다는 사실이 슬프지만, 그것이 또한 소설의 몫이기도 하리라. "물론 우리는 우리가 아무리 역사를 무시하려 해도 그 소외시키는

필연성이 우리를 결코 망각하지 않을 것이라고 확신해도 좋을 것이다."(『정치적 무의식』, 128쪽) 이혜경 소설은 역사가 가하는 그 소외의 냉혹함을 일깨우면서 망각의 역설과 싸우고 있다. 『기억의 습지』는 그 싸움이 '개인'의 악몽을 넘어서는 곳에서 시작되어야 한다는 것을 섬세하게 증언한다.

(2019)

진하지 않은, 얇디얇은 맛

─심아진의 『신의 한 수』

1

　"만연해 있지만 진하지 않은, 얇디얇은 맛을 내는 저녁 한끼였다."(「다복한의원」)[1] 한의원 원장 '한용수'와 간호조무사 '규리'가 두 달 만에 '밥 한끼'의 예전 루틴을 회복한 날, 두 사람이 함께한 저녁의 풍경을 소설은 이렇게 묘사하고 있다. 소설의 마지막 문장이라는 점을 고려하지 않더라도, 이 미묘한 묘사가 식탁 위에 놓인 음식의 맛만을 향해 있지 않다는 것은 알아채기 어렵지 않다. 그것은 지금 마주앉은 두 사람을 둘러싸고 있는 공기와 분위기를 품으면서 이들의 관계가 지나가고 있는 시간을 드러내려고 한다. 한동네에서 자라며 세 살 위 한용수를 '성당 오빠'로 알게 된 이래로 규리 쪽에서 특별한 감정을 가진 적도 없고, 기러기 아빠 신세인 한용수 역시 고지식할 정도로 한의사 직분에 충실하고 자신의 일상에 흐트러짐이 없는 사람이다.

---

1) 심아진, 『신의 한 수』, 강, 2022, 206쪽. 이하 인용은 작품명과 쪽수만 밝힌다.

소설은 서른셋의 규리가 독립하라는 어머니의 요구에 타협하는 방법으로 한용수의 한의원에 취직하게 되면서 겪게 되는 이야기들을 담고 있는데, 규리로서는 한동네에 붙박이로 살며 알아온 이웃들을 직장인 한의원에서 매일 만나는 일은 생각 이상으로 곤혹스럽다. 그 불편함의 꼭대기에 한용수와의 관계가 있을 수도 있었겠지만, 어쩌다 일주일에 두어 번 함께하게 된 저녁식사 자리는 의외로 편한 시간이 된다. '얇디얇은 맛'은 그 몇 달간의 저녁 시간에 뭔지 모를 감정적 불편함이 끼어든 뒤 규리가 한동안 한용수를 피하다가 먼저 밥 한 끼를 청하면서 다시 이루어진 저녁의 풍경에 찾아온 맛이다. 소설가 심아진은 초점화자 규리의 감정의 항해에 인물 스스로도 잘 의식하지 못하는 칸막이를 놓는 방식으로 서사의 표면을 얇게 마름질한다. 딱 그만큼 규리의 입장에서는 스스로에게 부여된 자기 탐색의 지위에 부지런한데도 진술의 여백이 마련되고 의미의 아이러니가 생성된다. 드러나는 것과 감추어지는 것 사이의 밀도 높은 줄다리기는 화자 장치의 독특한 활용과 함께 심아진 소설을 읽는 큰 즐거움인데,「다복한의원」에서 초점화자 규리의 마음과 감정의 항로를 표면적 진술 너머에서 따라가는 재미는 상당하다.

그렇게 해서 도착한 저녁 한끼의 맛이 심아진 소설의 미학적이고 구조적인 결실이 되는 것은 당연하다. 자신들도 잘 알지 못하는 인간 감정의 미세한 활동의 경로가 여기에 있고, 저녁 한끼의 맛은 특별한 소설적 울림에 이른다. '만연해 있지만 진하지 않은' 맛은 엄연하게 존재하는 거리에도 불구하고 지금 두 사람 사이에 스며들고 있는 친밀감의 양상을 미묘하게 번역하는데 이 순간의 언어 지배권은 규리와 작가 양쪽에 함께 걸쳐져 있다. '만연'은 통상 나쁜 현상이 널리 퍼

진다는 함의를 갖는 만큼, 감정의 진전에 대한 규리의 저항감을 누설한다. 그것은 퍼진다 한들 '진하지 않아야' 하는 것이다. 바로 그래서 '얇디얇은 맛'은 깊은 풍미 이상으로, 두 사람의 관계에 대한 적절하고 소망스러운 역설의 형용이 된다. "원장과 규리는 맛있게 먹은 족발이, 피부든 어디든 분명 좋은 영향을 미치리라는 데 동의하며 식사를 마쳤다"(206쪽)라고 하는 바로 앞의 문장과 붙여보면, 두 사람 모두 절제 속에서 이 순간을 누리고 있음이 분명해진다.

그런데 '진하지 않은, 얇디얇은 맛'의 특별한 울림은 한 편의 작품에 국한되기보다 심아진 소설 전체에 대해서도 알려주는 바가 있는 것 같다. 심아진 소설은 전체적으로 이야기의 발굴이나 조형에서 극단이나 과잉을 통한 극적 강렬화의 유혹으로부터 거리를 둔다. 상상력의 창의나 서사의 다채로운 개척, 인간 심리와 감정의 추적에서 정교한 능력을 보여주는 한편으로, 세태나 인간사의 정직한 관찰의 자리를 균형감 있게 지켜낸다. 한 편의 소설이 두텁고 깊이 있는 세계 이해를 보여주는 일은 세상을 그것이 드러나 있는 표면에서 바라볼 수밖에 없는 안간힘과 상충되지 않는다. 어쩌면 우리가 가지고 있는 것은 피상皮相과 표면이 다일 수 있다. 소설은 '마치 ~인 것처럼' 전지적 시점을 참칭하고 인간의 마음속으로도 들어가지만 소설 밖으로 나오는 순간, 우리는 그런 일이 도무지 쉽지 않다는 것을 곧장 확인한다. 소설의 능력은 인간 한계의 대가거나 보상일 수 있다. 이 점을 의식하는 소설가라면, 피상과 표면을 사랑하지 않을 수 없으리라. '진하지 않은, 얇디얇은 맛'은 심아진 소설이 그렇게 세상의 표면을 사랑하는 방식일 수 있겠다는 생각이 든다. 심아진 소설은 인간의 풍경이 대개는 저 '진하지 않은, 얇디얇은 맛'의 저녁 식탁에서 멈춘다는

사실을 안다. 그리고 그 맛은 진하고 깊지 못해서 금세 휘발되겠지만 그 얇디얇은 맛으로 세상의 하루가 겨우 저녁의 평온을 얻고 내일을 기약한다는 것을 안다. 심아진의 소설에는 얇음을 껴안는 성숙의 시선과 절제의 언어가 있다.

하나 더 있다. 위기에 처한 레슬링 사업자가 흥행의 공식 서사를 뒤집어 반전을 도모하는 「레슬링」에서 숨어 있는 마지막 카드가 보여주는 처절함은 우리 시대의 생존 서사 전반에 대한 흥미로운 알레고리가 되기도 하지만, 연기와 쇼로 연명하는 프로레슬러를 엉뚱하게 예술가에 비유하는 서두의 기술은 어느 정도의 의도적 희화화를 포함한 채로 심아진 소설의 자기 언급으로 볼 여지도 없지 않은 것 같다.

> 그렇다. 기분 전환. 프로레슬러로서의 성공은 사람들의 기분을 풀어줄 수 있느냐 없느냐에 달려 있다. 잘 때리거나 잘 피하는 것은 '프로'가 할 일이 아니다. 잘 때리거나 잘 피하는 게 아니라 잘 때리거나 잘 피하는 '시늉'을 훌륭히 해내고, 동시에 그 시늉에 관중들을 몰입하게 만드는 게 진정한 프로다. (……) 잘 맞고 잘 졸리고 잘 던져질 수 있도록 스스로를 괴롭혀야 한다. 그들은 궁극적으로 자신만이 극복 대상인 예술가들과 하등 다르지 않다.(「레슬링」, 210쪽)

'시늉'이 자신의 면모를 숨기고 위장하는 일이라면, 심아진 소설은 그간 작가의 자전적 투영을 억제하고 변형하면서 좀더 다채로운 인간 군상의 모습에서 인간 진실의 이야기를 발굴하는 쪽이었다고 할 수 있다. 심아진 소설의 이야기와 인물들이 생생함을 잃지 않은 것은 세계에 대한 작가의 성실한 관찰 이상으로 그 인물들에 나누어준 작

가의 자기 탐색과 이해의 소산일 수 있다. 그리고 그것이 '프로'의 시늉이라는 점에서 묵묵히 작품의 조탁과 숙성에 골몰해온 작가의 행보를 겹쳐보게도 된다. '잘 때리'는 '시늉'을 훌륭히 해내고, '잘 맞는' 쪽으로까지 스스로를 괴롭히는 일은 소설이 인간사의 관찰자를 자처하기로 한 이상, 스스로 짊어져야 하는 과제일 수밖에 없다. '기분 전환'은 소설의 몫에 대한 겸허의 표현일망정, 사실은 독자를 존중하는 마음에서는 누구나 쉽게 도달할 수 있는 목표도 아니다. 1999년 등단 이래 네 권의 소설집, 한 권의 장편소설을 세상에 내보인 것은 조금은 더딘 걸음일지 모르겠다. 그러나 뒤늦게 심어진 소설을 접하고 읽으면서 한 편 한 편의 정교한 구성과 견고한 언어에 놀랐다면, 주목받고 드러나 있는 곳으로만 쉽게 눈길을 주어버릇한 나 같은 게으른 독자의 잘못일 가능성이 높다.

2

소설의 기술art이나 수사학은 언어를 통한 일정한 현실 변형을 가능하게 한다. 충실한 현실 반영이 이루어지는 경우에도, 소설 텍스트는 특정한 언어 담론의 힘으로 그렇게 한다. 소설은 현실 그 자체는 아니다. 그것은 새롭게 보태어지고 창출되는 제3의 무엇이며, 이상적으로 말하자면 그때 우리의 현실은 소설 텍스트의 추가와 투입, 소설 읽기의 수행을 통해 미세하게나마 새롭게 구조화된다고도 할 수 있다. 그 미세함은 「레슬러」의 말에 기댄다면 독자의 '기분 전환'일 수도 있지만, 거기에 세상에 대한 인식과 이해의 확장, 전환이 수반될 수도 있다. 소설가가 한 편의 새로운 이야기를 창안하고, 서사에 새로운 구조를 부여하고, 화법을 갱신하고, 언어의 세공과 조탁에 매번 힘

쓰는 것도 그 때문일 것이다. 프로레슬러의 '시늉'은 정확히 소설의 기술이자 수사학에 대응된다고도 할 수 있다.

　그런 맥락에서 심아진의 이번 소설집에서 특히 눈에 띄는 것은 화자(서술자) 장치의 특별한 설정이다. 기실 화자 장치는 모든 소설가의 중요 관심사라 할 수 있으며, 심아진 소설의 경우에도 일찍부터 다양한 변형을 시도하면서(가령 두번째 소설집 『그만, 뛰어내리다』(문이당. 2013)의 「유예의 장면」에서 일인칭 화자 '나'는 서사 내부의 인물이 아니라 전지적이고 메타적인 시선으로 드러난다. 화자에 대한 오인은 소설에서 전개되는 상황의 아이러니를 증폭한다) 그 같은 관심을 유지해왔다. 이번 소설집에서는 전체 일곱 편 수록작 가운데 세 편의 작품에서 화자 장치를 낯설게 만드는 기법을 쓰고 있는데, 그 효과는 소설의 주제적 측면과도 긴밀히 연동되면서 자못 흥미로운 소설적 성취에 이르고 있는 듯하다.

　「언니」의 일인칭 화자 '나'는, '정무운'이라는 남성에 대한 관심 때문에 갑자기 분식집을 차린 '언니'를 돕게 된 인물로 두 사람은 쌍둥이 자매다. 두 자매 이야기로 진행되던 소설은 후반부에 '막내'가 등장하면서 세 자매 이야기로 확장되는데, 막내는 아버지가 다른 '씨 다른 동생'이다. 소설은 언니의 관심에 아무런 반응도 보이지 않던(그리고 언니를 돕기 위한 '나'의 온갖 노력에도 바위처럼 무심하던) 정무운이 막내에게는 마음을 여는 모습을 보이고, 결국 언니는 '패배를 인정'하고 "우리는 더는 언니가 아니다"(50쪽)라는 '나'의 선언으로 막을 내린다. 치매 걸린 노모를 힘겹게 봉양하며 휴대전화 보호 필름 판매 업체에서 일하는 정무운이라는 삼십대 초반의 남성은 소설의 묘사에 따르면 '감정 능력'이 없는 사람으로 보일 정도로 매사에

무심하고, "특징 없는 게 특징이랄 수 있는"(14쪽) 인물이다. 소설사의 전범을 따라 '무기질'(김원우, 「무기질 청년」, 1981)의 '특성 없는 남자'(로베르트 무질)라고 부를 법한 정무운과 같은 인물은 현대소설이 특별히 관심을 기울여온 캐릭터라고 할 수 있고, 그런 인물의 속을 알 수 없는 "인지 불가한 그 내면"(16쪽)이 이성의 관심을 끌 가능성도 충분히 있다. 언니가 그런 불가해한 사랑의 덫에 빠졌대도 그럴 수 있는 일이며, 답답한 대로 언니의 사랑을 응원하는 쌍둥이 동생 '나'의 안간힘도 이해할 만하다. 이 구도에서 활달하고 자신감 넘치는 막내가 등장하여 정무운의 벽을 순식간에 허물어버리는 이야기는 그 자체로 충분히 즐기고 음미할 만한 소설의 서사와 세부를 가지고 있다. 소설의 중심인 '나' '언니' '막내'의 세 자매는 '정무운'과 함께 살아 있는 소설의 인물로 받아들이기에 그다지 무리가 없다. 그런데 조금 자세히 들여다보면 이상한 세부들이 눈에 잡힌다. 소설은 '개업' '정무운' '나' '언니' '막내' '전략' '전술'의 소제목을 단 이야기 마디로 나뉘어 있는데, '나'의 마디 서두에는 "오늘 아침 정무운에게는 좋은 일이 잇따라 생긴다. 기저귀를 갈 때마다 정무운을 할퀴곤 하는 어머니가 얌전하게 다리를 내맡긴다"(22쪽)라는 서술이 나오고 계속해서 정무운의 하루 동선에서 생겨나는 좋은 일들을 알려준다. 정무운과 계속 함께 움직이는 것도 아닌데 일인칭 화자 '나'는 정무운에게 생겨나는 일들을 어떻게 속속들이 알 수 있는 것일까. 그러고 보면 그 일들을 알려주는 대목 앞뒤에 있는 '나'의 진술도 이상하다. 인용한 "오늘 아침 정무운에게는 (……)" 앞에는 "나는 일을 잘한다"(같은 쪽)라는 문장이 나오고, 잇따라 일어나는 좋은 일에도 별무 반응인 정무운의 태도를 소개한 뒤에는 "나는 지친다"(같은 쪽)라는 문장이

이어진다. 그날 저녁의 이야기는 또 어떤가.

> 나는 다시 정무운을 상대로 내 일을 한다. 그가 저녁밥을 짓기 위
> 해 들른 마트에서 집어든 식재료들은 모두 할인중이다. 바지락이 반값
> 이고, 부추며 애호박 등에 특별가가 적용되어 있다. 하지만 정무운, 아
> 무런 표정의 변화가 없다.(「언니」, 24쪽)

알겠다. '나'와 언니는 정무운과 접촉하기 위해 그가 근무하는 사
무실 근처에 분식집을 개업한 뒤 김밥을 말고 라면을 파는 '현실'의
인간이면서 동시에 인간사를 어느 정도 관장하는 '신'의 자리도 겸하
고 있는 것 같다. 정무운이 앉을 마을버스 좌석에 당첨 복권을 둔다
거나 오만원권 지폐가 가득 든 가방을 눈에 띄게 정무운이 지나는 벤
치 위에 놓는 일은 사람의 영역에서 가능한 일이 아니다. 언니의 경우
도 마찬가지다. '나'의 작전이 먹히지 않자 언니는 정무운을 괴롭히
는 수들을 쓰는 게 다를 뿐이다. "반면에 언니는 한강을 가로지르는
대교 하나쯤 부러뜨리고 싶은 듯한 표정이다(언니는 이미 하나를 부러
뜨린 일이 있다)."(42쪽) 이 대목에서 무너진 성수대교를 떠올리지 않
을 사람이 있겠는가. 우리는 그리스신화의 '운명의 여신'이 클로토,
라키시스, 아트로포스의 세 자매로 이루어져 있다는 사실을 알고 있
다. 운명의 여신들은 인간의 생명을 관장하는바, 클로토가 생명의 실
을 잣고 라키시스가 실을 감으며 아트로포스가 실을 끊는다고 한다.
그러고 보니 정무운이 근무하는 업체의 이름이 '델포이'로, 아폴론의
신전이 있던 고대 도시에서 따왔다. 작가는 이야기가 두 개의 레이어
를 따라 진행되고 있다는 것을 곳곳에서 암시하고 있다. 사정이 그렇

다면 '나'는 보는 것과 아는 것이 제한된 일인칭 화자가 아니다. 그러나 생각해보면 소설에서 일인칭 화자는 전지적 화자가 그렇듯이 소설의 장르적 관습이자 약속된 장치일 뿐이다. 일인칭 화자는 제한된 앎으로 이야기를 이끌어가지만 그 화자 뒤에 있는 작가(혹은 내포 작가)가 전체 이야기를 설계하고 주재한다는 의미에서 소설은 이미 언제나 '전지적'이다. '나'의 뒤에는 또다른 레이어가 있는 셈이다. 소설가 심아진은 소설의 화자 장치에 내재한 관습과 약속을 일깨우고 전경화하는 방식으로 일인칭 화자 '나'를 낯설게 만들고 있다. 일인칭 화자 '나'는 그렇게 전지적 화자를 전유하고 패러디한다. 동시에 여기에는 소설의 형식에 대한 메타적 관심 이상으로 인간의 운명, 인간사의 작동 방식에 대한 작가 심아진의 특별한 이해와 질문이 담겨 있는 듯하다.

> 우리는 정무운이 우리를 의식하지 않음으로 인해 모든 시간, 카이로스의 시간만이 아니라 크로노스의 시간까지도 뒤틀려버릴까봐 불안해하고 있다.(같은 글, 33쪽)

쌍둥이 자매 '나'와 언니는 행운과 불운이 교차하는 운명의 두 얼굴로도 볼 수 있는 만큼 '우리'라는 복수형에도 걸맞다. 그들이 종종 인간사에 개입한다면, 그것은 소설이 즐겨 관심을 기울이는 기회의 시간, 결단의 시간으로서 '카이로스'의 시간일 가능성이 높다. 그러나 '카이로스'의 극적이고 결정적인 시간도 '크로노스'라는 밋밋하지만 객관적인 시간의 지평 없이는 성립되지 않는다. 사실은 크로노스의 질서 있는 존재야말로 운명의 여신들이 인간의 삶을 뒤흔들 수 있

는 근거이다. 그런데 운명의 놀음 따위에는 눈길 한번 주지 않고 살아가는 인간이 있다고 한다면 어떻게 되나. '특성 없는 남자' 정무운은 어쩌면 니체식으로 삶의 필연성 안에서 자신의 운명을 사랑하는 법을 익힌 인간, '아모르파티Amor Fati'의 인간인지도 모르고, 그런 만큼 정무운에게는 그 흔한 원한감정ressentiment이 보이지 않는다. 치매 걸린 노모의 봉양이든 자신의 일이든 정무운의 모습에서 견고한 고독이 느껴진다면 그래서일 것이다. 그리고 이 지점에서 막내가 등장한다. 씨가 다르고 천박하다는 이유로 두 자매가 따돌려왔던 막내다. 뜻밖에도 막내의 '분홍 전술'은 정무운의 반응을 이끌어낸다. 분식집에 온 정무운에게 국수를 대접하고 운동화를 선물하고 저녁 회식 약속까지 받아낸다. "막내가 몸을 살짝 기울이자, 그녀의 오른쪽 어깨가 자연스레 정무운의 왼쪽 어깨에 닿는다."(48쪽) 소설은 세 자매가 공유하고 있는 영화의 한 장면을 통해 막내의 승리가 어떻게 가능했는지 알려준다. 영화 〈지골로 인 뉴욕〉(2013)에서 남편의 죽음 후 홀로 여섯 남매를 키우던 젊은 유대인 여인은 '지골로'의 손이 등에 닿자 봇물 터지듯 눈물이 터진다. 막내의 '분홍 전술'은 그렇게 정무운의 고독을 파고든 것이다. 두 언니가 위협적으로 사용했던 행불행의 운은 '아모르파티'의 고독으로 무장한 정무운과 같은 인간에게는 별무신통이었던 셈이다. 이쯤 되면 자매의 대화에서 정무운의 이름을 두고 제일 먼저 '없을 무無'와 '운명 운運'을 언급한 게 어떤 예감 같은 것일 수도 있다(그러나 승자가 된 막내가 알려주는 이름의 정답은 무성할 무茂에 향기 운蕓이다. 마지막에 패배한 두 쌍둥이 언니들은 사방이 온통 뿌옇게 된 상황에서 '안개 무霧'와 '어지러울 운暈'이야말로 정무운의 이름으로 적합한 게 아니냐고 말하는데, 무운의 이름을 두고 벌이는

다양한 추측은 무운의 캐릭터가 보여주는 모호성과 적절히 대응하면서 흥미를 자아내는 소설의 숨은 포인트이기도 하다). 이름에 대한 준비된 상상까지, 작가 심아진은 아주 정교하게 자신의 설계를 관철하면서 유구한 운명의 서사에 맞선 소설의 현대적 반격을 수행한다. 운명의 여신들이 신의 시선을 대체한 소설의 '전지적 능력'을 낯설게 전경화하는 가운데 소설은 바로 그 신이 떠난 자리에서 시작되는 이야기라는 사실을 아이러니하게 환기한다. 정무운의 이름이 여러 가능성에 열려 있다면, 그리고 그렇게 느껴진다면 그것은 정무운이 '아모르파티'의 고독에 친숙한 우리의 현대적 실존을 응축하고 있는 존재이기 때문일 것이다.

화자 장치에 대한 작가의 특별한 관심은 「신의 한 수」와 「우는 남자」에도 인상적으로 표현되어 있다. 역시 「언니」와 마찬가지로 '나'를 내세운 일인칭 소설들인데, 구체적 양상은 다르지만 두 작품 모두 '나'의 존재를 서사의 표면에서 숨기면서 소설을 진행한다.

> 내가 보기에 예지는 서투르다. 순남 여사 역시, 거사 전날 들키고 마는 도둑만큼은 아니어도 예지와 크게 다르지 않다. 물론 그들이 서투르다고 해서, 내가 서투르지 않다는 말은 아니다.(「신의 한 수」, 53쪽)

「신의 한 수」의 서두다. '예지'와 '순남 여사'의 이야기를 이런저런 논평을 섞어 우리에게 들려주는 '나'의 정체는 소설을 한참 읽어나가도 오리무중이다. "내가 서투르지 않다는 말은 아니다"에서 '나'를 서사 밖의 어떤 존재로 상상하기는 쉽지 않다. 그런데도 '나'의 화자 위치는 일종의 액자 바깥에 놓여 있으며, 실제로 소설 속에서 벌

어지는 사건은(그러니까 액자 소설의 삽입 서사에 해당하는 것은) 예지를 초점화자로 해서 진행된다. 게다가 소설을 읽어나가면서 우리는 계속 예지의 진술이나 판단이 그다지 신뢰할 만하지 못하다는 느낌을 받게 된다. 작가는 '나'라는 일인칭 화자를 매개로 예지를 이른바 '신뢰할 수 없는 화자'로 만들면서 소설에 이중의 미궁을 설치하고 서사의 긴장을 높인다. 소설은 예지로 하여금 덜 말하게 하면서 순남 여사와의 관계를 정확히 드러내지 않는 가운데(두 사람의 관계는 소설의 후반부에 와서야 밝혀진다) 오인과 오해에서 기인한 이웃집 개에 대한 과도한 정의감의 뿌리를 팍팍하고 고단한 생활 현실에 대한 예지의 울화, 의식적/무의식적 방어 작용의 측면에서 깊이 헤아려볼 수 있게 한다. '시어머니' 순남 여사와 개를 학대한다고 예지가 확신하는 이웃집 노인은 마땅히 악역의 자리에 있어야 하지만, 순남 여사의 선함과 노인의 맑은 진실은 사태를 뒤틀고 예지의 맹목과 자기 부인否認을 역으로 강화한다. 그러고 보면 선명한 선악 구도는 신들이 애용하는 서사일 테며, 인간사의 소란과 혼란은 실상 서로의 서투름과 오해로 빚어지는 경우가 많을 것이다. 소소한 심리적 현실로부터 울퉁불퉁한 사람살이의 실제를 실답고 깊이 되비추는 이야기가 흥미롭게 엮어지고 있는데, 작가의 장인적 솜씨가 약여하다. '나'의 정체도 결국은 모습을 드러내는데, 제목에 표현된 대로다. 그러나 「언니」의 자매들이 그랬던 것처럼 '나'는 그다지 전능한 존재는 아닌 듯하다. '나'는 예지의 마음을 들여다보는 일에서만 얼마큼 힘을 발휘할 뿐, 인간의 서사에 개입할 의사나 능력은 없어 보인다. "인간들이 내게 본받을 게 더는 없다는 걸 잘 알고 있으므로 내가 그들을 본받을 작정이다. (……) 사실 인간은 내가 어떻게 생겼는지를 가장 잘

보여주는 거울이다. 언제나 그래왔다."(84쪽) 그러니 나름 냉정한 현실 인식도 갖고 있다(사실은 소설 역시 '서투른' 인간을 통해서만 말할 수 있고, 인간을 닮으려고 할 뿐이다. 소설의 최고 목표는 인간의 모습을 '드러내는' 것이리라). 다만 '한 수'를 선보이며 소설을 끝맺는데, 그 '한 수'가 자못 야릇하고 기이하다. 옥탑방의 노인은 순남 여사에게 받은 푸짐한 족발을 안주로 기분좋게 취한 뒤, 개에게도 살이 제법 붙은 뼈를 맛볼 기회를 준다. 그러고는 옥탑방 문을 닫고 잠자리에 드는데, 문틈에 작은 족발 하나가 걸린 걸 알지 못한다. 개는 밤새 열린 문으로 옥탑방을 드나들며 잠든 주인 옆에서 족발을 물어 내와 마음껏 포식한다. 그러니까 문틈에 걸린 작은 족발이 '나'가 준비해둔 '한 수'인 셈이다. 그런데 이어지는 대목을 보라.

> 다음날 평년 대비 십 도나 기온이 뚝 떨어져 상수도관이 터지는 등 각종 사고가 잇달았다는 뉴스가 나올 무렵, 문이 활짝 열린 노인의 옥탑방도 공평한 아침을 맞이한다. (……) 예지와 의자를 놓고 올라가는 수고를 마다하지 않는 순남 여사의 눈에 건너편에 열린 문은 그다지 이상해 보이지 않는다. 노인이 가끔 문을 모두 열고 환기나 청소를 하기도 하니까.(같은 글, 85쪽)

밤새 문이 열려 있었다면, 갑작스러운 한파에 노인은 무탈한 것일까? 당연히 솟구치는 의문인데, 소설은 시침을 떼고 말이 없다. 새 아침을 맞은 예지와 순남 여사의 평온하고 밝은 모습을 후일담처럼 덧붙이며 소설은 끝나고 있다. '신의 한 수'는 결국 인간의 행복을 시기하고 인간사의 평정을 흩뜨리는 짓궂고 고약한 틈입일 뿐인가. 이것

은 혹 심아진 소설의 비극적 세계 인식의 누설은 아닐까. 답을 알 수 없는 대로 소설은 마지막 지점에서 이상한 기운을 불러들이고 있다. 마지막 문장은 다시 한번, 어두운 쪽으로 이 소설을 기울이고 있는 듯 하다. "뭐가 그리 아쉽고 원통한지 쉽게 떠나지 못하는 손돌바람만이 오래 열려 있는 옥상 문을 쿵, 한번 소리 나게 친다."(86쪽)

이쯤에서 재차 물어볼 만한 것 같다. 심아진은 왜 화자 장치를 낯설게 만들면서 소설에 초월적인 시선을 계속 도입하려 하는 것일까. 소설의 시점 혹은 화자가 하나의 관습이라는 점을 환기하는 것은 소설의 역능에 대한 겸허한 자기 검토일 수 있겠다. 동시에 심아진 소설은 초월적인 시선의 존재를 통해 삶의 불가지성이나 불확정성을 안타깝게 환기하고 있는 것도 같다. 「언니」에서 그 존재들이 전능하기보다는 인간적인 욕망의 혼돈 안에 있고, 「신의 한 수」의 마지막 장면이 알 수 없는 어두움을 포함하며 멈추는 것은 그래서일 테다.

「우는 남자」를 보자. '나'는 소설 속 '호야'의 연인으로서 죽은 자의 시선임이 드러나는데, 사랑하는 사람을 잃은 호야의 슬픔과 사랑을 얻는 데 실패한 '오대리'의 아픔을 함께 껴안으려는 불가능한 자리를 표상한다. 이 작품에서도 서사의 경계에 죽은 자의 시선을 놓은 뒤 진술의 아이러니를 최대한 활용하는 작가의 능란한 손길은 소설 읽는 재미를 한껏 선사한다. 몸무게 130킬로그램, 키 184센티미터의 커다란 덩치의 소유자 호야는 직장에서 연신 사람들을 웃기는가 하면 시도 때도 없이 먹고 하염없이 우는데, 어느 면 러시아문학의 '유로지비(성스러운 바보)'를 연상시키는 이 인물의 '이상한 맑음'을 소설은 설득력 있게 빚어낸다. 그러면서 소설은 그 '맑음' 뒤에 있는 거대한 슬픔의 덩어리를 서서히 떠오르게 만든다. '나'를 사이에 둔 연적 오

대리의 고지식한 캐릭터 또한 실감나게 다가오는데 어쩌면 별 매력 없는 이런 인물의 개성을 포착하고 아픔을 드러내는 일이야말로 더 힘든 소설의 노동일 수도 있다. 죽은 자인 '나'를 내세운 소설의 화술은 거의 술기를 드러내지 않고 이야기의 안팎을 넘나들지만 움직임이 멈추어야 하는 자리 또한 정확히 알고 있다. 그리고 그것은 심아진이 생각하는 소설의 기술 혹은 미학의 한계이자, 삶의 어쩌지 못할 순간에 대한 겸허한 승인처럼 보인다. 호야와 오대리가 뒤엉켜 있는 소설의 마지막이 특별히 아름답고 감동을 주는 것도 그 때문이리라.

> 보라색 목도리가 두 사람을 덮고 있었다. 엎어치기를 시도한 사람과 엎어치기를 당한 사람이 바투 붙어 누워 있는 모습은 애잔했다. 내가 조용히 다가가자 두 남자가 동시에 나를 바라보았다. 여간해선 울지 않는 오대리의 눈에 눈물이 그렁그렁 맺혀 있었다. 호야가 낙동강 하류처럼 넓게 퍼지는 눈물을 흘려대며 통곡을 했다. 우는 남자의 어깨를 토닥여준 건 내가 아니라 오대리였다.(「우는 남자」, 121~122쪽)

직장에서의 위계와 달리 오대리는 사랑의 약자다. 호야의 거대한 슬픔과 하염없는 눈물이 어디서 말미암았는지 짐작하게 되면서 그는 무너져내린 호야의 곁으로 간다. 그는 "사람이 아니라면 불가능한, 반드시 사람이어서 가능한 힘"(121쪽)으로 호야의 몸을 들어올린다. 그와 호야는 사랑의 이름으로 연대한다. '나'가 멈추어 있는 지점에서 오대리의 눈물이 맺히고, 그의 손이 '우는 남자'의 어깨로 향한다. 「우는 남자」는 초월적 시선을 향한 심아진 소설의 탐구가 성숙한 인간 이해의 도정임을 분명히 한다.

3

"진실과 관계될 수 있으려면 틀릴 수도 있어야 한다"[2]는 말은 문학이 인간사에 대해 들려준 중요한 통찰 중 하나이기도 할 것이다. '정치적 올바름의 정치'가 '자신이 상처받거나 모욕당했다고 느끼는 이는 옳다'는 기본 원칙에서 맴돌 때, 우리 자신을 "운명에 순응하는 기계, 모욕 및 상처에 순응하는 기계"[3]로 전락시키고 있지는 않은지 되물을 필요가 있을 것이다. 사람들의 사회적 관계를 개선하는 과제에서 부자연스럽고 인위적인 형식의 언어가 할 수 있는 일은 제한적이며, 때로는 더 크고 복잡한 진실의 국면을 가릴 수도 있다. 「오렌지하트」는 '정치적 올바름의 정치'가 손쉬운 정의의 수단이 되고, 타인에 대한 도덕적·윤리적 검열이 아무렇지도 않게 벌어지는 오늘의 세태를 아프게 돌아본다. 그런 가운데 고대 철학자 루크레티우스가 세계의 생성과 변화를 설명하기 위해 도입한 '클리나멘'(원자들의 우연한 충돌이 빚어내는 빗겨감 혹은 벗어남)이 주인공 '건우'의 세계 이해를 보여주는 중요한 소설적 모티브가 되고 있는데, 다음 대목은 '초월적 시선'에 대한 관심과 관련된 심아진 소설의 자기 언급으로도 주목된다.

건우가 학부 논문으로 썼던 에피쿠로스학파의 가설에 의하면 원자들의 우연한 충돌로 그 즉시 옮겨갈 수 있는 다른 세계가 존재했다. 건우는 지금 사는 세상이 신이 선택한 최상의, 다른 세계와 공존 불가능한 완벽한 세계라고 생각하고 싶지 않았다. 건우에게 최상, 완벽 등의

---

2) 로베르트 팔러, 『성인언어』, 이은지 옮김, 도서출판 b, 2021, 63쪽.

3) 같은 책, 64쪽.

단어는 오히려 탈출 불가능 혹은 영구 수감 등의 단어와 유사하게 다가왔다.(「오렌지 하트」, 134쪽)

'최상, 완벽'을 거절하고 더 많은 우연적 생성에 열려 있고자 하는 것은 인간과 세계의 울퉁불퉁한 진실을 향한 심아진 소설의 식지 않는 열정으로 이해할 수도 있으리라.

개진과 은폐의 줄다리기는 단편소설의 밀도와 긴장을 형성하는 중요한 요소라 할 수 있을 텐데, 심아진 소설이 편편이 크게 공을 들이는 지점이기도 하다. 누구에게나 뒤섞어서 흐리게 만들지 않으면 살 수 없는 트라우마적 기억은 있게 마련이라면, 「귀향」은 그 무의식이 만들어낸 "망각과 혼돈과 거부"(289쪽)가 기실 그리움에서 기인한다는 사실을 인물의 완강한 심리적 부인(否認)을 매개로 흥미롭게 보여준다. 서사의 밀도는 인물의 자기기만에서 비롯된 정보의 은폐에서도 오지만, 오디세우스와 윤이상, 아일랜드의 기네스 가문과 일제강점기 통영 예기조합의 역사를 연결 짓는 문화적 참조의 활달한 넓이에서도 온다. 작가의 장인적 솜씨가 물씬한 작품이다.

심아진 소설에서 적확한 비유의 언어들은 인물의 생각과 시선에 머문 뒤 작가의 언어로 회귀한 궤적을 풍성하게 포함한다. 치밀한 소설적 짜임새와 함께 작품마다 넓은 변화의 진폭을 보여주는 문체와 화법은 말의 바른 의미에서 심아진 소설을 '스타일리스트'의 그것이 되게 한다.

심아진 소설은 밀도 높은 우회와 지연의 서사, 작은 언어들의 수사학 안에서 '클리나멘'의 운동이 일으키는 세계의 생성과 변화를 기다리고 응시한다. 그렇게 해서 '만연해 있지만 진하지 않은, 얇디얇은'

세상의 맛과 풍경을 드러내려 한다. 그것은 다시 한번 말하건대, 세상의 표면, 인간의 어쩔 수 없는 얇음에 대한 심아진 소설의 사랑이기도 할 것이다.

(2022)

잘못 울린 종소리, 새의 말을 듣는 시간
―한수영의 『바질 정원에서』

1

2002년 단편소설 「나비」로 중앙일보 신인문학상을 수상하며 작품 활동을 시작한 한수영은 2004년 장편소설 『공허의 1/4』(민음사)로 오늘의 작가상을 받는다(『공허의 1/4』에는 두 편의 단편이 함께 수록되어 있다). 첫 소설집 『그녀의 나무 핑궈리』(민음사)가 나온 것이 2006년이다. 그후 『플루토의 지붕』(문학동네, 2010), 『조의 두 번째 지도』(실천문학사, 2013), 『낮잠』(강, 2019) 등 장편소설에 집중해왔다. 『바질 정원에서』[1]는 십칠 년 만에 펴내는 두번째 소설집이다. 긴 시간에 걸쳐 발표한 단편들이 묶인 셈인데, 일관된 특징이 감지된다. 수학적 정밀함을 떠올리게 하는 꽉 짜인 구성과 팽팽한 언어의 긴장, 밀도다. 한 편의 소설을 읽고 나면 주제가 응축되고 퍼져나가는 핵심 이미지가 뚜렷이 떠오른다. 한마디로 단편소설에 요구되는 고전적 규범

---

1) 한수영, 『바질 정원에서』, 강, 2023. 이하 인용은 작품명과 쪽수만 밝힌다.

과 미학에 한결같이 충실하다. 가난과 결핍, 소외와 배제의 어두운 세계가 인물들의 발목을 움켜잡고 있는 채 이들의 삶을 지탱하고 열어갈 빛은 현실에 대한 단단한 관찰 속에 희미하게 숨어 있다. 낭미충을 앓았던 엄마의 머릿속 검은 나비를 불러내기 위한 아이의 꽃 그림 그리기, 평생 집 고치기에 집착한 아버지의 고단한 꿈과 천년 고분에 담긴 안식의 열망, 연변 조선족 결혼이주여성의 슬픔이 음각하는 고향 집 펑궈리 꽃그늘, 맨홀의 어둠 속에서 전화선 가설 노동자가 만드는 구리 연의 꿈, 흠모하는 은행원의 손이 닿은 쇠붙이를 삼켜 사랑의 피뢰침이 되고자 하는 은행 파견 근로자의 고독한 이식증, 불법체류 필리핀 이주여성 노동자가 버려진 번지점프대에서 피워 올리는 고향 바다의 빛, 생로병사의 고초와 상실의 시간이 꽃씨로 뿌려져 꽃밭을 이룬 옥상정원 등 삶의 진실이 응축된 이미지는 깊고 풍부하며 그것들을 둘러싼 이야기들은 은근하다. 작가의 성가를 널리 알린 장편 『공허의 1/4』에서 관절염을 앓는 아파트 관리사무소 여직원이 안팎으로 꽉 막힌 삶에서 꾸는 사우디아라비아 룹알할리사막의 영상이 작품 전체에서 공명해내는 유다른 힘을 생각해보면 이미지를 감싸는 한수영 단편의 완미한 미학적 구조에는 생래적 감각 같은 게 작동하고 있는 게 아닌가 싶기도 하다.

그러나 단편에 국한해서 말한다면 한수영의 소설세계는 과작의 느린 전개를 보이면서 주제와 이야기의 반복과 변주, 심화를 통해 형성되는 강렬한 스타일, 목소리에 상대적으로 무심해져버린 측면도 있는 듯하다. 이는 한수영의 소설이 단편 영역에서 보여주고 이루어냈을 게 훨씬 많았으리라는 진한 아쉬움의 표현이기도 한데, 작가적 기질이나 여타 창작 환경의 문제도 여기에 개입되어 있지 않았을까 생

각해본다. 그러거나 꽤 긴 시간에 걸쳐 있는 이번 한수영의 단편 작품들은 소설 언어의 정밀함, 구조의 단단함, 소설적 전언의 깊이에서 그간의 만만찮은 온축蘊蓄을 헤아리게 하는 데 부족함이 없는 것 같다. 소설의 언어와 이야기는 시대에 감응하고 개인의 시간에 침잠하면서 눅여온 성찰과 사유, 상상의 힘을 따라 빚어지는 것일 텐데, 이럴 때 십칠 년의 긴 시간은 독자에게도 특별한 이해와 감상의 배경이 되어주는 듯하다.

2

코로나 시대에 쓰인 최근작 「바질 정원에서」와 비교적 오래전에 발표된 「파이」(2009)는 나란히 함께 읽고 싶은 마음을 부추긴다. 두 작품은 동일한 구조를 갖고 있는데, 짧은 현재의 시간을 서사의 표면에 두고 긴 회상의 시간을 서사 내적으로 흐르게 한다. 주부로서 무력감에 시달리던 「파이」의 여성 화자 '미현'은 텔레비전의 퀴즈 프로에 출연하면서 존재 증명을 시도하게 되고, '퀴즈왕'이 걸린 마지막 문제 앞에서 정답인 '파이'와 연관된 과거 대학 시절의 기억을 돌이킨다. 대학에서 만나 평생의 친구가 된 오십대 초반의 '기정' '이현' '혜영' 세 여성은 늦가을 오후 결혼하지 않고 혼자 사는 기정의 집(성곽 아래 산동네의 무허가 땅에 지은 집) 정원에 모여 하룻밤을 같이 보내면서 굴곡진 지난 시간을 돌아본다. 「바질 정원에서」의 이야기인데, 낙엽 지는 늦가을 밤의 시간은 이들이 지나고 있는 인생의 어떤 시기에 조응하는 것 같다. 두 작품을 함께 읽으면 「바질 정원에서」가 「파이」의 후일담처럼 느껴지기도 한다.

'원형'의 스튜디오 한가운데 서 있는 미현의 모습으로 시작하는

「파이」는 작가가 한 편의 소설을 심미적으로 구조화하는 방식을 선명하게 보여준다. 미현이 원주율 파이에 대해 알게 된 것은 제적생 신분으로 대학 교정 자작나무 숲에서 은둔의 시간을 보내던 때였다. 미현은 그곳에서 자신처럼 너무 일찍 인생의 음지로 들어선 동급생 J를 만나는데, 수학과를 다니는 J의 얼굴은 임파선 치료의 후유증으로 팽팽하게 부풀어 있다. 육신의 병과 가난, 막막한 미래를 함께 앓고 있는 J의 얼굴이 '둥근 원'의 모양을 하고 있는 것은 고통스러운 생리적 현상일 수밖에 없겠지만, 소설의 회고하는 시선은 거기에서 삶이라는 질문과 마주선 한 젊은이의 운명적인 형상을 찾으려 한다. 그 필연의 소설적 의미망을 가능하게 하는 것은 물론 현재 미현이 힘겹게 찾아온 '원형'의 스튜디오이며, 젊은 날의 자작나무 숲을 통과하고서도 해결되지 않는 무의미의 현실이다. 그러니까 '중심으로부터 같은 거리에 있는 점들의 모임'이라는 원의 형상'이 '인생의 중심'에 대한 질문으로 전환되는 자리에 자작나무 숲과 연탄 창고를 개조한 검은 자루 속 같은 J의 자취방이 있다면, 그 시간은 반드시 돌아와야 하는 것일 수밖에 없다. J는 원에 대한 매혹, 영원히 끝을 보여주지 않는 무리수인 파이에 대한 끌림으로 수학과를 선택했고, 미현은 J의 자취방에서 끝없이 이어지는 파이의 값을 필사하면서 한 시절을 보냈다. J는 아르바이트로 번 돈을 반명함판 사진과 우푯값으로 쓰며 전공과는 무관한 쪽까지 이력서를 보냈지만, 겨우 면접 연락이 온 자그마한 회사에서도 그녀의 통통 부은 원형의 얼굴은 거절의 숨은 이유가 된다. 미현이 밤늦게까지 돌아오지 않는 J를 기다리다 오랜만에 교정의 자작나무 숲을 찾고 거기 어둠 속에 앉아 있는 J를 보는 장면은 소설의 돌아보는 시선 안에서 쓰라리고 아름답다. 동시에 거기에는 뚜렷한

의미화의 방향이 있는 것도 같다. 작가의 정교한 문장과 함께.

> 입구는 따로 없었다. 나무 사이사이가 모두 입구였다. (……) 불빛에 드러난 자작나무 밑동이 흰 정강이뼈처럼 보였다. 그 너머는 온통 어둠이었다. 그 어둠 한가운데에 검고 둥근 덩어리가 앉아 있었다. '밀물' 때여서 J의 얼굴과 어깨와 등이 모서리 없이 부풀어 있었다.
> ─인선아!
> 미현이 J를 불렀다. 한 가지 음만 낼 줄 아는 악기처럼 바람이 불 때마다 나뭇잎들은 같은 소리를 냈다.(「파이」, 88쪽)

검은 숲이 원이고, 원주를 이루는 나무 사이는 보이지 않는 입구다. 그 둥근 어둠 한가운데 또하나의 검고 둥근 원이 또다른 중심을 향한 채 앉아 있다. 이른바 소설적 에피파니의 순간이다. 이날 미현은 J의 방을 떠난다. "미현은 영원히 연탄냄새가 지워지지 않을 컴컴한 방에 공책을 두고 나왔다. 세상에서 오직 하나뿐인 파이를 거기 두고 그 방을 떠나왔다."(88쪽) 공책에는 미현이 파이의 값을 필사하다가 어느 자리부터는 마음대로 써내려간 숫자가 마지막 장까지 빼곡히 적혀 있을 것이었다. J의 자리에서 보면 어둠 속 원주에서 중심과의 막막한 거리를 재고 있을 미현이라는 또다른 원이 보일 테다. 정수의 비로 환산될 수 없는 삶의 무리수는 이런 시간을 통해서만 가까스로 떠오르기 시작할 것이다. 그러나 다른 한편, 소설 「파이」의 세계는 원과 원주율의 상징이 주제와 모티브 차원 모두에서 너무 빈틈없이 짜여 있다는 느낌을 주는 것도 사실이다. 소설의 미학이 얼마간 삶의 어떠함에 상응하기도 하는 것이라면, 여기에도 나누어지지 않는 '무

리수'의 영역은 존재해야 하지 않을까.

긴 시간의 간격을 두고 쓰인 「바질 정원에서」가 좀더 깊은 울림을 주는 이유를 생각해보게 되는 대목이다. 흥미로운 것은 두 작품 사이에 '소리'가 공통적으로 놓여 있다는 점인데(물론 이는 작가의 무의식적 관여라고 해야 할 테다), "한 가지 음만 낼 줄 아는 악기처럼 바람이 불 때마다 나뭇잎들은 같은 소리를 냈다"는 문장은 「파이」를 건너 「바질 정원에서」에도 울리고 있다. 어둠의 숲에서 길을 잃은 미현과 J에게 '한 가지 음의 나뭇잎 소리'가 배경으로 주어져야만 했던 이유가 있을까. 나뭇잎을 흔드는 바람소리는 한갓 무심한 자연의 움직임일 테고 언제든 인물들의 배경으로 묘사될 수 있다. 그러나 생의 중심을 향한 막막한 갈증으로 타들어가고 있던 미현의 절박한 의식에서 보면 자신과 J를 하나의 운명으로 사랑하고, 그 사랑의 힘으로 다시 자신만의 파이를 향해 길을 떠날 수 있게 도와줄 세상의 신호가 필요했다고 할 수도 있다. 그러니까 '같은 소리'는 그렇게 듣고 싶은 소리이며, 얼마간 의식의 요청이었을 것이다. 숲의 소리가 또다시 길을 잃은 주부 미현의 회고하는 자리에서 들려오고 있다는 점에서 우리는 여기에 맹목의 젊음을 향한 작가의 안타까움을 겹쳐볼 수도 있다. '파이'가 무정형의 현실에 대응하는 절실하고 적절한 상관물이라 하더라도, 그것으로 삶의 실재를 매끄럽게 마름질할 수는 없을 것이다. 원주율 이야기로 젊은 날의 방황과 혼돈을 표상하려는 위험에서 소설 「파이」는 완전히 자유롭지는 않은 것 같다.

반면에 「바질 정원에서」에서 '기정'의 마당 모임 중 느닷없이, "시도 때도 없이"(19쪽) 울려오는 종소리는 말 그대로 자유롭고 제멋대로다. 기정의 집 뒤편 성곽 쪽 작은 선원, 스님의 치매 걸린 노모가 무

시로 치는 종이기 때문이다. 그런데 이 "잘못 울린 종소리"(19쪽)가 소설의 진행에 독특한 리듬을 부여한다. 세 사람의 대화가 서사의 거의 전부인 소설에서 종소리는 말을 끊고, 생각을 끊고, 곁가지로 대화를 흐르게 만든다. 종내 늦은 밤, 정원의 나뭇가지와 바질, 수국 꽃가지 등으로 피운 화롯불 앞에서 잠이 들었을 때 새벽에 세 사람을 깨운 것도 '잘못 울린 종소리'였다. 세 사람 앞에는 싸늘히 식은 재만 화로 바닥에 쌓여 있었다. 종소리에 의해 툭툭 끊어지는 리듬은 이 소설에서 우리가 읽어야 하는 것이 세 사람의 대화가 아니라, 시월의 가을밤을 함께 보내는 이들 세 사람의 '시간'이라는 사실을 환기한다. 이 '시간'은 동시에 대학 신입생 때 만나 오십대 중반에 이른 이들이 각자 독립적으로 힘겹게, 그리고 함께 서로를 '물들이며' 보내온 인생의 시간을 가리키는 것이기도 하다. 「바질 정원에서」는 이 시간을 소설의 '형식'으로 만들면서 짧은 한 편의 소설이 인생을 비추고 인간을 이해하는 훌륭한 거울이 될 수 있다는 것을 입증한다. "네 평 남짓한 땅에서 마흔 종에 가까운 식물이 독립적이고 짱짱하게 자라고 있"(11쪽)는 산동네 기정의 '무허가 땅' 정원은 「파이」의 미현과 J가 젊음의 한 시절을 보낸 대학 교정의 어두운 숲과 대비되는데, 자유와 어울림의 기운은 삶의 시간 안에서 자연스럽게 흘러나온다. 시월의 정원이 이들의 인생 나이에 조응하는 듯 보이지만, 정작 소설은 성급하게 조화나 성숙의 시간으로 달려가려 하지 않는다. 이들이 지금 함께 보내고 있는 환한 우정의 시간 역시 무심하고 빠르게 지나갈 것임을 소설은 안다. 세 사람 각자가 안고 있는 이러저러한 삶의 문제들은 정원의 시간과 무관하게 그대로 남을 것이다. 자정 넘어 시월의 하룻밤이 끝나가고 있는 상황을 소설은 이렇게 서술한다. "그들은 마지막 불씨가

꺼져가는 걸 말없이 지켜보았다. 날이 밝으면 식은 재 속에서 무엇을 보게 될까?"(35쪽) 그러니 나뭇가지의 이파리에 붙은 애벌레 한 마리의 처리를 두고 세 친구가 사소한 언쟁을 벌인 후 이현의 마음속에 솟아난 다음과 같은 감정의 지대야말로 이 소설의 견고함과 성숙의 증거일 것이다.

> 오늘밤 새로 생겨난 의혹과 혼돈이 이현을 흔들었다. 이현은 떼쓰는 아이처럼 불을 헤집어 재를 날리고 싶었다. 잔을 부딪치던 탁자와 흰머리가 나기 시작한 서로의 머리 위에, 오늘밤 모든 걸 지켜본 시들어가는 정원에 재를 뿌리고 싶었다. 너무나 강렬한 욕망에 이현은 잔에 담긴 와인을 모두 비웠다.(「바질 정원에서」, 35쪽)

서로의 머리 위로, 그리고 시들어가는 정원에 재를 뿌리고 싶은 마음! 불안과 혼돈은 일정한 시기를 지나며 제거되거나 극복되는 것이 아니라, 언제든 삶과 동행하는 '무리수'의 일부라는 것을 알기엔 「파이」의 미현과 J는 너무 젊었다고나 할까. 물론 우리는 「파이」의 쓰이지 않은 결말, 혹은 후일담을 안다. 미현은 정답 '파이'를 끝내 말하지 않았을 것이다. 그것이 젊은 날의 자신과 J에 대한 사랑이자 예의이고, 퀴즈 프로의 참가는 '파이'의 환기와 기억으로 남을 때 살아갈 힘이 되어줄 테니까 말이다. 이야기는 응당 '파이'의 기억 앞에서 멈추어야 했고, 한수영 소설은 이 점에서 정직하고 옳았다고 할 수 있다. 그러나 '무리수'와 함께, '무리수'의 뒷자리를 계속 쓰며 살아간다는 것은 무엇인가. 삶의 중심은 찾아질 수 있는 것인가. 이런 질문들을 제대로 구축하는 이야기가 작가의 의식/무의식 속에서 계속 미완

의 과제로 남아 있을 수밖에 없었다면, 「파이」로부터 십여 년의 시간을 지나 쓰인 「바질 정원에서」를 그 응답이라고 볼 수는 없을까.

인용문에 표현된 혼란은 '정원의 밤' 동안 '이현'에게만 찾아온 것이 아니다. '혜영'은 '잘못된 종소리'에 깨어난 새벽의 정원에서 싸늘히 식은 모닥불을 바라보며 오랫동안 자신을 괴롭혀온 악몽을 고백한다. 노동운동으로 수배중이던 기정의 행적을 형사에게 알리는 꿈. 그 꿈속 밀고에는 심지어 셋 중 가장 평범하고 안정적인 길을 걸어온 이현에 대한 이야기도 포함되어 있었다. "시시콜콜한 것까지 다 털어놓더라, 내가."(36쪽) 그런데 이 악몽의 고백과 기술記述에는 심리적 깊이, 이념적 장막이 제거되어 있다. 악몽은 삶의 표층에서 투명하게 발화된 느낌을 준다. 트라우마가 있었다 하더라도 그 무게는 이들의 삶과 우정의 시간 안에서 이미 덜어지고, 사소해진 것이다. 그간 적지 않은 한국 소설들이 비슷한 지점에서 과장된 엄숙주의로 넘어가 일종의 본질주의적 이념형 안에 삶의 많은 '무리수들'을 가두고 재단해버린 일을 생각해보게 된다. 그러므로 어렵사리 털어놓은 혜영의 고백을 두 친구가 가볍게 넘겨버리는 장면은 자연스럽고, 이 소설의 정직함을 증거한다. '잘못 울린 종소리'에서 시작한 소설은 '잘못 울린 종소리'에서 끝난다. 그 한가운데 '황종률黃鍾律', 도량형의 기준이 되었던 '소리'에 대한 이야기가 놓여 있지만 그 모티브의 강렬도는 '파이'에 비해 많이 약화되고 느슨해져 있다. '(존재하지 않는) 지상의 척도'는 누구나 언제든 묻게 될 수밖에 없는 질문일 테지만, 한수영의 소설은 무시로 들려오는 '잘못 울린 종소리'를 배경으로 세 친구의 자유로운 정담情談/鼎談을 느슨한 시간의 형식/내용으로 만듦으로써 고유한 질문에 이르고 있는 것 같다. '서로 물든 사람들'이라는 소설

의 아름다운 자각은 삶을 어떤 개념이나 도식 안에 가두려고 하지 않은 그 시간의 자유로운 '형식/내용' 안에서만 가능했을 것이다.

3

사과 농사를 짓는 「새의 말」의 주인공 '한수'는 사 년 전 국제결혼 중개업체를 통해 캄보디아 여성과 결혼했고, 태국에서 온 이주노동자를 농장 일꾼으로 쓰고 있다. 수확기를 앞둔 한수의 고민은 무시로 벌어지는 새들의 공격으로부터 여물어가는 사과 알들을 지키는 일이다. 한수는 사과밭에 그물망을 쳐서 새를 잡은 뒤, 잡은 새를 높은 가지에 매달아두는 방식으로 새들의 사과밭 접근을 막으려 한다. 한수영의 소설은 이와 관련된 배경 서사를 밀도 있게 구축하는 가운데 아내 '희선'(한국명)과 태국 이주노동자 '씽' 사이에 형성되는 미묘한 관계의 양상을 소설의 핵심 주제로 돋을새김한다. 여기서 다문화사회나 변화하는 농촌의 현실은 특별한 소재적 선택의 차원이 아니라 새롭게 생겨나고 있는 타자성의 착잡하고 낯선 지대를 향한 질문의 사회적 토대로 포착되는데, 그만큼 보편적이고 강렬한 인간의 이야기를 낳고 있다. 씽이 한수의 농장에 왔을 때 주변에서 걱정해준답시고 보탠 말이 있다. "마누라 단속 잘 해. 끼리끼리는 잘 통하는 법이라고."(123쪽) 한국에 온 지 삼 년이 되어가는 씽은 한국말을 거의 하지 못한다. 그리고 처음부터 희선은 씽을 좋아하지 않고 거리를 두는데, 두 나라 사이에 국경 분쟁이 끊이지 않는 탓이다. 더구나 희선의 아버지는 캄보디아 경찰로서, 분쟁 지역에 투입될 수도 있는 상황이다. 씽에 대한 희선의 거리 두기는 소설 내내 지속된다.

그물에 걸린 새의 처리는 한수의 또다른 고민이 되는데, 씽은 능숙

하게 그 일을 처리한 뒤 밤이면 인근 농장의 태국인 친구들을 자신의 외딴 숙소로 불러 새를 요리해 먹는다. 씽이 산 채 털을 뽑아 빨랫줄에 거꾸로 매달아놓은 새 때문에 한수의 노모와 희선이 놀라 비명을 지르는 일이 벌어진다. 그러거나 한수의 입장에서는 이상하게 불편하던 씽 덕분에 새와의 전쟁에서 뜻밖에 손쉬운 승리를 거둔 셈이다. "한수는 씽에게 처음으로 친밀감을"(132쪽) 느낀다. 그러다 산 채 털이 뽑히던 산비둘기가 탈출을 감행하는 일이 벌어진다. 이웃 농장에 들렀다 돌아오던 한수는 털이 듬성듬성 뽑힌 산비둘기를 붙잡으려고 아내와 씽이 몰이를 하고 있는 장면과 맞닥뜨린다.

> 씽이 산비둘기를 쫓고, 희선이 그 뒤를 쫓아갔다. 수풀 근처에서 상황이 돌변했다. 달아나던 산비둘기가 갑자기 방향을 틀더니 씽을 향해 달려든 것이다.
> ─짠뜨라!
> 놀란 씽이 미끄러지면서 외쳤다.(141쪽)

'짠뜨라'는 잊고 있던, 아내 희선의 원래 이름이었다. "씽과 희선과 산비둘기는 여전히 쫓고 쫓기며 소리치고 있었다. 제각각의 말이 사방으로 흩어졌다. 그 흩어지는 말들 속에서 한수가 알아들을 수 있는 것은 오직 새의 말뿐이었다. 꾸꾸꾸꾸꾸."(141~142쪽)
이 순간 한수, 아내, 씽, 세 사람을 둘러싼 미묘한 공기는 더 알 수 없는 회색 지대로 옮겨간 느낌을 준다. 털이 뽑힌 채 쫓기고 있는 산비둘기의 이물스러운 날것 그대로의 형상은 씽과 희선이 내지르는 원초적 태생적 몸짓, 말과 공명하면서 의식의 구획을 무화하는 것 같

다. 씽과 희선의 관계는 그들 자신도 잘 알지 못하고 있던 영역으로 들어가고 있다. 그러니, 이렇게 봉합할 수 없는 지점이 터져나오고 나서야 윤리나 규범의 문제가 인간에 대한 질문으로 구성될 수 있는지도 모른다. 찢어짐을 포함하지 않는 타자성의 대면은 없을 것이다. 한수영의 소설은 바로 이 균열과 파열 앞에서 멈춘다. 한수가 알아들을 수 있는 것이 '새의 말뿐'이었다는 진술은 한수가 직면한 당혹스러운 상황의 기술이면서 한수영의 소설이 세계를 대하는 태도에 대해서도 알려준다. 한수영의 소설은 무지를 위장하지 않는다. 끈덕진 관찰과 두터운 성찰이 배어 있는 정확하고 단단한 언어, 넘치지 않는 이야기는 그 소설적 정직함의 다른 얼굴이기도 할 것이다. 한수영은 소설이 늘 실제의 삶 앞에서는 충분치 않다는 것을 알고 있다.

아파트 부엌 창 아래에서 우연히 듣게 된 '사랑의 고백' 전화. 「사랑의 지점」의 중년 여성 '제이'는 반복되는 이상한 우연이 알 수 없는 무기력에 빠져 있던 자신의 삶을 뒤흔들고 있다는 것을 알게 된다. 그러니까 서울의 공식적인 날씨를 결정하는 경희궁 옆 서쪽 언덕의 관측소처럼 사랑을 고백하는 특정한 지점이 존재한다면 어떻게 해야 하나. '사랑의 지점'이 먼저 존재하고, 거기서만 '진짜 사랑'이 생겨날 수 있으리라는 전도된 생각은 표면적으로 안정적인 결혼생활의 이면에 생긴 알 수 없는 균열로부터 자라난 것일 테다. 그리고 이런 정황만이라면 한수영의 「사랑의 지점」은 얼마간 익숙한 서사의 영역에 속한다고 볼 수도 있다. 심지어 제이가 '사랑의 지점'을 찾아가서 사랑의 고백을 감행하는 상대가 같은 아파트 단지에 사는 대학 때부터의 단짝 'K'의 남편이라는 사실도 그다지 놀라운 전개는 아니다. 그러나 부엌 창 아래로 가서 '사랑의 지점'을 찾는 제이의 행동 한가운데에

는 '맨발'이라는 한수영 소설 고유의 모티브가 있다.

> 제이는 남자가 서 있었을 거라고 여겨지는 지점에 섰다. 뭔가 불편
> 했다. 옆으로 한 발짝 옮겨봤지만 마찬가지였다. (……) 그러고는 마침
> 내 생각났다는 듯 샌들을 벗었다. 이끼의 서늘한 감촉이 발바닥으로
> 전해졌다. 그제야 이 지점이라는 확신이 들었다.(「사랑의 지점」, 164쪽)

'맨발'이어야 했다. '맨발'이 되어서야 제이는 무모한 열정에 들떠
K의 남편에게 전화를 건다. 소설의 마지막에 같은 장소로 가서 K의
남편에게 자신의 잘못, 실수에 대해 용서를 구하는 전화를 걸 때도 제
이는 '맨발'로 이끼를 디딘다. 그러다가 친구 K가 그곳으로 찾아왔을
때 제이가 가장 감추고 싶어했던 것도 '맨발'이었다. 가리고 있던 것
을 벗어던지고 이끼 낀 땅과 직접 접촉하는 '맨발'의 맥락을 이해하
는 것은 어렵지 않다. 「새의 말」에서 산비둘기를 몰아가는 쌩과 희선
의 원초적 시간, 날것을 향한 갈망이 여기에도 있다. 한수영의 『공허
의 1/4』에서 류머티즘 관절염을 심하게 앓고 있는 화자 '나'의 또다
른 짐처럼 등장하는 어머니의 이야기도 있다. 고향 마을에서 '불곰'
으로 불렸던 어머니는 집안의 가난을 혼자 힘으로 감당하면서 '불도
저'처럼 들에서 일했고, 집에 들어오면 낮잠이나 자는 무능한 남편을
집어던지기도 했다. 어머니의 돈벌이 중 하나는 마을 냇가로 개고기
를 먹으러 오는 사람들에게 보신탕을 끓여주는 일이었는데, 장갑도
끼지 않고 개의 목과 다리를 자르고 내장을 꺼냈다. "어머니는 꼭 맨
발로 그 일을 했다."(『공허의 1/4』, 71쪽) 흥미롭게도 이때 어머니의
'맨발'은 개를 잡을 때 일종의 제의처럼 신는 굽 높은 갈색 슬리퍼를

개의 피로 더럽히지 않기 위한 것이었다.

> 어머니 속에서 또다른 어머니가 걸어나오는 순간을 목도해버린 것
> 같은 아찔함. 그 묘한 간극을 도저히 견딜 수 없어 나는 늘 살짝 오줌
> 을 지렸다. 일하는 중간에 몇 번이나 냇물에 신발을 헹구곤 하는 어머
> 니가, 어머니의 손에 들린 칼보다 나는 더 무서웠다.(72쪽)

여기서 '맨발'은 가난의 자장 안에 있는 것 같다. 어머니에게 원초
의 날것은 할 수만 있다면 가려야 하는 것이었다. 개별 지향의 구체적
맥락은 다르되, '맨발'은 한수영 소설이 세계를 인식하고 이해하려
할 때 중요한 원점의 풍경을 이루는 것 같다. 첫 소설집『그녀의 나무
핑궈리』에도 '맨발'의 모티브는 곳곳에서 나타난다. 연변에서 시집와
무능한 남편의 폭행을 겪으면서도 미싱 일을 하며 어떻게든 살아가
는 만자씨의 신산辛酸과 향수鄕愁는 '맨발'의 '갈라진 발뒤꿈치'를 통
해 거듭 표현된다(「그녀의 나무 핑궈리」). 아이의 죽음 뒤 정선 카지노
도박판에서 삶을 방기해버리는 아내의 절망은 결국 남편의 손으로
끝을 맞게 되는데, 전화선 가설 일을 하는 지하 맨홀에서 불면의 고통
을 술로 달래는 남편의 의식에 거듭 떠오르는 것은 카지노에서 끌려
나오지 않으려 버티다 구두가 벗겨진 아내의 '맨발'이다. "여자의 끊
어진 숨보다 맨발이 이렇게 마음 아프게 한다고, 탄진처럼 자꾸만, 자
꾸만 진눈깨비가 날렸다고."(「구리 연」,『그녀의 나무 핑궈리』, 120쪽)
술의 힘으로 맨홀에서 잠 속에 빠져들고 있는 남자의 환상이 아내의
맨발을 덮으려고 하는 마지막 대목은 이 소설의 특별한 화자 장치인
'구리 연'(남자가 맨홀에서 구리 선으로 만들려고 하는 꿈의 존재)의 도

움을 받아 삶의 고통스러운 연약함이 만들어내는 특별한 아름다움에
이르고 있다.

> 남자의 잠이 깊어진다. 여자의 맨발이 보인다. 남자의 굽어버린 발
> 가락이 움찔하다 만다. 목화송이만한 눈이 여자의 발을 덮는다. 내 몸
> 에서 지느러미가 생겨나고 꼬리가 자라 나온다. 나는 눈에 덮인 여자
> 의 맨발 위로 날아오른다. 얼어붙은 벌판을 넘어 강을 넘어 날아오른
> 다. 여자는 물뿌리개를 들고 서 있다. 물뿌리개에서 뿌려지는 물방울
> 이 햇빛에 반짝인다. 여자의 맨발에 햇빛이 부서진다. 잠 속에서도 눈
> 이 부신지 남자의 입가에 미소가 물린다.(「구리 연」, 123쪽)

그리고 가령, 이번 소설집의 「지금 어디쯤이에요?」에서 치과의사
K의 빈틈없는 생활을 비집고 들어온 이상한 도난 사건(은빛 포르쉐
를 운전하는 같은 아파트의 번듯한 이웃 남자가 범인이었다)은 깊이 묻
어두었던 K의 옛 기억을 소환한다. 중학교 2학년 때 학교에서 돌아
오던 K는 젊은 어머니가 생선가게에서 은빛 갈치를 훔치는 장면을
목도한 적이 있다. 소설은 일종의 트라우마적 과거와 다시 대면하게
된 K의 흔들리는 세계를 정밀하게 그리고 있는데, 한수영 소설에서
'맨발'은 '은빛 갈치'처럼 인물의 현재가 가리거나 덮고 있는 또다른
긴 시간의 축을 여는 반복되는 문은 아닌가. 이번 소설집에서라면 산
과력産科歷을 따라가며 고단했던 한 여인의 생을 구술 형식으로 보여
주고 있는 「만조유생」과 부친의 한국전쟁 때 기억까지 거슬러올라가
는 「달개비꽃」이 뚜렷이 그렇지만, 첫 소설집까지 포함해서 한수영
의 소설에는 당대 한국인의 삶을 '비동시성의 동시성' 안에서 그려내

려는 좀 더 자각적이고 의식적인 노력이 있는 것 같다. 한수영의 등단작 「나비」는 그런 점에서 예시적이다. 거기에 그려진 어머니와 외할머니의 지독한 가난의 시간과 서울 변두리 산동네와 궁벽진 시골이라는 배경은 2000년대 초반 한국 소설에서는 얼마간 시대착오의 느낌을 줄 정도로 빠르게 약화되고 있던 소설적 요소라고 할 수 있다. 한수영이 이번 소설집의 「만조유생」「달개비꽃」「울」 등에서 노년의 인물을 전면에 내세워 핍진한 이야기를 풀어내고 있는 것도 전혀 우연이 아닌 셈이다.

어쩌면 '맨발'이나 '발뒤꿈치'는 작가의 무의식과 관련된 원점의 풍경일 수도 있다. '맨발'로 표상되는 원초적인 날것의 자리는 한수영 소설이 세계와 마주서 있을 때, '파이'나 '황종률'처럼 삶의 중심과의 거리를 재는 기준점처럼 반복 회귀하는 것일 수도 있다. 그러나 그보다 더 중요한 것은 한수영 소설이 숱한 "난독과 오독의 염려"(「아마 늦은 여름이었을 거야」, 104쪽)에 노출되어 있는 세상에서 우월한 (혹은 그렇게 가정된) 인식의 조망대에 오르기를 거절하고, 어둠을 어둠의 시간 안에서 살아내려는 소설적 성실성을 끈질기게 부여잡고 있다는 사실일지도 모른다. 한수영 소설의 '맨발'은 '난독과 오독'의 가능성 안에서 끝내 충분히 해명되지 않는 삶의 실재로 남는다. 「새의 말」의 세 사람이 털 뽑힌 산비둘기를 쫓는 그 이상한 대면의 시간 이후 어떤 관계 속으로 이동할지 우리는 알지 못한다. 「바질 정원에서」의 '잘못 울린 종소리'는 혜영의 오래된 악몽의 짐을 덜어내긴 했을까. '맨발'은 언제나 그대로 남은 채 다만 삶 안에서 서로를 물들이고 있다. 한수영의 소설과 함께 우리는 오래도록 '새의 말'만을 알아들어야 할지도 모른다. 그래도 좋을 것이다. 그 어둠 속 시간의 연대

안에는 '당신'을 향한 자리도 있을 테니까. 그렇다면 소설 속 한 인물의 다음과 같은 이야기를 한수영 소설의 자기 언급으로 보아도 좋지 않을까.

전조등을 켤 시간이야. 이제 방금 가로등에도 불이 들어왔어. 여름 저녁에는 낭떠러지 같은 지점이 있지. 순식간에 어두워져버려. 전조등의 불을 밝히는 순간. 재희씨는 그 순간을 좋아했어. 자신의 전방을 비추기 위한 것이 아니라, 가장 강력한 연대의 표시로 여기 길 위에 당신과 내가 함께 있다는 걸 알려주는 불빛. 다음날이면 다시 또 길 위로 나오고 싶게 만들어주는 불빛. 지금은 아무것도 보이지 않아.(「아마 늦은 여름이었을 거야」, 112쪽)

(2023)

모호함을 껴안는 시간
—이승주의 『리스너』

1

모호함은 일상생활에서라면 분명한 입장과 경계선을 요구받는 부정적인 태도가 될 가능성이 높다. 그러나 문학은 모호함의 영역에서 언어예술로도, 인간 이야기의 발굴에서도 자신의 특별한 능력을 찾아왔다고 할 수 있다. 그것은 무엇보다 인간사에 폭넓게 존재하는 회색 지대와 관련되는데, 명료한 구획과 경계선이 추상적이고 일반화된 요구라면 개별의 구체적 삶은 거기에 응하면서도 미달과 과잉의 영역을 가질 수밖에 없기 때문이다. 문학 언어의 중의성은 언어 자체의 자질과 맥락으로부터도 오지만, 그 언어의 자리는 결국 인간사의 모호성을 탐구하고 형상화하려는 문학의 욕망과 닿아 있을 테다.

이승주의 첫 소설집 『리스너』[1]에서 전반적으로 두드러지는 것은 통상의 규정 바깥에서 진행되는 미묘한 인간관계의 양상이다. 그것

---

1) 이승주, 『리스너』, 현대문학, 2021. 이하 인용은 작품명과 쪽수만 밝힌다.

은 모호함의 영역이기도 한데, 구획과 구획 '사이'의 이야기가 적극적으로 발굴되고 있는 것 같다. 가령 소설집의 처음을 여는 「층과 층 사이」의 제목이 함의하고 있는 것처럼 어느 쪽으로도 흡수되지 않는 '사이'의 공간이 있고, 여기에서 생겨나는 인간 이야기가 있다. 동시에 '층과 층 사이'는 집의 물리적 공간으로서, 이번 소설집의 또다른 테마라 할 수 있는 '건축'과 관련해서도 미리 알려주는 바가 있다. 그런데 이승주의 소설에서 '건축'은 인간사를 비추는 은유의 자리에 상징적으로 머물러 있기보다는, 그때그때의 구체적인 맥락을 타고 공간과 상소, 구조의 이야기로 묽게 풀어지면서 살아가는 일에 대한 환유가 된다. 그런 만큼 '건축'이 맥락화하는 의미는 인물들의 개별 정황 안에서 제한적이고 잠정적으로 조언과 참조의 자리를 생성하는데, 이는 이승주의 소설을 다시 한번 좋은 의미의 모호함의 세계로 열어놓는 몫을 하는 것 같다.

다른 한편, '건축'의 테마는 인물과 이야기에서 직접적인 배경을 제공하기도 하지만, 다르게는 출판 편집자, 전시 기획자, 광고 기획자, 그래픽 디자이너, 음반 디자이너, 녹음 엔지니어, 음반 마스터링 엔지니어 등 일련의 문화, 예술 직업군 인물들의 이야기와 느슨하게 이어지면서 소설집 전체로는 '에디터editor의 세계'라고 할 수 있는 서사적 공간과 배경을 형성하는 것 같다. 어느 면에서는 '건축' 역시 에디팅editing의 영역에 포함된다고 할 수 있을 텐데, 이 점은 이승주 소설을 둘러싸고 있는 자유롭고 개성적인 공기의 바탕이 되어주는 것이기도 하지만, '건축'이라는 테마를 포함해서 '에디터의 세계'가 이승주 소설의 자기 언급적self-referential 측면을 이룬다는 것도 기억해둘 만하다. 소설쓰기가 그 자체로 실천적이고 수행적인performative 자기

탐구의 도정이기도 하다면, '에디터'의 자리는 소설의 자기의식에 제공할 수 있는 자원과 성찰의 계기를 적지 않게 품고 있다. 우리는 소설의 창조성을 덜어내지 않은 채로도 소설이 세상에 이미 존재하는 말과 이야기를 편집하고 배열하고 구성하고 새로 다듬는 일이라는 데 동의할 수 있다. 또한 에디터는 소설 원고를 편집하는 사람이기도 한데, 최초의 독자라 할 수 있는 에디터의 자리는 소설에 대한 객관화를 가능하게 한다. 이승주의 첫 소설집이 특별히 더 신선하고 미덥다면, 소설에 대한 메타적 시선을 이처럼 아주 구체적인 직업 세계의 일과 어휘들로부터 구하고 있다는 데서도 이유를 찾을 수 있을지 모른다. 이승주 소설에 접혀 있는 '에디터-최초 독자'의 시선은 다르게는, "음악이 표현하려는 음향 공간이 눈에 보이듯 펼쳐"(44쪽)지고, 그렇게 해서 '스테레오가 가상의 무대에서 만드는 긴장감이나 어떤 무드 같은 걸 감지하기도 하는'(「리스너」) 전문적이고 예민한 귀를 가진 사람의 이야기로 번역될 수도 있을 테다. '에디터'는 '리스너'이기도 한 것이다. '모호함'의 영역에서 감지되는 미묘하고 섬세한 차이를 '뉘앙스'라고 할 때, 이승주의 소설에는 '뉘앙스'라는 단어를 떠올리게 하는 순간들이 많다. 그것은 언어의 구사나 분위기의 구축, 소설의 의미와 감흥을 쌓아가는 과정에 두루 나타난다. 이승주의 첫 소설집을 '에디터/리스너'의 차원에서 좀더 적극적으로 생각해보게 되는 이유이기도 하다.

2

「층과 층 사이」의 '유정'은 건축 잡지 편집자로 일하고 있는 여성이다. 소설은 대학 간 연합 강의 형식으로 진행되는 강연의 첫번째 강사

인 건축가 '김지훈'을 ECC(이화여대 캠퍼스 복합단지) 건물에서 인터
뷰하는 유정의 모습으로 시작한다. 그런데 김지훈은 얼마 전 유정과
맞선을 본 사이다. '결혼 시장'을 둘러싼 씁쓸한 소극을, 혹은 알 수
없는 남녀관계의 흥미로운 전개를 기대해볼 법한 소설의 서두다. 독
특한 구조의 ECC 건물에 대한 전문적인 묘사와 소개가 나오는데, 소
설을 다 읽고 나면 되짚으며 당시 유정의 착잡한 심리와 이어보게 되
지만 당장은 가령, 다음과 같은 대목에서 걸려 넘어진다. 바닥에 떨어
진 새 한 마리. 유정은 카메라 렌즈를 들이대고, 뒤따라오던 김지훈은
말리는 기세다.

> (……) 유정은 렌즈에서 눈을 뗄 수 없었다. 언젠가 자신이 꾹꾹 눌
> 러 삼켰던 말이 떠올랐기 때문에. 프레임 안에 날개가 꺾이고 머리가
> 으깨진 새가 갇혔다. 이를 악물고 셔터를 누르자 새는 피사체가 되었
> 다. 피사체에 머문 죽음. 깨진 유리는 보이지 않았다.(「층과 층 사이」,
> 12~13쪽)

ECC 외부 커튼월의 대형 유리에 부딪쳐 죽은 새 한 마리. 유정이
꾹꾹 눌러 삼켰던 말은 무엇일까. '피사체에 머문 죽음'이란 말인가?
죽음이라면 누구의? 소설은 더이상 아무런 말이 없다. 그러나 적어
도 소설의 분위기는 여기서 작은 변곡점을 지난다. 작가의 솜씨가 간
결하고도 단단하다. 유정의 걸음은 '피사체에 머문 죽음'을 지나 계
속되고 '주희'와의 저녁 약속을 환기하는 가운데 소설은 조금은 뒤늦
게 유정의 이야기를 꺼낸다. 여고 동창 주희와의 특별한 감정과 욕망
의 시간이 생략과 여백을 기조로 한 압축적 서술과 묘사로 회고된다.

"하나는 외로우니까 둘이었으면 좋겠어."(17쪽) "아들은 로리, 딸은 로라. 어때?"(18쪽) 이어서 두 사람의 부산 여행의 기억을 '모래성'의 이야기로 이끄는 대목은 자칫 유치해질 수도 있을 텐데, 마무리에는 전혀 '축축함'(주희에 따르면 모래성을 쌓으려면 모래가 축축해야 한다)이 없다. 작가의 내공을 확인할 수 있는 지점인 듯하다.

> 주희가 계속 걸어서 바다로 들어간다면 유정은 주희를 잡을 것인지, 이대로 머무를 것인지 그 또한 알지 못했다. 자잘한 빛들이 모래 위에서 반짝거리다가 흩어졌다. 로리, 로라, 로리와 로라, 로리와 로리, 로라와 로라…… 유정과 주희가 지은 이름이 거기에 있었다.(같은 글, 18~19쪽)

기억의 묘사가 긴 이야기들을 대체하면서 소설의 현재로 돌아올 수 있는 서사의 적절한 리듬을 찾아내고 있다. 지금 유정은 근처 연희동 주희네 집으로 갈 참이다. 남편과 다섯 살 아이가 함께 있는 집으로. 건축가 김지훈의 강연과 주희의 생일 모임이 같은 날 저녁 가까운 장소에 잡혀 있어서 유정이 두 장소를 왕래하게 짜놓은 소설의 설계는 흡사 독립된 두 개의 건물이 내부 공간으로 연결되어 있는 ECC의 구조를 연상케 한다. '건축'을 소설의 테마이자 내적 구조로 접어놓는 이승주 고유의 창작 방법이 여기에 있을 테다. ECC 건물의 분리와 연결의 구조, 같은 시간대에 김지훈과 주희를 오가는 유정의 동선은 둘 다 구획과 경계를 흐리게 한다는 점에서 '모호함'의 영역을 끌어들이게 되는데, 기실 주희에 대한 유정의 감정과 욕망이 처해 있는 좌표가 바로 이 '모호함'이기도 하다. 주희에게 남자가 생기자 숨길 수 없는

질투심 때문에 관계에 먼저 선을 그은 것은 유정이었다. 그리고 주희의 결혼식을 앞두고 화해했다고는 하지만, 감정과 욕망은 그렇게 깨끗이 마름질되고 끊어지는 것은 아닐 테다(이 긴 시간의 어디쯤에 '피사체에 머문 죽음'의 이야기가 찾아온 순간이 있었으리라). 주희네 집에서의 저녁 시간은 두 사람의 회복하기 힘든 거리와 함께, 유정의 정리되지 않는 욕망을 다시금 보여준다. 이럴 때 유정과 주희의 관계란 무엇인가. 생각해보면 김지훈과의 관계도 열도는 약하되 모호하기는 마찬가지다. 김지훈은 지금 유정과의 두번째 맞선 자리를 마다하지 않고 있다. 그러나 소설은 이 관계들을 정돈하려 하지 않는다. 모세가 만든 갈라진 바닷물의 형상에서 아이디어를 얻었다는 ECC 건물이 알려주는 것은 어쩌면 그렇게 나누어진 채로도 관계를 이어가는 삶이라는 구체적 형상의 작은 '기적들'인지도 모른다. 사랑/우정, 동성애/이성애, 결혼/비혼과 같은 정돈된 개념과 규정, 구획된 울타리 밖에서 말이다. 그러니 다시 혼돈에 빠진 유정이 그녀의 집에서 무심코 찾아낸 "1층과 2층 사이 삐걱거리는 나무 계단"(32~33쪽)의 존재는 뭉클하다. 이것은 ECC 건물이 그런 것처럼 우리가 사는 공간이 우리에게 조언을 건네고 우리를 위로하는 순간이다. 다르게는, 소설이 삶을 앞서서 이끄는 순간일 수 있다.

우리 집 1층이 비어 있어. 이사 올래? (남편과 상의해볼게. 아영이를 어린이집에 보내야 하는데 어떨지 모르겠어.) 여기도 어린이집은 있어. (괜찮겠어?) 괜찮아, 셋이서 같이 키우면 돼. (셋이서?) 그래, 셋이서.(같은 글, 33쪽)

유정의 머릿속에서 그려지는 두 사람 사이의 가상의 대화다. 그리고 유정은 덧붙인다. "어쩌면 셋이 아니라 넷이 될 수도 있어. 너에게 소개할 새 애인이 생긴다면."(34쪽) 네번째 사람이 김지훈이 될 수도 있을까. 모를 일이긴 하다. 그러나 「층과 층 사이」가 이 지점에서 무언가 가능성의 공간을 열고 있다는 사실은 분명하다. '사이의 공간'은 연결의 지대이면서, 어정쩡함과 모호함이 그 자체로 풍성한 사물과 세계의 양상이라는 것을 알려준다. 이승주 소설의 건축적 상상력은 여기서 미학적이고 구조적인 차원을 포함하면서 삶이라는 무정형의 시간과 결속된다.

「에바, 에바 캐시디」의 '소영'과 '건우'의 관계도 「층과 층 사이」의 유정과 주희(혹은 김지훈)의 관계 못지않게 어정쩡하고 모호하다. 한때 캠퍼스 커플이었던 소영과 건우는 십여 년 만에 다시 만나게 되는데, 그사이 소영은 미국에서의 결혼 후 싱글로 돌아와 있고 건우는 기러기 아빠인 채 이혼을 결심한 상태다. 그래픽 디자이너인 소영과 광고 기획사 대표인 건우는 충무로 인쇄 골목에서 우연히 마주친 후 띄엄띄엄 관계를 이어간다. 건우가 소영의 작업실이 있는 연남동으로 찾아와 저녁을 먹고 술을 마시는 식으로 이어지던 관계는 소영이 불편을 느끼면서 한 계절을 건너뛰기도 하지만, 다시 한번 충무로에서 조우하게 되면서 이번에는 건우가 소영의 작업실로 와 일을 도와주는 식으로 진행된다. 건우는 소영의 작업실에 노트북을 들고 와서 일하다가 소파에서 잠이 들기도 한다. 그렇다고 해서 두 사람 사이에 예전의 연인 관계로 돌아갈 만한 긴장이 있는 것도 아니다. 오히려 건우는 이혼과 재혼 계획을 알려주는데, 뉴욕에 사는 교포로 일곱 살 연상의 재혼 상대 여성의 이름이 '에바 캐시디'다(에바 캐시디는 서른셋에

요절한, 소영이 좋아하는 미국 여성 가수의 이름이기도 하다). 그녀는 스카이다이빙 결혼식을 꿈꾸는 담대한 성격의 여인이라고 한다. 건우는 아예 사무실을 소영의 작업실이 있는 건물로 옮기기까지 한다. 두 사람은 티격태격하면서도 어정쩡하고 모호한 관계를 계속 이어간다. 건우의 자동차 광고 카피 'Different Friends!'가 암시하는 대로 두 사람의 연인 관계를 끝나게 했던 '다름'이 미지근한 '우정'의 관계에서는 오히려 동력이 되고 있는 걸까. 소설은 그 '다름'에 대한 소영의 자의식을 섬세하게 보여주는 방식으로 모호한 관계에 대한 질문을 쌓아간다. 식당 메뉴 선택의 삽화에서 '메인'을 둘러싼 두 사람의 다름이 드러나고, 경의선 숲길 공원의 '선형'도 둘을 나누는 기준이 된다. 건우는 다시 돌아가야 한다는 점에서 선형 공원을 피곤해하는 반면, 소영은 다시 돌아갈 수 있다는 이유로 선형 공원을 좋아한다. '세잔'식으로 사과를 서서 바라볼 줄 모르는(그래서 사물의 한 면만을 보는 듯한) 건우의 태도를 소영은 여전히 답답해하기도 한다. 예전 건우와의 결별은 모험을 모르는 그의 고지식함 때문이었던 것 같다. 그러나 사람에 대한 이런 단정과 구획은 얼마나 폭력적인 것인가. 이승주의 소설은 다시 한번 모호함의 영역을 껴안는 방식으로 그 자신도 잘 모르던 인간 이해의 지대로 이동한다.

　　모험을 하지 않는다. 그런 그가 에바 캐시디를 만난다. 가족을 떠나려고 한다. 소영은 생각했다. 어쩌면 건우의 1퍼센트는 에바 캐시디일지도 모른다고. 건우의 삶에서 뭔가가 빠져나갔고 그 공백이 너무 커모험이 필요한 지경까지 갔다고. 그 공백을 알아본 에바 캐시디가 마침내 건우의 1퍼센트를 차지한 게 아니냐고, 소영은 묻고 싶었다.

건우야, 넌 그 말을 언제 누구한테 들었니? 나한테 아이가 있었다는 말.(「에바, 에바 캐시디」, 120쪽)

사정이 그렇다면, 건우가 소영의 동네로 찾아오고 소영의 작업실 소파에서 잠을 자고 같은 건물로 사무실을 옮기기까지 한 것은 자신의 공백을 위로받기 위한 안간힘이었을 수 있으며, 기실 소영 자신도 아이를 잃었던 결혼생활의 상처와 공백으로부터 달아나는 시간 속에서 건우와 만나왔다고 볼 수도 있다. 사랑/우정, 결혼/이혼의 구획이 포착하지 못하는 삶의 시간들이 여기에는 있다. 누구에게나 세잔식으로 사과를 보는 시간은 오게 마련이며, 건우가 소영의 상처를 침묵으로 감싸며 응대하고 있었다는 사실이 그 증거일 테다. 재회 이후에도 소영은 계속 예전의 눈으로 건우를 보아왔으며, 그 단정과 규정 안에서는 건우의 '1퍼센트 공백'을 감지하기 어려웠을 것이다. 모호함을 껴안는다는 것은 밖에서 주어진 것이든 스스로 만든 것이든 구획된 틀을 깨는 일이다. 「에바, 에바 캐시디」는 소설의 마지막에 그 틀이 부서져내리는 장면을 통쾌하게 보여준다. 건우 대신 에바를 마중하러 나간 소영은 공항에서 전남편의 조카인 듯한 소녀를 보게 되면서 허둥대다가 시간을 지체하게 된다. 입국장의 에바를 놓치지 않았나 싶을 때쯤 한 여성이 걸어온다.

마흔일곱이 아니라 쉰일곱으로 보였다. 주름진 얼굴에 머리칼이 희끗희끗했다. 체구가 크고 인상이 동글동글했다. 에바일 리 없다고 생각했지만, 여성이 미소 짓는 순간 소영은 단박에 알아봤다. 그의 미소는 너무나 푸근했다. 눈동자엔 총기가 넘치고 걸음걸이는 씩씩했다. 이

사람이라면 거뜬히 꽃을 뿌리며 스카이다이빙을 해낼 것 같았다.(같은 글, 126쪽)

요절한 미국 가수 에바 캐시디가 강렬하게 소영의 머릿속에 자리 잡고 있었던 탓도 있겠지만, 소영은 건우가 사랑하는 여인조차도 자신의 상상으로 채우고 있었던 셈이다. 모호함의 수락이 타자의 자리에 대한 승인과 한몸이라는 것을 「에바, 에바 캐시디」는 세련되고 상큼한 방식으로 보여준다. '경의선 숲길', 소영의 작업실이 있는 건물과 동네, 공항 등 장소와 공간에 대한 이승주 소설의 예민하고 섬세한 시선이 소설의 서사적 리듬을 풍성하게 만들고 있는 점도 부기해두고 싶다. 소영의 오만과 실패가 아이러니하게 보여주는 대로 세잔식 사과 보기는 한 번으로 완수되는 것이 아니라, 누구에게나 매번 매순간 새로운 과제로 주어지는 것일 테다.

모호한 관계의 이야기라면 「공주」를 꼽는 게 빠를지도 모른다. 소설 화자 '나(윤경)'와 '규'는 사실상의 부부로 함께 살고 있지만, 두 사람은 결혼식 전날 파혼한 사이다. 결혼을 앞두고 신혼집 이사 과정에서 규가 아끼던 강아지가 사고로 죽자, 규는 집을 나갔고 결혼식은 취소되었다. "나간 지 다섯 달 만에 규가 캐리어를 끌고 다시 들어왔다. 나는 짐을 빼지 않았고, 규도 짐을 빼지 않았다. 우리의 관계는 수정되었다. 동거인, 룸메이트."(174쪽) 이런 어정쩡한 생활이 육 년째다. 소설은 규의 아버지의 고희연 날 즉흥적으로 천안행 ITX를 타는 두 사람의 한나절 여행을 그리고 있다. 천안과 공주를 둘러보는 즉흥 여행은 가족 모임을 피하려는 규의 속내에 따른 것이긴 하나, 윤경 역시 모르는 척 따르면서 일종의 해찰하는, 여담적digressive 여로가 되고

있다(윤경의 짐작과는 달리 규의 고희연 불참은 알코올의존증 증세가 있는 아들을 걱정한 부친의 뜻이라는 게 드러나기도 한다). 어쨌든 해찰하듯 떠난 두 사람의 즉흥 여행 한편에 집안의 공식 행사가 있다는 사실은 '룸메이트'라는 두 사람의 이상한 관계를 의식/무의식적으로 돌아보는 계기가 될 수도 있을 테다. 그러나 소설은 전혀 그런 기미를 드러내지 않고 진행되는데, 곁가지로 흐르는 해찰이 본류가 되는 형국이다. 그런 가운데 음반 마스터링 엔지니어인 규의 독특한 취향이 소개된다. 규는 아이폰을 점퍼 주머니에 넣어둔 채 이즈음은 거의 쓰는 사람이 없는 '워크맨'으로, 그러니까 카세트테이프로 음악을 듣는다. 천안에 온 김에 근처 공주의 대일레코드로 공테이프를 사러 가자고 제안하기까지 한다. 단종된 '소니 메탈 공테이프'를 살 수 있는 유일한 곳이라며. 요즘 젊은 세대에게는 카세트테이프가 전혀 경험해보지 못한 새로운 문화로, 힙스터가 되는 길이기도 하다는 것인데, 윤경은 규에게 묻는다. "젊은 애들은 그렇다 치고, 너는 왜 카세트테이프를 사는 건데?"(175~176쪽) 규는 대답한다. "신기하잖아. 아기자기하고." 그리고 덧붙인다. "이런 건 직접 사러 가는 맛이지. (……) 그냥, 사보는 것 자체가 즐거워. 손맛이 있거든."(176쪽) 윤경은 정말 규의 이런 기이한 취향을 이해하지 못하는 것일까. 아닐 것이다. 대답과 함께 규의 입가에 떠오른 수줍은 웃음에 대해 소설은 이렇게 쓰고 있다.

　　오랜만에 보는 웃음이었다. 20년 지기 대학 동기들에게 규를 소개한 자리에서 나는 저 웃음이 좋다고 말했다. "웃을 때 수줍어해. 웃음이 입가에서 눈가로, 눈가에서 양쪽 볼로 퍼지는 게 꼭 수면에 이는

물결 같아. 그걸 보는 게 좋아."(「공주」, 같은 쪽)

　　강아지의 죽음이 규의 마음에 만든 검은 공동空洞에도 불구하고 두
사람의 관계가 파국으로 이어지지 않고, 모호하고 어정쩡한 대로 '동
거인, 룸메이트'로 지속될 수 있는 이유가 여기에 있는 것이 아닐까.
타자에 대해 무지를 감내하고, 전부 대신 일부라도 품으려는 관계. 모
르는 것을 모르는 대로 내버려두는 관계(규의 알코올의존증은 지금 웬
만큼 치유된 듯 보이나 그 이유나 진행 과정에 대해서 소설은 거의 알려
주는 것이 없다. 이 무심과 무지는 무엇보다 '윤경'의 것이라는 점에서
놀랍다). 그러니까 규의 카세트테이프는 '힙함'의 표지나 의도적인 시
대착오의 기호로 소설의 의미망 안에서 작동한다기보다는 타자의 거
리距離를 감수할 수밖에 없는 공동空洞의 존재를 표상하는 것 같다. 그
사실을 다시금 받아들이는 시간으로 두 사람의 천안행과 공주행이
이루어지고 있다면, 이 시간을 채우고 있는 해찰이야말로 두 사람의
관계에 대한 절실한 질문일 수 있다. 문이 닫힌 대일레코드 앞에서 오
지 않는 주인을 기다리는 두 사람의 모습이 아름답다면 그래서일 것
이다.

　　규는 양손으로 반원을 만들어 눈 옆에 갖다 댄 채 유리문 너머를
보고 있었다. 규의 웃음소리가 들렸지만 나는 규의 얼굴을 볼 수 없었
다. 뭘 재밌다고 하는지, 왜 재밌어하는지도 알지 못했다. 그저 빠르게
올라가는 규의 목소리에 귀를 기울일 뿐. (……) 거리는 점점 어두워
지는데 가게 안 벽에 빼곡하게 꽂힌 카세트테이프는 손에 닿을 듯 가
까워 보였다.(같은 글, 185쪽)

있다면, 이 무지를 껴안는 것이 사랑일 테다. 이승주의 「공주」는 공동을 사이에 둔 사랑의 존재 방식을 세련되게 탐문하는 작품이다. 여기서 모호함은 서로에 대한 무지를 품은 채 깊어지고 있는 듯하다.

3

소설집의 표제작 「리스너」에도 '카세트테이프'는 중요한 소설적 모티브로 등장하거니와, 이승주 소설의 자의식과 관련해서 주목할 만한 서술이 나온다. "카세트테이프 같은 선형 미디어는 빨리 감기로 원하는 부분을 찾아갈 수는 있어도 건너뛸 수는 없다. 그 과정을 순차적으로 경험해야 한다."(45~46쪽) 세 남녀 사이에 일어나고 있는 감정과 욕망의 미묘한 변화를 그리고 있는 「리스너」가 곧 건너뛰고 요약할 수 없는 인간사의 탐사를 미시적인 차원에서 수행적으로 보여주고 있다고 할 수 있는데, 같은 이야기를 모호성의 영역에 조용히 그리고 끈덕지게 다가가고 있는 이승주 소설 전체에 적용해도 무방하리라. 이때 이승주 소설의 조용한 야심과 욕망이 "음악이 표현하려는 음향 공간이 눈에 보이듯 펼쳐"지는(44쪽) '스테레오'의 몫, 다시 말해 모호성을 듣고/보는 '리스너'의 자리에 있다는 것을 짐작하기는 어렵지 않다. 「리스너」에서 '동우'의 마음에 생긴 균열을 감지한 '재이'는 차이콥스키의 〈6월 뱃노래〉를 듣다가 질문을 던진 적이 있다. "이 배에 몇 명이 탄 것 같아?"(61쪽) 그리고 도로변 공터 한쪽에 외따로 떨어져 있는 이상한 사진 스튜디오에서 동우는 같은 음악을 듣게 된다.

몰사진스튜디오만 다른 모양이었다. 현관문을 중앙에 두고 왼쪽은 통유리, 오른쪽은 노출 콘크리트로 마감한 건물이었다. 마당 한편에 심은 능소화가 울타리 밖으로 가지를 늘어뜨렸다. 가까이에선 볼 수 없는 풍경이었다. 그러나 동우가 바라보는 풍경에 동우는 없었다. 그곳엔 창백한 남성과 길게 누운 개, 재이가 있다. 그리고 누군가 계속 피아노를 연주하고 있다.(「리스너」, 63쪽)

피아노를 연주하고 있는 사람은 누구인가. 스튜디오의 창백한 남성은 시디를 틀었을 뿐이라고 했고, 음악도 동우가 들었던 〈6월 뱃노래〉가 아니라고 답했다. 〈6월 뱃노래〉의 피아노 소리는 지하실 저 아래에서 계속 들려오는데 동우의 환청인가. 재이는 지금 어디에 있는가. 이모두가 모호하게 처리되면서 소설은 갑자기 환상의 영역으로 이동한 것처럼 보인다. 놀랍게도 그 모호한 환상 속에서 〈6월 뱃노래〉의 음은 음표 하나하나가 명멸하며 배에 탄 사람들의 얼굴을 보여주지 않겠는가. 거기에는 동우 자신의 일렁이는 얼굴도 있다. 그러나 다시 달려간 스튜디오의 현관문은 열리지 않는다. 소설은 여기에서 끝나는데, 모호함에 대한 이승주 소설의 탐사가 불안과 혼돈, 환상의 문 앞에 도착해 있는 듯한 이 대목은 얼마간 계시적이다. 작가로서 '리스너'의 자리가 단순히 소리를 가상의 이미지로 바꾸는 데 그치는 것이 아니라면, 이승주 소설은 앞으로도 계속 들리지 않고 보이지 않는 자리에서 모호한 인간 진실의 문을 열기 위해 불안하게 흔들릴 수밖에 없으리라.

「층과 층 사이」를 비롯「건축 공간에 미치는 빛과 중력의 영향」「설계자들」 등에서 뚜렷하게 감지되는 건축적 상상력의 지향은 구체적 '형태화'의 측면에서 이승주 소설의 구조와 의미망을 활성화하고 중

의화하는 참신한 방법론이기도 하지만, 중요한 대리 보충의 영역을 과제로 남겨두는 것이기도 할 테다. 소설이 다루는 인간 이야기는 언제나 "시간을 통과하며 형태 없이 흘러간 것들"(「설계자들」, 244쪽)쪽에 더 많이 남아 있을 것이기 때문이다. 그런 점에서도 「설계자들」의 마지막에 놓여 있는 다음과 같은 진술은 조금은 뒤늦게 소설의 출발선에 선 신예 작가의 예민한 자기 언급이자 신뢰할 만한 출사표로 읽어도 좋지 않을까.

　　형태 없는 것들이 형태를 갖추었을 때, 공간은 비로소 장소가 된다. 건축물은 허물어지고 다시 또 세워지겠지만, 그곳에서 보낸 기억은 허물 수 없는 형태를 갖춘 채 누군가의 머릿속에 자리잡고 있을 것이다. 언제나 형태 있는 것들은 형태 없는 것들에서 나온다.(「설계자들」, 245쪽)

(2021)

마음의 접속면을 따라가는 소설의 시선
—김금희의 『경애의 마음』

1. '마음'의 전사前史 혹은 수용사

『경애의 마음』[1]에는 인물들의 마음을 형용하고 서술하는 많은 순간이 있다.

상수의 마음은 특정할 수 없는 무언가와 무언가의 '사이'에 있다고 경애는 생각했다. (……) 경애는 그가 그렇듯 갈등하는 것에 고유한 윤리가 있다고 느꼈다.(158쪽)

"마음을 폐기하지 마세요. 마음은 그렇게 어느 부분을 버릴 수 있는 게 아니더라고요."(176쪽)

상수는 그렇게 양말 하나 벗지 않고 앉아 있던 산주 앞에서 경애가

---

1) 김금희, 『경애의 마음』, 창비, 2018. 이하 인용은 쪽수만 표기한다.

느꼈을 모욕감을 느끼며 조용히 분노했을 뿐이었다. 아마 경애가 그랬을 것처럼 움츠러들었다. 차가운 물을 뒤집어쓴 듯 마음이 오므라들었다. 기가 죽고 축소되었다. 누군가를 이해하는 일이란 그렇게 함께 떨어져내리는 것이었다.(208쪽)

경애가 온종일 엎드려만 있는 유령 같은 학생이라고 마음이 움직이지 않았던 것은 아니었다. 오히려 그 마음이 너무 강하게 움직이고 있었기 때문에 아무것도 하지 않은 채 정지해 있었을 뿐이었다.(279쪽)

"한번 써본 마음은 남죠. 안 써본 마음이 어렵습니다."(291쪽)

단순히 빈도의 문제만은 아니다. 소설의 주인공 경애와 상수는 그들의 행동이 아니라 마음으로 서사에 참여하고 있다고 말하고 싶을 정도다. 소설의 사건은 얼마간의 객관적인 묘사와 기술이 있는 경우에도 그 마음의 자리, 마음의 시선, 마음의 흐름에서 다시 검토된다. '마음의 전경화'는 이 소설의 뚜렷한 목표이자 방법론인 듯하다.

기실 인물의 심리, 또는 근대적 자아의 공간으로서 내면의 기술은 세계에 대한 객관 묘사와 함께 소설의 중요한 자질이라 할 만하다. 그렇다면 『경애의 마음』이 전경화하려 애쓰고 있는 '마음의 공간'은 그 심리, 내면과 어떻게 변별되는 것일까. 여기서 한국어에서 '마음'이라는 말이 갖는 통상의 맥락을 잠시 생각해보자. 국어사전에는 "1. 사람이 본래부터 지닌 성격이나 품성. 2. 사람이 다른 사람이나 사물에 대하여 감정이나 의지, 생각 따위를 느끼거나 일으키는 작용이나 태도. 3. 사람의 생각, 감정, 기억 따위가 생기거나 자리잡는 공간이나 위

치"라고 풀이가 되어 있다. 2와 3의 뜻풀이는 심리, 내면과 겹치는 지점이 있는 듯한데, 그런 의미를 품으면서도 1의 '사람이 본래부터 지닌 성격이나 품성'을 가리키는 것으로 이해하는 게 일상적인 용례에 가까운 것으로 보인다. 이는 우리가 쓰는 '마음'이라는 말이 '일체유심조'와 같은 종교적(정신주의적) 맥락에 조금 더 가깝고, 심리와 같은 근대 심리학의 공간과는 어느 정도 구별된다는 의미도 될 수 있겠다. 또한 그 종교적 맥락이 속화되면서 현실의 구체적이고 물질적인 질서를 가리고 외면하는 방식으로 '마음'의 쓰임이 남용된 점도 기억해둘 필요가 있을 듯하다. 리얼리즘의 추구라는 한국 근현대 소설의 도정에서 보아도 '마음'(지금 『경애의 마음』에서 주목하고 있는 것과 같은)은 주관적·감상적 정서의 공간이나 모호한 정신주의의 영역 쪽에 그 자리가 놓이면서 그다지 적극적인 기술과 발견, 발굴의 대상은 아니었던 것으로 보인다(물론 소설이 인간이 마음을 다루지 않은 적은 없을 테지만, 그 방법은 대개 '간접화' 속에 있었다고 할 수 있을 것이다).

이 대목에서 참조점으로 떠오르는 것은 김홍중의 『마음의 사회학』[2]이다. 이 책은 정신주의나 '나', 주관의 영역에 정향되어 있던 마음의 영토를 "유사한 언어와 기억, 고통의 감각과 행복의 소망을 공유하는 집합체의 '마음'"(6쪽)으로 재구축하고, 그 집합적 마음의 형성과 변화라는 살아 있는 구조를 탐구하려는 시도다. 저자는 "이 책이 말하는 '마음'은 (……) 종교-형이상학적인 의미의 심心이나, 근대 인식론이 이야기하는 마인드mind, 그리고 근대 심리학이 육체와는 다른 심적 활동의 공간으로 설정하고 있는 사이키psyche가 아니다. '마

---

2) 김홍중, 『마음의 사회학』, 문학동네, 2009. 이하 인용은 쪽수만 밝힌다.

음'은 개체의 내면에 존재하는 심적 표상, 정념, 병리적 현상의 일반적 무대로 환원될 수 없다"(7쪽)면서 자신의 쓰는 마음이라는 개념이 "사회학의 방대한 전통 속에 이미 존재하는 '집합적 마음의 구조화된 질서'라는 의미에 뿌리를 내리고 있다"(같은 쪽)고 밝힌 바 있다. 그런 가운데 '마음의 레짐' '마음의 풍경' '마음의 징후'로 나누어 고찰되는 그의 분석이 대개 문학과 예술의 텍스트를 중심으로 이루어지고 있다는 점도 지금 우리의 논의에 시사하는 바가 있는 듯하다.

그 구조야 어떠하든 마음이 특정한 사회에서 하나의 집합체—언어, 기억, 고통의 감각, 행복의 소망을 공유하는—로 이해되어야 한다는 관점은 '마음'을 사유하는 데 중요한 변곡점이 되어준다. 그리고 이러한 관점이 좀더 설득력을 가지게 된 데에는 근자 한국사회가 겪은 집단적 참사와 재난의 사건들이 미친 영향도 있다고 생각된다. 물론 집합체로서의 마음의 공간은 상실, 황폐와 같은 부정적 방향에서만 발견된 것은 아니며, 그 아픔과 상실을 이기려는 연대의 운동이나 촛불집회와 같은 새로운 민주주의의 광장에서 발견되기도 했다. 그리고 그 집합적 마음의 존재가 반드시 큰 규모나 큰 움직임과 연계되어서만 뚜렷해지는 것은 아니라는 사실도 지적해둘 만하겠다. SNS와 같은 매체 환경의 변화도 가세하면서 사람들이 이루는 마음의 연대는 작은 단위, 가벼운 움직임까지 포괄하며 이리저리 산포되고 있다고도 할 수 있겠다.

그리고 『경애의 마음』에는 마음의 움직임과 관련하여 '정동'이라는 표현이 한 번 나오거니와("무언가를 가지면 가질수록 이상한 불안과 파괴의 정동에서 빠져나올 수 없는 상태. 그렇게 마음이 굳어가는 것은 (⋯⋯)", 282쪽), 최근 여러 곳에서 '정동情動, affects'이 많이 논의되

는 맥락이 있을 것이다. '손쉬운 이분법이나 모순들로 환원되지 않는 강렬하고 예측하지 못한 상태' '오직 간격들, 즉 두 계기와 두 순간 및 대상 사이의 관계' 등과 같은 설명은 좌표화되기 어려운 정동의 모호성이기도 하겠지만, 그것은 동시에 그 재현의 어려움, 의미화의 어려움을 통해 인간(몸)/세계의 '움직임/변화'와 관련된 새로운 조망의 지대를 지시하는 듯도 하다. 어쨌든 '마음'의 수용사 안에는 '정동'의 문제도 포함될 수 있을 것 같으며, 기실 이것은 문학이 적극적으로 탐사해야 할(사실은 이미 나름의 방법으로 탐사해오고 있는) 공간이기도 한 것 같다. 『경애의 마음』은 일단 이런 생각들을 불러일으킨다.

2. 마음의 진동과 파장, 마음의 투쟁

김금희의 소설은 초기작부터 마음의 진동과 파장을 기록하는 일에 공을 들여왔는데, 지나간 것, 망각하거나 흘려버린 것들에서 울려오는 미세한 진동과 파장의 시차時差/視差를 인물의 움직임, 서사의 리듬으로 만드는 데 뛰어난 소설적 능력을 보여왔다. 또한 김금희의 소설에는 「조중균의 세계」의 '조중균'이나 「너무 한낮의 연애」의 '양희'처럼 고지식할 정도의 선한 부끄러움으로 살아가는 인물이 종종 등장한다.[3] 그때 그 인물들이 세상의 틀이나 움직임에 미묘하게 어긋난 채 살아가는 각도랄까 기울기를 통해 부각시킨 것이 바로 김금희가 발견해온 특별한 마음의 공간이기도 했던 것 같다. 앞서 한국사회에서 통용되어온 마음의 전사를 아주 소략하게 짚어보았지만, 김금희의 소설세계에서 보자면 '마음'의 전경화가 특별한 일은 아닌 셈이

---

3) 김금희, 『너무 한낮의 연애』, 문학동네, 2016.

다.『경애의 마음』의 '경애(경애는 고개가 살짝 오른쪽으로 기운 모습으로 나온다.)'나 '상수' '조선생' 등의 인물은 어느 면 김금희의 세계에 들어왔다는 신호 같기도 하고, 친숙한 느낌을 준다. 그러나 객관 현실의 묘사나 서사의 비중이 증대할 수밖에 없는 장편에서 '마음'을 소설의 중심에 놓는 것은 또다른 과제랄 수도 있겠고, 그런 차원을 포함해서『경애의 마음』이 어떠한 소설적 성취에 이르렀는지, 어떠한 소설적 차이를 만들어내고 있는지 검토해보기로 하자.

2-1

『경애의 마음』은 반도미싱의 직장 동료(팀장과 팀원의 느슨한 상하관계)인 삼십대 중후반의 경애와 상수를 중심으로 이야기를 전개해나간다. 그밖에 경애의 전 연인인 '산주', 조선생과 '유일영' 등 전현직 직장 동료들이 중요 인물로 참여한다. 소설을 다 읽고 나면, 독자는 경애의 마음보다 상수의 마음을 더 들여다보았다는 느낌을 받게 되고(전체 분량에서 상수의 이야기가 좀더 많은 것 같다) 제목에 대해 다시 한번 생각해보게 된다. 그럴 때 '경애의 마음'은 그 자체로 독자적이기도 하지만, 상수가 얻고자 하는 마음이기도 하다는 생각에 이른다. 목적어로서의 경애의 마음이 있는 것인데, 그 얻고자 함을 딱히 이성으로서의 감정이라고 못박아두지 않은 데서 이 소설의 묘미가 생겨나는 것도 같다. 상수가 같은 영업부의 김유정 팀장을 짝사랑하는 게 회사 내에 널리 알려진 사실이라는 것은 소설 도입부의 맞선 에피소드에서 드러나지만, 이 둘의 관계는 소설에서 더이상 심각하게 다루어지지 않는다. 파업 이후 회사에서 계륵 같은 존재가 된 경애가 상수의 영업팀에 유일한 팀원으로 합류하게 되면서부터 상수

의 관심은 경애에게 기울고, 그 기울기는 점점 업무의 차원을 넘어서게 된다. 여기에는 두 사람이 공유하고 있는 아픈 과거의 기억을 상수가 먼저 알아차리게 된다는 사실도 가세하고는 있지만(경애가 상수가 운영하는 연애 상담 페이스북 페이지 '언니는죄가없다(언죄다)'의 회원이라는 걸 알게 되는 것도 포함해서), 문제는 계속 상수가 경애에 대한 자신의 마음을 정면으로 마주하거나 객관화하지 못한다는 점이다. 아마 실제로 헷갈리기도 했을 테며, 그렇게 좌표를 꼭 찍어 자리를 지정해줄 수 없는 게 사람의 마음일 것이다.("그렇게 경애의 마음에 들고 싶은 것이 단순히 팀장직을 유지한 채 베트남으로 발령받고 싶어서인지, 아니면 더 원하는 게 있는지는 상수 자신도 헷갈렸다.", 134쪽, "상사가 분명한데도 대체 어느 구도에서인지 을이 되어버린 상수는 어떻게 해든 경애의 마음, 경애의 선택, 경애의 동의를 이끌어내는 일이 우선이었다.", 135쪽)

몇 번의 손잡기가 있다. 가벼운 악수를 포함해서 다섯 번쯤 되는 것 같은데 『경애의 마음』은 손잡기를 통해 교환되는 미세한 감정의 진폭, 조금씩 변화하는 열도를 따라가며 상수는 물론 둘의 관계에서 거의 마음을 보여주지 않는 경애의 마음까지 담아낸다. '언죄다' 페이지가 해킹당하고 온라인에서 여성으로 위장한 자신의 정체가 드러날 수밖에 없는 상황이 되면서 혼자만의 곤경에 처해 있던 무렵 상수는 업무차 앉아 있던 베트남의 한 카페에서 자기도 모르게 경애의 손을 잡고 만다. 조금 길지만 인용해보겠다.

물론 상수는 경애의 손을 잡은 정확한 뜻을 자각하고 있지는 않았다. 속여서 미안해요, 일 수도 있고 나중에 많이 화내지 말아요, 일 수

도 있었고 구해줘, 일 수도 있었다. 아니면 수고했어요, 쯤의 의미일 수도 있었다. 경애는 정말 수고가 많았으니까. 가끔 누군가의 인생을 생각하면 그 수고로움에 왈칵 감정이 올라오는 때가 있고 상수의 경우에는 주로 자신의 인생이었지만 적어도 오늘만은 달랐다. 상수는 경애 손을 잡고도 얼이 빠져 실감을 못하다가 경애가 손을 마주 잡았을 때에야 상황을 깨달았다. 처음에는 상수가 경애의 손을 덮듯이 잡았지만 이번에는 경애가 손을 위로 올려 상수의 손을 눌러서 잡았다. 아무것도 없지 않은가, 상수는 생각했다. 이렇게 손을 번갈아 올려가며 잡고 있는 지금은 머릿속이 완전히 비워져 아무 번뇌도 없지 않은가. 아니, 지금 아무 생각이 없다는 생각을 하고 있으니까 절대적 없음은 아니고 무언가 아주 고요하게, 마치 우주에 퍼지는 단파음처럼 삐― 하면서 없다― 고만 인식되고 있지 않은가. 그럴 때 이것이 없다는 생각은 결국 단 하나 있는 것을 위해 봉사하는데 여기에 손이 있고 이것은 경애의 손이고 경애의 손은 따뜻하고 경애의 손에는 샌드위치 소스가 묻어 있고 경애의 손목에는 가죽으로 된 팔찌가 채워져 있고 다시 경애는 상수의 손을 잡으면서 손톱을 잠시 쓸어보고 약간 힘을 주어서 바닥 전체로 눌러보고 느껴보고 있었다. 거기에 상수가 있다는 것을.

"울어요?"

"안 웁니다."

상수는 며칠 밤잠을 설쳐서 눈이 충혈되었을 뿐이라고 변명했다. 거짓말은 아니었다. 둘은 손을 놓았지만 손만 그랬을 뿐 테이블의 공기는 그렇지 않았다. 여기에 사랑이 있었다."(259쪽)

여기서 손은 정확히 마음의 접속면이다. 정말, 여기에 사랑이 있다.

그렇다면 상수는 이제 스스로의 사랑을 자각하고, 경애의 마음을 (얼마간이라도) 얻었는가. 분명히 약간의 변화는 있는 것 같다. 상수는 두 사람이 공유하고 있는 '은총'의 죽음에 대해서든 '언죄다' 운영자로서의 자신의 정체에 대해서든 비밀을 밝히고 싶다고 생각하는데, 정작 은 그러지 못하고 그저 경애와 단둘이 있는 시간이 느리게 흘러가기만을 바란다. 이 마음의 흐름은 미약하나마 자각적이다. 그러나 상수는 마음을 더 밀어붙이지 못하는데 '언죄다'를 둘러싼 상황이 악화되며 스스로 무너질 지경에 이르기 때문이다. 사실 경애의 마음에 일어난 변화야말로 고무적인 것이라 할 만하다. 우왕좌왕이나 약간의 붕뜬 분위기 같은 게 상수 쪽에 있다면, 경애야말로 거의 마음의 바닥에서 아주 느리게 움직여오고 있었기 때문이다. 고교 시절 은총의 죽음(화재 현장에 경애도 있었다), 이후 대학 선배와의 오랜 연애의 실패 등으로 마음의 문을 닫고 혼자만의 시간 속으로 도망친 경험이 있는 경애는 반도미싱 파업 농성 과정에서 다시 한번 마음의 상처를 크게 입는다. 파업 기간 일어난 성희롱을 경애가 노조 측에 항의하고 이 일을 기화로 파업 대열이 무너지면서 경애는 회사의 프락치로 공격받기까지 한다. 복직 과정에서 회사로부터 받은 모욕도 컸다. 말하자면 상수와 한 팀을 이룰 무렵 경애는 스스로를 가까스로 버티고 있는 상태였다. "한번 도망가버리면 다시 방에 웅크리고 앉아 계절들을 보내야 한다는 생각을 필사적으로 했다. 그때로 돌아갈 수는 없었다. 그렇게 마음의 문을 닫았을 때, 차라리 마음이 없는 것처럼 살아가기를 선택했을 때 얼마나 망가지고 마는지를 기억하고 있었다."(26쪽) 그리고 유부남이 되어 다시 나타난 산주와의 만남이 어정쩡한 상태로 지속되다가 또 한번 견디기 힘든 모멸의 순간이 찾아온다. '언죄다' 계

정에 자신의 고민을 털어놓고 '언니'(상수)로부터 "마음을 폐기하지 마세요. 마음은 그렇게 어느 부분을 버릴 수 있는 게 아니더라고요. 우리는 조금 부스러지기는 했지만 파괴되지 않았습니다"(176쪽)라는 답신을 받았던 게 베트남 파견 직전의 상황이었다. 고개가 살짝 오른쪽으로 기운 채 늘 혼자 회사 한쪽 구석에서 담배를 피우는 경애의 모습은 정확히 그 마음의 정동이 출구를 찾아 헤매는 한 자세였던 것이며, 정작 팀장 상수보다 더 냉철하게 업무를 챙기는(조선생을 기술직으로 복직시켜 베트남으로 함께 가게 하는 일을 포함해서) 모습 또한 일종의 버텨냄이라고 보아야 한다. "사람이 어떤 시기를 통과한다는 것은 무엇을 말하는지 궁금했다. 그때도 '나아간다'라는 느낌이 가능했던가. '견뎌낸다'라는 느낌만 있지 않았나."(268쪽) 그러나 이상한 방식으로 경애의 주변을 맴도는 상수가, 상수의 마음이 무슨 일인가를 한 것이다.

　　하지만 언제나 그런 것은 아니었다. 누군가 문을 두드리듯 기척을 내니까. 상수의 손을 잡았을 때 경애는 더 밀착하고 싶다는 충동과 더불어 자기 자신을 꽉 차게 들어올리는 힘을 느꼈다. 자기는 물론이고 맞은편의 상수도 한 팔로 안아들 수 있을 듯한 정도였는데 왜 상수를 떠올리면 그런 힘을 생각하게 될까. 힘이 있어야 한다고 다짐하게 될까.(같은 쪽)

'유사한 언어와 기억, 고통의 감각과 행복의 소망을 공유하는 집합체로서의 마음'에 대해 생각해본다. 김홍중은 "마음이란 결국 '나'의 것이 아니라 '우리'의 것, 개인의 것이 아니라 사회의 것, 사유하는 물

건이 아니라 공유하는 매체가 아닐까"(『마음의 사회학』, 5쪽) 하고 물으면서 '집합체의 마음'으로 나아가는데, 여기에서 마음의 사회적·제도적·습속적 기반은 동시에 마음의 매체적 속성과 분리되지 않는다는 점이 분명해진다. 우리는 그것을 마음의 접속면, 혹은 관계라고 불러도 되리라. 그러나 이 같은 마음의 일반적 존재론이 마음의 구체적 발생과 개별적 움직임까지 설명할 수 있을까. 이는 정동 이론이 "몸의 정동적인 행함doing과 무화undoing"를 "아직 아님not yet"의 상태에 두고 그때그때의 "힘들의 만남과 강도들의 이행"을 해명하기 위해 애쓰는 지점을 떠올리게 한다.[4] "이러한 해명들은 독특하면서도 내밀하게 비인격적인─심지어 인격에 이르지 못하고sub-personal 전前인격적인─한 세계에 속함(혹은 속하지 않음)의 주름들을 벗겨 보이거나, 경우에 따라 그냥 드러나게 내버려둔다."[5] 우리는 경애가 '아직 아님'의 상태에서 자신의 마음에서 일어나는 '힘들의 만남과 강도들의 이행'을 그냥 드러나게 내버려둔 채 지켜보는 순간을 목도하고 있는 것은 아닌가. 그때 마음은 '나'(경애)의 것인 채 '너'(상수)를 만나고 어떤 이행의 순간에 잠시 집합체의 공간으로 뒤섞여 들어가는 것인가. 우선 그것은 "자기 자신을 꽉 차게 들어올"(268쪽)린다. 그것은 힘인데, 그 힘은 어디서 오는가. 그 힘은 잠정적인 것인가, 지속적인 것인가.

　기실 경애도 상수도 이 손잡기를 두 사람의 관계 안에서 뚜렷하게

---

4) 그레고리 J·멜리사 그레그, 「미명의 목록〔창안〕」, 『정동 이론─몸의 문화·윤리·정치의 마주침에서 생겨나는 것들에 대한 연구』, 멜리사 그레그·그레고리 시그워스 엮음, 최성희·김지영·박혜정 옮김, 18쪽, 갈무리, 2015.

5) 같은 글, 18~19쪽.

밀어붙이지는 못한다. 베트남 지점에서 다른 회사의 기계를 암암리에 판매해왔다는 사실이 드러나고 이를 문제삼은 경애는 본사로 전보되어 또다시 물류센터의 한직으로 내몰린다. 상수는 결국 '언죄다' 운영진 앞에 자신의 정체를 드러내게 되고 이 사실은 선정적 언론의 먹잇감이 된다. 경애도 사실을 알게 된 것이다. 그러거나 경애는 부당 전보에 항의하는 1인 시위에 나선다. 이 과정에서 그녀가 1인 시위의 '파업일기'를 적던 개인 블로그는 은총의 죽음과 관련된 기억을 공유하는 사람들과의 온라인상의 만남으로 이어진다. "그렇게 해서 고통을 공유하는 일은 이토록 조용하고 느리게 퍼져나가는 것이라는 사실을 느꼈다."(318~319쪽) '조용하고 느리게'는 사실 경애와 상수의 손잡기와 마음의 이야기이기도 한데 경애에 대한 상수의 기다림은 계절을 넘겨 이어진다.

결국 어떤 변화가 있다 하더라도, 그것이 무엇인지 잘 알기 어려운 채로 경애 쪽에서 좀더 '조용하고 느리게' 진행되리라고 본 것은 『경애의 마음』의 성숙한 소설적 시선이라고 나는 생각한다. 소설의 제목 역시 결국 '경애의 마음'일 수밖에 없었으리라. 그렇게 해서 가을날 밤(아마도 이십여 년 전 10월 은총이 떠난 날이었으리라) 혼자 잠든 상수의 집으로 경애가 찾아오고 두 사람이 나누는 오래된 이별과 상실, 애도의 이야기가 이제 어떤 마음의 국면을 개시할지는 아무도 알 수 없는 일이리라.

2-2

우리는 『경애의 마음』이 전개하고 있는 미명微明/未明과 같은 마음의 투쟁과 흐름을 '역사적인 순진함'의 차원에서 생각해볼 수는 없을까.

가령 소설 도입부에 이미 종결된 상태로 회고되는 반도미싱 최장기 파업 투쟁의 이야기는 경애나 조선생의 관점과는(이들 관점의 소중함은 그대로 보존하면서) 다른 차원에서 조금 더 발화되고 조명됨으로써 그 문제의 물리적이고 복잡한 맥락을 남겨두어야 하지 않았을까. 부당 전보 발령에 맞선 경애의 1인 시위 와중에 상수(회사에서 상수의 특별하고 이상한 위치와 무관하지 않겠지만)가 사장과의 면담을 통해 문제 해결을 시도하는 장면도 실감이 크지는 않다. 이 소설의 서사에 현실의 노동문제가 깊이 개입해 들어와 있다고 할 때, 상투적 프레임을 벗어나는 일이 중요한 만큼 개별 사례의 실체는 더 면밀히 다층적으로 검토될 필요가 있을 테고 그것이 경애나 상수의 마음의 투쟁과 별개의 일도 아닐 것이다.[6] 경애가 수도 검침 일을 하는 일영이 빈집의 개들에게 먹이를 주기 시작했다는 말을 듣고 "세상은 어느 맥락에서 그렇게 순해질까"(139쪽) 자문하는 대목이 있다. "그렇게 해서 개

---

6) 그러나 경애가 파업 과정에서 삭발을 했을 때 미장원을 하는 엄마가 찾아와 머리를 정리해주는 삽화는 노동 현장의 일이든 여타의 일상사든 소설의 생명이 디테일에 있다는 것을 웅변해주는 감동적인 예다. "그런 데서 사람들이 '바리깡'으로 밀면 듬성듬성하게 잘릴 수밖에 없으니까 다듬어주러 온 것이었다. 그때 경애는 공장 사람들이 다 있는 천막에 엄마를 데려가고 싶지 않았고 그 앞에서 머리 미는 모습을 보여주고 싶지도 않았다. 결국 아무도 없는 곳을 찾아 공장 안을 돌아다녔는데 엄마는 여기가 식당이야? 네 사무실은 2층이야? 하며 구경 온 사람처럼 신기해하다가 막상 머리를 정리할 공간이 공장 건물의 뒤편, 마름모꼴 방지석으로 마감한 언덕의 절개지 아래, 그늘이 져 사시장철 푸릇한 이끼가 깔린 축축한 곳밖에 없자 어쩔 수 없이 목이 메는 듯했다. 경애는 그래도 바닥보다는 약간 올라온 맨홀 뚜껑에 걸터앉았다. 경애 엄마가 집에서부터 챙겨온 신문지를 착착 접어서 가운데를 반원 모양으로 뜯어낸 다음, 경애의 머리가 쏙 나오게 씌웠다. 그러고는 이발기로 머리를 정리하다가 정수리 근처에 손을 올렸다."(267쪽) 이 회상 뒤에 빗질을 하며 자신의 머리와 이마 등을 만져보게 되면서 '견뎌낸다'는 느낌만이 아닌 "자기 자신을 꽉 차게 들어올리는 힘"(268쪽)을 감지하는 서사의 리듬도 훌륭하다.

들도 순해지고 수도 검침원도 순해지는 시간. 누구도 상처받지 않은 채 순하게 살 수 있는 순간은 삶에서 언제 찾아올까."(같은 쪽) 이 대목은 이상하게 뭉클하다. 그러고 보면 이 소설에는 순해지려고 하는, 순해질 수밖에 없는 사람들이 너무 많다.

2-3

『경애의 마음』에는 호흡을 길게 가져가는 문장이 많이 보인다. 앞서 인용한 손을 잡는 장면에서 후반부의 한 대목을 옮겨보자.

> 그럴 때 이것이 없다는 생각은 결국 단 하나 있는 것을 위해 봉사하는데 여기에 손이 있고 이것은 경애의 손이고 경애의 손은 따뜻하고 경애의 손에는 샌드위치 소스가 묻어 있고 경애의 손목에는 가죽으로 된 팔찌가 채워져 있고 다시 경애는 상수의 손을 잡으면서 손톱을 잠시 쓸어보고 약간 힘을 주어서 바닥 전체로 눌러보고 느껴보고 있었다. 거기에 상수가 있다는 것을.(259쪽)

소설의 마지막 문단도 옮겨본다.

> 상수는 이야기를 시작했다. 그것은 10월의 어느 깊은 가을날 우리가 떠안을 수밖에 없었던 누군가와의 이별에 관한 회상이었지만 그래도 그 밤 내내 여러 번 반복된 이야기는 오래전 겨울, 미안해, 내가 좀 늦을 것 같아 눈을 먼저 보낼게, 라는 경애의 목소리를 반복해서 들으며 같이 울었던 자기 자신에 관한 이야기. 서로가 서로를 채 인식하지 못했지만 돌아보니 어디엔가 분명히 있었던 어떤 마음에 관한 이야기

였다.(352쪽)

반 페이지가량이 한 문장으로 된 대목도 여럿 있다. 일종의 다시 쓰기를 포함하면서 반복과 덧쓰기를 이어가는 이러한 긴 호흡의 문장이 잘 재현되지 않고 의미화하기 힘든 마음 혹은 정동의 기술과 관련하여 일정한 효과를 달성한 측면이 분명히 있다고 생각한다. 가령 느낌이나 정서, 생각을 딱딱 나누어 기술하는 단문短文이 한쪽에 있다면(최근 한국 소설에서는 이 같은 속도감 있는 단문이 대세인 듯도 하다), 상이한 요소의 분리와 연결을 함께 일컫는 일종의 절합節合, articulation으로서의 문장의 가능성을 생각해볼 수 있겠다. 사실 우리의 느낌이나 정서, 생각 혹은 마음이 존재하고 작동하는 방식이 절합에 더 가깝다면 문법이 허용하는 범위 안에서 약간의 서걱거림을 감수하는 가운데 절합의 문장을 생각해보는 것은 충분히 의미 있는 일이 아닐까. 나는 김금희의 어떤 문장들이 그런 지향(가능성)을 품고 있다고 본다.

(2018)

파르마코스, 속죄양/구원자의 발명
─이승우의 『독』

이승우의 장편소설 『독』은 릴케의 『말테의 수기』 한 대목을 제사題詞로 삼고 있는데, '독'에 관한 성찰을 담고 있는 두 문장은 소설의 주인공 '임순관'의 일기 속에도 여러 차례 반복적으로 등장한다.

> 공기 속에는 확실히 독이 숨어 있다. 너는 그것을 투명한 공기와 함께 들이마신다. 그것은 너의 몸속에 스며들어가 침전되고 굳어져서 기관과 기관 사이에 날카로운 기하학적 도형을 만들어낸다.(릴케, 『말테의 수기』)

투명한 공기 속에 독이 숨어 있다면, 누구도 이를 피할 수는 없다. 숨을 쉬는 일만으로도 독은 우리 몸속에 스며든다. 그리고 스며든 독은 날숨과 함께 다시 세상에 내뱉어질 것이다. 다시 말해 우리는 독과 함께 살아간다. 그것은 우리의 내부에도 있고, 외부에도 있다. 세상의 악과 타락은 나, 그리고 우리의 악과 타락이다. 이승우는 '작가의 말'

에서 이를 이렇게 정리한다.

> 악마는 우리들의 마음속에 살고 있긴 하지만, 언제나 활동하는 것
> 은 아니다. 그 악마를 키우고, 악마에게 손과 발을 주는 것은 이 세상
> 의 공기라는 사실을 지적하고 싶었다.

일종의 현실 비판, 사회 비판의 관점을 암시하고 있는 셈이다. 충분
히 동의할 수 있는 관점이지만, 사태가 그렇게 간단하지 않다는 것은
정작 소설 『독』[1]에서 드러난다. 악은 어느 쪽으로든 이미 도착해 있었
다. 소설은 과도한 피해 의식과 자기혐오의 질병을 앓으며 세상으로
부터 단절된 삶을 사는 임순관이라는 삼십대 사내가 자기 내부에 들
끓는 독의 기원과 정체에 눈뜨고, 세상을 향해 분노와 처벌의 화살을
날리는 과정을 추적해간다. 임순관이 직접 쓴 한 달여의 일기가 액자
소설적 텍스트로 제시된다. 일기에 따르면 임순관의 각성에는 몇 가
지 계기가 있다. 대필 작가로 먹고사는 그에게 연쇄살인범 '손철희'
의 일생을 기록할 업무가 주어진다. 비슷한 시기에 '민초희'라는 여성
으로부터 이상한 거래를 제안받는다. 뉴스에서는 부패한 법조인과 사
학 재단 이사장, 타락한 교수의 살해가 잇따라 보도된다. 살인 현장에
는 한결같이 화살이 놓여 있다. 이즈음 '신천지설계협의회'라는 알 수
없는 단체로부터 임순관에게 모종의 메시지가 전해진다. 그 메시지
는 그에게 '사명'을 일깨운다. "지시하는 자는 당신 자신이에요. 당신
의 내부에서 들리는 목소리에 귀를 기울이세요. 당신 자신이 요청하

---

1) 이승우, 『독』, 예담, 2015(재판). 이하 인용은 쪽수만 밝힌다.

는 일을 하세요. 당신 안의 천만 명이 하는 말을 들으세요."(248쪽) 그는 이제 자기 내부에 들어와 있는 다른 존재를 느낀다. 사형이 집행된 손철희가 환각처럼 들려주는 목소리는 더 직접적이다. "이제 네가 일할 때다. 너의 차례다. 이제 행동하라. 내가 한 것처럼 너도 하라. 쥐새끼들을 처치하라. 쥐새끼들을 처치하라……"(283쪽) 그는 마침내 '비밀결사'의 일원으로 스스로를 자각하면서 독이 만연한 세상을 향해 행동에 나선다.

그런데 이렇게 서사를 요약하는 순간, 『독』은 부패한 세상을 질타하는 얇은 알레고리 소설로 규정되고 만다. 그러나 표면적 서사의 흐름과는 별도로, 『독』에는 다른 방향으로 소설적 의미를 생성해내는 보조선들이 있다. 그 보조선들은 전체 서사의 흐름에 합류하기도 하지만 그것과 길항하기도 한다.

가령 세상을 떠들썩하게 만들었던 연쇄살인범 손철희와의 만남은 소설의 주인공 임순관의 내부에 존재하던 악마의 얼굴을 일깨우는 가장 중요한 계기로 제시되어 있다. 일기의 처음에 등장하는 끔찍한 악몽을 생각해보자. 임순관은 광란의 춤을 추는 쥐떼들에 둘러싸여 검은 물 위의 침대에 누워 있다. 검은 하늘과 검은 강물을 배경으로 한없이 높이 솟아 있는 침대 다리를 살찐 쥐들은 쉴새없이 갉아대고 있다. 다리가 하나씩 부러지면서 침대가 무너지고, 검은 물이 눈속으로 쏟아져 들어오는 악몽은 너무도 끔찍해서 읽어나가기가 괴로울 정도이다. 그런데 이 악몽의 출처는 어디인가. 그것은 손철희를 만난 첫날 제한된 삼 분간의 면회에서 들었던 쥐떼들의 이야기였다. 그 광란의 쥐떼들이 그의 꿈속을 찾아든 것이다. 한마디로 짧은 한 번의 만남에서 임순관은 손철희의 악마적 영혼에 완전히 사로잡히고 말았

다고 할 수 있다. 이런 일이 불가능한 것은 아니겠지만, 무언가 지나
치다는 느낌은 지울 수 없다. 게다가 임순관은 사형수 손철희의 삶을
기록할 과제를 맡았으면서도 그가 어떤 죄를 저질렀는지, 그러니까
그가 이 년여 전 세상을 놀라게 한 연쇄살인범이란 사실을 확인도 하
지 않은 채 그를 만난다. 손철희가 마지막으로 죽인 사람은 아버지였
다. 어머니를 학대하고 가족을 버린 아버지에 대한 증오는 손철희가
이 세상을 '쥐떼들의 세상', 쓸어버려야 할 타락한 세상으로 바라보
게 된 출발이었다. 이 지점에서 세상에 문을 닫아건 임순관의 자폐와
우울, 세상에 대한 적의가 손철희와 비슷한 가족사의 상처로부터 연
원했다는 사실은 단지 우연에 불과한 것일까. 임순관이 마침내 자신
의 내부에서 울려나오는 손철희의 목소리를 듣고 행동에 나설 때, 그
첫 대상이 보령의 요양원에 누워 있는 자신의 아버지였다는 사실은
또 어떤가. 이는 손철희라는 존재가 임순관의 내면에 도사리고 있던
독을 일깨운 외부적 계기만은 아니리라는 추측을 가능케 한다.

메피스토펠레스를 연상시키는 민초희의 기이한 제안, 그리고 임순
관과 민초희의 관계에 대해서도 생각해볼 대목은 많다. 무엇보다 일
억이라는 거액을 지급할 만큼(그것도 임순관에게 일을 맡긴 도서출판
'시민들'은 모르게), 임순관은 민초희에게 절실하고 필요한 사람은 아
니다. 민초희는 이미 자신만의 방식으로 부패하고 타락한 정재계 고
위직 인사들을 약점을 틀어쥔 상태고, 그녀가 기획·연출하고 있는
이상한 사업에 임순관의 기록 업무가 관건적인 중요성을 지니고 있
는 것도 아니다. 오히려 민초희는 임순관에게 세상의 타락상을 상연
해주는 역할로 등장한다고 보는 게 더 타당할지도 모른다. 더 중요한
지점은 민초희가 임순관의 욕망/죄의식의 기원을 환기한다는 사실이

다. 계약 위반에 대한 민초희의 처벌은 사도매저키즘적 성행위와 구별되지 않으며, 이 과정을 통해 임순관은 민초희의 완벽한 지배 아래 들어간다.

> 그녀의 발을 끌어안는데 이해할 수 없는 일이 일어난다. 울음이 폭포처럼 터진다. 이건 뭔가. 이상한 감동으로 몸이 떨린다. (……) 흡사 속삭이는 듯한 그녀의 나지막한 목소리는 그대로 나에게 하나의 선언이 된다. 나는 벌레다. 나는 쓰레기고 나는 아무것도 아니다……. 이제 제대로 알겠다. 그녀는 나를 치욕의 수렁 속에 처넣으려 하고 있다. 굴욕과 치욕의 체험을 통해 나는 그녀에게 완벽하게 굴복된다.(157~158쪽)

임순관은 이 굴복 이후 혼자 남은 방에서 다시 눈물을 흘리며 자위를 한다. 수치와 치욕은 이상한 황홀을 선사한다. 황홀은 자기 내부의 독이 눈을 뜨고 감응하는 순간이기도 하다. 가슴속에서는 수천 개의 바늘이 일제히 일어서고 그는 참을 수 없는 고통 속에서 외설적 쾌락을 향유한다. 각성覺醒은 말의 중층적 의미를 충실히 실현한다.

> 나는 내 육체의 내부가 썩어가고 있다는 사실을 인정한다. 내 안에는 쓸 만한 것이라고는 없다. 나는 아프다. 나는 오래지 않아 죽을 것이다. 나는 하루하루 독을 마시며 산다. 그런데 그 독은 내 안에서 토해져 나온 것이다. 독은 대기 가운데서 내 속으로 들어오고, 내 안으로 들어와 부글부글 끓으며 더 많은 독을 양식해낸다. 내가 숨을 내쉬는 순간 그것들은 나의 내부에서 빠져나와 다시 대기 속으로 들어간

다. 나의 내부는 독을 생산하는 거대한 공장이고, 이 세상은 그 독이 유통되는 거대한 시장이다.(167~168쪽)

그는 지금 자신의 썩은 내부를 독의 진원지로 확정하고 있다. 그런데 여기서 민초희와 메피스토펠레스적 계약을 맺은 바로 그다음날의 일기를 주목할 필요가 있다. 그는 늘 잠과의 전투를 치러왔지만 '지난밤'은 특히 치열했다고 쓴다. 그는 혼란스럽고 뒤숭숭한 가수면의 상태에서 일어난다. 끈적끈적한 불쾌의 느낌, 고약한 악취가 몸을 뒤덮고 있다. 그것은 그의 몸에서 나온 것이다. 그는 씻고 또 씻는다. 그는 자신의 썩은 내부, 내재화된 악취의 기원을 고백한다. 어린 시절 첫 몽정(실제의 성폭력일 가능성도 희미하게 암시되어 있다)의 기억. 그는 자기 몸속에 더럽고 음탕하고 썩은 종양덩어리가 들어 있다는 사실에 충격을 받는다. 그는 자신의 악취와 부패를 다른 사람들이 알아차릴까 두려워 세상을 향해 벽을 세운다. 그 벽은 또한 자기혐오의 울타리이기도 했다. "그런 불안이 사람들 속에 섞이지 못하게 했다. 사람들을 피하게 했다. 나는 필사적으로 사람들과 나를 분리했다. 그렇게 하여 나는 스스로 내 자신을 배척했다."(86~87쪽) 그러니까 '지난밤' 임순관은 바로 그 '꿈'속에 있었다. 반복적으로 찾아오는 꿈. 그 꿈속에서 그는 한 살도 더 먹지 않고, 어린 시절 그대로다. '지난밤'의 꿈에 그를 찾아온 '서큐버스 마녀'는 민초희였다. 황홀은 계약 위반의 처벌, 그 사도매저키스트적 향연 이전에 이미 민초희를 만난 첫날 그를 찾아왔던 것이다. 흡혈귀처럼.

꿈속의 나의 자아는 그녀를 실제로 흡혈귀처럼 인식한다. 그러면서

도 두려워하지 않는다. 흡혈귀에 대한 연상은 관능을 일깨울 뿐이다. (……) 나에게서 흘러나간 검붉은 피는 이제 거꾸로 돌이켜 내 몸을 적시고, 내 몸은 피 속에 잠긴다. 피가 나를 덮는다. 그 한가운데서 나는 반쯤 입을 벌린 채 한없이 황홀한 표정을 짓고 있다.(88쪽)

그렇다면 이제 다소는 혼란스럽고, 다소는 의심스럽게 전개되는 일기 속 이야기를 정리해볼 수 있을 것 같다. 우리가 던져야 할 첫번째 질문은 이것이다. 우리는 임순관의 일기를 어디까지 믿을 수 있는 것일까. 생각해보면 임순관은 이른바 '신뢰할 수 없는 화자unreliable narrator'의 전형이다. 두 가지 점에서 그러한데, 우선 일기 속에 고백되어 있는 그의 성격과 행동, 언어가 신뢰의 구멍을 드러내고 있다. 그는 때로는 세상에 대해 이지적이고 냉정한 관찰자이다. 그의 생각에는 얼핏 간단치 않은 깊이가 있다. 논리는 치밀하고 집요하다(우리는 이런 인물들을 이승우의 소설에서 꽤 많이 보아왔다). 그런데 잘 들여다보면 치밀하고 집요한 논리는 바로 그 치밀함과 집요함의 자리에서 소피스트적 궤변의 경계를 넘어간다. 그는 그의 일기에 나와 있는 대로 '보고 싶은 것만을 보는' 사람이다. 그는 치매 상태의 아버지를 요양원에 '유기'하려 하면서 스스로의 결정을 치밀하게 합리화한다.

그는 자신이 행복한지 불행한지에 대해 관심이 없거나, 관심을 가질 수 없으며, 따라서 어떤 사람도 그를 행복하거나 불행하게 해줄 수 없다. 누구도 그를 행복하게 해줄 수 없는 것처럼 누구도 그를 불행하게 해줄 수 없다. 그는 행복하지도 않고 불행하지도 않다. 더 행복할 수도 불행할 수도 없다. 그는 슬프지도 않고 기쁘지도 않다. 더 슬플 수도

기쁠 수도 없다. 그는 하나의 '역겨운' 사물처럼 그냥 있다. 행복이나 불행, 기쁨이나 슬픔과 상관없이 그냥 있다. 나는 지금 역겨운 사물이라고 썼다. 그 표현이 내 마음에 든다. 그러나 나는 내 의사를 보다 정확하게 드러내기 위해서 그 문장을 조금 더 보완해야겠다. 나에게 그가 역겨운 것은, 그가 사물이어서가 아니라 하나의 사물처럼 존재하기 때문이다. 사물들이 역겨운 것이 아니라(사물들이 어떻게 역겨울 수 있겠는가?) 사물처럼 존재하는 그의 존재가 역겨운 것이다. 따라서 그를 유기하는 나의 행위도 그의 존재만큼 역겨운 것은 아니라고 해야 할 것이다.(101~102쪽)

역겨운 사물! 그러나 살아 있는 아버지를 사물에 등치시켰던 그는 곧 자신의 생각을 보충한다. '사물처럼 존재한다'는 것으로. 그렇게 해서 '역겨움'을 유지시키고는 자신의 '역겨운' 행위가(그는 자신의 행위가 '역겹다'는 것을 잘 의식하고 있다) 그 '역겨움'만큼 역겨운 것은 아니라고 결론을 내린다. 그의 과장된 자기혐오는 가족을 버린 아버지의 잘못을 극대화하는 가운데 쉽게 인간 일반에 대한 혐오와 자리를 바꾼다. 그는 인류성이나 인간의 존엄과 같은, 인간 사회의 허물수 없는 근거 쪽으로는 애써 고개를 돌리려 하지 않는다. 그가 보지 않는 것은 그의 세상에 존재하지 않는 것이다. 그는 '다르다'는 이유로 자신을 아파트에서 몰아내려는 이웃들(이들의 행동 역시 과도하며 당연히 비판받을 지점이 많다. 그의 일기는 이렇게 아이러니한 방식으로 현실 비판을 수행한다)을 이렇게 부른다. "나의 지긋지긋한 파시스트 이웃들."(203쪽) 기실 '파시스트'적 논리와 행동의 위험수위에 올라있는 것은 그 자신이다. 인류사 최대의 악으로 이야기되는 나치의 유

대인 절멸 정책은 '우등한' 인간은 '열등한' 인간의 존엄을 제거할 수 있다는 발상으로부터 출발했다. 실제로 절멸 수용소에서 인간은 '사물'로 취급되었다. 수용소의 유대인들은 '인간성'을 철저하게 제거당한 채 '무젤만(살아 있는 시체)'으로 죽어가야 했다. 이는 자본주의의 인간소외, '사물화'와는 전혀 차원이 다른 이야기다. 역겹고 거부되어야 하는 것은 임순관의 논리다. 그의 사유의 치밀성과 집요함은 바로 그 추한 공백을 감추는 데 동원된다는 점에서 역겹고, 끝내 그것을 드러낸다는 점에서 어리석다. 그의 치밀해 보이는 논리는 사실 모순 투성이다. 한마디로 그는 '신뢰할 수 없는 화자'다. 물론 이는 작가 이승우가 임순관의 일기를 어떻게 읽어야 하는지, 독자에게 보내는 신호이기도 하다(이런 정교하고 아슬아슬한 줄타기에서 작가 이승우의 오른편에 설 이는 많지 않다). 임순관의 '신뢰할 수 없음'은 『독』에서 두 번째 요인, 일기라는 고백체의 형식에 의해 증폭된다. '일기'가 가지고 있는 고백과 은폐의 양면성은 임순관이라는 인물의 캐릭터와 결합되면서 텍스트의 진위, 혹은 텍스트에 서술된 사태의 진위를 상당한 정도로 판명 불가능한 지점으로 몰고 가는 것이다.

따라서 우리는 임순관의 일기를 그의 욕망의 투사, 환상의 투영으로 과감하게 읽어야 할지도 모른다. 손철희와 민초희는 그의 욕망과 환상이 초대한 인물일 가능성이 높다. 그렇게 본다면 '신천지설계협의회'란 비밀결사의 메시지가 느닷없이 임순관에게 도착하는 비밀도 풀릴 수 있다. 메시지의 발신인이 곧 수신인인 셈이다. 메신저로 등장하는 우편배달부는 보는 순간 혐오감과 불쾌감을 자아내는데, 그는 임순관의 짝패일 수 있다. 부패한 세상에 대한 사적 응징과 처벌의 형태로 전개되는 일련의 살인사건들은 현장에 놓인 '화살'을 통해 대사

회적 메시지를 암시한다. 그리고 '세 개의 짧은 화살'은 지령처럼 임순관에게 배달된다. 임순관은 화살에 담긴 메시지를 알아차리는 데 그치지 않고, 그것을 자기 방식으로 의미화한다. 화살은 임순관에 이르러 제대로 된 상징이 된다. 권력은 여러 차원에서 정의될 수 있겠지만, '말'에 의미를 부여하고 '말'의 상징과 쓰임새를 구획하는 것은 권력의 중요한 역할이다. 임순관은 화살을 의미화하고 풍부한 상징으로 만들면서 스스로 하나의 권력이 된다. 독으로 만연한 세상은 일소되고 새롭게 설계되어야 한다. 독은 자신의 내부에서 나왔으되, 이제 그 자신의 독은 일종의 파르마코스pharmakos, 독이자 약이 되며(임순관의 분신인 손철희는 말한다. "우리는 종종 치료를 위해 독을 쓴다. 마찬가지로 악을 퇴치하기 위해 악을 쓰는 것도 일종의 치료술이라고 할 수 있다.", 243쪽), 스스로는 속죄양이 된다. 그의 폭력은 '성스러운 폭력'이 될 것이다. '독이자 약'이며 '속죄양'인 파르마코스에 대해서는 다음과 같은 해석을 참고해볼 수도 있다.

'파르마코스'는 공동체의 죄를 상징적으로 짊어지기 때문에 가장 비천한 사람들 중에서 선택된다. 선택된 '파르마코스'는 황야로 가게 되는데, 황야는 우리가 감히 생각할 수조차 없는 외상적traumatic 공포를 상징한다. 그러나 그는 공동체를 대표하고 구원할 능력을 지닌다는 점에서 거꾸로 뒤집힌 왕이며, 도시국가의 건강을 책임지는 대표자이다. 속죄양의 형상에서 강함과 약함, 성과 속, 중심과 주변, 병과 건강, 독과 약의 경계는 흐려진다. 속죄양은 프로메테우스—그는 파르마코스처럼 사회에서 추방당한 자이다. 불을 훔친 죄인이자 불을 사용할 능력을 갖춘 자이기도 한 그의 이중성은 파르마코스의 이중성을 상기시

킨다—처럼 성스러운 공포이자 '결백한 죄인'이다.[2]

이 해석에 기댄다면, 임순관이야말로 파르마코스로 스스로를 재발명한다. 그는 병들고 타락한 공동체를 치유할 '약'으로 자신의 '독'을 쓴다. 임순관의 자리는 정확히, 우리 사회의 구조적 도덕적 결여를 가리키며, 그런 한에서 공동체의 '외상적 공포'이기도 하다. 그는 속죄양이자 거꾸로 뒤집힌 왕의 자리로 간다. 그는 그 자리에서 세상을 구원하려고 한다. 그는 '결백한 죄인'이다. 그는 이제 세상 속으로 나가려 한다. 5월 11일, 마지막 일기는 그 출사표다. 그에게는 지금 세상을 향해 쏘아야 할 화살이 있다. 그는 새로 태어나고 있다.

나의 손길이 닿는 순간 화살은 눈을 뜬다. 하나의 상징이 되기 위해 기지개를 켜며 일어난다. 이 시대의 어두운 하늘을 가로질러 사람들의 가슴마다에 무겁고 고통스런 상징으로 꽂히기 위해 일어선다. 화살은, 화살 자신으로서가 아니라 화살의 배후에 있는 경고로서 말하기 위해 일어선다. 그렇기 때문에 상징이다. 화살은 매우 정신적인 물건이다. 그 뾰족한 화살촉에 박힌 것은 메시지이다. 그런 뜻에서 화살은 단순한 물리적 무기가 아니다. 무기라면 왜 화살이겠는가. 칼이나 총이 아니라 굳이 화살이겠는가. 화살은 해치기 위해서가 아니라 말하기 위해 날아가고 꽂힌다. 화살은 육체에 상처를 가하기 위해서가 아니라 정신에 충격을 주기 위해 활을 떠난다. 화살이 하늘에서 날아오는 것은 그 때문이다. 화살은, 그것이 어디서 출발하든, 하늘의 복판

<hr>

2) 테리 이글턴, 『우리 시대의 비극론』, 이현석 옮김, 경성대학교출판부, 2006, 480쪽.

을 가로질러 사람의 가슴을 겨냥하고 날아온다.

나는 그것을 검은 종이에 싸서 가방에 넣는다. 나는 전령이다. 나는 이 거대한 상징을 세상의 복판에 꽂아야 한다. 그것이 나에게 부여된 일이다.(297~298쪽)

화살은 하늘에서 날아온다. 그것은 심판의 상징이기 때문이다. 그가 지금 그 상징을 세상의 복판에 꽂으려 길을 나선다. 그는 스스로를 전령이라 부른다. 틀렸다. 그는 왕이다. 그가 '전령'이라면 신탁을 받았다는 의미에서 그러할 뿐이다. 그는 메시지의 창안자며, 비밀결사의 우두머리다. 그는 '한 명인 동시에 천만 명'이다. 그는 마지막까지 '신뢰할 수 없는 화자'다.

이승우의 장편소설 『독』은 '신뢰할 수 없는 화자'의 아이러니를 작가 특유의 소설적 정밀성으로 한껏 밀어붙이는 가운데 어쩌면 평범할 수도 있는 우리 시대의 한 인물이 스스로가 키운 망상 안에서 세상의 속죄양이자 구원자로 변신하는 반영웅의 서사를 완성한다. 허위와 부패에 물든 세상은 욕망의 정직한 발화와 대면을 좌절시키며 욕망의 음습한 늪지만을 키워간다. 소설의 주인공 임순관은 그 늪의 어둠을 스스로 키웠다고 믿었다는 점에서 민감하고 염결한 영혼일 수도 있다. 그는 세상의 구조적 결여, 도덕적 결여를 자신의 내부로 환치하면서 독과 악의 생산자/구원자로 거듭난다. 이승우의 『독』은 이 과정에서 전개되는 의식/무의식, 현실/환상의 드라마를 정교하게 추적하면서 세상의 부패와 실패를 거울상으로 보여준다. 그런 가운데 『독』은 한 개인의 악몽과 망상이 세상의 그것과 포개지고 겹쳐지는 지점까지 우리를 데려간다. 망상에 기초한 임순관의 구원론은 실패할 수

밖에 없는 가짜 혁명의 서사다. 그러나 우리가 『독』의 이야기에서 어떤 섬뜩함을 느낀다면, 그가 쏜 화살이 제대로 도착하지 않았다는 그 실패의 역설 때문인지도 모른다. 1995년에 발표된 이 소설을 이십 년이 지난 지금 다시 읽으며, 우리는 『독』의 이야기가 아직 끝나지 않았다는 느낌을 받는다. 화살은 아직 날아오고 있다. 임순관의 자리는 언제든 다른 누군가의 이름으로 대체될 수 있다. 그 사실이 무섭다.

(2015)

지하실의 어둠, 혹은 기계체조 인형과 함께 남은 시간
—고영범의 『서교동에서 죽다』

1

2000년 여름으로 기억한다. 근무하던 출판사 문학동네에서 도서전 참관을 명목으로 한 미국 여행 기회가 주어졌고, 시카고와 보스턴을 거쳐 마지막 여정으로 도착한 곳이 뉴욕이었다. 여행길을 같이했던 소설가 성석제 형은 아는 후배가 뉴욕에 산다며 북 디자이너와 나를 어퍼맨해튼이란 곳으로 데려갔고, 거기서 만나 우리의 한나절 뉴욕 구경을 책임져준 이가 고영범 형이었다. 그러니까 끈질기게 이어지고 있는 인연의 고리는 '연세문학회'였던 것 같다. 내 첫 직장 민음사의 편집장 이영준 형은(우리의 미국 여행 때 하버드대 동아시아학과 대학원에서 공부중이었고, 보스턴이 우리 여정의 중간에 들어 있었던 것도 그 때문이었다. 지금은 경희대 후마니타스칼리지 교수로 있다) '연세문학회'의 좌장 격이었던 것 같고, 이영준 형의 너른 품을 좇던 나는 성석제, 원재길, 김진해, 배효룡, 이성겸, 성원근, 기형도(뒤의 두 사람은 이곳에 없다) 등 '연세문학회'의 또다른 맹장들을 우리를 행운을

누렸다. 이이들은 그 당시 세상만 모를 뿐 이미 각자의 시세계(대부분 시를 썼던 것 같다) 및 문학적(그리고 아마도 철학적) 우주의 도상적 설계를 거의 마쳤다고 믿는 호기롭지만 불우한 문사들이었고, 서로 남의 말 따위는 들을 시간이 없을 정도로 바빠 자신들만의 우주를 향해 달려가고 있었다. 한마디로 이이들을 둘러싸고 있는 것은 자유의 기운이었다. 지식은 체계가 없는 대로 잡다한 채 독학자들의 힘을 갖고 있었고, 주로는 음악이나 바둑, 술, 허세와 같은 무용한 놀이 쪽으로 가기 위한 부실한 사다리 구실을 하고는 금방 담배 연기와 함께 사라졌다.

　뉴욕에서 처음 만난 고영범 형은 나이로는 문학회의 막내쯤이었는데, 벌써 얼마간 추레해진 선배들과는 달리 여전히 생생한 자유의 기운으로 충만한, 집안의 총명하고 귀티 나는 막내 같았다. 내가 만난 '연세문학회' 사람들의 특징은 하나같이 말들을 너무 잘한다는 것이었는데, 고영범 형은 그 재능들을 한데 모아 욕심 사납게 한 사람이 가진 것 같았다(그는 이 특별한 재능이 말이 많은 것과는 별로 관계가 없다는 것도 증명해주었다). 짧은 만남이었지만 어떤 주제든 막힘이 없었고, 대개는 오래 자기만의 생각과 공부로 얻은 논리와 말들로 이야기를 주도했다. 그때야 지금 같은 SNS의 세상이 오리라고는 짐작도 할 수 없었지만, 근자에 페이스북에서 많은 이들을 애독자로 만든 고영범 계정의 현하지변을 그렇게 처음 접했다.

　그 인연이 띄엄띄엄 이십 년이 넘었다. 돌아보면, 나는 처음 그의 명석함에 매혹되었지만 점차 인간을 더 좋아하게 된 것 같다. 말이나 글에서 그의 예각이 두드러져 보인다면, 그의 사람됨은 둔각 쪽으로 따뜻하고 속깊다. 그의 유다르고 세련된 지성은(나는 그 뿌리에 '신

학'이 있지 않나 짐작한다) 늘 인간적 배려와 관용에 감싸여 있다. 그는 언제나 무언가를 쓰고, 만들고(고영범 형은 맥가이버 수준의 수공업 장인이기도 하다), 작업하고 있었지만 그것들은 그가 늘 생각하는 '더 나은 인간' '더 나은 세상'과 분리된 것이 아니었다. 남들이 표나게 무언가를 성취하고, 이런저런 방식으로 이름을 알리는 동안에도 그가 상대적으로 덜 드러났다면, 그것이 그의 방식이자 삶의 태도이기 때문이었을 테다. 본인이야 게을러서 그랬겠지, 라는 한마디로 퉁치고 말겠지만.

처음부터 '작가'인 사람이 있다. 고영범 형이 딱 그랬는데, 내가 처음 만났을 무렵 그의 관심은 영화 쪽에 있는 것 같았다. 몇 년 뒤 영화 일들이 구체화되면서 아예 가족들과 함께 한국으로 들어오기도 했다. 그때 몇몇 국내 대학의 영화과에서 강의를 하는 한편, 시나리오를 쓰고, 각색을 하고, 편집을 하면서 감독 데뷔를 준비했다. 영화계 일이 원래 그렇다고 하는데, 여러 차례 '엎어졌던' 걸로 안다. 그는 미국 영화과 대학원에서 다큐멘터리를 공부했고, 직접 만든 영화로 세계적 권위의 오버하우젠 국제단편영화제에 초청받기도 했다. 홍상수 영화를 컷 단위로 분석해가며 이야기할 때는 혼이 쏙 빠지기도 했는데, 압바스 키아로스타미의 〈클로즈업〉(1990)을 다룬 글은(물론 어디에도 발표되지 않았던 것 같다) 내가 그 무렵 읽은 최고 수준의 영화 평론 중 하나였다. 희곡은 그가 대학 때부터 가장 꾸준히 해온 작업이었고, 시 역시 '문학회'의 전통을 충실히 이으며 발표와는 전혀 무관하게 쓰고 있었다. 한두 편 내게 보여준 기억도 있다. 번역은 생계를 위해 틈틈이 해왔고 강출판사에도 그의 이름으로 된 두 권의 역서가 있다. 그중 『레이먼드 카버—어느 작가의 생』(캐롤 스클레니카 지음,

2012)은 500페이지에 육박하는 분량에다 인용 시의 번역을 비롯해서 난처가 많은 텍스트였는데 고생만 잔뜩 시키고 살림에도 거의 도움을 못 드려 지금도 미안한 마음을 갖고 있다. 다만 그 번역이 계기가 되어 카버와 카버 문학에 대한 뛰어난 안내서인 『레이먼드 카버 — 삶의 세밀화를 그린 아메리칸 체호프』(아르테, 2019)를 저서로 갖게 되었으니 조금 빚을 던 느낌도 없지 않다. 이 책은 얼치기 문학평론을 하는 처지에서는 문장이며 문학 이해의 깊이에서 읽는 내내 질투심을 억누르기 힘들었다는 걸 고백해둔다. 십여 년 전 서울에 있을 때 소설을 써볼까 한다는 이야기를 들은 적이 있다. 적극 권하면서 막연히 머리에 떠올려본 게 최인훈, 이승우 같은 지적이고 관념적인 소설 계보였던 것 같다. 역시 돈은 좀 안 될 것 같다는 생각과 함께 말이다. 그러다 그는 다시 한국을 떠났다.

그리고 2021년 가을, 한 편의 멋진 소설이 도착했다.

2

『서교동에서 죽다』[1]는 '이진영'이라는 소년이 국민학교 6학년 여름방학부터 이듬해 봄 중학교 입학 무렵까지 반년 남짓한 시간을 통과한 기록이다. 소설은 방학 중 새 자전거가 생긴 진영이 8월 15일 광복절 날 서교동 집을 나와 홍대 앞, 상수동과 마포를 거쳐 서울대교(현재의 마포대교)를 건너고, 여의도를 지나 제2한강교(현재의 양화대교)를 통해 합정동 쪽으로 다시 돌아오는 첫 자전거 질주를 이야기하는 가운데 '5·16 광장'의 '빌 브라이트 목사 초청 엑스플로 74' 플

---

1) 고영범, 『서교동에서 죽다』, 가쎄, 2021. 이하 인용은 쪽수만 밝힌다.

래카드를 언급하는 방식으로 이 여름에 1974년과 서교동을 중심으로 하는 서울 서남부라는 특정한 시간과 장소의 좌표를 부여한다. 작품을 읽어나가다보면 이 좌표가 통상적인 '소설의 시대성'과는 좀 다른 지점을 겨냥하고 있는 것이 드러난다. 그것은 훨씬 좁고 촘촘하고 밀도 높은 시간의 대역帶域을 지시하면서, 한 소년이 몸으로 통과하는 세상, 그의 의식에 현상하는 세계의 물리적 조각을 향하고 있다. 이 문제는 진영을 일인칭 화자로 하는 소설의 서술 장치와도 연계되는데, 기본적으로 회상의 방식으로 기술되는 일인칭 소설에서 화자가 (그 자신이기도 한) 인물에 대해 갖는 거리는 삼인칭 소설과는 다른 양상을 띨 수밖에 없다. 일인칭 화자는 회상하는 서술자로서의 우월적 지위와 인물의 제한적인 시야 사이를 오가며 이야기의 어조와 흐름을 구축하게 되는데, 『서교동에서 죽다』는 그 균형의 통제에서 특별한 소설의 목소리를 얻어내고 있는 것 같다.

광복절에도 나는 아침부터 자전거를 끌고 나갔다. 날은 무더웠고, 골목엔 아무도 없었다. 늘 하던 대로 홍익대학교의 정문 앞 공터—라고 하기에는 조금 어색하지만, 아무튼 우리는 그렇게 불렀다—까지 올라갔다.(19쪽)

여기서 '공터'가 열세 살 진영의 언어라면 삽입된 부연 설명은 화자의 언어일 텐데, 대개는 경계 표지 없이 두 개의 언어 층위는 섞여 있다. 친구들을 기다리다가 혼자 자전거를 타게 된 진영이 홍대 정문에서 극동방송국을 지나 상수동 쪽으로 언덕길을 내려가는 장면에서 소설은 아스팔트 위 왕모래의 위험을 피하는 소년의 질주를 극사실

주의적으로 묘사함으로써 언어를 인물에게 한껏 양도한다(이 양도는 당연히 화자의 적극적 협력을 포함한다). 그러나 화자와 인물의 이러한 밀착은 고정되지 않고, 여의도에 운집한 '엑스플로 74'의 군중들이나 그날 자전거 타기의 마지막 여정이 된 성미산 언덕에서 집으로 돌아오다 보게 된 전파상 앞의 사람들에 대해서는 소년의 관심을 더이상 이끌고 나가지 않는 방식으로 인물과 거리를 둔다. 그렇게 해서, 복음주의 반공 기독교와 당시 유신 독재 정권의 유착을 보여주는 '엑스플로 74'나 바로 그날 장충동 국립극장에서 일어난 육영수 여사의 피살 사건과 같은 시대의 큼직한 풍경은 이야기의 배경으로 멀찍이 물러난다. 이는 열세 살 소년의 실제 의식에 근접하기 위한 회상형 소설의 일반적인 전략일 수도 있으나, 『서교동에서 죽다』가 화자와 인물 사이의 거리를 의식하고 조율하는 소설적 노력에는 좀더 특별한 긴장이 있는 것 같다. 일단 여기에는 회상형 소설에 흔히 등장하는 화자의 '현재'가 없다(『서교동에서 죽다』를 각색하여 이성열이 연출한 연극에서는 미국에서 귀국한 중년이 된 현재의 '나'가 나온다). 이 경우 회상의 주체로서 화자의 현재는 원리적으로 '글을 쓰고 있는 익명의 나'가 된다. 회상의 장치로 현재의 '나'가 제한되면서 열세 살 진영은 좀더 '순수한' 상태로 1974년의 시간 속에 던져진다. 허구적이든 텍스트 외적 참조의 차원이든 형성의 도달점은 가려진 채 한 소년이 통과하는 반년 남짓의 짧은, 특정한 시간의 구획이 주어져 있을 뿐이다.

　이 시간의 구획을 소년의 자리에서 생성되는 의식, 생성되는 '세계 그 자체'로 마주할 방법이 있을까. 『서교동에서 죽다』는 이 질문에서 시작된 소설처럼 보인다. 작가의 자리에서 화자에게 양도된 언어는 '그 자신'이기도 한 열세 살 소년의 언어를 분절하고 들어올리는 데

에만 사용될 뿐, 그 언어를 포획하려 하지 않는다. 작가-화자의 개입은 언제나 건너갈 수 없는 강 앞에서 안타깝게, 아슬아슬하게 멈추어 있다. 그렇게 해서 화자와 인물 사이에 존재하는 거리는 이미 통과해 왔지만 지금 처음 통과하는 시간의 현상학에 바쳐진다(6장 진영이 개에게 물리는 삽화에서만 유일하게 소설은 진영을 '너'라고 호명하며 화자의 자리를 전경화하는데, 반드시 이 이야기만 이인칭 서술을 취할 필연성은 없다는 점에서도 소설 전체적으로 부각되는 것은 화자와 인물 사이의 안타까운 거리다).

그렇게 1974년 8월 중순에 시작된 소설의 내적 시간은 1975년 3월 초까지 이어지고, 서교동을 중심으로 진행되던 이야기는 진영네 집이 이사가는 화곡동을 비롯, 진영이 아버지 심부름으로 다녀오게 되는 효자동을 통해 광화문과 신촌 일대까지로 확장된다. 특히 진영의 생활 반경과 동선에 바탕한 서울의 지리지는 기억의 순금 지대를 이루는데, 『서교동에서 죽다』는 소년의 작은 몸과 좁은 시야에 와닿은 1974년 서울의 공기와 풍경을 두텁게 떠메고 온 듯한 느낌을 준다.

우리가 버스의 종점에서 내려서 향한 곳은 시장으로 통하는 길목에 있는 상가였다. 상가라고는 하지만 제각각의 모양으로 납작하게 엎드려서 나란히 늘어서 있는 건물들에 허름한 문방구와 약국, 철물점, 이발소, 전파상 따위의 업소들이 계통 없이 들어서 있었고, 그 끄트머리에 약간의 사과와 귤 따위 과일을 얹은 좌대를 앞에 내놓은 식품점이 하나 있고 그 뒤로는 본격적으로 시장 골목이 시작되었다. 그리고 그 시장을 지나면 주택가가 펼쳐졌다. 그러니까 크고 작은 차들이 빠르게 다니는 도시의 길과 안온하게 엎드려 있는 집들 사이의 완충지

대로 시장이 있었고, 그 허름하고 짧은 상가는 큰길을 달리는 금속성의 차갑고 사납고 빠른 것들과 한자리에 쪼그려앉아 있는 상인들, 그들이 다루는 생선이며 야채, 과일 같은 부드러운 질감의 물건들, 여기저기서 흐르는 물 때문에 항상 질척한 바닥, 그리고 그 사이를 돌아다니며 장을 보는 사람들 같은 느리고 부드러운 존재들로 채워진 시장통 사이의 기압 차를 해소해주는 역할을 하는 셈이었다. 사람들은 아침이면 이 짧은 상가 골목을 지나 세상으로 나가고, 저녁이면 그보다 조금 느려진 걸음으로 집으로 돌아올 것이었다. 그러니 이 상가에 있는 상점들은 좋게 말하면 통행인이 많은, 소위 '목이 좋은 자리에 위치한 셈이었지만, 달리 보자면 주택가로부터 시장을 사이에 두고 격리돼 있어서 단골보다는 지나는 길에 들르는 뜨내기손님들을 주로 상대하게 된다는 문제가 있었다.(164~165쪽)

그해 여름에는 새 자전거라는 선물만 있었던 것은 아니었다. 바로 다음날 아버지의 갑작스러운 입원이 있었고, 아버지는 이후 입·퇴원을 반복하며 기약 없는 자리보전을 하게 된다. 엎친 데 덮친 격으로 아버지가 운영하던 버스가 빗길에 사고를 내면서 집안은 급속도로 기울고, 서교동의 집을 내주고 낯선 화곡동 가파른 언덕바지로의 이사가 결정된다. 인용한 대목은 학교를 파한 뒤 형과 누나의 인도로 동생과 함께 진영이 서교동에서 버스를 타고 화곡동에 내려 처음으로 이사한 집을 찾아가는 장면이다. 저기 시장통 끄트머리에는 어머니가 아버지와 함께 떠나온 평안북도 고향의 이름을 따서 붙인 자그마한 잡화가게 '정주상회'가 기다리고 있을 터였다. 이제는 집안의 유일한 생계의 원천이 된. 딱히 서울 변두리 동네만은 아닌, 1970년

대 한국의 웬만한 도시의 서민 동네에서라면 낯설지 않은 사람살이의 풍경이 손에 잡힐 듯 펼쳐져 있다.

회상의 주체는 그 기억의 풍경에 작게나마 구도와 질서를 부여하며 그것을 정돈하고 의미화하려 하지만, 사실 여기서 일어나는 기억의 화학작용은 그 시간과 장소의 질료에 더 많이 빚진 것이며 우리가 어떤 '아득함'을 느끼게 된다면 그 때문이리라. 그것은 우리가 아무리 가깝게 이곳으로 끌어오고 싶어도 끝내 먼 곳에 남는 것이며, 단 한 번의 시간과 장소로만 주어지는 것이다.『서교동에서 죽다』의 회상과 묘사는 이 일회성과의 가망 없는 싸움 끝에 조금씩 풀려나오고 있다. 모르긴 해도, 소설에서 거듭 이야기되는 소년의 알지 못할 '서러움'과 정체 모를 '그리움'의 실을 따라가면 그 끝에는 회상하는 '나'의 이 가망 없는 싸움이 있지 않을까. 그 실패의 잔해들이 만들어내는 막막한 울림이 이 소설을 아리게 따라가게 만드는 힘의 정체인지도 모른다.

'식모'인 '구희 누나'는 진영에게 가족 밖 '이성'의 존재에 대한 희미한 눈뜸과 함께('차별'이라는 문제에 대한 엷은 도덕적 각성도 일어난다), 늘 앞치마 주머니에 넣고 다니던 "고무줄로 상자 배터리를 동여맨"(43쪽) 소니 트랜지스터라디오와 자신의 한 달 월급을 바쳐 장만한 금성사 카세트 레코더를 통해 '음악'이라는 세상을 열어준다. 트윈 폴리오, 한대수, 송창식에서 시작된 목록은 화곡동 가게의 심야 라디오 청취 시기를 거치며 존 덴버, 비틀즈, 사이먼 앤 가펑클까지 제법 풍성해진다. 말고도〈쇼쇼쇼〉〈주말의 명화〉를 보는 시간이 이야기되고, 단란했던 가족 시절의 영화 관람 목록으로〈겟어웨이〉(1972)〈포세이돈 어드벤처〉(1972)가 추억되는 방식으로 1974년 진영을 감싸고

있던 '문화'의 명세서가 추가된다. '음악'이 우연찮게 조금은 이른 시기에 진영의 세계에 도착했던 것처럼, '전집류'의 형식으로 집의 서가를 채우고 있던 이런저런 '문학'에의 맛보기식 입문도 가겟방 시기의 남아도는 시간과 함께 진영의 조숙에 얼마간 기여했던 것 같다. 화곡동 친구 '병식'의 안내는 그 시절 그 나이 또래의 아이들에게 가장 친숙한 놀이터인 만화방을 단번에 성性과 죄의식의 공간으로 바꾸어버리기도 한다. 이런 가운데 '채변 봉투'의 악몽과 '땡땡이'를 중심으로 이야기되는 국민학교 마지막 학기는, 당시 군사문화의 판박이처럼 획일과 강압, 폭력으로 문을 여는 중학교 입학 에피소드와 함께 진영이 앞으로도 한동안 계속 벗어나고 부정하는 방식으로 스스로를 형성해야 할 세상의 얼굴이 될 테다. 소년이 마주했던 그 세상의 공기는 가옥 구조, 연탄, 만원버스, 우표책, 크리스마스이브 풍경 같은 미시적 생활사의 꼼꼼한 세목들과 어우러지면서 1970년대의 성공적인 소설적 재현에 이르는데, 비슷한 시기에 성장기를 보낸 이들이라면 디테일 하나하나에서 잠시 독서를 멈출 법하다. 그 시간의 표지들은 진영이라는 소년의 단내 나는 숨결에 싸인 채 이곳으로 건너온다.

자전거와 버스가 소년을 바깥 세계로 잇고 확장하는 하나의 축이라면, 세 개의 연탄 화덕이 있는 화곡동 집의 지하실의 '어둠'이나 심야방송 라디오와 함께하는 가게의 '고요'는 소년의 '내면'으로 하강하는 공간이 되는데, 거기서 소년은 정체 모를 '서러움'과 '그리움'을 만들며 자라난다. 라디오에서 흘러나오는 노래들은 이 느꺼움의 정서에 얼마간 형태를 부여한다. 그런가 하면 아버지의 '초라함'에 '은밀한 공범자'로 참여하게 되는 크리스마스이브의 심부름길, 신촌 버스 정류장 노점에서 동생 '진수'의 선물로 사는 'U자형 기계체조 인

형'은 이 소년들의 시간을 세상의 무심과 침묵 쪽에서 응시하는 사물처럼 툭 던져져 있다. 카프카의 「가장의 근심」(1919)에 나오는 '오드라데크'처럼 이 작은 관절 인형은 소년들이 다 자라 세상 저편으로 떠난 뒤에도 여전히 망각되지 않은 채 거기, 그대로 남아 있을 것만 같다. 연탄가스 사건 이후 진영과 진수가 만드는 '개미집'의 부서진 잔해와 함께. 그렇게 사물들만이 시간의 증거로 일회성에 저항하며 남아 있으려 한다. 그 사물들의 잡히지 않는 아우라, 그것이 모습을 드러내지 않은 채로 이 소설의 뒤에 있는 회상하는 '나'가 싸우고 있는 실체일지도 모른다.

늘 벽을 향해 돌아누워 있는 아버지의 뒷모습. 갑자기 백발에 가까울 정도로 세어버린 머리. 소설에는 언젠가 소년이 아버지와 같은 자세로 누워, 아버지가 들여다보고 있던 벽지를 들여다보는 장면이 나온다. 별 의미 없는 장식 패턴의 연속. 얼핏 같아 보이지만 하나하나 다른 점들. 그러나 그 불완전한 점들은 또한 대칭을 이루며 거대한 반복의 한 부분을 이루고 있지 않겠는가.

아버지 역시 이런 걸 읽어내고 있었던 걸까? 읽어내는 행위 이상의 의미는 전혀 없는 걸? 공간만 충분하다면 무한히 이어질 장식적인 마름모들의 연쇄로 이어진 우주에서 단 몇 개, 아버지는 그것들을 들여다보고 또 들여다보면서 지냈다. 그것들은 어쩌면 아버지를 기억 속으로 이끌어 갈 아버지만의 마들렌이었을 수도 있고, 아버지가 가보고 싶었으나 일찌감치 결혼해서 아이를 낳아 기르느라 그럴 기회가 없었던 토끼굴로 들어가는 입구였을 수도 있겠다. 당신을 가둬놓고 있는 수많은 창살들이었을 수도 있겠고. 그러나 그걸 누가 알겠는가.(250쪽)

아마도 이것은 지금 이 소설이 쓰이고 있는 어떤 자세이면서, 지금 회상하는 '나'가 수행하고 있는 일이 또하나의 마들렌의 이야기를 찾는 것임을 알려주는 듯도 하다. 그러나 여기서 저 무늬들 너머로 더 나아가는 것은 위험하다. 멈추어야 하며,『서교동에서 죽다』는 지하실 연탄 화덕의 어둠 앞에서 멈춘다. 그리고 아버지의 뒷모습과 어머니의 오랜 울음을 기억하려 한다. 그이들의 평안도 말들과 함께. '하잖넌' '아넌' '있으라우'. 실향의 말들. 화곡동으로 옮긴 뒤 식사며 생활이 모두 '임시방편'처럼 되었다고 소설은 쓰고 있는데, 아버지와 어머니가 겪은 실향의 삶이란 그 전체가 '임시방편'이 아니었을까.『서교동에서 죽다』는 눈 내리는 겨울밤, 소년이 화곡동 가게에 앉아 라디오에서 흘러나오는 노래를 듣는 장면에서 끝난다. "까마득히 먼 데서 눈 맞는 소리".(송창식,〈밤눈〉, 1974) 이때 이 아이는 저 '까마득히 먼 데'가 자신의 옛이야기가 되리라는 것을 알았을까.『서교동에서 죽다』는 단 한 번 왔다가 사라져버린 그 시간에 바쳐지는 이야기이며, 그런 의미에서 통상의 성장소설과 궤를 달리한다.

아이는 자랄 것이다. 그러나 어둠과 집 잃음은 아버지가 바라보아야 했던 무한 무늬처럼 아이의 세상 앞에 반복 도착하리라. 이 예감이『서교동에서 죽다』에는 떨치지 못하는 멜랑콜리의 어조로 스며 있다. 손안의 기계체조 인형이 물구나무선 채 소년을 응시하고 있는 세계. 1974년 서교동 골목골목의 흙과 크리스마스이브 광화문의 공기가 기억과 언어의 힘으로 섬세하게 물질화될수록 그 시간은 까마득히 먼 곳으로 밀려난다. 그 아득함의 환각이 세이렌의 노래처럼 소설을 감싸고 있다.

하고 싶은 말은 많다. 그러나 발문의 이름을 빌린 서툰 소개는 이 소설을 읽게 될 독자들을 위해서라도 이만 그쳐야 할 듯싶다. 소설은 훨씬 풍부하다. 소설 곳곳에 한참을 머물고 싶은 생의 아름답고 슬픈 미로가 정확하고 세련된 한국어에 실려 읽는 이를 기다리고 있다. 좀 더 많은 이들이 이 섬세한 시간 여행에, 실향과 귀향의 긴 항해에 같이해주길 바라는 마음이다.

그해 서교동에 '죽음'이 있었다. 그러나 그것은 '사건'이 아니라 대상 없는 '서러움'과 '그리움'의 얼굴로 도착했다. 안타까운 역설을 견디며 먼 곳에서 먼 곳의 이야기를 완성한 작가에게 축하와 경의의 마음을 전한다. 적어도 이 이야기가 쓰이는 동안은 저 '낯선' 소년은 조금은 덜 외로웠을지도 모른다. 읽는 우리도 그러했으리라.

(2021)

'세상에서 가장 비싼 소설'을 기다리며
─김민정의『홍보용 소설』

'인간'이 자연적 사실의 범주에 속한다면, '사람'이란 것은 "어떤 보이지 않는 공동체─**도덕적** 공동체─안에서 성원권을 갖는다는 뜻이다. 즉 사람임은 일종의 자격이며, 타인의 인정을 필요로 한다."[1] 여기서 '보이지 않는 공동체'는 우리가 흔히 '사회'라고 부르는 것일 테다. 보이지 않는다고는 했지만, 우리는 이 공동체가 물리적으로 실재한다는 사실을 안다. 관념과 상상의 영역을 포함하면서 그 공동체는 사회라는 이름의 장소로 존재한다. 그러므로 사람으로서 성원권을 인정받는다는 것은 사회라는 물리적 장소 안에서 머물고 살아갈 자리를 부여받는다는 의미가 된다. 김현경은 이를 "사람의 개념은 (……) 장소 의존적이다"[2]라고 정리한다. 얼핏 상식적이고 중립적인 평이한 진술 같지만, 여기에는 인정과 배제의 투쟁으로 점철되어온 인류사 전체의 진실을 압축하는 힘이 있다. 멀리 갈 것 없이 당장의

---

1) 김현경,『사람, 장소, 환대』, 문학과지성사, 2015, 31쪽, 강조는 원문.
2) 같은 책, 57쪽.

세계 현실로 눈을 돌리기만 해도 될 테다. '사람'으로 인정받고 살아갈 자리를 박탈당하고 밀려나는 사람들은 나날이 늘어나고 있다. 얼마 전 튀르키예 해안에서 잠든 것처럼 발견된 시리아 난민 아이의 시신은 그 현실을 웅변한다. 우리 사회는 또 어떤가. 고공 농성을 하는 해고 노동자들에게 주어진 '사람'의 자리는 칼바람 부는 몇 제곱미터 남짓의 굴뚝 꼭대기가 전부다. 대학 건물을 청소하는 비정규직 노동자들이 청소 도구를 보관하는 화장실 한쪽 구석에서 식은 도시락을 먹어야 하는 현실도 있다. 날로 심각해지고 있는 청년 실업의 문제는 '사회'로의 진입조차 불가능한 상황을 만들고 있기도 하다. 사회적 성원권, 사람의 자리를 둘러싼 비참하고 고통스러운 현실은 사회적 상호 인정認定의 영역에서 벌어지는 일상적인 배제와 모욕, 멸시의 행동에서부터 극단적인 생존의 문제에 이르기까지 지금 우리가 마주하고 있는 세계의 광범위한 실상이다.

이것은 누구나 얼마만큼은 안다고 생각하는 현실의 면모일 수 있다. 그런데 현상의 요약과 정리가 매끈할수록 우리는 현실의 생생하고 개별적인 사실, 혹은 진실로부터 멀어지기도 한다. 위에서 인용한 김현경의 저서는 그 손쉬운 환원을 거부하면서 사회적 상호 인정의 의례儀禮를 매개로 한 사회적 구조와 상호작용의 질서를 두루 성찰하며 '환대'라는 질문을 끈질기게 이어가고 있지만, 흔하게는 구조의 정돈된 파악이나 인간 행태의 도덕적 질타에 그치면서 답을 서둘러 마련한다. 계급이나 정치-경제, 윤리의 언어와 사고는 중요한 참조점이기는 하지만, 어느 한쪽에 치우치거나 환원주의적으로 활용될 때 더 물어야할 질문들은 중단된다. 생생한 개별의 진실은 지워지고 묻힌다.

문학이 그 중단된 질문의 자리에서 뒤늦은 호흡으로 종종 인간과

인간 현실에 대한 자신의 질문을 찾아 나선다는 것은 널리 알려진 이야기이다. 더 중요하기로는, 문학은 그 질문의 자격을 스스로 성찰하고 심문하는 방식으로 그렇게 한다는 사실일 테다. 김민정의 첫 소설집 『홍보용 소설』[3]은 일견 자신의 자리가 없는 사람들, 혹은 사라져가는 자리 앞에서 길을 잃은 사람들의 이야기를 다루면서 '사회적 성원권'에 대한 익숙하고 첨예한 질문을 이어나가고 있는 것처럼 보인다. 그 질문의 테마만이라면 최근 한국 소설의 흐름 안에서 특별히 새롭다고 할 수 없을지도 모르겠다. 그러나 김민정은 그 질문 안에 작가 자신을 끼워 넣고 겹쳐내는 방식을 찾아낸 것 같은데, 여기에는 분명 그간 한국 소설이 도달하지 못한 낯선 페이소스와 함께 새롭게 개시되는 진실의 이야기가 있다.

가령, 성원권을 위협받고 자신의 자리를 잃어가는 사회적 타자나 약자의 이야기를 소설가는 쓸 수 있다. 그런데 그 소설가의 자리가 실은 사회적으로 없는 자리라면? 문제는 이것이 '근대문학(소설)의 종언'과 같은 거창한 주제와 결부되어 있지 않다는 사실이다. 그것은 그저 청탁 하나 없는 무명작가의 눈앞의 현실일 뿐이다. 바라는 것은 꾸준히 소설을 쓰고 발표할 수 있는 직업으로서의 소설가의 자리지만, 이게 또 (흔히 작가라는 자리에 있다고 가정되는) 절박한 실존적 상처와는 그다지 상관이 없다. 보들레르식의 '저주받은 영혼'이 아니라는 이야기다. 그렇다고 경제적 어려움이 있는 것도 아니다. 굳이 길이 잘 보이지 않는 소설가의 자리를 고집하지만 않는다면, 그럭저럭 무난하게 살아갈 수 있는 것이다. 「홍보용 소설」에서 이미지 마케터에

---

3) 김민정, 『홍보용 소설』, 실천문학사, 2016. 이하 인용은 작품명과 쪽수만 밝힌다.

게 자신의 '소설가 이미지' 구축을 의뢰하러 온 무명의 소설가의 처지가 이와 비슷한데, 소설을 왜 쓰느냐는 마케터의 질문에 그녀는 이렇게 대답한다. "……결핍 때문에요."(22쪽) "제가 결핍이 없을 거라고 사람들이 생각하는 게, 제 결핍이에요."(24쪽) 「홍보용 소설」과 함께 이번 소설집에서 아이러니한 메타적 성찰의 지점에서 부재하는 (혹은 사라지기 직전의) 무명 소설가의 자리를 상상적으로 방어하고 재구축하는 작품인 「세상에서 가장 비싼 소설」에는 다음과 같은 진술도 나온다. "문예지에 실리지도 않고 책으로 발간되지도 않은 그 소설들은 소설이면서 또 소설이 아니었다. 그것들은 분명 존재했지만 존재하지 않는 것과 다름없었다."(217쪽)

요컨대 김민정 소설의 새로움은 '문학의 행로'나 '소설의 운명' 따위를 질문의 대상에서 삭제한 데 있는 듯하다. '소설가 소설'이 작가 자신의 비루한 현실을 소설의 소재로 다룰 때, 그 자기 풍자의 아이러니 안에 얼마간 낭만화된, 소설 혹은 문학에 대한 원망願望과 승인을 감추지 않기는 어려운 일이다. 그 원망과 승인의 지점과 작가 자신의 비루함 사이에서 발생하는 페이소스가 물신적 세상에 대한 무언의 비판이 되는 만큼, 이것은 이해할 수 있는 일이기도 하다. 이때 '작가의 비루한 현실'은 그냥 비루한 것이 아니라 모종의 '아우라'와 함께 비루하다(물론 이 아우라의 이야기는 종종 상투화되면서 그 비판적 아이러니의 긴장과 힘을 잃어버리기도 한다). 그런데 김민정 소설집 앞뒤에 기둥처럼 혹은 액자의 틀처럼 버티고 있는 두 편의 '소설가 소설'은 그런 아우라의 이야기를 아예 모른다. 그도 그럴 것이 그것들은 '소설가 소설'이 쓰이는 자리에 아직 도달하지 않았기 때문이다. 그이들에게 중요한 것은 소설가의 자리를 확보하는 일이고, 그것의

지속성을 담보하는 일이다. 그런데 상처, 불행, 결핍 등등 전통적으로 소설가의 자리에 배당되어 있다고 믿어온 인생의 자원이 부족하다면? 특별히 소설가의 길을 운명처럼 여기고 살아온 것도 아니다. 써야만 하고, 쓸 수밖에 없는 것이 넘쳐나는 것도 아니다. 그렇다면 어떻게 해야 하나. '결핍이 없는 것'을 결핍이라고 우기면서 써나갈 수밖에 없지 않겠는가. 청탁이 없다면 스스로 자신의 소설을 필요로 하는 고객을 만들어내어 '단 한 사람을 위한 소설', '세상에서 가장 비싼 소설'을 쓸 수밖에 없지 않겠는가. 자신의 소설을 '간접광고'의 장으로라도 제공하면서 말이다. 소설을 계속 쓰고, 소설가의 자리를 지켜내기 위해서라면 달리 방법이 없는 것이다. 필요한 것은 평생 직업으로서의 소설가이며, 어느 정도 자유로운 라이프 스타일을 유지할 수 있는 소설가라는 명함이다. 아우라 따위는 혹시 있으면 좋겠지만 없어도 무방한 일일 테다. 김민정 소설 속의 '소설가들'은 이렇게 절박하게, 혹은 담담하게 말하고 있다.

그런데 이로부터 소설가의 자리에 대한 탈낭만화의 시선을 읽어낸다면 아마도 시대착오적 독법이 될 테고 김민정 소설에 대한 제대로 된 독해도 아닐 테다. 두루 아는 대로 그런 소설가의 자리는 이미 해체되고 없다. 더더구나 김민정 소설에는 아예 그런 전제 자체가 배제되어 있다.

가령 '쓸 수밖에 없어서 쓴다'고 할 때, 소설가는 스스로를 운명적 필연의 영역에 놓는 것이다. 어쩌면 운명이라는 말조차도 사치일 수 있다. 토마스 만의 소설 『토니오 크뢰거』(1903)에서 주인공 토니오에게 문학은 '운명이 아니라 저주'일 뿐이며, 시민사회 밖 아웃사이더로 스스로를 내모는 바로 그 자리에서만 그는 문학을, 예술을 꿈

꾼다. 그에게 창조의 시간은 그렇게 '길 잃은 속인'으로 스스로를 처벌함으로써만 도래한다. 이청준식으로 작가를 패배시키는 현실에 대한 상상의 복수와 지배를 말할 수도 있을 텐데, 이 경우도 그 상상의 질서가 현실에서 승인되는 순간 작가는 다시 패배의 운명 속으로 걸어들어간다는 아이러니까지 말하지 않으면 안 된다. 그러니까 이것은 패배라는 아이러니한 형식을 통해 세계 전체와 맞서는 숭고한 일이 된다. 얼마간 신비화된 이런 작가의 자리는, '작가의 죽음'에 대한 선고를 포함하여 다양한 지점에서 공격받아왔다. 그 해체의 이야기는 이제 문학의 종언이 지겨운 상투어가 된 세상에서 아무런 놀라움도 동반하지 않는다. 그런데 이 해체는 역설적으로 소설가를 저 저주받은 운명에서 해방시킨 일일 수도 있다. 소설가는 이제 하나의 직업이며 선택할 수 있는 라이프 스타일이 되었다. 사실은 처음부터 그랬던 것인지도 모르지만 말이다(그러나 소설가의 저주받은 운명이 세상을 전체적으로 인식하고 성찰하는 특별한 하늘의 성좌가 되었던 시대는 분명 존재했고, 지금도 또한 얼마간 그런지 모를 일이다).

김민정의 소설은 시장과 대중이라는 불특정 다수의 종잡을 수 없는 패트론에게 자율성을 저당잡혀온 근대소설의 성쇠를 성찰하는 데 무심하다. 종언론 이후 소설의 행로 또한 김민정 소설의 관심사가 아니다. 이 말은 오해되지 말아야 하는데, 김민정 소설의 키워드가 스스로 언급하듯 '아이러니'(「홍보용 소설」)인 한 이러한 무심함은 철저히 방법적인 것이기 때문이다. 무전제성으로의 '판단정지', 현상학적 환원을 떠올려보는 것도 좋겠다. 그렇게 김민정 소설 속 '소설가들'은 목표를 지금 자신의 현실적 시야 안으로 제한한다. 목표를 최대한 낮추어 잡는다. 문제는 소설가의 자리를 지켜내며 살아남는 것이기 때

문이다. 이것은 일종의 위악일까, 아니면 정직함일까.

생각해보면 소설을 쓰고, 작가로 이름을 얻는 일은 격렬한 인정 투쟁의 과정을 포함한다. 사회적 영향과 위세의 저하에도 불구하고, 여전히 소설가라는 자리는 타인의 인정 위에 자기 세계를 구축한다고 하는 근사한 외양을 얼마간 유지하고 있다. '저주받은 영혼'을 자처한다고 하는 것부터가 전도顚倒된 권력의지의 추구일 수 있다. 둘러싼 아우라가 사라지고, 그 인정의 수준이 많이 축소되었다 하더라도 소설가의 자리는 존재의 결핍감을 보충할 수 있는 최소한의 영역을 가지고 있다. 그것은 자기표현의 영역이라 할 수 있는데, 이를 통해 이청준식의 상상적 복수와 지배를 포함해서 자존감을 지켜내는 몇몇 방법을 찾을 수 있다. 그리고 언어를 통한 자기표현과 재현(미메시스)의 과정은 자기 검토와 성찰의 지성 없이는 가능하지 않다는 점에서 대상 현실과의 비판적 거리를 확보한다. 아이러니는 현실적 패배의 승인을 잠정적 대가로 지불하는 가운데 그 비판적 거리 속에서 소설이 찾아낸 마지막 저항선 같은 것일 테다. 김민정 소설의 특별함은 이 아이러니의 저항선을 소설의 역사 안에서 학습하고 승계받은 것이 아니라, 작가 자신의 존재적 '결핍' 안에서 정직하고 절실하게 이끌어내고 있다는 점에 있는 것으로 보인다.

「홍보용 소설」에는 무명 소설가 '김은정'의 습작품 한 편이 이미지 마케터인 소설 화자 '나'의 시선으로 소개되는 대목이 있다.

태어날 때부터 세상은 이미 풍요로웠고 자신의 자리는 남아 있지 않았다. 자신은 가난했지만 가난을 경험해본 적은 없었다. 민경은 비난도 변명도 할 수 없었다. 모른다는 말, 내가 당신을 모르고 당신이

나를 모른다는 그 말만 입안에 맴돌았다. 이쪽과 저쪽 모두에 속해 있는 민경은 양쪽을 오가며 힘겨운 혼자만의 싸움을 시작할 수밖에 없었다.(「홍보용 소설」, 26쪽)

이 소설의 주인공 '민경'은 자수성가한 권위적인 아버지를 두고 있으며 인용 소설 속의 '당신'은 그 아버지를 가리키는 듯하다. "자신은 가난했지만 가난을 경험해본 적은 없었다"는 얼핏 모순되는 문장을 이해할 수 있는 단서 또한 여기에 있을 테다. 집안의 부와 그녀 자신을 구별 짓는 것으로 말이다. 이 점은 「홍보용 소설」과 「세상에서 가장 비싼 소설」에 공히 등장하는 무명 소설가의 처지(강남 최고급 주상복합 아파트에 거주하고 명품 가방을 소유하고 있으며, 오빠가 천억대의 자금을 운용하는 투자자문 회사 대표지만 정작 자신은 소설가로서 수입도 존재감도 거의 없는 처지)를 떠올리게도 만든다.

그런데 이런 어정쩡함만으로도 "(세상에) 자신의 자리는 남아 있지 않았다"고 말할 수 있는 건가. "이쪽과 저쪽 모두에 속해" 있다면 언제든 편한 쪽을 선택할 수 있다는 말이 아닌가. 공동체의 테두리 바깥으로 내몰리는 사회적 약자의 처지에 비한다면 한가한 소리가 아닌가. 김은정이 이미지 마케터에게 가져온 소설 중에는 중국과 한국 모두에서 이방인으로 살아가는 조선족 '이진봉'의 이야기인 「죽은 개의 식사 시간」이란 작품이 있다. 불법체류 이주노동자인 이진봉의 직업은 고독사한 사람들의 시신을 치우는 일이다. 그는 철거 직전의 낡은 아파트 욕조에서 두 달 만에 발견된 부패한 노인의 시신을 처리하는 작업을 하다가 중국에 혼자 남겨두고 온 아버지의 사망 소식을 전해 듣는다. 자신이 뜰채로 건져올리고 있던 썩어 문드러진 시신은 아

버지의 그것일 수도 있었다. 불법체류자의 신분을 감수하고 가까스로 지탱해온 삶의 최소한의 지반조차 무너지는 순간이다. 그는 이제 한국에 머물 수도, 고향인 중국 유하로도 돌아갈 수 없는 처지다. 할아버지와 아버지의 이주까지 포함하면 백 년이 넘는 뿌리 뽑힌 시간이 여기에는 있다.

> 그는 욕조 물에 둥둥 떠다니는 구더기를 건져냈다. 죽은 듯 가만히 있던 구더기들이 뜰채 안에서 다시 꿈틀거리기 시작했다. 그 모습을 지켜보던 그의 손이 파르르 떨렸다. 조선족 따위에게는 죽지 않을 거라고 강하게 저항하는 것처럼 느껴졌다. 그는 손에 들고 있던 뜰채를 통에 거칠게 털었다. 알루미늄 통 속엔 죽은 남자의 지방과 머리카락이 가득 들어 있었다. 그 안에서 구더기는 서서히 죽어갈 것이었다. 칼로 심장을 찌르거나 관자놀이를 총으로 쏘고 숨을 쉬지 못하도록 목을 조르는 것만이 살인은 아니었다. 뜰채를 든 그의 손이 미세하게 떨리고 있었다.(「죽은 개의 식사 시간」, 113쪽)

좀더 건조하고 객관적인 묘사로 갈 수도 있었을 테다. 중요한 대목인 만큼 인물의 심리를 묘사에 얹고 싶은 욕심을 자제하기는 쉽지 않았을 것이다. 그러나 전체적으로 상황은 남김없이 관찰되고 있으며, 소설의 핵심 전언을 향한 맥락의 측면에서도 짧지만 강렬한 요약을 성취한다. 이 작품만이 아니다. 소설집 전체적으로 작가는 꽤 넓은 영역에서 이야기를 가져오면서도 문장의 밀도나 서사적 긴장을 고르게 유지한다. 문장은 정확하고 명징하다. 아이러니의 시선도 인물이나 이야기의 내부로부터 착실하게 준비되고 있어서 작위적 반전의 느낌

도 덜하다. 한마디로 상당한 솜씨다. 한국문학에 썩 괜찮은 신인이 탄
생했다고 당겨서 말하고 싶을 정도다. 그러나 이렇게만 이야기한다
면 김민정의 소설에 대해서는 절반밖에 말하지 않은 것이 되고 만다.
우리는 김민정 소설이 스스로 누설해주는 '외전'을 갖고 있으며, 그
이야기를 듣지 않으면 안 된다. 이른바 '어정쩡함'에 대한 이야기 말
이다.

「홍보용 소설」로 돌아가보자.

> 나는 고개를 끄덕이며 그녀의 생각에 동의한다는 제스처를 취했다.
> 물론 스타팰리스에 사는 그녀가 구로공단 쪽방에서 삶의 밑바닥을 긁
> 고 있는 조선족의 삶을 온전히 이해할 수 있을 거라고는 생각하지 않
> 았다.
> 합평 시간에 욕을 많이 먹었지요. 제가 할 수 있는 얘기가 아니라
> 고.(「홍보용 소설」, 31쪽)

이 소설(「죽은 개의 식사 시간」)에 대한 이미지 마케터의 생각과 합
평자들의 의견은 그 강도는 다르지만 비슷하다고 할 수 있다. 근본적
으로 '스타팰리스에 사는' 작가(김은정/김민정)가 할 수 있는 이야기
가 아니라는 점에서 말이다. 우리는 텍스트를 작가의 신원, 환경, 체
험으로 손쉽게 환원하고 싶어하는 오래된 이데올로기를 잘 알고 있
다. 사실 이런 주장의 오류를 지적하기는 쉽다. 문제적인 측면은 따로
있다. 작가는 결국 쓸 수 있는 것만을 쓸 뿐이라는 사실이 그것이다.
여기서 논점은 취재나 체험의 외면적 차원을 넘어서서 작가의 생과
내속된 경험의 고유성에 있다. 작가는 평생 하나의 작품을 쓸 뿐이라

는 말이 가능한 것도 이러한 차원에서일 테다. 작가가 소재를 선택하는 것이 아니라 소재가 작가를 선택한다는 말도 같은 의미이다. 고독한 회상 주체의 실패가 예정된 아이러니한 탐구가 '이야기'와 구별되는 근대소설의 내적 형식이 되는 이유도 여기에 있다. 하긴 굳이 이런 차원까지 갈 것도 없겠다. 상식적인 수준에서도 작가와 경험세계(혹은 생활세계)를 연결 짓는 논리는 부인하기 힘든 설득력을 가진다. 그렇다면 이에 대한 김민정 소설의 대답은 무엇인가? 사실 김민정의 이번 첫 소설집은 바로 이 문제에 대한 대답의 형식으로 쓰였다고 해도 과언이 아닌 것 같다.

두 개 층위의 대답이 있다. 하나는, 앞서 이야기했던 것처럼 소설의 축소된 위상을 냉정하게 받아들이는 것이다. 소설가는 이제 선택할 수 있는 하나의 직업군이다. 문제는 소설가로 살아남는 방법을 찾는 일이다. 작가는 이 과정에 자신의 소설쓰기를 투명하게 밀어넣는다. 소설은 '작품'이기 전에 세상에 없는 자신의 자리를 찾고 지켜내는 일이 될 것이다. 자신의 자리? 기실 경제적 궁핍이나 사회적 배제와 박탈만이 삶의 자리를 위협하는 것은 아니다. 그것들은 가장 중요한 요인이되 전부는 아니다. 경제적·사회적 층위로 환원될 수 없는 존재의 결핍감과 불안은 과연 사치스럽고 한가한 이야기일까. 그렇지는 않을 것이다. 개인의 자율성, 안정감, 자존이 위협받고 침식당하고 있다는 느낌은 거의 예외 지대가 존재하지 않는 지금의 미만한 세계 현실이다. 기실 김민정 소설에 등장하는 '무명 소설가'의 경제적·사회적 여건이 그리 대단한 것도 아니다. 그 인물의 '어정쩡한 사회적 경제적 좌표'는 어쩌면 제대로 된(전통적 의미의 '문학'이라고 해도 좋다) 자기 표현과 존재 증명의 기회를 아예 제한받아왔는지도 모른다. 이런 맥

락에서 김민정 소설은 우리 사회에 이상한 방식으로 구축되어온 관념적인 계층론(혹은 계급론)의 위선과 허위를 일깨우는 측면이 있다. '결핍 없는 결핍'은 김민정 소설이 찾아낸 쓰디쓴 유머이겠지만, 그 투명한 정직함과 자기 절실성으로 우리를 흔든다. 가령 오빠의 집에서 실질적 권력자로 군림하는 필리핀 베이비시터 '안젤라'와 오빠의 조카인 소설 화자 '나'('나'의 세례명도 안젤라다. 필리핀에서 선교 봉사 활동중 잠시 귀국한 처지다)의 어정쩡한 자리를 미묘하게 대비시키는 「안젤라가 있던 자리」의 다음과 같은 대목은 김민정 소설이 자기 정직성의 절실함으로 찾아낸 가슴 아픈 순간을 이룬다.

조카와 이 집에 필요한 사람은 내가 아니라 필리핀 이모였다. 우리와 다른 생김새에 차갑고 쌀쌀맞은 성격이지만 이모는 삼 년간 한 집에서 먹고 자고 일상을 함께 해온 가족이었다. 내 자리는 여기에 없었다. 나는 천천히 짐을 쌌다. 하지만 선교 교육원으로 갈 순 없었다. 그곳에도 박혜진의 자리는 없었다. 안젤라, 오직 그녀의 자리만 있을 뿐이었다. 나는 갈 곳을 잃었다.(「안젤라가 있던 자리」, 66~67쪽)

이것은 사회적 약자를 둘러싼 상투적 서사 속에 들어 있는 틈이자, 문학이 언제든 찾아 보고해야 하는 인간 진실의 소중한 국면이다.

사정이 이러하다면, 김민정 소설을 관통하는 테마가 '자신의 자리가 없는(사라지는) 사람들'이라는 점은 이해할 만한 것이다. 김민정은 자신의 소설쓰기가 시작되는 어정쩡한 시대적 현실적 좌표, 바로 거기서 자신의 (어정쩡한) 실존적 좌표에 대한 정직한 성찰을 개시한다. 그리고 그곳으로부터 자신의 소설이 찾아야 할 우리 시대의 이야기,

배제와 박탈의 최전선에 서 있는 우리 시대의 타자들에 대한 발견과 탐구를 개시한다.

대답의 두번째 층위는, 조금 더 깊다. 김민정은 자신의 소설과 자신의 소설이 찾아가야 할 세상의 이야기 사이에 놓인 연결이 그리 단단하지도, 필연적이지도 않다는 것을 안다. 일차적으로는 그 자신이 지탱하려 하는 소설가의 자리가 그러하지만, 그의 소설이 품으려는 타자의 이야기들 역시 불확실하기는 마찬가지다. 그 타자들은 정말 거기에 그렇게 있는가? 혹 '사라진다'고 알고 있는 그 자리마저 타자화되고 있지는 않은가? '소설가-나'가 그러한 것처럼. 풍문과 상투성에 가려진 이야기는 여기에도 있지 않을까? 이런 질문들을 경유하며 김민정 소설의 정직함은 한번 더 깊어지는데, 이 어름이 김민정 소설의 내적 형식이자 방법론인 '아이러니'의 진정한 근거인 셈이다. 상투성에 대한 거절을 포함하는 김민정 소설의 현대성, 만만치 않은 세련성은 이로부터 온다. 그렇게 해서 필리핀 베이비시터 안젤라와 '나' 사이의 상투적 위계 구도가 무너지고 현실의 새로운 국면이 포착된다. 조선족 시체 처리사 이진봉이 스스로를 가해의 자리에 놓는 속깊은 성찰의 순간이 가능해지고, 우즈베키스탄에서 국제결혼을 통해 한국에 온 '나타샤'의 특별히 순진하지도 특별히 영악하지도 않은 삶의 의지가 자기도 모르게 지금-이곳의 얼마 안 되는 희망을 덜어내는 아이러니한 이야기(「그 남자의 임신」)가 펼쳐진다. 파산한 고향 도시를 떠나 한국 영어 유치원의 강사로 하루하루를 탕진하는 디트로이트 플린트 출신의 소심한 백인 남자(「라지 조지」)는 이상한 방식으로 우리를 슬프게 한다. 이 모두에서 각각의 인물들은 '신자유주의 세계화'라는 상투적인 구도나 사회학의 케이스 스터디를 거절하

는 방식으로 저마다의 무너진 존재를 표현한다. 그들의 떠밀려나는 자리는 흔한 '정치적 올바름'의 시각으로 관찰되지 않는 모순과 아이러니를 생생하게 드러낸다. 그래서 더 아프고, 잘 보이지 않던 현실의 숨은 틈새를 예리하게 돋을새김한다. 물론 김민정 소설은 그 자신의 소설이 서 있는 자리를 향해 더 가혹한 아이러니의 시선을 보낸다. 다시 한번 말하지만 이것은 쉽지 않은 정직함이며 자기 성찰이다. 한국 소설은 믿을 만한 신인 작가 한 사람을 얻은 것 같다. 클릭 한 번으로 메일 휴지통에 버려져야 했던 소설, 단 한 명의 독자만 갖고 사라져야 했던 '홍보용 소설'의 운명은 이제 멋진 반전의 순간을 맞이했다. '세상에서 가장 비싼 소설'은 이미 쓰이기 시작했는지도 모르겠다.

(2016)

여성적 살림의 세계와 기다림의 강물
─김홍정의 『금강』

    김홍정의 장편소설 『금강』[1]은 조선조 중종 어간부터 임진란이 일어난 선조 때까지를 시대 배경으로 새로운 세상을 꿈꾸던 사람들의 이야기를 담고 있다. 기묘사화, 신사무옥, 을사사화, 기축옥사 등 사림과 훈구파 사이에 피비린내 나는 권력 쟁탈이 벌어졌던 그 시기는 대외적으로 친명親明 외교에 의존하는 가운데 왜구의 침탈이 잦아지고 북방 여진과의 대치가 가팔라지던 때이기도 했다. 소설에도 핍진하게 묘사되어 있지만, 백성들의 삶은 그들의 이름을 참칭한 소수 지배층의 권력 다툼의 외중에 궁핍과 재변, 횡액의 우연에 던져져 있었다. 물론 자연과 역사의 냉혹한 무심함이 가져다주는 잠깐의 평화와 행복이 그들에게 전혀 도착하지 않은 것은 아니지만 말이다.

    소설 『금강』이 주목하고 있는 대목은 현실 역사에서 철저하게 좌절과 참화를 겪은 듯 보이는 사림파의 숨은 행로와 그것이 민심의 자

---

1) 김홍정, 『금강』 전3권, 솔출판사, 2016. 이하 인용은 권수와 쪽수만 밝힌다.

생적 흐름과 만났을 가능성의 탐색이다. 인과 덕으로 백성을 다스리는 왕도정치의 이상, '천심/민심'의 구현은 사림의 오랜 꿈이었지만, 두루 아는 대로 그 '천심/민심'의 자리는 비어 있는 곳, 무지無知의 장소다. 그것이 공백이고 무지인 한, 실제 그 자리를 채우는 것은 시대의 제약 속에 있는 덩어리진 인간 현실이다. 좀더 냉정하게 '역사'라는 좌표의 허구적 측면에 대해서도 생각해볼 수 있다. 누구나 우연히 세상에 던져진 채 유한한 삶을 살다 간다. 그 시간의 누적을 역사라고 할 때, 역사는 그 자체로 의미를 가지고 있는가. 역사에는 기원과 목적이 있는가. 역사는 진보한다고 하는데 정말 그러한가. 혹 그렇다고 한다면 그 역사는 누구의 역사인가. 우리는 흔히 역사의 희생을 말한다. 소설 『금강』에서도 숱한 사람들이 죽는다. 사화士禍가 한번 일어나면 세상이 피로 요동친다. 정쟁 당사자들만이 아니라 주변의 일가권속이 함께 참화를 맞는다. 철저한 남성 중심의 세상에서 살림과 경제를 책임지며 '충암동계'를 실질적으로 꾸려가는 『금강』의 여인들, '연향'과 '미금'도 그렇게 죽는다. 임진란 때 목멱산 밑 장수촌의 유린도 참혹하기 그지없지만 도원마을의 몰살(3권 '시적골의 비사') 장면은 그만 책장을 덮고 싶을 정도다. 말고도 이런저런 죽음들, 죽음들. 도대체 이런 죽음들에 무슨 의미가 있는가. 결코 보상받거나 위로받을 수 없는 이런 죽음들 위에 '희생'과 가뭇없는 '정의의 미래'를 덧대온 '허구의 서사', 그것이 혹 우리가 역사라 부르는 것은 아닌가.

그러니까 사림이 실현하려고 한 왕도정치의 이상은, 그것이 하나의 이념적 담론에 그치는 한 역사를 전유한 또하나의 '희생 서사'가 될 위험이 다분한 것이었고, 의도와는 무관하게 현실에서는 '패도覇道'의 짝패로 드러날 수밖에 없는 것인지도 모른다. 그것은 부분적으로 우

리가 지난 역사에서 확인하는 사실이기도 하다. 이 점에서 소설『금강』의 시선은 복합적이고 사려 깊다.『금강』에서 사림적 이상의 정점에 있는 인물은 충암 '김정'이다. 그는 정암 조광조와 함께 왕도정치의 실현을 꿈꾼 신진 사림의 주축이었다. 도승지를 거쳐, 대사헌, 형조판서를 역임했고, 세자시강원世子侍講院의 경연經筵을 맡아 군왕의 치도를 가르쳤다. 기묘사화 때 제주로 유배되어 거기서 세상을 뜬다. '현량과賢良科'를 통한 새로운 인재 등용의 길을 열고, 그들로 하여금 정암 조광조의 도학 정치의 근간을 뒷받침하게 했다. 성균관에 자유롭고 활발한 논쟁의 분위기를 만들고, 여기서 형성된 사림의 뜻이 자연스레 조정에 전달되는 제자백가의 세상을 꿈꾸었다. 나라 곳곳으로 퍼져간 향약鄕約의 불씨는 지방 사림들의 위상을 높이며 새로운 자치와 공론 정치의 전범을 만들었다. 사림의 뜻이 나라의 근간을 이루는 광범위한 개혁 정치였다. 사림들은 일반 백성들의 행동거지와 마을의 질서를 조정하는 중심이 되었다. 그 이상의 끝에는 '대동사회'의 꿈이 있었다.

> 대동사회大同社會. 스승의 꿈이 하나로 모인 곳이다. 대동사회는 노인은 편안하고, 장년들은 쓰일 곳이 많으며, 젊은이와 어린 사람들은 쓰일 곳에 이를 때까지 의지하여 자라고, 과부나 고아, 홀로 사는 이들이 불쌍히 여김을 받고, 백성들과 더불어 즐거움을 노리는 여민동락與民同樂의 대열에서 뒤처지지 않는 월인천강의 세상이다.(1권, 22쪽)

인류사에서 부단히 나타났다 사라져간 꿈의 세상. 맹자가 요순시대를 말하며 꿈꾼 왕도정치의 이상이 최종적으로 가닿으려고 했던

곳. 도스토옙스키가 『악령』에서 '그것이 없으면 죽을 수도 살 수도 없다'고 했던 유토피아의 꿈. 20세기를 거대한 역사의 실험실로 만들었던 사회주의 이데올로기가 서양 근대의 역사 속에서 또다른 버전으로 그려 보인 세상. 가깝게는 우리의 1980년대가 급진적 정치혁명의 전망 속에서 꿈꾸었던 세상. 그러나 단 한 번도 이 세상에 실현된 적이 없는 세상. 언제나 실현 불가능한, '없는 땅'으로만 남을 유토피아.

소설 『금강』은 좌절된 충암의 왕도정치, 대동사회의 꿈을 따르고 잇기 위해 만들어진 '충암동계'라는 자생적 조직을 중심으로 이야기를 펼쳐나간다. 충암의 후학인 '남원 이돈' '정희중' '양지수' 등이 주축이 되어 결성된 '충암동계'는 사림들 간의 결의체를 넘어 농공상農工商의 일반 백성들을 아우르는 조직으로 커나가는데 이 과정에서 소리꾼 출신 여인 '연향'의 역할은 결정적이다. 엄격한 신분사회이자 남성 가부장주의가 지배하고 있던 당시에 연향을 비롯해, 미금, 부용, '채선' 등으로 이어지는 여성 인물들의 다소는 이상화된 캐릭터가 역사의 원근법을 건너뛴 작가의 소망적 투영인지, 아니면 정형화된 역사의 틀을 부수고 살아 있는 당대의 삶을 복원해낸 오랜 탐구와 천착으로부터 나온 생생한 형상화인지는 잘 모르겠다. 다만 조선조만 하더라도 남녀 재산 균등 분배의 상속 문서 같은 실증적 자료의 발굴을 통해 당시 사회의 새로운 이면이 속속 드러나고 있는 만큼, 섣부른 예단은 거둘 일이겠다. 더구나 일반 백성들의 삶에서라면 살림과 양육에 몰두한 여성 노동의 일상으로부터 당연히 자라나왔을 실질적이고 실천적인 지혜와 열린 감성, 모성적 헤아림은 충분히 그려볼 수 있는 일이기도 하다. 어쩌면 남성적 가부장 세계가 장악했던 것은 명분과 허위로 덧칠된 권력의 환상, 혹은 세상의 거죽이었을지도 모른다.

사정이 그렇다면 제주로 내려간 연향이 유배 중인 충암을 정성으로 모시는 한편, 소리채를 열고 그곳 사람들로부터 상술을 익히며 갈옷을 만드는 염색법을 배우는 시간이야말로 소설『금강』이 포착해낸 진실되고 생생한 삶의 모습이자, 기나긴 서사의 중핵이라 할 만하다. 연향은 이 과정에서 제주 잠녀들의 소리를 익혀 자신의 소리를 바꾸기도 한다.

　　연향이 영주[제주—인용자] 땅으로 찾아온 것은 귤원의 푸른빛이 짙어지기 시작하는 만춘이었다. 아이를 품어낸 여인의 몸이 된 연향은 충암의 적소適所 인근에 집을 구하고 먹을 것을 마련했다. 제법 실한 갈치와 도미로 국을 끓이고 작은 자리돔 젓갈을 반찬으로 적소에 찾아오는 손님들을 대접했다. 학동들의 집에서 보내는 보리와 콩이나 관아의 현관들이 간간이 보내주는 미역, 전복 등의 양식들로는 찾아오는 손객들의 입을 감당할 수 없어 연향은 감물을 들인 옷감을 팔았다. 감물 염색은 자맥질에 익숙한 잠녀들에게서 배운 것이었다. 영주의 햇살은 짙고 강하여 염료를 섞어 몇 번만 끓여도 뭍에서는 낼 수 없는 귀하고 부드러운 색채를 냈다. 연향은 뭍으로 오가는 이들에게 적은 이익을 내고 옷감을 거래했다. 또한 방 하나를 내어 기생들의 소리채로 활용하여 생계를 이었다. 기생들의 입소문으로 소리채는 사람들로 넘쳤다. 인근의 초가를 개조하여 제법 반반한 소리채를 만들기까지 오래 걸리지 않았다.
　　여름을 지나며 잠녀들의 소리를 듣고 익혀 자신의 소리를 바꾸었다. 잠녀들은 일의 고통을 잊게 해주는 연향의 소리를 듣고자 자주 모였다. 연향의 소리는 바닷속까지 울린다는 것이었다.(1권, 159~160쪽)

작가의 문장은 자연스럽고 단단하며 터질 듯이 아름답다. 약간의 들뜸까지 얹힌 채 말이다. 그럴 수밖에 없는 것이 지금 연향이 충암의 적소에서 하나하나 실행에 옮기고 있는 노동이 그렇게 자연스럽고 아름답기 때문이다. 충암이 꿈꾼 대동사회는 여기서 그 진정한 씨앗을 만난다고 말할 수도 있다. 대동사회가 이념이나 추상적 명분에 그치지 않고 스스로를 실현하는 길은 평등한 어울림을 구체적 삶의 계기 안에서 지속적으로 활동하게 하는 것일 텐데, 연향은 스스로의 욕망과 사랑에 충실한 가운데 타자, 혹은 자기 밖의 세계와 섞이고 교섭하는 인간 노동의 마당을 열어간다. 제주 잠녀들의 노동요가 연향의 소리 속으로 스며들고, 그렇게 해서 섞이고 바뀐 연향의 소리가 다시 잠녀들의 노동의 고통을 위무하는 소리로 재탄생하는 장면은 이 사태의 진실을 정확히 가리킨다. 열리고 어울린다는 것은 자신의 자리를 얼마간이라도 허물지 않고는 결코 가능하지 않다. 그런데 어쩌면 보다 중요한 국면은 이 과정에서 연향이 우연찮은 계기로 감물 염색을 익히고 물산의 거래에 나서게 되었다는 사실인지도 모른다. 의식주의 마련, 물산의 채취와 생산, 그리고 그것의 교환과 거래에 투여되는 인간 노동의 시간을 대상화하고 도구화하는 모든 이념과 관념이 허위라는 사실을 우리는 알고 있다. 대동사회를 가로막는 것도 그 노동의 시간을 둘러싼 갈등과 적대며, 마침내 가능하게 하는 터전도 그것일 테다. 충암으로 대표되는 사士의 세계는 농공상農工商으로 지탱되는 질서의 표현이자 그 중재와 조정, 조화로운 넘어섬의 계기일 때 의미를 가질 수 있다. 전체적으로 보아 조선조의 사대부들이 이 과업에 실패했다는 것은 역사가 확인하는 사실이다. 그러나 좌절되고 중

단되었을망정 그들에게 지속적인 열망과 꿈이 존재했다는 사실을 일 깨워준다는 점에 소설 『금강』의 적지 않은 의의가 있다면, 그것이 연 향, 미금, 부용, 금석, 한별장, 정우달, 장쇠 등으로 이어지는 단단한 노동과 생활의 세계와 만났을 가능성을 타진하고 탐사하는 지점은 『금강』의 진정 돋보이는 소설적 성취라 할 만하다.

연향의 소리채는 점점 질 좋은 산물의 거래소로 소문이 나고, 거래 물목도 늘어나기 시작한다. 영주산에서 나오는 석청이나 한약재들, 말린 전복이나 해삼, 숙성시켜 깊은 맛을 내는 젓갈 등 다양한 특산 물목들로 소리채의 곳간은 채워진다. 기존 상단과의 갈등은 영주(제 주)의 주 상단인 영해상단의 우두머리와 담판을 지어 해결한다. 섬에 서 번 돈은 단 한 푼도 뭍으로 가지고 나가지 않겠다는 다짐이었다. 이후 상단의 본격적인 설립과 거래의 확장, 사화의 뒷수습 과정에서 연향이나 미금 등이 보여주는 대담한 결단과 책략, 심모원려의 수읽 기와 수완, 자기희생의 용기는 종래 '여성성'에 들씌워진 모종의 편 견과 틀을 거의 완벽하게 거절하고 배반한다. 얼마간 이상화의 우려 가 없지는 않은 대로, 소설 『금강』은 인물의 생생한 형상화, 방대하고 치밀한 역사적 생활사적 탐구를 짐작게 하는 튼실한 리얼리티의 구 축을 통해 신분제와 남성 가부장 사회를 내파해온 여성적 살림의 지 혜와 감성, 노동의 세계를 새롭게 바라보도록 우리를 충분히 설득해 낸다.

신사무옥에 의해 충암이 사사賜死되자, 연향은 한산으로 올라와 소 리채와 상단을 꾸리고 남원 이돈이 주도하는 충암동계의 실질적인 대 행수가 된다. 연향은 정희중의 아들 '금석'으로 하여금 금강 갓개포에 전포를 꾸리게 하여, 갓개포 상단을 출범시킨다. 금석의 딸 미금은 연

향 못지않은 뛰어난 수완과 지혜로 거래처를 확보하고 발품꾼들을 조직해내면서 상단을 확장한다. 공주 정지포에 다시 거점을 마련한 상단은 상단의 거래망을 넓히는 한편, 가뭄으로 어려움을 겪는 백성들의 구휼 대책에도 나선다. 대장간을 갖추고 각종 병장기를 확보하는 일도 게을리하지 않는다. 도성 경행상단과도 거래를 트게 되면서 연향은 금수하방을 열고 미금에게 도성 상단의 운영 책임을 맡긴다. 상단의 발품꾼들은 목멱산(남산) 아래 장수촌을 만들어 거주한다. 채선을 행수로 삼은 소리채 아현각은 정국의 동향을 파악하는 충암계의 도성 거점이 된다. 이후 갓개단은 개성의 송상, 의주의 만상 등과도 거래를 트면서 전국적인 상단으로 커가고, 사절외교와 함께 진행되는 명과의 교역에도 참여한다. 충암동계의 실질적 기반이라고 할 수 있는 갓개단은 남원을 정신적 축으로 하면서 새로운 세상을 꿈꾸는 조직으로 자라난다. 갓개단은 왜구와 맞서고, 부패한 관리를 징치하는 일에도 힘을 보탠다. 이 과정에서 합류한 무장현의 '한별감'은 충암동계의 무장으로 자리잡는 한편, 무량사의 과수원이 있는 마을을 확장하고 일에서 물러난 발품꾼들과 흘러들어온 난민들을 모아 도원마을을 일군다. 도원마을은 대동사회의 또다른 씨앗이기도 하다.

당연히 이러한 과정이 순탄하기만 했을 리는 없다. 사림 세력에 대한 훈구공신들의 견제는 남원을 중심으로 한 충암동계를 부단히 흔들어댔고, 이 과정에서 연향과 미금, 채선을 비롯 많은 사람들이 목숨을 잃는다. 임진년의 왜란은 결정적 시련이 된다. 충암동계가 주축이 된 의군은 반군의 무리로 몰리고, 왜군의 가혹한 복수가 장수촌, 아현각을 휩쓸고, 도원마을은 시체의 골짜기를 이루며 완전히 유린된다. 왕실의 밀려난 후손으로 이 땅에 전륜성왕의 시대를 열고자 꿈꾸었

던 '한산수'. 부용과 한산수의 사이에서 태어난 '이창'을 대장군으로 하여 충암동계, 갓개단의 사람들이 주축이 된 의군들은 백성들이 주인 되는 새로운 세상을 꿈꾸며 분연히 일어난다.

그러나 이 같은 서사의 요약은 소설 『금강』에 대한 온당한 대접도 아니거니와, 가능한 일도 아닐 테다. 대동세상의 꿈으로 뭉친 숱한 사람들의 열망과 노동이 금강의 물처럼 끊임없이 흘러가고 흘러드는 유장한 흐름만이 이 소설의 요약되지 않는 진실을 이루고 있기 때문이다. 그것은 비단 충암동계, 갓개단 사람들에 국한되는 이야기도 아니다. 그것이 바로 민중 혹은 백성들의 삶이지 않은가. 살아가는 것, 살아가며 그렇게 흘러가는 것 말이다. 가령 온갖 음모와 술수가 난무하는 권력 다툼의 아수라장을 그린 직후에 『금강』은 마치 아무 일도 없었던 것처럼 그 강의 흐름으로 시선을 돌린다.

> 그러나 세상은 태평하였다. 세상은 궁중에서 일어나는 일과는 달리 백성들은 삶의 터전에서 자신들의 곳간을 채우는 일에 열심이었고, 인심과 인정에 따라 흥청거리거나 쪼들리기도 하였다.(2권, 476쪽)

참혹한 임진란의 와중에도 그러하다. 서른 남짓의 장수촌 사람들과 함께 남쪽으로 피난길을 잡은 '장쇠'는 운좋게 한강의 새벽 포구에서 세곡선을 만나고 두려움에 떠는 도사공을 설득해서 배에 오른다. 가는 길, 교동도에서 모처럼의 깊은 잠에 든 장쇠. 그러나 장수촌의 아이들은 어떠했던가.

> 그러나 아이들은 낯선 곳에서 노느라 정신이 없었다. 장수촌의 아

이들은 삼삼오오 몰려다니며 교동도 전체를 헤집고 다녔다. 덩달아서 섬 아이들도 그들과 합세하여 놀이를 벌였다. 처음에는 조개껍데기로 땅따먹기를 하다가 재미가 덜하면 자치기를 했고, 모래밭에서 씨름판을 열기도 했다.(3권, 379쪽)

생육과 번성의 질서는 전란도 막지 못하는 법이다. 아현각의 '은우'를 끝내 마음에서 놓지 못한 장쇠를 아내 '곱례'는 용서하기 힘들다. 더구나 곱례의 아비 '동만'은 장쇠의 마음을 돌리려고 애쓰다 돌아오는 길에 실족사하지 않았는가. 그러거나 부부의 인연은 이어진다. 피난길 장쇠를 따르는 아내 곱례의 걸음이 자꾸 뒤처진다. '판돌이'가 슬쩍 말을 붙인다.

"뭐 하느라 그리 못 걷소? 누이."
"두 사람이 함께 걷는다 생각하시오. 그런 소릴 할 수 있는지?"
"두 사람이라고? 또 아이가 들어섰다는 말인가?"
"모르고 있었다는 말이오? 사내들 하는 짓이, 참."
"제수는 참 용하오. 어느 틈에 어루고, 어루기만 하면 애도 잘 들어서고, 놓기도 잘 놓고."(3권, 384쪽)

그러나 피난 후 도원마을에 자리잡고 출산을 기다리던 장수댁 곱례는 왜군의 무자비한 칼날에 죽음을 맞는다. 배 속의 아이와 함께('시적골의 비사'에 나오는 지옥도를 읽으며 1980년 광주를 떠올리게 되는 것은 왜일까. 어쩌면 소설 『금강』은 '지금-이곳'의 이야기인지도 모른다). 마무리를 짓자. 관세음보살의 미소만을 그리며(이것은 어머니 연향

에 대한 초발심이자, 전륜성왕의 시대를 기원하는 모든 중생들에 대한 발원이기도 했다) 한정의 후원에 은거하고 있던 부용이 남원의 집을 찾는다. 한 편의 화상畵像을 완성하여 벽에 모신 뒤였다. 부용은 묻는다.

　"어미가 꿈꾸었던 것은 진정 무엇이었습니까?"
　"어미의 꿈이라? 꿈은 아닐세. 우린 그저 스승님의 가르침을 실현할 뿐이네. 그 가르침이란 생각해보면 너무도 당연하고 쉬운 일이네. 아침 굴뚝에 연기가 나지 않는 집에 음식을 나누는 일이고, 지쳐 쉴 곳이 없는 이들에게 쉴 곳을 내주는 일일세. 이른 새벽, 사람을 가리지 않고 들에 나가 서로 인사하고 함께 일을 하는 것이고, 늦은 저녁 나란히 어깨를 하고 돌아와 얼굴을 보고 웃는 일이기도 하겠지. 노인이 아이를 돌보고, 아이가 어른을 공경하면 더욱 좋을 것이고, 억울한 일이 생기지 않도록 한번 더 돌아본다면 아름다운 세상을 이룰 것이야. 어미는 그렇게 살아서 사람들을 중히 여기는 세상을 이루고자 하셨지."(3권, 94~95쪽)

　그렇다면 아름다운 세상은 어떻게 오는가. 아니, 어떻게 이룰 수 있는가. 부용의 아들 창은 의군을 이끌고 새로운 세상, 아름다운 세상을 만들기 위해 일어서기로 결심한다. 출전을 앞두고 창은 무량사로 어미 부용을 찾는다. 창은 어미에게 절을 하고, 부용도 아들에게 맞절을 한다. 부용이 입을 연다.

　"어미가 장군을 낳기 전 한 꿈을 꾸었습니다. 용이 하늘을 나는 꿈이었습니다. (……) 이제 아들이 장수가 되어 용이 되고자 나간다 하

니 감개무량합니다. 어미는 지금부터 이곳에 남아 그대를 기다릴 것입니다. 그대는 반드시 이곳으로 돌아와야 합니다. 그것 한 가지만 약속하면 됩니다. 백성들이 주인이 되는 세상은 할머니 연향으로부터 이어온 것입니다. 장하십니다. 부디 물러서지 말고 나가세요. 휘하 장수들이 보고 있습니다. 자, 어서 가세요."(3권, 496쪽)

아들은 아마 돌아오지 못할 것이다. 그러나 어미는 기다린다. 그 기다림은 모성의 자연스러운 발현이기도 할 테지만, 흘러가고 흘러오는 역사에 대한 믿음이기도 할 테다. 어머니 연향으로부터 흘러온 꿈과 열망. 역사는 그 자체로 의미를 가지고 있지 않지만, 누군가는 그 역사에 의미를 부여할 수도 있다. 그 의미가 바르고 고른 세상, 뭇 생명과 함께하는 인간의 존엄을 향해 실현되기를 희망할 수는 있다. 이것은 수난과 희생을 역사의 대의로 포장하는 일과는 엄격히 구분되어야 한다. 우리는 누구에게도 그런 수난과 희생을 요구할 권리가 없다. 역사의 이름으로 명령할 수도 없다. 어떤 희생과 수난도 그 자체로는 보상되거나 위로될 수 없는 것이다. 얼핏 모순되어 보이는 어미 부용의 소망에는 바로 그 힘든 진실이 담겨 있다. 아들의 길은 죽음의 길이다. 어미는 그 죽음의 길을 훤히 보면서, "자, 어서 가세요" 하고 말한다. 그러면서 동시에 말한다. "그대는 반드시 이곳으로 돌아와야 합니다." 삼킨 말은 '살아서'일 것이다. 이것은 양립 불가능한 사태다.

소설 『금강』의 목소리는 전체적으로 역사의 대의 쪽에 서 있는 듯하다. 그러나 연향으로부터 부용으로 이어져온 모성적 기다림의 강물이 그 대의의 조급함과 날선 칼날을 감싸면서 '기다림'이라는 보이지 않는 역사의 강물을 우리로 하여금 느끼고 상상하게 한다. 긴 소설

의 마지막, '양현량'과 금석이 나누는 대화는 그렇게 끝난다.

> "(……) 부용을 볼 수 있을까 하였습니다."
> "부용 아씨는 무량사에서 그들을 기다린다 하였습니다."(3권, 502쪽)

어쩌면 우리 역시 그들을 기다리고 있는지도 모른다. 아니, 우리가
바로 그들이 기다린 사람일 것이다. 연향이 꿈꾸고 부용이 꿈꾸었던
아름다운 세상은 그 기다림 속에서 이미 우리 곁을 스쳐 흘러가고 있
을 테다. 생각해보면 우리가 금강의 강물이다.

(2016)

타자의 자리를 묻다
—오수연의 『부엌』

　오수연은 2000년대 초반 한국일보문학상(2001), 신동엽창작상(2008)을 수상하는 등 주목할 만한 작품활동을 펼치는 한편, 민족문학작가회의 파견 작가로 팔레스타인에 머물며 반전평화운동에 헌신하기도 했다. 팔레스타인의 고통은 소설쓰기에도 녹아들었지만, 이후 지속적인 연대 활동과 함께 팔레스타인 작가와 문학을 한국에 소개하는 일에도 줄곧 힘을 기울여왔다. 돌아보면 2001년 출간된 연작 장편 『부엌』[1]은 '경계 짓기'와 '타자'에 대한 집요하고 전면적인 질문을 통해 오수연의 작가적 삶에서 하나의 분수령을 이룬 게 아닌가 싶다.

　『부엌』의 작중 화자 '나'는 낯선 나라에 유학을 와 있는 삼십대 중반쯤의 여성이다. 작가는 인도로 짐작되는 소설의 공간적 배경뿐만 아니라 주요 인물들의 국적을 명시하지 않는데, 사람들 사이의 '경계' 혹은 '경계 짓기'에 대한 소설의 질문을 좀더 근원에서 강렬화하

---

1) 오수연, 『부엌』, 강, 2006(개정판). 이하 인용시 쪽수만 밝힌다.

고자 한 것으로 보인다. 가령 뿌리깊은 종교적 지향이 신분 사회의 질곡, 계층 간 경제적 격차와 첨예하게 뒤얽히고, 제의와 주술의 시간이 무덥고 번잡한 거리의 누런 먼지와 나른하게 뒤섞여 있는 소설의 장소는 여러 구체적 세부와 함께 특정한 나라를 자연스럽게 떠올리게 하지만(어린 하녀 라즈가 쓰는 인도말도 있다), 그 땅은 '나'의 의식에서는 언제든 폭력적이고 부정적이며 벗어날 길이 잘 보이지 않는 세계 현실 자체로 다가온다. '나'의 유학은 한국에서 겪은 관계의 상처와 무관하지 않은 것으로 암시되고, 소설에서 '나'의 인도 생활은 자발적 단절과 고립, 유폐의 선택처럼 그려진다. 말하자면 인도 한복판에서 절규처럼 터져나온 '나'의 질문—"사람과 짐승, 내 사람과 남의 사람, 나와 타인의 경계선은 어디쯤 그어져 있을까"(182쪽)—은 한국 땅에서 이미 내연하고 있었으며, 폭발의 계기만을 기다리고 있었다고 보아도 좋을 것이다.

　타인과의 경계, 타인과의 거리를 가늠하는 일은 인간사의 보편적인 문제일 테지만, 타인의 얼굴에는 시대의 공기와 질료가 깊이 각인되어 있게 마련이다. 『부엌』의 '나'는 이 지점에서 좀더 예민한 인물로 짐작되는데, 한국에서 '나'가 겪은 곤경이 구체적으로 드러나 있지 않은 것을 역설적으로 음미해보게 된다. 세끼 밥을 해결하는 가장 일상적이고 원초적인 생활공간, '부엌'이 소설의 중심 무대로 등장하는 것도 비슷한 맥락에서 살필 수 있을 것 같다. 인도에서 얻은 낡고 허름한 '나'만의 주거 공간은 탈출이든 회피든 떠나온 한국의 현실을 선행 서사로 해서만 성립하는 장소이며, 그런 한에서 탈역사적일 수도 탈정치적일 수도 없다. "요리를 하지 않기 위해 나는 떠났다. (……) 나는 다른 사람을 위해 음식을 만들고 싶지도 않고 남이 만든

음식을 얻어먹고 싶지도 않다."(9쪽) 관계 맺기의 단호한 거부와 고립의 선택이 소설의 출발점이라면, 인도에서 '나'가 만난 '부엌'은 적절한 장소가 아니었다는 사실이 금방 드러난다. 아침부터 밤까지 다들 요리만 하는 것처럼 보이는 도시, 식당의 부엌들이 온통 길 바깥으로 나와 있는 도시가 그곳이었고, '나'가 살게 된 궁색한 집에서 볕이 제일 잘 드는 곳도 부엌이었다. 그 부엌에 동양인 채식주의자 '다모'와 육식을 즐기는 아프리카인 '무라뜨'가 무시로 드나들고, 집안 청소와 빨래를 맡아 하는 하녀 '라즈 모녀'(더 정확히는 딸인 15세 소녀 '라즈')가 '나'의 작은 자유의 공간을 거꾸로 지배하기 시작한다. 그렇다면 '다모'와 '무라뜨', 그리고 '라즈'는 누구인가.

「부엌에서 무슨 일이 일어나는가」(이하 「부엌에서」) 「나는 음식이다」(이하 「음식」) 「땅 위의 영광」(이하 「땅」), 세 편의 소설을 연작 형식으로 쌓아올려 완성된 장편 『부엌』의 소설적 구조는 바로 이 세 사람의 출현과 엄밀히 대응된다. 「부엌에서」와 「음식」에서 채식과 육식의 극단적 대립 양상을 보이며 '나'의 부엌에 나타나는 다모와 무라뜨는 얼마간 세계의 폭력적 구조를 알레고리화하면서 '타자성'의 불편한 창끝을 '나'에게 향한다. 낯선 유학지에서 두 사람과의 최소한의 유대를 지속하는 것은 '나'에게 절실한 일인데(모호하긴 하지만 다모를 향해서는 좀더 깊은 이성애적 친밀성도 있는 것 같다), 세 사람이 '함께' 부엌에 있을 수 없다는 딜레마는 종내 환상적 해결 구도로 치닫는다. "다모가 상처 입지 않기 위해서는 무라뜨가 굶주려야 한다"(68쪽)는 딜레마는 불안한 '나'의 의식에는 세상의 근원적 모순으로 변환되어 다가오고, '살아 있다'는 것의 죄의식을 환기한다. 먹고 먹히는 자연의 순환적 질서와 계급적―계층적 위계의 사회적 차

원이 구분되어야 한다면, 여기에 '나'가 접근할 수 있는 해결책이 없다는 것은 자명하다. 혹은 '나'의 의식은 거리의 사원에 걸려 있는 귀면상, 채울 길 없는 허기로 자기 자신을 먹어버린다는 '끼르띠무카'에 사로잡혀 있다고도 할 수 있다. 끼르띠무카는 '영광의 얼굴'이라는 뜻인데, '굶주림의 화신'에 붙은 이 역설적 이름은 소설 내내 일종의 화두처럼 '나'를 붙잡고 놓아주지 않는다. 근본적인 만큼 종교적인 차원으로의 비약을 포함할 수밖에 없는 타자의 경계, 타자의 고통에 대한 질문이 '먹는 일'을 둘러싼 다모와 무라뜨의 극단적 대립 속에 펼쳐지는 연작의 앞 두 편이 특별한 소설적 강렬성을 띨 수밖에 없는 사정도 여기에 있을 것이다. 세 사람이 부엌을 함께 쓰기 위해서는 일종의 희생 제의가 연출되어야 했는바, '나'가 다모와 무라뜨를 요리해 먹고, '나'가 무라뜨의 음식으로 스스로를 내어놓는 환상의 결말은 불가피했다고 할 수 있다. 그리고 우리는 이 대목에서 다모와 무라뜨가 '나'의 타자적 실체이면서 동시에 '나'의 의식의 분화와 연장이 아니었는지 되묻게 된다.

「부엌에서」와 「음식」이 장편 『부엌』 전체에서 소설의 주제와 배경을 극적이면서 다소 추상적으로 제시하는 서론의 자리를 차지하고 있다면, 「땅」은 분량 면에서도 그렇지만 좀더 실답고 구체적인 삶의 이야기에 안착하면서 소설의 질문을 증폭하고 풍성화하는 데 이르고 있다. 소설은 '나'가 인도에 도착해 다모를 만나게 되고 이후 갑자기 사라진 다모를 찾고 수소문하는 과정을 중심으로 전개되는데, 주변적 삽화처럼 처리되어 있는 라즈와의 만남이야말로 '나'의 의식을 충격하고 뒤흔드는 진정한 타자의 출현이라는 사실이 드러난다. 매일 집으로 와서 '나'의 빨래를 맡아 하기로 되어 있는 소녀 라즈에게는

약속이라는 개념이 없다. 며칠씩 나타나지 않기 일쑤고, 일하러 와서도 틈만 나면 텔레비전 앞에 앉아 뭉그적거린다. 말이 통하지 않으니 야단을 쳐도 별무신통이다. '나'가 보기에 라즈는 게으름뱅이에 거짓 말쟁이일 뿐이다. 라즈의 가족은 최하층민으로, 아버지는 알코올의 존중자이며 동생은 지적장애아, 오빠는 도박에 빠져 있다. 어머니와 라즈가 하녀 일을 해서 생계를 꾸려간다. 라즈만이 아니다. 라즈의 어머니도, 쓰레기를 가져가는 청소부도 '나'의 자유를 훼방놓기는 마찬가지다. 결국 '나'는 이들을 모두 해고하고 '해방'의 기쁨을 누린다. 사실은 '나'가 그들을 '모시고' 있었던 것이다. "그러나 저애가 내 말을 못 알아듣듯이 나도 저애의 말을 알아듣지 못한다. 저애가 그런 더러운 팔자를 타고난 게 내 잘못은 아니다. 누구 잘못인지는 모르겠지만, 하여튼 나는 아니다."(188쪽)

라즈의 이야기는 정확히 「부엌에서」와 「음식」에 제시되어 있는 '타자의 경계' '타자의 고통'에 대한 질문과 마주서 있다. 라즈의 이야기는 앞의 이야기의 추상성, 관념성, 급진성에 대한 소설 내부의 쓰라린 자기반성이 되고 있다. 소설의 끝에 이르러 '나'는 라즈가 계속 반복하던 인도말을 겨우 짐작하게 된다. 그것은 다모를 잡아먹었다고 알려진 다모의 여자친구, 살찐 동양 여성에 대한 소문이었다. 그런데 그 소문 속 여자로부터 자라난 상상적 분신이 혹 「부엌에서」와 「음식」의 '나'(이 이야기들에서 '나'는 살이 찌고 있었다)는 아니었을까. '타자'에 대한 질문이 얼마간 '나'를 넘어서는 '무한성'의 영역을 포함할 수밖에 없다면(가령 '환대'와 '모심'의 문제), 라즈로부터 다시 다모와 무라뜨의 자리로 이동하는 근원적 전환 또한 수긍되어야 할 것이다. 소설의 마지막에 '나'가 처음으로 그곳 사람들을 '있는 그대로'의 빛과 풍

경 속에서 바라볼 수 있게 된 것은 라즈와 함께 다모와 무라뜨도 거기 있었기 때문이리라. "타오르는 석양빛에 거리를 가득 메운 행인들이 모두 황금빛 옷자락을 휘감고 있는 것처럼 보인다. 일주일에 한 번 장이 서는 날이다."(205쪽)

'타자'의 문제가 윤리적 차원에서 너무 자명한 당위로 이야기되고 있는 이즈음, 『부엌』의 정직하면서도 중층적인 소설적 질문 방식은 새삼 깊이 음미될 필요가 있어 보인다. 『부엌』은 신화와 환상의 장치로 표현된 우리 자신의 근원적 욕망의 세계를 포함한 채로도 '타자'와 '경계'에 대한 질문이 여전히 더 착잡한 인간적 실행의 한계와 세계의 모순 속에 있다는 점을 복합적으로 그려냄으로써 윤리적으로 고양된 지금 우리 문학의 어떤 결여를 돌아보게 하는 것 같다.

(2023)

4부

'바다'와 '아이'가 동행하는 형이상학적 서정의 깊이
─장석의 『해변에 엎드려 있는 아이에게』

1

오래전 한 평론가는 민중적 전망이 압도한 1980년대 한국 시를 돌아보며 세계의 본질을 투시하고 우주와의 합일을 꿈꾸어온 대문자 '시'의 좌표를 망각 저편에서 일깨우려 한 바 있다(남진우, 「신성한 숲 1」, 『신성한 숲』, 민음사, 1995). 그때 잠시 화려한 불꽃으로 타올랐다 유성처럼 사라져간 '신성한' 계보의 제일 첫머리에 언급되는 작품이 장석의 1980년 신춘문예 등단작 「풍경의 꿈」이다. 그 글에서 초월과 합일의 시적 비전을 에로스적 열망의 불길로 장엄하게 채색하고 있는 장석의 시는 '신성한 숲'을 향한 시의 가능성으로 한껏 충만한 한편, 얼마간 (억압적 시대와의 불화로부터 말미암았을) 나르시시즘의 위험 또한 감지된다. 그러나 "이제 삶은 신성한 정지이며,/그의/그림자인 풍경만이 변모한다"(11연)에서 보듯 장석 시는 유다른 형이상학적 깊이를 가진 채 부풀어오를 것이었으되, 단 한 편의 시만 남기고 홀연히 사라져버림으로써 스스로 망각의 운명을 택한다.

그로부터 정확히 사십 년 만인 2020년 봄 장석 시인은 『사랑은 이제 막 태어난 것이니』(강) 『우리 별의 봄』(강), 두 권의 시집을 한꺼번에 상재하면서 돌아온다. 생각보다 훨씬 긴 은일과 망각으로부터 귀환한 두 권의 시집에 부친 글에서 남진우는 말한다. "세계를 향해 낮은 음성으로 속삭이는 그의 사랑의 전언에는 여전히 순결한 자아에 대한 갈망과 현상적 질서 너머의 본질을 투사하고자 하는 은밀한 열망이 가득 차 있다. 그동안 그는 이 언어를 버려두고 아니 쌓아두고 어디서 무슨 일을 하며 한 시절 한 세상을 탕진해왔던 것일까." '탕진'이라는 애정어린 역설의 언어에 응답하기라도 하려는 듯 장석 시인은 세번째 시집을 들고 우리를 다시 찾아왔다. 앞선 두 권의 시집 출간 후 꼬박 두 해에 걸쳐 쓴 시들이다. 그 시들을 읽으며, 이른바 '탕진'의 화살은 정작 시인 내부에서 더 철저하고 버려지고 아프게 겨누어지고 있었다는 것을 확인한다.

　　　삶에 늘 가래가 끓어
　　　젊음에서 낡아가던 내 가난의 전성기
　　　비켜 갔던 허다한 장소
　　　돌아가며 외면한 숱한 일

　　　나는 가느다란 내 시에 매달린 어릿광대였다네
　　　　　ㅡ「오월은 마흔 번이 넘게 나를 깨웠네」(이하 「오월은」) 부분[1]

1) 장석, 『해변에 엎드려 있는 아이에게』, 강, 2021. 이하 인용은 작품명만 밝힌다.

시의 제목에 눈길이 머물게 되거니와, "빗소리처럼 네 노래처럼 나를 흔들었"던 '오월'은 '마흔 번'의 숫자를 통해 "거룩함이 비천함을 눕히고/죽음이 죽임을 이겨 이루어낸 사랑의 성소"로서 '1980년 오월'을 명확히 가리키고 있다. "나는 한낮의 하늘에 부조되는 장엄한 무늬를/보았다"로 시작되는 「풍경의 꿈」을 비롯하여 그의 많은 시가 알려주듯 장석 시의 구성 원리에는 세계를 성聖과 속俗의 긴장 속에서 파악하고 겪어내려는 지향이 있다. 이는 애초에 엘리아데식 세계 이해에 얼마간 빚진 것일 수도 있겠으나, 가령 '우주' '하늘' '별' '대지' '바다'와 같은 세상의 경계를 자연적 실재와는 다른 의미 공간으로 들어올리는 감각은 초기 시부터 근작까지 거의 일관되고 있다는 점에서 좀더 고유하고 개인적인 차원에서 장석 시의 토대를 이루어온 듯하다. 그러나 동시에 거룩함의 나타남, 성현聖顯, hierophany의 순간적 광휘는 무엇보다 속俗의 자리에서 출발하는 시의 언어적 노동이 아니면 안 된다는 사실, 비속하면 비속한 대로 현세적이고 현실적인 인간의 시간 안에서 모색되고 이루어져야 한다는 자각 또한 장석 시의 출발선에 분명히 존재했던 것 같다. 그렇다면 앞서 인용한 글에서 나르시시즘의 근거로 지목되기도 했던 "나는 부끄러워 눈물 흘렸다. 내 꿈은/나에게 입 맞추어주었다"(「풍경의 꿈」, 6연)는 시적 진술은 그와 같은 성속의 변증법이 시인이 시에 투신하려던 저 1980년대 초입에 이미 전혀 쉽지 않은 무게로 다가와 있었다는 사실의 역설적 표명, 막막하고 두려운 예감의 휩싸임으로 읽을 수도 있다. 「풍경의 꿈」의 후반부는 "삶을 준비하는 자가 새를 날려보냈다. 어둠 속으로"로 시작되고 있는데, 첫번째 새는 "무너진 너의 슬픔 위로 떨어"지고 있으며 두번째 새는 "지상의 어두운 골목에서" "차갑게 불타고 있"다. "노

아의 세번째 비둘기"만이 "황금빛 올리브 잎사귀를 물고 왔다……"
고 진술되는데 여기서 '노아'가 '삶을 준비하는 자'와 동일한 인물인
지도 모호하거니와, 저 말줄임표의 침묵은 어떻게 해석되어야 하는
가. 새의 귀환은 '삶'과는 전혀 다른 차원의 멀고 먼 전설의 이야기처
럼 들려온다. "이제 삶은 신성한 정지"이고 "그림자인 풍경만이 변모
한다"는 시의 대답은 그 어조의 당당함으로 오히려 닿을 길 없는 막
막한 거리를 환기한다. 해서는 시의 마지막에 '새'는 다시 한번 "슬픔
의 첨탑 위로 떨어"진다. "새여,/슬픔의 첨탑 위로 떨어지는 푸른 입
술이여……" '삶을 준비하는 자'가 세상에 날려보낸 첫번째 '새'이자
마침내 '슬픔의 첨탑' 위로 떨어질 수밖에 없었던 '푸른 입술'의 운명
은 마치 장석 시가 스스로에게 부여한 '자기 처벌'의 신성한 임무처
럼 보일 지경이다. 그렇다면 장석 시의 오랜 침묵은 스스로가 만든 자
각적 운명이며, 여기에는 적어도 '마흔 번'이 넘는 깨움이 필요했다
고도 할 수 있다. 그리고 그것은 '사랑의 성소'로서 '오월'의 재발견과
함께 일어나고 있다.

> 우리 본성의 형제가 서로 겨뤄
> 거룩함이 비천함을 눕히고
> 죽음이 죽임을 이겨 이루어낸 사랑의 성소
>
> 나는 오래도록 멈추었으나
> 세상은 한 번도 멈춘 적이 없어
>
> ─「오월은」 부분

'삶은 신성한 정지'라고 당당하게 선언했던 「풍경의 꿈」을 기억하는 자리에서라면 이 환희와 탄식의 언어 사이에 놓여 있는 길고 긴 '부끄러움'을 감지하지 않을 도리가 없다. 장석 시가 뜨거운 꿈속에서 보고자 했던 '장엄한 무늬'는 피의 연대기와 함께, '부끄러움'과 함께 그렇게 뒤늦게 도착하고 있다. '죽음이 죽임을 이겨 이루어낸 사랑의 성소'는 정확히 '신성한 정지'와 '풍경의 변모' 사이에 걸쳐 있는 인간의 시간, 성속의 변증법이 육화되는 장소를 증언하고 있다. 그러나 이 부끄러움은 '사랑의 성소'에서 시적으로 발화됨으로써 최종적으로 걷힐 수 있는 것일까. '가느다란 시의 어릿광대'는 '슬픔의 첨탑'에서 자신의 '푸른 입술'을 되찾을 수 있는 것일까.

사정은 그리 단순하지 않아 보인다. 「풍경의 꿈」에서 '두번째 새'의 사랑이 곤경에 처하는 곳이 "문법 바다의/가장 서늘한 심연"이거니와, 이때 '문법 바다'라는 이상한 조어의 장소는 어디를 가리키는 것일까. 모호한 대로 '현실의 규범적 질서'를 암시하는 것일까. '역사' 바깥에서 '역사'를 말끔히 비워버릴 '방법적 니힐리즘'의 자리가 아니라면, '문법 바다'는 헤쳐가야 할 곳이지 '장엄한 무늬'를 위해 소거되거나 괄호 쳐질 장소가 아니다. 마찬가지로 "삶의 한순간의 질인/강렬한 빛의 혼례"(「풍경의 꿈」, 2연)가 일어나는 '카이로스'의 시간은 "끝없이 겹쳐오는 모든 계절들의 힘"(같은 시)인 '크로노스'의 시간 없이는 주어지지 않는다. 이 사실의 수락이 이번 시집에는 긴절한 언어의 호흡으로 새겨져 있다.

올해

어느 나무가
자신의 나이테에
나의 노래를 넣어줄까

—「나의 노래」 전문

그러니까 "어깨에 손을 대고 흔드는 오월/이제 깨어 그곳으로 나
도 흐르네"(「오월은」)라고 노래할 수 있는 시의 행복은 '한 번도 멈춘
적 없는' '문법 바다'의 엄연함과 '나무의 나이테'에 의해 유보될 때
만 가능한 것인지도 모른다. 그리고 이 유보는 역사 현실이나 시간의
'타자성'으로부터 불가피하게 주어지는 것이라기보다는 장석 시의
내적 요구이기도 한 것 같다. 예컨대 벚꽃의 개화를 더없이 아름다운
시의 상상과 리듬으로 옮겨놓고 있는 「벚꽃」은 이번 시집의 문을 여
는 시인데, 시적인 순간을 발굴하고 이미지의 흐름을 조각하는 장석
시의 기예를 경이롭게 보여준다. 그러나 마지막에 이르면 시의 완성
은 시 자신에 의해 저지되고 무화되려 한다. 마치 "다 된 모래 그림을
흩어버"(「1아르의 만다라」)리듯이.

저 나무

한 송이 더 피면
발을 땅속에서 꺼내고

한 송이만 더 열리면
떠오르리라

봄바람을 가득 채운
꽃송이의 풍선

그리하지 않으려고
하루아침에 흩어버리는
흰 꿈

—「벚꽃」전문

　하늘거리는 흰 벚꽃은 가볍다. 그러고 보면 꽃잎은 낱낱이 날개다.
한 송이 한 송이 개화가 진행되면서 꽃송이들은 봄바람을 타고 풍선
처럼 부푼다. 하얗게 만개한 벚꽃의 반원. 땅속 깊이 내린 뿌리가 들
썩이는 모습이 보인다. 나무가 온몸으로 떠오르고 비상하려는 흰 꿈
이 거기 있다. 중력을 거스르는 힘의 임계점. "한 송이만 더 열리면/
떠오르리라". 나무는 흔히 수직적 상상력으로 번역되지만, 만개한 꽃
과 봄바람이 함께하자 돌연 수직의 지향을 수행하는 차원이 열린다.
그러나 흩날리는 벚꽃, 흩어져 땅으로 내려앉는 꽃들은 '흰 꿈'의 사
실을 돌연 다른 방향에서 드러낸다. 흰 꿈은 흩어지고 중단된다. 봄
날 벚꽃의 풍경에서 나무의 꿈을 읽고 상상하는 시인의 시선이 정밀
하다. 그러나 자연을 서정적 주관성 안으로 불러들인다는 점에서 이
시의 문법은 그다지 낯설지 않은 것이다. 이 경우 시의 성패는 서정
적 주관과 대상 사이, 긴장의 밀도에 있을 테다. 4연까지 그 긴장은
'저 나무'의 독립된 호명이 만드는 거리를 지켜내며 팽팽하게 충전되
어 있다. 그러다 갑자기 주관의 과도한 침범이 일어난다. "그리하지

않으려고"! 2연과 3연은 '시적 화자'의 상상이면서 동시에 '나무'를 주어로 하는 결의로도 읽을 수 있고, 그것이 이 시의 힘일 테다. 그러나 '그리하지 않으려고'는 주관의 과도한 침범이 아닐 수 없다. 그것은 다시 두번째 임계점으로 치닫는 시의 긴장을 회수해버리고, 나무의 자리에 주관을 세운다. 해서는 흰 꿈을 흩어버리는 것은 시의 주관성이 된다. 당혹스럽게도 시의 깔끔한 마무리는 저지된다. 왜일까 생각해본다. 서정적 완미完美를 깨뜨리는 시의 파열은 장석 시의 또다른 의지며 무의식인 것일까. 비상의 꿈은 그리움과 갈망을 빗장으로 해서만 잠시 주어지는 것이며, 그 목마름까지가 그의 시의 존재이유인지도 모른다.

파열은 한 편의 시 안에서만 일어나는 것은 아니다. 「못」과 「부리의 시」는 이상한 방식으로 마주보고 있다. 「못」에서 시의 화자는 '당신'이 마음을 걸 수 있는 '못'이 되고자 한다. 그러나 그 소망은 이루어지기 힘든데, 어딘가 '박혀 있을' 자리가 없고 '들어갈 곳'도 없으며 '단단한 것들'은 '허락'되지 않기 때문이다. 이것은 비극적인 세계 인식이다. 비극적 인식은 화자의 존재적 조건으로 인해 심화된다. "맨몸 말고는 아무것도 없어/가늘고 뾰족한 단 한 번의 생". '뾰족함'과 '단 한 번'은 충돌하면서 상황을 부정적으로 절박하게 하고 있다. 기실 이런 궁지는 처음이 아니다. 시인은 이미 "내가 먼저 녹슬어/무뎌진 못으로나마/미지의 어둠으로 몸을 넣어보리다"(「새집」, 『사랑은 이제 막 태어난 것이니』)라고 노래한 바 있다. 이때 '미지의 어둠'은 '들어갈 곳이 없는' 세계의 부정적 이면이며 그 힘겨운 싸움의 장소일 테다. 동시에 그것은 '새 못'과 '싱싱한 나무'의 '새집'으로만은 도달할 수 없는 "무명으로 가는 길의 숲"을 향해 있으며, "녹슨 못들과 뒤

틀린 나무판자/깨진 기왓장과 무너진 내장들"의 시간을 필요로 한다. 그런데 여기서 '무명'은 '이름 없음無名'일까, '밝음 없음無明'일까. 잘 알 수 없는 대로 장석 시가 갈등의 해소보다는 '미지의 어둠'의 혼돈 쪽에서 시의 길을 찾고 있다는 것은 분명하며, 그때 '못'은 "밥 냄새와 성애의 자국/마르고 있는 빨래와 빨 수 없는 과오"의 '맨몸'의 표상으로서 장석 시의 오랜 화두가 된다. 여기서도 '내가 먼저 녹슬어'라는 시의 의지가 두드러지게 표명되어 있다는 점도 기억할 만하다. 그러나 시는 언제나 세상의 풍부함에 뒤늦게 눈뜨고, 시의 앎은 늘 좁고 모자란다는 사실 역시 기억해야 한다면, 시의 기획과 구도構圖, 의지는 잠정적이고 방편적인 것이기도 하리라. 스스로 구획한 부정적 세계의 한편에서 미지의 기적 같은 시간이 도래할 때, 경이로움을 받아 적는 일은 장석 시의 또다른 임무이기도 하다. 이번 시집 속 「부리의 시」에는 '못'의 서사가 전혀 다른 풍경 속에 배치되어 있다.

맨 꼭대기 가지
언 홍시에 부리 넣는 새

그의 부리에
겨우 녹인 살을 넣는 이

참 춥고
붉기도 한 날

껴안는 일

우리 세상의 최소

—「부리의 시」 전문

　새가 나무 꼭대기에 매달린 언 홍시를 먹는 예사로운 장면은, "그의 부리에/겨우 녹인 살을 넣는 이"라는 놀라운 역전逆轉의 상상력에 의해 불가능한 사랑이 수행되는 기적의 순간이 된다. 사랑이 "나눌 수 없는 나누는 일"이라는 모순과 역설의 노동임을 이보다 더 아름답게 시의 언어로 발견하기는 어려울 것이다. 그리고 한 행의 침묵 뒤 "우리 세상의 최소"라는 맺음은 얼마나 정확한가. 온갖 부정적 풍문과 양상에도 불구하고 세상이 지탱되고 있다면 이런 '최소'의 노동이 어떠한 형식으로든(자연의 일이든 인간의 일이든) 엄연한 가운데 그 '최소'를 '최대'의 자리로 상상하는 존재들이 있기 때문이 아닐까(「아틀리에 봄」에서 시인은 "나의 최저 희망"과 "그의 최고 희망"을 이으려 한다). 여기서 '부리'가 정확히 '못'의 다른 존재 형상이기도 하다면, 「못」의 비극적 세계 인식과 「부리의 시」의 경이로운 합일은 장석 시의 전체 국면에서 모순과 파열을 포함하면서 서로 마주보고 있다. 그러니 합일의 도약은 "그리하지 않으려고/흩어버리는" 장석 시의 내적 저항과 운동에 의해 언제든 영도零度의 자리로 내려와야 하는지도 모른다. 「풍경의 꿈」에서 보듯 신성과 숭고가 장석 시의 강력한 지향인 것만큼, '마흔 번의 오월'을 지나 돌아온 장석 시의 현재는 더 많은 세속의 구체, 미만한 모순과 혼돈을 '나눌 수 없는' 채로 '나누기' 위해 낮아지고 '엎드리려' 하고 있는 것 같다. 그런 의미에서도 '영도'와

'처음'을 환기하는 "사랑은 이제 막 태어난 것이니"(「서시」, 『사랑은 이제 막 태어난 것이니』)는 새삼 장석 시의 정직한 자기 언급이 되어 주고 있다.

2

이번 시집의 표제작이 「해변에 엎드려 있는 아이에게」인데, '바다' 는 장석 시의 원초적 장소라 할 만하다. 등단 시에서 '문법 바다'라는 관념의 외피를 두르고 처음 선을 보인 그곳은 시인의 유년기 기억이 잠복해 있는 부산 영도 남항과 순천만을 하나의 선으로 이은 뒤 시간 의 진행이 만드는 또하나의 선을 따라 통영 바다라는 꼭짓점을 가지 는 삼각형의 구조로 거듭 장석 시에 돌아온다. 그렇게 시간적으로 원 근법의 삼각형을 이루는 바다는 공간적으로는 일제히 남쪽의 거의 동일 위도에 정렬해 있다. 여기에 바다에 인접한 언어군으로서 섬, 정 박, 등대, 배, 어망, 닻, 청음초 등등 일련의 환유적 계열어들이 따르 기도 한다. 그리고 원초적 장소인 만큼, 바다에 종종 '아이'가 등장 하는 것도 자연스럽다. 심지어 시인은 도심의 횡단보도 세발자전거 에 앉은 아이와 눈길을 나누면서도 바다에 있다("내 인생의 이 봄을/ 횡단보도에 정박한다", 「신호등」). 기실 '아이'는 '바다' 못지않게 장석 시의 테마를 형성하는 중요한 주어이며, 때로는 화자의 시선이 때로 는 세계나 사물의 응시가 생성되고 교차하는 자리다. 장석 시는 아이 를 통해 처음과 만나고 처음을 일깨우려 한다. 이때 아이는 '무구함' 의 표상이라기보다는 '무명無名/無明'으로서 장석 시를 개시開始/開示하 는 '타자'의 자리에 가까운 듯하다. "비어가는 마음에 차오"르고, 떠 나야 할 때 "마저" 바라보는 것은 "그 아이 눈매"이며, 마음이 끝내

가닿고 싶은 곳은 "어린 생각"이다(「눈매」). "새벽을 향해 행군하는/노병들의 종소리"(「사랑의 타종」)는 눈송이로 만나는 "창밖 어리디어린 소년병"의 "희디흰 그 얼굴"(「눈송이, 서성이다」)과 겹쳐지고, 그렇게 "어젯밤 우리의 높이를 서성이던 흰 얼굴"은 "우리 별을 덮으려 먼 길을 온/우주의 어떤 어린 일"(「눈송이, 서성이다」)이 된다. 해서는 '아이'의 곁에서 열리는 세상은 "형성과 와해의 여정"과 함께 슬픔과 공허, 무명을 포함한다.

> 여러 날 이어지는 빗줄기 속에
> 아는 얼굴을 만난다
>
> 처마 아래
> 비를 피하던 어머니 품에 안겨
> 처음 비를 만지려는
> 세 살배기 손을 잡아주었던 빗방울
>
> 형성과 와해의 여정을 서로 묻는다
>
> 협곡도 격랑도
> 온순한 삶과 완만한 땅도
> 고기압의 창공과 낮은 곳
> 모든 낮과 밤
>
> 우리는 달구어진 삶에 낙하하는

슬픈 노래
공허한 이들을 위해
길게 이어지는 기도

모르는 얼굴 위에 떨어지는
또 모르는 얼굴

숲에 참호에 섬돌 위에

비가 별을 다 덮는 날
다시 만나는 무명의 얼굴

— 「빗방울의 얼굴」 전문

    '처음' 비를 만지려는 아이에게 도착한 빗방울. 그 빗방울들이 세상 존재의 얼굴이고 서로를 향한 안부 인사라고 시인은 말한다. 빗방울의 낙하를 '슬픈 노래'와 '기도'로 옮기는 시의 운동은 하이데거식으로 말하자면 존재자의 존재 방식, 곧 '있음(됨)'을 껴안으려는 간절함으로부터 비롯되는지도 모른다. "아는 얼굴을 만난다"로 시작한 시의 풍경이 "모르는 얼굴 위에 떨어지는/또 모르는 얼굴"로 바뀔 때, 그것은 지속되는 빗방울의 물리적 운동이면서 우연적이고 경계 없는 충돌과 마주침, 포개지고 스치는 확산의 힘으로 '있음'의 풍경 안에 있는 원초적 그리움을 건드린다. 그 확산은 숲과 참호, 섬돌로 무차별하게 계속되는데 마침내 "비가 별을 다 덮는 날"이 오면 무명無明의 시간을 사는 우리 모두無名의 안부가 된다. 그것이 "다시 만나는"

의 기적이리라. 그러나 "모르는 얼굴 위에 떨어지는/또 모르는 얼굴"의 풍경은 그저 읽기만 해도 이상하게 마음이 더워져온다. 나는 이 구절을 읽고 또 읽는다. 아니, '세 살배기'처럼 거듭 손을 내민다.

빗방울(물)과 아이는 생명이 비롯되는 '처음' '태초'의 이미지로 하나이거니와, '바다' 역시 그러하다. 장석 시의 상상력은 생명의 씨가 처음 뭍으로 건너온 '바다'의 기억을 품으려 한다('바다'만큼이나 자주 장석 시의 공간을 채우는 '별'의 이미지("헤아릴 수 없을 만큼/밤하늘의 별 이야기 해왔으나",「별에게 2」, 『우리 별의 봄』) 또한 지금-이곳을 우주의 원초적 시간과 연결하는 상상력이라 할 수 있다). 여기에 시인 개인의 연혁, 유년의 시간과 장년의 생업이 포개진다는 점에서도 '바다'의 존재는 장석 시에 있어 운명적이라 할 만하다. 그러니 "나를 열면 해변이 있다"는 아네스 바르다의 영화 속 말은 이미 시인 자신의 것이기도 했으리라(「해변의 폐허」). 그런데 장석 시에서 '바다'('해변')는 '잔해' '폐허'와 함께 처음 목도된 듯하다. 혹은 '잔해' '폐허'의 시간과 함께하고 있을 때만 '바다'는 '시적'으로 발견되고 '시의 눈'이 되는 듯하다. 이 긴장과 역설을 시의 상상과 사유로 견딤으로써 '형이상학적 서정'이라 이름 붙일 만한 장석 시의 한 면모가 구축된다. 가령 그곳은 "기쁨을 이루었던 만물의 잔해가 엎드려 있는" 곳이며 "기억으로부터 가장 멀리 떨어진 변두리"다. 따라서 "나는 부서지면서/군이 이 시간의 석호에" 와야 한다. "길게 이어지는 해안"이 "자신보다 훨씬 더 긴 노래를 부르고 있"는 이유다. 해서는 「해변의 폐허」는 이렇게 끝맺는다.

　　당신의 일부였던 나는

썰물을 따라 이제 돌아가네
나의 잔해인 당신은
해변에서 파도를 따라 출렁이거라

모두들 온전한가
별의 잔해여

—「해변의 폐허」 부분

    생명의 긴 노래를 담고 있는 바다가 별의 잔해들과 함께 이루는 풍경 속에 시적 정화精華로서 사랑의 형이상학이 맺히는 순간이 여기에 있다. 이때 장석 시는 세계를 파열시키려 하지 않고 세계를 비극적으로 정화淨化한다. 우리는 장석 시에서 의도적 불협화와 내파를 향해 강퍅하게 치달은 한국 현대시의 특정한 국면을 건너뛴 듯한 느낌을 받게 되거니와, 그의 시는 완강할 정도로 시의 고전적 기품의 세계에서 물러서지 않으려 한다.

    '영도 남항'은 "산파가 나를 받아주었던 집"이 있는 곳인데, 펄에 묻힌 지 여러 날이 지나 거적 밖으로 나온 맨발로 처음 목도된 아이의 시신은 유년기 시인에게 거듭 가위눌린 무서운 꿈이 된 듯하다(「영도 남항」, 『우리 별의 봄』). 말하자면 '바다'는 시인에게 한 번도 추상이나 관념이 아니었다. 그러나 '해변의 아이'는 돌아온다. 이번에는 "육지를 향해 엎드려 있"는 모습으로(「해변에 엎드려 있는 아이에게」). 다행히 "그 아이는 죽으면서 깨어났다/물속에서 눈을 떴다". 바다 쪽에서 온 아이는 받아줄 땅을 찾아 떠돌던 난민의 아이일 수도 있고, 다른 안타까운 사정이 있을 수도 있다. 이 시의 이야기 안에서 아이가

'집'으로 돌아가기를 기원하는 것은 모두의 마음일 테다. "이 아이는 돌아가고 싶을까/물론이지 물론이지/모든 것들이 대답한다". 그런데 아이는 바다 쪽에서 왔으므로 바다로 돌아가야 한다. 시인은 간절히 바란다. "낯선 관리들이 와 그 아이를 데려가기 전/파도와 썰물은 힘 세어져/그의 얼굴을 바다를 향해 돌려주기를". 시는 이렇게 끝난다.

그래야만 그 아이는
이 일이 시작된 곳으로 돌아가
그 집의 마당이나 현관에서
가장 좋아하는 여자의 손을 다시 잡을 수 있을 터이니

뒷걸음치지 않고 앞으로 걸음마 해서
— 「해변에 엎드려 있는 아이에게」 부분

엄마가 있는 집으로 가는 길. "뒷걸음질하는 아이는 없"으므로 아이는 앞으로 걸음마를 해야 한다. 그러나 바다는 뒤쪽에 있다. 누군가가 얼굴을 바다를 향해 돌려준다고 해도 사정은 달라지지 않는다. 뒤를 보면서 앞으로 가기. 이상한 난경 안에서 시는 '영도 남항'과도 이어지는 세상의 깊은 슬픔이 되면서 동시에 얼마간 장석 시의 의지이자 자기 투영이 되기도 하는 것 같다.

장석 시와 함께 '바다'와 '아이'는 계속 돌아올 것이다. 그때 "한 송이만 더 열리면/떠오르리라"의 들뜬 예감과 "그리하지 않으려고 하루아침에 흩어버리는/흰 꿈"의 결단은 '해변에 엎드려 있는 아이'의 곤경을 마주보고 기억하는 한에서 거듭 새롭게 열릴 수 있으리라. 어

쩌면「해변에 엎드려 있는 아이에게」는 장석 시가 자신의 시를 '마흔 번이 넘는' 망각으로부터 일깨운 '아이'에게 보내는 전언이자 다짐인지도 모른다. 이번 시집에는 그가 『우리 별의 봄』을 헌정한("벗에게/우리는 여전히 한 알의 씨앗에/함께 들어 있으므로") '친구'를 떠올리게 하는 시편들이 들어 있거니와(「아틀리에 봄」「아치울 견문」「이 세상 끝의 등대」), 부재하는 '벗'('벗'의 또다른 현현이 '아이'이기도 할 것이다)의 "최고 희망"과 함께 일구어갈 "햇빛 가득한 안쪽"(「아틀리에 봄」)을 우리 역시 오래 들여다보고 싶다.

(2021)

서성임, 가버릴 것들을 향한 사랑
—최정례[1]

1

최정례 시인의 자선 시 열 편의 서두에 있는 「떠돌이 개」(『캥거루』)는 시인 자신의 시세계, 시쓰기에 대해 다분히 자기-언급적인 측면을 포함하고 있는 것처럼 보인다. 좋은 시가 으레 그렇듯 이 시 역시 시인의 일상에 느닷없이 출몰한 '떠돌이 개'의 이야기에 국한해서 읽어도 충분하다. 무엇보다 인생의 시간이 품고 있는 쓰라림 혹은 무심한 잔혹성을 환기하고 연결하는 시인 특유의 연상과 상상은 '떠돌이 개'를 발화점으로 해서, 그 절실함만큼이나 수정 불가능한 아이러니를 현재화하면서 시적 화자를 궁지로 몰아간다. 언제든 손쉬운 희망의 기미에 자신의 시를 양보하지 않는 최정례 시의 정직한 단념이 남기는 쓰라린 울림은 크다. 그런데 화자가 "난 개들의 표정을 읽지 못한

1) 이 글에서 다루는 최정례의 시들은 다음 시집에 수록되어 있다. 『레바논 감정』, 문학과지성사, 2006 ; 『캥거루는 캥거루고 나는 나인데』(이하 『캥거루』), 문학과지성사, 2011 ; 『개천은 용의 홈타운』, 창비, 2015. 이하 인용은 시집명과 작품명만 밝힌다.

다"고 쓸 때, 그것은 단지 과거 두 가지 사랑의 삽화에서 쌍방이 주고
받았던 무지와 냉담, 외면의 어리석음에 관련되는 것만은 아니다. 아
파트 현관문을 나서기만 하면 어디선가 나타나 펄쩍펄쩍 뛰던 그 이
상한 떠돌이 개의 사라짐에 대해 쓰고 있는 5연을 보자.

그 개가 햇빛 속에서 마당을 몇 바퀴 돌다가 사라졌다. 아득한 끝,
먼지 속에서 자라나던 덤불이 느닷없이 사라지는 풍경을, 갑작스런 선
을 긋고 사라지는 별똥별을 떠올렸다. 어떤 것들은 제 궤도만을 하염
없이 맴돌고, 어떤 것들은 느닷없이 궤도를 이탈하여 타버린다.
—「떠돌이 개」 부분

문제는 사라짐일까. 그것도 느닷없이 궤도를 이탈하여 타버리는
별똥별처럼. 그렇다면 "제 궤도만을 하염없이 맴돌고" 있는 것들은
무어란 말인가. 오래전 서로의 표정을 읽지 못하던 사랑도 그렇게 느
닷없이 궤도를 이탈하여 타버렸겠지만, 최정례의 시가 버티면서 남
아 있는 자리는 어쩌면 "제 궤도만을 하염없이 맴돌고" 있는, 궤도를
벗어나 타오르지조차 못한 유랑 없는 떠돎이 아니었을까. 멍하니 하
늘에 눈을 주는 7층 아파트, 엘리베이터를 타고 내려가면 문이 자동
으로 열리는 아파트의 시간. 펼쳐지지 못하고 끊어지거나 접혀버린
채 하염없이 맴돌고 있는 현실의 시간이 머물고 있는 곳. 그러니까 궤
도를 벗어나 타버려 사라진 것들과 궤도 사이, 그 어딘가야말로 최정
례 시가 시작되는 장소일 가능성이 높다.
다시 말해 '개들의 표정을 읽는 일'은 과거 어느 때의 미숙이나 실
패에 그치지 않고 언제든 불가능에 가까운 일로 남아 있을 수밖에 없

다. 그리고 그것은 또한 언제든 최정례 시의 현재이다. 그 실패의 운명이 시의 마지막 연에 처절하게 기록되어 있다.

> 나는 그 개를 기다린다. 먹을 것을 주며 말을 걸어보리라. 그러나 이제 그 개가 나타나지 않는다. 나는 그 개가 말을 하는 것을 상상한다. 이상해, 어떻게 아무것도 모를 수가 있지? 난 모든 것을 기억하는데. 나는 그 개의 눈을 보며 말해본다. 나는 어디에서 왔니? 그리고 나는 지금 누구니? 그리고 너는 누구한테 버림받았지? 그러나 내가 하는 말은 이상하다. 내가 이해할 수 없는 말이다. 왈왈왈 왈왈 개의 말이 되어 튀어 나온다. 대답은 돌아오지 않는다.
>
> ─「떠돌이 개」 부분

그러나 이 처절한 상황이 반드시 시의 실패는 아니다. 나타나지 않는 개를 기다리는 일, 철자도 기호의 규칙도 모르는 '그'의 언어를 상상하는 일, 결국 읽을 수 없는 표정을 읽는 일, 대답 없는 질문을 던지는 일, 자신의 언어를 잃고 의미를 알 길 없는 중얼거림이나 부르짖음이 되는 일─여기에 현실의 시간이 묻어버린 또다른 시간의 주름, 도래해야 할 타자의 시간이 있다는 사실을 최정례의 시는 정확히 알고 있기 때문이다. 네번째 시집 『레바논 감정』의 뒤표지에 담긴 시인의 글은 그 새삼스러운 확인일 테다.

> 죽은 당신이 깨어나 내 노래에 고개를 끄덕이지는 않을 것이다. 가버린 시간이 거슬러 흐르다 탑이 될 수 있으리라고도 믿지 못한다. 어느 날 시간은 나에게 대항하여 칼을 휘두를 것이다. 나는 결국 고꾸라

지고 말 것이다. 그러니, 지금 스쳐 지나는 것들을 향한 내 사무침이 내 속에서 그치지 않기를, 가버린 것들을 향한 이 무모한 집착도 가버릴 것들을 향한 사랑으로 잇대어지기를, 그 모두가 다시 일어나 새로운 시작의 힘이 되기를 기다린다. 아무것도 확신하지 못하면서 그래도 백지 위에 닻을 내릴 수밖에, 다른 방도가 없기를 희망한다.

—'뒤표지 글' 부분

그리고 우리는 안다. 최정례의 시의 '사무침'과 '무모한 집착'이 "가버릴 것들을 향한 사랑으로 잇대어"져왔음을. 그래서는 "그 모두가 다시 일어나 새로운 시작의 힘이 되기를 기다"리는 순간들로 채워져왔음을.

2

그러나 '사무침'이나 '무모한 집착'이 '가버릴 것들을 향한 사랑'과 이어지는 일이 쉬울 이치가 있겠는가. 사무침이고 집착인 한, 종내에는 부서질 미혹이더라도 붙잡고 머물고 싶은 인력과 관성이 작동하게 마련일 테다. 그럴 때 '가버릴 것들을 향한 사랑'이야말로 정작 무모하고 허망한 관념이 될 수도 있다. 그것은 시의 의지만으로 거스르기 힘든 격류다. 「홍수 뒤」(『캥거루』)에는 시인이 그 격류에 떠내려가면서 동시에 격류를 '거슬러오르는' 모습이 있다.

시는 붉은 흙탕물 속에서 돼지가 지붕을 타고 떠내려가는 홍수의 장면과 함께 어떤 꿈을 병치시키고 있다. 그 꿈에서 '당신'은 옛집으로 '나'를 찾아온다. 꿈속의 그 집은 사실 떠나온 지 수십 년이 지난 무너진 옛집이다. 꿈은 이미 떠나버린 '당신'에게 집착하며 옛집을

떠나지 못하고 있는 '나'의 미혹을 전한다. 모든 것을 휩쓰는 홍수의 시간은 그 미혹의 실상을 잔인하게 드러낸다. "스토커는 버림받는 것이 두려워요/스토커는 매달릴 것을 찾아 붙잡아야 해요/내가, 당신이, 우리들 스토커가/홍수에 떠밀려 가며 꿀꿀거렸어요"(4연). 그러나 '나'는 안다. '당신'의 방문과 다정한 말이 꿈이라는 것을. 그것은 홍수의 시간과 함께 떠내려 보내야 하는 것이다. "금세 알아챘지요, 꿈이라는 것/스토커는 자신을 사랑할 수가 없어요/스토커는 남의 집 환한 불빛만을 쳐다봐요"(7연). 이 고백 뒤에 이제 비로소 '홍수 뒤'의 풍경이 펼쳐진다. 다음은 마지막 두 연이다.

> 돼지가 지붕을 타고 떠내려갔어요
> 오래전 얘기지요
> 제발 부탁인데
> 지금 어디야? 그런 것 묻지 말고
> 내버려두세요
> 하류로 하류로 떠내려갔으니
>
> 다음 생엔 당신이 시를 써요
> 당신이 떠내려가며 꿀꿀거려요
> 그 집은 팔아버렸고 주소도 사라졌어요
>
> —「홍수 뒤」 부분

"지금 어디야? 그런 것 묻지 말고/내버려두세요"나 "다음 생엔 당신이 시를 써요"에서, 정말 발화의 대상은 '당신'일까. 혹은 대상이

'당신'이라고 할 때 그 '당신'은 누구인가. 이때 '당신'은 '나'에게 사랑의 상처를 안긴 구체적 인물일 수도 있겠지만, 동시에 삶을 과거에 붙들어 매는 질긴 미혹이나 원망, 회한의 정념이나 행동 모두일 수 있다. 앞서 인용했던 4연의 "내가, 당신이, 우리들 스토커가"라는 구절이 이를 말해준다. 그 스토커'들'은 "자신을 사랑할 수 없"다. '가버린 것들'이 아니라 '가버릴 것들'을 향한 사랑으로 시간을, 삶을 흐르게 하지 못하기 때문이다. 그런데 이 시는 이상하게 흉겁지 않은가. 과거와의 절연도 너무 쉽지 않나. 흙탕물이 소용돌이치는 물난리의 한가운데로 돼지가, 차들이 떠내려가는 상황인데도 재난이나 비극의 절박한 느낌은 없다. 꿀꿀거리는 돼지는 한갓 재미있는 구경거리처럼 보이기도 한다. 5연에서 차들이 지붕 위에 "넙죽 올라가 앉아" 있고, "홍수 지난 뒤 찬연한 햇빛 속에서/냄비와 이불, 옷가지들이/서로를 끌어안고 뒤엉켜 있"는 광경은 처참하기보다는 한바탕 난장이 지나간 뒤의 애잔한 평화의 기억 같기도 하다. 그럴 수 있다면, 이것은 아주 "오래전"에 일어난 일이기 때문이다. 이미 '오래전' 홍수의 광경을 지켜보며 흘려보내고 떠나보냈던 것들에 관한 이야기이기 때문이다. 그러나 꿈은 그 사실을 모르는 것처럼 뒤늦게 다시 찾아오고, 시인은 지금 두번째 결별을 선언하고 있는 것이다. 이 두 시간대 사이의 무심한 듯한 간극이 이 시의 비밀이며 시가 침묵으로 감당하고 있는 영역이라고 나는 생각한다. "그 집은 팔아버렸고 주소도 사라졌어요"의 담담하고 흔쾌한 진술은 기실 그 홍수로부터도 오랜 세월이 흐른 뒤, 이제 막 발화된 것이다. 마지막에서 두번째 연의 "돼지가 지붕을 타고 떠내려갔어요/오래전 얘기지요"의 속삭이는 듯한, 저 바닥에서 올라오는 듯한 음조를 기억해야 되는 것은 그 때문이다. 그리고 마

지막 연에 '다음 생'이 등장한다. "다음 생엔 당신이 시를 써요/당신이 떠내려가며 꿀꿀거려요". 이 대목을 당신에 대한 원망怨望이나 시의 고단함에 대한 회한으로만 읽을 수는 없다. 여기엔 최정례의 시가 좀처럼 발화하지 않아온 다른 시제가 있다. '가버린 것들'만이 아니라 '가버릴 것들'이 있는 시간. 그 시간 사이의 사랑의 연대. 물론 결별의 선언 이후에도 '가버린 것들'은 돌아올 것이다. 옛집으로 꿈은 찾아들고, 주소는 사라지지 않을 것이다(「해삼내장젓갈」, 『개천은 용의 홈타운』에서 '당신'은 '나'의 주소를 알아내 소포를 보낸다). 그러나 이제 그것들은 '가버릴 것들'과 함께 돌아올 것이다. 과거의 틈입에도 열려 있지만 가버릴 시간, 아직 오지 않은 미래에도 개방되어 있는 현재를 시의 몸으로 살아가는 것. 기원의 순결과 훼손, 가지 못한 길의 회한, 현재의 누추와 불안, 기다림과 약속의 실패, 그래서는 이미 도래한 것들의 좌절 속에서 미래를 감싸는, 그 모든 시간의 성실한 누적과 포갬으로만 가능한 시적 실천과 삶의 환대. 근작 시집 『개천은 용의 홈타운』에서 일어나고 있는 일들이 그것이다. 앞서 인용한 시인의 발언에 다시 한번 기대면 "그 모두가 다시 일어나 새로운 시작의 힘이 되"는 순간들 말이다.

3

『개천은 용의 홈타운』에서 최정례는 불가피한 형식으로서 산문시를 밀어붙이는 가운데 생활의 파편적 조각들이 시적 연상, 시적 전환의 순간을 통해 나누어지지 않는 덩어리로서의 시간의 전체적 현실에 연루되는 지점을 찾아낸다. 그때 그 고양의 지점은 어떤 귀납적 맺힘으로 남는 것이 아니라, 앞선 조각들을 다시 감싸고 거기 못다 한

시간을 충전하며 시를 다시 읽게 만드는 여백의 힘이 된다. 나는 방금 찾아낸다고 썼는데, 그 시의 중심은 도모되거나 겨냥된 것은 아닌 듯하다. 그곳은 비어 있으며, 일상의 파편과 돌연한 시적 연상이 이루어가는 나가고 돌아오고 다시 밀고 나가는 진퇴의 운동 속에서 형성되는 것이다. 「동쪽 창에서 서쪽 창까지」에 나오는 표현을 빌리자면 '간곡한 필연으로서의 우연'의 운동이 여기에는 있다. 연상이나 시적 전환의 순간이 무언가를 미루고 미루다 돌연 생성되는 느낌을 주는 것도 그 때문일 것이다. 이를테면 「그 시간표 위로」에서 "몇 계절이 지나도록 잊어버리고 있었던 것처럼, 안주머니에 넣어두었던 그것이 무엇이었는지조차 모르겠다"고 한 뒤, 갑자기 어조를 바꾸며 조용히 시 속으로 들어오는 말이 있다. "언젠가는 이 말을 하리라고 생각했다. 어디서부터 어떻게 해야 할지는 모르지만 언젠가는 때가 올 것이라고." 그러니까 여기서 문득 솟아오른 그 '때'는, 저 과거 속 어딘가부터 바로 지금 이 순간, 그리고 '언젠가는'의 막연한 미래 모두를 품으면서 존재하는 '기다림' 그 자체일 테다. 그것은 장롱이 조금씩 부서져간 시간이고, 언젠가 버스를 타고 가다 "여기서 내리자 여기서 내려 살아가자"고 했던 때처럼 갑자기 도래한 결심의 그 시간일 텐데, 기원은 '나'에게 있지만 이미 그 자체로 역사화되고 타자화되어 자립한 시간이다. "장롱문 안쪽 거울 옆에" 붙여놓았던 "전철 시간표"와 결국은 "꺼내지도 못하고 그냥 죽을 것만 같"은 이야기가 이 낯선 시간의 축으로 모였다 다시 자기 자리로 돌아가는 시의 움직임 속에서 이미 서로를 붙잡고 서로를 껴안았다는 느낌을 주는 것은 나만의 착각은 아니리라. 여기에는 "셀 수도 없"이 이사를 다니면서도 그 손바닥 반만한 전철 시간표를 그대로 붙여둔 망각된 시간의 물

질화된 응시가 있다. 조금씩 부서져간 장롱, 그렇게 해서 언젠가 또다른 이사 때 장롱과 함께 버려진 그 시간표는 언제나 거기 있다. 이제 나는 그 시간표를 볼 수 없지만, 그 시간표는 제시간에 도착할 전철을 기다리며 언제나 거기 있다. 그 시간표 위로 지나간 셀 수 없는 전철들이 이미 하나의 응답이었다면, 이 시의 화자의 꺼내지 못한 말도 그 버려진 시간표 위에서 언젠가 제시간을 만나지 않(았)겠는가. 그것은 쓰라린 희망이지만, 버릴 수 없는 희망이다. 시인 자신 "무쇠소가 무쇠 풀을 뜯고 구운 밤에서 싹이 나기를 믿기 이전에, 구운 밤 닷 되를 심는 일을 포기하지 않는 일, 이것을 나는 희망이라 부르고 싶다"(『레바논 감정』 '뒤표지 글')고 했던 것처럼 말이다. 그리고 그것이 최정례의 시가 감당하고 있는 최전선일 것이다.

그러나 「그 시간표 위로」가 "그런데 난 왜 이러는 것일까 얘기를 들어줄 사람은 들을 생각도 없는데"로 끝날 수밖에 없는 것처럼, 이 쓰라린 희망에 왜 두려움이 없겠는가. 그리고 두려움이 없다면 어떻게 그것이 희망일 수 있겠는가. 모기에 물린 다음에는 "이미 늦었다". 가려우니 긁을 수밖에 없고, 가려움은 참을 수 없다. 「인터뷰」 이야기다. 이 시는 치매를 앓고 있는 아버지를 향한 근심이 한갓 모기에 물린 다리의 가려움에 밀려나는 무력함을 자조적으로 적어나가다 최정례의 시가 품어온 깊은 두려움 앞에서 갑자기 멈춘다. 마지막 연이다.

> 어젯밤 내내 꿈을 꾸었는데 내용이 전혀 생각나지 않는다
> 꿈속에서 지나친 것과 지금 지나치고 있는 것
> 두려운 것은 딴 세상과 이 세상 사이에 아무것도 없고

아무런 상관이 없게 되는 것이다

— 「인터뷰」 부분

　　꿈과 지금, 딴 세상과 이 세상 사이를 생각하게 만든 것은 일차적
으로 육친의 병듦과 죽음에 대한 공포이리라. 그러나 그 사실을 포함
하면서 우리는 지금 최정례의 시가 이으려고 하는 두 세계 사이에 실
은 "아무것도 없"을지도 모른다는 두려움을 본다. 삶은 끊임없이 시
로 흘러든다. 그러나 시는 그 삶의 무력감을 전하는 것 말고 무엇을
삶을 향해 되돌릴 수 있는가. 삶과 죽음의 드라마처럼 그것은 붙어 있
는 것처럼 보이지만 실은 "아무런 상관이 없"는 것이 될 수도 있지
않은가.

　　잃어버린 장갑 한 짝에서 시작된 연상이 짝을 잃은 펭귄의 이야
기로 번져가는 「한짝」에서도 우리는 그 무력감의 끝, "느낌도 생각
도 대책도 없"는 시의 벼랑으로 인도된다. 용산역에서 잃어버린 장
갑 한 짝, 친구한테 선물 받은 장갑은 손목 끝에 밍크 털 장식이 붙
어 있는 것이었다. 여기서 느닷없이 펭귄이 등장하는 시의 호흡을
잠시 따라가보자. "밍크털이 아니라 펭귄털인지도 모른다. 손목 부
분을 바닥으로 세워놓으면 뒤뚱거리다 쓰러졌다. 전날 밤 TV에서
본 펭귄 같았다." 장갑의 손목 부분을 아래로 해서 세워놓는 것은
무심한 행동이다. 그러나 그것은 이미 외롭고 쓸쓸한 행동이다. 이
처럼 최정례의 산문시가 일상의 편편으로부터 시의 움직이는 중심
으로 나아가는 방식에는 만들어진 시의 난해성이 없다. 우리의 삶
이 그러하다면, 시에서도 우연과 필연은 "서로 꼬리를 치며 꼬드
기고 있"(「동쪽 창에서 서쪽 창까지」)었을 뿐이겠다. 그렇게, 버려

서성임, 가버릴 것들을 향한 사랑　527

져 차갑고 더러운 곳으로 휩쓸려갔을 장갑 한 짝은 이제 먹이를 구하러 바다로 간 짝을 잃고 혼자 남은 펭귄의 이야기로 돌아온다.

> 그러다가 어느 날은, 바다로 간 펭귄도 돌아오지 않는다. 잠깐 바닷물 위로 붉은 피가 올랐는데, 누구의 것인지 모른다. 바다사자들은 언제든 펭귄을 공격하니까. 부화하려던 새끼는 얼어버린 돌덩이가 되어 나뒹군다. 한 짝은 얼음 바다를 계속 바라보고 서 있다. 한 짝은 느낌도 생각도 대책도 없다. 또 사면 돼, 그 생각에만 매달렸다.
>
> ─「한 짝」 부분

"느낌도 생각도 대책도 없"이 얼음 바다를 바라보고 서 있는 저 끝자리는 최정례의 시가 무심히 혹은 기필코 가 있으려는 곳이겠다. 그러나 그 자리가 두렵지 않을 이치가 있겠는가. 시의 마지막에 남은 생각, "또 사면 돼, 그 생각에만 매달렸다"의 안간힘은 그 두려움의 누설이겠지만, 이상하게도 그 생각으로부터 얼음 바다로부터 돌아서서 다시 대책 없는 삶의 자리로 돌아오는 외짝 펭귄의 걸음을 떠올리게 하는 것은 최정례 시의 또다른 힘이다. 그러니까 그 '생각'은 무력한 퇴각이 아니다.

「나는 짜장면 배달부가 아니다」는 최정례의 시가 피할 수 없는 두려움과 무력감에 맞서며 어떻게 자신의 시적 주체의 시간을 마련해나가고 있는지 감동적으로 보여준다. 시의 화자는 화가가 되고 싶었지만 그러지 못했던 회한을 토로한다. 그이가 그리고 싶었던 그림은 두 가지다. 하나는 키우던 닭으로 끓인 삼계탕을 먹을 수 없다며 울던 사촌. 또하나는 '짜장면 배달부'. 그러나 그이가 그리려는 그림은

누군가가 이미 그렸으니 어쩌랴. 할 수 없이 그이는 이제 "시 같은 걸한 편 써야 한다"고 생각한다. 사촌과 짜장면 배달부 때문에. 사촌은몇 년 전에 심장마비로 죽은 모양이다. 시의 후반부다.

> 사촌은 몇년 전에 죽었다. 심장마비였다. 부르기도 전에 도착할 수는 없다. 전화 받고 달려가면 퉁퉁 불어버렸네, 이런 말들을 한다. 우리는 뭔가를 기다리지만 기다릴 수가 없다. 짜장면 배달부에 대해서는결국 못 쓰게 될 것 같다. 부르기 전에 도착할 수도 없고, 부름을 받고달려가면 이미 늦었다. 나는 서성일 수밖에 없다. 나는 짜장면 배달부가 아니다.
> ──「나는 짜장면 배달부가 아니다」 부분

정말 그렇지 않은가. 짜장면 배달부는 누가 부르기 전에는 갈 수없다. 주문 전화가 와야 한다. 혹간은 장난전화나 잘못 걸려온 전화도있을 수 있다. 어쨌든 누가 불러야 간다(그런데 그 착한 사촌은 누가불렀기에 그렇게 서둘러 갔나? 우리는 이 모든 일에 너무 무력하다). 그리고 누가 부른 다음에는 서둘러야 한다. 그러나 아무리 서둘러 가도제시간에 도착하지 못한다. 짜장면 배달부는 늘 늦는다. 우리는 전화를 하고, 중국집의 대답은 똑같다. 지금 가는 중이라고. 그러니 누구든 퉁퉁 분 짜장면을 받아든다.

이제 우리는 시인이 왜 짜장면 배달부 이야기를 꺼냈는지 조금 이해하게 된다. 인생에 제시간이라는 게 있는 걸까. 조금만 생각해보면, 짜장면 배달부의 고뇌는 많은 이들의 삶에서 반복된다. "부르기전에 도착할 수 없고, 부름을 받고 달려가면 이미 늦었다." 우리는 기

다림을 말하는 데 익숙하다. 그것은 살아가는 일의 어떠함을 전하는 오래된 지혜의 차원일 수도 있고, 역사의 정의를 믿고 나누고자 하는 화법일 수도 있다. 그러나 실제 우리가 감당해야 하는 것은 기다림이기보다는 이러지도 저러지도 못하는 곤경일 때가 많다. '제시간'은 대개 우리의 것이 아니다. 최정례의 시에서도 사촌은 기다려주지 않았다. "우리는 뭔가를 기다리지만 기다릴 수가 없다." 여기서 다시 한번, 짜장면 배달부는 삶을 환유하는 어떤 지점이 되면서 우리를 아프게 한다. '퉁퉁 불어버린 것.' 해서는 "짜장면 배달부에 대해서는 결국 못 쓰게 될 것 같다"고 시의 화자는 말한다. 그러니까 이 지점은 「한짝」에서 얼음 바다를 바라보고 있는 그 시선의 자리일 수도 있다.

그러나 앞서도 그랬던 것처럼 우리는 시의 마지막에 놓여 있는 두 문장을 더 읽을 필요가 있다. "나는 서성일 수밖에 없다. 나는 짜장면 배달부가 아니다." '서성일 수밖에'라고 했지만, 이 시적 발화에는 불가피하고 수동적인 느낌이 덜하다. 바로 앞에서 "짜장면 배달부에 대해서는 결국 못 쓰게 될 것 같다"고 했기에 생겨난 무연한 홀가분함 같은 게 있다. 그러니까 오히려 시의 화자는 그 '서성임'을 인생이나 역사의 횡포에 맞서는 자신의 자리로 마련하고 있는 듯하다. "나는 짜장면 배달부가 아니다"라는 문장이 이 시의 마지막과 제목에 동시에 놓이면서 무언가를 버티고 이겨내는 시의 역설이 되고 있다면 이 때문일 것이다. 최정례의 시는 '서성임' 속에서 시적 주체의 시간을 연다. '서성임'은 최정례의 시가 움직이는 시간이며 그런 한에서 더없이 강렬한 부정이다. 망각되고 사라진 과거가 일어나 지금-이곳의 약속이 되고, 도래할 가버릴 것들의 시간을 감싸는 시의 미래가 되는 움직임, 그것이 최정례 시의 '서성임'이고 마지막에도 버리지 않

는 '생각'이다. 그 서성임의 시간은 실은 "다시 내장 빼앗기고 반으로 잘려 던져지는 해삼의 밤"이며 "간이고 창자고 쏟아놓고 기다려주" 는 시간이다.(「해삼내장젓갈」) 그 내장이 삭고 삭는 시간이다. 최정례 의 시는 그 시간의 시다.

(2015)

화엄을 잃고 사랑의 길에서
—박철의 『없는 영원에도 끝은 있으니』

　　'비위가 약하다'는 말은 보통 입이 짧아서 비리거나 낯선 음식을 가리는 경우에 쓰는데, 뜻이 확장되어 아니꼽고 탐탁지 않은 일을 잘 참아내지 못하는 성정을 가리키기도 한다. 이럴 때는 꼬장꼬장하거나 염결한 태도와도 어느 정도 겹치는 듯하지만 딱 맞아떨어지지는 않는 것 같다. 어쨌든 이 말은 몸과 성정 양쪽에 두루 통용되어서인지 어떤 사람을 형용하는 표현으로는 좀더 확실한 느낌을 준다. 박철의 이번 시집[1]에 수록된 두번째 시 「묵은 별」은 "조부는 비위가 약한 분이었다"라는 문장으로 시작한다. 1969년 아폴로 1호의 달 착륙으로 온 세상이 놀라고 환호하고 있을 때 조부에게는 이 일이 사람들이 유난을 떠는 것처럼 보이고 왠지 불편했던 모양이다. 왜 아니었겠는가. '비위가 약한' 분이었으니. "저 광활한 우주에 비하면 달나라는 자부동 안이다/그깐 거 좀 갔다고". 이어지는 시인의 분석이 흥미

---

1) 박철, 『없는 영원에도 끝은 있으니』, 창비, 2018. 이하 인용은 작품명만 밝힌다.

롭다. "아마 조부는 당신이 노닐던 땅뙈기 잃은 양 싶었는지/며칠 더 오뉴월 고뿔에 시달렸는데"(하긴 또다른 시 「대롱거리다」를 보면 "지고 온 것 서녘서 노는 해를 보고/만열을 참지 못해 헐떡이는 조부"이기도 하다).

느닷없이 조부의 비위를 떠올린 이유는 2연에서 보길도 동백숲 사잇길을 지나며 "까만 몽돌 위에 쏟아지는 별들 마주하다/나 또한 뭔가 우루루 잃어버리는 설움에"에 얼핏 암시되다가 마지막 연인 3연의 "그깐 거 사람 하나 잃었다고 발걸음 하곤 아서라"에서 제대로 모습을 드러낸다. 지금 시인은 가까운 이를 잃은 슬픔에 겨워하고 있는 것이다. '오뉴월 고뿔'로 설움을 떨쳐냈던 조부가 하늘의 별로 귀환하는 소이다. "저간엔 아무 일 없다는 듯 오뉴월 묵은 별 하나/천릿길 만릿길 허공중에/사뭇 빛나다". 묵은 별의 시간과 역사가 무심한 듯 든든해지는 순간이다. 그러면서 시인은 슬쩍 조부의 깐깐한 비위까지 계승하고 있는 것은 아닌가.

그래서인지 저 '비위 약함'은 박철 시인 자신의 형용이자 술어로도 제격이 아닌가 하는 생각이 든다. 마른 몸도 그런 인상을 돕지만 이야기를 나누다보면 선하디 선한 얼굴과는 달리 호불호가 명확하고 원칙에 양보가 없다. 목소리가 높거나 주장이 많은 편은 아니나 꾀까다롭다는 느낌을 받은 적이 많다. 그런데 이 경우 '비위 약함'은 더 정확히는 그의 시편에 잘 드러나 있듯 연약하거나 뒤처진 것들에 대한 본원적 애정과 관련이 있는 것 같고, 그런 만큼 그의 비위가 참아내지 못하는 것은 힘있는 것들이나 화려한 중심의 위세가 아닌가 한다. 돌려 말해 미미한 존재들에 대한 사랑이라면 그의 비위는 한없이 관대하다. 짧은 시 한 편을 보자.

딱히 말할 곳이 없어서

그래도 꼭 한 마디 하고 싶어서,

지나가는 아이 반짝이는 뒤통수에다

사랑해— 속으로 말했다 그러자

아이가 쑥쑥 자라며 골목 끝으로 사라진다

—「화학반응」 전문

간결함이 단어 하나 조사 하나 더하고 뺄 데 없이 단단하게 응축
되어 있는 시다. "딱히 말할 곳이 없어서/그래도 꼭 한 마디 하고 싶
어서,"의 간절함이 손에 잡힐 것 같다. 이곳이 박철의 시가 솟아나는
마음의 샘이겠거니 싶다. "딱히 말할 곳이 없"다는 것은 이 사랑이
구체적이지 않고 막연하다는 이야기가 아니다. 그것은 쉬 발설되거
나 소진될 수 없는 가난한 마음이며 헤픔이나 으스댐을 모를 뿐이다.
"지나가는 아이 반짝이는 뒤통수에다" 말할 수밖에 없는 사랑이다.
마음속으로. 여기서 그 마음속 가난한 사랑이 일으키는 화학반응이
경이로운데 "아이가 쑥쑥 자라며 골목 끝으로 사라진다"는 것이다.
골목 끝으로 사라지는 것은 이 시적 삽화의 사실성을 보증하는 것일
테지만, "쑥쑥 자라"다니. 무슨 마법의 주문처럼 사랑이 그렇게 크고
대단한 것일 리는 없다. 지나가는 아이는 아이대로 자라는 법이다. 화
학반응은 다분히 소망적이고 시적 과장의 영역에 들어가는 것이겠지
만, 이상하게도 여기서는 견고한 인과가 있는 하나의 사실이어야 할
것 같다. 그렇게 믿고 싶고 그렇게 응원하고 싶어진다. 범우주적 사랑
이어서가 아니라 가난하디 가난한 사랑이어서 그렇고, 굳이 말하기

로 한다면 그게 박철의 시인 것 같다. 바로 다음과 같은 시가 늘여놓
은 마음의 줄.

건너 아파트에 불빛이 하나 남아 있다
하늘도 잠시 쉬는 시간,
예서 제로 마음의 빨랫줄 늘이니
누구든 날아와
쉬었다 가라

—「빨랫줄」 전문

하늘도 잠시 쉬고, 누구든 마음의 빨랫줄 위로 날아와 쉬었다 갈
수 있지만 시인은 그러지 못한다. 시가 시로 스스로를 지탱하려면 어
쩔 수 없는 일이기도 하겠지만, 이즈음 박철 시인의 경우는 '귀' 때문
인 듯도 하다.

낮에는 서어나무숲을 걷는데 도토리 떨어지는
소릴 들었고 산비둘기 우는 소릴 들었다
밤에는 아내의 거친 숨소릴 들었다
그것만이 아니다 귀는 오랜 우물처럼
너무 많은 것을 담아서
길어도 길어도 얘기가 마르지 않는다

—「귀」 부분

간혹 페이스북에서 시인의 불면不眠 이야기를 읽기도 했는데 그래

서 그랬던 것일까("낙엽보다 먼저 낙엽보다 길게 뒹굴던 불면을 지나", 「연」; "다랑어처럼 잠이 없는 내게 밤에 뭐 하냐 물으면 난 달린다고 말한다", 「뛴다」). 우리 얼굴에 "삐딱하게 숨어 있는 귀"가 그리 무서운 것이었나. 시인은 단언한다. "뭉크의 「절규」는 눈이 아니라 귀를 그린 것이다/눈은 보이지 않는 것은 알 수 없으나/귀는 들리지 않는 것도 듣는다". 문제는 그렇게 듣는 것에만 있지 않다. 시는 부처의 삽화에 기대어 또하나의 역설에 도달한다. "부처도 막판에는 눈을 감고 귀를 열었다/말했듯이 귀는 마르지 않는 우물처럼/담는 것이 아니라 퍼주는 것이기 때문이다". 귀를 이야기가 마르지 않는 우물로 은유한 이유는 결국 이 반전의 역설을 위해서였던 셈이다. 생각해보면 그리 놀랄 건 없는 말이다. 귀담아듣는 것, 아픔과 신음에 귀를 열어두는 것은 무엇보다 응답하기 위한 자세다. 시는 그 자세의 단단한 응축이라고 할 수도 있다(응축에는 그 자세와 행동 사이의 거리, 갈등, 긴장이 중요하게 포함되리라). 시각의 힘에 맞서 보이지 않는 것, 들려오는 것에 참여하는 것은 시의 오래된 과업이기도 하지 않은가. 문제는 이 시가 스스로 새롭게 밀어올린 질문에 다시 응답하는 일일 텐데, 그렇다면 어떻게 퍼준다는 말인가. 「귀」라는 시 한 편 안에서 이 답을 얻기는 힘들다. 이 시가 약간은 자조적이고 풍자적인 어조로 끝나는 것도 그 점을 의식하고 있는 것으로 보인다("귀가 앞에 달린 것이고 눈은 옆에 달렸다/그 탓에 우리가 이제껏 흔들려/옆으로 걷는 것이다"). 변경을 요청하는 자세의 근본적 왜곡은 일차적으로 몸의 차원에 걸려 있고, 그 제약은 함부로 풀어낼 수 있는 일이 아니다.

　박철 시는 보는 것과 듣는 것 사이의 간극에 예민한 것만큼이나, 담아내는 것과 퍼주는 것 사이에 가로놓인 아득함을 너무 잘 안다. 그

것은 그가 사랑에 귀기울이고, "사랑 운운"할 때 늘 찾아오는 자각이기도 하다. 박철 시에서 사랑은 차라리 그 간극이고 아득함이다. 봄날 창가에서 '국밥집 아이와 에미'가 나누는 밀담을 지켜보며 쓰인 시 한 편은 특별히 아름답기도 하지만, 박철 시에 대해 알려주는 것도 많은 듯하다.

> 아이가 며칠 울더니 오늘은 우는 애미를 달래고 있다
> 아이가 저리 힘들어하는 것을 보면
> 사랑도 노동이라는 생각이 든다
> 그러면 나는 일생을 노동자로 살아온 셈이다
> 내가 사랑을 하였다는 얘기가 아니라
> 거친 내 일생이 왜 사랑해야 하는가를 떠들고 있었다
>
> —「빛에 대하여」부분

그러니까 노동인 것이다. 울음을 달래는 노동. 위계는 사라지는 것은 아니지만 이상하게 잠시 치워진다. 며칠 울던 아이가 오늘은 우는 엄마를 달래기도 하는 것이다. 힘겨워하는 아이의 모습이 사랑과 노동을 하나의 자리에 불러모으는 시의 순간은 아름답다. 그 아름다움에 기대어 시인은 스스로의 오랜 질문과 회의에 조심스럽게 다가간다. "그러면 나는 일생을 노동자로 살아온 셈"이라고. 이 어름에 담긴 자괴와 부끄러움을 누가 모르랴. 민중 혹은 노동자에 대한 존재적 부채감을 말하는 게 아니다. 박철 시는 오히려 이런 지점에서는 덜 감상적이었고 덜 관념적인 자리에 있었다고 해야 할 테다. 그보다는 좀 더 일상적이고 구체적인 생활의 자리에서 그의 시는 부끄러움과 싸

워왔던 것 같다. 가령 "문예진흥원에 진흥기금 신청을 하러 간 길이었다/그렇게까지 해서 살아야 하느냐고 농을 던지지만"(「찐빵 찌는 세상」, 『영진설비 돈 갖다 주기』, 문학동네, 2001) 같은 데에서 슬쩍슬쩍 모습을 드러냈던 어떤 마음. 아내 심부름으로 하수도 노임 사만원을 가져다주는 길에 부린 철없는 해찰의 고백, 그리고 그때 새삼 환기되었던 무력하고 무용한 시인의 자리 같은 것(「영진설비 돈 갖다 주기」). 그 부끄러움을 품은 채로 시인이 그의 생을 노동에 얹는 일이 어찌 쉬울 수 있겠는가. 조건문을 받는 형태로 겨우 진술될 수밖에 없고, 그것도 '셈이다'로 종결지어 단언을 피해야 하는 사정이 이해가 간다. 그런데 유보하고 유보하는 마음이 찾아낸 타협의 경지가 뜻밖의 진실을 선물처럼 남긴다. "내가 사랑을 하였다는 것이 아니라/거친 내 일생이 왜 사랑해야 하는가를 떠들고 있었다". 그러니 이 정직이 박철의 시일 것이다. 이 시가 국밥집 창가에 찾아온 봄빛의 특별한 사실성으로부터 빛의 보편적 존재 방식을 발견하며 부풀어오르기 시작하는 것도 이 지점부터이다. 시인은 명창정궤明窓淨几, 그러니까 햇빛 밝은 창에 깨끗이 정돈된 책상(이 책상은 그의 시가 쓰이고 싶은 곳일까. 얼마 전 페이스북에서 본 그의 명창정궤는 크고 널찍했다. 뒤로는 책들이 들어찬 서가가 도열해 있고 말이다. 웬 대단한 서재인가 했더니 한적한 시간의 동네 도서관이었다)이라는 옛사람들의 소망을 새로이 들여다보면서 생각을 밀어간다. 그 책상은 흔히 생각하듯 정갈함의 공간만은 아니라는 것이다. 오히려 여백으로 충일하고 빛이 넘쳐흐르는 곳이다("백자 같은 여지와 빛의 범람"). 굳이 글 읽기나 글쓰기와 관련된 욕망의 문제, 저잣거리와의 넘나듦의 문제로 연결 짓지 않는다 하더라도 빛의 범람은 그 자체로 책상을 둘러싼 필요조건이라는

생각이 든다. 이 시의 내적 논리를 따르자면 그것은 사랑이라는 노동에 대한 응답인데 빛 역시도 그 노동에 참여하고 있다. "오늘 아이의 저 스미는 사랑"은 그렇게 봄빛과 어울리며 국밥의 식탁에서 시의 책상으로 이동한다. "빛은 제 눈이 없어 가리는 곳이 없구나" 하는 발견은 앞서 「귀」의 어떤 역설을 떠올리게 만든다. 어쨌든 시인이 이 빛의 범람과 편재遍在에 혼자 경탄하는 모습은 귀엽기까지 하다.

> 비좁은 밥집 안에도 봄빛은 내린다는 사실이었다
> 애야 신비롭지 않니 신비롭구나
> 그런 신비로움엔 기다림 외에 가는 길이 따로 없다
> 오래전 탯줄 타고 이미 당도해 있을지도 모를
> 내가 아무리 작아도 줄어들지 않는
>
> ─「빛에 대하여」 부분

그런데 "내가 아무리 작아도 줄어들지 않는"에서 '줄어들지 않는'은 어디에 걸리는가. 처음 읽을 때 나는 '기다림의 길'이라 생각하며 모종의 역설로 이해했지만, 그냥 움츠러들지 않는 '나'의 당당함을 이야기하고 있는 것으로 보면 될 듯하다. 그게 바로 앞의 "오래전 탯줄 타고 이미 당도해 있을지도 모를"과도 호응하며 기다림을 신비화하지 않는 태도일 테고, 노동에도 어울리는 자세일 거다. 그러니 마지막 연, 춘이월 문턱에서 밀고 당기는 겨울과 봄의 밀담이 제법 거친 듯해도 괜찮지 않겠는가. "거친 내 일생"만큼이나.

> 오늘은 춘이월 집으로 오는 길엔

골목 끝에서 아직 거칠게 싸움들이었다

먼지가 일고 헛발질에 입간판이 흔들렸다

말하자면 그들도 사랑을 하고 있는 것이다

좀처럼 가지 않는 겨울과

안달이 난 봄이 되어 뒹굴고 있는 아,

어디에나 있는 빛이다

—「빛에 대하여」 부분

　물론 "누구나/사랑을 한다"(「끝 간 데」). 그리고 시에 따르면 "누구나에는 어디든이 자리하고/어디든은 언제나의 제 모습이다"(같은 시). 이유가 있을 수 없다. "너와 나의 송두리라/왜인가 묻지 말고 차라리/죽음이라 불러다오". 그러나, 여기에는 '그러나'의 반전이 있고, 그것이 박철 시의 사랑인 듯하다.

노을도 사랑을 한다

그러나 누구나에는 그러나가 있다

내 송두리 당신 앞에 선

아이처럼

아이 앞에 선

작은 문처럼

—「끝 간 데」 부분

　그러니까 그 사랑은 송두리째인 만큼 아이 같고 또 한없이 작아지는 것이다. 마지막의 작은 문은 좁은 문일까. 찜통으로 들어가기 전

바닷게를 그린 「비상飛上」에는 "저 밑에 깔린 하늘 기어 다니며/하나 둘 불가사리 같은 붉은 별들을 세웠을 것이다"라는 표현이 나오는데, 그처럼 낮은 곳에 있는 문을 가리키는 것일까. 잘 모르겠다. 그러나 적어도 박철 시의 사랑은 혹여 있을 수 있는 시의 과시적 세련 속에서 길을 찾는 건 아닌 것 같다. "화엄을 읽었다"에서 시작해 "화엄을 잃었다"로 끝나는 「너의 화엄」은 그저 삶이 내어준 '작은 문'으로만 시를 일궈온, 아니 그렇게 시/삶을 밀어온 박철의 자기 경계境界/警戒를 수더분하게 보여준다.

화엄을 읽었다

한 시절 매달린 경經의 끝이
잊으라, 였을 때
억울해 너에게 편지를 쓴다

삼년간 벗이었던 화정공원의 물푸레나무
그마저 옹두리 만들며 스스로 물러서니
구청 직원은 곧 베어버리겠다 말한다 또
잊으라는 것이다
산 위에 오르면 장엄하던 눈 아래 세계도
골목길에 들어서 쉽게 잊혀지고
그게 모두 내 허물인 듯
내일은 일없이 이종사촌이나 찾아가봐야겠다

사랑도 나무도 읽지 말고 담아야 할 것을

한 시절 바라보다

화엄을 잃었다

—「너의 화엄」 부분

화엄을 잃으면 어떤가. 잊지 못해 억울해하기도 하는 게 삶 아닌
가. 허물을 스스로에게 돌리며 "내일은 일없이 이종사촌이나 찾아가
봐야겠다"의 자리가 만드는 '나'의 화엄이 있을 법하다. 이번 시집 곳
곳에 "꽃이 지네 꽃이 지네 해도/피지 않은 꽃이 질 리는 없다"(「꽃이
피네」)라든가 "저 혼자 옹기종기"(「저 혼자 옹기종기」), "너는 발등을
보며 뛰니"(「캥거루가 우는 밤」), "다./빈 눈 덕분이었다"(「허설虛雪」),
"영속이란 없다는 것//없는 영원에도 끝은 있다는 것//그러니//나는
오늘도 사랑 운운"(「사랑 운운云云」)과 같은 단단한 발견이 들어서 있
는 것도 그 때문이리라.

시인을 아는 이는 한 번쯤 보았을 거다. 그 크고 선한 눈에 서린 겁
을. 무슨 초식동물의 눈 같지 않던가. 형들 따라 한강에서 멱감다 강
한가운데에서 어쩔 줄 몰라하는 장면이 눈에 선하다. 시인은 "그때
돌아올 힘으로 내처 강을 건넜어야 했다"(「반」)고 탄식하지만, 그 내
세울 것 없는 겁 많음이 박철 시라는 걸 모르는 이 또한 누가 있으랴.
"한 번은 반을 지나쳐버렸고/한 번은 반을 돌아와/겁 많은 내 생은
그대로 솟대가 되고 말았다"(같은 시)지만, 그 하늘하늘한 솟대의 가
냘픔이 저 김포 들판 한 자락에서 저물어가는 시의 마을을 지키고 있
었다는 것을 우리는 안다. 우리는 또 안다. "내가 아무 일도 하지 않
는 것 같지만/나는 당신이 안 하는 일을 한다"(「흰 구름」)는 것을. 시

라는 생업生業. 하지만 박철 시/생업의 풍경은 참으로 여전해서 아직
도 '영진설비'에 도착하지 못하고 있지 않나. 여전히 길 위다.

> 꼭 기복이같이 생긴 정기복이가
> 밀며 끄는 택시를 타면 깊은 밤이다
>
> 모처럼 등받이가 푸근해
> 개성까지 가자 페쩨르까지 가자
> 객쩍은 실랑이로 분위기 망치다가
> 승차거부냐 김포에서 생떼를 쓰다 내리면
> 그나 나나 새날은 방구석서 나오질 않는다
>
> 이 숙취 얼마를 더 가야 하나
>
> ─「길」 전문

"꼭 기복이같이 생긴 정기복이가" 무슨 상형문자 같기도 한 동어
반복이 참 따뜻하다. 약간 더듬듯 작게 이어지는 시인의 음성으로 다
시 들어보고 싶어진다. 시인은 "아이야/어느 누추한 담장 아래라도
화華해야 한다/맑기만 해도 안되고 충만하기만 해서도 안된다/맑고
가득하고 따뜻해야 한다"(「빛에 대하여」)고 노래했는바, 그 따뜻함
이 이미, 얼마간은 '새날'일 것이다. 그러니 시인이여. 이제 "정말 세
상 다 아는 사랑"(「산」) 한번 하시라. "빙산의 일각"이 아니라 "그 큰
산" 다 녹이는. 하긴 "귀신만 모르고 다 아"는 일이다. "사랑 운운"하
지 않더라도. 무슨 거창하고 대단한 게 아니라 이미 "해를 쫓는 달을

보셨나요/사랑하진 않아도 버리진 못합니다"(「악연」)의 그 사랑, "뜨뜻미지근한 안타까움"(같은 시)으로 서로 살아가는 사랑. 이미 도착해 있는 것을. 다만 바라건대 그 사랑이 일출처럼 환해지기를. 이제는 귀신도 놀라게 하기를.

새벽에 일어나 원고를 보는데
아내의 얼굴이 어둡다

이 시집 상 받으면 장모 줌세
아내의 얼굴이 환해지며
빌으로 간다

—「일출」 전문

그렇게 세상의 슬픔을 지켜보는 솟대로 계속 '절벽과 바람' 앞에서 흔들리기를.

그렇게 위워, 내도록. 누워서도 쉽게 잠든 적 없지만, 이제 친구의 빈 사무실에서 깜박 졸기도 하면서(「꽃은 피다」). '파치 같은 인생', '종 친 거 같은 인생'에도 "폐차장서 날아온 파지破紙 같은 주홍빛 종소리에"(「종소리」) 기꺼이 웃음을 내주며 그렇게 내도록.

(2018)

먼 곳에서부터 먼 곳으로
―황규관의 『리얼리스트 김수영』

　시인 황동규는 김수영 15주기에 맞춰 나온 『김수영 전집 별권: 김수영의 문학』[1]의 머리말(「양심과 자유, 그리고 사랑」)을 인상적인 두 가지 발언으로 시작한다. 그 하나는 '김수영 문학의 진화'다. 1968년 불의의 사고로 시인이 세상을 뜨고 육 년 뒤인 1974년 시 선집 『거대한 뿌리』(민음사)가 간행되고, 이후 1981년 『김수영 전집』(민음사)이 1권 시, 2권 산문으로 완간되는 시간을 포함하는 그 십오 년간은 "그가 〔문단의―인용자〕 양 극단주의자들의 찬탄과 무시에서 놓여나는 과정"(7쪽)이었으며, "시를 두고 볼 때는 「폭포」「자유」「풀」 등으로 대표되던 그의 작품이 「사랑의 변주곡」으로 수렴되는 과정"(같은 쪽)이라고 할 수 있다는 것이다. 다른 하나는 김수영 문학이 그 시간 동안 한국사회의 정신과 창조 행위에 직간접적으로 영향력을 행사한 발광체이자 거울이었다는 사실의 지적이다.

---

1) 황동규 엮음, 『김수영 전집 별권: 김수영의 문학』, 민음사, 1983. 이하 인용은 쪽수만 밝힌다.

황동규의 발언이 있은 지 삼십오 년이 지났다. 그간 2003년에는 새 작품을 추가해 전집 개정판(2판)이 나왔고, 시인의 50주기가 되는 올해 2018년에는 이후 또다시 새롭게 발굴된 작품을 더해서 전집 3판이 나왔다. 두루 아는 대로 김수영 문학을 다룬 비평과 논문, 저술 역시 끊이지 않고 있다. 2005년 출간된 『살아있는 김수영』(김명인·임홍배 엮음, 창비)에 실린 '관련 비평 목록'(논문 포함)만 보아도 그 수가 삼백여 편에 달한다. 지금 이 글에서 살피려고 하는 황규관 시인의 『리얼리스트 김수영』[2])과 같은 단독 저서도 이미 상당하다. 『리얼리스트 김수영』의 참고문헌에 올라 있는 김수영 관련 저서만 해도 여덟 권이다. 김수영 문학을 본격적인 대상으로 하지 않더라도 김수영을 의식하고 김수영을 인용하고 김수영을 언급하는 비평문을 찾는 것도 그다지 어렵지 않은 일이다. 적어도 현재 한국문학의 자장 안에서 '김수영 문학이 살아 있다'는 사실에 이의를 제기하는 사람은 많지 않을 것이다. 진화하는(해석 공동체의 확장과 심화라는 의미에서) 김수영 문학, 발광체이자 거울로서의 김수영 문학은 그 열도야 어떻든 여전히 유효한 진단인 것 같다.

말할 것도 없이 이러한 현상을 가능케 한 것은 김수영의 시가 갖고 있는 특별한 힘이자 생명력일 텐데, 황동규의 '거울론'은 그 힘에 대해 흥미 있는 시사점을 제공해준다. 황동규에 따르면 "김수영에 대해 씌어진 글들은 (……) 쓴 사람들의 정신의 모습 (……) 을 강력히 반사해"(같은 쪽)준다는 것이다. "김소월이나 서정주에 대한 글은 자신을 드러내지 않고도 가능하지만, 김수영의 경우는 힘든 것이다. 그

---

2) 황규관, 『리얼리스트 김수영 — 자유와 혁명과 사랑을 향한 여정』, 한티재, 2018. 이하 인용은 쪽수만 밝힌다.

는 잘 닦여진 거울이다."(8쪽) 그리고 이 경우 김수영이라는 투명한 거울 앞에서 "역사 지상주의자"나 "언어 지상주의자"(같은 쪽) 같은 양극단의 정신은 스스로의 선입견과 조급함을 쉬이 드러내고 마는 바, 김수영과의 만남을 그 자체로 하나의 "독특한 경험"(같은 쪽)으로 삼는 일이 긴요하고 또 실질적인 비평적 결실도 있었다는 게 황동규의 판단이다. 충분히 동의할 수 있는 원론적 입장인데, 문제는 해석자나 평자로 하여금 미리 준비된 잣대를 성급하게 노출시키지 않을 수 없게 만드는 김수영 시의 '잘 닦여진 거울'이라는 속성이 아닌가 한다. 다시 말해 김수영에 관해서라면 '시를 시 자체로 읽고 경험하는 일'(사실 이 문제만 해도 숱한 쟁론의 대상이 될 수밖에 없겠지만)이 전혀 만만치 않은 과제가 된다는 역설을 '거울론'은 애초부터 품고 있는 것이다. 그리고 이때 김수영이라는 '거울'은 흔히 말하는 '치열하고 정직한 양심'의 자리에서만 투명하게 닦여 있는 것은 아닌 듯하다. 김수영의 시는 정제되고 균형 잡힌 이미지의 흐름, 명징한 시적 함의와는 거리가 멀다. 그보다는 무언가 과잉되거나 결여된 이미지가 반복/변주되며 생성하는 시적 속도와 리듬, 그 종횡의 운동이 발산하고 획득하는 강렬한 힘의 세계라 할 만하다. 김수영의 시가 그 특유의 운동에서 창출하는 시적 긴장은 현실이라고 하는 강력한 대립물을 가지고 있지만, 그것은 이른바 '개진과 은폐'의 변증법 안에 있어 명확히 지시되지 않고 환기될 뿐이다. 이 과정에 투여된 고도의 지성과 윤리적 기율 역시 일부 직설적인 시를 제외한다면 시의 힘으로 응결되어 있다. 그 운동과 힘은 시의 이미지와 언어의 작동 측면에서도 '자유'를 지향하고 있지만, 시의 이념에서도 '자유'를 향하고 있음은 많은 이들이 지적해온 바다. 김수영에게 자유는 실질적이고

정치적이고 역사적인 동시에 시적인 것이다. 전집 3판에 새로이 수록된 포로수용소 체험기(「내가 겪은 포로 생활」, 『해군』, 1953년 6월)에는 철조망 너머의 세상을 하염없이 바라보는 대목이 나오는데("나는 밤이면 가시 철망 가에 걸상을 내다 놓고 멀리 보이는 인가와 사람들의 모습을 한없이 바라다보고 있는 것만으로 충분히 행복하였다."『김수영 전집 2 산문』, 36쪽), 자유에 대한 김수영의 거의 절대적인 갈망과 호명은 이런 체험을 떠나서는 설명될 수 없는 것이리라. 시어의 위계를 파괴하고 시에 대한 질문을 언제나 미지의 상태에서 시작하려 하는 그의 한결같은 시적 실천에도 자유를 향한 의지는 녹아 있다. 그런 가운데 김수영의 시는 그 자체로 또하나의 문학적 창조물인 산문(시론, 시 비평을 포함하는)이라는 강력한 축을 가지고 읽는 이에게 육박해온다. 일제강점기, 해방 공간의 혼란을 통과하고 반강제적 의용군 입대, 탈출을 거쳐 전쟁 포로로 한국전쟁 시기를 지나온 김수영의 간난한 삶과 역사 또한 언제나 '덜 말해진' 강력한 축으로 존재한다. 그 스스로 명명했으되, '온몸의 시학'이 김수영의 시를 읽는 이에게도 강요 사항이 될 수밖에 없는 이유다. 이는 김수영의 '시-거울'에 반사되는 존재가 모종의 결여 속에 불편하게 노출된다는 뜻도 되며, 종종 성급한 환원적 해석이나 손쉬운 틀 속에 김수영이라는 움직이는 다면체의 거울을 가두게 되는 저간의 사정도 여기에 있는 게 아닌가 한다. 다시 말해 김수영에 관해서라면 '시를 시 자체로 읽고 경험하는 일'은 언제나 실패를 무릅써야 하는 도전적 과제로 남아 있는 셈이다.

황규관의 『리얼리스트 김수영』은 바로 이 만만치 않은 과제에 대한 도전이다. 황규관 역시 "그의 시가 시 자체로 읽히고 있는지에 대해서

는 자못 의문이 든다"(341~342쪽)고 밝히고 있는데, 여기서 당연히 '시 자체로 읽는 것'이 좁은 의미의 텍스트적 접근을 가리키지 않는다는 사실을 부기한다. 황규관이 보기에 김수영의 시는 철저하게 한국 근대사의 역사적 시간 안에서 행해진 "존재론적인 모험"(345쪽)이다. 그가 김수영의 시를 김수영의 생애와 나란히 놓고 그 시간의 지평 안에서 읽어나가는 방식을 취하고 있는 것도 그래서일 테다. 김수영의 경우 시를 시 자체로 읽기 위해서라도 '항상 역사화하라!'는 '변증법적 사유의 초역사적 명령'[3]은 절대적인 것이 된다. '역사화'의 요구가 좀더 긴요해지는 것은 김수영의 시정신이 언제나 '현실 내재적'이기 때문인데, 황규관은 여기서 들뢰즈가 말한 '초월성'과 '내재성'의 대비를 적극 활용한다. '초월성'은 구체적인 사실 바깥에 또하나의 척도를 구축하는 일이며, '초월성'이라는 '실재하지 않는 환영의 척도'는 현실의 사건과 의미들을 위계화하는 권력의 다른 이름이라는 것이다. 황규관이 김수영의 1950년대 몇몇 시에서 '이데아적인 세계의 표현'이나 '초월의 꿈'을 읽는 평자들의 입장을 강하게 비판하는 이유가 여기에 있다. 그러나 '초월성'을 들뢰즈적인 '정치적 구분선' 밖에서 이해하는 입장도 충분히 가능하며, 이때 '초월성'을 '주어진 현실'을 넘어서는 것, 현실 바깥과의 긴장으로 본다면 김유중의 「구라중화九羅重花」 해석이나 남진우의 「달나라의 장난」 「폭포」 해석에 대한 비판은 과도한 느낌을 주는 것도 사실이다("김수영의 시를 초월주의로 해석하는 것은 김수영을 거꾸로 읽는 일이다.", 81쪽, "남진우의 1950년대 김수영 해석이 우익적인 것은 이렇게 '초월성' 자체에 권력을 향한

---

3) 프레드릭 제임슨, 『정치적 무의식─사회적으로 상징적인 행위로서의 서사』, 이경덕·서강목 옮김, 민음사, 2015.

욕망이 숨어 있기 때문이며, 김수영과 '초월성'은 아무 상관이 없기에 자의적인 것이다.", 89쪽). 김수영의 시가 언제나 '관념'을 이겨낸 것이 아니라면, '현실 내재적'인 자리에서도 그 '내재성'의 편차는 존재할 수밖에 없을 테다. 그렇다는 것은, 김수영의 시가 일부 '초월주의적' 해석에 열린다는 사실이 김수영 시의 전반적인 '현실 내재적' 성격을 부정하는 것은 아니라는 점이다. 그것은 '내재성'의 자기 갱신 과정, 역사성의 한 국면일 수 있다. 김수영 시를 역사적 시간 안에서, '현실 내재적'으로 읽는 황규관의 관점이 지닌 유효성에 충분히 공감하면서도, 이 또한 김수영의 시를 하나의 좌표 위에 고정하고 신비화할 우려는 없는지 살필 필요는 있어 보인다. 전쟁의 참상을 한복판에서 통과하고, 개인사의 굴곡을 포함해 전후의 폐허 또한 누구보다 깊이 앓아야 했던 김수영의 1950년대 시가 "4·19혁명 이후보다 더 입체적으로 [그 해석이—인용자] 이루어져야 할 텍스트들"(92쪽)이라는 황규관의 입장을 생각해보더라도, '현실 내재성'이 김수영의 시에서 관철되는 양상은 그 있을 수 있는 불균질을 받아들이는 가운데 좀더 개방적으로 따져봐야 하지 않을까.

기실 황규관의 김수영 읽기가 빛을 발하는 순간은 역사성/내재성의 큰 원칙을 견지하는 가운데에서도 하나의 시편을 최대한 김수영의 '시간' 안에 근접하여 꼼꼼히 읽어낼 때이다. 이때 그는 김수영 시에 잠재하는 또다른 시간의 지평으로 우리를 안내하는바, 김수영 시의 '현실 내재성'이 '시간'의 중층적인 지평 위에서 활동하는 구체적인 양상이 포착된다. 전쟁이 끝나고 김수영이 처음 쓴 시「달나라의 장난」(1953)의 "공통된 그 무엇을 위하여 울어서는 아니 된다는 듯이"의 '공통된 무엇'을 '인식의 일반성/상투성'(강신주), '일상성이 가

지는 무반성적이고 반복적인 메커니즘'(김유중)으로 읽은 데 대해 황규관은 이의를 제기한다. 이는 「달나라의 장난」을 관류하는 "나의 설움"을 간과한 오독이라는 것이다. "'공통된 그 무엇'의 대립항으로 '영원히 나 자신을 고쳐 가야 할 운명과 사명'이라는 구절을 놓고 접근한 탓에 이 시가 갖는 풍부함을 평면적으로 마름질하고 말았다. 강신주는 김수영 시를 일반성/독특성이라는 개념으로, 김유중은 하이데거의 존재론으로 김수영 시를 연역함으로써 도달한 논리적인 결론일 뿐이다."(57~58쪽) 황규관은 "공통된 그 무엇을 위하여 울어서는 아니 된다는 듯이/서서 돌고 있는 것인가"의 '듯이'가 앞서 나온 "팽이는 나를 비웃는 듯이 돌고 있다"의 '듯이'와 반복/변주 관계에 있다는 점을 놓치지 않는다. '듯이'가 반복/차이를 통해 시적으로 조성하고 있는 것은 설움 가득한 시적 화자의 현실을 그 현실로부터 유리시키는 일종의 '환영'이며 '다른 시간'이라는 것이다. 돌고 있는 팽이의 비웃음이 "별세계"의 현실-환영일 수 있듯이, "공통된 그 무엇을 위하여" 울지 말라는 것 또한 그러한 환영이라는 것이다. 앞서 거론한 평자들의 독법이 '시를 시 자체로 읽는 데' 실패했다는 것이 여실히 드러나는 대목이다. 나는 황규관이 시적 화자가 '팽이가 도는 별세계'에 빠져드는 것을 "일종의 도피이면서 궁극적 세계에 대한 동경"(58쪽)으로 본 것이 온당한 읽기라고 보며, 바로 그런 맥락에서 시의 후반부에서 현실의 '설움'과 함께 '듯이'가 시의 힘으로 제대로 맺히고 살아나는 것이라고 생각한다. 황규관이 김수영을 '리얼리스트'로 이해하는 깊은 맥락 또한 이 어름에 있는 듯하다.

　다르게 말하면 이 작품에서 김수영의 시가 궁극적으로 가닿고 싶

은 시간, 크로노스의 시간 안에 잠재되어 있는 다른 시간을 본능적으로 직관하고 있었음이 드러난다. 그런데 그것은 어떻게 가능했을까? 그것은 바로 "정말 속임 없는 눈으로" 봤기 때문이다. 이 '바로 보기', "속임 없는 눈"은 단순한 윤리적 관점을 말하는 것은 아니다. 움직이는 현실을 어떤 규정과 틀로 해석하지 않으려는 김수영의 리얼리스트적 면모를 보여주는 동시에, 평생에 걸쳐 추구되는 그만의 '규제적 이념'을 표상하고 있다.(61쪽)

김수영의 삶과 시가 시간 속의 존재론적 모험이라고 하는 것은, 황규관에 따르면 "시간 위에서 펼쳐지는 동시에 시간을 구성"(5쪽)하는 일을 말한다. 여기서 차이를 기입하는 시간의 구성이 곧 '사건'이라고 한다면, 김수영의 시가 그 실패를 포함해서 이 '사건'에 바쳐졌다는 데 이의를 제기할 사람은 많지 않을 것이다. 그리고 진정한 사건은 조용하고 멀다. 5·16 이후 시인의 침잠기에 쓰인 「먼 곳에서부터」(1961)를 해석하는 황규관의 마음은 읽는 이 역시 그 사건에 온전히 참여할 수 있음을 보여준다. "먼 곳에서부터/먼 곳으로/다시 몸이 아프다"라는 1연에 이어 "조용한 봄에서부터/조용한 봄으로" "여자에게서부터/여자에게로" "능금꽃으로부터/능금꽃으로……"로 반복되는 시의 사건에 대해 황규관은 "각자 '자기에게서부터/자기에게로' 회귀하는" 동일한 사태를, 그것도 '나'를 배제한 채 진행되는 사태를 보지만, "'먼 곳'은 '조용한 봄'으로, '조용한 봄'은 다시 여자와 '능금꽃'으로 자기 몸을 바꾸면서 현현하고 있음"(229쪽)을 읽어낸다. '먼 곳'과 '나' 사이의 운동, '자기 회귀'처럼 보이는 운동 사이를 가로지르는 이 미세한 차이가 곧 사건이고 시이리라. 아픔 안에서 '먼 곳'이

살아나는 기적, 그게 김수영이 평생 구한 자유의 궤적이자 사랑의 변증법이리라. 황규관은 쓴다. "그는 역사 속에서 자유를 갈망했고 혁명을 살았으며 사랑을 발명했다."(347쪽) 동시에 그것은 황규관이 이어서 쓴 대로 "존재를 구획하는 언어를 통한 모험"(348쪽)이었으며, "시적 실천"이었다. "이 제한적인 실천이, 그러니까 시적 실천에 집중한 점이 어쩔 수 없는 김수영의 한계라면 한계이고 위대함이라면 위대함이다."(같은 쪽) 동의한다. 그 한계이자 위대함의 한 장면이 개시되는 순간을 시인의 산문은 기록해두고 있다. "나의 시詩는 이때로부터 변하여졌다. 나의 뒤만 따라오는 시가 이제는 나의 앞을 서서 가게 되는 것이다. 생각하면 모두가 무서운 일이요. 꿈결같이 허무하고도 설운 일뿐이었다. 이것이 온전히 연소되어 재가 되기까지는 아직도 먼 세월이 필요한 것같이 느껴진다."(「내가 겪은 포로 생활」,『김수영 전집 2 산문』, 38쪽) '온몸의 시학'이 "먼 곳에서부터 먼 곳으로" 오고 있다.

(2018)

반딧불이를 따라가는 네오 샤먼
―임우기의 『네오 샤먼으로서의 작가』

1

영화로, 그리고 시와 정치적 평문으로 파시즘의 시대에 저항했던 피에르 파올로 파졸리니(1922~1975)에게 '반딧불이lucciola'는 그 약한 미광의 별자리로 역사의 암흑을 거스르는 희망의 이미지였다. 그는 젊은 날 친구에게 보낸 편지에서 피에베 델 피노 언덕에서 목격한 반딧불 이야기를 감격스럽게 전한다. "우리는 엄청나게 많은 반딧불을 봤지. 반딧불이들이 관목의 수풀 안에 불빛의 수풀을 만들어놓았더라. 우리는 그들을 부러워했지. 왜냐하면 그들은 서로 사랑하고 있었거든, 그들은 서로 사랑으로 날고 빛을 뿜으면서 서로를 찾아다녔어." 프랑스의 미술사학자이자 철학가인 조르주 디디-위베르만은 2009년에 펴낸 『반딧불의 잔존―이미지의 정치학』[1]에서 파졸리니에게 "빛나고, 춤추고, 떠돌고, 잡히지 않고, **저항**하는 존재"(24쪽, 강조

---

1) 조르주 디디-위베르만, 『반딧불의 잔존―이미지의 정치학』, 김홍기 옮김, 길, 2012, 21쪽. 이하 인용은 쪽수만 밝히며, 병기된 원어는 생략한다.

는 원문)로서 희망의 원리로 찾아든 반딧불이가 어떻게 그 자신의 정치적 예술적 절망 속에서 소멸과 죽음을 선고받는지 섬세하게 추적한다. 1975년 오스티아의 해변에서 잔혹하게 살해될 무렵, 그는 역사적 파시즘의 시대를 경유하여 자본주의의 화려한 승리와 함께 도래한 '진정한 파시즘'의 시대에 절망하고 있었다. 그에게 '진정한 파시즘'은 "민중의 가치, 민중의 영혼, 민중의 몸짓, 민중의 신체를 공격하는 파시즘"이었다. 그것은 "사형집행인이나 집단적인 처형이 없어도 사회 자체의 대부분을 제거하는" 파시즘이고, 그렇기 때문에 "부르주아지의 생활양식과 특징에 〔총체적으로〕 동화하는" 사태는 "문화적 집단학살"로 명명되어 마땅했다.(30쪽)

'반딧불-인간'의 발견과 옹호는 그에게 민중에 대한 사랑과 동궤였다. 그는 이탈리아 방언에서 시의 새로운 가능성을 찾았고, 하층 프롤레타리아의 가난한 삶에서 산업화와 소비주의, 스펙터클 문명의 압도적인 빛을 거스르는 반딧불의 미광을 포착하려고 했다. 그의 시와 영화는 민중 문화가 떠맡은 '잔존殘存'이라는 인류학적 사명, 역사적이고 정치적인 저항의 역량에 대한 믿음을 토대로 만들어졌다. 민중의 기억과 거기 수반되는 욕망은, 태고의 시간과 연결되는 저항의 고립 지대가 민중 문화의 심층에 접목되어 있다는 확신과 함께 새로운 삶과 문화, 시간이 출현할 수 있는 가능성으로 그의 영화와 문학을 거듭 충전시켰다. 그가 '과거의 힘'이라고 일컬었던 '신화'를 자신의 예술 안으로 불러들인 것도 그 신화의 시간이 현대의 정치 게임에서 탈락하고 배제된 사람들, 그러니까 민중의 고유한 혁명적 에너지에 속한다고 생각했기 때문이다. 그 신화와 사랑은 그러니까 얼마간 민중의 특정한 '신화화'와 함께 작동하고 있었다고도 할 수 있다. 그러

나 산업화와 소비주의 대중문화의 전면화 속에서 민중의 '타락'(파졸리니의 표현)이 만연하고, 민중적 실천이나 전위적 실천을 통해 저항의 장소로 기능하던 문화가 전체주의적 시장 자본주의 안으로 포섭되어 새로운 야만의 지능적 도구로 전락하자 파졸리니의 사랑은 좌절되고 공동화空洞化된다. 그는 절망적으로 '반딧불이의 소멸'을 선언하기에 이른다. "한 마리의 반딧불이를 위해서라면 몬테디손 전체라도 건네주겠다"고 했던 그 사랑은 무화되었기에 더 아름답다. "나는 불행하게도 이런 이탈리아 민중을 사랑했다. 권력의 도식 외부에서도(오히려 그 도식에 절망적으로 대립하면서) 그들을 사랑했고, 민중주의와 인도주의의 도식 외부에서도 그들을 사랑했다. 그것은 내 천성과도 같은 진정한 사랑이었다."(36쪽)

2

지난 세기, 가령 1960~1970년대 이후 한국 문화 전반에서 전개된 '민중 담론'의 역사를 잠시 환기해보자. 문학으로 범주를 좁힌다 하더라도, 파졸리니처럼 극적이고 과격한 궤적은 아닐지언정 우리에게도 '반딧불이의 출현과 소멸'에 대응하는 문학적 사건이나 비평 담론의 도정은 쉽게 구성될 수 있지 싶다. 억압되고 배제된 삶과 예술의 심층적 형식으로서 샤머니즘을 주목하고 거기서 세속과 초월을 함께 살며 고래古來와 현재, 생사와 영육, 인간과 자연, 주체와 타자를 하나로 회통하고 상생시키는 민중적 세계관을 재발견하고 새롭게 창안하려고 하는 임우기의 비평집 『네오 샤먼으로서의 작가』[2]를 읽으며 저

---

2) 임우기, 『네오 샤먼으로서의 작가─임우기 비평문집』, 아트인라이프, 2016. 이하 인용은 쪽수만 밝힌다.

파졸리니의 반딧불이를 떠올리게 된 것도 그래서일 테다. 더 정확히는, 임우기의 비평은 파졸리니가 반딧불의 소멸을 선언한 절망과 공동, 폐허의 자리에서 다시 시작되고 있다.

디디-위베르만의 질문도 비슷한 듯하다. 그는 파졸리니가 반딧불의 소멸을 선언한 자리에서 정말 반딧불은 사라졌는지 묻고 그 미광의 추이를 탐문한다.

> 과연 세계는 (……) 그렇게 총체적으로 예속되어 있는가? 그렇게 상정하는 것이 바로 그들의 [전체주의─인용자] 기계가 우리로 하여금 믿게 만들려는 것을 믿어버리는 것이다. 그것은 검은 밤이나 서치라이트의 눈부신 빛만을 보는 것이다. 그것은 패배자로 행동하는 것이다. 그것은 전체주의 기계가 어떠한 여지도 저항도 없이 자신의 업무를 완수한다고 확신하는 것이다. 그것은 **전체**tout만을 보는 것이다. 그러므로 그것은 개방의 공간, 가능성의 공간, 미광의 공간, 그럼에도 **불구하고**malgré tout의 공간을─그것이 비록 틈새의 공간, 산발적인 공간, 유목적인 공간, 희소하게 위치한 공간이더라도─보지 않는 것이다.(『반딧불의 잔존』, 41쪽, 강조는 인용자)

반딧불이는 사라지지 않았다. 개체수는 줄었지만 생태적으로도 반딧불이의 존재는 지구 곳곳에서 확인되고 있다. 도시에서 반딧불이를 본 목격담도 있다. 좀더 중요한 측면은 반딧불이의 소멸이 일어나는 것은 오로지 우리의 시야 앞에서라는 사실이다. 정확히 반딧불이는 소멸되는 것이 아니라 우리의 시야를 떠날 뿐이다. 지금 이 언덕에서는 사라지지만 언덕 저 너머에서는 미광으로 다시 출몰할 것이다.

반딧불이의 소멸은 우리가, 혹은 그것을 보려고 하는 사람들이 반딧불이의 행방을 쫓기를 포기할 때 일어나는 일시적이고 단속적인 사건일 뿐이다. 그 반딧불이들이 메트로폴리탄의 세상에서 시대착오적이고 무장소적인 공동체를 형성한다는 사실을 부인할 수는 없다. 그러나 그것들은 잔존하는 방식으로 현재적이며 고래와 과거의 이미지를 단속적으로 우리를 향해 발신하고 있다. 이것이야말로 죽은(혹은 죽은 것으로 치부되는) 시간, 보이지 않는 시간을 가시화하고 우리와 접속시키는, 벤야민이 말하는 변증법적 이미지의 존재 방식일 테다.

임우기 비평은 샤머니즘의 소멸과 폐기라는 거듭되는 근대 비평의 선언에 굴복하지 않는다. 임우기 비평은 그만의 방식으로 한국인의 심층에 '거대한 뿌리'로 잔존하는 샤먼의 시간으로 돌아가고 베어도 베어도 한국인의 삶과 정신, 문학 안에 끈질기게 살아 있는 그루터기의 시간과 언어, 소리, 몸짓을 찾아내고 섬세하게 복구한다. 그렇게 해서 기꺼이 시대착오를 껴안으며 네오 샤먼의 부활을 선언한다. 숭고한 낙관주의라고까지 말하고 싶을 정도다. 물론 그것은 단순한 믿음이 아니다. 가령 종교로서 전통 무巫의 '접신接神'은 영매인 무당(샤먼)의 존재적 근거와 이어진 관건적 문제이기도 한데, 성리학의 주기론적 귀신론에서 보면 적절한 해명의 자리를 찾기 힘들다. 공자부터 동학에 이르기까지 다양한 귀신관, 수운의 접신 체험 등을 검토해나가면서 임우기는 이렇게 말한다.

귀신 문제는 이기론理氣論의 기철학적 사유로만 해결될 문제가 아니라 아주 오래된 인간의 역사적 삶의 문제이고 오랜 세월 동안 인간의 무의식 속에 쌓여온 인간 삶의 내면성의 문제이기도 한 것이기 때

문이다. (……) 민중들이 믿는 귀신이 미신이건 종교이건 민중들의 생활과 마음속에 함께 살고 있는 엄연한 현실성이며 내면성임을 이해하고, 왜 그러한가를 해명하는 것이 더 현실적인 태도이고, 특히 현실과 상상력이 기본 요소인 문학예술 영역에서 볼 때, 더 실질적이고 요긴하다.(60쪽)

이론적 검토를 성실히 수행하고 역사의 원근법을 고려하는 가운데 임우기 비평이 실사구시의 현장적 문제의식으로 샤머니즘의 정신과 시간에 접근하고 있다는 것을 확인할 수 있는 대목이다. 그러면서 그의 논의가 억눌리고 밀쳐진 민중의 삶에 대한 애정으로 끓어넘치는 지점에서 오히려 거듭 문학으로 다시 돌아와 방언적 문학 언어와 문체 의식, 소리, 다성적 내레이터, 알레고리로서 잔존하는 이미지의 고태적古態的 시간, 초월과 현실 재현의 습합 등등 문학의 내적 형식에 대한 면밀한 숙고와 성찰을 통해 창조적인 교감의 비평을 일구어낸다는 점은 애써 강조될 필요가 있겠다. 그렇게 백석, 윤동주, 김수영, 이문구에서부터 기형도, 윤중호, 김소진, 김사인, 윤재철, 함민복, 박민규, 김애란 등이 새로운 문학적 조명과 해명을 얻고 있다.

그간 임우기 비평이 이른바 '4·19 세대 작가와 비평가'에 대한 날선 비판을 펼쳐온 것은 두루 아는 일이다. 창작 쪽에서는 '표준어주의적 문어체'와 '개인적 자유주의 미학' 비판, 그리고 서양 이론 추수의 계몽적 서구 합리주의 비평에 대한 반발로 나뉘어 전개된 그 비판의 실질은 일종의 근대성 비판이라고 할 수 있다. 그것은 임우기 비평의 민중 친화적 성격과 궤를 같이하는 진보적 민중문학론도 그 이성주의와 계몽의식, 서구 이론의 외피에 의해 비판받는다는 점에서

잘 확인된다. 이성/비이성, 주체/객체, 현실/비현실, 감각/실재 등등 완강한 이분법적 사유 체계의 근대 문학비평이 억압하고 있는 대당對當의 시간과 목소리를 되찾고 그것을 활성화하는 것이 임우기 비평이 주창하는 '네오 샤먼의 미학'인 셈이다. 물론 임우기 비평은 저 '4·19 세대 문학'의 언어 의식이 "'상처 입고 불합리한' 민족 언어 현실에 대해 합리적 정립의 필요성을 절감한 데에서 비롯한 것임은 재언의 필요가 없다"(232쪽)며 나름의 정당성을 인정한다. 그러나 김승옥으로 대표되는 이른바 '공감각적 문체'와 '긴장의 문체'가 감각과 의식 사이의 분별과 지양을 기획하는 이분법적 사유 체계에서 출발한 것임을 지적하며 이 같은 매개적 문법이 탐미적 문체성의 바탕을 이루면서 한국 현대문학의 "전횡적 권위"로 자리잡은 데 대해 지극히 부정적이다. 이는 4·19 세대 문학의 뿌리깊은 개인주의를 문체적 측면에서 강화해온 것으로, "주관에게 타자는 주관의 감각의 매개를 통해 '존재'로서 침입한다는 인식"을 토대로 "개인주의가 감각을 키우고, 역으로 감각의 통로를 통해 개인주의는 견고하게 양육되는 것임을"(230쪽) 보여준다. 이에 반해 같은 4·19 세대 작가이지만 방언 의식의 중요성에 대한 천착을 포함해서 걸맞은 문학적 평가를 받지 못했다고 보는 이문구의 경우는 '정황과 교감의 문체'로 호명되면서 '네오 샤먼 미학'의 중요한 원천이 된다.

이때 정황이란 작가의 의식이 일방적으로 구성하는 정황이 아니라 타자들 및 모든 존재들이 저마다의 주어로서 평등하게 참여하는 자연적이고 실사實事적인 작중 정황情況을 뜻하며, 교감이란 '그러한 정황 속에서 작가가 타자들 또는 뭇 존재와 함께 참여하며 나누는 실제

적이고 대화적이며 복합적인 교감'을 뜻한다. 이문구의 문체는 이처럼 뭇 인물을 비롯한 뭇 생명과 뭇 사물이 자연적이고 사실적이며 서로 평등하게 교감하는 정황-사건(플롯) 속으로 작가가 민주적으로 참여하는 가운데 자신만의 개성적인 문학 언어를 찾은 독보적인 문체라는 사실.(237쪽, 강조는 원문)

이 교감과 정황의 문체가 개인주의적 의식과 감각을 지양하고 더불어 사는 삶의 생동하는 구체성을 지향한다는 사실은 자연스럽다. 기실 이 지향은 저 『살림의 문학』(문학과지성사, 1990)과 『그늘에 대하여』(강, 1996) 시절부터 줄곧 임우기 비평의 가장 깊숙한 성좌에 놓여 있던 것이기도 했다. 이제 그 교감과 정황은 '네오 샤먼으로서의 작가'에 대한 발견으로 이어지며 임우기 비평의 새로운 성좌를 이루어내고 있다. 교감과 정황의 '부재하며 회통하는 주체성'이야말로 정확히 '네오 샤먼으로서 작가', 한국인의 집단 무의식과 시원의 시간에 접속하며 뭇 생명과 뭇 사물을 넘나드는 새로운 문학적 영매의 자리일 테다.

임우기는 김사인의 시에 대한 더없이 풍요로운 교감의 평문「집 없는 박수의 시」를 마치며 탄식하듯 덧붙인다.

형! 샤먼의 전통은 거의 소실될 운명에 처해 있습니다. 근대성과 자본주의문화와 새로운 식민문화가 주둔한 이 살풍경의 문명 시대를 무슨 수로 되돌릴 수 있겠습니까. 그러나 유독 시와 예술은 사라진 샤먼의 시대를 그리워하고 샤먼의 영성을 찾으려 할 것입니다. 시인과 예술가는 근본적으로 '아무도 핍박해본 적'이 없는 이이며 그러하기에 인

간과 자연을 억압으로부터 해방할 수 있는 이이기 때문입니다. 샤먼의 영성은 인간과 자연에 대한 식민과 폭력이 심화되고 있는 이성의 시대에 충분한 시적, 예술적 응답이 될 수 있습니다. 그러나 답은 주어졌지만, 오래전에 질문이 사라졌습니다.(447쪽)

그러나 우리는 안다. 그 질문이 '네오 샤먼' 임우기 비평에 의해 다시 시작되었고, 끈질기게 지속되리라는 것을.

3

파졸리니가 상황을 절망적으로 오판하고, 절망을 극단화하면서 반딧불의 소멸을 '창안'했을 때, 파괴된 것은 반딧불이 아니었다. 파괴된 것은 반딧불을 보고자 하고 끈덕지게 행방을 좇으려는 그의 욕망과 의지였으며, 그의 희망이었다. 그것은 다르게 상상하고 다르게 감각하는 길의 포기였다. 아주 약한 빛을 발산하며 지면에 낮게 붙어 떠다니지만 반딧불이들은 그들만의 성좌, 별자리를 형성한다. 반딧불이는 이쪽에서는 보이지 않지만 언덕 저쪽에서는 다시 출현할 것이다. 임우기 비평은 '네오 샤먼'의 반딧불이 이루는 성좌를 따라가고 있다. 희미하게 점멸하는 미광을. 그 길은 "아득한 옛날" "부여를 숙신을 발해를 여진을 요를 금을/흥안령을 음산을 아무우르를 승가리를/범과 너구리를 배반하고/송어와 메기와 개구리를 속이고"(「북방에서」, 1940) 떠났던 백석의 깊은 회한과 함께 있다. 그 길은 지금 "태반으로" 돌아가는 길이다.

(2017)

한국문학 비평의 '재장전'
─강경석의 『리얼리티 재장전』[1]

    강경석의 등단 평론은 백민석의 장편 『목화밭 엽기전』(문학동네, 2000)을 다룬 「타원형 감옥의 외부」(2004년 서울신문 신춘문예)로, 『목화밭 엽기전』을 '(알레고리적) 재현의 재현'으로 보는 데서부터 고유한 통찰로 나아간다. 소설의 돌연변이적 모습을 도착적 화소들이 배면 서사에 기생하는 형식에서 찾아내며 그 기생의 서식지로 하위문화 텍스트나 체험들을 적시하는 비평의 눈이 예리하다. '공간'이 이미 부각되고 있거니와, 공간의 상상력과 관련된 '하강 모티브'는 고딕소설과의 비교를 거쳐 '재현(혹은 가상)의 재현'이라는 서두의 논지를 보강하는 데로 나아가고, 주인공의 집이 "자본주의근대의 세포 단위인 부르주아 핵가족의 내파를 보여주고 있다"(400쪽)는 진술에 이른다. 고딕적 요소는 당시 한국사회 일각에 출현한 포스트모던 징후의 맥락에서 검토되는 가운데 '위반의 정치학'이라는 이름으

---

1) 강경석, 『리얼리티 재장전─문학과 현실이 가리키는 새로운 미래』, 창비, 2022. 이하 인용은 쪽수만 밝힌다.

로 세를 얻었던 하위문화적 충동의 일차적 재현이 중간계급의 정치적 무의식으로서 결국 '안전하게 봉인된 저항'이 아닌가 하는 물음을 낳는다.

　문학사적 안목과 동시대 문학에 대한 활발한 숙지를 바탕으로 근대적 가족제도의 질곡을 겨냥한 작품의 칼끝을 준별하면서 '집-엽기전'의 공간이 소설 안에서 "포자식물처럼 증식한다"(403쪽)고 쓰는 그의 비평 언어는 화려하기까지 하다. 그런데 이때의 화려하다는 표현은 강경석이 그 '증식'의 한 갈래 귀결에 붙인 '하강초월'이란 말을 그의 비평에 되돌려줄 때야 온전해질 듯하다. 강경석의 비평은 언제든 작품 저 밑바닥까지 하강하지만, 작품과의 대화적 충실성 이상으로 '초월적 전망'을 향한 시선을 놓지 않는다. 그런 한에서 그것은 조망과 전망을 향한 상승의 운동과 함께 있다. 『목화밭 엽기전』이 타원형 감옥의 외부로부터 자유의 기억이 도래하는 순간을 찾아냄으로써 새로운 미학적 가능성을 열었다는 평가에 이어, 그는 소설의 '유난한 반反인간주의'의 한계를 적시하면서 자신의 비평적 입지를 분명히 한다. "주체를 구조의 효과로 납작하게 만드는 구조주의적 패턴 때문인데, (……) 이는 물론 작가 백민석에게만 해당되는 문제는 아니며, 지금 이 자리에서 숨 쉬고 있는 복수의 미래들을 하나하나 일으키는 가운데 서서히 불식될 수 있을 것이다."(412쪽) 동시에 '복수의 미래들'이라는 표현은 강경석 비평의 '하강-상승'이 출발부터 전망의 문제와 단단히 결속되어 있었다는 사실을 뚜렷이 알려준다.

　'복수의 미래들'에 대한 언급이 (외부가 없는 것처럼 보이는) 전지구적 자본주의 시대의 도래와 함께 민중·민족 문학 운동이 '회의의 대상'이 된 시절에 출사표처럼 제출되었다는 점을 기억하고 싶다. 평

론집 『리얼리티 재장전』의 '책머리에'에서 술회하고 있는 대로 '문학과 현실의 상호 연관과 모순'이라는 화두는 강경석의 글쓰기나 삶에서 떠난 적이 없는 것처럼 보이는데, 그 자신의 세대적 위기의식 한가운데에서 87년 체제와 한국문학의 구조적 상관관계에 대한 관심으로 나아가고, 민주화 이후의 한국문학이 도달한 '각성의 높이'에 대한 물음으로 지속되었다. 용산 참사, 세월호 참사 등에서 촉발된 한국 사회 대전환의 필요성과 촛불혁명의 응답이 "그때까지 조금은 어둡고 흐릿하던 시야를 한꺼번에 열어주었다"(5쪽)는 진술에는 자부심마저 담겨 있다. 평론집 1, 2부에 집중적으로 수록되어 있는 그 궤적은 시대 현실과 문학작품의 연관을 살아 있는 움직임 속에서 생각하고 상상하는 가운데 '다른 세상'을 향한 문학의 열망을 읽어내는 섬세하고 정확한 비평 정신의 정수, 무력감의 호소와 퇴행을 거부하는 문학적 실천의 단호한 의지를 보여준다. 변화 혹은 연대와 저항의 에너지가 유실되거나 아주 사라진 것처럼 보일 때조차 그것들을 '고유한 형식'으로 감지 가능하게 하고 생동하게 하는 데 문학 특유의 능력이 있다는 믿음은 "문학이 어디서 어떤 식으로든 지금 여기의 삶을 황폐하게 만드는 고통과 질곡에 맞서 더 나은 '다른 세상'을 만드는 사업에 참여할 수 있다면, 그 가능성 역시 문학이 지닌 그러한 능력에서 올 것"(「리얼리티 재장전: 다른 민중 새로운 현실 그리고 한국문학」, 108쪽)이라는 진술로 이어진다. 당연히 이 순환적 믿음을 확인할 수 있는 것은 동시대의 문학작품일 터인데, 강경석 비평의 실력과 진가가 제대로 발휘되는 곳도 바로 그 면밀하고 성실한 작품 읽기인 듯하다.

평론집의 첫 글이자 가장 최근에 발표한 「진실의 습격: 민주주의와 문학 그리고 자본주의」에서 그의 '하강-상승'의 비평은 '해체의

역설' '자아의 민주화' '선량한 자본주의 주체들의 우주'와 같은, 동시대 문학에 대한 요령 있는 비판적 조망을 거쳐 세상의 낮은 구석에서 엎드려 '진실의 공유지'를 열고 있던 한 작품의 감동적인 발견에 이른다. 전남 진도에서 서른두해째 농사를 짓고 있는 무명의 소설가 정성숙의 첫 소설집 『호미』(삶창, 2021)에서 그는 '현실 또는 진실을 그대로 빼닮은 재현'이 아니라 '재현하는 가운데 진실이 드러나는' 순간을 만난다. 표제작 「호미」에서 주인공 영산댁이 마비된 몸을 이끌고 호미에 의지해 산길을 기어서 내려오는 일곱 쪽에 걸친 묘사를 두고 그는, "이 장면이 보여주고자 한 것은 '영산댁의 살아 있음' 그 자체이며, 어느 면으로는 (……) 영산댁 자신마저 넘어선 '살아 있음' 자체의 감지 가능성까지 열어"준다고 말한다(30쪽). 여기에도 얼마간 도움받은 이론적 지평이야 있겠지만, '지식 경연장화'한 이즈음의 비평 풍토에서 문학작품을 납작한 인식론의 영역으로 환원하지 않고 작품에 담긴 존재의 움직임과 목소리를 보고 들으려는 열린 태도 없이 이러한 비상한 통찰은 가능하지 않았을 것이다. 한때의 지도 비평에 대한 과민반응이 편협한 텍스트주의의 범람으로 이어진 현상을 비판하면서 강경석은 말한다. "비평은 '작품 이후'에 있고 동시에 '작품 이전'에도 분명히 있다."(272쪽) 이것이 손쉬운 절충주의가 아님을 이번 평론집에 실린 글들이 입증한다.

강경석 비평이 우리 시대의 시편들과도 지속적으로 대화해오면서 '리듬의 사회성' '은유와 비은유의 접경지대' '침묵과 호흡'과 같은 예리한 비평적 통찰을 쌓아오고 있었다는 데 과문했던 것은 전적으로 나의 게으름 탓이겠지만, 「민족문학의 정전 형성과 3·1운동: 미당이라는 퍼즐」과 같은 글에서 확인하게 되는 문학사적 온축 역시 그의 비

평을 든든하고 믿음직스러운 것으로 만들어준다. 비평어에도 많은 흔적을 남기고 있거니와 한국 전통 사상이나 동양적 사유에 대한 공부와 이해도 적지 않은 것 같다. 그의 비평이 지닌 유다른 힘과 개성은 틀에 갇히지 않고 넓게 읽고 넓게 보아온 데서 비롯된 것이 아닐까.

아닌 게 아니라 강경석에게는 아카데미즘과 연동된 정형화된 비평가의 면모가 적다. 그의 공부도 이른바 '전문가주의'와는 거리를 두고 있는 것 같다. 근자 한국문학 비평의 이론 과소비화 현상의 기원에 '1980년대적인 것에 대한 억압'이 있는 것 아니냐는 예리한 지적이("그것이 실은 정치의 이름으로 실행되는 탈정치적 절차의 하나일지 모른다는 의심", 「이름 너머의 사유」, 295쪽) 가능했던 것도 그가 좀더 많이 길 위에, 광장에 있었기 때문일 것이다. 그러나 '틀'과의 싸움은 자신의 문학적 실천의 정당성 안에서도 열린 태도로 지속되어야 하리라. 동시대 작품들은 비평이 상정하는 특정한 좌표 위에 있기보다는 그 자체로 살아 있는 유동하는 존재다. '작품 이전'과 '작품 이후'의 동시성을 제대로 밀고 나가기 위해서도 좀더 많은 머뭇거림이 있어도 좋지 않을까. 실제로는 '다른 세상'에 대한 온당한 질문으로 모아지더라도, 그런 글의 흐름이 하나의 '정해진' 틀처럼 느껴진다면 그건 비평이 할 일을 제대로 안 할 것일 수도 있다. 『리얼리티 재장전』은 그가 한국문학의 현장에서 찾고 확인한 소중한 깃발 신호일 테지만, 열여덟 해의 시간을 담은 첫 평론집이 그 '재장전'의 성실한 수행遂行이라는 점도 감동적으로 확인하게 된다.

(2022)

| 발표 지면 |

1부

위기의 비평, 위기의 문학사 ─ 김윤식 『문학과사회』 2019년 봄호

삶, 말, 글의 섞임 그리고 전체를 향하여 ─ 서정인 『쓺』 2020년 상반기호

'다르게 말하기'의 세계 ─ 윤흥길 윤흥길 소설, 『꿈꾸는 자의 나성』(문학동네, 2021)

순진성의 경이, 그리고 사랑 ─ 김종철 『녹색평론』 2020년 11/12월호

개인, 시대 그리고 문학의 증언 ─ 황석영 『녹색평론』 2017년 9/10월호

그렇게 구체적으로 말해줘 고마워요 ─ 필립 로스 『창작과비평』 2018년 가을호

2부

단절과 침묵 그리고 '이어짐'의 상상력 ─ '문학의 정치'를 생각하며 『창작과
비평』 2022년 봄호

이중의 시대착오와 사적 기억의 시간 ─ 정지돈과 심윤경 『문학들』 2021년 봄호

다가오는 것들, 그리고 '광장'이라는 신기루 ─ 황정은과 김혜진 『문학과사회』
2020년 겨울호

전체로서의 현실을 열기 위해 ─ 편혜영과 윤대녕 『21세기문학』 2016년 여름호

고통의 공동체 ─ 권여선과 은희경 『21세기문학』 2016년 가을호

현실, 역사와의 대면 ─ 지난 십 년 한국 소설의 흐름 『문학들』 2015년 여름호

역사의 귀환과 '이름 없는 가능성들'의 발굴 ─ 후쿠시마 료타와 성석제
『21세기문학』 2015년 봄호

한국문학은 무엇이 되고자, 혹은 무엇이 아니고자 했는가? ─ 그 격렬한
예로서의 1980년대 『쓺』 2015년 하반기호

3부

다성으로 모아낸 시대의 풍경 — 이서수의 「미조의 시대」 『이효석문학상 수상작품집 2021』(이서수 외, 생각정거장, 2021)

무서운 의식의 드라마가 숨기고 있는 것 — 최윤의 「소유의 문법」 『이효석문학상 수상작품집 2020』(최윤 외, 생각정거장, 2020)

권여선 소설에 대한 세 편의 글 「용서 없는 자세와 희망을 말하는 방법」(웹진 비유 2018년 6월호); 「혼란과 무지 쪽으로의 퇴각」(권여선, 『모르는 영역』, 도서출판 아시아, 2018); 「고귀한 것과 고귀하지 않은 것」(윤성희 외, 『2019 김승옥문학상 수상작품집』, 문학동네, 2019) 세 편을 합쳐서 개고.

빛과 어둠의 원무 너머 — 정지아의 『자본주의의 적』 정지아 소설, 『자본주의의 적』(창비, 2021)

울음, 그리고 나와 너에게로 가는 길 — 김이정의 『네 눈물을 믿지 마』 김이정 소설, 『네 눈물을 믿지 마』(강, 2021)

역사로부터의 소외와 맞서는 문학의 자리 — 이혜경의 『기억의 습지』 이혜경 장편소설, 『기억의 습지』(현대문학, 2019)

진하지 않은, 얇디얇은 맛 — 심아진의 『신의 한 수』 심아진 소설, 『신의 한 수』(강, 2022)

잘못 울린 종소리, 새의 말을 듣는 시간 — 한수영의 『바질 정원에서』 한수영 소설, 『바질 정원에서』(강, 2023)

모호함을 껴안는 시간 — 이승주의 『리스너』 이승주 소설, 『리스너』(현대문학, 2021)

마음의 접속면을 따라가는 소설의 시선 — 김금희의 『경애의 마음』 〈세교포럼〉(2018)

파르마코스, 속죄양/구원자의 발명 — 이승우의 『독』 이승우 장편소설, 『독』(예담, 2015)

지하실의 어둠, 혹은 기계체조 인형과 함께 남은 시간 — 고영범의 『서교동에서 죽다』 고영범 장편소설, 『서교동에서 죽다』(가쎄, 2021)

'세상에서 가장 비싼 소설'을 기다리며 — 김민정의 『홍보용 소설』 김민정 소

설, 『홍보용 소설』(실천문학사, 2016)

여성적 살림의 세계와 기다림의 강물 ─ 김홍정의 『금강』 김홍정 장편소설, 『금강』
(솔, 2016)

타자의 자리를 묻다 ─ 오수연의 『부엌』 『창작과비평』 2023년 여름호

4부

'바다'와 '아이'가 동행하는 '형이상학적 서정'의 깊이 ─ 장석의 『해변에
엎드려 있는 아이에게』 장석 시집 『해변에 엎드려 있는 아이에게』(강, 2021)

서성임, 가버릴 것들을 향한 사랑 ─ 최정례 『시와반시』 2015년 가을호

화엄을 잃고 사랑의 길에서 ─ 박철의 『없는 영원에도 끝은 있으니』 박철 시집
『없는 영원에도 끝은 있으니』(창비, 2018)

먼 곳에서부터 먼 곳으로 ─ 황규관의 『리얼리스트 김수영』 『녹색평론』 2018년
11/12월호

반딧불이를 따라가는 네오 샤먼 ─ 임우기의 『네오 샤먼으로서의 작가』
『녹색평론』 2017년 3/4월호

한국문학 비평의 '재장전' ─ 강경석의 『리얼리티 재장전』 『창작과비평』 2022년
겨울호

문학동네 평론집
가버릴 것들을 향한 사랑
ⓒ정홍수 2023

초판 인쇄 2023년 5월 10일
초판 발행 2023년 5월 22일

지은이 정홍수
책임편집 김봉곤 | 편집 이민희
디자인 김문비 유현아 | 저작권 박지영 형소진 최은진 오서영
마케팅 정민호 김도윤 한민아 이민경 안남영 김수현 왕지경 황승현 김혜원
브랜딩 함유지 함근아 박민재 김희숙 고보미 정승민
제작 강신은 김동욱 임현식 | 제작처 영신사

펴낸곳 (주)문학동네 | 펴낸이 김소영
출판등록 1993년 10월 22일 제2003-000045호
주소 10881 경기도 파주시 회동길 210
전자우편 editor@munhak.com
대표전화 031) 955-8888 | 팩스 031) 955-8855
문의전화 031) 955-2696(마케팅) 031) 955-2660(편집)
문학동네카페 http://cafe.naver.com/mhdn
인스타그램 @munhakdongne | 트위터 @munhakdongne
북클럽문학동네 http://bookclubmunhak.com

ISBN 978-89-546-9280-9 03810

www.munhak.com